Marianne Fritz

DAS KIND DER GEWALT
UND DIE STERNE DER ROMANI

Roman

S. Fischer

© S. Fischer Verlag GmbH, Frankfurt am Main, 1980
Umschlagentwurf von Hannes Jähn unter Verwendung eines Fotos
aus dem Bildarchiv der Österreichischen Nationalbibliothek
Satz und Druck: Georg Wagner, Nördlingen
Einband: Klotz, Augsburg
Printed in Germany 1980
ISBN 3-10-022903-7

Erster Teil
DIE STERNE DER ROMANI

Erstes Kapitel
EIN DORF AUF RÄDERN

1
EIGENTLICH WAR ES AUCH KALT; SEHR KALT

Die Romani-Mutter hob ihre rechte Hand; und der Zeigefinger schien einen bestimmten Stern suchen zu wollen:
»Die Sterne mögen nicht wissen, wo meine kleine Nina steckt! Aber seht diesen Stern! Seht ihr ihn?«
Die Köpfe der Romani-Kinder bestätigten eifrig, daß sie den einen bestimmten Stern sehr wohl sahen.
»Diesen Stern ruft Nina; denn dieser Stern ist Ninas Stern. Wie aber, beratet mich: wie soll ich dem Ruf meiner kleinen Nina folgen, wenn ihr schweigt? Und ich sage euch: Nina ruft ihre Mutter.«
Die Romani-Mutter deutete ruhig und bestimmt dorthin, wo ihr Herz schlug. In den Gesichtern der Romani-Kinder begannen die ersten Zweifel sichtbar zu werden. Das kleinstgewachsene Romani-Kind bohrte noch eifriger in seinem Näschen. Es erinnerte sich an jenen bestimmten Tag im Mai.

Auch damals hatte die Romani-Mutter mit dem Zeigefinger dorthin gedeutet, wo ihr Herz schlug, ruhig und bestimmt.
»Mann, wo ist dein Weib?«, hatte sie den Schwager gefragt, und der hatte sofort nach dem Händchen des kleinstgewachsenen Romani-Kindes gegriffen.
»Mann, dein Weib ist meine Schwester, und ich ahne es, ich spüre es, ich weiß es: sie ruft dich.«
Der Schwager hatte sich zum kleinstgewachsenen Romani-Kind gebeugt, es auf seinen linken Unterarm gesetzt und den schwarzgelockten Wuzerl-Hinterkopf so gedreht, daß es die Finger im Nacken des Vaters ineinander schlingen konnte, und das Wuzerl-Gesicht die Wärme der Schulter des Vaters zu spüren vermochte.
Und trotzdem war jenem bestimmten Tag im Mai jene eine bestimmte Mainacht gefolgt. Die Romani-Sippe suchte die Schwester; die Mutter des Wuzerls; das Weib des Mannes und fand die Erschlagene.
Das Wuzerl hatte damals sehr eifrig in seinem Näschen gebohrt,

denn es staunte sehr, daß die Mutter des Wuzerls, das Weib des Vaters und die Schwester der Sippe erschlagen werden kann.
Nicht der Vater war es gewesen und nicht die Tante, die das Wuzerl auf den linken Unterarm gesetzt und den schwarzgelockten Wuzerl-Hinterkopf so gedreht, daß es die Finger im Nacken ineinander schlingen konnte. Das Wuzerl-Gesicht spürte die Wärme der dreizehnjährigen Nina-Brust und den kräftigen Nina-Herzschlag.
»Wer hat erst hören wollen und sehen wollen: die Erschlagene?«
Das Wuzerl verstand die Nicht-Antwort des Vaters sehr wohl. Es wußte: Der Vater staunt nicht weniger als sein Wuzerl.
»Da staunst du noch; Mann der Erschlagenen. Habe ich nicht schon am Tag die Nacht meiner Schwester geahnt? Habe ich dir die Furcht vor dieser Nacht verschwiegen? Hörst du nur und siehst du nur, wenn es zu spät ist?«
Das Wuzerl verstand sehr wohl, daß der Vater es trotzdem vorzog, zu staunen wie es selbst. Das, was dann aber folgte, vermochte selbst das phantasiebegabte Wuzerl nicht mehr zu deuten: In jener bestimmten Mainacht hatte der Vater sein Wuzerl weder bei der Hand genommen noch auf den linken Unterarm gesetzt noch geküßt, wie es doch üblich war, wenn er die Siedlung auf Rädern verließ, um seinen Berufspflichten als Häferlflicker und Scherenschleifer und Musikant nachzukommen. Vielmehr war er verschwunden; und das nachts. Ohne ein Zeichen des Abschieds und ohne ein Zeichen baldiger Heimkehr.
Nina hatte das Wuzerl in das Nina-Bett getragen. Und Nina hatte dem Wuzerl gestattet, die dreizehnjährige Nina-Brust als Kopfpolster zu gebrauchen, und das Wuzerl hatte noch lange nachgedacht.
»Rechtlos schreiben wir unsere eigenen Gesetze«, hatte Nina gesagt und dabei dem aufmerksam lauschenden Wuzerl die schwarzen Locken in einem Zopf gebändigt. Im übrigen aber hatte Nina geschwiegen.
Das Wuzerl wußte sehr wohl, daß der Vater ein vielseitig begabter Vater und nicht irgendein Musikant und nicht irgendein Häferlflicker und nicht irgendein Scherenschleifer war. Es bewunderte den Vater auch sehr; nur: Was war das schon wieder für ein Beruf, der sich hinter dem Wort Gesetz verbarg? Wurde der Vater dafür mit Zwiebeln, Erdäpfeln, Speck – oder gar einem Huhn belohnt? War es denn üblich bei diesem Beruf, ohne ein Zeichen des

Abschieds und ohne ein Zeichen baldiger Heimkehr zu verschwinden? Nicht einmal Nina verstand es zu deuten, was das ist: ein Gesetz. Das Wuzerl staunte in jener einen bestimmten Mainacht sehr; doch geweint hat es nicht.

Auch wenn das phantasiebegabte Wuzerl noch so gewissenhaft und noch so eifrig in seinem Näschen bohrte, es nützte nichts. Nina hatte den Zeigefinger auf den Mund gelegt und das hieß: die Mauer des Schweigens ist gegen die Neugierde der Erwachsenen zu verteidigen. Und das hieß: Nina konnte überall sein, nur nicht dort, wo sie war.

Auch wenn das phantasiebegabte Wuzerl noch so gewissenhaft und noch so eifrig in seinem Näschen bohrte, es nützte nichts. Wenn die Romani-Mutter die Augen schließt, mehrmals tief durchatmet, während sich ihre Brust hebt und senkt und die Lippen der Romani-Mutter zittern, hieß das: Sie weint. Und das hieß: Die Romani-Mutter könnte die Nina-Nacht fürchten.

»Nina ruft mich. Ich ahne es; ich spüre es; ich weiß es. Wir Romani haben wenig Freunde, sehr wenig Freunde. Geduldet sind wir nur; und unsere Heimat, das ist die Landstraße; und wenn wir weinen, sprechen wir mit den Sternen. Habt ihr das vergessen? Nein. Ihr wißt es.«

Das Wuzerl stierte düster vor sich hin. Dann aber deutete es auf den Nina-Stern und rief empört:

»Wenn wir Romani-Kinder auch wenig Freunde haben, so haben wir doch Freunde!«

»Wuzerl!«

Der Aufschrei der Romani-Kinder erboste das Wuzerl sehr.

»Jawohl! Bittschön! Wir haben doch Freunde!«, rief es, und sein Zeigefinger zielte immer wieder drohend auf die Nase der Romani-Mutter und das hieß: Nina spricht die Wahrheit, und du lügst!

Die Romani-Mutter hielt den Atem an. Sie öffnete ihre Augen und beugte sich zum Wuzerl.

»Nina ist nicht allein?«

Das Wuzerl blinzelte. Es war ihm, als wäre eine Mücke in sein rechtes, nein, eigentlich in sein linkes Auge geflogen. Die Romani-Mutter richtete sich wieder auf.

»Wir Romani haben sehr wenig Freunde, kaum Freunde«, sagte sie: ruhig und bestimmt.

»Wenn wir aber kaum Freunde haben und wenn Nina nicht allein ist, wer ist dann bei unserer kleinen Nina? Nina fürchtet die Nacht.«
Die Romani-Mutter blickte das Wuzerl an. Das Wuzerl blickte auf seine nackten Zehen. Es dünkte ihm, als schmerzten die, und eigentlich war es auch kalt, sehr kalt. Es bewegte eifrigst die Zehen.

2
»WIR WOLLEN DEINE LIEBE DULDEN.
SIE IST KLUG;
SIE KANN LESEN UND SCHREIBEN.«

»Die Nacht schützt nur den, der flieht. Hat sie nicht auch den geschützt, der deine Mutter verfolgt hat?«
Die Romani-Mutter beugte sich zum Wuzerl. Ihre Hände umklammerten gleich einem Schraubstock die Wuzerl-Oberarme. Das Wuzerl seufzte und schloß erschrocken die Augen.
»Halt die Liebe«, hatte es geseufzt.
»Wen liebt Nina mehr als dich? Sag, berate mich! Wie finde ich Nina, wenn du schweigst? Hörst du nicht den kräftigen Nina-Herzschlag? Spürst du nicht die dreizehnjährige Nina-Brust? Ist sie nicht warm, und bettet sie dich nicht weich? Du weißt doch, was das bedeutet: die Nacht fürchten. Und trotzdem ist deine Nina, die das auch weiß, nicht bei dir?«
Das Wuzerl staunte. Es erwies sich nun doch selbst für das phantasiebegabte Wuzerl als äußerst schwierig, die Liebe der dreizehnjährigen Nina zu verteidigen.
»Das Dorf Gnom tanzt zu unseren Liedern. Auch das Dorf Transion hat zu unseren Liedern getanzt! Hast du das vergessen? Nein. Du weißt es: Es ist der Boden des Gastwirtes zu Gnom, der uns duldet. Doch duldet uns das Dorf Gnom?«
Die Romani-Mutter lachte.
»Auch die Bäurin zu Transion hat uns geduldet. Die Bäurin war müde, denn ihr Bauer war am Isonzo geblieben. Doch jener, der die Spuren deiner Mutter verfolgt hat: war der müde? Berate mich! Wer hat damals deine Mutter geschützt? Die Bäurin? Dein Vater? Und der war doch die Liebe deiner Mutter?«
Die Romani-Mutter lachte.
»Verstand dein Vater die Sterne der Romani? Dein Vater war

klug. Er konnte lesen und schreiben, doch die Sterne der Romani blieben ihm fremd. Ich war meiner kleinen Schwester eine schlechte Mutter!«
Die Romani-Mutter lachte.
»Für diese Liebe war sie bereit, uns Romani zu verlassen. Bleib, war meine Antwort. Wir wollen deine Liebe dulden. Sie ist klug; sie kann lesen und schreiben.«
Die Romani-Mutter lachte.
»Doch taub und stumm und blind war die Liebe deines Vaters für den Stern deiner Mutter! Er war eben kein Romani!«
Die Romani-Mutter lachte verächtlich.
»Dein Vater!«
Das Wuzerl rieb sich die Augen. Die Romani-Mutter richtete sich auf und wandte den Romani-Kindern den Rücken zu.

In dieser und in jener Nacht war sie gekommen zur Schlafenden, die kleine Schwester der Romani-Mutter, die da genannt ward: die schwarze Chrysantheme. Und sie hatte gehalten in der Hand die Blume des Todes.
»Hörst du mich, die ich dir klage von wandelnden Gräbern, die finden nur Ruh im Nirgendwo? Hörst du mich, die ich dich frage: Wo ist es, das Nirgendwo? Bist du noch wach, schläfst du, meine Schwester? Schläfst du?«
Und es hatte gelacht so wild, gar höhnend, die schwarze Chrysantheme und geschleudert die Blume des Todes auf das Bett der schlafenden Romani-Mutter, die da träumen hatte wollen so unbedingt im Dorf auf Rädern, das geduldet ward zu Gnom nur auf einem Grund und Boden.
»Wehe, wem sie gedrückt ist in die Hand! Die schwarze Chrysantheme! Wehe!«
Und es war gegangen die kleine Schwester fort. Aus diesem und jenem Traum der Nina-Mutter. Singend das Lied der schwarzen Chrysantheme.

Die Romani-Mutter schloß die Augen, atmete mehrmals tief, während sich ihre Brust hob und senkte, und die Lippen der Romani-Mutter zitterten.
»Und trotzdem ist Nina überall und nur nicht dort, wo sie ist?!«
Das größtgewachsene der Romani-Kinder drohte dem Wuzerl mit dem Zeigefinger. Das Wuzerl schluckte. Es schüttelte verneinend

den Kopf und wandte sich schroff seitwärts. Es hätte bei seinem eigenen Wuzerl-Stern schwören mögen, daß die Mückenplage für die Augen noch unerträglicher war, als die beißende Wirkung von Zwiebeln. Doch geweint hat es nicht!
Teils erbost, teils erstaunt blickte das Wuzerl auf seine nackten Zehen; es bewegte eifrigst die Zehen und schaukelte dabei mit dem Körper vor- und rückwärts, während es gewissenhaft im Näschen bohrte.
»Die Nina-Liebe heißt nicht Vlastymil Franz. Und sie ist schon gar nicht glatzköpfig! Der Nina-Liebe gehört auch kein Stück des Bodens von Gnom«, wollte das Wuzerl sagen und sagte es nicht.
Die Romani-Mutter streckte dem Nina-Stern ihre Hände entgegen.
»Nina! Sie hören dich nicht! Nina-Kind! Sag. Berate mich: Wie soll ich dich finden, wo dich suchen? Wo wirst du sein, mein Nina-Kind, wenn deine Liebe taub ist, stumm und blind?«

3
»DAS IST DER MUTTERWAHN«

Die Romani-Mutter hatte den Zeigefinger gehoben; nicht nur einmal. Und es kundgetan dem Nina-Kind, auf daß es sich endlich merke den mütterlichen Befehl.
»Der Mund der Huhnschlächterin, o Nina-Kind! Das ist ein Strich gewesen, gleich dem gespannten Bogen einer Armbrust, Nina-Kind! Und so auch die Worte der Bäurin gewesen Pfeile. Abgesandt drohend, ersonnen aber heilsamst. So es der Gastwirt geoffenbart deiner Mutter, Nina-Kind. Es mag nicht allgegenwärtig sein in diesem Nirgendwo der Vlastymil Franz. Es mag nicht allgegenwärtig sein auf dem Zweifel-Hof die Huhnschlächterin! Wehe! Du bedenkst mir nicht, die toten Augen von dem gerupften Huhn? Wehe?! Du küßt die Hände der Huhnschlächterin, und bedenkst die milde Gabe nicht gleichsam als: die Warnung?!«
Und die Romani-Mutter hatte geprüft mit hellwachen Augen, gleichsam träumend, die Nina. Und die Nina hinübergeschaut mit kugelrund modellierten Augen zur Landstraße zu Gnom. Und dem Nina-Kind die Wangen geglüht und so auch gezittert die Lippen? Und das Nina-Kind sich die Augen gerieben – so?
»So ward es kundgetan auf dem Stoffelweg deiner Mutter, Nina-Kind von der Huhnschlächterin: Sinne, du fremdes Weib und

kehre zurück in dein Dorf auf Rädern. Sinne, so lange du sinnen kannst, auf daß es dem Dorf auf Rädern nicht gerinne zum Wehklagen, dein versäumtes Sinnen.«
Und das Wuzerl schrie, angeschaut so anklagend von der Nina.
»Ich schwätz nicht! Ich schwätz nicht! Und ich schwätz nicht!«
»Nur eines noch, Nina-Kind. Nur eines frägt die Mutter das Nina-Herz. Wo wird dein künftiger Riese sein, so du ihm begegnen mußt, dem Riesen von einem Hund? Wo wird dein künftiger Riese sein, so du ihm begegnen mußt, dem riesenhaften Menschen? Wie, du schweigst? Und die Augen, so riesengroß, sehen nur das Wuzerl. Ruhig nicht, auch nicht ratlos? Staunen an das Wuzerl! Wie das? Es nicht kundgetan der künftige Riese? Und es kundtun soll, für den künftigen Riesen, das Wuzerl?«
Das Wuzerl verstand die Nicht-Antwort der Nina sehr wohl. Es wußte: Die Nina staunt nicht weniger als ihr Wuzerl.
»Ich schwätz nicht! Ich schwätz nicht! Und ich schwätz nicht!«, schrie das Wuzerl ein zweites Mal und stierte düster vor sich hin; und bewegte die Zehen und bohrte auch eifrigst im Näschen.

Merkwürdigst eingesperrt war das Wuzerl gewesen in einer geheimnisvollen Plaudersucht, einerseits.
Andererseits es halt das Gemüt, halt das Gemüt erwartet vom Wuzerl: Es könnte nicht so verkehrt sein, so es willens, den Beistand zu erheischen von der Nina-Mutter wider diesen Fabrikler-Buben vom Stoffelweg 6.
»Die Nina teilt den Nina-Stern nicht nur mit dem Wuzerl. Und da will er hinauf, so ein künftiger Riese! Auf meinen Stern! Und will rufen dürfen: den Nina-Stern? Und so wir beide gleichzeitig rufen, hört die Nina den künftigen Riesen? Jawohl, so ist das halt! So ist das halt! Aber nicht das Wuzerl! Und das muß ich wissen; weil, ich bin doch: das Wuzerl?«
Und diese geheimnisvolle Plaudersucht hatte dem Wuzerl zu dämpfen vermocht dies dumpfe Gefühl, es sei der Nina-Stern zu klein für so einen künftigen Riesen, sei es nun der Fabrikler-Bub vom Stoffelweg 6 oder sei es der Bauern-Bub vom Stoffelweg 8.
Und so hatte das Wuzerl die Hände zu Fäusten geballt und angeschaut die Nina-Mutter, den Beifall erheischend aufrichtigst. Und auch geseufzt und den Kopf geschüttelt.
»So eine Plage! Wenn der einmal auf dem Nina-Stern sitzt, geht und geht der nimmer hinunter von meinem Stern! Und sitzt auf

meinem Platz. Und schupft mich und schupft mich mit den Ellbogen! Jawohl! Und das heißt: rutsch' seitwärts; und das heißt: Irgendwann bin ich dann gepurzelt hinunter vom Nina-Stern, seitwärts irgendwie?!«
Und derlei vorzubeugen, das konnte nicht sein die Schwatzsucht und so auch das Wuzerl nicht verdächtigt werden, es habe den üblichen Wuzerl-Sündenfall wieder einmal vollbracht.

»Ich schwätz nicht! Ich schwätz nicht! Und ich schwätz nicht!«, schrie das Wuzerl, ein drittes Mal.
»Nina-Kind! Deine Mutter bittet dich: berate mich! Er es nicht kundgetan, wie er das Nina-Kind gedenke zu schützen?«
»Es aber geschworen«, sagte die Nina. Teils erbost, teils erstaunt, aber nicht ratlos. Das Wuzerl die Mauer des Schweigens verteidigt wider die Nina-Mutter; es nicht geschwätzt, nur ins Ohr geflüstert der Nina-Mutter? Und derlei sie geduldet auf dem Nina-Stern? Wie lange schon; wie lange: noch?
»Es geschworen: dem Nina-Kind. Und es nicht auch offenbaren müssen irgendwie und irgendwann dem Nina-Kind? Nein?«
»Das ist nicht nötig. Er lügt nicht«, sagte die Nina, ruhig und bestimmt und ergänzte. »Das ist halt so.«
»So. Der künftige Riese vom Nina-Herz lügt nicht. Weil, es ist so. Wie ist es, Nina-Kind? Wie?«
»So! Und nicht anders! Ja! Ja! Ja!«, schrie die Nina.
Und die Romani-Mutter küßte die Nina auf die Stirn.
»Soll er sich versteinern, der Nina-Stern? Zum toten Weltallklumpen versteinern, so kalt und so unbewohnt? So, als wäre der nicht gewesen der Nina-Stern? Willst du sehen die Augen deiner Mutter, geätzt vom Salz des großen Wassers? Und willst du dann, Nina-Kind, doch nur schweigen so kalt und starr? Und nicht trösten, die da wehklagt um ihr Nina-Kind?«
Und die Nina dem Wuzerl gezeigt die Nina-Zunge.
»Mürbe gedacht ist deine Mutter, Nina-Kind, von diesem und jenem Gruß der schwarzen Chrysantheme, die nur mehr besucht die schlafende Schwester, auf daß sie schleudere die Blume des Todes, Nina-Kind? In das Dorf auf Rädern? Sinne, sinne auch du, Nina! Und berate mich: Weshalb kommt die Schwester deiner Mutter nur mehr so heim ins Dorf?«
»Damit ich mich schrecke ein bisserl mehr«, sagte die Nina und verdrehte die Augäpfel.

»Und weil du so gern im Krieg herum rennst und so auch im Mai. Und zurzeit ist halt September und nicht Mai! Und das Jahr 1921 ist nicht das Jahr 1918! Und das vergißt du! Das ist der Mutterwahn, der alle Mütter plagt, auch dich! Jawohl, auch dich!«
Und der Zeigefinger vom Nina-Kind hatte gedeutet; auf die Nase der Romani-Mutter.
»Tot ist die Erschlagene«, sagte die Nina, ruhig und bestimmt.
»Und die Toten kehren nicht heim!«, schrie die Nina.
»Tot ist die Mutter des Wuzerls, halt erschlagen. Halt erschlagen! Und du lügst! Du lügst! Du lügst!«, schrie die Nina. Und die Nina schaute die Romani-Mutter an, anklagend den Mutterwahn. Und die Romani-Mutter schaute schräg seitwärts, hin zur Esmeralda. Und die Esmeralda hatte den Kopf schroff seitwärts gewandt. Und es glühten die Wangen der Esmeralda; und es zitterten auch ihr die Lippen.
Und den Beistand nicht verweigern mochte die Esmeralda ihrer kleinen Nina-Schwester.
»Auch wenn du mit Hilfe der Worte zeichnest das und jenes Schreckensgemälde. So bleibt es nur ein mütterlicher Befehl«, sagte sie, ruhig und bestimmt. Und auch der Nina-Vater räusperte sich, eher wider die Sorge seines Weibes?!
»Ja! Ja! Ja!«, schrie die Nina.
»Und so langweilig! So langweilig! Und du verstecken möchtest in dieser und in jener Frage den mütterlichen Befehl? Hör ich von dir immer nur: das Übliche?! Mich nicht so plagt der Vater!«
Und das Nina-Kind hatte auf den Nina-Vater gedeutet, der sich nun nicht mehr geräuspert.
»Ich habe gedacht, welche Lieder wir heute singen werden, und deshalb deine Mutter gebeten, sie möge mit dir suchen die Zwiesprache? Und sich beraten: mit dir«, konterte der Vater.
»Du lügst! Du lügst! Du lügst!«, schrie die Nina.
»Dein Vater lügt nicht!«
Und der Nina-Vater hatte die Tür geöffnet – zu dem einen Häuschen auf Rädern – und dieselbe zugeknallt. Und gestimmt die Geige für den letzten Auftritt in diesem Dorfe, das erwogen ein Dorf auf Rädern. Zu verlassen und zu berücksichtigen auf diese Weise die Träume einer Romani-Mutter.

4
DIE BITTE ERFÜLLT: DEM SCHUTZPATRON

Aber erst – nachdem sie die Bitte erfüllt: dem Schutzpatron.
»Es mir bedenken möge das Dorf auf Rädern! Es ist mein Schwager von einem Riesen, der da hofft auch riesenähnlich und auch zu zürnen beliebt riesenähnlich? Und sodenn auch zürnt mir; wenn er nicht hören wird heute abend die Romani-Lieder? Verzeihen möge es mir – der Rat vom Dorf auf Rädern – ich es nett geplaudert, vielleicht: zu nett?
Das Dorf auf Rädern es ja auch geplaudert haben könnte – am ersten Tag seiner Ankunft – einem Gastwirt: nett? Und der kugelige Glatzkopf von einem halt auch eher gastwirtsmäßigen Verstand angeregt? Aufrichtigst gesprochen: Es könnte der Rechenstift meiner etwas vielfältig begabten Kreszentia entzückt sein, so es den Aufbruch verschieben möge, den doch geplant etwas plötzlich das Dorf auf Rädern?«
Und die Romani-Mutter hatte dem Vlastymil Franz geantwortet:
»Mürbe gedacht bin ich und doch: Es sei erfüllt! Und nicht vergessen meine Worte, die ich gesprochen, noch nicht kennend meine Träume! Vermutet die nicht als sich gleichbleibend so! Trotzdem! Es geziemt sich nicht, das Wort zu brechen«, und ihre Lippen zitterten. Und der Romani-Vater – vom Esmeralda-Kind und dem Nina-Kind – angeschaut die beiden Töchter und der Romani-Mutter den Arm um die Schulter gelegt.
»Wir werden die üblichen Lieder der Romani singen und sodann aufbrechen sogleich, in derselben Nacht noch; nicht bleiben einen Tag länger.«
Und eine Kugel mit Glatzkopf der Romani-Mutter die Hände geküßt.
»Es vergißt das Dorf auf Rädern nie ein Gastwirt zu Gnom. Und es weiß auch das Dorf zu schätzen diese Ehre. Und wird es auch danken, dem Dorf auf Rädern, so wahr ich Vlastymil Franz heiße; und das Dorf Gnom mich auch nennt den Gnom-Forscher, aber auch den Gnom-Kundigen, nicht nur den Gastwirt ›Zum armen Spielmann‹. Und so sei gedankt einer von meiner Wenigkeit geschätzten Romani.«
Und der Vlastymil Franz hatte sich verbeugt vor der Romani-Mutter, und sich umgewandt abrupt, und war schon gestolpert

merkwürdigst im Zick Zack über die Wiese, hinüber zur Landstraße zu Gnom. Und zurückgekehrt war der Vlastymil zu seiner Kreszentia tränenblind und es der kundgetan:
»O, ich Glückseliger! Der Rat vom Dorf auf Rädern hat's entschieden! Das Musikantentrio wird uns heut doch noch erheitern Gnom!«

5

»AUCH ICH BIN BESSERUNGSFÄHIG; AUCH ICH! JAWOHL!«

Und die Esmeralda hatte den Romani-Knaben erstmalig gewagt anzuschauen, und war schon errötet, und der Romani-Knabe hatte genickt, merkwürdigst stummgeschlagen, und die beiden waren verschwunden im Häuschen auf Rädern, in dem schon der Esmeralda-Vater die Geige gestimmt, bemüht, den Blick zu üben vom blinden Vater, so nebenbei, auf daß endlich sein Esmeralda-Kind nicht mehr erröte, so es sich angeschaut empfand, eher von einem wissenden Vater.
Und nun die Nina gerannt schon fort: aus dem Dorf auf Rädern. Die Romani-Mutter aber erwischt ihren 13-jährigen Dickschädel auf der Landstraße zu Gnom. Und ihre Hände umklammerten gleich dem Schraubstock die Nina-Oberarme. Die Nina seufzte und schloß erschrocken die Augen.
»Halt die Liebe«, hatte die Nina geseufzt.
»Und betrittst du nun: das Dorf? Ohne Geleitschutz?«
»Nein; o nein! Wie langweilig du nur bist mit deinem Mutterwahn! Wie langweilig!«
Und die Nina der Romani-Mutter gezeigt die Nina-Zunge. Geweint aber hat die Nina nicht, nur geblinzelt zuerst mit dem rechten und sodann mit dem linken Auge. Und die Romani-Mutter berücksichtigte dies auch sogleich und umklammerte nicht mehr gleich einem Schraubstock die Nina-Arme. Auf daß es ihrem Nina-Kind gegeben sei, besser zu schützen; mit Hilfe der Hände die Nina-Augen.
»Ist das eine Mückenplage!«, schrie die Nina, teils erbost teils erstaunt, und rieb sich die Augen.
»Und betrittst du nun das Dorf ohne Geleitschutz?«, blieb die Romani-Mutter langweilig. Wie lange noch?
»Und betrittst du nun den Zweifel-Grund und den Zweifel-Boden?«

»Nein!«, antwortete die Nina und rieb sich noch immer die Augen.
»Nein! Nein! Nein!«, schrie die Nina und zog sich selbst am Wuschel-Kopf und verdrehte die Augäpfel.
»Was, du meidest den Zweifel-Hof nicht? So auch den Stoffelweg nicht?«
»Doch! Ja!Ja!Ja!«, schrie die Nina und wandte den Kopf schroff seitwärts und rannte schon über die Landstraße zu Gnom.
»Wuzerl!«, schrie die Romani-Mutter.
»Ich bin eh schon da«, schnurrte das Wuzerl, eher gelangweilt die Augäpfel verdrehend. Und trippelte eh schon über die Landstraße zu Gnom, eifrigst im Näschen bohrend.
Und auf der linken Seite waren die beiden Romani-Kinder getrippelt – die Nina voraus und das Wuzerl hintennach – und sich das Wuzerl umgedreht; und auf der Wiese war sie nun gestanden, gleichsam festgewurzelt, die Romani-Mutter, und hatte erhoben die Hände.
Und das Wuzerl genickt – andächtig gestimmt – und sich wissend erwählt von der Nina-Mutter zu sein: Stein und Pfeil, Hacke und Beil des Dorfes auf Rädern, auf daß nichts geschehe der Nina.
Und geradeaus nun wieder geschaut das Wuzerl mit ausdruckslosem Gesicht, die Händchen geballt zu Fäusten. Und es gemurmelt immer wieder auf der Landstraße zu Gnom ein schwarzzotteliges Romani-Kind.
»Schall und Rauch, es flieget herbei:
Stein und Pfeil!
Nacht und Nebel, es eilet herbei:
Hacke und Beil!«
Und dies war auch, aber nicht nur, das Geheimnis vom Nina-Stern. Es war das Geheimnis an sich von den Romani-Sternen. Und es ward geoffenbart dies wundersame Geheimnis nur dem Dorf auf Rädern. Und das seit vordenklichen Zeiten; und daß auch derlei so bleibe, es getrippelt hintennach der Nina – ein schwarzzotteliges Romani-Kind – das nur gekannt ein Dorf auf Rädern, und es dies Dorf auf Rädern genannt das Wuzerl.
Und dort, wo eine windschiefe Tafel es verkündete, die linker Seite der Landstraße zu sehen war, blieb die Nina stehen und wartete auf das Wuzerl.
»Gnom«, sagte das Wuzerl und deutete auf die windschiefe Tafel.

»Du hast geschwätzt«, sagte die Nina und nahm das Wuzerl bei der Hand.
»Das ist der Neizbach«, sagte das Wuzerl und deutete mit dem Zeigefinger abwärts; und beugte sich schon über das Brückengeländer.
»Wuzerl!«, schrie die Nina.
»Zurück!«, und die Nina hatte das Wuzerl angeschaut mit kugelrund geschreckten Augen. Und das Wuzerl nickte und schnurrte.
»Das Wuzerl purzelt nicht in das Bett vom Neizbach hinab. Es verteidigt nur seinen Platz auf dem Nina-Stern. Und gewachsen ist das Wuzerl nicht geschwätzig! So nur verdächtigt!«
»So?!«, knurrte die Nina. Und die Nina hielt das Wuzerl fest; etwas fester. Und sie kratzte sich den Nina-Hinterkopf.
»Ist mir passiert«, schnurrte das Wuzerl und bohrte eifrigst im Näschen.
»Vielleicht doch?«, und blieb stehen auf der Landstraße zu Gnom und schaute die Nina an, mit kugelrund geschreckten Augen.
»Das ist das Haus vom fremden Gott«, sagte die Nina. Und das Wuzerl rieb sich mit der rechten Hand die Augen.
»So?«, knurrte das Wuzerl.
Und die Nina setzte endlich das Wuzerl auf ihren linken Unterarm. Und das hatte auch sogleich seine Hände im Nacken von der Nina ineinander geschlungen.
»Passiert mir nimmermehr«, schnurrte es. Und es wähnte eh nur erfolgreich verteidigt den Wuzerl-Platz auf dem Nina-Stern. Wider diesen Fabrikler-Buben und wider diesen Bauern-Buben.
»Auch ich bin besserungsfähig, auch ich! Jawohl! Und das muß ich wissen, weil ich bin ja das Wuzerl!«, sagte das Wuzerl und küßte und herzte die beleidigte Nina.
Und sie waren schon vorbeigegangen an der Pfarrkirche zu Gnom, die vereint sein dürfte, mit dem Friedhof zu Gnom zu einem höheren Ganzen. So es irgendwie vermuten ließ die Mauer aus Stein dem Nicht-Hiesigen.
Und sie waren eh schon gestanden unter der Zweifel-Eiche und hatten hinübergeschaut zum schmiedeeisernen Tor.
»Nein! Dahinter wohnt nur der fremde Gott und schlafen nur die Toten zu Gnom. Und wir Romani sind rechtlos.«
Und die Nina hatte hinübergeschielt vorsichtigst zum Schulhaus zu Gnom.

»Der sieht alles«, flüsterte sie und das Wuzerl nickte und schaute eher gelangweilt hinüber zum schmiedeeisernen Tor, die Neugierde tapfer verleugnend.

»Rechtlos schreiben wir unsere eigenen Gesetze«, flüsterte das Wuzerl und schnurrte.

»Kalt ist es; saukalt!«, und war eh schon gesessen auf den Schenkeln der Nina sich wärmend den Wuzerl-Hintern. Und den Wuzerl-Kopf sich wärmend an der 13-jährigen Nina-Brust.

»Das ist schon gut«, knurrte das Wuzerl. Und die Nina legte ihre Hände um den Wuzerl-Körper.

»Das ist schon besser«, schnurrte das Wuzerl.

»Und er wird mich suchen«, knurrte die Nina.

»Und dich auch finden«, tröstete das Wuzerl, und ergänzte es sich selbst mehr mit dem Gemüt. »Eh nicht!«

Und gerade in dieser entscheidenden Frage hatte sich geirrt das Wuzerl-Gemüt.

»Siehst! Da kommen die eh schon marschiert!«, knurrte das Wuzerl erbost und stierte düster hinüber zur Landstraße zu Gnom.

6
DOCH GEWEINT HAT ES NICHT!

Und so ist es auch gewesen – die Zwillinge vom Stoffelweg 8 und der Fabrikler-Bub vom Stoffelweg 6 trippelten: Richtung Dorf auf Rädern. Und die Magdalena mit den zwei Zöpfen auch sogleich erspähet die Nina.

»Die Nina! Die Nina! Da sitzt sie; unter der Eiche vom lieben Tata!«

Und der fast kahlgeschorene Zwilling von der Magdalena mit den zwei Zöpfen schrie:

»Nina! Nina! Die Sau hat neun Ferkerln, das brave Muttertierlein! Ihr das passiert auf einen Tatsch!«

Und der Fabrikler-Bub vom Stoffelweg 6 geschluckt und dem sich geöffnet die Augen, schamlosest verschlingen wollend ihre Nina, und das Wuzerl sich die Augen gerieben eifrigst und so auch die Zehen bewegt eifrigst.

Und sie waren gesessen unter der Zweifel-Eiche; den Türkensitz sich erwählend für die als nötig erachtete Ratssitzung.

Und das Wuzerl war dann gestanden unter der Zweifel-Eiche, und es hatte das Wuzerl nachschauen dürfen: ihrer Nina. So lange.

»Das ist dann aber gewesen eine Ratssitzung? So eine!«, knurrte es empört und stierte sodann vor sich hin, eher düster gestimmt an sich, und bohrte eifrigst im Näschen und sich auch die Augen gerieben. Und es war der Wuzerl-Körper geschaukelt so lange unter der Zweifel-Eiche vorwärts und rückwärts, rückwärts und vorwärts.

»Ich schwätz nicht! Ich schwätz nicht! Und ich schwätz nicht!«, knurrte das Wuzerl.

»Auch ich bin besserungsfähig, auch ich! Jawohl!«, schrie das Wuzerl, und die Nina war eh nicht mehr zu sehen.

Und es hatte sich das Wuzerl niedergesetzt unter der Zweifel-Eiche und gewartet eine Stunde, zwei Stunden, drei Stunden. So es beschlossen hatte der Rat und es kundgetan die Nina höchstpersönlich dem staunenden Wuzerl.

»Und du bleibst hier; und schwätzt nicht und spionierst mir auch nicht nach?«

»Und ich bin kein Spion! Und ich bin kein Spion! Und ich bin kein Spion!«, knurrte das Wuzerl und hatte schon gewartet drei Stunden und sodann: die vierte Stunde.

Und als das Musikantentrio des Dorfes auf Rädern geeilt zum Gasthof ›Zum armen Spielmann‹, hatte das Wuzerl nicht zu sehen drei mal zwei erstaunte Augen.

Und es war das Wuzerl gesessen unter der Zweifel-Eiche mit ausdruckslosem Gesicht und geradeaus es gestarrt so schräg vorbei und vermeidend – gesehen zu haben – alle dreie? Geradeaus es gestarrt eher gekränkt an sich?

»Wo ist die Nina?«, schrie die Esmeralda.

»Die Nina?«

Und das Wuzerl zuckte mit den Achseln.

»Dort, wo sie ist. Dort ist die Nina«, orakelte es und der Nina-Vater schon überquert die Landstraße und befühlt die Finger vom Wuzerl. Und das Wuzerl geknurrt:

»Nirgendwo hat unsereins seine Ruh!«

Und das eher etwas bläulich gefrorene Wuzerl die Augäpfel verdreht. Und der Nina-Vater geschluckt; und sich sodann geräuspert und schroff seitwärts geblickt und sich erhoben und den Rücken zugewandt das Wuzerl befraget:

»Willst du nicht heim: ins Dorf?«

Es geknurrt eher?

Und die Esmeralda schon gerannt zurück ins Dorf auf Rädern und die Nina-Mutter und auch die übrigen Romani-Kinder geeilt hin zur Zweifel-Eiche.

»O je!«, seufzte das Wuzerl und zerrte sich selbst am Wuzerl-Haar. Genaugenommen es nur wehgeklagt haben wollte dem Dorf auf Rädern.

»Mir bleibt nichts erspart, auch gar nichts!«, schrie das Wuzerl, teils erbost teils erleichtert. Doch geweint hat es nicht! Und es hatte sich auch geweigert, zurückzukehren in das Dorf auf Rädern.

Und es wurde das Wuzerl getragen zurück in das Dorf auf Rädern von der Nina-Mutter. Und das Wuzerl hatte geboxt wider den Rücken der Romani-Mutter, und es geschrien immer wieder:

»Ich schwätz nicht! Ich schwätz nicht! Und ich schwätz nicht!«

Und die übrigen Romani-Kinder hatten sich angeschaut; kreuz und quer, quer und kreuz – und es waren geätzt die Augen vom Wuzerl. Vom Salz des großen Wassers?

»Diese Mücken!«, schrie das Wuzerl und boxte noch immer wider den Rücken der Romani-Mutter.

»Hinein in das linke Auge und heraus und auch sogleich wieder hinein in das rechte Auge! Und das immerfort und immerfort; und immer irgendwie den Weg gefunden schnurstracks hinein in meine Augen!«

Und die Romani-Kinder hatten genickt einfühlsamst und das größtgewachsene Romani-Kind hatte gesprochen. Und das Gesprochene bestätigt dem Wuzerl – mit Hilfe vom Kopf – und sie allesamt genickt, im übrigen aber geschwiegen.

»Das Wuzerl hat nicht geweint; wir wissen es.«

Und so ermutigt, es das Wuzerl auch in das Ohr hineingeschrien der Romani-Mutter.

»Ich schwätz nicht! Ich schwätz nicht! Und ich schwätz nicht!«

Erbost aufrichtigst für die alles sehenden und alles hörenden Romani-Kinder.

Erleichtert aufrichtigst im Gemüt, halt im Gemüt! Und es geflüstert der Romani-Mutter ins Ohr so nebenbei.

»Kalt ist es; saukalt!«

Und sich dann doch wieder geschämt; und auch sogleich geboxt wieder: wider den Rücken der Romani-Mutter.

7
OPFER EINER ENTSETZLICHEN MÜCKENPLAGE

Das größtgewachsene der Romani-Kinder schielte auf den Lokkenkopf des Wuzerls hinab; das Wuzerl stierte düster vor sich hin.
Aber es bohrte noch eifrig in seinem Näschen, und sein Körper schaukelte noch immer vor- und rückwärts. Und das hieß: das Wuzerl war noch immer bereit, die Nina-Liebe zu verteidigen.
Den kecken Wuzerl-Blick jetzt gewagt und das Wuzerl hätte die ungeduldige, ja herrisch fordernde Hoffnung aus den Augen der Romani-Kinder als Aufforderung an sich zu deuten vermocht, doch endlich jenes Wuzerl zu sein, dem es nicht und nicht gelingen wollte, die Nina-Liebe gegen die Neugierde der Mutter zu verteidigen. Wann war das Wuzerl endlich zu seinem doch üblichen Wuzerl-Sündenfall bereit?
Das größtgewachsene der Romani-Kinder stöhnte; doch es hätte bei seinem eigenen Stern schwören mögen, daß es sich nie und nimmer den Wuzerl-Sündenfall wünschte.
Das Wuzerl hörte auf, im Näschen zu bohren; es hörte auf, eifrig die Zehen zu bewegen; es hörte auf, mit dem Körper vor- und rückwärts zu schaukeln. Es hielt den Atem an und dann schrie das Wuzerl:
»Die Sau hat neun Ferkerl! Neunlinge!«
Die Romani-Mutter regte sich nicht. Sie schloß die Augen und hielt die Hände weiterhin erhoben, so, als hörte sie nicht. So, als gäbe es für sie nur den Stern ihres Nina-Kindes.
»Jawohl! Bittschön! So ist es!«, schrie das Wuzerl und schwieg.
»Wuzerl!«
Der empörte Aufschrei der Romani-Kinder war nicht zu hören.
Das Wuzerl dachte nach, eher ratlos.
»Heuhüpfen tut die Nina! Mit dem Klein-Kaspar und der Magdalena mit den zwei Zöpfen!«, schrie das Wuzerl und schwieg.
Die Romani-Kinder fühlten sich als Opfer einer entsetzlichen Mückenplage. Sie rieben sich so eifrig die Augen und waren so eifrig mit den Mücken beschäftigt, daß da keine Hand zu spüren war, die das Wuzerl an den Haaren zog, es in den Hintern zwickte, und auch auf die nackten Zehen wollte dem Wuzerl kein Romani-Kind treten.
Das Wuzerl staunte, aber es blieb dabei. Niemand kümmerte sich

um den Wuzerl-Sündenfall. Niemand zerrte am Wuzerl-Ohr, niemand zwickte in sein Näschen.
»Jawohl! Bittschön! So ist es!«, schrie das Wuzerl und schloß dann die Augen ganz fest.
»Den rechten Daumen und den Zeigefinger hat er nimmer; der Vater! Aber ein Haus! Jawohl! So ist es! Bittschön!«, schrie das Wuzerl und steckte dann den rechten Zeigefinger in den Mund. Irgendetwas hatte es noch vergessen.
»Halt der Bub vom Kerschbaumer Franz ist es«, seufzte das Wuzerl und verdrehte die Augäpfel.

8

DAS HIESSE: DIE KERSCHBAUMER-MUTTER
BELEIDIGEN

Die Romani-Mutter wußte, daß der Stoffelweg nur zwei Behausungen kannte: die des Fabriklers Kerschbaumer und die des Bauern Zweifel, Stoffelweg Nummer 6 und Stoffelweg Nummer 8. Mehr Nummern gab es dort nicht. Sie sah vor sich die Behausung der Kerschbaumer.
Dort, wo der Verputz die Mauern noch schützte, waren auch die Ziegelsteine sichtbar einerseits. Andererseits waren dort, wo nicht sichtbar die Ziegelsteine, doch zu sehen Salpeterflecken. Und die Fensterscheiben waren geputzt, so sie noch nicht ersetzt der Pappendeckel. Ein Fenster aber dürfte renoviert worden sein sachkundig.

»Und hinter den Mauern, von denen der Verputz abbröckelt, Nina-Kind, und in denen windschiefe Löcher sind, wohnt die Kerschbaumer-Mutter, mit ihren Kindern; vier an der Zahl. Davon ist ihr geblieben nur mehr der Erstgeborene. Und dem Erstgeborenen fehlt das Weib, nicht aber der Sohn?«
Und es hatte die Romani-Mutter nur erzählen wollen – ihrem Nina-Kind – jene Eindrücke, die ihr Gemüt eher geschreckt hatten, vielleicht es auch nur gestimmt düster. Und es hatte die Esmeralda gewagt den Vergleich der schäbigen Löcher mit den eigenen schmucken Fenstern des Hauses auf Rädern. Und es hatte die Nina geduldet diesen Vergleich nicht. Und die Romani-Mutter schon wieder geplaget eh nur der Mutterwahn? Nicht gesehen die Nina erröten?

»Das ist das Zündholzschachtel-Haus. So es nennt der zuhause ist in diesem Dorf und nicht nirgendwo! So, wie unsereins!«
»Eine etwas längliche Zündholzschachtel. Ja! Ja! Ja!«, sagte die Romani-Mutter und dünkte dem Nina-Kind eher willens: einzudringen in ihre innersten Gemächer? Die Nina aber erwidert hatte den Blick der Mutter, gelangweilt wirkend.

Und nun wußte es die Romani-Mutter. Sie hatte sich nicht geirrt. Die Röte im Gesicht vom Nina-Kind offenbarte eher zaghaft ein Geheimnis, und die Langeweile maskierte dies Geheimnis auch; sogleich.

»Ja!Ja!Ja! Und darüber ein beteertes Dach, das sogar einen Rauchfang hat, und aus dem schon jetzt, im Monat September, Rauchkringel aufsteigen. Dort wohnen Menschen. Ja!Ja!Ja! Und ich wette grad den Nina-Stern! Die der Kerschbaumer-Mutter fehlen, allesamt geschluckt der Krieg!«, hatte die Nina gesagt und die Augäpfel verdreht.
»Nein; nur einen. Die anderen gestorben sein dürften eher so?«, sagte die Romani-Mutter ruhig und bestimmt. Und schüttelte den Kopf.

Und die Esmeralda hatte eh nur hingewiesen ihre Mutter auf die Kerschbaumer-Behausung und es war doch nicht gewesen der Mutterwahn, der sie geplagt? Nein. In diesem ebenerdigen Bau nach Nina zu suchen, das hieße die Kerschbaumer-Mutter beleidigen zu wollen – mit der sie plaudern hatte dürfen eher angeregt – und die ihr das und jenes zum Sinnen mitgegeben in das Dorf auf Rädern.
Nein, dort war die Nina nicht.

9
SEHEN UND HÖREN, DAS IST GUT.

»Wer ist Klein-Kaspar? Und wer ist die Magdalena mit den zwei Zöpfen?«, fragte die Romani-Mutter und hatte sich zugewandt wieder dem Wuzerl. Das Wuzerl rieb sich die Augen. Es begann mit dem Körper vor- und rückwärts zu schaukeln.
»Wer ist Klein-Kaspar? Und wer ist die Magdalena mit den zwei Zöpfen?«

»Ich schwätz nicht! Ich schwätz nicht! Und ich schwätz nicht!«, schrie das Wuzerl.
Die Romani-Mutter umklammerte wieder die Wuzerl-Oberarme. Das Wuzerl stierte düster vor sich hin. Und es doch geflüstert hinein in das Ohr der Romani-Mutter.
»Halt im Heu. Halt im Heu.«
Und ergänzt.
»Halt im Stall. Halt im Stall.«
Und geseufzt; und die Augäpfel gedreht hinauf zu den Sternen.
»Wo sie nicht ist, dort wirst du sie finden, Heuhüpfen oder Ferkerln drangsalieren, bei der Huhnschlächterin halt!«
Erst als die Romani-Mutter in Richtung Landstraße verschwunden war, verkündigte der übliche »Wuzerl!«-Schrei der Romani-Kinder, daß es dem Wuzerl schon wieder einmal nicht gelungen war, die Mauer des Schweigens gegen die Neugierde der Erwachsenen zu verteidigen.
»Bestimmt ist bestimmt. Passiert ist passiert. Es kommt so, wie es kommt«, seufzte das Wuzerl und rieb sich die Augen.
»Ich hab mich geplagt: so!«, schrie es.
Und drohte den Romani-Kindern mit der Faust.
»Ihr könnt verteidigen: die Mauer? O je! Wenn ich so wenig weiß wie ihr, wo die Nina ist, kann ich das auch!«
Und das Wuzerl die Hände vor das Gesicht geschlagen, und sodann schon hinaufgetrippelt die Treppe – zu dem einen Häuschen auf Rädern – und geschrien.
»Ich schwätz nicht! Ich schwätz nicht! Und ich schwätz nicht!«
Und sich ein letztes Mal angeschaut, die nachgeblickt dem Wuzerl, mit kugelrund modellierten Augen, weniger staunend, eher ratlos.
»Ja! Ja! Ja!«, schrie das Wuzerl. »Ich weiß einfach zu viel; und deshalb passiert mir das! Nur deshalb! Nur der wissende Wuzerl-Kopf wird drangsaliert! So ist das, und gar nicht anders!«
Und schon zugeknallt die Tür.
Und sich auch sogleich gelegt in das Nina-Bett. Und sich die Tuchent über die Ohren gezogen, und die festgehalten. Und gemurmelt immer wieder, eindringlichst mit sich selbst im Zwiegespräch.
»Ich schwätz nicht! Ich schwätz nicht! Und ich schwätz nicht!«
Und sich sodann gewälzt von der einen Seite auf die andere und so hin und her, her und hin.

Und sich aufgesetzt im Bett. Und nach draußen gelauscht, den Atem anhaltend, mit weit geöffneten Augen und sodann den Zeigefinger in den Mund gesteckt und entschieden, gleichsam mit schlafwandlerischer Sicherheit es wissend: Sehen und Hören, das ist gut. Nicht-Gesehen-Werden und Nicht-Gehört-Werden, das ist besser.
Und sich auch sogleich versteckt unter der Tuchent, und die festgehalten.
»Ich schwätz nicht! Ich schwätz nicht! Und ich schwätz nicht!«, knurrte das Wuzerl, sich teils teils doch geborgen empfindend unter der Tuchent.
Und sich gewälzt wieder im Nina-Bett. Hin und her, her und hin. Und sich auch aufgesetzt wieder im Nina-Bett.
»Nina!«, quietschte das Wuzerl; weniger mit Zuhilfenahme der Wuzerl-Stimme. Es eher gequietscht lautlos. Auf daß es höre auch ganz sicher nur die Nina.
Und gelauscht wieder nach draußen. Den Atem anhaltend mit weit geöffneten Augen und sodann den Zeigefinger in die Nase gesteckt, aber vorgezogen, den Zeigefinger stillzuhalten, auf daß niemand vermuten könne, hier bohre ein Wuzerl in der Nase. Und so sich jemand schon lautlos geschlichen hinein in das Häuschen auf Rädern, dies auch sogleich wieder verlasse, das Häuschen wähnend ohne ein Romani-Kind, das der Jemand schrecken konnte.
Nur die Augäpfel vom Wuzerl waren – hin und her, her und hin – aufmerksamst beäugend die Stube.
Es raschelte wirklich eher merkwürdig. Es konnte nur der Wind sein, konnte aber doch auch sein nicht nur der Wind?
Und nun es auch noch geknistert – einmal von daher und einmal von dorther – und sich auf das Geheimnisvollste vermehrt die Geräusche, die doch allesamt die eine verdächtige Eigenschaft ausgezeichnet, die so bedenklich gedünkt dem Wuzerl.
Sie waren merkwürdig; wirklich sehr merkwürdig. Und sodann auch gehört diese Stille, die allemal geoffenbart die Toten – dem lauschenden Ohr – und wenn doch zurückgekehrt die schwarze Chrysantheme, auf daß sie schleudere die Blume des Todes auf das Nina-Bett!?
So sehr dem Wuzerl auch gefehlt der Vater; so sehr dem Wuzerl auch gefehlt die Mutter: Es mochte derlei absolut nicht schätzen. Es wollte – ewig nicht – die Blume des Todes berühren müssen.

Derlei dünkte dem Wuzerl allemal früh genug; derlei einem Wuzerl eh nie zu passieren beliebte; einmal eher zu spät? Und das Wuzerl eh schon wieder unter der Tuchent, und hin und her gewälzt die entscheidende Frage:
»Eine tote Mutter ist keine Mutter!«, erboste sich das Gemüt vom Wuzerl.
»Und eine Mutter, die sich erschlagen läßt, die soll sich hintennach nicht entschuldigen wollen: Das ist mir passiert; ich hab' es nicht gewollt! Eine Mutter läßt sich nicht erschlagen!«
Und es haderte nun das Wuzerl unter der Tuchent. Doch geweint hat es nicht! Eher es vorgezogen: da zu liegen – gleich einem Igel, der sich auch totgestellt – so er gewittert in seiner Nähe die Blume des Todes.
»Ich bin tot! Ich bin tot! Und ich bin tot!«, quietschte das Wuzerl; lautlos. Und das Gemüt vom Wuzerl kicherte dann und wann; eher erleichtert.
»Dem toten Wuzerl kann nichts mehr passieren. Dem ist es schon passiert.«
Und es hatte ein schwarzzotteliges Romani-Kind – in der einen bestimmten Frühherbstnacht, im Jahre 1921 – in einem Dorf auf Rädern, unter der Tuchent gekämpft sehr tapfer: wider die Blume des Todes und verteidigt: sein Wuzerl-Leben.
Und den Beistand erfleht von der Nina. Wie lange nur schon? Und wie lange: noch?
»Mir bleibt auch nichts erspart«, es gemurmelt – etwas ermüdet – unter der Tuchent.
Und sodann halt geseufzt; und erstmalig gewagt sich einzugestehen, genaugenommen weine das Wuzerl bitterlich.
»Und hätt' so gern noch gelebt! Und hätt' so gern noch gelebt!«
Es geschrien dann und wann, aufgerichtet sitzend im Bett. Gleichsam mit schlafwandlerischer Sicherheit wissend:
»Das ist meine letzte Nacht! Oje!«
Und die Blume des Todes irgendwie doch geschluckt – ein Wuzerl – und es auch ertragen, daß die irgendwie doch sehr gedrückt: im Magen, gleich einer unverdaulichen Pilzsuppe.
»Oje! Oje! Oje!«
Und gleich einer Toten sodann gelegen unter der Tuchent, und geseufzt, immer wieder.
»Jetzt bin ich tot! Oje! Oje! So ein Unglück! Das kann auch nur mir passieren!«

Und sich die Augen nun gewischt – ein Wuzerl – immer wieder.
Und es hatte ein schwarzzotteliges Romani-Kind in der einen
bestimmten Frühherbstnacht, im Jahre 1921 – in einem Dorf auf
Rädern – unter der Tuchent den Kampf verloren wider die Blume
des Todes.

10
DAS WEHKLAGEN DER RUHELOSEN

Die Romani-Mutter zögerte.
Sie stand auf der rechten Seite der Landstraße zu Gnom und beugte
sich über das Brückengeländer und schaute hinüber zum Haus des
fremden Gottes.
»Das ist der Mutterwahn, der mich mürbe denkt. So schlafe ich ein
in diesem Dorfe, erst mürbe gedacht, und aufwache ich in diesem
Dorfe, mich eher empfindend erschlagen?«, murmelte sie, teils
empört teils aber auch sich empfindend als eher ratlos.

Und sie hatte sich eh nur erinnert wie der Mann es ihr immer
wieder zu bedenken gegeben:
»Du bist jene, die träumt, auch schon hellwach die Träume der
Nacht. Vermutest vergiftet die Herzen der Menschen eher ausnahmslos. Du peinigst die Kinder mit deiner Schuld, die nicht ist
die Schuld der Kinder. Du peitscht die Kinder mit der dornigen
Strenge eines schwerblütig geschlagenen Gemüts, das nur eines
wirklich glaubt: Es heiße die Mutter aller Schuld Blindheit.«
Und die Romani-Mutter hatte gewagt, dem Romani-Vater zu
widersprechen; entschiedenst.
»Und heißt sie nicht so?«
Und der Mann hatte das Weib auf die Stirn geküßt.
»Du suchst nur die Blindheit. Du witterst nur die Blindheit. Du
bist jenes Weib, das nicht kennt die Ruhe. Dein einerseits und
andererseits, dein teils teils ist nur verzagt und mutlos. Nur dieses
›Nur!‹ möchte ich dem klugen Weib zum Bedenken geben. Dieses
›Nur!‹, das nicht duldet die Ausnahme! Es könnte auch einmal sein
– anders!«
Und die Romani-Mutter, die einerseits gehört Merkwürdiges
landauf landab, und andererseits nicht auszudeuten vermocht
hatte, landauf landab nicht das Merkwürdige, ihr Wehklagen nur
zu verteidigen gewußt mit dem Tod der schwarzen Chrysantheme.

»Ja! Ja! Ja! Du denkst wie das Dorf! Mich plage eh nur der Mutterwahn? Bedenkst du mir aber auch den Mann, der nicht verstanden die Sterne der Romani? Und doch gehört unser Dorf nur seine Stimme?«
Und die Romani-Mutter hatte gelacht, teils empört, teils höhnisch.
»Wie der Lesende und Schreibende gesprochen?
›Ist das Dorf Transion die Isonzo-Front?‹
Und das Dorf auf Rädern geantwortet: Wie? Wie!
›Die du gehört hast, deine kleine Schwester rufen, könntest du nicht geirrt haben? Allzu früh erwählt vielleicht, zu sein der schwarzen Chrysantheme eine vorbildliche Mutter? Vielleicht du geirrt eh nur aus diesem Grunde? Entschieden der Rat vom Dorf damals allzu leichtfertig und dir aufgebürdet zu früh, den Stern der schwarzen Chrysantheme zu schützen; insbesonders?‹
Und ich mich gebeugt dem Dorf auf Rädern. Und nicht gehört, die doch geschrien.«

Und die Romani-Mutter beugte sich wieder über das Brückengeländer und stierte düster hinab; und das Rauschen vom Neizbach dünkte eher ihr beipflichten zu wollen. Vielleicht aber doch dem Dorf auf Rädern?

Und auch der Mann beliebte diesen Einwand eher zu beantworten gleichsam im Zweifel sich eingesperrt empfindend. Ob nun geirrt jene, die wieder einmal gefordert den unverzüglichen Aufbruch; oder doch geirrt ein Dorf auf Rädern, das derlei eher empfand als die Forderung eines ruhelos geschlagenen Gemüts, das sich überall wähnte im Dorfe Transion; spätestens am Abend des ersten Tages, und dies ausnahmslos, landauf landab.
»Ist der Rat vom Dorf auf Rädern nicht willens gewesen, das Wehklagen einer Ruhelosen zu berücksichtigen? Es doch entschieden, landauf landab, ganz im Sinne der Ruhelosen? Den noch nicht beschlossenen Aufbruch angepaßt landauf landab deinem Wehklagen?!«
Und der Romani-Mann die Hände zu Fäusten geballt, eher gepeinigt sich empfindend, von den Träumen der Nacht, die da geträumt sein Weib landauf landab?
Und ihre Stimme im Rat des Dorfes auf Rädern nichtsdestotrotz allemal dasselbe verkündigt alsbald landauf landab:

»Wollt ihr erst trauern: um die Erschlagene? Die Erinnerung, die euch fehlt, denkt mich mürbe und träumt mich alt!«
Und der Älteste von den erwachsenen Romani beliebte sodann den Zeigefinger zu heben und hinaufzuschauen zu den Sternen. Und der Alte hatte sodann gedeutet auf den Stern der Romani-Mutter, jener, die landauf landab wehgeklagt.
»Diesen Stern angeschaut, ich.«
Und diesen Stern zu schützen, der Alte auserwählt ward – vor 35 Jahren – vom Dorf auf Rädern, das beratschlagt hatte, wer nun insbesonders schützen solle diesen neuen Stern.
»Das Schwerblütige nicht zu fördern: unnötig. Die Furcht des Weibes nicht zu nähren: unnötig. Das gibt zu bedenken: Stein und Pfeil, Hacke und Beil.«
Und der Alte hatte die Hände emporgehoben; zu dem neuen Stern, den er geschützt insbesonders schon 35 Jahre lang.
Und die Nina hatte das Wehklagen der Ruhelosen in diesem Dorfe, das genannt ward seit vordenklichen Zeiten Gnom, erstmalig genannt Mutterwahn, und dies auch in der nämlichen Ratssitzung zu bedenken gegeben.
»Das ist der Mutterwahn, der die Mütter plagt, landauf landab!«
Nichtsdestotrotz hatte auch im Dorfe Gnom der Rat entschieden, es sei das Wehklagen der Ruhelosen zu berücksichtigen in ihrem Sinne, auf daß sie wieder finde die Ruhe im Nirgendwo, das da genannt ward, landauf landab, Landstraße.

Und die Romani-Mutter blickte wieder hinüber in der einen bestimmten Frühherbstnacht des Jahres 1921 zum Haus des fremden Gottes und schüttelte den Kopf, es schnurrend eher als Anklage wider sich selbst:
»Nur der Mutterwahn ist das!«
Und hatte den Kopf geschüttelt nichtsdestotrotz verneinend. Und entschieden, dem üblichen Wuzerl-Sündenfall zu glauben und der falschen Spur zu folgen, die ihr diktiert ward eh nur vom Mutterwahn, den listig unterstützt hatte das Wuzerl.
»Nie und nimmer wagt mir das Nina-Kind zu betreten den Zweifel-Grund und den Stoffelweg«, und hatte schon entschieden, mehr mit dem Gemüt, nicht allzu nah an jener steinernen Mauer vorbeizugehen, die errichtet die Hiesigen um das Haus des fremden Gottes einerseits und andererseits auch für die Toten dieses Dorfes. Weshalb die Toten eingesperrt? Nicht mehr bedenken

wollen, nicht zu hören willens – zu Gnom auch nicht, nicht nur nicht zu Transion – die Toten? Und auf diese Weise doch nur vergessen das Leben: die Lebenden? So grausam: töten zweimal, um die sie getrauert einmal im Jahr, und das sich heißt auch zu Gnom Allerheiligen und Allerseelen, nicht nur zu Transion?
Und sie war auf der rechten Seite der Landstraße zu Gnom gefolgt der falschen Spur. Und willens, erst dort die Landstraße zu überqueren, wo eine Schotterstraße von einer windschiefen Tafel benannt ward:
»Stoffelweg.«

Nicht nur die Esmeralda, auch das Nina-Kind hatte jegliches Gefühl für Zeit verloren. Und die Romani-Mutter hielt es auch für ratsam, die Worte des Romani-Vaters zu bedenken, der es ihr landauf landab zu bedenken gegeben hatte, auf daß es sich die Romani-Mutter endlich merke, und auch abschneide diesem und jenem mütterlichen Befehl das allzu Kantige.
»Hast du deine kleine Schwester auf den steinernen Boden der Tatsachen purzeln lassen; nicht wattiert, mit harten und kargen Worten, die bitteren Lebenserfahrungen der Romani als Bündnisgefährten auf deiner Seite wissend? Und war deine kleine Schwester nicht eher bereit gewesen, die Sippe zu verlassen, als von ihrer ersten sehr heftigen Liebe zu lassen?«

Und die Romani-Mutter eher den gemächlichen Schritt sich erwählend, auf der Landstraße zu Gnom sich nähernd dem Stoffelweg, murmelte vor sich hin.
»Ratsam ist es, diesen Mangel an Gefühl für die Nacht und den Tag zu deuten als Ausdruck einer ernsten, sehr heftigen Nina-Liebe. Und ratsam ist es nicht, den Nina-Trotz zu berücksichtigen nicht! Allzuleicht wächst sich dieser Trotz aus zu einer hitzigen Sturheit, und die ist auch der Anfang vom Ende gewesen jeglicher Einsicht«, schnurrte die Romani-Mutter und blickte, eher den schlauen Blick sich erwählend, um sich. Stehengeblieben: auf der Landstraße zu Gnom. Im eindringlichen Zwiegespräch befindlich mit sich selbst.
»Mit der ersten heftigen Nina-Liebe geziemt es sich zusammenzustoßen, eher behutsam und vorsichtig, eher zurückhaltend und vor allem sehr sanft«, schnurrte sie. Und bestätigte sich das Ergebnis ihrer Zwiesprache mit sich selbst.

»Auch das Wehklagen der Ruhelosen wird es lernen, sich mitzuteilen eher schnurrend, nicht bleiben so schroff. Auch ich bin besserungsfähig, auch ich!«
Und die Romani-Mutter überquerte die Landstraße zu Gnom und stand auf dem Stoffelweg.
Rechts irgendwo, ein wenig nach hinten gerückt, hatte die Romani-Mutter in der Erinnerung den Zweifel-Hof angesiedelt.
Und dort war er auch, der in der Dunkelheit noch wuchtiger wirkende Bauernhof, dessen Innenleben durch eine mehrere Hektar umfassende Wiese von der Landstraße ferngehalten schien.
Und auch das Dorf Gnom, das auf der anderen Seite der Landstraße lag, schien ebenfalls durch Äcker und Wiesen bemüht, einen gewissen Abstand zum Zweifel-Hof zu finden.
Und obwohl für die Romani-Mutter der übliche Wuzerl-Sündenfall ausgedeutet worden war: als eher phantasiebegabte Wuzerl-Schlauheit, entschied sie, den Stoffelweg entlang zu gehen, und so der falschen Spur zu folgen.

11
DIE TOTEN AUGEN DES GERUPFTEN HUHNS

Genau dort, wo sich der Stoffelweg zweiteilt, blieb die Romani-Mutter stehen.

Hier war sie begegnet der Kerschbaumer Mutter vom Stoffelweg 6, die gewartet auf die Fremde, die sich da genähert am ersten Tage ihres Aufenthaltes im Dorfe Gnom, nachdem gebilligt der Gastwirt zu Gnom das Verweilen des Dorfes auf Rädern auf seinem Grund und Boden, herbeieilend, als der Herr Gendarm zu Gnom den Kopf geschüttelt.
Und die Kerschbaumer-Mutter hatte jene, die eigentlich den Zweifel-Hof erwogen als Ziel, angerufen.
»Fremde!«
Und das alte Weib hatte geschnurrt und an der Fremden vorbeigeschaut, entrückt gleichsam in weite Fernen.
»Wenn die Störschneiderin umgeht in aller Herrgottsfrüh«, und mit dem knöchernen gichtbrüchigen Zeigefinger dorthin gedeutet, wo dem alten Weib das Herz schlug.
»Muß sie dann in die Stör gehen mit der Axt? Nicht schützen den vierblättrigen Klee, der wachsen könnte doch auch im Bauch eines

Kindes, das einst gezeugt die Gewalt? Das wäre doch möglich?!«
Und die Fremde gesagt:
»Die Fragen eher sind die Antwort?«
Und das Weiblein genickt; gekichert hinter vorgehaltener Hand und hinaufgeschaut in die Augen der Fremden, und den knöchernen gichtbrüchigen Zeigefinger gedrückt wider den Mund.
»Pst!«, gleich dreimal und um sich geäugt und genickt.
»Kennt die Fremde das Kinderl mit dem blutigen Maul?«
»Nein«, sagte die Fremde.
»Pst!«, sagte die Störschneiderin.
»Das ist das Kinderl mit dem blutigen Maul«, und das alte Weiblein kicherte hinter vorgehaltener Hand und blickte hinauf zur Fremden; und hinein in die Augen der Fremden, eher staunend, vielleicht auch nur: ratlos.
Und mit dem gichtbrüchigen knöchernen Zeigefinger wieder dorthin gedeutet, wo ihr Herz schlug.
»Das ist das Kinderl mit dem blutigen Maul«, das dritte Mal.
Und gelacht haben könnte etwas wild, vielleicht auch höhnend, und um sich geblickt die Fremde, gesehen aber niemand. Und verstummt das Lachen. Und ihr Zeigefinger befühlt die Nasenspitze der Fremden. Und gekichert sodann das alte Weiblein schon wieder, hinter vorgehaltener Hand.
»Es wandern die Mistgabeln, es wandern die Heugabeln, es wandert die Axt wie der Stecken, die Peitsche wie der Stiefel in diesem Dorfe. Nur die Auswanderer wandern nicht, denn die Auswanderer bleiben.«
Und sich gekratzt an der linken Brustwarze.
»Ist die Nachtigall nur am Bach, Fremde!? Wie das sein könnte?!«
»Nicht nur, wohl aber auch«, sagte die Fremde, und das alte Weiblein gekichert hinter vorgehaltener Hand und genickt. Eher allzu eifrig?
»Wenn die Hiesige nicht kennt die Antwort, wie soll sie kennen die Fremde?«
Und es nun geraunt mit erhobenem Zeigefinger so sanft der Fremden.
>»Die Schere brauchte ich, die Nadel,
so nähte ich mit eigner Hand
dein Sterbehemde sonder Tadel.«
Und die Störschneiderin vom Stoffelweg 6 gleichsam in weite

Fernen entrückt, mehr im Zwiegespräch mit sich selbst als mit: der Fremden.
»Und die Hoffnung auf den vierblättrigen Klee zweigeteilt die Axt?«, murmelte sie, weniger staunend, eher ratlos, und betrachtete ihre Hände, denen gewachsen – wie lange schon? – der knöcherne gichtbrüchige Finger.
»Und ein Fußhebel ratterte, Nacht für Nacht, bis nach Mitternacht, und die Nähmaschinennadel schnurrte. Schnurrte über das Sterbehemd auch jener, die gezeugt hat die Gewalt. Und trotzdem doch geheißen: Magdalen'. Ganz so wie das geschändete Weib. Und das Kinderl mit dem blutigen Maul es doch sodann auch genährt und gekleidet und es geherzt und geküßt trotzdem. War es nun bestimmt seit Anbeginn, zu sterben so? Und summt das Kinderl mit dem blutigen Maul zur Mutter geworden im Takte der Nadel die Zukunft jener, die gezeugt hat die Gewalt! Gleichsam taubgeschlagen für das selbst Gehörte?«
Und gelacht die Kerschbaumer-Mutter. Und ihr die Lippen gezittert. Und sie die Hände geballt. Und ihre Augen etwas entdeckt, das ihr Gemüt verdüstert noch mehr.
»Notburga!«, schrie die Störschneiderin.
»Da kommt die Scheidewandbergl-Bäurin«, hatte sie geflüstert, und gedroht jener, die sie genannt Notburga. Und die war stehengeblieben auf dem Stoffelweg.
»Die Fremde das, die sich ausdeutet als Hiesige.«
Und es war errötet die Zweifel-Bäurin. Und der Mund nun gespannt gleich dem Bogen einer Armbrust der Bäurin wie der Kerschbaumer-Mutter, die sodann gekichert hinter vorgehaltener Hand. Und den knöchernen gichtbrüchigen Zeigefinger erhoben.
   »Dein Hemd, dein Sterbehemd,
      schätz es.«
Und geschrien:
»Wer? Wer es mir schätzt, dein Sterbehemd?«
Es klagen wollen der Bäurin, drohend. Und wenn nicht drohend, so doch warnend: die Bäurin.
   »Verwahr's im Schrein,
      es ist dein erstes
      und dein letztes.«
Und geschrien:
»Wem gehört das Letzte? Wem, Notburga?!«
Und wieder geraunt:

»Dein Kleinod,
dein ersparter Schatz.«
Und die Notburga die Augen fest zusammengepreßt.
»Wer kennt diesen ersparten Schatz? Wer, Fremde, die du sein willst eine Hiesige?!«
Und gelacht, und die Hand zur Faust geballt, und gedroht: der Zweifel-Bäurin.
»Diesen Kummer können der Kerschbaumer-Mutter nur trösten die Himmlischen. Sie möge sich das endlich merken. Und den Herrgott nicht meiden«, sagte die Zweifel-Bäurin ruhig und bestimmt.
»Ohne den Herrgott geht nix, Störschneiderin! Denn ohne den Herrgott wird alles zur Sünd!«
»Wie?«, schnurrte das alte Weiblein und steckte sich den knöchernen gichtbrüchigen Zeigefinger in den Mund.
»Wie? Kennen die Himmlischen das Kinderl mit dem blutigen Maul? Kennt der Herrgott die Schindangergeschichten zu Gnom?«
Und schrie:
»Und kennt mir die Zweifel-Bäurin die fehlenden drei? Den Josef? Die Josefa? Und – die Magdalen'? Die einst doch wohl auch geboren die Störschneiderin? Und ihr geblieben nur der Erstgeborene? Ein doch eher zahnloser Höllenhund? Mit dem Herrgott läßt sich nicht sündigen?!«
Und die Alte gelacht und den Kopf geschüttelt.
»Notburga! Derlei mag stimmen zu Transion, nicht aber, schon ewig lang nicht mehr, zu Gnom!«
Und geflüstert eindringlich:
»Mit dem Herrgott läßt es sich sündigen. Besser, als ohne ihn. Das auch bedenken sollte dein Kaspar.«
Und das alte Weiblein die Augäpfel gedreht gleichsam entzückt, und gekichert hinter vorgehaltener Hand.
»Das geht sich aus vorzüglichst! Vorzüglichst! Mit dem Herrgott!«
Und verstummt, und angestarrt düster die Zweifel-Bäurin, und ausgespuckt vor der drei Mal. Und sich umgedreht.
»Großmutter! Herkommst! Auf der Stell!«, hatte der Enkel gerufen, der den Kopf gestreckt aus dem windschiefen Fenster. Die Großmutter aber sich noch einmal zur Notburga gewandt, geschrien:

»Ja! Ja! Ja! So die Mutter dir fehlt, fehlt dir die Großmutter nie! Und mir dein Vater lebt so lang, wie lebt, der geboren ist mit ihm im selben Jahr? Notburga! Im selben Jahr?! Mein Franzl etwas früher als dein Kaspar! Aber: im selben Jahr!«
Und geballt die Hand zur Faust.
»Und wohin mir spaziert werden Klein-Kaspar und Klein-Magdalena? So es auch wuchern will aus deinem Bauch heraus? Notburga?! Wohin?!«
Und erstmalig, und zweitmalig, und drittmalig gezeigt der knöcherne gichtbrüchige Daumen erdwärts.
Und die Zweifel-Bäurin geglüht, auf das Merkwürdigste erregt, und ihr die Lippen gezittert, und eher ratlos gesucht nach einem bestimmten Wort, und ihre Hände entgegengestreckt eher hilflos – in der einen ein gerupftes Huhn in der anderen einen Papiersack mit Eiern – der Rasenden.
Die Störschneiderin das gerupfte Huhn beäugt eher aufmerksamst, und auch nicht so ohne Genugtuung, sodann gedeutet auf die toten Augen des gerupften Huhns.
»Und es verboten zu plaudern mit der Störschneiderin vom Stoffelweg 6? Wer es gewagt, dies zu verbieten? Den Zwillingen?! Wie das? Mir, Notburga! Der Störschneiderin passiert? Der: vom Stoffelweg 6?!«
Und es hatte geschwiegen die Zweifel-Bäurin. Es ihr aber geronnen aus den Augen. Und sich die Brust gehoben und gesenkt, und ihr gezittert die Lippen.
»Großmutter!«
»Ja! Ja! Ja!«
Und sich abrupt abgewandt das alte Weiblein und vornübergebeugt, nicht einmal den Kopf wendend, gegangen fort. Und verschwunden in der Kerschbaumer-Behausung.
Und nun die Zweifel-Bäurin der Romani-Mutter den Papiersack mit den Eiern in die Hände gedrückt; und sodann auch das gerupfte Huhn mit den toten Augen übergeben. Ihre Hände zu küssen hat die Zweifel-Bäurin nicht gestattet.
»Laß das!«, hatte sie herrisch abgewehrt und sich rasch zum Gehen gewandt.
»Geh! Das ist kein gutes Haus für deinesgleichen!«
Schon auf den Zweifel-Hof zugehend, hatte sie sich noch einmal umgewandt.
»Weiß die Fremde nicht, wie sie anpacken muß ein gerupftes

Huhn? Bei den Krallen will es gehalten sein, nicht am Kragen! Und es sich merke die Fremde: Das nächste Mal hetz' ich den Hund auf deinesgleichen.«
Und zwischen den toten Augen des gerupften Huhns und den Augen der Huhnschlächterin sah sie eine seltsam anmutende Verbindung, die sie aber nicht zu deuten wußte.

Folgte die Romani-Mutter dem rechten Winkel, kam sie direkt zum Zweifel-Hof. Schritt sie ein bisserl nach links aus, gelangte sie zur verfallenen Kerschbaumer-Behausung. Kurz wagte sie hinüberzustarren zum Fabrikler-Besitz.
Dann aber hörte sie den Schrei.
»Nein!«
Erstmalig; und zweitmalig; und drittmalig.
Und die geschrien: »Nein!« Das ist die Nina gewesen. Kein Riese von einem Hund und keine Zweifel-Bäurin und kein Kaspar Zweifel, der Riese aus Tatendrang und Gewalt, konnten jetzt noch die Romani-Mutter daran hindern, den Zweifel-Hof zu betreten. Aber die Gewißheit war ihr noch geblieben, daß der Zweifel-Bauer beim Gastwirt zu Gnom sein Tanzbein schwang – zu den Liedern der Romani.

Zweites Kapitel
›ZUM ARMEN SPIELMANN‹

1
ZEIT-TOTSCHLAG-VERSUCHE

Der Zweifel-Bauer war auch bei seinem Schwager gewesen, dem Gastwirt zu Gnom. Und er hatte auch sein Tanzbein geschwungen zu den Liedern der Romani.
Und Kaspar Zweifel, schon bestimmt zu sein ein Senior, den weder die harte Feldarbeit, noch die Stallarbeit; noch die Prügel- und Feilarbeit an den Kindern, und am Hund, und am Weibe; noch die politische Arbeit in der Gemeinde, die doch einiges an Ellenbogen erforderte; noch die Weiberbetreuung im allgemeinen, und des Eheweibes im besonderen, den grauenhaften Tatendurst zu stillen vermochte, geschweige das Fernweh des Zweifel-Bauern, war dem Schwager für die gebotene Abwechslung auch dankbar gewesen.
Und es war auch so: Nur der manchmal leider auch arg langweilig gewordene angeheiratete Habenichts-Koch konnte so etwas wie Farbtupfer in das Leben der Gnomer zaubern.
Und wenn die Schwester des Zweifel-Bauern, die hantige Kreszentia, noch so grantig durch die Wirtsstuben wetzte, mit ihren Schnäpsen, Wein- und Bierkrügerln, und ihrer manchmal gar arg kreischenden Stimme: es nützte nichts. Der Bruder Kaspar fühlte sich doch mehr dem Mann, Vlastymil Franz, verbunden.
Die unglaublich flinke Kugel mit der Glatze, ein auf kurzen Beinen durch die Wirtsstuben holperndes Faß, der einfallsreiche Vlastymil Franz, der in die Hände klatschte, und dessen Blicke sich immer wieder zu dem schwarzen Luder hin verirren mußten, war eben nicht irgendeine Habenichts-Erscheinung, war eben nicht irgendein dahergelaufener Erbschleicher. Es war eben der Vlastymil Franz, der gekommen war von Irgendwo und geblieben im Nirgendwo: Gnom.
Im Laufe des letzten Jahres aber – hatte sich der Habenichts-Koch, der nur durch die hantige Kreszentia zum Gastwirt von Gnom aufgestiegen war – und das drohte er zu vergessen – zu einem alltäglichen, grauenhaft langweiligen Zeitgenossen entwickelt.
Kaspar Zweifel hatte – wieder einmal moralisch zutiefst enttäuscht – immer häufiger in sein Krügerl stieren müssen, düster und

gramumwölkt, denn zunehmend fühlte er sich verpflichtet, den dumpfen Ahnungen nachzulauschen, die ihm da immer häufiger zuflüsterten: Die abendlichen Ausflüge zu deinem Vlastymil Franz sind nicht mehr das, was sie einmal waren. Was sind sie mehr, als übliche Zeit-Totschlag-Versuche?

Und nun das: eine schwarze Rose hatte der Zweifel-Bauer noch nie gesehen. Derlei auszuforschen, das war nur dem Vlastymil Franz gegeben. Derlei zu pflücken, nur dem Zweifel-Bauer gestattet.

2
DIE LUSTIGE GESELLSCHAFT

Der Esmeralda-Vater blickte auch voller Stolz auf seine älteste Tochter. Seine Hände erzählten mit Hilfe der Ziehharmonika, der Mundharmonika, der Geige und der Zither von diesem Stolz; sie erzählten auch die Geschichten von den Sternen der Romani und die Geschichten der Erschlagenen.

Manchmal spielte nur der Romani-Knabe die Geige, und dann sang das Romani-Mädchen; es blickte dabei den Vater an, nie aber den Geiger. Dieser warb mit den Augen und mit Hilfe der Geige um das Mädchen: es mochte Spiel sein, dem Mädchen aber war es ernst. Mit Tanz und Stimme wagte das Mädchen zu werben; nicht mit den Augen.

Der Esmeralda-Vater lächelte breit und manchmal auch etwas wehmütig. Nur der Knabe verstand es noch nicht zu deuten: es mochte Spiel sein, dem Knaben war es aber ernst.

Die Männer von Gnom hatten ihre schwarze Madonna, und die Weiber von Gnom hatten die Auswahl: den stattlichen, aber etwas älteren Schnauzbart des Vaters, und die etwas angegrauten Locken, die so mancher junger Gnomerin jene so schnippische Antwort auf die Zunge legte – gegen eher realistische Anwärter.

Und für so manche Gnomerin – eher der Mitte und darüber hinaus zugeneigten Alters – war der Romani-Knabe mit dem fast rücksichtslos in seiner Jugend fordernden Blick jener heimliche Traum, der sie so schnippisch stimmte – gegen eher realistische Anwärter.

Die Weiber grollten dem schwarzen Luder, und die Männer grollten dem Musikantengesindel. Kurzum: Gnom – soweit es hier im Dorfgasthaus versammelt war – lebte. Es blühte mit jedem Schnäpschen mehr auf, und mit jedem Krügerl mehr forderte jener

Teil der doppelten Natur sein Recht, der die Eifersucht und den Neid, die Zärtlichkeit und die Gewalt so sehr anregt.
Kaspar Zweifel fühlte sich verpflichtet, rein moralisch, als Vorbild voranzugehen: er tapste nach dem Busen der schwarzen Rose.
Vlastymil Franz, dem die Blicke seines Schwagers und auch dessen Tatendrang bekannt waren, hatte derlei schon befürchtet. Und so verdarb der manchmal leider auch allzu arg langweilige Habenichts-Koch dem Zweifel-Bauern die Entfaltung des nicht tot zu schlagenden Tatendrangs: Den kräftigen, sehnigen, von der Sonne gegerbten Pratzen des Zweifel-Bauern ward von diesem Faß, das so jämmerlich auf zwei Stumpen einherpoltern mußte, diesem glatzköpfigen Eunuchen, diesem kläglichen und wirklich völlig mißlungenen Experiment der Natur, dieser Habenichts-Erscheinung, nicht einmal gegönnt, sich wenigstens in die Nähe der schwarzen Rose zu schieben. Wo doch der stattliche Mann zum stattlich ausstaffierten Weibe drängt! Und dies wollte der Eunuch wider Willen verleugnen?!
Eifersucht und Neid, so wußte es der Vlastymil-Kenner Kaspar Zweifel, drängte die Jammergestalt von einem Mann, Vlastymil Franz, die Hand auf die Schulter des von harter Männerarbeit (!) stattlich gestalteten Leibes eines wohlgelungenen Experiments der Natur zu legen. Und so war es auch: einst hatte der Zweifel-Bauer einem edlen Ackergaul den Schädel – mit nur einem Schlag (!) – zertrümmert, und wenn man Kaspar Zweifel auch sehr skeptisch betrachtete, so gestattete es die Wahrscheinlichkeit durchaus, der Legende Tatsachengehalt zuzumuten, die da lautet: einst habe der Zweifel-Bauer einen rasenden Bullen gestoppt und ihm mit, hört (!), hört (!), nur einem Fausthieb den Schädel zertrümmert. Das wußte Gnom, das zu vergessen wagte nur der Vlastymil Franz.
Kein Gramm Fett zu viel und kein Gramm Muskel zu wenig: das war der großgewachsene Zweifel-Bauer von Gnom. Und mit diesem Wissen waren nicht nur die Gehirnwindungen des Zweifel-Bauern angereichert; dies wußte jede Sehne des Kaspar, und Kaspar war ein sehniger Riese. Natürlich war dem Kaspar dieses Wissen – um seine das andere Geschlecht geradezu herausfordernde Männlichkeit – allgegenwärtig. Und so graute dem Mann vor der Hand des Eunuchen wider Willen, da wider die Natur, und der Mann blickte teils erstaunt teils erbost auf den Gastwirt von Gnom herab, der schon wieder einmal zu vergessen drohte, wer er eigentlich war: ein dahergelaufener Erbschleicher.

Der Eunuch wider Willen blickte mit wissenden Augen zum Schwager auf.
»Mein Körper verlangt's!«, brüllte der Zweifel-Bauer und formulierte mit der ihm üblichen Sprachgewalt in einem Satz jene Angelegenheit aus, die den jüngeren wie den älteren Gnomern zutiefst verständlich und ungemein naturverbunden erschien.
Beim Gastwirt von Gnom schwangen sie das Tanzbein, und beim Gastwirt von Gnom leerten sie so manches Stamperl und so manches Krügerl zu viel, und wurden doch um keinen Groschen ärmer: die Wähler wußten eben, wen sie mit Kaspar Zweifel in den Gemeinderat gewählt hatten, und so waren sie auch seinem Ruf zum Gasthof von Gnom willig gefolgt.
Die Wangen der männlichen Wähler färbten sich röter und auch die Stirnen. Die Weiber kicherten verschämt und kreischten empört.
Das war der Zweifel-Bauer, wie er im Bilderbuch der Phantasie seiner Wähler eingeschrieben war: ein Mann der Scholle; ein Mann so hart und karg wie der Boden Gnoms. Keiner kannte den harten Gnomer Boden so gut wie der Zweifel-Bauer. Keiner trotzte diesem Boden so saftigen Klee ab wie ihr Riese aus Tatendrang und Gewalt. Keiner hätte es jemals gewagt, einer Sau aus Prinzip neun Ferkerl abzuverlangen, wie ihr Gemeindemandatar. Und wenn der Gutsverwalter ihres Gutshofes zu Gnom die Stimme seines Herrn, der wahrlich ein Teufel war, fürchtete, wohin schlich er sich dann nachts?! Zum Zweifel-Hof. Und wer errettete den Gutsverwalter vor Engelbert Mueller-Rickenberg – und das aus Prinzip? Der Zweifel-Bauer. Und der Zweifel-Bauer, wahrlich ausgestattet mit der Lammsgeduld des Landwirtes, hatte immer Mitleid mit diesem Krüppel von einem Gutsverwalter bewiesen – und das aus Prinzip. Und aus Prinzip duldete der Zweifel-Bauer auf seinem Boden und auf seinem Grund keinen Herrgott; denn der war er selbst.
Und selbst der Teufel zog seinen Schweif ein, wenn er den Zweifel-Bauern sichtete. Und jene Gnomer, die des Teufels Schwefelgestank gewählt hatten, sollten sich hüten! Voran das Pferdl von einem Herrn Gemeindemandatar: Ferdinand Wolf! Ihr Gemeindemandatar, der einzige, der es wagte, vor dem Teufel in persona grata, Engelbert Mueller-Rickenberg, die Ärmel hochzukrempeln und ruhig und bestimmt zu fragen:
»Willst?!«

Ihr Gemeindemandatar sollte sich dann noch etwa von dem Doktor Schwefelgestank im Gemeinderat einschüchtern lassen?! Nur weil dieser Krüppel irr-witzig genug war zu meinen, er könne den Zweifel-Bauer schon noch mit dem Netz eines Paragraphen-Dschungels einfangen, als wär der ein Schmetterling!
Da lachte nur mehr jedes aufgeklärte Gnomer Herz. Nie und nimmer konnte es dem Paragraphenkasperl Schwefel gelingen, diesem Saujud (!), den Zweifel-Bauern seinem Herrn als Beute vor die Füße zu werfen: gefesselt und geknebelt mit einem Paragraphen-Gummi! Wer wagte es in der Gemeinde – ausgenommen ihr Gemeindemandatar – einen Antrag des Schwefelgestanks mit einem eindeutigen:
»Nein! Nur über meine Leich'!«, niederzubrüllen? Und wenn dann der Zweifel-Bauer noch leise sein:
»Du Saujud«, zur Diskussion zu stellen pflegte, wer schluckte dann und wer suchte sich dann hinter den Paragraphen zu verstecken?! Selbstverständlich der Krüppel von einem Dr. Schwefel. Und so lachten die aufgeklärten Gnomer noch herzlicher und noch glücklicher, als ihr Gemeindemandatar seinen der Natur – und nur dieser – verpflichteten Schlachtruf in die Wirtsstuben hineinbrüllte:
»Mein Körper verlangt's!«
Sie grölten noch lauter und kreischten noch mutiger; denn so manches Gnom-Weib wurde justament jetzt in den Hintern oder sonstwo hingekniffen; stellvertretend für die sich unerreichbar gebende Hexe da vorne; und die lustigen Musikanten lachten noch freundlicher und noch herzlicher und schwitzten noch mehr. Sie bemühten sich sehr, mit dem Humor der lustigen Gesellschaft Schritt zu halten.

3
»BIN ICH EIN UNMENSCH?!«

Der Romani-Knabe sah die Ratlosigkeit in den Augen seiner Liebe, die noch immer lachte und ihre Grübchen zeigte. Aber die weichen, vollen Esmeralda-Lippen zitterten, und auch die Esmeralda-Stimme zitterte. Und dem Romani-Knaben blieb es nicht verborgen. Esmeralda hätte sich sofort aus dem Gnomgewoge zurückgezogen, wäre da nicht das Mahnen in den Augen des Vaters gewesen:

»Lache so herzlich du kannst! Noch fröhlicher, kleine Esmeralda! Es gibt kein Entkommen. Die Leiber der lustigen Gesellschaft werden dich nicht durchlassen. So lange du tanzt, so lange du lachst, so lange du singst; so lange wird Gnom tanzen, lachen und singen. Doch wenn Gnom nicht mehr tanzt, nicht mehr lacht und nicht mehr singt: was fordert die lustige Gesellschaft dann, du schwarze Rose?«

»Hei! Heissa!«, stieß der Romani-Vater seinen Schlachtruf aus und zeigte dem Kaspar Zweifel die Zähne; er lachte und deutete eine Verbeugung an, die eine Aufforderung war, doch das Tanzbein zu schwingen.

Die Esmeralda-Lippen wurden wieder weicher:

»Hei! Heissa!«, und sie zeigte dem Kaspar Zweifel die Zähne; auch ihr Lachen war wieder herzlicher und selbstgewisser. Auch die Farbe der Pupillen wurde um eine Spur heller: dunkelbraun. Und die roten Äderchen aus den Augäpfeln verschwanden wieder – fast zur Gänze. Die Augen mit den langen, sanft geschwungenen Wimpern, ein schwarzer Vorhang aus Seide, wurden wieder um eine Spur größer, und die Angst wäre nur mehr an der Halsschlagader sichtbar gewesen. Und die war verdeckt durch die schwarze Lockenmähne. Die sanfte und weich wirkende, aber stolze und unnahbare Esmeralda, war wieder zur schwarzen Rose geworden, die anzuschauen schön war, und die zu pflücken nur ein Unmensch sich geweigert hätte oder der Vlastymil Franz, der Eunuch wider Willen, der dem Zweifel-Bauern nicht gestattete, kein Unmensch zu sein.

»Mein Körper verlangt's!«, hatte der Zweifel-Bauer ein zweites Mal darauf hingewiesen, daß er kein Unmensch war, und der schwarzen Madonna, einer noch nicht gezähmten Hexe, seine Männlichkeit nicht vorenthalten wollte. Diese moralische Verwerflichkeit erwartete auch niemand vom Zweifel-Bauern; im Gegenteil. Seine Wähler waren durchaus bereit, dem Schlachtruf ihres Gemeindemandatars zu folgen.

»Willst?!«, antwortete der Vlastymil Franz, und er wiederholte seine sanfte Anfrage.

»Willst?!«, und krempelte die Wirtsärmel ebenso hoch, wie es der Zweifel-Bauer getan hatte.

»Dann aber draußen.«

»Laß den Vlastymil in Ruh! Geh heim zu deiner Notburga, wenn's dein Körper verlangt!«, kreischte die Kreszentia, stellte ihre

Schnäpse, Wein- und Bierkrügerl auf der Getränkeausschank nieder und wutzelte sich durch die Menschenleiber bis zu ihrem Vlastymil vor. Und das war nicht leicht: sie boxte nach rechts, sie boxte nach links, kniff dem einen in den Arm, biß dem anderen in den Finger, kreischte dem ins Ohr:
»Platz da!«, bis sie sich zwischen dem Vlastymil und dem Bruder, die Hände in die Hüften gestützt, darzustellen vermochte:
»Willst dich mit dem schwarzen Luder da wälzen?! Das tät' dir so passen! Mein Gasthof ist ein sauberer Gasthof! Da gibt's nix! Wennst der Herrgott bist und mit dem Teufel dich raufen traust, dann sag ich dir doch: Ich bin noch allemal deine Schwester! Und mit der Kreszentia Messer wetz'n woll'n! Das geht schlecht aus! Merk dir das! Hexensabbat! Nicht in meinem Gasthof!«
Die lustige Gesellschaft lachte gequält, teils aber auch erleichtert. Und der Gemeindemandatar Kaspar Zweifel, dieses Herz von einem Bruder, legte seine kräftigen Pratzen um den Nacken der Kreszentia, gab ihr sogar einen Kuß auf die Stirn und einen Nasenstupser, um dann die Ärmel wieder hinunter zu krempeln. Irgendwie fühlte sich der Kaspar halt doch wieder der hantigen Kreszentia verpflichtet, und irgendwie war er ihr auch dankbar: hatte sein Schwesterherz ihm nicht wieder einmal die Entscheidungsfindung vor der Tür abgenommen? Und was sollte, Hand aufs Herz, Gnom mit einem Gastwirt, dem sämtliche Knochen und sämtliche Rippen gebrochen waren?
»Soll ich meinem lieben, meinem hantigen Schwesterherz nicht einmal einen Erbschleicher gönnen?«, brüllte der Zweifel-Bauer und blickte einigen seiner Wähler zweifelnd aber fest ins männliche Auge. Die schluckten und entschieden dann zu Gunsten ihres Gastwirtes: der hantigen Kreszentia sollte der vorzügliche Koch Vlastymil gegönnt sein.
Daß es dem Gemeindemandatar sehr schwer fiel, diese harte aber gerechte Entscheidung seiner Wähler zu billigen, versteht sich von selbst.
»Bin ich ein Unmensch?«, brüllte der Zweifel-Bauer, und blickte die schwarze Rose ein letztes Mal an, und dies, so fühlten es ihm seine Wähler nach, die redlich und aufrichtigst mit ihrem Gemeindemandatar mitlitten, aus Prinzip.
»Bin ich ein Unmensch?!«, brüllte der Zweifel-Bauer, und er wankte; seine Wähler wichen ehrfürchtig zurück. Ihr Gemeindemandatar spuckte vor dem Eunuchen wider Willen aus, der ihn da

zwang, ebenso ein Eunuch wider Willen zu bleiben, und dies aus Prinzip.

Dann erst brüllte der Gemeindemandatar seinen Abschied in die Wirtsstuben:

»Bin ich ein Unmensch?! Wenn ihr es wollt, so bin ich es! Doch Freunde: Mich dauert dieser fette Wurm. Ich mag euch nicht den Koch zertreten! Nein! Nein! Nicht ich! Nicht ich!«, und der Kaspar ballte seine kräftigen Pranken und über sein Gesicht rannen die Tränen, während er sich selbst mit den Fäusten den Brustkorb massierte. Jedem anderen, davon waren seine Wähler überzeugt, hätte diese Brustkorbmassage sämtliche Rippen gebrochen, und der Schwager, der es anders wußte, schwieg; und dies aus Prinzip.

Drittes Kapitel
DRUM SIND WIR SCHWALBEN JETZT BEREIT

1
»MEIN KÖRPER VERLANGT'S«

Der Riese aus Tatendrang und Gewalt wankte aus dem Gasthof; mit ihm brachen einige Gnomer auf, um zu ihren Weibern heimzueilen. Der Gemeindemandatar wankte voraus; sie wankten hinterher: voraus das moralische und sittliche Bollwerk rassischer Urkräfte, hinterher das Panier aus Menschenleibern und granitener Dummheit.
Der Zweifel-Bauer stimmte das Schwalben-Wanderlied an. Nach der ersten Strophe fühlte der Gemeindemandatar seinen Gehörsinn von der musikalischen Begleitung besiegt; er verstummte.
»Fort, fort, fort und fort
an einen anderen Ort!
Nun ist vorbei die Sommerzeit,
drum sind wir Schwalben jetzt bereit,
von einem Ort zum andern zu wandern,
zu wandern.«
Der Zweifel-Bauer haderte mit seinem Schicksal.
»Es nutzt nix, es nutzt nix! Nur mir ist in diesem verfluchten Nirgendwo Gnom (!), der Geniefunken gegeben, der das ewige Wollen, das dieses Universum beherrscht, zu erkennen vermag. Es nutzt nix, es nutzt nix! Ich bin auserwählt!«, brüllte der Zweifel-Bauer und über sein Gesicht rannen die Tränen. Er blieb stehen. Langsam wandte er sich dem Panier aus Menschenleibern und granitener Dummheit zu; jedem blickte er zweifelnd aber fest ins männliche Auge.
Das Grölen, Lachen, Kichern war endgültig verstummt, sie waren bereit zu weinen. Ihre Augen glänzten; sie wankten und schwankten; sie schluckten.
»Warum bin ich allein, wenn ich den Sieg des Besseren und des Stärkeren fordere? Freunde! Warum bin ich allein, wenn ich die Unterordnung des Schlechteren und des Schwächeren verlange?«
Der Zweifel-Bauer massierte sich selbst mit den Fäusten den Brustkorb; sie schluckten, nun erschrocken, und über ihre Gesichter rannen die Tränen.

»Wer beglückt die Wölfin? Ist es das Schaf? Nein, es ist der Wolf. So bleibt die Henne eine Henne, das Kalb ein Kalb, und der Bulle bleibt ein Bulle. Das sind Tatsachen. Freunde! Alles Tatsachen. Und es entspricht dem Wollen der Natur: wenn der Fuchs zur Henne schleicht, dann schleicht der Wolf zum Schaf. Und wenn der Fuchs zur Füchsin schleicht, dann schleicht der Wolf zur Wölfin. Freunde! Das ist ein ehernes Gesetz! Es ist das, Freunde, nicht leicht, dem aristokratischen Grundgedanken der Natur prinzipiell zu huldigen. Es ist das, Freunde, nicht leicht, bis zum letzten Einzelwesen hinab, den Sieg des Besseren und des Stärkeren zu fordern! Und bis zum letzten Einzelwesen hinab, die Unterordnung des Schlechteren und des Schwächeren zu verlangen!
Hexen locken den Mann. Und sie sind schlau, und sie sind verwegen. Das schwarze Abenteuer lockt aus ihren Augen; es ist die Finsternis. Es ist der Anfang vom schrecklichen Ende. Freunde! Nie und nimmer dürfen wir es dulden, nie und nimmer (!), daß Hexengift in unser Blut geträufelt wird! Verseucht das Blut; mischt es mit minderwertigem Blut, und bald frißt der Wolf nicht mehr das Schaf und der Fuchs nicht mehr die Henne. Dann schleicht auch bald der Fuchs nicht mehr zur Füchsin und der Wolf nicht mehr zur Wölfin. Freunde! Dann! Dann ist das Chaos nicht mehr weit. Ich habe euch geprüft, und ich sah euch schwanken. Schwamm darüber; ihr bliebt doch Männer. Es sei vergessen.«
Der Begleitschutz des Gemeindemandatars schluckte; er war nicht nur der Kamerad, nein, er war auch der Freund. Das hatten sie nicht gewußt.
Schweigend marschierten sie und schwankten sie und wankten sie hinter dem sehnigen Riesen aus Tatendrang und Gewalt einher; hin und her und vorwärts und rückwärts.
Die Schultern des Gemeindemandatars waren vornübergebeugt; ein erschütternder Anblick.
Wer aber – hatte diesem moralischen und sittlichen Bollwerk rassischer Urkräfte eine dieser schwersten moralischen Erschütterungen aufgebürdet? War es nicht der Vlastymil Franz? Die Freunde des Gemeindemandatars grollten dem Vlastymil Franz. Der war nicht nur der Hexenmeister der Kochkunst!
Erst als sie ihre Weiber dahin und dorthin kneifen durften, verschwand der Groll, und vor ihren Augen tauchte das Bild der Finsternis auf: die schwarze Rose. Wäre da nicht der Stolz gewesen, dem schwarzen Luder eh nur in den Armen des angetrauten

Weibes erlegen zu sein, sie hätten sich sehr geschämt: Ihr Gemeindemandatar hatte ihnen auf den Grund der Seele geblickt; doch sie waren Männer geblieben.
Bei der windschiefen Tafel »Stoffelweg« hatte der Gemeindemandatar sein Panier aus Menschenleibern und granitener Dummheit verabschiedet. Das war nun allein auf der Landstraße zu Gnom hin und her geschwankt und vorwärts und rückwärts gewankt. Eh der Begleitschutz die sich schlangenartig windende Schotterstraße erreicht hatte, hatte er noch in die Teutoburger Schlacht gemußt; aber nur durch die erste Strophe hindurch:
»Als die Römer frech geworden
sim serim sim sim sim sim,
zogen sie nach Deutschlands Norden,
sim serim sim sim sim sim,
vorne mit Trompetenschall,
terätätätärä,
ritt der Gen'ralfeldmarschall,
terätätätärä,
Herr Quinctilius Varus,
wau, wau, wau, wau, wau,
Herr Quinctilius Varus,
schnäderängtäng, schnäderängtäng,
schnäderängtäng, deräng, täng, täng.«
Die beiden Enden des Paniers grüßten mit erhobenen Fäusten den Zweifel-Hof. Links, ein wenig nach hinten gerückt, trutzte die nicht einnehmbare Festung selbst dem Teufel Respekt ab. Und wenn die Klauen des Teufels auch diesen und jenen Zweifel-Acker und diese und jene Zweifel-Wiese umkrallten, auch wenn diesem Gnom, das da wankte und schwankte, nur mehr eine Ziege und ein paar Hennen, gar eine Kuh und manch ein schäbiger Stall geblieben war, so konnte der Teufel doch nur mit Zähneknirschen und Heulen um den Zweifel-Grund und Zweifel-Boden des jungen Zweifel-Bauern umherschleichen.
Und wenn der Dr. Schwefel die Peitsche des Paragraphengummis erfolgreich gegen den alten Zweifel-Bauern schwingen hatte können; so blieb doch einer stets aufrecht stehen: der Sohn.
Ob im Gemeinderat, ob im Gasthof zu Gnom, ob im Gerichtssaal zu Donaublau, der Kaspar blieb, was er war: ein Mann der Scholle, karg und hart wie der Boden von Gnom; und während der Teufel Schmetterlinge gesammelt hat, hat der junge Zweifel-Bauer Tap-

ferkeits-Medaillen gesammelt an der Isonzo-Front. Und der Front-Heimkehrer hatte im Schmetterling-Sammler sofort den Teufel in persona non grata erkannt.
Der alte Zweifel-Bauer hatte die Klauen des Teufels dankbar geküßt; nicht ahnend, daß der ihm mit der Unterschrift auch die Seele abgeluchst hatte: und die Seele, das war allemal der Zweifel-Grund und Zweifel-Boden.
Doch dem Front-Heimkehrer Kaspar gelang das Unmögliche: er trutzte dem Zweifel-Grund und Zweifel-Boden, dem Zweifel-Vieh und dem Zweifel-Sachverstand jene Erträgnisse ab, mit denen es möglich war, den Klauen des Teufels die Zweifel-Seele wieder zu entreißen; es gelang ihm das Wunder: die Hypothek mit Zins und Zinseszins zurückzuzahlen.
Und der Schmetterling sammelnde Engelbert Mueller-Rickenberg mußte mit Heulen und Zähneknirschen lernen, daß einem Tapferkeits-Medaillen sammelnden Jung-Bauer mit dem Pleitegeier nicht eine Wiese und nicht ein Acker und nicht eine Kuh, geschweige der Bulle zu entreißen war. Da lachte nur mehr jedes aufgeklärte Gnomer Herz, das zum Knecht herabgesunken war und seine Seele dem Teufel unwiederbringlich verschrieben wußte.
Der Zweifel-Sachverstand hatte dem Zweifel-Herzen nicht das erste Mal zugeflüstert, daß sein Begleitschutz eigentlich ein Panier war aus Menschenleibern und granitener Dummheit. Der Zweifel-Sachverstand gestattete dem Zweifel-Herzen schon lange nicht mehr, dem Begleitschutz zu grollen, der – kaum hatte er die Landstraße verlassen – zu seinem Heidenröslein flüchtete. Der Zweifel-Sachverstand wußte auch, daß sein Panier im Nirgendwo: Gnom zerfallen wird in ältere und jüngere Gnomer, die es nur mehr zum warmen Hintern des angetrauten Weibes drängte.
Doch das Zweifel-Herz konterte dem Zweifel-Sachverstand: Immerhin haben sie sich die erste Strophe der Teutoburger Schlacht gemerkt. Und das ist doch eine Leistung. Ist diese Gedächtnisstärke nicht Gehirnwindungen abgetrutzt, die vor allem eines auszeichnet: ein Erinnerungsvermögen, das geradezu den idealen Boden bildet für das Wachsen granitener Dummheit?
Diese Gedächtnisstärke wußte das Zweifel-Herz zu schätzen; es zitterte vor Ergriffenheit, und die Augen füllten sich mit Wasser. Genaugenommen weinte der Kaspar bitterlich.
»Diese Treue! Diese Liebe! Dieser Mannesmut! Alles für den

Kaspar!«, flüsterte das Zweifel-Herz dem Zweifel-Sachverstand zu und dieser schwieg; und mechanisch griff der Zweifel-Bauer zu seinem Hosenladen, mechanisch drängten seine zitternden Hände die Knöpfe aus ihren Löchern, und mechanisch gestattete er seinem Geschlechtsteil, das arg schmerzte, die kalte Septembernacht zu spüren.
Und der Zweifel-Bauer, der – ehe er die Schlachtgesänge der Isonzo-Front kennengelernt – die Opern-Häuser der Welt stürmen hatte wollen mit seinem Baß, zog in die Teutoburger Schlacht.
Während sich der Begleitschutz von der uneinnehmbaren Festung Schritt für Schritt entfernte, näherte sich ihm Schritt für Schritt das Bild der Finsternis: die schwarze Rose.
»Sah ein Knab ein Röslein stehn,
Röslein auf der Heiden,
war so jung und morgenschön,
lief er schnell, es nah' zu seh'n,
sah's mit vielen Freuden.
Röslein, Röslein, Röslein rot,
Röslein auf der Heiden.«
Da siegte wieder der an der Isonzo-Front geschulte Zweifel-Sachverstand, und mechanisch antwortete er seinem Panier aus Menschenleibern und granitener Dummheit mit seinem Baß. Er war im Dorf Gnom wohl der einzige, dem der Verlauf der Teutoburger Schlacht bis ins Detail vertraut war.
Das Heidenröslein und der Baß, mit dem der Jung-Bauer in die Teutoburger Schlacht zog, hatte das schlafende Gnom aufgeweckt: es rieb sich die Augen; es seufzte, es stöhnte, es ächzte, es fluchte; es schüttelte den Kopf und drehte sich auf die andere Seite. Zuvor aber hatte so manch ein Gnomer die Fensterläden geschlossen.
»Doch im Teutoburger Walde,
sim serim sim sim sim sim,
huh; wie pfiff der Wind so kalte,
sim serim sim sim sim sim,
Raben flogen durch die Luft,
terätätätärä
und es war ein Moderduft,
terätätätärä,
wie von Blut und Leichen,
wau, wau, wau, wau, wau,

> wie von Blut und Leichen,
> schnäderängtäng, schnädertängtäng,
> schnädertängtäng, deräng, täng, täng.«

Der Zweifel-Bauer umklammerte mit den sehnigen Pranken sein Geschlechtsteil: es schmerzte immer ärger. So sehr er auch bemüht war, dem eigenen Baß mit der ihm gebührenden Andacht und Ergriffenheit nachzulauschen, es nutzte nix.

»Mein Körper verlangt's!«, brüllte er und brach in die Knie.

> »Plötzlich aus des Waldes Duster,
> sim serim sim sim sim sim,
> brachen krampfhaft die Cherusker,
> sim serim sim sim sim sim«,

und der Zweifel-Bauer hatte sich wieder hochgerappelt. Er war bereit, aufrecht in die Teutoburger Schlacht zu ziehen: ein granitener Riese aus Tatendrang und Gewalt, vor dem selbst der Teufel erschauerte.

> »Mit Gott für Fürst und Vaterland,
> terätätätärä,
> stürmten sie von Wut entbrannt,
> terätätätärä,
> gegen die Legionen,
> wau, wau, wau, wau, wau,
> gegen die Legionen,
> schnäderängtäng, schnäderängtäng,
> schnäderängtäng, deräng, täng, täng.«

Die Teutoburger Schlacht hatte ihn die künftige Intelligenz gelehrt, die mit ihm in die Isonzo-Front gezogen war. Und dem von der Mutter Natur höchstpersönlich zugebilligt ward eher ein ausgeprägtes Erinnerungsvermögen, hatte es auch bewiesen als Isonzo-Front-Heimkehrer. Der Kaspar Zweifel, der im Jahre 1894 geboren worden ist, ist lernfähiger als jener Kaspar Zweifel, der im Jahre 1861 geboren worden ist; aber auch lernfähiger als jener Kaspar Zweifel, der im Jahre 1830 geboren worden ist und im Jahre 8 des 20. Jahrhunderts gegangen war, die Friedhofserde zu Gnom würzen; allzufrüh!

»Großvater! Hörst mich?«, brüllte der Kaspar.

»Keinem Baß in den Opern-Häusern der Welt gelingt es noch (!), anzutreten gegen den Baß der Teutoburger Schlacht! Geschweige gegen die Medaillen der Isonzo-Front?! Großvater! Hörst mich?«, brüllte der Kaspar.

Kaum wagte der Zweifel-Sachverstand solche Vergleiche anzustellen, schon empörte sich das Zweifel-Herz: wider die Natur war es, solche Vergleiche nur zu wagen! Derlei hatte ein Kaspar gewußt; eh schon immer.
Der Jung-Bauer blieb stehen; weder die sehnigen und kräftigen Pratzen noch die kalte Septembernacht konnten den Schmerz aus seinem Geschlechtsteil vertreiben. Er blickte erstaunt um sich.
»Mein Körper verlangt's!«, brüllte der von seinem Geschlecht Gepeinigte.
»Nix Moderduft? Nix Blut und Leichen?!«
Der Kaspar lauschte angestrengt.
»Nix da?!«, brüllte der Riese aus Tatendrang und Gewalt und schloß gepeinigt von der Friedhofsstille die Augen.
»Es nutzt nix! Es nutzt nix!«
Er preßte die Handballen auf die Augen. Dem Zweifel-Sachverstand flüsterte das Zweifel-Herz zu, daß es durchaus der Niedertracht seines Schicksals entsprach, wenn er die irdische Wanderschaft zu spät angetreten hatte.
»Es nutzt nix! Es nutzt nix! Mir bleibt auch nix erspart!«
Und so war es auch: er mochte noch so angestrengt lauschen, er mochte noch so lange lauschen: ihm antwortete nur die Stille der Nacht.
Die Pranken lockerten die Umklammerung des Geschlechtsteils; fast sanft, vor allem aber vorsichtig verbarg er es wieder hinter dem Hosenladen, den der Kaspar wieder zuknöpfte: langsam und ruhig. Er schlüpfte in die Haut des geschulten Sängerknaben, der da gar lieblich zu singen begann:
»Abendstille überall,
nur am Bach die Nachtigall!«
Kaspar ballte die Pranken und drohte mit den Fäusten. Er stand auf Zweifel-Grund und Zweifel-Boden und er war bereit, Notburga zu beglücken.
»Notburga!«, brüllte der Mann, der zum Hintern des Weibes drängte, und ein zweites und ein drittes Mal.
»Notburga!«
Nein, der Riese aus Tatendrang und Gewalt brauchte keine Nachtigall für Notburga; er hatte den Hintern der Notburga geheiratet; der gehörte jetzt ihm und nur ihm, und der hatte ihm – wie der Riese von einem Hund – den gebührenden Empfang zu bereiten.

»Mein Körper verlangt's!«, brüllte der Mann, und ein Ferkerl antwortete dem Jung-Bauern: es quietschte.
Der Zweifel-Bauer taumelte über den Hof; er staunte, und er war gerührt. Die Ferkerl-Liebe zum Ferkerl-Schlächter besänftigte den Groll des Mannes, und die Augen des Zweifel-Bauern füllten sich mit Wasser. Genaugenommen weinte der Kaspar bitterlich.

2

DASS ICH SO TRAURIG BIN

Jener Noch-Nicht-Jung-Bauer-Kaspar, dem es erst und auch schon bestimmt ward im Jahre 1912, heranzureifen zum Jung-Bauern, hatte in der einen bestimmten Frühherbstnacht des Jahres 1921 seine Arme um jene Magdalena gelegt, der es erst und auch schon bestimmt ward im Jahre 1912, heranzureifen zur Wirtin.
»Die Nina ist eh nur vier mal vier Jahreszeiten älter als ich. Und der Nina ist aber auch gar nix bestimmt worden: eh nur so ein Dorf auf Rädern, und so eine schwarzzottelige Frau Mutter und irgend so ein schwarzzotteliger Herr Vater. Und die von dem Dorf auf Rädern haben alle einen so merkwürdig geringelten Haarschopf. Das ist nix Hiesiges. Und dann ist die Nina überall daheim und das heißt allemal: Die Nina ist Nirgendwo daheim.«, murmelte Klein-Magdalena und hatte ihre Wange an die Wange des Brüderchens gedrückt; und das fest. Die Kinderbacken hatten alsbald zu glühen begonnen, und die Zwillinge zitterten, als wären sie nackt in die Frühherbstnacht hinausgestellt worden; im Jahre 1921.
Und sie saßen eh nur auf dem Boden vom Schweinestall; auf dem Hintern, und die Beine im Türkensitz verschränkt, und den Kopf haltend mit den Handflächen, und die Arme stützend mit den Ellbogen auf den Oberschenkeln. Dazumal es galt, nicht zu frieren, vielmehr nachzusinnen, wie das so sein könnte. Und auch nicht kommen sollten; die Tränen über ihre Backen. Wider ihren Willen; geradezu gewaltsam.
Und Klein-Magdalena staunte den Fabrikler-Buben an; mit kindlicher Ehrfurcht und kindlicher Andacht. Und Klein-Kaspar staunte die Zigeuner-Nina an; mit kindlicher Ehrfurcht und kindlicher Andacht.
Seit das Dorf auf Rädern nach Gnom gekommen, war er nicht mehr willens gewesen, heuzuhüpfen mit Klein-Magdalena, der

Franz. Und nun wollte er auch die Sau mit den Neunlingen anstaunen; und das so unbedingt: mit der Nina. Und der Nina ward es gestattet, ein Ferkerl nach dem anderen zu betasten, und auch, dann und wann, den Zeigefinger zu drücken gegen die Nasenspitze vom Franz. Und die Nina durfte nicht nur das Borstenhaar von so einem Ferkerl streicheln; vielmehr auch nach der Hand vom Franz tapsen und sie gar berühren und gar spüren; und das so lange!

»Wenn ich das täte, was der Franz so tut, wär' sie bös': die Nina! Und schimpfen tät' mich die Nina und sagen: Was bist so roh, Kaspar? Hast denn kein Herz für so ein Ferkerl? So hat das Nina-Kind auch kein Herz für dich, du Rohling! Und den Nina-Stern zeig' ich dir auch nicht! Daß du das weißt!«, flüsterte Klein-Kaspar. So leise. Klein-Magdalena aber – hatte es zu hören vermocht; und auch sogleich die Einsichten vom Klein-Kaspar ausgedeutet:

»Uns hat halt niemand lieb; so ist das mit uns. Grad gut genug, wenn nix anderes da ist; und allemal vergessen, wenn das andere da ist. Und wie er mich gewalkt hat, der liebe Tata! Und jetzt fehlt mir der Zahn da vorn, daß man grad meinen könnt', ich wär' nicht schön! Und der Zahn fehlt mir wegen dem Franz! Und ich hätt' ihn doch so lieb, den Franz!«

Der Dodel vom Zweifel-Hof kniete neben den Zwillingen auf dem Schweinestall-Boden. Er hielt die Hände gefaltet und war versunken und zugewandt der heiligen St. Notburg in innigster Andacht und innigster Hingebung, auf daß er besser zu hören vermöge: das Zwiegespräch der Zwillinge.

Und der Dodel hatte sich die Augen gewischt; dann und wann; im übrigen aber geschwiegen. Dazumal es niemand gegeben war, das unverständliche Lallen vom Dodel auszudeuten; geschweige demselben einen Sinn zuzubilligen, über den nachzudenken es nicht so unbedingt unnötig sein dürfte.

Und es hatte auch eine nachgedacht; so lange. Über den Dodel vom Zweifel-Hof. Das war die heilige St. Notburg. Und die Heldin der Geduld hatte sich die Rückkehr auf die Erde ertrutzt: von den Himmlischen. Und die da verstorben war; so lange. War wiedergekehrt, auf daß sie zu wirken vermöge: die Tote unter den Lebenden. Und das heilsamst: die Heldin der Geduld. Und die Großmagd vom Flunkeler-Hof zu Transion war auf ewig nie die

Flunkeler Notburga! Vielmehr die heilige St. Notburg vom Scheidewandbergl!
Wortlos hatte dies die Jung-Bäurin dem Dodel vom Zweifel-Hof geoffenbart; und der Dodel vom Zweifel-Hof hatte es sich auch sogleich gemerkt: wortlos. Und er hatte es zu bedenken gewußt; zu jeder Tages- und Nachtzeit; und es auch bedacht: nach jedem schweren Schicksalsschlag.

Und Klein-Kaspar und Klein-Magdalena sahen es: Der Franz durfte sehr wohl an diesem und jenem eingeringelten, und doch so winzigem und so wehrlosem Schwänzlein ziehen von diesem und jenem Ferkerl. Auf daß diesem und jenem Ferkerl das Herz stillstehen mußte und rennen in einem. Und es hat auch das eine und das andere Ferkerl kundgetan: dem Fabrikler-Buben vom Stoffelweg 6, dem Franz: Es möge derlei Vertraulichkeiten nicht und es fürchte sich so; und es empfinde sich gepeinigt; und es möge auch nicht geschlachtet werden; vielmehr erbitte es sich das irdische Leben; und die Lieb'; und das unbedingt und auf das Eindeutigste und nicht einmal so und einmal andersrum. Es sei auch nicht zu scherzen mit dem Herz von so einem winzigen Ferkerl, das sich nicht zu wehren vermöcht'! Nicht so und auch nicht andersrum. Vielmehr es tragen müßt' an sich; und das so unbedingt: bestimmt zu sein für eh nix anderes als das Schlachtmesser!
»Scherzen tut der Franz, und das grausamst! Und wenn so ein Ferkerl quietscht, daß es einen Stein zu rühren vermöcht', rührt es den Franz? O nein, der lacht! Das hätt ich nie getan! Und die Nina hält sich den Mund zu und macht kugelrunde Augen. So ist das mit der Nina! Und das ist eh alles! Wirst sehen: nichtsdestotrotz zeigt sie dem Franz den Nina-Stern! Da wett' ich mein Leben; und das allemal. Weil, das ist so!«, grollte Klein-Kaspar. So leise; fast lautlos. Klein-Magdalena aber hatte es zu hören vermocht; und auch sogleich die Einsichten vom Klein-Kaspar ergänzt.
»Geduldet hat's der Dodel und gestreichelt: das borstige Ferkerl; am Bauch und überall; auf daß es ja wieder eine Ruh gibt; und sich ja nicht wehrt. Wenn es so drangsaliert ist; von so einem Kraftlakkel! Ja soll es glauben, es könnt' ihm eh nix passieren. Als wär' so ein Ferkerl dalkert und wüßt' es selber nicht am besten, was ihm weh tut! Sowas!«
Der Dodel vom Zweifel-Hof hatte geschluckt; nicht nur einmal.

Mehrmals. Immer wieder. Der Schutzpatron vom Dodel hatte das Haustor zur Trutzburg Stoffelweg 8 noch immer nicht geöffnet; und auch das Zuknallen vom Haustor war nicht zu hören gewesen. Und er hatte das Ferkerl doch beruhigen müssen, und das unbedingt; in Sekundenschnelle.
Das Ferkerl aber hatte sich nicht beruhigen lassen wollen, so mir nix dir nix. Auch nicht vom Schutzpatron der Ferkerln an sich. Und einige Minuten gutes Zureden und einige Minuten sanfte Hände zu spüren, das hatte sich das Ferkerl halt erfeilschen wollen, zumal der ferkerlkundige Dodel es nicht am so winzigen und eingeringelten Schwänzlein zu drangsalieren beliebte, vielmehr das Ferkerl liebzuhaben übte. Und das so tagtäglich wie nachtnächtlich: ferkerlkundig. Wenn er nicht, allzu geschäftig den üblichen Pflichten eines Dodels vom Zweifel-Hof ergeben, die Pflichten verabsäumte, die so ein Schutzpatron an sich nicht vergessen sollte. Nicht aus diesem und nicht aus jenem Grunde.
Klein-Magdalena zitterte – noch mehr; und über ihre glühenden Backen waren die Tränen gekommen: und das wider ihren Willen; geradezu gewaltsam.
»Was hast denn nur?«, staunte der Klein-Kaspar; ratlos.
»Es ist eh nur, daß ich so traurig bin.«, staunte die Klein-Magdalena; ratlos.
Der Dodel vom Zweifel-Hof hatte hin- und hergewälzt diesen und jenen Gedanken; sie geprüfet und alle für nichtswürdig befunden: da gleichberechtigt und nicht zur Entscheidungshilfe tauglich.
Und der Dodel rief die, die da schlief, schon so lange und so unbedingt; die heilige St. Notburg; auf daß sie erwache und herunter komme vom ersten Stock und zu wirken vermöge heilsamst: im Schweinestall. Und die heilige St. Notburg hatte nicht und nicht erwachen wollen; und so auch nicht ausdeuten können den Dodel vom Zweifel-Hof, der da gebetet: für Klein-Kaspar und Klein-Magdalena, für die Romani-Nina und den Fabrikler-Buben vom Stoffelweg 6: den kleinen Franzl mit dem kräftigen Stimmorgan.
Zumal ihn der Dodel gehört: nicht mehr den Baß, schon den einen bestimmten Schritt, der den Weg gesucht, in die Trutzburg Stoffelweg 8; nicht aber über die steinerne Treppe zum Haustor empor, vielmehr irgendwie anders. Und der nach inwärts eindringen konnte: auch durch die Tür vom Schweinestall. Und die vier dalkerten Kinderln hatten nicht und nicht hören wollen den einen

bestimmten Schritt; und so auch nicht ausdeuten können: die charakterlichen Möglichkeiten vom lieben Tata, die sich allemal auf das Merkwürdigste zu vervielfältigen pflegten, kehrte er zurück aus dem Gasthof ›Zum armen Spielmann‹. Und die charakterliche Vielfalt vom lieben Tata beliebte sich dann auch darzustellen; und zu entfalten. Und das doch auf das Eindeutigste: schmerzlichst.
»Heilige Notburga!«, betete der Dodel und wischte sich die Schweißperlen von der Stirn.
»Du Helferin derer, die dich verehren, hilf! Dalkert sind die Kinderln; und hören nix; und denken allemal zu viel; nicht aber an den lieben Tata, der doch so herzmüd' ist, vom Schnaps! Heilige Notburga! Du, vergiß es nicht! Bist doch die feste Burg in jeder Not! Hast manchen Prankenschlag, wenn nicht verhindert, so doch gemildert! Und allemal den Riesen gepackt, der da zuschlagen hat wollen; und das so unbedingt. Und seitwärts bist du gepoltert und rückwärts und allemal wieder aufgestanden vom Stubenboden. Und hast es nicht dulden wollen; nichtsdestotrotz den Riesen wieder gepackt, auf daß die Pranke nicht zertrümmere, diesem oder jener das Nasenbein, diesem oder jener den Schädel! Wenn er heimgekommen ist so herzmüd' und nicht gewußt hat, wohin mit dem Tatendrang eines Riesen! Nicht will ich grollen und auch nix Nachteiliges sagen: ist er doch mein Schutzpatron!
Heilige Notburga! Du Vorbild der Demut! Hilf mir, auf daß ich dir nacheifere; und auch heranreife mehr: zum Überwinder meiner selbst! Lehre mich, du Heldin der Geduld, die Geduld fassen! Auf daß ich mir diesen und jenen Gedanken erhalte; und sie stets zu erkennen vermag: als gleichberechtigt und nicht zur Entscheidungshilfe tauglich gegen den, der doch mein Schutzpatron ist! Und geschützet den Dodel vom Zweifel-Hof, und geschützet den Keuchhusten-Franz vom Stoffelweg 6 hat uns dieselbe Rauschkugel! Heilige Notburga (!): Ich will es ja eh nicht vergessen; dazumal im Jahre 7, des 20. Jahrhunderts!
Heilige Notburga! Du Zuflucht der Bedrängten! Nicht will ich nicht sehen: den Balken in meinem Aug'! Hat sich doch dieses und jenes Ferkerl auch rächen und sich halt das Fehlende holen müssen, dann und wann, und nicht unbedingt mich, als den Schutzpatron an sich befragend, ob für das Herz auch der Zeitpunkt besonders günstig oder eher ungünstig gewählt sei; ob es vielleicht ein kleinwenig später quietschen sollte. Zumal es doch quietschen hat

müssen, dieses und jenes Ferkerl, allzuoft und das eh allemal, wenn nicht zu früh, so doch zu spät! Und es nicht und nicht gehört ward: vom Schutzpatron der Ferkerln an sich! Und es hat offenbaren müssen; dann und wann; wenn nicht so, dann anders, und wenn nicht anders, so halt andersrum: Es könnte der Schutzpatron die Ferkerl-Liebe bezeugen und offenbaren: fühlbar – vor allem spürbar; und das nicht allzu selten, vielmehr eher häufiger, und das unbedingt! Diesen Balken in meinem Aug', ich bedenk' ihn auch reuigst, heilige Notburga! Das stets zu bedenken, es wär' halt wohl das Mindeste für so einen Schutzpatron! Herzmüd' geschlagen, allzuoft, bin ich es; und das ohne Schnaps!
Heilige Notburga! Doch schlagen sollt' er mir nicht dürfen, die Kinderln! Möge er doch die Kinderl schonen, so wie er mich geschont hat seit Anbeginn! Ist denn das allzu dalkert ersonnen von mir?! Heilige Notburga! Du Sonne der Liebe! Vielleicht ist es das Problem an sich von so einem Dodel, daß er nur dalkert zu denken vermag!«
Und der Dodel vom Zweifel-Hof weinte. Genaugenommen: bitterlich.
»Daß ich so traurig bin, es ist halt so.«, flüsterte Klein-Magdalena dem Klein-Kaspar ins Ohr und deutete mit dem Zeigefinger auf den Dodel, dem das Wasser, das salzig schmeckt, gekommen war: so mir nix dir nix.
»Der hat den langen Zitterer.«, ergänzte Klein-Kaspar, die da gestaunt hatte; mit weit geöffneten Augen und in der Nase bohren hatte müssen; mit dem Zeigefinger; und das eifrigst und unbedingt.
Die Tür zum Schweinestall hatte geknarrt; und der liebe Tata hatte sich den Arm gehalten vor die Augen, auf daß es ihn nicht blind schlagen möge: das Licht im Schweinestall.

3

NINA-LIEBE

»Ich bin nicht so ein mißlungenes Experiment der Natur, so wie es der Kaspar ist! Drum bin auch ich der Schutzpatron vom Kaspar; und nicht umgekehrt! So ist das!«, flüsterte der 13-jährige Fabrikler-Bub vom Stoffelweg 6; und drangsalierte das winzigste Ferkerl am Eingeringelten. Und das winzigste Ferkerl hatte gequietscht, unverzüglich.

Dem 13-jährigen Romani-Mädchen, das nirgendwo, und damit überall, zuhause sein durfte, war der Mund auf- und zugeklappt; und auch die Augen vom Nina-Kind modellierten sich kugelrund.
Dem 13-jährigen vom Fernweh geplagten Fabrikler-Buben vom Stoffelweg 6 stand die Zeit still; er schluckte.
»Wenn dir ins Goscherl so eine Fleischfliege hineinsaust, dann bist tot, mausetot!«, gab der Franz zu bedenken; und das Nina-Kind hatte den Mund eh schon zugedeckt, mit der Hand. In Sekundenschnelle.
»Wirst es mir gar nicht glauben wollen, aber es ist so. Ich wachs' mich noch aus: zu einem wirklichen Riesen. Spürst die Muskeln? Da! Mußt einmal prüfen; genauer!«
Der Zeigefinger vom Nina-Kind hatte befühlt; zuerst den linken und dann den rechten Oberarm. Und der künftige Riese hatte eh nur gelächelt so sanft; und dem 13-jährigen Romani-Mädchen, das überall, und damit nirgendwo, zuhause sein durfte, rannte die Zeit; es schluckte.
»Drück' mit fünf Finger zu; und trau dich! Das halten meine Muskeln schon aus!«, gab der künftige Riese zu bedenken; und die Augen hatten sich dem Schindanger-Franz geöffnet weit, und sie glänzten mehr, und sie dünkten willens, das Nina-Kind zu prüfen rundum; wirklich aufmerksamst; und nicht ohne Wohlgefallen.
Und dem 13-jährigen Romani-Mädchen ward die Entscheidungsfindung zum kaum tragbaren Zentnergewicht.
Einerseits war es zum Zweifel-Hof geeilt, auf daß es zu begutachten vermöge, und zu betasten und zu erforschen, wie das so sein konnte: mit Neunlingen, die auf einen Tatsch geworfen; von so einer braven Mutter-Sau.
Andererseits war es zum Zweifel-Hof geschlichen, auf daß es endlich auszudeuten vermöge den Schlag vom Nina-Herz; und es endlich wisse, ein für allemal, wem es nun den Nina-Stern zeigen sollte: dem Bauern-Buben vom Stoffelweg 8, dem Fabrikler-Buben vom Stoffelweg 6, oder keinem.
Die Entscheidungsfindung ward dem 13-jährigen Romani-Mädchen erleichtert; wider seinen Willen; geradezu gewaltsam.

4

JO, TATA!

»Aha!« flüsterte Klein-Magdalena, und erinnerte sich an jene eher eindeutige Empfehlung vom lieben Tata, der sie wieder einmal, eher nicht gescheit, die Hörnderln wachsen hatte lassen.
»Weh, wenn ich dich noch einmal mit dem Kerschbaumer-Buben erwisch'!«, hatte der liebe Tata Klein-Magdalena belehrt; und die Klein-Magdalena hatte mit der Handfläche das Rotznäschen geputzt.
»Jo, Tata!«
»Weh, wenn ich dich noch einmal beim Heuhüpfen erwisch'!«, hatte der liebe Tata Klein-Magdalena belehrt und den Erziehungsbeitrag mittels Fußtritt und Prankenschlag bekräftigt; und die Klein-Magdalena hatte mit der Handfläche das blutende Näschen geputzt.
»Jo, Tata!«
»Und jetzt schau zu, daß du mir nie mehr solche Schwein-Igeleien machst!«
»Jo, Tata!«
Und es war ihr eh nur die Haut der Eiseskälte und die Haut des Feuers gewachsen.
Die Ferkerln und die Sau begrüßten den herzmüden Heimkehrer, dessen Ohren zu hören vermochten: nicht nur den Ferkerl-Chor gleich Schalmeienklängen aus vordenklichen Zeiten; vielmehr auch sahen: die eine mit dem lieben Gesichterl; und den weit geöffneten Augen; die da anstaunten: den Kaspar; aus vordenklichen Zeiten.
»Magdalen'!«, flüsterte der Kaspar; aus vordenklichen Zeiten; und Klein-Magdalena war emporgesprungen; und gleich einem Wiesel auf den lieben Tata zugerannt, auf daß er sie emporhebe, und sie die Händchen übereinander legen konnte; im Nacken vom lieben Tata.
»Jo, Tata!«, hatte sie geschrien. Nicht nur einmal. Mehrmals. Immer wieder. Und das Herz war ihr stillgestanden und gerannt in einem; so wie dem lieben Tata; und die Backen glühten der Klein-Magdalena: noch mehr. Auch so war er, der liebe Tata!
Der Dodel vom Zweifel-Hof hatte das Wiesel gerade noch zu erwischen vermocht; am linken Haarzopf; und es festgehalten; wider seinen Willen; geradezu gewaltsam und das so unbedingt,

und es gezwungen, nichts zu sehen, zumal er das Gesichterl der trutzigen Klein-Magdalen' auf den Schenkel gepreßt; und das grausamst. Und so lange. Justament schnaufen hatte sie dürfen; und hören, die da schrie. Nicht nur einmal. Mehrmals. Immer wieder.

»Nein!«

»Nina!«, hatte Klein-Magdalena gefleht und sich auch gewehrt: gegen den Dodel, der sie in den hintersten Schweinekoben zurückgezerrt hatte, und nicht und nicht willens, den Schraubstock um den Nacken zu lockern, geschweige Klein-Magdalena entwischen zu lassen.

»Nina!«, hatte Klein-Magdalena gefleht; und immer wieder. Und ihr Körperchen ward geschüttelt von der Haut des Feuers und der Haut der Eiseskälte. Und das Wasser, das so salzig schmeckt, war auf sie herabgetropft, so wie der Rotz von dem Rohling von einem Dodel!

»Dalkerter Mensch!«, flehte Klein-Magdalena; und nun der Dodel ihr schon verwehrt: zu hören wenigstens, was dem Auge verweigert zu sehen.

Und niemand hatte Klein-Magdalena zu hören vermocht; und schon gar nicht der dalkerte Dodel! Vielmehr hatte sie gefleht; so vergeblich wie lautlos. Zumal es ihr auch nicht gestattet ward, nur ein Wort zu sagen. Zu dem dalkerten Mensch von einem Dodel!

5

DER LANGE ZITTERER

Der dalkerte Mensch von einem Dodel hatte es gesehen, nicht ohne Genugtuung. Verschwunden war Klein-Kaspar durch die von inwärts in den Schweinestall Eintritt gestattende Tür, und er lobte den braven Buben, der wirklich lautlos den Ausgang gefunden hatte und sogleich den einzig richtigen: den nach inwärts führenden.

»Gar nicht dalkert, der Bub, wenn es schon sein muß! Gar nicht dalkert, der liebe Bub.«, bedachte der dalkerte Mensch von einem Dodel die Flucht vom Klein-Kaspar. Und er schluckte. Nicht nur einmal. Mehrmals. Immer wieder.

Klein-Kaspar hatte sich wirklich hinaus- und hinaufzuretten vermocht, in den ersten Stock.

In seiner Kammer aber – fand er nicht sogleich: das lange, makel-

los weiße Leinerne für die Nacht, und der lange Zitterer war ihm gekommen, und gestattete dem Klein-Kaspar auch nicht: auszudeuten; so mir nix dir nix; das nicht Zusammengenähte an dem langen, makellos weißen Leinernen.
Und es ward dem Klein-Kaspar fast das Denkunmögliche, doch noch hineinzuschlüpfen in das Hemd für die Nacht. Und Klein-Kaspar fluchte.
»Kruzifixitürken!«
Und hatte es eh schon vollbracht; und war eh schon unter der Tuchent; samt dem Kopf.
Mit einem Ruck hatte sich Klein-Kaspar die Tuchent übergestülpt, und sie auch rückwärts geworfen mit einem Ruck. Und war schon geschlichen, nun im langen, makellos weißen Leinernen, den Gang entlang und die Holztreppe abwärts; und schon verschwunden hinter jener Tür, die den Eintritt gestattete zur größten und zur kleinsten Kammer vom Zweifel-Hof; auf daß es ihm gegeben sei, im Halbstock besser zu hören, als im ersten Stock.
Klein-Kaspar, gezwungen, den langen Zitterer um das Entscheidende zu dämpfen, zitterte noch mehr. Dazumal es sich als eher schwierig, wenn nicht gar als das Denkunmögliche zu offenbaren beliebte; dem Klein-Kaspar. Nicht und nicht wollte sich die Geschwindigkeit des seinigen Bewegungsapparates anpassen den Bedürfnissen des Darms, sodaß dem Klein-Kaspar das Herz stillgestanden ist und gerannt in einem.
»Die Nina hat so geschrien.«, murmelte Klein-Kaspar, und hatte geseufzt; nicht ohne Genugtuung. Er saß endlich auf dem Abort. Und wie festgewurzelt war er gesessen. Bis der Hahn das Morgengrauen eingekräht hatte. Und – dann und wann – murmelte Klein-Kaspar im Zwiegespräch mit sich selbst:
»Die Nina war's! Ich hab' es schon richtig gehört.«
Und die Haut des Feuers ward dem Klein-Kaspar verjagt von der Haut der Eiseskälte, und umgekehrt.
»Still steht die Zeit; und rennen tut sie auch. Und das hört sich nie auf. Und wird nicht anders; und wird nicht anders!«
Genaugenommen weinte Klein-Kaspar bitterlich. Mit weit geöffneten Augen: nach inwärts.

6
WENN WIR WEINEN, SPRECHEN WIR MIT DEN STERNEN

Irgendwie und irgendwann mußte er den Weg in den Schweinestall gefunden haben; leise, wenn nicht gar lautlos: der riesenhafte Mensch mit den kräftigen, sehnigen und von der Sonne gegerbten Pratzen. Breitbeinig stand er da, wie festgewurzelt; mit Augen riesengroß; und die Augen modellierten sich dem riesenhaften Menschen größer noch als groß: und so kugelrund, gleich Mühlrädern, und sie glänzten mehr, und sie dünkten willens, es zu prüfen rundum. Nicht ohne Wohlgefallen, aber auch zu genau.

»Magdalen'!«, flüsterte der riesenhafte Mensch, und er streckte die Pratzen aus, gleichsam als Aufforderung, doch dem riesenhaften Menschen entgegenzugehen; wenn nicht gar: als Aufforderung an sich.

Klein-Magdalena war eh schon an ihr vorbeigehuscht; gleichsam als Retterin für die Freundin, die da zurückgewichen an die vier Schritte und gestolpert: über das winzigste Ferkerl, und gepoltert mit dem Kopf vornüber und gelandet weich: auf dem Bauch der Mutter-Sau. Das winzigste Ferkerl quietschte, die Mutter-Sau quietschte, und es ward weder beruhigt das Ferkerl noch die Mutter-Sau: vom Schweinehirten.

»Jo, Tata!«, hatte Klein-Magdalena geschrien; immer wieder und ward schon rückwärts gezerrt am linken Haarzopf, vom Schweinehirten. Und es dämmerte dem Nina-Kind dumpf die Ahnung; es mußte das Denkunmögliche geschehen; und das unbedingt. Und die Nina hatte eh nur gehört: die Stimme der einen, die es gemahnet und kundgetan immer wieder, der Esmeralda, aber auch der Nina.

»Wir Romani haben wenig Freunde, sehr wenig Freunde; geduldet sind wir nur; und unsere Heimat, das ist die Landstraße; und wenn wir weinen, sprechen wir mit den Sternen.«

»Nacht und Nebel. Schall und Rauch. Nina ruft den Nina-Stern.«, murmelte das 13-jährige Romani-Mädchen; still und nicht hörbar: für den riesenhaften Menschen.

»Nacht und Nebel. Schall und Rauch. Entführt mich.«, murmelte das Nina-Kind und es erhob sich und stand vor dem riesenhaften Menschen; gleichsam festgewurzelt.

»Nacht und Nebel! Schall und Rauch! Rettet mich!«

Die so geschrien, das ist die Nina gewesen.

Und die es kundgetan: den Romani-Kindern; das ist die Romani-Mutter gewesen, die zuerst ihre Augen geschlossen, mehrmals tief durchgeatmet, während sich ihre Brust gehoben und gesenkt und ihre Lippen gezittert hatten, und die es auf diese Weise dem Wuzerl zum Bedenken gegeben: es könnte die Romani-Mutter weinen; mit der hemmungslosen Gelassenheit, die so mancher tiefempfundenen Einsicht anhaftet. Und es könnte sich dem Wuzerl die Entscheidungsfindung zum kaum tragbaren Zentnergewicht auswuchern, falls es die Einsicht der Romani-Mutter nicht zu berücksichtigen gedenke und prüfe: sehr genau.
Und es war ein liebliches Mücklein geflogen; in das rechte, nein, eigentlich in das linke Auge vom Wuzerl; und das Wuzerl hatte dem Gewissenserforschungshammer; und das ist allemal die Romani-Mutter gewesen, Widerstand geleistet! Erstmalig! In der einen bestimmten Nacht; im Frühherbst des Jahres 1921.
Und die Romani-Mutter, die es kundgetan: den Romani-Kindern, und so auch und gerade dem Wuzerl, es rufe das Nina-Kind den Nina-Stern, auf daß das Dorf auf Rädern herbeifliege, gleich dem Stein und dem Pfeil, auf daß die Romani-Mutter herbeieile, gleichsam als Hacke und als Beil, hatte nachgedacht; so lange. Denn ihr Gewissenserforschungshammer ward geschwungen: wider jene Mauer des Schweigens, von der es nur zu berichten gibt, daß sie solid gemauert war.

Und der riesenhafte Mensch war nicht mehr da gestanden; gleichsam festgewurzelt. Vielmehr näher gewankt; Schritt um Schritt. Und Nina gewichen; Schritt um Schritt: rückwärts. Bis zu jener Mauer, von der es nur zu berichten gibt, daß sie solid gemauert war.

Zweiter Teil
». . . UND DASS DU DICH NICHT IRRST«

Erstes Kapitel
VATERMORD

1
IN UNSERER FAMILIENCHRONIK STIMMT ALLES

Die Kerschbaumer-Habenichtse waren vier Geschwister gewesen. Davon lebte noch einer: der Kerschbaumer Franz. Und der Fabrikler vom Stoffelweg 6 erdreistete sich bei jeder sich ihm darbietenden Gelegenheit, den Jung-Bauern vom Stoffelweg 8 an mehr erinnern zu wollen – als nur an das gemeinsame Geburtsjahr 1894.
Der Jung-Bauer hatte die Kerschbaumer-Geschichten und die Kerschbaumer-Träume gekannt: Heuhüpfen und Amerika.
Der Alt-Bauer hatte sich die Fäuste am Schädel des Sohns wundgeschlagen. Und auch die Fußtritte des Alt-Bauern waren stets Maßarbeit gewesen: gefertigt aus der Überzeugung, dem Hintern einer Kerschbaumer Magdalena sei nie und nimmer der Sohn bestimmt.
Wenn der Alt-Bauer, von der Prügel- und Feilarbeit ermüdet, zu der Einsicht gezwungen war, dieselbe vermöge den Sohn nicht mehr vor der granitenen Dummheit der Jugend zu schützen, dann bekreuzigte sich die Alt-Bäurin und wies mit zittrigem Zeigefinger auf das Kreuz hin, das über der Stubentür an der Wand befestigt war:
»Bist ja eh nur außen herum so bös, du lieber Bub, du. Und der Herr Vater hat ja eh nur sagen wollen, daß eh alles seine Ordnung hat, wenn du so wachsen wolltest, so wie es der Herrgott will.«
»In unserer Familienchronik, du damischer Bub, du! Ich erschlag' dich! Da stimmt alles. Mit unserer Familienchronik kannst unsere Seele bis ins 16. Jahrhundert zurück ausleuchten! Die Zweifel-Seele gibt es. Gibt es aber die Kerschbaumer-Seele?! Vier Geschwister und vier Väter, die im Nirgendwo spurlos verschwunden sind. Ist das eine Familienchronik?! In unserer Familienchronik, du damischer Bub, du! Da gibt es nur Zweifel-Hof-Erben, die Kaspar heißen. Und jeder Kaspar Zweifel hat seinen Grund gekannt, seinen Boden und seinen Hof und den Herrn Vater, der ihm die Jung-Bäurin anschafft. Aber die Familienchronik kennt nicht einen Kaspar, der das Fieber im Blut hat! Den hat es bis ins 16. Jahrhundert zurück nie gegeben! Nicht einen Amerika-Wanderer

und nicht eine Nachtigall! Willst sagen: Der Herr Vater lügt, die Familienchronik lügt, die Bibel lügt?! Willst dich versündigen, du damischer Bub? An ewigen Wahrheiten willst rütteln?!«

»Du lieber Bub, du! Der Herr Vater hat ja eh nur sagen wollen: Die Keuchhusten-Geschwister taugen nix als Verwandtschaft. Weil, merk dir eins: Auf angeheiratete Erbschleicher kann der Zweifel-Hof verzichten. Und die Keuchhusten-Magdalena taugt nix als Bäurin. Weil, merk dir eins: Aus einer Nachtigall wird nie und nimmer eine Bäurin. Mehr hat der Herr Vater nie sagen wollen!«

»Auf deinem Hof mußt eine Kerschbaumer Magdalena gar nicht dulden! Enterben kannst mich auch! Ich tät' sowieso nur verkaufen. Wenn du das verstehst: hörst! Wir gehn sowieso nach Amerika! Und daß du dich nicht irrst: Ich bin ich! Weil, merk dir eins: Du bist du! Nix mehr: Jo, Tata! Jo, Tata! Jo, Tata!«

2
ABSCHIED VOM DIESSEITS

Im Laufe der Jahre waren in dem Erinnerungsvermögen der Alt-Bäurin mehrere spezifische Abteilungen entstanden, in denen die unterschiedlichsten Sammlungen von einmaligen Ereignissen angelegt waren. Die eine Sammlung von einmaligen Ereignissen eignete sich besonders für die Beichtstuhlgespräche mit dem altehrwürdigen Herrn Pfarrer. Die andere wiederum eignete sich für ein Plauderstündchen mit dessen Köchin. Eine spezielle Sammlung von einmaligen Ereignissen aber – war weder für die Reinigung der Seele noch für die Ausschmückung derselben zu gebrauchen. Genaugenommen eignete sich diese spezielle Sammlung von einmaligen Ereignissen nicht zur Deutung durch nur irgendeine Obrigkeit: sei es eine geistlicher, sei es eine weltlicher Instanz.

Obwohl sich die Alt-Bäurin die Abende bis in das Morgengrauen hinein verlängert hatte, war es für sie zunehmend schwieriger geworden, die denkwürdige Vielfalt des lieben Buben, der eh nur außen herum so bös war, zu einem harmonischen Ganzen zu fügen, das sich als Segen für den Zweifel-Hof hätte deuten lassen.

Als der Alt-Bauer vom Sohn mit einigen Prankenhieben auf den Stubenboden hingelegt worden war, gab es keinen Zweifel, daß dieses einmalige Ereignis nur als Vatermord rekapitulierbar war.

Während sich die Zungenspitze des Alt-Bauern dem Zahnlückenkraterrand entlang zu tasten bemüht war, um das ungefähre Ausmaß des Schadens am Gebiß nachzuspüren, hatte die Alt-Bäurin die Zähne und einige Bruchstücke des Mahlwerkzeuges, die der Alt-Bauer ausgespuckt hatte, mit fast kindlicher Neugierde auf der rechten Handfläche gesammelt und mit fast liebevollem Staunen nachgezählt.
»Eh nur vier Stück«, sagte sie, nicht ohne Genugtuung, und war schon gleichmütig über den Alt-Bauern hinweggestiegen, der noch immer auf dem Stubenboden lag, so wie ihn der Sohn hingestreckt hatte: auf dem Rücken.
Und während sich die Alt-Bäurin fast feierlich der Petroleumlampe näherte, die über dem Stubentisch an der Decke befestigt war, nahm sie den schwärzlichst verfärbten Backenzahnstumpen zwischen Daumen und Zeigefinger der rechten Hand:
»Und der da ist eh schon verfault«, sagte sie, nicht ohne Genugtuung.
Sie entschied, den runden Docht des Sonnenbrenners doch größer zu drehen: erst nach einigem Zögern, denn es war ihrem Wesen nicht gemäß, mit dem Petroleum anders als sparsamst zu haushalten.
Der Alt-Bauer blinzelte. Nicht, daß ihn das hellere Licht blendete. Nur hielt er es für ratsam, die Augen nicht allzu überstürzt und schon gar nicht gewaltsam zu öffnen.
Der Alt-Bauer war nie von der Annahme ausgegangen, das Sterben sei eher jenen einmaligen Ereignissen zuzuzählen, die ihn weniger zu berühren vermochten. Und nun hatte sich der Abschied vom Diesseits so einfach und mühelos gestaltet. Fast schwerelos war er dorthin geglitten, wo die Zeit stillsteht: in die Ewigkeit.
»Ich bin tot«, sagte der Alt-Bauer.
Er mochte den Vatermord im Kopf auseinanderzuknäueln versuchen, wie er wollte, es blieb dabei: Der Kaspar, der 1894 geboren worden ist, hat den Vater erschlagen. Geredet hat er von dem Bauch der Nachtigall und dem Recht auf ein glücklicheres Leben, das jedem Menschen zusteht. Ausnahmslos jedem Menschen. Und das ohne Familienchronik und ohne Bibel. Verschwunden ist er nach Amerika. Bei Nacht und Nebel.
Die Alt-Bäurin sah, wie der Mund des Sohns auf- und zuklappte. Er schnappte eh nur nach Luft.

Der Sohn streckte der Frau Mutter die sehnigen Pratzen entgegen:
»Der Herr Vater ist tot«, flehte der Sohn. Nein: brüllte es. Er staunte und wischte sich die Schweißperlen von der Stirn.
»Magdalena«, flehte der Sohn. Nein: brüllte den Namen der Nachtigall. Nicht einmal. Mehrmals. Immer wieder.
Aber es blieb dabei: Der Sohn hat den Vater erschlagen. Und nix hat sich im Sohn gerührt. Nix hat der Sohn gespürt.
Die Alt-Bäurin nickte zufrieden. Mit dem linken Zeigefinger deutete sie auf den schwärzest gefärbten Backenzahnstumpen, den sie bei hellerem Lichtschein noch einmal genau, fast mit andächtiger Strenge begutachtet hatte.
»An den Stumpen kannst du dir das Malheur ganz genau anschauen. Die Ruinen hast herausschlagen müssen. Das war ja gar kein Gebiß mehr«, sagte die Frau Mutter und blickte den Sohn nicht ohne Genugtuung und fast zärtlich an.

3

NUR DAS FLEISCH!

Als sich die Tür zum Uhr-Kuckuck öffnete, hatte der Sohn schon die Stubentür hinter sich zugeknallt. Von draußen brüllte es nach drinnen.
»Franz! Ich hab' den Vater erschlagen! Magdalena!«
Nicht einmal. Mehrmals. Immer wieder.
Und der Sohn lachte, als gäbe es die Ewigkeit nicht. Die Alt-Bäurin bekreuzigte sich.
»Jessas Maria! Das ist ja gar nicht wahr! Der Kuckuck ruft zehn Uhr, und ich bin schon so müd!«
Der Alt-Bauer blinzelte. Er öffnete die Augen und stierte düster zur Decke hinauf.
»In unserer Familienchronik hat noch kein Sohn den Vater erschlagen. Dabei bleibt's. Da sind mir die Blutflecken einer Jungfer lieber. Und in hundert Jahren weiß keiner mehr, daß die Magdalena eine Nachtigall war. Nicht einmal die Enkerln werden's wissen«, sagte der Alt-Bauer und stierte teils mit »So-ist-es-halt-Klugheit« teils »Das-kann-es-ja-gar-nicht-geben-Gewißheit« zur Decke hinauf.
Die Alt-Bäurin bekreuzigte sich und deutete mit zittrigem Zeige-

finger auf das Kreuz, das über der Stubentür an der Wand befestigt war.
»Aber der Herrgott ist in hundert Jahren noch immer da und straft in hundert Jahren nicht anders als heut, weil sich der Herrgott nicht ändern tut. Und der Bauch der Nachtigall will nicht so wachsen, so wie es der Herrgott wachsen läßt, wenn er seinen Segen kundtun will. Ungeordnete Neigungen wuchern immer, aber wachsen tun sie nie! Hast du das vergessen?!«
Der Alt-Bauer blinzelte. Eigentlich hatte er vergessen: So, wie er einmalige Ereignisse – in philosophische Weltbetrachtungen eingekleidet – zu vergessen pflegte.
»Das wuchert, weil es eben wuchert, wenn die Weiber heuhüpfen.«
»Ungestraft wird nix heugehüpft! Nicht im Jänner 1894 und nicht im Herbst 1911!«, empörte sich die Alt-Bäurin, und über ihre Wangen rannen Tränen. Dann aber schnappte sie mehrmals nach Luft.
»Jessas Maria! Jetzt hat mir die Nachtigall auch noch den Herrn Vater verhext!«
»Trag deinen Rotz zum Herrn Pfarrer! Kannst damit deine Seele sauber waschen! Meine war nie in Versuchung! Nur das Fleisch! Der Bub hat sich von einer Nachtigall verhexen lassen! Nicht ich! Und daß du dich nicht irrst: Von der da drüben ist nix mein Fleisch und Blut! Auch der Erstgeborene nicht! Das hab' ich dir schon dazumal gesagt! Willst sagen, ich lüg'?! Weil, merk dir eins: Einer, der das Recht auf ein glücklicheres Leben predigt und das ausnahmslos für jeden Menschen, der kann gar nicht von mir sein. Das zum ersten. Weil, merk dir eins: So ein Recht hat es nie gegeben. Und ich bin ja nicht damisch! Das zum zweiten. Weil, merk dir eins: Einer, der predigt, der Mensch könnte ohne Familienchronik und ohne Bibel leben und gleich alt ist wie mein Bub und eh nimmer lang lebt, der kann erst recht nicht von mir sein, weil der ist nicht ganz im Kopf! Das zum dritten!«
Der Alt-Bauer blinzelte.
»Der Menschensohn kommt zu einer Stunde, da ihr es nicht vermutet«, hatte die Alt-Bäurin gesagt und mit zittrigem Zeigefinger auf das Kreuz hingewiesen, das über der Stubentür an der Wand befestigt war.

4
ÜBERSTÜRZTE FLUCHT

Daß es unter bestimmten Umständen leichter sein konnte, ganz zu schweigen als im Lügen maßzuhalten, war eine jener Einsichten, die dem Alt-Bauern nicht das Gemüt verdüsterten. Denn als guter und friedfertiger Mensch fühlte er sich für den Seelenfrieden der Mitmenschen verantwortlich. Und den Seelenfrieden der Alt-Bäurin mit der Wahrheit in Versuchung zu führen, das hatte ihm seine Sanftmut schon dazumal nicht gestattet.

Trotzdem hatte er nicht ungern vergessen, daß auch er plötzlich und unversehens vor den Richterstuhl Gottes konnte hintreten müssen: mit dem nicht gebeichteten Sündenfall von dazumal. Und derlei Erinnerungen verdüsterten nun wirklich sein Gemüt. Genaugenommen war der Alt-Bauer zutiefst beunruhigt, sodaß es an der Zeit war, sich mit dem Vatermord zu beruhigen.

Auf diese Weise hatte sich der Alt-Bauer doch noch die Nachtruhe eines guten und friedfertigen Menschen, der mit dem Herrn, den Seinen und der Welt in Frieden lebte, erkämpft.

Und so hatte auch die überstürzte Flucht des Vatermörders den Alt-Bauern nicht beunruhigt, vielmehr beruhigt. Genaugenommen weinte der Alt-Bauer bitterlich, als sich die Alt-Bäurin seinen linken Arm über ihre Schultern legte und ihm gestattete, die linke Hand an der linken Brust der Alt-Bäurin abzustützen:

»Der Bub taugt nix für Amerika. Weil, merk dir eins: Amerika ist ein Umweg. Und die Umwege der Jugend sind allemal granitene Dummheit. Und die kann der Bub nicht von mir haben. Die hat er von dem Falotten da drüben. Dem Franz! Dem Keuchhusten-Bruder!«, sagte der Alt-Bauer und wankte mit der Alt-Bäurin, die rechte Hand an der Wand zu seiner Rechten abstützend, bis hin zur Holztreppe, auf der es sich bequem nebeneinander, einander stützend, in den ersten Stock hinaufstolpern ließ, in dem sich die gemeinsame Kammer für die Nächte der alten Bauernsleute befand.

»Wenn unser Bub bei denen da drüben bei der Tür hinein will, dann kommt er nimmer als Lebender heraus. Weil das hab' ich schon immer gewußt: Die Kerschbaumer-Hex' kennt nix! Die erschlagt auch den Franz und die Nachtigall, wenn's sein muß!«, sagte die Alt-Bäurin, nicht ohne Genugtuung.

»Und ohne die Nachtigall rennt unser Bub nicht bis nach Amerika«, sagte die Alt-Bäurin und drückte die Türklinke zur gemeinsamen Kammer nieder.

Jener Kaspar aus der Familienchronik der Zweifel-Bauern aber – der im Herbst 1911 eh nur auf sein 18. Lebensjahr zuzusteuern begonnen hatte und eh nur außen herum so bös und damisch geraten war, hatte sich nicht nur in dieser Nacht – aber auch in dieser Nacht – nicht die Nachtruhe erkämpfen können, mittels der es dem guten und friedfertigen Alt-Bauern möglich war, dem Herrn, den Seinen und der Welt zu beweisen – und das zu jeder Tages- und Nachtzeit und nach jedem schweren Schicksalsschlag – was er selbst eh schon immer gewußt hatte: Genaugenommen ist eh alles in bester Ordnung, so lange es noch nicht in die Familienchronik eingeschrieben ist.

Während die Alt-Bäurin den Alt-Bauern an den nicht gebeichteten Sündenfall von dazumal erinnert hatte, war der Sohn die Holztreppe hinaufgepoltert, in den ersten Stock, und hatte an den Türschnallen zu den Kammern gerüttelt, und das: obwohl keine der Kammern versperrt war. Vor jeder Kammer hatte er den Atem angehalten, das Ohr an die Tür gelegt und gelauscht und mit einem Ruck die Tür geöffnet.

Zweites Kapitel
DAS GRAUEN DER KRESZENTIA

1

DAS DANN NOCH VERSTEHEN

So war er auch in die Kammer der Kreszentia eingedrungen. Und breitbeinig dastehend hatte er in die Nacht der Kreszentia hineingestarrt: so lange – bis das Bett, die Wäschekommode, die Wäschetruhe, der Kleiderschrank, die Kerzen und die Heiligen- und Märtyrerbilder an der Wand, der Stuhl und der Tisch der Kreszentia genau so wie das Grauen der Kreszentia Konturen angenommen hatte, die ihm vertraut waren.

Kreszentia, aus dem Tiefschlaf emporgeschreckt, hatte dem dunklen Fleck in ihrer Kammer, der sich zu einem großen, bedrohlichen Schatten zu verdichten begonnen hatte, die Hände entgegengestreckt, und mit den Handflächen die Nacht berührt: so, als wäre die Nacht eh nur eine Fensterscheibe, von der die Kreszentia willens war, den Beschlag fortzuwischen, auf daß sie besser in die Welt hineinschauen könne, die den Zweifel-Hof umgab.

Von ihrem Kammerfenster aus war es der Kreszentia möglich, jenen Grund des Engelbert Mueller-Rickenberg zu sehen, der einst ihrem Vater gehört hatte, und auch jene Äcker und Wiesen ihres Vaters, die von jenem Wald begrenzt waren, der noch dem Vater gehörte. Auf dem Grund des Engelbert Mueller-Rickenberg konnte die Kreszentia die zündholzschachtelartige Behausung der Kerschbaumer-Hexe und ihrer vier Keuchhusten-Kinder sehen.
Und das eine windschiefe Loch gestattete der Kreszentia Einblick in die Nächte der Kerschbaumer-Hexe: Die Kerschbaumer-Hexe nähte bis lange nach Mitternacht. Und das auch am Tag des Herrgotts, dem Sonntag.
Und auch den Kirschbaum, der auf dem Grund des Engelbert Mueller-Rickenberg stand, und der dem Vater gehörte, und dessen Kirschblüten die Keuchhusten-Geschwister im Frühling anzustaunen pflegten, und dessen Kirschen sie im Sommer stehlen konnten und auch stahlen, konnte die Kreszentia von ihrem Kammerfenster aus sehen.
Im allgemeinen liebte es die Kreszentia, stundenlang vor dem Fenster ihrer Kammer zu stehen, und Nase wie Kinn und Handflä-

chen gegen die Fensterscheiben gepreßt, in die Nacht hinauszuschauen:
»In die Nacht hineinschauen, und sehen, was in ihr alles drinnen ist, und das dann noch verstehen, das möchte ich können«, hatte die von Männerhänden noch nicht berührte Kreszentia dem Bruder gestanden.
Nicht nur, aber auch in der einen Sommernacht des Jahres 1911. Und der Bruder, dessen Schatten sich erst lange nach Mitternacht vom Kirschbaum gelöst hatte, und der mit den Schuhen in der rechten Hand in das Haus des Vaters zurückgekehrt war, und nur als Knarren hörbar über die Holztreppe hinauf in den ersten Stock geschlichen war, und der vor der Kammer der Kreszentia den Atem angehalten, das Ohr an die Tür gelegt und nach drinnen gelauscht und kaum hörbar gefleht hatte:
»Kreszentia!«, und dem die Kreszentia nur als leises Knarren hörbar die Tür geöffnet hatte, um ihn, ihre rechte Hand um den kleinsten Finger seiner linken Hand geklammert, auf Zehenspitzen, zu ihrem Kammerfenster zu führen, hatte der Kreszentia erzählt:
»Ich steh' unter dem Kirschbaum und mache nicht einen Nackler, und schon läuten die Glocken, daß ich mir denken muß: Und daß sich der alte Süffel nicht irrt, Mitternacht ist es nie. Das gibt es ja gar nicht! Vertut sich der alte Süffel gleich um Stunden beim Läuten! So arg durstig kann er gar nicht gewesen sein. Grad, daß ich mir das so von unserem Messmer zu denken trau! Grad, daß ich mir den Polarstern anschau und den Vollmond und grad, daß ich sag: Das ist der Große Wagen, und das dort ist der Kleine Wagen, und da rauf kommt unsereins nicht, weil da oben ist der Himmel, da läuten die Glocken schon wieder und es ist eins. Die Ameisen rennen mir über den Bauch, über den Buckel und über die Hand, und ich merk nix, und ich spür nix. Und es müssen die roten Ameisen gewesen sein, weil, jetzt fang' ich doch zu spüren an, wie ich zerbissen bin! Und die schwarzen Ameisen kitzeln, aber sie beißen nicht. Kreszentia! Ich steh' unter dem Kirschbaum und schlaf' mit offenen Augen. Die Zeit steht still, und das gibt es ja gar nicht! Und die Zeit rennt, und das gibt es erst recht nicht! So ist es: Ich muß beim Stehen eingeschlafen sein. Die Glocken läuten wie narrisch, und ich will schon laut schwören, nie und nimmer ist es schon zwei, da ist es schon drei!«
»Der Kirschbaum ist verhext!«, hatte die Kreszentia geantwortet

und an die Magdalena gedacht, die der Bruder zu erwähnen vergessen hatte.
»Es gibt keine Hexen mehr und keine Gespenster! Kreszentia! Wir sind im 20. Jahrhundert. Da wird alles anders. Keine Hexe kann dir was tun und kein Gespenst! Nur der Mensch! Und der wird gescheiter! Weil, merk dir eins: Ich bin ich, und der Herr Vater ist der Herr Vater. Und daß du dich nicht irren tust, Kreszentia: Mit dir ist es gar nicht anders. Du bist du, und die Frau Mutter ist die Frau Mutter!«

2

DIE MERKWÜRDIGE TATSACHE

Kreszentia, der vom Bruder stets sämtliche Frauenzimmer, die sein Vorstellungsvermögen zu erreichen vermochten, charakterisiert worden waren, hatte sich schon im Frühjahr des Jahres 1911 die merkwürdige Tatsache in ihr Erinnerungsvermögen einschreiben müssen, daß der Bruder in seinem Mitteilungsbedürfnis eher sparsamst haushaltete mit dem Namen der einen vom Stoffelweg 6: Magdalena.
Und das, obwohl die Magdalena genau so wie die übrigen Keuchhusten-Geschwister zum Dorfe Gnom und seinen Geschichten gehörte wie der Schindanger. Und obwohl der Bruder im Frühjahr des Jahres 1911 begonnen hatte – nicht mehr nur mit dem Erstgeborenen der vier Keuchhusten-Geschwister – Streifzüge durch die Umgebung von Gnom und darüberhinaus zu wagen: Magdalena nun in der Mitte, Kaspar zur Rechten und Franz zur Linken, das war das Bild, an das sich nicht nur die Kreszentia gewöhnen hatte müssen, sondern auch die Frau Mutter und jene Bauernstochter, die dem Kaspar bestimmt war, und mit der die Kreszentia ihre Geheimnisse auszutauschen pflegte gegen die ihrigen.
Und wenn der Kaspar jene Ereignisse, die sein Vorstellungsvermögen anzuregen vermochten, der Kreszentia stets rekapituliert hatte, so hatte eine – sich wiederholende – Vergeßlichkeit die Magdalena aus den Geschichten herausgefiltert, und diese Vergeßlichkeit war so merkwürdig und so geheimnisvoll, wie es nur mehr die Geschichten von den Toten waren, die das Dorf Gnom auf dem Schindanger begrub. Denn wahrlich: nie und nimmer war der Bruder vergeßlich gewesen! Vielmehr hatte sich der Bruder

stets auszuzeichnen vermocht, gerade durch sein ausgeprägtes
Erinnerungsvermögen.

3
GEHEIMNISVOLLE ZEITVERDREHUNG

Kurzum: Obwohl die Kreszentia nicht nur mit dem einen und
dem anderen Gedanken des Bruders liebäugelte, sie vielmehr
– ohne Ausnahme – förmlich in sich hineinsoff, so wie das
bodenlose Faß von einem Messmer den Schnaps, so hatte sie sich
doch verpflichtet gefühlt, eine Hexe aus dem Mittelalter auch im
20. Jahrhundert zu dulden: Magdalena.
Diese denkwürdige Geschichte, die der Bruder in einer Sommernacht des Jahres 1911 unter dem Kirschbaum erleben und sofort
der Kreszentia zur Deutung anvertrauen hatte müssen, hatte der
Kreszentia den Verdacht bestätigt, der sich eh schon im Frühling
des Jahres 1911 zur Tatsache verdichtet hatte: Eine Hexe hatte sich
in das 20. Jahrhundert hineinzuschwärzen vermocht, und sie ins
Mittelalter zurückzujagen, und den Bruder gleichzeitig im
20. Jahrhundert festzuhalten, das war eine jener Verantwortungen,
die den guten und friedfertigen Menschen, der gescheiter geworden war, geradezu zwangen, die Nachtruhe zu opfern. Nicht
einmal. Mehrmals. Immer wieder. Denn für den Bruder war der
Schwester kein Opfer groß genug. Und nur der Schwester war es
gegeben, den Blick für das Wesentliche zu bewahren, und mit
entsprechender Nachsicht und Güte, einerseits die Magdalena als
die eigentliche Ursache für die merkwürdige und geheimnisvolle
Zeitverdrehung unter dem Kirschbaum zu erkennen, andererseits
den gutmütigen und friedfertigen Charakter des Bruders nicht
allzusehr zu versuchen, sodaß er die Hexe bei der Hand nahm, auf
daß das arme und so verwirrte Geschöpf, das sich in das 20. Jahrhundert verirrt hatte, zurückgeführt werde in das Mittelalter. Und
der Bruder, befangen in der irrigen aber verhängnisvollen Annahme, er sei ein wirklicher Kenner des Mittelalters, und ihm sei der
Weg zurück bekannt, wäre in der Familienchronik eingeschrieben
als jener Kaspar, der 1894 geboren worden und 1911 spurlos
verschwunden ist.
Wenn es der einen Hexe auch gelungen war, dem ihr bestimmten,
mittelalterlichen Tod davonzulaufen, und sich ins 20. Jahrhundert
hinein zu verirren, und im 20. Jahrhundert ungestraft umherirren
zu dürfen, und nicht erkannt, die Hexenkünste erfolgreich anzu-

wenden, so hatte sie doch die Schwester des Bruders vergessen. Der Opfermut der Kreszentia hatte sich seit dem Frühling des Jahres 1911 entscheidend verändert: Er war zum Todesmut geworden und so gereift: zur Todesverachtung. Und so hatte weder der böse Blick der Magdalena die Schwester des Bruders zur Blinden gemacht, noch hatten die Hexenkünste die Schwester des Bruders zu meucheln vermocht.

4
»WEIL, MERK DIR EINS.«

Die vergebliche Liebesmüh ihrer makellosen Seele begann das Gemüt der Kreszentia zu verdüstern. In selbstlosester Weise hatte sie schon im Frühling des Jahres 1911 begonnen, die Magdalena totzubeten, totzuträumen und totzudenken, und das nicht nur einmal. Mehrmals. Immer wieder.
Nichtsdestotrotz war es der Magdalena gelungen, den Bruder ungestraft zum Kirschbaum zu locken, ihn festzuhalten, und ihn so lange zu küssen – bis jenes Giftgebräu zu wirken begann, das sie dem Bruder mit ihrem Mundspeichel einzuflößen vermochte, auf daß es dem Bruder als Dampf ins Gehirn steige, und die Zeit vergessen lasse, und den Herrgott, und die Bauernstochter, die eine solide und wirklich makellose Seele vorzuweisen hätte, so wie es einerseits einer soliden Mitgift und andererseits einer eher von Männerhänden verschont gebliebenen Gesinnung entsprach. So wie die Schwester des Bruders den Gasthof ›Zum armen Spielmann‹ zu erben hatte, so hatte die Bauernstochter etliche Hektar Grund und Boden, etliche Hektar Wald und etliche Küh, fünf Knechte und vier Mägde zu erben. Auch moderne Maschinen und eine dem 20. Jahrhundert zugewandte Ökonomik.
Und wenn sich die Kreszentia manchmal mit der Bauernstochter die Zeit totzuschlagen liebte: mit den merkwürdigen und geheimnisvollen Geschichten, die das Dorf Gnom mit den Toten auf dem Schindanger begrub, so hatten sie doch nie und nimmer den guten Ruf vergessen, den es zu hüten galt, gleich dem Tabernakel des Herrn.
Die Erdäpfelschälerin in der Sonne, und die Magdalena war eine Erdäpfelschälerin in der Sonne, mied nicht die Vertraulichkeiten des alten Süffels von einem Messmer; wohl aber die vertraulichen Aussprachen mit dem Herrgott. Und das unappetitliche, zahnlose

Gestell von einem Messmer durfte ungestraft den Arm, der schon das Zittern hatte, um die Schultern der Magdalena legen; durfte ungestraft die Magdalena bei der Hand nehmen, und sie auf den Schindanger führen; und durfte ungestraft auf der unchristlichen Erde einschlafen, den Kopf auf dem Schoß der Magdalena, die Schnapsflasche in den Händen, als wär's eh nur eine Pudel und er eh nur ein Butzerl.

Zuvor aber – hatte die Magdalena dem selten rasierten, fast glatzköpfigen Wackelgestell von einem Messmer erlaubt, die Geschichten der Toten vom Schindanger auszugraben, und sie ungestraft in den Kopf der Magdalena hineinzuschütten, so – als wäre der Kopf der Magdalena das bodenlose Faß, in das sich ungestraft Schnaps hineinschütten ließ und unbegrenzt.

Und in vordenklichen Zeiten, die im Erinnerungsvermögen der Kreszentia vor dem Frühling des Jahres 1911 angesiedelt waren, hatte der Bruder sehr wohl derlei Ungereimtheiten anders als der Franz zu deuten gewußt:

»Im Kopf der Magdalena rennt alles kreuz und quer. Das ist ein gezeichnetes Mensch, die Magdalena. Nix ist ihr da drinnen mehr ganz.«

Und im Frühling des Jahres 1911 war aus dem gezeichneten Menschen die Nachtigall geworden:

»Das ist eine hundseinfache Geschichte mit der Magdalena: Sie ist eine Nachtigall und täte so gern aus unserem Dorf davonfliegen. Nur deshalb geht sie so oft in den unsrigen Wald und in die Wälder vom Mueller-Rickenberg. So rennt sie halt im Kreis um Gnom herum, und über den Schindanger kommt sie wieder heim nach Gnom. Der Franz meint das, und der Franz muß das wissen, weil, merk dir eins: Der Franz weiß alles, und ich hab' mir das eh schon immer so gedacht; irgendwie.«

5

WENN ICH DEN KIRSCHBAUM ANSCHAU'

In der einen Sommernacht des Jahres 1911 aber – hatte sich der Herrgott des alten Messmers von Gnom erinnert, und das bodenlose Faß von einem Sünder – die Glocken von Gnom wie narrisch läuten lassen, auf daß der Kaspar endlich erwache und sich endlich erinnere, daß ihn eine Hexe so lange versuche: bis eine verderbliche Neigung mit ihm davonrenne; zurück ins Mittelalter.

Und auch jener makellosen Seele hatte sich der Herrgott in der einen Sommernacht des Jahres 1911 erinnert; die dem Bruder in unschuldiger Liebe und der Hexe mit aufrichtigem Todesmut zugeneigt war: Kreszentia.

Und wie einst in vordenklichen Zeiten, war der Bruder zur Schwester geeilt, um ihr Bericht zu geben: von merkwürdigen und geheimnisvollen Zeitereignissen.

»Daß mir keine Hexe was tun kann und kein Gespenst, das weiß ich eh. Wir sind ja im 20. Jahrhundert. Aber wenn ich den Kirschbaum anschau, dann rührt sich nix, dann spür ich nix und ich bin wie blind. Und stillstehen und rennen in einem, das geht sich nie und nimmer aus. Das weiß ich auch. Weil, merk dir eins: Was der Mensch nicht kann und das Vieh nicht kann, das kann die Zeit erst recht nicht. Und wenn einem so gescheiten Menschen wie dir die Zeit stillsteht und davonrennt, dann muß sich irgendein mittelalterlicher Hokuspokus durch ein Hintertürl wieder in dein Hirn hineingeschlichen haben. Das weiß ich auch. Und du weißt das auch«, hatte die Kreszentia dem Kaspar zu bedenken gegeben, und Nase wie Kinn und Handflächen wieder gegen die Fensterscheiben gepreßt.

Der Bruder war in der einen Sommernacht des Jahres 1911 bei der Schwester geblieben: bis der Hahn das Morgengrauen eingekräht hatte.

»Und daß du dich nicht irren tust, Kreszentia. Ich hab' sie lieb, die Magdalen'. Und wenn es sein muß, verschwind' ich spurlos. Bei Nacht und Nebel: mit der Magdalen'. Und wir fahren mit dem Schiff über das große Wasser: nach Amerika. Weil, merk dir eins: Ich hab' sie lieb, die Magdalen'.«

Der Bruder hatte nach jedem Beistrich und jedem Punkt und jedem doppelten Punkt kurz den Atem angehalten.

6
ERSTMALIGES GESTÄNDNIS

Und jener Kaspar aus der Familienchronik der Zweifel-Bauern, der im Jahre 1894 geboren worden ist, hatte in der einen Sommernacht des Jahres 1911 sein erstmaliges Geständnis noch einmal bedacht; und die Tränen der Schwester hatten ihn die Augen schließen lassen.

Und er sah das große Wasser, spürte den Wind und die Hand der Magdalen' in seiner Hand, und die Magdalen' staunte den Kaspar an, so wie sie den Kirschbaum im Frühling angestaunt hatte, und sich schon auf die roten Kirschen im Sommer gefreut hatte: dazumal; in Gnom.
Und wie in vordenklichen Zeiten, dazumal in Gnom, mochte sich der Kaspar nicht an der staunenden Magdalen' satt sehen: An der Magdalen', die den rechten Zeigefinger der Naht entgegenstreckte, die den Horizont mit dem großen Wasser untrennbar zusammenzuhalten schien:
»Du, Kaspar! Siehst du die Naht? Dort hat die Frau Mutter das große Wasser mit dem Horizont zusammengenäht.«
»Ich hab' es dir schon dazumal gesagt: unter dem Kirschbaum, in Gnom. Du und ich, wir sind wir. Das mußt du dir immer merken, Magdalen'. Und wenn du nix glaubst, das kannst immer glauben: Was der Kaspar sagt, das tut er. Weil, merk dir eins: Der Kaspar tut nur, was er will.«
Und die Magdalen' legte ihre Hände im Nacken des Kaspar übereinander und berührte den Boden nur mehr mit den Zehenspitzen:
»Du, Kaspar. Wir sind auf einem richtigen Schiff: Du und ich. Und wenn wir lang genug in das Wasser hineinschauen, dann könnten wir uns auch den Meeresgrund einmal genauer anschauen.«
Und die Zeit schien stillzustehen und zu rennen in einem, als der Kaspar die Oberfläche des großen Wassers betrachtete, das im Nirgendwo mit dem Horizont eine Naht zu bilden schien; und das doch der Weg war: nach Amerika; und er den Wind spürte und die Nähe der Magdalen', die so lange in das große Wasser hineinschauen durfte, bis sie sich endlich auch den Meeresgrund einmal genauer anschauen konnte.
Denn das hatte die Magdalen' dem Kaspar schon dazumal gestanden, unter dem Kirschbaum; in Gnom:
»Du, Kaspar. Einmal möchte ich schon auf den Meeresgrund schauen dürfen. Einmal. Dann halt, wenn wir auf dem Schiff sind.«

Und als der Hahn das Morgengrauen eingekräht hatte, hatte die Gegenwart dem Kaspar die Zukunft degradiert: zur Vergangenheit.

7
»DANN FINDEST NIMMERMEHR DEN FRIEDEN«

Und er war in dieser einen Sommernacht des Jahres 1911 auch dankbar gewesen, daß er seine Kammer nicht mehr zu betreten brauchte, vielmehr der Hahn den Sohn zum Vater gerufen hatte. Und der Sohn des Alt-Bauern war für den Zweifel-Hof eine unersetzliche Arbeitskraft.

Als der Hahn das Morgengrauen eingekräht, hatte der Bruder schon lange geschwiegen; und die Schwester dem sehnigen Riesen aus Tatendrang und Kraft und Gescheitheit zugeschaut, und die Zeit war ihr stillgestanden und davongerannt in einem: Er hatte sich auf den Stuhl der Kreszentia gesetzt, und erst – nachdem ihm die Füße in den Schuhen fest genug eingeschnürt waren, die Schwester noch einmal angeschaut: neugierig und fast ein wenig erstaunt; um dann aufzustehen und die Tür zur Kammer der Schwester hinter sich ins Schloß fallen zu lassen: wortlos, und so, als teile die Schwester nicht eine Wand mit der Kammer der alten Bauernsleute; und so, als hätten die nebenan nicht Ohren zu hören.

Und als der Bruder die Tür zur Kammer der Schwester hinter sich ins Schloß fallen lassen, hatte ihm die Kreszentia nachgeschaut; noch lange. Und sich das Ergebnis der einen Sommernacht des Jahres 1911 rekapituliert:

»Der böse Blick von der Magdalena hat mir schon immer zu denken gegeben: Nix rührt sich in der; wenn sie der Schwester den Bruder nimmt! Nix spürt die; und nix hat die; und im Kopf lauft der auch alles kreuz und quer! Nix an der ist mehr ganz! Immer hab' ich für das gezeichnete Mensch gebetet und leid hat sie mir getan: der arme Hascher! Alles hätte ich für das Mensch getan und alles vergebliche Liebesmüh: verfolgt hat sie mich mit ihrem bösen Blick und ihrem unchristlichen Lästermaul! Kaspar! Hast du das alles vergessen? Ich hab' doch nie etwas Anderes getan, als dir einiges zu bedenken gegeben! Soll sie doch eine Nachtigall sein, die Narrische! Soll sie doch glücklich sein, das verderbte Frauenzimmer! Ich bin doch auch für das Recht auf ein glücklicheres Leben! Aber wenn die Magdalen' eine Bäurin werden soll, dann muß sie sich halt ändern! Grundlegend ändern! Mehr hab' ich doch nie sagen wollen! Kaspar!«

Und die Schwester war vor ihrem Kammerfenster gestanden,

noch immer der Tür zugewandt; und sie hatte sich mit zittrigen Händen die Augen gerieben; so, als wollte sie sich die langen Nächte forttreiben, die ihr bläulich-schwarze Halbmonde unter die Augen gezeichnet hatten.

»Eine Bäurin, die dem ewig durstigen Messmer nachrennt, auf daß er ihr eine Geschichte ausgräbt; von irgendeinem Toten auf dem Schindanger! Und dabei vergißt zu kochen für den Bauern und das Gesinde! Kaspar! Eine Bäurin, die rundherum alles vergißt; wenn sie im Kreis um Gnom rennen muß, weil sie wieder einmal die Nachtigall am Bach singen gehört hat. Und dann rennt ihr im Kopf wieder einmal alles kreuz und quer; und sie mag das Huhn nicht mehr schlachten, weil sich das Huhn so viel fürchten tut, und weil ihr das Huhn so viel erbarmen tut. Kaspar! Und du bist: eh nur hungrig; und es ist: eh nur Sonntag; und die Magdalen' sitzt in der Stube: eh nur mit dem Huhn und sagt:

›Das Huhn muß leben dürfen. Weil, merk dir eins: Auch ein Huhn hat ein Recht auf sein Leben.‹

Dann schaust dich an und sagst dir: Das gibt es ja gar nicht! Was; Kaspar; willst du erwarten: von einer Bäurin, wenn sie doch: eh nur eine Nachtigall ist?! Das geht sich nie aus! Und wenn du heimkommst, so müd vom Feld, so müd! Und in der Stube ist die Magdalena nicht; und beim Herrgott in der Kirche ist die Magdalena sowieso nicht; und im Hof ist die Magdalena nicht; und im Stall ist die Magdalena nicht; dann weißt, was ich schon jetzt weiß: Die Nachtigall ist vom Zweifel-Hof fortgeflogen; weil sie wieder einmal vergessen hat; eh nur: daß sie eine Bäurin ist. Irgendwann kommt sie dann schon über den Schindanger heim ins Dorf; und heim zu dir; nur: wann?! Das tätest dann auch gern wissen. Vielleicht aber rennt ihr im Kopf einmal gar alles kreuz und quer; und sie findet den Weg über den Schindanger zurück: Nur anders als du meinst!

Und so wie die Magdalena den Herrgott meidet, wird auch der Segen von unserem Herrgott die unsrigen Felder meiden, und die unsrigen Wiesen, und den unsrigen Wald, und das unsrige Vieh; und den unsrigen Hof. Dann kannst nur den ganzen Tag lang das unsrige Vieh zum Schindanger hinüber tragen mit deine Knecht! Weil das verhext ist! Und drum gestorben ist! Und wenn dir der Hof bis auf die Grundmauern abgebrannt ist, weil Donner und Blitz von unserem Herrgott dreingefahren sind, dann weißt: Jetzt brauch' ich nicht einmal mehr verkaufen, weil: jetzt hab' ich das

sicher, was die Magdalena schon immer sicher gehabt hat: Nämlich nix. Und dann bist du das, was die Magdalena jetzt schon sicher ist: Ein gezeichnetes Mensch, geduldet zu Gnom, weil der Mueller-Rickenberg so viel ein guter Mensch ist, und von seinem Grund die Kerschbaumer nicht verjagen tut. Hast denn alles vergessen? Kaspar? Wer den Herrgott aus Gnom verjagen will, findet nimmermehr Ruh! Weil, merk dir eins: Der Herrgott läßt sich aus keinem Jahrhundert verjagen; auch nicht aus dem unsrigen Jahrhundert! Weil der Herrgott, der war schon vor uns da und wird auch nach uns noch da sein! Kaspar? Dem Herrgott sagen wollen: Er soll verschwinden, weil jetzt sind: wir da, das geht sich nie aus! Da könnt' ja jeder daherkommen und sagen: Jetzt verschwind', weil jetzt bin: ich da! Kaspar? Du laßt dich auch nicht so einfach mir nix dir nix vom Hof jagen, der der deinige ist und die unsrige Welt gehört nun einmal dem Herrgott! Kaspar! Hab' doch auch ein bisserl Erbarmen mit dir selber: mit deiner Seele! Auf daß sich der Herrgott wieder deiner erbarmen mag und du aufwachst! So gescheit kannst gar nie werden, daß der Herrgott dich nicht schlagen kann mit Blindheit! Kaspar! Wehe dir! Dann findest nimmermehr Ruh und dann träumst nix mehr. Dann findest nimmermehr den Frieden mit den Deinigen, dem unsrigen Dorf, und der unsrigen Welt. Und die ist allemal die beste und die einzige, die wir haben. Und das alles wegen so einem gezeichneten Mensch, das sich bocken traut gegen den Herrgott. Und das sich laut sagen traut: deiner Schwester!
›Ohne den Herrgott geht's mir viel besser, Kreszentia. Weil: ohne den Herrgott geht's auch. Und drum geh ich zum Grünbach, wenn Sonntag ist. Dort ist es still und nicht so laut; und dann brauchst auch gar nicht zu beichten, was du vergessen hast: wieder einmal, Kreszentia. Du sollst deinen Nächsten lieben als: dich selbst. Nicht mehr, aber auch: nicht weniger!‹
Kaspar! Das traut sich eine Nachtigall sagen! Deiner Schwester! Und wenn ich sag:
›Du sollst deinen Nächsten lieben: wie (!) dich selbst, Magdalena! Und sowas vergißt die Kreszentia nicht, Magdalena!«
Kaspar! Was tut dann die Magdalena? Sie lacht und will gar nicht aufhören lachen; und laßt mich auf der Straße stehn; so einfach: mir nix dir nix; und rennt davon! Tut sowas ein Mensch, dem im Kopf nicht alles kreuz und quer lauft? Kaspar!
Warum lauft deiner Magdalena im Kopf alles kreuz und quer?

Warum?! Weil, merk dir eins: Ohne den Herrgott ist nix mehr ganz! Ohne den Herrgott rührt sich nix im Menschen und er spürt nix mehr! Ohne den Herrgott bleibt dem Menschen nur mehr der Schindanger. Deshalb und nur deshalb lauft der Magdalena im Kopf alles kreuz und quer. Weil sie so viel fürchten tut: den Schindanger! Denn die Magdalena kennt den Herrgott sehr genau; und weiß ganz genau, daß der sich so beleidigen läßt: von nix und niemanden!«

Die Anmerkungen der Schwester zur Magdalena hatten den Bruder zu dem erstmaligen Geständnis bewegt, daß er sie lieb habe, die Magdalen'. Und daß er mit der Magdalen' spurlos zu verschwinden gedenke. Im Nirgendwo: Amerika. Und dann hatte der Bruder geschwiegen – bis der Hahn das Morgengrauen eingekräht hatte. So lange. Länger noch.

Drittes Kapitel
EIN GESPENST, NIE UND NIMMER DER BRUDER

1
DER FLUCH MIT IHREM BLUT ABGEWASCHEN

Erst in jener Nacht, als der Alt-Bauer vom Sohn mit einigen Prankenhieben auf den Stubenboden hingelegt worden war; und er durch die Räumlichkeiten des Zweifel-Hofes gepoltert war als Vatermörder, hatte er den Weg gefunden zurück zur Schwester. Doch die Schwester hatte den Bruder nicht mehr erkannt. Ein Gespenst war in ihre Kammer eingedrungen, nie und nimmer der Bruder.

Der dunkle Fleck in ihrer Kammer, der sich zu einem großen, bedrohlichen Schatten verdichtet, hatte der Kreszentia die Augen weit geöffnet; und ihr auf die Stirn, die Handflächen, den Rücken und zwischen die Schenkel geklebt: den Todesschweiß.

Der Schatten war nicht eh nur als Fensterscheibe rekapitulierbar gewesen, von der sie zu jeder Zeit mit den Handflächen den Beschlag fortwischen konnte; auf daß der Blick frei werde für das Wesentliche: Niemand war in ihre Kammer eingedrungen, niemand hatte sie aus dem Tiefschlaf emporgeschreckt. Sie brauchte eh nur die Augen zu gewöhnen an das Dunkel der Nacht, und schon ließ sich der Schatten deuten: nie und nimmer als Gespenst.

Und die Ohren der Kreszentia hatten zu hören vermocht Urlaute aus vordenklichen Zeiten: aus der Zeit vor Adam und Eva.

»Der Kaspar hat den Vater erschlagen! Und nix hat sich im Kaspar gerührt, und nix hat der Kaspar gespürt! Kreszentia!«, flehte der Kaspar. Nein: brüllte es.

Die Uhr der Schwester stand still und rannte in einem. Das Maul, riesengroß im dunklen Schatten, war auf- und zugeklappt. Nicht einmal. Mehrmals. Immer wieder. Und das Maul war das Ofentürl, dahinter die Rutschbahn, auf der ihre Seele, makellos und rein, so verrußt werden konnte, daß sie im Höllenfeuer ankam: schwarz genug für die ewige Verdammnis.

Es galt an den letzten Vater unser, der du bist im Himmel, zu denken:

»Vergib' uns unsere Schulden, wie auch wir vergeben unseren Schuldigern!«, flehte die Schwester. Nein: schrie es.

Und die Ohren des Bruders hatten zu hören vermocht die Stimme aus vordenklichen Zeiten: aus der Zeit vor der Abendstille unter dem Kirschbaum.
Und so wie die Schwester den Bruder, so hatte der Bruder die Schwester gehört Laute sammeln, die nicht als Worte rekapitulierbar waren und nur so zu deuten waren: Die Zeit stand still und rannte in einem.
Und niemand war da, der gekommen war zu richten die Lebendigen und die Toten.
Die Schwester aber faltete die Hände, neigte den Kopf, schloß die Augen und betete für die ruhelose Seele, die sich in die Kammer verirrt hatte: einer makellosen Seele, auf daß die verdammte Seele, auf der ein schwerer Fluch lasten mußte, endlich den Frieden finde; mit sich; der ihrigen Schwärze; und der Welt.
»Endlich bist du; anbetungswürdiger Erlöser; an das Ziel gekommen, nach dem du verlangt: so heftig und dein ganzes Leben hindurch geseufzt hast: so sehnlich. Du bist nun in den Armen des Kreuzes und nimmst Anteil: an dessen Schmach und Schande. Du ehrtest es schon, da du es trugst auf deinen heiligen Schultern; du wolltest es aber heiligen; noch mehr: durch die überströmende Vergießung deines Blutes.«
Und die Kreszentia fühlte sich gereift für den unverständlichen Willen des Gottvaters, sie zu erwählen aus der großen Schar der Weiber; so wie er sich erwählt hatte: einst den Gottsohn, auf daß sein Schweiß zu Blutstropfen werde, die zur Erde rannen.
Und der Schweiß der Kreszentia färbte ihr die makellos weiße Tuchent und das makellos weiße Linnen, gleich dem makellos weißen Hemd für die Nacht: dunkelrot.
Der Verdacht, sie sei klatschnaß geschwitzt, hatte sich der Kreszentia zunehmend verdichtet zur Tatsache: Sie werde nicht nur aus dem Land der Lebenden hinweggerissen, vielmehr müsse sie sich langsam zu Tode schwitzen; und ihre makellose Seele konnte – erst in ihr Blut getaucht – dahingehen: in den Tod; und sich rechnen lassen unter die verdammten Seelen, auf daß von der einen verdammten Seele, die in ihre Kammer eingedrungen war, der Fluch abgewaschen werden konnte mit ihrem Blut.
»Du hängst da zwischen Himmel und Erde: vor den Augen deiner gottesmörderischen Nation. Der ganzen Welt zum Schauspiele. Mit deinem anbetungswürdigen Blute versiegelst du: den Friedensschluß zwischen Gott und den Menschen; als Priester des

neuen Bundes; als das Opfer: der Versöhnung; in dem du zugleich in dir vereinigt hast: die Sache der Gerechtigkeit und der Barmherzigkeit«, betete die Kreszentia mit noch mehr Innigkeit und mit noch mehr Hinwendung zum Gottsohn, der gekommen war; zu richten: die Lebendigen und die Toten. In der einen bestimmten Nacht; im Herbst des Jahres 1911.

2

DIE RÜCKKEHR DER KRESZENTIA VOM ÖLBERG

Und als dem Bruder das zweitmalig versuchte Geständnis abermals nur als unverständliches Lallen entwischt war, hatten die Augen der Kreszentia den Blick gewagt schräg nach oben, und das Gespenst befragt, ob es wohl auch die Liebesmühe einer makellosen Seele richtig zu schätzen wisse, und sich auch sicher nicht verirre zu dem Bett eines eher von Männerhänden verschont gebliebenen Weibes.

Der Schatten nämlich, zuerst als Gespenst gedeutet, hatte sich während des Gebetes der Kreszentia verwandelt: Er war durch ihr Erinnerungsvermögen zunehmend zu einer eher menschlichen Gestalt ausgereift. Und der Blick schräg nach oben hatte den Verdacht der Kreszentia zur Tatsache verdichtet: Ein Mann war in ihre Kammer eingedrungen. Ein sehniger Riese, der breitbeinig dastand, und Unverständliches zu erzählen bemüht war. Und es gab zu Gnom nur einen sehnigen Riesen, sodaß der Mann als Bruder rekapitulierbar war; nach einigem Hin und Her; und so hatte das Herz der Schwester zu dem ihm üblichen Takt zurückgefunden; nach einigem Hin und Her.

Nicht nur der verderblichen Neigung, aber auch der verderblichen Neigung der Magdalena, fremdes Gut und Eigentum zu mißachten, und mir nix dir nix: auf den Kirschbaum zu kraxeln, um die Kirschen mir nix dir nix, in den Schnabel zu stopfen, sodaß auch bei barmherzigster Deutung nur mehr die verderbliche Neigung eines nicht besserungswilligen Nimmersatts übrig blieb, waren vom Gottvater natürliche Grenzen gesetzt worden: Mittels den vier Jahreszeiten – war es dem Gottvater gegeben, jeder Krähe, und das ausnahmslos, auf den Schnabel zu klopfen.

Und auch im Herbst des Jahres 1911 waren auf dem Kirschbaum keine Kirschen mehr. Und auch im 20. Jahrhundert war ein Kirschbaum nicht so lange zu verhexen: ewig lang. Das war schon

immer so gewesen, und das hatte die Kreszentia eh schon immer gewußt; so wie es die Kerschbaumer-Mutter schon dazumal vergessen hatte, sodaß eine verderbliche Neigung vier Keuchhusten-Krepierl in die Welt zu setzen vermochte.
Und in der ihrigen Familienchronik hatte es nicht einen Kaspar gegeben, von dem geschrieben ward, er habe einer Erdäpfelschälerin in der Sonne, einem ewig gottlosen und nicht besserungswilligen Nimmersatt, den Bauch anschwellen lassen. Und auch der Zweifel-Hof zu Gnom des 20. Jahrhunderts – konnte derlei Neuerungen nur als Rückfall deuten: in die Erbsünde.
Die Rückkehr der Kreszentia vom Ölberg hatte sich überraschend einfach und mühelos gestaltet; fast schwerelos war sie wieder dorthin geglitten, wo die Zeit weder stillsteht noch rennt in einem: in das Refugium der Kreszentia; die Kammer zur Linken der Kammer des Bruders; eh nur getrennt durch die gemeinsame Kammer der alten Bauernsleute. Genaugenommen hatte die Kreszentia eh nur für den Kaspar geschwitzt, auf daß er endlich den Weg finden möge, fort von der verderblichen Neigung, die nun – im Bauch der Magdalena – sich auswuchern konnte; und den nicht besserungswilligen, gottlosen Nimmersatt vom Stoffelweg 6 erinnern mochte: an die vier Jahreszeiten; oder eben nicht.
Daß jener Kaspar, der 1894 geboren worden ist, sehr bald wieder gescheiter sein wird, das hatte die Kreszentia eh schon dazumal gewußt: Im Frühling des Jahres 1911.
Und der Bruder, der so lange geschwiegen, der Bruder, der so lange den Weg zu ihrer Kammer nicht gefunden hatte: ewig lang; war eh schon wieder zurückgekehrt: taubstummblindgeschlagen von einer verderblichen Neigung, die die Schwester schon dazumal als schwere Prüfung für den Bruder zu deuten gewußt hatte. Taub für die Ohren derer von nebenan, war er in die Kammer der Schwester gepoltert, blind für die ihm entgegengestreckten Hände der Schwester war er in ihrer Kammer gestanden, sie nicht sehend, die da gewesen war schon immer; und auf seine Rückkehr gewartet hatte; so lange. Ewig lang.
Und der Bruder, bemüht, die Erbsünde zu fassen, die ihn von der Schwester zu entzweien vermocht, hatte sich kreuz und quer stammeln müssen: durch sämtliche Laute, die doch zu einem Ganzen zusammenfügbar gewesen waren, mühelos. So lange bis aus der Narrischen vom Stoffelweg 6, im Frühling des Jahres 1911, die Nachtigall geworden war. Und das Ganze, das doch stets das

Wort gewesen ist, hatte sich zunehmend zu verändern vermocht; bis es dem Bruder vom unverständlichen Ganzen zum toten Ganzen geworden war. Und jetzt, im Herbst des Jahres 1911, begann ihn die Ahnung zu strafen, er könnte das Wort, das stets das Ganze gewesen ist, nie und nimmer missen.

3

DIE TRUHE HIRN UMZUGESTALTEN

So wie der Stein stets jenes Ganze gewesen ist, mit dem es dem Menschen – und das doch seit vordenklichen Zeiten – gegeben war, sich vor seinesgleichen zu schützen: vor Dieben und Raubrittern, und sich auszuzeichnen durch die Planung und die Errichtung von Festungen, die durch nichts und niemanden zerstörbar waren; so ist doch das Wort stets jenes Ganze gewesen, mit dem es dem Menschen – und das doch seit vordenklichen Zeiten – gegeben war, die Truhe Hirn zu einer Festung auszubauen, die zerstörbar war: durch nichts und niemanden.
Und dem Bruder war das Wort gegeben als jenes Ganze – und das doch seit vordenklichen Zeiten – mit dem die Geschwister die ihrige Trutzburg mit ihrer doch stets eifrigen und tatkräftigsten Unterstützung – ersonnen und errichtet, ausgebaut und verändert, renoviert und zerstört hatten. Und das so lange und immer wieder, bis sich das ihrige Erinnerungsvermögen den kostbaren Schatz: die ihrigen Geschichten zu ersparen vermocht hatte, ohne den es doch nie und nimmer gelingen hätte können, die ihrige Trutzburg zu ersinnen: so gescheit und so stolz; wie nur zerstörbar vom Nichts und vom Niemanden.
Und das Nichts hatte der Gottvater verbraucht für die Erschaffung des Etwas. Und den Niemand hatte der Gottvater verbraucht für die Erschaffung des Jemand. Und so war aus dem Nichts geworden: das Etwas; und aus dem Niemand: der Jemand, sodaß es das Nichts nicht mehr gab und den Niemand nicht mehr gab. Vielmehr: war ES nicht etwas, so war ES jemand geworden. Und war ES nicht jemand, so war ES etwas geworden.
Und mir nix dir nix hatte der Bruder die – doch gemeinsam gesicherten – Einsichten zu vergessen vermocht für das gezeichnete Mensch vom Stoffelweg 6. Und mir nix dir nix hatte der Bruder das Wort vergessen, das stets das Ganze gewesen ist, mit dem es ihnen erst möglich geworden war, die Truhe Hirn umzugestalten

zu der ihrigen Trutzburg; für die seinige Seele, für die ihrige Seele; gegen die Dorfchronik zu Gnom. Und auch und gerade gegen die von nebenan, die aus unverständlichen Gründen aufrichtigst bemüht gewesen waren, die gescheiten Geschwister dumm zu schlagen, und dabei die dummen Geschwister gescheit geschlagen hatten.
Und das kostbarste Kleinod des Menschen: sein Erinnerungsvermögen, einmal entdeckt, hatten Bruder und Schwester nicht nur die ihrigen Geschichten in der Truhe Hirn zu sammeln, aufzubewahren und auch und gerade verbergen gelernt: vor Dieben und Raubrittern. Vielmehr hatten sie auch entdeckt, daß sich die ihrigen Geschichten so und auch ganz, ganz anders ordnen ließen: in der Truhe Hirn.

4
DANN MUSST REDEN!

Und für jenen kostbaren Schatz: die ihrigen Geschichten; den sich das ihrige Erinnerungsvermögen zu ersparen vermocht, hatten sie doch die ihrige Kindheit, und die ihrigen Jahre dahingegeben; hin bis zum Frühling des Jahres 1911.
Und wenn das Nichts und der Niemand für die Erschaffung des Etwas und des Jemand, genaugenommen: für die Erschaffung an sich, als gut genug befunden worden war vom Gottvater; so mußte doch jener Fluch, der auf dem Menschengeschlecht lastete; seit Adam und Eva: die Erbsünde; auch zum Segen desselbigen Geschlechtes als gut genug befunden werden können.
Und im kostbarsten Kleinod des Menschengeschlechtes: seinem Erinnerungsvermögen, war die Vertreibung aus dem seinigen Paradies eh eingeschrieben. Und erst das verlorene Paradies hatte das kostbarste Kleinod des Menschengeschlechtes: sein Erinnerungsvermögen, als Paradies zu erkennen vermocht.
Und so wie der Kirschbaum die Zeit zum Verblühen brauchte, brauchte auch das Wachsen der Sehnsucht seine Zeit: der Sehnsucht, doch den Weg wieder zu finden: ins verlorene Paradies.
»Nix ist mehr ganz! Alles lauft kreuz und quer! Kreszentia! Der Kaspar hat den Vater erschlagen! Und nix hat sich im Sohn gerührt, und nix hat der Sohn gespürt! Kreszentia!«, flehte der Kaspar. Nein: brüllte es.
Und als dem Bruder das drittmalig versuchte Geständnis schon

wieder nur als unverständliches Lallen entwischt war, hatte sich der Verdacht der Schwester als berechtigt erwiesen, jener Verdacht, der sich eh schon im Frühling des Jahres 1911 zur Tatsache verdichtet hatte. Und so antwortete die Schwester dem Bruder: »Das Licht sagt zum Tag: ›Und daß du dich nicht irren tust, lieber Tag. Ich hab' sie lieb, die Finsternis. Und wenn es sein muß, verschwind' ich spurlos. In der Nacht: mit der Finsternis.‹ Kaspar! Das geht sich nie aus! Und wenn sich das ausgeht, dann gibt's die unsrige Welt nimmermehr. Kaspar! Dann ist nix mehr ganz: Dann ist der Jemand wieder zum Niemand geworden und das Etwas wieder zum Nichts. Und der Erbige hat etwas und ist jemand; und die Erblose hat nichts und ist niemand. Und wenn eine Erblose zusammengefügt werden kann: mit einem Erbigen; dann kann die Finsternis auch mit dem Licht zusammengefügt werden. Weil, merk dir eins: Der Gottvater hat nicht mir nix dir nix den Tag von der Nacht getrennt. Er hat sich dabei auch etwas gedacht! Und Kaspar! Wenn du nicht taub sein magst, dann mußt hören! Wenn du nicht blind sein magst, dann mußt sehen! Wenn du nicht stumm sein magst, dann mußt reden! Wenn du nicht vergessen magst, dann mußt dich erinnern! Kaspar! Beides in einem ist sich nie ausgegangen und geht sich aus: nie! Magst du etwas haben, so kannst du nicht haben: nichts! Magst du jemand sein, so kannst du nicht sein: niemand! Hast du denn alles vergessen?!«

5

EH NUR VOM REGEN VOLLGESOFFENE ERDE

Der Bruder hatte die zu Fäusten geballten Pranken geöffnet und der Schwester entgegengestreckt. So als könnte die Schwester seine Handflächen wie dazumal, in vordenklichen Zeiten, gebrauchen: Als jenen Grund und Boden, auf dem sich ihre Trutzburgen hatten erbauen lassen, mit der Erde der Äcker, Wiesen und Felder, die dem Vater gehörten.
Die vom Regen vollgesoffene Erde – einmal als jenes vorzügliche Ganze entdeckt – mit dem sich Rundtürme, Hungertürme, Ecktürme, Salztürme, Burgen, Waffentürme, Festungen und Zitadellen errichten ließen – am einfachsten: auf dem Grund und Boden des Vaters, am schwierigsten: auf den seinigen Handflächen als Grund und Boden – hatte die Geschwister Geduld und Nachsicht

üben gelehrt, deren sie zunehmend bedürftig geworden waren, um die eh nur vom Regen vollgesoffene Erde gebrauchen zu lernen, als jenes Ganze, das sich kneten, formen, zerstückeln und zusammenfügen ließ: auch auf den seinigen Handflächen als Grund und Boden.

Und den Geschwistern; voll des löblichen Eifers und Tatendrangs, voll der unschuldigsten Neugierde und Entdeckerfreude, hatten die ihrigen Meisterwerke an Erinnerungsvermögen an die Baukunst des Menschengeschlechts; das seit vordenklichen Zeiten Rundtürme, Hungertürme, Ecktürme, Salztürme, Burgen, Waffentürme, Festungen und Zitadellen zu errichten und zu zerstören vermocht hatte; den – gleich den vier Jahreszeiten – immer wiederkehrenden Verdacht zur Tatsache verdichtet: Der Mensch ist nicht nur gescheit. Er wird noch gescheiter. Und der Mensch des 20. Jahrhunderts ist besonders gescheit: berufen, den Weg zurück ins verlorene Paradies; wieder zu finden.

Der Kaspar, der weder vergessen noch sich erinnern hatte wollen, erinnerte sich, wie kurzatmig die seinigen Tage mit der Kreszentia gestaltet waren; dazumal, in vordenklichen Zeiten. Sodaß der Gottvater allemal das Licht des Tages zu früh mit der Finsternis der Nacht verbannt hatte von den Äckern, Wiesen und Feldern, sodaß die Geschwister allemal zu früh in die ihrigen Kammern, in das ihrige Bett verbannt werden hatten dürfen: zur Linken und zur Rechten der gemeinsamen Kammer der Frau Mutter und des Herrn Vater. Und die Geschwister waren stets untröstlich und im ewigen Groll und im ewigen Unfrieden mit den Ihrigen und dem Gottvater in den ihrigen Kammern verschwunden, um sich – erst langsam – jene Hoffnung zu erschaffen, mit der es den Geschwistern – nach einigem Hin und Her – doch möglich zu werden pflegte, jenen wohltemperierten Groll und jenen wohltemperierten Unfrieden mit den Ihrigen und dem Gottvater zu finden, der in der Wirkung eher einem vorzüglichen Schlaftrunk vergleichbar sein könnte.

Und die ihrige Hoffnung hatte sich oftmals als gar nicht so unberechtigt erwiesen: Nicht nur einmal, mehrmals, immer wieder hatte der Gottvater das Seinige getan, und es regnen lassen, auf daß es ihnen gegeben war, das Ihrige zu tun.

Und nicht nur einmal, mehrmals, immer wieder hatte der Gottvater dem Licht des Tages gestattet, die Finsternis der Nacht zu vertreiben, sodaß die Geschwister wieder hinauslaufen hatten dürfen, auf die Äcker, Wiesen und Felder des Vaters: zu der vom Regen vollgesoffenen Erde.

6
DIE NIEDERLAGEN VORLÄUFIGER ART

Und wahrlich! Es war dem ihrigen Erinnerungsvermögen an die Baukunst des Menschengeschlechts nicht nur einmal gelungen, sich den nächstgescheiteren Hungerturm als doch besser eckig und nicht rund abzuringen. Und den nächstgescheiteren Waffenturm als doch besser rund und nicht eckig, und vor allem nicht in einer Festung, vielmehr in einer Zitadelle eingefügt. Und den nächstgescheiteren Salzturm als doch besser unterirdische Kammer, und die Kammer besser nicht viereckig und auch nicht fünfeckig, vielmehr dreieckig, und vor allem nicht in einer Zitadelle, vielmehr in einer Festung eingefügt.
Und wahrlich! Eine Erfolgsmeldung hatte die andere gejagt. Und der Niederlagen gab es wenige. Und genaugenommen waren die ihrigen Niederlagen stets zu jenem Ganzen geworden, mit dem sich die nächste Festung um einiges wuchtiger und trutziger und noch ewiger gestalten hatte lassen, sodaß sich den Geschwistern der Verdacht zunehmend zur Tatsache verdichtet hatte: Die Niederlagen könnten derart vorläufiger Art sein, daß es durchaus berechtigt sein könnte, dieselben als Sieg an das ihrige Erinnerungsvermögen weiterzumelden.
In die seinigen Erinnerungssplitter an vordenkliche Zeiten hatte sich ein runzliges Weiblein hinein verirrt, das so groß gewachsen war wie der seinige Daumen, und das auf seinen Handflächen stand und sich bückte: es sammelte Zähne und einige Bruchstücke eines denkwürdigen Mahlwerkzeuges auf der rechten Handfläche, mit fast kindlicher Neugierde.
Und das Weiblein mit dem fuchsigen Blick zählte nach, mit fast liebevollem Staunen.
»Eh nur vier Stück«, verkündete der Däumling dem Riesen, und der Kaspar hatte sich eh nur an den Spruch der Frau Mutter erinnert, der da stets gelautet hatte:
»Not lehrt beten – und rechnen.«
Kaspar, der weder blind sein noch sehen hatte wollen, sah: den Däumling, der nun den schwärzlichst verfärbten Backenzahn-

stumpen zwischen Daumen und Zeigefinger der rechten Hand nahm.

»Und der da ist eh schon verfault«, verkündete der Däumling dem Riesen, und der Kaspar, der weder taub sein noch hören hatte wollen, hatte gehört: eh nur die Kreszentia, der es noch immer gegeben war, das Wort als jenes Ganze zu hüten und zu gebrauchen, mit dem sich die Truhe Hirn, mir nix dir nix zu der ihrigen Festung hatte ausbauen lassen. Wuchtig, trutzig und ewig. Dazumal. In vordenklichen Zeiten. Und die Kreszentia hatte den Kaspar eh nur gefragt:

»Hast du denn alles vergessen?!«

Der Kaspar, der weder stumm sein noch reden hatte wollen, hatte die Tür zur Kammer der Kreszentia hinter sich ins Schloß fallen lassen: wortlos und doch dabei so gelacht, als wäre die eine bestimmte Nacht, im Herbst des Jahres 1911, nicht noch lange genug für den Gottsohn, um zu kommen und zu richten: die Lebendigen und die Toten.

Ehe der Hahn das Morgengrauen einkrähte, war die Kreszentia auf ihrem Bett gesessen, der Tür zugewandt: gleich einer versteinerten Erinnerung an die Baukunst des Menschengeschlechts. Ein dem Stein abgetrutzter Mensch, aus dem Tiefschlaf emporgeschreckt und erkennbar als Weib. Und die – dem Stein abgetrutzten – Augen des Weibes, waren bemüht, die Geschichte des Menschen an sich zu sehen, der da den Weg aus dem Paradies mit fast schlafwandlerischer Sicherheit und blind gefunden hatte; und nun sich mühte, taubstummblindgeschlagen, den Weg zurück zu finden, ins verlorene Paradies; auch mit derselbigen schlafwandlerischen Sicherheit. Und die Augen des Weibes, dem Stein abgetrutzt, waren zunehmend Zeugnis geworden: von der ihrigen Versteinerung.

Und als der Hahn das Morgengrauen eingekräht hatte, saß die Kreszentia noch immer auf ihrem Bett, der Tür zugewandt. Sie rieb sich mit zittrigen Händen die Augen; so, als wollte sie sich die lange Nacht fortreiben, die ihr bläulich-schwarze Halbmonde unter die Augen gezeichnet hatte.

Viertes Kapitel
DIR LÄUFT ALLES KREUZ UND QUER

1
ÜBERALL IST ETWAS

Der Kaspar war weitergestürmt zur nächsten Tür, um an der Türschnalle zu rütteln, und den Atem anzuhalten, und nach drinnen zu lauschen, und erst dann die Tür zu öffnen; mit einem Ruck.
»Der beste Mörder, ich sag' es frei, ist, der aus einem Morde machet zwei!«, flehte der Sohn, der sich eh nur erinnert hatte an den Schindanger zu Gnom. Nein: brüllte es: Und sich eh nur an den alten Spruch des Herrn Vater erinnert, der da stets gelautet hatte: »Der beste Mann, ich sag' es frei, ist, der aus zwei Halmen machet drei!«
Und jener Kaspar aus der Familienchronik der Zweifel-Bauern, der am 18. Oktober 1830 geboren worden ist, gab zu bedenken: »Überall ist etwas.«
Und er richtete sich langsam auf: im Bett jenes Kaspars aus der Familienchronik der Zweifel-Bauern, der am 1. Mai 1861 geboren worden ist.
»Aber das ist zu viel! Und wenn sich das meinige Denkvermögen nicht als Ganzes unterbringen hat lassen, in dem deinigen Hirn! So mußt es trotzdem hören. Weil, merk dir eins: Ich weiß alles, was es zu wissen gibt!«
»Nix ist mehr ganz!«, flüsterte jener Kaspar aus der Familienchronik der Zweifel-Bauern, der sich erinnerte, daß er in den Novembertagen des Jahres 1894 geboren worden sein könnte, und insofern er sich richtig zu erinnern vermochte, dürfte der: schon seit einiger Zeit (?!) die Friedhofserde zu Gnom würzen.
Kurzum: ein Knochengerüst bar jeglicher kreatürlicher Einkleidungen saß auf den – zu einem Bett zusammengefügten – Betten des Herrn Vater und der Frau Mutter: in der einen Knochenhand die Sichel, in der anderen Knochenhand den Vorderlader und auf der Truhe Hirn der Helm, um den ein Ährenkranz geflochten.
»Es ist so traurig. Dein Hirn taugt genau so viel für's Denken wie es für's Merken taugt. Schau mich an und schau dich an, Bub! Dann verstehst alles. Ich bin ein sehniger Riese aus Tatendrang und Kraft, und du bist ein Gnom.«

2

AN DEN GOTTVATER GEDACHT, EIN SPRUNG GEMACHT, UND . . .

»Und so bleibt für deinen Herrn Vater dein Assentierungstag, was er nämlich ist: unverständlich!«
Und der Helm, um den ein Ährenkranz geflochten, schlug gegen die leere Truhe Hirn.
»Das gibt's ja gar nicht! Das ist ja nix für Kinder! Mit dem Vorderlader gegen das Zündnadelgewehr, du, Bub!«
Und die Knochenhand mit dem Vorderlader schnellte hoch: ruckartig.
»Dazu braucht der deinige Vater nicht unbedingt auf den Kaiser hinweisen, der immerhin sechzig Regierungsjahre auf dem Buckel hat (!); und der auf den Tag genau (!), so viele Tage zum Nachdenken gehabt hat: wie ich. Und dem nix erspart geblieben ist! Und so kann ich dir 1908 sagen, was ich mir so gedacht hab: schon anno 66.«
Und das Bajonett steckte im Deckenbalken.
»Ich weiß alles, was es zu wissen gibt. Ich hab die Sichel gegen den Vorderlader getauscht, und ich bin gegen das Zündnadelgewehr marschiert. Ein sehniger Riese aus Tatendrang und Kraft: stramm gefochten, nie gezittert, trotzdem zurückgekehrt. Das ist nur etwas für ein ausgeprägtes Mannsbild! Nix für Kinder und schon gar nix für dich, damischer Rotzbub, du!«
Und die leere Knochenhand kratzte sich den Helm, um den ein Ährenkranz geflochten.
»Das war anno 66 so, und das ist 1908 noch so, und das wird immer so bleiben. Weil, merk dir eins: Auch wenn ich noch so genau hinschau, so ist es und bleibt es wahr: Eingeholt hast du mich nie. Weder beim Wachsen noch beim Denken. Und das ist nicht traurig. Das hat seine Richtigkeit: 31 Jahre mehr Erdenleben, Bub! Und deinem Vater ist nix erspart geblieben!« Und der Großvater drohte dem Enkel mit der Sichel.
»Jessas Maria! An den Gottvater gedacht, ein Sprung gemacht und raus (!): mit dem Vorderlader.«
Und die Knochenhand hielt den Vorderlader, und das Bajonett steckte nicht mehr im Deckenbalken.
»Dazu brauchst mehr, Bub, als Todesmut. Und den möchte ich mir bei dir erst einmal anschauen dürfen, wenn so ein Zündnadel-

gewehr zeigt, was es alles kann, so wie mir das geoffenbart ward: dazumal! Im sechsundsechziger Jahr!«

3

STRAMM GEFOCHTEN, NIE GEZITTERT,
TROTZDEM ZURÜCKGEKEHRT

Und die Knochenhand mit dem Vorderlader hatte sich die Truhe Hirn jenes Kaspars als Ziel erwählt, der im Jahre 1894 geboren und nicht im Jahre 1861 geboren worden ist; und dieser Kaspar preßte die Augen fest zusammen. Der Gottvater hatte den Großvater gesandt; zu richten die Lebendigen und die Toten.
»Mir einreden wollen, die Viechskerle mit dem Zündnadelgewehr möcht' ich unbedingt umarmen dürfen, abbusseln! Mit denen habe ich anno 66 nix zu tun haben wollen, und das ist im Jahre 8, des 20. Jahrhunderts, nicht anders. Und das gibt es ja gar nicht! Bei aller Verwandtschaft, da hört sich die Verwandtschaft auf! Weil, merk dir eins: wenn ich, ein Riese aus Tatendrang und Kraft und Gescheitheit: stramm gefochten, nie gezittert, trotzdem zurückgekehrt, dann laß ich mir von einem Rotzbuben wie dir, der eh erst 47 Jahre auf dem Buckel hat, und dann schon so damisch ist, nicht ausdeuten, wie das so gewesen ist: dazumal! Daß ich mir das nicht so richtig in das Hirn eingeschrieben hätte, vielmehr in dem meinigen Hirn schon alles laufen könnte kreuz und quer! Das ist eine Verdächtigung, nur mehr deutbar als Frevel! Der selbst mich, den ewigen Bauern vom Zweifel-Hof, noch zu hetzen vermag: ins Grab!«
Und genaugenommen weinte der fleisch- und hautlose Großvater bitterlich.
»Ist es denn üblich, daß der Kaspar meuchelt jenen Kaspar, der geboren ward vor ihm? Sind wir denn verflucht? Du Vatermörder! Schau dir den (!) Kaspar einmal an und prüf' dich dann! Denn es ist wahrlich ein Wunder, daß der dein Fleisch und Blut sein soll? Das gibt es ja gar nicht! Der Lausbub hat sich schon mit 14 Jahren gemerkt, daß wir uns nie und nimmer mit den Viechskerlen verschwägern, verschwistern, verbrüdern und auf Ewigkeit verheiraten haben wollen! Auf ewig: nie!
Und daß du dich nicht irrst: dem Lausbuben wirst mir das große Reich im Norden ausdeuten können als Mutterland: Nie und nimmer! Der sagt dir: Bist narrisch?! Das ist ja, als täte ich mir ein

Weib anschaffen, das nix taugt für den Hof! Glaubst, ich schaff'
mir ein Weib an, das mir den Hof anzündet! Das mir das Vieh
verjagt! Und das mich jagt: mit dem Zündnadelgewehr! Obwohl
ich eh nur hab den Vorderlader, um die meinige Haut nicht grad
zu verschenken?!
Da hört sich die narrischste und ewigste Lieb' auf! So und nicht
anders, täte der Lausbub ausdeuten deine granitene Dummheit!
Und wie es etwas mit Christenpflicht zu tun hat, sich zu merken,
wer ans Kreuz genagelt hat den Gottsohn, so hat es etwas mit
Christenpflicht zu tun, sich zu merken, wer mich gejagt hat mit
dem Zündnadelgewehr! Anno 66!«
Und die Knochenhand mit der Sichel schnellte hoch: ruckartig.
»Das eine hat der Jude getan, das andere die Viechskerle, die
bleiben sollen, wo das Zündnadelgewehr wachst, wie auf den
meinigen Feldern der vierblättrige Klee!«

4

HAST IHN MIR NARRISCH GESCHLAGEN

»Wer ein Vaterland hat, braucht kein Mutterland! Und wenn du
noch einmal das große Reich im Norden heißt das Mutterland,
nachdem du dich so viel sehnen tust, dann vergeß' ich die Sichel
und erinner' mich, daß ich auch noch aufstehen könnte; ehe ich die
Friedhofserde zu Gnom würzen geh! Allzufrüh!«
Und der wiedergekehrte Großvater weinte; so bitterlich.
»Aber noch bin ich der Bauer vom Zweifel-Hof!«
Und die Fensterscheiben klirrten, als die Sichel hinausflog in die
Nacht.
»Jedem geöffneten Auge zu Gnom ward es geoffenbart: Der
nächste sehnige Riese aus Tatendrang und Kraft und Gescheitheit,
das wirst nicht du sein! Das wird der Sohn des Sohns sein. Weil,
merk dir eins: Der Sohn des Sohns wird ein ausgeprägtes Manns-
bild! Und mach' ihn mir nicht narrisch! Schon' mir den letzten
Rest Glauben an das menschliche Hirn (!), schon' mir den kleinen
Kaspar da!«
Und der Helm, um den ein Ährenkranz geflochten, schlug gegen
die leere Truhe Hirn. Und das Skelett vom Großvater hüpfte im
Bett, und das Knochengerüst klapperte eher bedenklich.
»Merk dir das fest vor, in deinem Kalender! Keinen Sarg kannst so
zunageln lassen, daß jener Kaspar, der im Jahre 8 des 20. Jahrhun-

derts den seinigen Hof lassen muß, einem 47-jährigen Rotzbuben, wie du einer bist, den Sargdeckel nicht zu öffnen vermag für die seinige Wiederkehr! Und dann bleibt nix mehr ganz! Dann hilft dir kein Mutterland und kein Zündnadelgewehr mehr! Weh, wenn dein Kaspar den Kaspar ruft, der auf dem Friedhof zu Gnom seine Ruh haben möcht', weh! Dann hast ihn mir narrisch geschlagen, und das duldet nicht einmal das meinige Knochengerippʼ!«

Und es hatte sich der Enkel gestattet, dem so wiedergekehrten Großvater zu widersprechen; entschiedenst.

»Großvater! Ich bin der Sohn des Sohns! Und den Kaspar, der nach dir gekommen ist, hat jener Kaspar erschlagen, der nach ihm gekommen ist! Großvater! Dir läuft alles kreuz und quer!«

In der einen bestimmten Nacht, im Herbst des Jahres 1911, war im Vorderlader nicht drinnen gewesen: nix.

Und der Kaspar, der weder taub sein noch hören hatte wollen, hatte es gehört. Die seinige Erschießung hatte soeben stattgefunden. Und nichts hatte sich gerührt. Nichts hatte der soeben Erschossene gespürt. Vielmehr hatten die sehnigen Pranken dem Toten die Vermutung zu bestätigen vermocht, der Richter, der gekommen war zu richten: die Lebendigen und die Toten, habe nicht nur jenen Kaspar, der 1894 geboren worden ist, mit jenem Kaspar verwechselt, der 1861 geboren worden ist, vielmehr dürfte er auch die Truhe Hirn, die er sich als Ziel erwählt hatte, das es zu treffen galt, mit jener Mauer verwechselt haben, von der es nur zu berichten gibt, daß sie solid gemauert war.

5

EINE TÜR, DIE IHN GAR NIX ANGEHT!

Genaugenommen hatte sich der Kaspar, der weder vergessen noch sich erinnern, weder das so fleisch- und hautlose Adamskostüm des Großvaters rufen noch den Vater vom Vater nicht rufen hatte wollen, eh nur erinnert:

Den Vorderlader, den der Vater des Vaters anno 66 widerrechtlich beschlagnahmt hatte, als ewiges Merkstück für die Familienchronik des Zweifel-Hofs, hatte er sich nur vom Sohn des Sohns wegnehmen lassen: nicht nur – aber auch im Jahre 8, des 20. Jahrhunderts.

Sie hatten sich umarmt und bitterlich geweint und jenen Kaspar, der 1894 geboren worden ist, und jenen Kaspar, der 1830 geboren

worden ist, und für den im Jahre 8, des 20. Jahrhunderts eh nur mehr jene Zeit gekommen war, in der es galt zu gehen die Friedhofserde zu Gnom zu würzen, hatten durchaus ähnliche Gedanken wider das fünfte Gebot zu plagen vermocht:
›Nix ist im Vorderlader drinnen gewesen. Aber auch gar nix!‹, hatte der Sohn vom Sohn dem Vater des Vaters gegrollt und der Vater vom Vater hatte dem Sohn vom Sohn auch einen nicht ganz unwesentlichen Vorwurf – zumindest gedanklich – nahezubringen:
›Schon so oft hab' ich es dir gesagt: ›Zum armen Spielmann‹ mußt, dann weißt alles, was es zu wissen gibt! Krempelst im Keller alles um, dann findest die Tür zur ganzen Wahrheit und findest das Pulver, gibst es in den Vorderlader und dann ist es passiert! Ich kann bei der Wahrheit bleiben, und du mußt auch nicht lügen. Ich sag: Weiß ich, daß der Rotzbub nachts ›Zum armen Spielmann‹ schleicht?! In den Keller?! Weiß ich, was der da tut?! Ich hab dem Rotzbuben nur gesagt: ›Zum armen Spielmann‹ mußt, dann weißt alles, was es zu wissen gibt.
Und das, Herr Richter, das hat geheißen: Einmal muß der Bub rauschig gewesen sein, damit er weiß: Jetzt bin ich ein richtiges Mannsbild. Und da krempelt mir der Rotzbub den Keller um, und findet eine Tür, die ihn gar nix angeht! Weiß ich, Herr Richter, daß im Vorderlader Pulver drinnen ist, wenn ich es nicht hineingetan habe? Und Herr Richter: Es ist bei uns nicht üblich, daß ein Kaspar den anderen Kaspar meuchelt! Sowas gibt es in der unsrigen Familienchronik nicht! Hat es nie gegeben und wird es nie geben! Weil, Herr Richter: Das ist ein ehernes Gesetz!‹
Derlei aber – war nie im Erinnerungsvermögen des Kaspars eingeschrieben worden. Vielmehr war dies – gleich der ungeschriebenen Familienchronik – in der Truhe jenes Kaspar geblieben, der im Jahre 8, des 20. Jahrhunderts, wirklich eingenagelt worden war.
Zur Erleichterung des Sohns, der für den Sarg eine ihm unübliche Tugend entdeckt hatte: die der Großzügigkeit. Auch und gerade in Belangen der Ökonomik.

6
EINGESCHRIEBEN IST ES NIRGENDS

Dem 17-jährigen Kaspar war es nur gegeben, sich zu erinnern, daß er dazumal sein Ohr dem Mund jenes Kaspar zugeneigt, der sich

auserwählt hatte: nicht den 47-jährigen Sohn, vielmehr den 14-jährigen Sohn vom Sohn, auf daß die ungeschriebene Familienchronik wieder zu einem Ganzen zusammengefügt werde: mit der geschriebenen Familienchronik.
»Glaubst denn wirklich, ich bin so? Wer bin ich denn? Bin ich nicht ein Kaspar wie du einer bist? Da war eh nix drinnen! Was zitterst so? Genau so wenig wie ein Kaspar den Kaspar erschießt, der vor ihm geboren ist, erschießt ein Kaspar den Kaspar, der nach ihm geboren ist! Das ist ein ehernes Gesetz! Der ist doch als Ganzer bei der Tür hinausgegangen! Dem fehlt nix! Ich, nur ich, ich komm nimmermehr als Ganzer bei der Tür hinaus! Du, das weiß ich, du wirst weinen! Du schon! Auf ewig und bitterlich! Und fragen wirst den Gottvater, warum er jetzo dahingehen hat müssen. Warum grad er die Friedhofserde zu Gnom würzen soll: Heut' und nicht ein andermal! Nix kann der Vater vom Vater für dein Hirn mehr tun! Armer Sohn vom Sohn: mußt dir alles selber merken! Und daß du dich nicht irrst: Du kannst es! Du schon! Weil, merk dir eins: Dir ist alles gegeben, so stark wie du bist, so gescheit wie du bist! Ganz mein Ebenbild! Was zitterst so und rotzest, daß es einen Stein erbarmt, vielleicht doch auch den Gottvater? Gib' doch endlich Ruh! Ich hab' dem seine granitene Dummheit ein bisserl schrecken müssen! Hab' doch eh nur wollen, daß er endlich merkt, dort ist die Tür, und er könnte doch auch verschwinden und jetzo: das Ohr, Kaspar! Auf daß es niemand hört! Und weil der einen grauen Schopf hat, etwas früh; der Rotzbub, mußt dir von dem noch lange nix ausdeuten lassen! Hörst! Auf ewig nie! So weit kommt es noch!«
Und der Großvater, dem das Sterben nicht leicht gefallen war, hatte nicht weniger bitterlich weinen müssen, wie sein Enkel.
»Daß du dich nicht irrst! Eingeschrieben ist es nirgends, und es ist doch so ewig wahr, so wie du und ich ewig wahr sind! Hörst, was ich dir jetzt gestehe, das mußt gleich vergessen. Hörst! Nur dem Sohn des Sohns sag' ich es! ›Zum armen Spielmann‹ mußt, merk dir das. Und das bald und das nachts. Dann weißt alles, was es zu wissen gibt. Kaspar! Jessas Maria? Warum grad ich! Warum grad jetzo?«

7
ES WAR DOCH NICHT ÜBLICH, DASS DU STIRBST!

Der vierzehnjährige Kaspar hatte den Toten, den er gerade noch als Lebenden umarmt und so aufrecht gehalten, gerüttelt und geschüttelt:
»Ich bin ›Zum armen Spielmann‹ und hab' nix gefunden! Den Keller hab' ich sogar umgekrempelt und nix war da! Was muß ich wissen, daß ich alles weiß? Großvater! Kannst doch nicht jetzo einschlafen! Warst doch grad so munter! Großvater! Kannst doch nicht jetzo?! Nie und nimmer duld' ich das! Ewig nie! Großvater! Wach auf!«, hatte der vierzehnjährige Kaspar gefleht, und den Lebenden als Toten erkannt:
»Das gibt es ja gar nicht! Es war doch nicht üblich, daß du stirbst! Großvater!«
Der vierzehnjährige Kaspar, der beim sterbenden Großvater hatte bleiben dürfen, und nur er, hatte den Großvater so lange geschüttelt und gerüttelt, ewig lang, bis er klatschnaß geschwitzt war, und die dumpfe Ahnung ihn zu peinigen begonnen hatte, das nicht Übliche könnte auch als jene Ausnahme deutbar sein, die verwirklicht, jede, aber auch jede Regel zu bestätigen vermochte.

8
WENN DER EWIGE BAUER VOM ZWEIFEL-HOF
SICH NIEDERLEGT: ZUM STERBEN

So auch jene Regel, die da stets gelautet hatte:
»Noch allemal ist er ein bisserl munterer wieder auferstanden und gekommen: ›Zum armen Spielmann‹, und er hat jedes Mal ein Stamperl Schnaps mehr vertragen! So ist es halt, wenn der ewige Bauer vom Zweifel-Hof sich niederlegt zum Sterben. Der ist vom Gottvater für die Ewigkeit erschaffen worden und nicht für die Jahreszeiten!«
Und so war es auch gewesen. Jedes Mal, nachdem der ewige Bauer vom Zweifel-Hof gestorben war, hatte er das Dorf Gnom gemahnt, auf daß es des Todes gedenke, dem es gegeben ist, allzuoft auch zu unerwarteter Stunde, den Menschen darauf hinzuweisen, daß die vier Jahreszeiten ununterbrochen gearbeitet hätten: wenn auch still und lautlos.
Um dann das Dorf Gnom ›Zum armen Spielmann‹ zu rufen. Und

wahrlich! Das Dorf Gnom hatte den Gasthof stets erst verlassen dürfen als lustige Gesellschaft, und auch müssen: allzufrüh. Nie aber war es dabei um einen Heller ärmer geworden; zum Verdruß des Sohns vom ewigen Bauern vom Zweifel-Hof, der die einmal als Christenpflicht erkannte Tugend Sparsamkeit, auch und gerade in der Ökonomik, gerne als ein ehernes Gesetz auf dem Zweifel-Hof verwirklicht gesehen hätte. Wenn nicht da der ewige Bauer gewesen wäre, der dieses eherne Gesetz stets mir nix dir nix vom Hof zu verbannen pflegte:
»Was wahr ist, das ist wahr! Und da kannst so reden und da kannst anders reden! Es nutzt nix! Dem Herrn Vater vorrechnen wollen, was so eine lustige Gesellschaft kostet, das ist und das bleibt die schwerste Sünd'!«
Und der Sohn hatte den Vater an einiges zu erinnern versucht:
»Hast du denn alles vergessen, was du mir angetan hast? Ein garstiger Vogel ist das, der das eigene Nest beschmutzt! Dem eigenen Fleisch und Blut den Kirchgang verleiden und die paar Stunden im Gasthof! Mir nachsagen: Ich könnte die Sparsamkeit nicht vom Geiz unterscheiden, das ist die schwerste Sünd!
Weil, Herr Vater! Das könnte der Sohn sehr wohl, wenn der Herr Vater es endlich tragen könnt', daß es dem Sohn sehr wohl gegeben ist, die Ökonomik zu fassen! Ließe es der Herr Vater dem Sohn doch einmal zeigen, indem er dem Sohn die Ökonomik anvertrauen täte! Dann hätte der Herr Vater noch einiges zum Wundern!«
»Nix da! Ich vertrau' dich dem Gottvater an, weil den wundert eh nix mehr! Und daß du dich nicht irrst: Wenn ich dem Dorf Gnom von deinem Geiz erzähl', so hab' ich dich mehr als geschont! Soll ich die deinige Seel' ein bisserl genauer ausleuchten? Bub! Führe den Vater nicht in Versuchung! Da steht der Kaspar, und der hört alles!
Daß du dir das nicht merken kannst! Ich weiß alles, was es zu wissen gibt! Und in den deinigen Augen lese ich noch allemal wie in einem Bilderbuch, und in dem Bilderbuch ist mein Kreuzweg eingeschrieben, und der Kreuzweg von dem Kaspar auch, der nach dir gekommen ist, und der die Folgen deiner granitenen Dummheit wohl erben soll. Kannst nicht weiter denken, nur bis zu deinem Sarg?
Auch der Kaspar nach dir ist in Belangen der Ökonomik und überhaupt zu bedenken. Und damit wir zu einem natürlichen

Ende unserer Aussprache vorzustoßen vermögen, hilf' ich dir ein bisserl beim Denken: Noch gehört der Gasthof mir, und noch bin ich der Bauer vom Zweifel-Hof, und noch ist das mein Grund und mein Boden, und mein Wald!
Weil, merk dir eins: So viel kann mir der Mueller-Rickenberg gar nicht geben, daß ich ihm verkauf: den meinigen Wald! Bist denn narrisch?! Über den Neizbach da wachsen ja die meinigen Schwammerln und Pilz'! Und die Schwarzbeeren und die Brombeeren und die Himbeeren! Bub! Ich laß mir nicht die meinige Jugend und die meinige Kindheit von einem 47-jährigen Rotzbuben verkaufen, so mir nix dir nix; und einem Mannsbild, das Schmetterling' sammelt, verkauf' ich schon gar nix! Weil, das ist ja kein Mannsbild! Und daß du dich nicht irrst: Die Neizklamm wird nie und nimmer zur Grenz'!«

9
*NIE UND NIMMER UMGESCHRIEBEN:
SO GRUNDLEGEND!*

»Bub da! Hör' jetzt ein bisserl weg! Aber nicht schwindeln! Das ist nix für eine reine Seele! Aber dableibst!
Laß den Bub, wo er steht, und rühr' ihn mir nicht an! Kaspar-Bub, komm her zum Großvater! Ich will jetzo einmal ein bisserl ausdeuten, wie das so sein könnte mit dem da. Der graue Schopf da, das reinste Lamperl wär' er, täte es das fünfte Gebot nicht geben! Und daß du dich nicht irrst: Auch der Gedanke wider das fünfte Gebot nutzt nix! Gar nix!
›Im trüben Wasser‹ sind wir daheim gewesen, schon im 16. Jahrhundert! Und von dir wird die unsrige Familienchronik in Belangen der Ökonomik nie und nimmer umgeschrieben: so grundlegend! Hast mich jetzo ein bisserl besser verstanden?«
Der Gedanke wider das fünfte Gebot, vermutet in der Truhe Hirn jenes Kaspar, der 1861 geboren worden ist, das war das natürliche Ende jeder Aussprache gewesen.
»Ein letztes Wort, Herr Vater!«, hatte der so Verdächtigte zu bedenken gegeben. Nicht nur einmal. Mehrmals. Immer wieder.
»Die einmal als Christenpflicht erkannte Tugend Sparsamkeit einerseits, und die verschiedenen Einsichten bezüglich der ökonomischen Notwendigkeiten des Zweifel-Hofs andererseits, zusam-

menfügen zu einem höheren Ganzen, mittels Meuchelmord: wider das eigene Fleisch und Blut, das einen gezeugt hat! Das kann nur einer, dem im Kopf nix mehr ganz ist, vielmehr alles kreuz und quer lauft! Hast du denn gar keine Lieb' für mich?! Und daß du dich nicht irrst: Der Bub da, das ist mein Bub! Und der kriegt meinen Hof und meinen Grund und meinen Boden und meinen Wald und meinen Gasthof kriegt das Mädel! Und der Bub wird das meinige Ebenbild, nie und nimmer das deinige! Hast mich jetzo ein bisserl besser verstanden?«
Der wortlose Griff des Vaters vom Vater nach dem Vorderlader, ohne den grundlegende Aussprachen nicht stattzufinden pflegten, war der Wegweiser gewesen: zur Tür.
Nicht nur einmal. Mehrmals. Immer wieder.

10
ICH HAB' AUCH NUR EIN GEBISS

Und während der Kaspar, der 1861 geboren worden ist, danach das seinige Weib zu suchen pflegte, pflegte der Sohn vom Sohn zur Kreszentia zu stürmen.
»Kreszentia! Komm, es ist Zeit, dem Herrn Vater auf's Maul zu schauen!«
»Daß er uns wieder dumm schlagt! So viel Blut habe ich dann auch wieder nicht für den Herrn Großvater! Der drischt uns noch blutleer! Und dann hat der Großvater nix mehr und niemanden!«
»Wenn ich dir doch sag', er will dem Herrn Großvater alles wegnehmen! Gar alles! Nicht nur die Schwammerln und die Pilz', die Brombeeren, die Himbeeren und die Schwarzbeeren! Auch das Leben, Kreszentia! Auch das Leben!«
»Und ich hab' auch nur ein Gebiß und auch nur eine Nase und zwei Zähne fehlen mir eh schon! Grad da vorn! Daß ich schon ausschau, als wär' ich nicht schön!«
»Wachsen eh wieder nach! Kreszentia! Du und ich, wir teilen uns alles redlich! Das ist ein ehernes Gesetz! Und eherne Gesetze vertragen Ausnahmen nicht! Hast du das vergessen?!«
»Einmal noch wachsen mir die Zähne, dann aber nimmermehr! Hast du das vergessen?!«
Einwände solcher Art pflegten sich so zu verwirklichen, daß der Kaspar die Kreszentia bei der Hand nahm, um die Widerstrebende

mir nix dir nix mit sich zu ziehen, auf daß die Kraft des Herrn Vater redlich durch zwei geteilt werde.
Der Kaspar und die Kreszentia, die da gekommen waren Hand in Hand, um mit weit geöffneten Augen und mit weit geöffnetem Mund, nur mehr aufmerksamste Bereitschaft, redlich geteilt durch zwei, dem Herrn Vater auf's Maul zu schauen, und jedes Wort in der ihrigen Truhe Hirn zu sammeln für den Großvater, hatten es eh schon immer gewußt: für den Großvater war ihnen kein Opfer groß genug. Und die Hände der Geschwister, klatschnaß geschwitzt, blieben nichtsdestotrotz fest ineinander verklammert; so lange. Und die Zeit war den Geschwistern stillgestanden und gerannt in einem. So, als hätte die Zeit sich zusammenzufügen vermocht, mit dem Takt ihres Herzens: zu einem höheren Ganzen.
Die dazumalige Jung-Bäurin, die von jenem Kaspar angeschafft worden war, der 1830 geboren worden ist, für jenen Kaspar, der 1861 geboren worden ist, hatte die Klagen des Mannes stets auch als die eigentliche Not des Weibes zu deuten gewußt:
»Helfen möchte ich dem armen Herrn Vater dürfen! Ein bisserl nur! Der kann sich ja selber gar nimmer helfen! So eine arge Plackerei! So schwer sterben! Alles lauft ihm kreuz und quer! Nix ist ihm mehr ganz! Was sagst: hat er jetzo einen Vertrag mit dem Luzifer oder hat er keinen Vertrag mit dem Luzifer?«
»Wer weiß das schon so genau? Zuzutrauen wäre es deinem Herrn Vater ja. Kaspar! Kreszentia! Dort ist die Tür! Der Herr Vater und die Frau Mutter haben eine Aussprache!«
»Nix sieht er mehr ganz: nur die Schwammerln und die Pilz', und die Brombeeren und die Himbeeren und die Schwarzbeeren! Und den Wald vor lauter Bäume nimmermehr! Und das alles heißt sich dann: Ökonomik. Verstehst?! Ökonomik!«
»Jessas Maria! Das dir! Dem gütigsten und friedfertigsten Menschen, den der Hof und überhaupt die Welt je gesehen hat!«
»Das meine ich ja eh. Aber ich sag dir: Still und lautlos arbeiten die Jahreszeiten, aber sie arbeiten. Und auch der ewige Durst arbeitet, der den armen Herrn Vater ja so plagen tut, daß es schon einen Stein erbarmen könnte, wenn der Durst nicht gar so eine verderbliche Neigung wär'!«
»Was hat euch die Frau Mutter gesagt? Dort ist die Tür!«
»Was zittern die denn so?! Was rotzen die so?! Ich werd' euch gleich einen Grund erschaffen für den Zitterer und für den Rotz!

Euch werde ich lehren, den Vater zu ehren! Und die Frau Mutter! Jetzt brüllen's noch, daß es einen Stein erbarmen könnte, wenn es so einen Grund zum Brüllen gäb'! Auseinander mit euch! Eure granitene Dummheit nicht gescheit schlagen können! Daß ihr euch nicht irrt! Herr Großvater, magst noch ein Busserl? Herr Großvater, magst noch Brombeeren? Herr Großvater, magst noch Himbeeren? Herr Großvater, magst noch Schwarzbeeren? Herr Großvater, hast einen Durst? Ich werd' euch noch den Großvater austreiben!«, hatte der Herr Vater den Geschwistern zu bedenken gegeben, deren Rotznasen eh schon zu bluten begonnen hatten.

11
SICH ANGEMESSEN DEN UMSTÄNDEN VORZUBEREITEN

In den ersten Jahren des 20. Jahrhunderts hatten sich die Heimgangs-Ahnungen und Heimgangs-Einsichten des ewigen Bauern vom Zweifel-Hof als neues ehernes Gesetz zu erkennen gegeben. Genaugenommen war es der Winter der Jahrhundertwende gewesen, der den ewigen Bauern vom Zweifel-Hof derart an die Jahreszeiten zu erinnern vermocht hatte, daß er gezwungen worden war, sich in das seinige Bett zu legen, um sich angemessen den Umständen vorzubereiten: auf den Weg ins Nirgendwo, auch Ewigkeit genannt.

Dem Sohn vom ewigen Bauern vom Zweifel-Hof aber – hatte sich der Verdacht sehr bald zur Tatsache zu verdichten begonnen, die da schon im alten Jahrhundert gelautet hatte:

»Der Durst vom Herrn Vater wuchert sich aus zu einer geradezu verderblichen Neigung!«

Und die Befürchtung des Sohns vom ewigen Bauern vom Zweifel-Hof hatte sich allemal zu bestätigen vermocht, der ewige Bauer vom Zweifel-Hof könnte nie und nimmer willens sein, die seinigen Heimgangs-Ahnungen und Heimgangs-Einsichten – nur einmal – zu verwirklichen! Vielmehr erschaffe er sich mit den seinigen Heimgangs-Ahnungen und Heimgangs-Einsichten jenen Grund, der es ihm gestattete, dem Gottvater wieder einmal pflichtschuldigst zu danken: und eine Seelenmesse zu spendieren.

Und das für die verfluchten Seelen, deren irdische Hüllen auf dem Schindanger, für die Verwesung freigegeben, begraben worden waren, auf daß er dann einkehren dürfe im Gasthof ›Zum armen

Spielmann‹, um das Dorf pflichtschuldigst in eine lustige Gesellschaft zu verwandeln. Da das Dorf ja auch pflichtschuldigst gekommen war, zu beten. Und das für jene Seelen, die – trotz Seelenmessen – nie und nimmer Ruhe zu finden vermochten! Denn sie waren eh bestimmt gewesen für das ewige Feuer. Und der Gottvater hatte sich wohl dabei etwas gedacht, als er die Hölle erschaffen hatte.

Derlei Verleumdungen hatten jenem Kaspar, der 1894 geboren worden ist, stets die Pranken zu Fäusten geballt, und er hatte weinen müssen bitterlich. Denn wahrlich: Genau so wie stramm gefochten, nie gezittert, trotzdem zurückgekehrt nur etwas für ein ausgeprägtes Mannsbild sein könnte, dürfte der Durst des sehnigen Riesen nie und nimmer meßbar sein mit den üblichen Maßstäben! Drei Tatsachen vermochten dies eherne Gesetz zu beweisen: Der Tatendrang eines Riesen war nicht der Tatendrang eines Gnoms! Das zum ersten! Die Kraft eines Riesen war nicht die Kraft eines Gnoms! Das zum zweiten! Und die Gescheitheit eines Riesen war nicht die granitene Dummheit eines Gnoms! Das zum dritten!

Nichtsdestotrotz war im Jahre 8, des 20. Jahrhunderts das Nicht-Übliche dem Großvater passiert.

Genaugenommen war der Kaspar eh nur in die gemeinsame Kammer des Herrn Vater und der Frau Mutter eingedrungen. Genaugenommen hatte der Kaspar eh nur in die Nacht der Frau Mutter und in die Nacht des Herrn Vater hineingestarrt und genaugenommen eh nur so lange – bis das seinige Erinnerungsvermögen, den zu einem Bett zusammengefügten zwei Betten, der Wäschekommode, der Wäschetruhe, den zu einem Schrank zusammengefügten Kleiderschränken, den Kerzen und den Heiligen- und Märtyrerbildern an der Wand, Konturen abzutrotzen vermocht hatte, die ihm vertraut gewesen waren. Dazumal. In vordenklichen Zeiten.

Fünftes Kapitel
AN EWIGEN WAHRHEITEN WILLST RÜTTELN?!

1
FÄUSTLINGE

Der Kaspar war weitergestürmt zur nächsten Tür, um an der Türschnalle zu rütteln und den Atem anzuhalten, und nach drinnen zu lauschen, und erst dann die Tür mit einem Ruck zu öffnen.
Insofern er sich richtig zu erinnern vermochte, dürfte er in die Kammer jenes Kaspar eingedrungen sein, der in den Novembertagen des Jahres 1894 geboren worden sein könnte.
Und auch: wenn er weder taub sein noch hören, weder blind sein noch sehen, weder stumm sein noch reden, weder vergessen noch sich erinnern hatte wollen, so dürfte jener Kaspar, der am 1. Mai 1861 geboren und in der einen bestimmten Nacht, im Herbst des Jahres 1911, erschlagen worden sein könnte, in die Familienchronik des Zweifel-Hofes einschreibbar sein, als jenes Nicht-Übliche, das so zu passieren pflegt; und insofern eh nur ausdeutbar sein dürfte: als jene übliche Ausnahme an sich, die erst die Regel als solche, und das ausnahmslos, zu bestätigen, wenn nicht gar: erst zu erschaffen vermochte. So auch jene Regel, die da stets gelautet hatte:
›Einerseits ist jener Noch-Nicht-Jung-Bauern-Kaspar, der zum Jung-Bauern herangereift ist, umzusiedeln: In die Kammer des Jung-Bauern-Kaspar. Auf daß Platz geschaffen werde. Für jenen Noch-Nicht-Jung-Bauern-Kaspar, dem es erst und auch schon bestimmt ward, heranzureifen: zum Jung-Bauern.
Und es bleibe die Kammerwand zur Linken des Noch-Nicht-Jung-Bauern-Kaspar stets die Scheidewand. Zur Kammer jenes Jung-Bauern-Kaspar, den sich der Gottvater erst und auch schon auserwählt hatte. Auf daß er heranreife: zum Alt-Bauern.
Andererseits ist der Alt-Bauern-Kaspar umzusiedeln: auf den Friedhof zu Gnom. Und das rechtzeitig. Auf daß Platz geschaffen werde. Für jenen Jung-Bauern-Kaspar, der herangereift ist: zum Alt-Bauern.
Und es bleibe die Kammerwand zur Rechten des Noch-Nicht-Jung-Bauern-Kaspar stets die Scheidewand. Zur Kammer jenes Alt-Bauern-Kaspar, den sich der Gottvater erst und auch schon:

auserwählt hatte. Auf daß er heranreife: für die Friedhofserde zu Gnom.‹

Insofern er sich richtig an diese Regel zu erinnern vermochte, war er in die Kammer jenes Noch-Nicht-Jung-Bauern-Kaspar eingedrungen, dem es erst und auch schon bestimmt sein könnte, heranzureifen: zum Jung-Bauern.

Und wenn sich jener Jung-Bauern-Kaspar, den sich der Gottvater erst und auch schon auserwählt hatte, auf daß er heranreife zum Alt-Bauern; wenn sich jener 50-jährige Jung-Bauern-Kaspar das Bett des 17-jährigen Noch-Nicht-Jung-Bauern-Kaspar auserwählt haben könnte: für die eine bestimmte Nacht im Herbst des Jahres 1911, müßte es doch gestattet sein, den Verdacht zu hegen, dem Nicht-Üblichen, dem es gegeben, die Regel zu bestätigen, wenn nicht gar erst zu stricken, könnte es auch gegeben sein, die Regel nicht nur nicht zu bestätigen, vielmehr auch aufzutrennen.

Aus dem lindengrünen Wollknäuel hatten sich Fäustlinge stricken, und die Fäustlinge hatten sich auftrennen lassen. Und die Geschichte des lindengrünen Wollknäuels hatte sich stets deuten lassen: als einfache Geschichte. Einerseits war es beim Stricken das Hin und Her des Vorwärts gewesen und andererseits beim Auftrennen das Hin und Her des Rückwärts. Was aber war geschehen, wenn die da gestrickt – sich beim Hin und Her des Strickens geirrt hatte? Es war stets der Beginn gewesen: für das Hin und Her des Auftrennens.

»Nie!«, flehte der Kaspar. Nein: forderte es. Nicht nur einmal. Mehrmals. Immer wieder.

2

RÜCKWÄRTS UND VORWÄRTS TANZTEN

Und jener Kaspar, der am 1. Mai 1861 geboren worden sein könnte, hatte sich im Bett jenes Kaspar aufgerichtet, der in den Novembertagen des Jahres 1894 geboren worden sein könnte.

»Und daß du dich nicht irrst: Ich bin ich! Weil, merk dir eins: Du bist du! Nix mehr: Jo, Tata! Jo, Tata! Jo, Tata! Nie!«, gab der Sohn zu bedenken und hatte sich eh nur erinnert.

»Willst sagen: Der Herr Vater lügt, die Familienchronik lügt, die Bibel lügt? Willst dich versündigen, du damischer Bub? An ewigen Wahrheiten willst rütteln?«, gab der erschlagene Herr Vater zu bedenken, und der Sohn hatte sich eh nur erinnert, daß er breitbeinig dastehend in die seinige Nacht hineingestarrt und eh nur so lange – bis das Bett, die Wäschekommode, die Wäschetruhe, der Kleiderschrank, die Kerzen und die Heiligen- und Märtyrerbilder an der Wand, der Stuhl und der Tisch hin und her, vorwärts und rückwärts, rückwärts und vorwärts tanzten, und er dem Nebelschleier vor den seinigen Augen das Gesichtchen der Magdalena abzutrotzen vermochte.

»Ich hab' es dir schon dazumal gesagt, unter dem Kirschbaum, in Gnom: Du und ich, wir sind wir. Das mußt du dir immer merken, Magdalen'. Und wenn du nix glaubst, das kannst immer glauben: Was der Kaspar sagt, das tut er. Weil, merk dir eins: Der Kaspar tut nur, was er will«, sagte der Kaspar und hatte genaugenommen eh nur so gelacht.

»Siehst du die Naht? Dort hat die Frau Mutter das große Wasser mit dem Horizont zusammengenäht«, sagte die Magdalena und schaute den Kaspar an: mit weit geöffneten Augen, und ihm war eh nur der Nebelschleier vor den seinigen Augen zum großen Wasser geworden, in dem die Augen der Magdalen' hin und her, her und hin, vorwärts und rückwärts, rückwärts und vorwärts schwammen.

»Du, Kaspar. Wir sind auf einem richtigen Schiff: Du und ich. Und wenn wir lang genug in das Wasser hineinschauen, dann könnten wir uns auch den Meeresgrund einmal genauer anschauen«, sagte die Magdalena, und ihre Augen waren im großen Wasser spurlos verschwunden.

»Nie!«, flehte der Kaspar. Nein: brüllte es. Nicht nur einmal. Mehrmals. Immer wieder.

Und es war eh nur der Herr Vater unversehens rückwärts gefallen: Und der Hinterkopf des Herrn Vater war eh nur auf den Kopfpolster des Sohns aufgeprallt.

»Ich bin tot«, gab der erschlagene Kaspar jenem Kaspar zu bedenken, der ihn gerade erschlagen hatte.

»Nie!«, flehte der Kaspar. Nein: forderte es. Nicht nur einmal. Mehrmals. Immer wieder.

Und er war weitergestürmt.

3
SOLID GEMAUERT

Der Großknecht, der eine eigene Kammer auf dem Dachboden des Zweifel-Hofes sein eigen nannte, die auch eine Dachluke hatte, durch die er, mit der Kuhmagd, die sternenklare Nacht und den Vollmond anstaunen konnte, während er der Kuhmagd zwischen die Beine griff, hatte vergessen, die Tür zu der seinigen Kammer zu verschließen.
Er war nächtliche Kontrollen nicht gewöhnt; vielmehr derselbigen entwöhnt. Nächtliche Kontrollen hatte es nie und nimmer gegeben; für den Großknecht. Nächtliche Kontrollen waren stets als die Möglichkeit in Erwägung zu ziehen gewesen: für den Noch-Nicht-Großknecht.
So gestatteten es die Großknecht-Gehirnzellen nie und nimmer, das Unmögliche als die Möglichkeit auszudeuten. Vielmehr verweigerten dieselbigen die Warnung, die ihn die seinige Kammertür hätte zusperren lassen, so lange es noch Zeit gewesen war:
»Es könnte die breite Holztreppe, die in den ersten Stock führt: nicht so, vielmehr die schmale Treppe hinauf zum Dachboden: so geknarrt haben.«
So ward der Sohn des Zweifel-Bauern zum Zeugen eines nächtlichen Zusammentreffens, das – so oder so weder da noch dort – gestattet war.
Kein Laut reckte sich empor zu den Sternen und dem Vollmond, als unversehens der Sohn des Zweifel-Bauern in der Kammer des Großknechts stand: breitbeinig und bemüht zu sehen, was es da zu sehen geben könnte, wenn er sich an das Dunkel in der Kammer gewöhnt hatte.
Der Großknecht hielt den Atem an, die Kuhmagd hielt den Atem an, und die Zeit war dem Großknecht und der Kuhmagd stillgestanden und gerannt in einem. Nur der Sohn des Bauern vom Zweifel-Hof atmete heftig.
Insofern sich der Noch-Nicht-Jung-Bauern-Kaspar richtig zu erinnern vermochte, dürfte die Kuhmagd in der Nacht zu den Kühen in den Stall gehören: und das ausnahmslos, und sich dort wärmen. Am vierbeinigen Vieh: und das ausnahmslos.
Und der Sohn des Bauern vom Zweifel-Hof drehte sich abrupt um und knallte die Tür hinter sich zu: wortlos.
Hatte nun der Geist vom Sohn des Zweifel-Bauern in die Dach-

kammer des Großknechts hineingespenstert, oder war der wahrhaftige Sohn eingedrungen: der fleischliche?
Der Großknecht und die Kuhmagd hatten diese Streitfrage nicht zu klären vermocht: nicht in der einen bestimmten Nacht, im Herbst des Jahres 1911. War es nun jener Sohn vom Zweifel-Bauern gewesen, dem nicht nur gegeben waren Augen zu sehen und Ohren zu hören. Dem vielmehr auch das Maul gegeben sein könnte, das dem Zweifel-Bauern zu berichten vermochte, daß der Großknecht mit der Kuhmagd, und der Zweifel-Bäurin berichten könnte, daß die Kuhmagd mit dem Großknecht.
Darob vergaßen Großknecht und Kuhmagd, die fleischliche Sünde zu vollziehen. Und das, obwohl der Sohn vom Zweifel-Bauern eh schon die schmale Treppe – vom Dachboden zum ersten Stock – hinabgepoltert war. Der Sohn vom Zweifel-Bauern, der eigentlich nichts gesehen und nichts gehört, sich vielmehr nur erinnert hatte an den Kirschbaum und die Kirschenblüten des Jahres 1911, an die Abendstille und an Magdalena.
»Magdalen'! Nix hat sich gerührt! Magdalen'! Nix hab ich gespürt! Magdalen'! Magdalen'! Magdalen'!«, flehte der Sohn. Nein: forderte es, während er den schmalen Gang des ersten Stockes entlang taumelte und mit den Fäusten gegen die Holztüren hämmerte und gegen die Wand aus Stein, von der es nur zu berichten gibt, daß sie solid gemauert war.

4
FAST EIN WENIG ERSTAUNT

Während die Zweifel-Bäurin den Zweifel-Bauern an den Menschensohn erinnert hatte, der plötzlich und unversehens zu kommen pflegt, war der Sohn die breite Holztreppe hinabgestürmt, um am Fuße der Treppe stehenzubleiben, kehrtzumachen und abermals hinaufzupoltern: nicht aber in den ersten Stock. Vielmehr eh nur bis zu jener Tür, die den schmalen Gang verbarg, der einerseits in die kleinste und andererseits in die größte Kammer vom Zweifel-Hof führte.
Der Kaspar hielt den Atem an, legte das Ohr an die Tür, lauschte nach draußen, richtete sich auf, schüttelte den Kopf, um abermals den Atem anzuhalten, das Ohr an die Tür zu legen, nach draußen zu lauschen, sich aufzurichten und mit einem Ruck die Tür aufzureißen, und die drei Schritte weiterzustürmen, und die Tür

zur kleinsten Kammer vom Zweifel-Hof aufzustoßen: mit dem Fuß. Nicht nur einmal. Mehrmals. Immer wieder. Und eifrigst bemüht, die Geschwindigkeit des seinigen Bewegungsapparates den Bedürfnissen des seinigen Darms anzupassen. Erst als ihm der seinige Darm, entleert genug, das Empfinden einer gewissen Erleichterung an die seinigen Gehirnzellen weitergemeldet hatte, war er den schmalen Gang entlang gepoltert zur größten Kammer vom Zweifel-Hof, dem Heuschober. Denselbigen durch das Scheunentor verlassend, kehrte er in das Innere des Zweifel-Hofs zurück; durch den Schweinestall.
Der Dodl vom Zweifel-Hof, unter anderem verantwortlich für das Wohlbefinden der Zweifel-Hof-Schweine, war – aus dem Tiefschlaf emporgeschreckt – seinem Liebling, dem lieblichsten aller lieblichen rosaroten Ferkerln, zu nahe gekommen. Genaugenommen hatte er den seinigen Liebling getreten, sodaß das lieblichste aller lieblichen rosaroten Ferkerln quietschte.
»Das Goscherl mußt halten!«, flehte der Dodl vom Zweifel-Hof. Nein: forderte es. Und wie üblich war ihm eh nur ein unverständliches Lallen entwischt.
Der Noch-Nicht-Jung-Bauern-Kaspar, breitbeinig dastehend, breitete die seinigen Arme aus: er fühlte sich bereit, den Dodl vom Zweifel-Hof als seinen ersten und letzten Freund, seinen einzigen und wahrhaftigen Bruder zu umarmen.
»Wahrhaftig! Der erste bist du und der letzte, der einzige, der das versteht!«
Der Erkenntnis des Sohns vom Zweifel-Bauer pflichtete sofort der Ferkerl-Chor bei: er quietschte.
»Wer ist von uns beiden der Dodl? Du oder ich? Ich oder du?! Dreizehn mal vier Jahreszeiten bist du gewachsen, dann nimmermehr. Das war gescheit! Sehr gescheit! Und wahrhaftig war es und mutig war es! 17 mal vier Jahreszeiten hab' ich gezögert! 17 mal vier Jahreszeiten hab' ich gebraucht für das Nämliche! Nix ist mehr ganz! Nix hab' ich gespürt!«
Und der Sohn vom Zweifel-Bauern taumelte auf den Dodl zu, der sich erhob, dazumal er sich nicht mehr alpträumend empfand, vielmehr hellwach. Willens, das dem 17-jährigen Riesen vom Maul abzulesen, was aus dem Maul herauswollte und nichtsdestotrotz ein unverständliches Lallen geblieben war, neigte der Dodl vom Zweifel-Hof den Kopf nach hinten und blickte zum Maul des sehnigen Riesen empor: lange und neugierig. Fast ein wenig erstaunt.

Es war jene Neugierde und jenes Fast-Erstaunt-Sein, das einer gewissen Nachdenklichkeit innewohnt, die der 17-jährige Riese aus Tatendrang, Kraft und Gescheitheit nur am Dodl vom Zweifel-Hof entdeckt zu haben vermeinte. Diese gewisse Nachdenklichkeit konnte nicht in 24 mal vier Jahreszeiten gewachsen sein. Vielmehr könnte sie auch deutbar sein als eine eher ins Unendliche reichende Summe von einfachen Geschichten, die in summa summarum dem Dodl vom Zweifel-Hof aufgezwungen worden sein dürften und sich auch in den seinigen Augen eingeschrieben haben könnten wider seinen Willen, geradezu gewaltsam.
Dem Dodl füllten sich die Augen mit Wasser. Der seinige Verdacht dünkte ihm eine Sünde wider die Natur an sich. Der Verdacht, der da lautete: Auch solch ein sehniger Riese aus Tatendrang, Kraft und Gescheitheit sei stumm zu schlagen, gleich ihm, der eh nur bis zu dem seinigen dreizehnten Lebensjahr gewachsen war. Und der Riese, der zu ihm herabblickte mit jener Neugierde und jenem Fast-Erstaunt-Sein, das nur einer bestimmten Nachdenklichkeit innewohnt, hatte ihm nie ein Ohr umgedreht, ihn nie mit der Mistgabel gejagt und auch nicht mit dem Riesen von einem Hund, ihm nie in den Hintern getreten, nie ein Wasserschaffel über den seinigen Kopf gestülpt, sodaß er blind über den Hof taumelte, nicht wissend, wer ihn gerade schlug und ihn auch nie in Jauche getunkt.

5
DER SCHUTZPATRON VOM DODL

In den Novembertagen des Jahres 1907 hatte der Geburtstags-Kaspar den ersten und den letzten Geburtstagswunsch geäußert, und erst als der Herr Vater und die Frau Mutter und die Kreszentia und auch das Gesinde, nicht aber der Großvater, die Hand zum Schwur erhoben hatten:
»Es sei erfüllt!«, war der Geburtstags-Kaspar mit seinem ersten und seinem letzten Geburtstagswunsch herausgerückt:
»Wenn ich nix will, das will ich ganz! Ich bin nur einmal im Leben 13 Jahr' alt! Der aber ist es das ganze Leben hindurch!«, und der 13-jährige Kaspar war auf den Dodl vom Zweifel-Hof zugeschritten, und hatte ihn auf den seinigen rechten Arm gesetzt.
»Weil, merkt's euch das: Das will ich ganz! Der da sitzt heut' zu meiner Rechten, und der da, der mir rechtzeitig schwören hat

müssen, daß er jetzo bei der Tür hereinkommen wird, der sitzt zu meiner Linken! Franz! Erfülle jetzo deinen Schwur!«
Und eingetreten war der Keuchhusten-Bruder. Der Erstgeborene der Kerschbaumer-Hexe. Mit Trutzaugen und Schweißperlen auf der Stirn.
»Und daß ihr euch nicht irrt: das sind meine ersten und das sind meine letzten Freunde! Und Besseres kommt nix nach!«
Das Räuspern, Stuhlrücken, auf dem Stuhl hin und her Wetzen hatte nicht enden wollen. Vielmehr hatte es sich zu steigern vermocht zu »Das-gibt-es-ja-gar-nicht!«-Rufen. Und erst der ewige Bauer vom Zweifel-Hof hatte das Gemurre und das Gepolter zu stoppen vermocht:
»Nix da! Schwur bleibt Schwur! Es sei erfüllt! Rotzbub, du damischer! Sitzen bleibst! Heut' hat ein Kaspar Geburtstag!«
Und auch der Herr Vater des Geburtstags-Kaspar hatte sich an den seinigen Schwur zu erinnern vermocht. Den Schwur, den sein Vater nicht schwören hatte müssen.
Und der Geburtstags-Kaspar hatte die Fettaugen von der kräftigen Rinds-Knödel-Suppe sorgfältigst abgeschöpft: für den Dodl vom Zweifel-Hof.
»Daß euch das merkt's: Die letzten werden die ersten sein«, hatte er zu bedenken gegeben und herausfordernd dem Herrn Vater und der Frau Mutter, dem Großknecht und der Großmagd zugeblinzelt, fast zärtlich, wenn nicht gar keck!
Und dann hatte der Geburtstags-Kaspar dem erstgeborenen der Kerschbaumer-Hexe zugeblinzelt, fast keck, wenn nicht gar zärtlich!
»Du hast immerhin ein Maul. Drum bist erst der zweite«, hatte er dem Keuchhusten-Bruder zu bedenken gegeben, und der hatte genickt, und dem Dodl vom Zweifel-Hof war das große Wasser über die Wangen geflossen: unverschämt!
»Und der da! Den ihr Dodl heißt, und das, obwohl er eh nur fürs Wachsen zu damisch gewesen ist und eh nur nix getaugt hat: fürs Reden! Der braucht ein richtiges Mannsbild als Schutzpatron, nicht ein steinernes Weibsdrum! Weil, merkt's euch das, und fürchtet's nix: Ich werde den heutigen Frevel eh beichten. Aber erst, wenn der meinige 13. Geburtstag vorbei ist! Erst dann! Daß euch das gut merkt's! Eine heilige Notburga, die terrisch ist und blind, die taugt nix für den, der auf ewig 13 mal vier Jahreszeiten bleiben muß!«

Die Flucht des Gesindes ward erst gestoppt mit dem Donnerruf des ewigen Bauern vom Zweifel-Hof.
»Halt!«
Erst als das Gesinde wieder auf den Stühlen gesessen war, die Hände zum Gebet gefaltet, so, als hätte es eh nie und nimmer zu rebellieren gewagt gegen den dreizehnjährigen Geburtstags-Kaspar und seinen Frevel, ausgestoßen gegen die ihrige heilige St. Notburg, hatte der ewige Bauer vom Zweifel-Hof einiges zu bedenken gegeben:
»Das ist nicht der eurige Frevel! Das ist der seinige Frevel! Und der Geburtstag ist nicht der eurige Geburtstag, vielmehr der seinige Geburtstag! Daß ihr euch das merket! Da sitzt nicht irgendwer! Vielmehr der künftige Zweifel-Bauer! Und der ist nie und nimmer ein Amboß gewesen, vielmehr stets der Hammer! Habt ihr das jetzo verstanden?! Und das kann er nie und nimmer rechtzeitig genug üben! Gibt es da vielleicht noch etwas, was ich erklären muß?«
Und der ewige Bauer vom Zweifel-Hof hatte das versammelte Gesinde geprüft, indem er von Knecht zu Knecht, von Magd zu Magd geschritten war, und jedem Knecht und jeder Magd auf den Hinterkopf geklopft hatte.
Nur der Großknecht und die Großmagd waren verschont geblieben. Sie nämlich hatten die Flucht gar nicht gewagt.
Die Bäurin aber – die der ewige Bauer dem Sohn als Weib erwählt, war nicht verschont geblieben, und auch der graue Schopf nicht vom seinigen narrischen Rotzbuben.
Erst dann war er willens gewesen, das Wort dem dreizehnjährigen Geburtstags-Kaspar weiterzugeben, dem es erst und auch schon bestimmt ward, nicht der Amboß, vielmehr der Hammer vom Zweifel-Hof zu werden.
»Die heilige Notburga hat nix dem Gottvater weitergemeldet! Ist das jetzo wahr oder ist das jetzo nicht wahr? Und das, obwohl der da zu ihr geschlichen ist, bei jedem Wetter, daß es eine Schand' wär': für die heilige St. Notburg, wenn sie nicht eh terrisch wär' und blind und stumm. Oder traut sich da einer sagen, die heilige St. Notburg spürt nix und rührt nix! Traut sich da einer sagen, die heilige Notburga sei ein steinernes Weibsdrum? Traut sich da einer sagen, an der heiligen Notburga ist nix mehr ganz, nix mehr echt? Alles eh nur Hokuspokus und Larifari, so, wie die eurigen Gespenster und Hexen aus dem Mittelalter? Franz? Was steht in den

Büchern geschrieben? Hört ihr jetzo? Der Franz sagt nix! Der Franz ist euch wohlgesonnen: er schweigt! Er weiß, was sich gehört und was sich nicht gehört! Tut hinfort nimmermehr sündigen und nimmermehr freveln (!): gegen die heilige St. Notburg. Weil, daß ihr euch nicht irrt: Ab jetzo bin ich der Schutzpatron! Und ihr müßt euch halt einen anderen Dodl suchen! Habt's das verstanden?!«
»Der liebe Bub der, der ist eh nur außen herum so bös (!): so dreizehnerhaft bös!«, hatte die Frau Mutter ausgerufen und sich drei Mal bekreuziget.

6
JENE VERFLIXTE SITTE

Und erst als der ewige Bauer vom Zweifel-Hof willens gewesen, das Kreuz zu schlagen, die Augen zu schließen, den Kopf zu neigen und zu schweigen, hatte die Frau Mutter die Einsichten des ihrigen lieben Geburtstags-Kaspar, der eh nur außen herum so dreizehnerhaft bös gestimmt, entsprechend den Umständen – ausgedeutet: und das Notburgalied angestimmt:
»Sankt Notburg sei gepriesen, du treue Magd,
von Gott erwählt, von Gott uns zugewiesen,
auf unserm Weg durch diese Welt.«
Und das Gesinde wäre nun auch sofort bereit gewesen, jenen Schwur zu wagen, der dem Gesinde bestätigt hätte, was es eh schon immer gewußt hatte: Auf dem Zweifel-Hof habe es nur eine Seele gewagt, der ihrigen heiligen Notburga jene innigste Andacht und jene andächtigste Innigkeit zu verweigern, die da geoffenbart ward, stets: im Gebet, so auch im Lied. So im Herzen, so auch in der Tat. Und das: seit vordenklichen Zeiten. Nie und nimmer! Und da war nichts zu sehen gewesen. Nicht der kecke Blick der Kreszentia, der dem Keuchhusten-Bruder, dem Franz, gegolten, und nicht der dreiste Blick der Kuhmagd, die dem Großknecht zugeblinzelt, und nicht die verdrehten Augäpfel des Geburtstags-Kaspar, der grad zuvor dem Keuchhusten-Bruder, dem Franz, ein Busserl angedeutet, während der seinige Zeigefinger auf die Kreszentia hingewiesen hatte.
»Die Demut deiner Hände hat allen Dienst verklärt:
sieh unser Herz und wende, was in uns aufbegehrt.
Gesegne uns die Mühe, die jeder neue Tag gebracht,

das Werk der grauen Frühe, die Müdigkeit der späten Nacht.
Gesegne uns das Schweigen zu Launen Last und Zwang;
lehr unser Herz sich neigen wie du ein Leben lang.«
Und da war nichts zu hören gewesen. Weder eine Bratsche noch das Schnarchen des ewigen Bauern vom Zweifel-Hof. Vielmehr war das Gekicher der Kreszentia eh nur die zum Krächzen gesteigerte Innigkeit einer unbekümmert in ihrer Andacht versunkenen Kinderseele. Und auch das Stuhlrücken des Geburtstags-Kaspar war nicht zu hören gewesen. Vielmehr eh nur die seinige Stimme, die sich da verirrt hatte in dem Labyrinth der Tonleiter und hinzugefügt die Tatsache des seinigen Stimmbruchs, und das Zuviel einer vergeblichen Liebesmüh ward geradezu gezwungen, Zuflucht zu suchen bei Nebengeräuschen.

»Wollst uns die Liebe zeigen, Sankt Notburg,
die nicht schilt und flucht, der sanfte Großmut eigen,
die nimmermehr das Ihre sucht.
Lehr uns Geduld und Güte zu allen,
die in Leid.«

Und so manch ein Blick aus dem Gesinde hatte sich nun zum Dodl vom Zweifel-Hof hin verirrt.

»Und lös uns im Gemüte von Haß und Bitterkeit.«

Und so manch ein Blick aus dem Gesinde hatte sich vom Schweinsbraten fort, zum ewigen Bauern vom Zweifel-Hof hin verirrt, dem der Kopf nach vorne gesunken, sodaß es ihm gegeben war, den Tisch mit dem Kopfpolster zu verwechseln:
Und das war eh nur jene verflixte Sitte, die sich in den ersten Jahren des 20. Jahrhunderts zu einem ehernen Gesetz umzugestalten begonnen hatte, das dann stets so gelautet:

»Zwischen Rindsuppe und Fleisch an Sonn- und Feiertagen,
sollt' weder Gaumen noch Magen des Gesindes klagen,
vielmehr bei lieblichem Gesang und andächt'gem Gebet
dem Gottvater ›Dankeschön!‹ sagen.«

Und wenn nicht dem Gottvater, so der heiligen St. Notburg, und wenn nicht der heiligen St. Notburg, so dem heiligen St. Isidor.
Genaugenommen war dem ewigen Bauern vom Zweifel-Hof dieses Nicht-Übliche zum Üblichen ausgewuchert: im Winter der Jahrhundertwende.
Die dreizehnjährige Rauschkugel, der Geburtstags-Kaspar, hatte sich erhoben, zuerst dem schnarchenden Herrn Großvater, als zweites dem Dodl vom Zweifel-Hof und als drittes dem Keuchhu-

sten-Bruder, dem Franz, und zu guter Letzt der Kreszentia zugeprostet. Den Herrn Vater und die Frau Mutter hatte die Rauschkugel vergessen, das Gesinde aber nicht. Vielmehr hatte er für dasselbe die Aufmerksamkeit, die sich durch das Wort mitzuteilen pflegt.
»Merkwürdige Vorgänge unter dem Tisch schreiben sich dem da (!) eindeutig als Schmerz in die Gehirnzellen ein. Von Mahl zu Mahl.«
Und der Geburtstags-Kaspar hatte dem Dodl die eine Hand auf die Schulter gelegt, während sich die andere Hand nicht nur bedenkenswert dem makellos weißen Tischtuch genähert, vielmehr dasselbige um die Faust zu knäueln begonnen hatte:
»Merkwürdige Vorgänge unter dem Tisch lassen sich dem da nur als Schmerz an die Gehirnzellen weiterleiten, und das geradezu gesetzmäßig. Zeichnet der da etwa verantwortlich für das Wecken des ewigen Bauern vom Zweifel-Hof?
Wer gönnt dem Herrn Großvater den Schlaf seiner siebenundsiebzig mal vier Jahreszeiten nicht? Wer trutzt dem da das Lallen ab, das eh nur so unverständlich dünkt wie gesetzmäßig ist? Wer stempelt den da zum Sündenbock, und das aus Prinzip? Ich sag es euch, wer das tut: Kein Mensch tut das. Weil jeder Mensch weiß, wie das so ist. Und nichtsdestotrotz walzt der da zur Kapelle auf dem Scheidewandbergl, und rotzt der da der heiligen St. Notburg die Ohren voll, daß es einen Stein erbarmen könnt', nicht aber die heilige St. Notburg?!
Hat da jemand gesagt, die heilige St. Notburg ist eh nur aus Stein? Das hat niemand gesagt! Und deshalb hat der da jetzt einen Schutzpatron. Und der Schutzpatron hat einen Namen und heißt nicht irgendwie! Vielmehr heißt der Schutzpatron: Kaspar!«
Vorwärts und rückwärts war der Schutzpatron vom Dodl des Zweifel-Hofs getaumelt; nicht nur einmal, vielmehr mehrmals, immer wieder; und dann unter den Tisch gerutscht, so mir nix dir nix, um die linke Faust das makellos weiße Tischtuch, das eh nur getunkt ward mit Schweinsbratensaft und rotem Wein und Most und Salatmarinade.
Der Schweinsbraten auf dem Stubenboden: Die Versteinerung des Gesindes ward durch den Herrn Vater augenblicklich gestoppt. Dazumal der endlich aufgesprungen war, um das seinige zu tun, und dem bis ins Unendliche hineingespeicherten Zorn jenes Betätigungsfeld zuzugestehen, das den Herrn Vater rückzuverwandeln

vermochte: zu jenem Menschen, dem es gegeben war, und das zu jeder Tages- und Nachtzeit und nach jedem schweren Schicksalsschlag, den Frieden der guten und friedfertigen Seele zu ertrutzen.
Zu diesem Zwecke hatte sich der Herr Vater die dreizehnjährige Geburtstags-Rauschkugel, die Frau Mutter die kecke Kreszentia, und die Mägde einerseits die Kuhmagd, andererseits den Dodl, und die Knechte einerseits den Großknecht, andererseits den Keuchhusten-Bruder, den Franz, erwählt.

7
JEDER VON UNS HAT EINMAL ANFANGEN MÜSSEN

Der ewige Bauer vom Zweifel-Hof, der sich etwas unsanft dem Schlaf seiner 77 mal vier Jahreszeiten entrissen empfand, war durchaus willens gewesen, dem bis ins Unendliche hineingespeicherten Zorn auch das entsprechende Betätigungsfeld zu gestatten.
Der Schweinsbraten auf dem Stubenboden. Daneben das selig entschlummerte Rauschkugerl. Der ewige Bauer hatte sich den Hinterkopf kratzen müssen und das Kinn, und er war aufrichtigst bemüht gewesen, die Tränen nicht zu üppig fließen zu lassen.
Die Idylle aber – ward dem ewigen Bauern vom Zweifel-Hof zerstört, und das grausamst, durch den damischen Rotzbuben mit dem grauen Schopf, und den jedem narrischen Schwammerl folgenden Knechten. Durch die Bäurin, die er für den grauen Schopf zu finden vermocht, und den jeder narrischen Gans folgenden Mägden.
Und die Donnerstimme hatte dem Tumult wieder jene Seele einzuhauchen vermocht, die den Herrn Vater von dem Rauschkugerl, die Frau Mutter von der kecken Kreszentia, die Mägde vom Dodl und von der Kuhmagd, die Knechte vom Keuchhusten-Bruder und dem Großknecht getrennt hatte; und das wahrlich blitzartig.
»Einmal muß der Bub rauschig gewesen sein! Und für den erstmaligen Versuch: eine denkwürdige Leistung. Ein bisserl tolpatschig. Gut. Die Faust mit dem Tischtuch verknäueln, das war nicht sehr gescheit. Gut. Wir sehen es: Der Schweinsbraten gehört nie und nimmer auf den Stubenboden! Und daß sich da niemand irrt: das ist und das bleibt nicht sehr gescheit. Aber – was rauschig

ist, herschlagen, das ist eine Sünd', die ich nicht dulden mag! Nicht, so lange ich noch der Bauer bin vom Zweifel-Hof! Du grauer Schopf von einem Rotzbuben, du damisches Schwammerl! Schwamm darüber.

Er hat es bewiesen und jedem ward es gegeben zu sehen, was ich eh schon immer gewußt hab', zumindest geahnt: Mannhaft wird er dem Rausch mit dem seinigen Trutz eines wahrhaftigen Kaspar Widerstand leisten. Und das nächste Mal wird er sich nimmermehr am Tischtuch festhalten wollen, vielmehr: am Tisch. Und der Wahrhaftigkeit eines Kaspar eingedenk, sollt' ein richtiges Mannsbild das doch nicht so ganz vertuschen wollen, wie das so ist: Jeder von uns hat irgendwann einmal anfangen müssen. Nicht so ganz gescheit, ein bisserl närrisch, halt tolpatschig. Und das ausnahmslos!«

Das Murren der Knechte hatte sich zum Kichern und das Kichern hatte sich zur Wahrhaftigkeit emporgeläutert: Genaugenommen hatten sie eh nur Tränen gelacht, die Knechte. Und eh schon immer gewußt, wie das so ist: mit dem erstmalig stattgehabten Rausch. Da kann nie und nimmer etwas ganz bleiben, auch nicht der Schweinsbraten.

Und die Mägde hatten an diesem denkwürdigen Tage mit dem Dodl vom Zweifel-Hof ein Tänzchen gewagt.

Und das liebe Franzerl vom Stoffelweg 6 war eh nur als seliges Rauschkugerl entschlummert neben dem dreizehnjährigen Geburtstags-Kaspar. Nachdem ihn die Knechte auf jenen denkwürdigen Erfahrungsschatz hingewiesen, der in ihnen angereichert, der Offenbarung geharrt hatte:

»Franzerl! Liebes Franzerl! Auch ein Keuchhusten-Bruder muß einmal den ersten Rausch hinter sich gebracht haben, auf daß er ein richtiges Mannsbild werde! Jeder von uns hat irgendwann einmal anfangen müssen! Und das ausnahmslos!«

Sechstes Kapitel
DIE DODELIN VOM ZWEIFEL-HOF UND DIE HELDIN DER GEDULD

1
RAUSCHIG BIST NICHT

Der 17-jährige Kaspar hatte den Dodl vom Zweifel-Hof angeschaut so lange. Ewig lang.

»Du! Sag mir, was ich noch wissen könnt' müssen, auf daß ich alles weiß von dir?!«, flehte der Kaspar. Nein: forderte es.

Und der Dodl vom Zweifel-Hof streckte ihm die etwas kurz geratenen Ärmchen entgegen.

Und der Kaspar, der erst und auch schon bestimmt ward, Hammer zu werden vom Zweifel-Hof, und das ausnahmslos: für jedermann, setzte den ersten und letzten Freund auf seinen rechten Arm, der da bestimmt ward, im Jahre 1900, Amboß zu werden vom Zweifel-Hof, und das ausnahmslos: für jedermann.

Genaugenommen ward das dem Dodl dazumal bestimmt, als er das Licht des Diesseits in der kleinsten Kammer vom Zweifel-Hof: dem Abort, erblicken hatte dürfen. Im Jahre 87 des 19. Jahrhunderts. Er war auch in der kleinsten Kammer vom Zweifel-Hof, dem Abort, vergessen worden. Von irgendeinem steinernen Weibsdrum, das einmal erkannt: als Dodelin vom Zweifel-Hof, verjagt worden war; so mir nix dir nix, mit Hilfe der Peitsche und mit Hilfe des Riesen von einem Hund.

»Der Lump, der da gefrevelt hat, der Lump: das war kein Mensch. Die Dodelin hat's spüren müssen. Und die Dodelin hat's getragen stumm. Und die Dodelin ist das steinerne Weibsdrum! Sag mir, was ich noch wissen könnt' müssen, von einem Dodl, daß ich endlich alles weiß: von mir?!«, flehte der Kaspar. Nein: brüllte es.

Und der so Befragte legte die etwas kurz geratenen Ärmchen um den Hals des siebzehnjährigen sehnigen Riesen, auf daß er sie im Nacken übereinander zu legen vermochte.

Und der Verdacht ließ sich nicht zur Erleichterung bestätigen, denn nix, aber auch gar nix war da zu riechen gewesen für den Dodl vom Zweifel-Hof.

»Rauschig bist nicht«, lallte er dem Schutzpatron ins Ohr.

2

DAS IST IMMER SO: NICHT GEWESEN

Und der Schutzpatron antwortete dem Schützling auf gleiche Weise: unverständlich.
»Erst als der Amboß vom Zweifel-Hof, und das ausnahmslos für jedermann, zusammengefügt ward mit dem Hammer vom Zweifel-Hof; und das ausnahmslos für jedermann, ist das Ganze entstanden: die Lieb'. Vom Dodl zum Dodl. Die Lieb', die nur der Dodl weiß vom Dodl! Nur der und sonst niemand!«
»Kaspar! Stumm geschlagen! Du doch nicht! Der Dodl bin doch ich! Nicht du, Kaspar! Das ist immer so gewesen! Du tust dich täuschen! Das Kreuz mußt nie und nimmer tragen! Du nicht! Kaspar: Erinnern mußt dich! Das ist eh alles! Nur erinnern mußt dich! Nix bleibt an mir mehr ganz, wenn du stumm geschlagen bist! Dann hätt' ich ihn wieder: den Anfang von meinem End'.«
Und der Dodl vom Zweifel-Hof hatte eh nur das lieblichste aller lieblichen rosaroten Ferkerln quietschen gehört, worin auch augenblicklich einfiel: der Ferkerl-Chor.
Und der Kaspar war eh nur dem Liebling vom Dodl zu nahe gekommen, sodaß dieser nach dem sehnigen rechten Unterschenkel geschnappt hatte: und wahrlich, der Liebling vom Dodl war nie und nimmer rebellisch gestimmt gewesen, vielmehr eh nur so müde.
Der Kaspar, nicht willens, dem Liebling vom Dodl nur ein Borstenhaar auszureißen, hatte den Schutzpatron des rebellischen Ferkerls auf den Schweinestallboden gestellt, wortlos. Und er schluckte. Nicht nur einmal. Mehrmals. Immer wieder. Wortlos, um sich die Augen mit den zu Fäusten geballten Pranken zu reiben.
Genaugenommen hatten sie eh nur bitterlich geweint. Der Dodl und jener, dem soeben die Einsicht aufgezwungen worden war, die da so ewig gelautet: die Zeit steht nicht still und rennt nicht in einem. Das ist immer so: nicht gewesen. Seit vordenklichen Zeiten.
Und der Kaspar war weitergestürmt.

3
DER ICH EH SCHON STUMMGESCHLAGEN BIN

Der Dodl vom Zweifel-Hof aber – kniete sich auf dem Schweinestallboden nieder, faltete die Hände, neigte den Kopf, schloß die Augen und betete zu der heiligen St. Notburg, während das Wasser, das salzig zu schmecken pflegt, den Rüssel des lieblichsten aller lieblichen rosaroten Ferkerln zu netzen begann. Und die Zunge des Ferkerls war alsbald bemüht gewesen, das, was von dem da kam, und so salzig schmeckte, in das Innere des Rüssels hineinzutragen, und es hat geschleckt. So lange. Ewig lang. Gequietscht hat der Liebling vom Dodl nicht mehr. Auch der Ferkerl-Chor war alsbald verstummt. Nur: im Gegensatz zum Ferkerl-Chor, war dem einen bestimmten Ferkerl das Herz stillgestanden und gerannt in einem. Und hätte sich eh nur: nicht vom Takt des Herzens eines Dodls zu unterscheiden vermocht, der da willens gewesen und nicht nur in der einen bestimmten Nacht, im Herbst des Jahres 1911, aber auch in dieser Nacht, das Nicht-Mögliche – nie und nimmer – dem als die Möglichkeit zuzumuten, der ihm doch zugewiesen ward: von der heiligen St. Notburg, als Schutzpatron für das Diesseits Zweifel-Hof.
Dazumal, in vordenklichen Zeiten, hatte er schon lange rotzen müssen. So lange. Ewig lang. Bis ihm die heilige St. Notburg auch einen irdischen Schutzpatron zuzubilligen willens gewesen war.
Und in den Novembertagen des Jahres sieben, im zwanzigsten Jahrhundert, hatte ihm die heilige St. Notburg das Nicht-Mögliche ermöglicht: und der Anfang von seinem Ende, so wie das ihm bestimmte Ende war beendet gewesen: so mir nix dir nix. Durch das Wort, das einer dreizehnjährigen Rauschkugel gegeben ward: so wuchtig und so trutzig, so wahrhaftig! Durch eine dreizehnjährige Rauschkugel, der nicht irgendein Name zugebilligt war, vielmehr der (!) Name: Kaspar.
Und der Dodel vom Zweifel-Hof betete für den Schutzpatron, den ihm die heilige St. Notburg zugewiesen hatte für das Diesseits an sich: das Dorf Gnom. Nicht nur in der einen bestimmten Nacht, im Herbst des Jahres 1911, aber auch in dieser Nacht. So lange bis der Hahn das Morgengrauen eingekräht hatte, und es galt, wach zu sein, für die Standespflichten eines Dodls auf dem Zweifel-Hof.
»Heilige Notburga! Du Sonne der Liebe. Du Heldin der Geduld.

Du Zuflucht der Bedrängten. Du Freundin der Armen. Du feste Burg in jeder Not. Du Helferin derer, die dich verehren. Du eifrige Erfüllerin deiner Standespflichten. Du Liebhaberin des Kreuzes. Du Vorbild der Berufstreue. Du Beispiel des Gottvertrauens. Du Überwinderin deiner selbst. Du Nachfolgerin Jesu. Heilige Notburga! Du Lilie der Reinheit. Du Vorbild der Demut. Bitt' für den Schutzpatron, den du für mich beim Gottvater erbettelt hast! Bitt' für den Kaspar, auf daß er wieder werde: ein sehniger Riese aus Tatendrang. Ein sehniger Riese aus Kraft. Ein sehniger Riese aus Gescheitheit. Erbettel für ihn beim Gottvater das Wort, auf daß es ihn schütze, so wie es mich geschützt hat! Erbettel für ihn beim Gottvater das Wort: wuchtiger noch und trutziger noch, ewiger noch und wahrhaftiger noch, als es die Jahreszeiten gewesen sind, und das seit Anbeginn!
Du Helferin derer, die dich verehren. Heilige St. Notburg! Erbettel es für den Kaspar: vom Gottvater, vom Gottsohn! Der Gottvater möge doch: mich blind schlagen und der Gottsohn möge doch: mich taubschlagen, der ich eh schon stummgeschlagen bin. Den (!) aber – möge der Gottvater und der Gottsohn schonen, der mich geschont hat: seit Anbeginn.«
Der Dodl vom Zweifel-Hof hätte es zu schwören vermocht: In dieser einen bestimmten Nacht, im Herbst des Jahres 1911, habe die heilige St. Notburg nicht nur ihren wahrhaftigsten und treuergebensten Verehrer vom Zweifel-Hof, den Dodl, gehört. Vielmehr habe die heilige St. Notburg: erstmalig auch geantwortet; sogleich und ohne Umwege; direkt dem Dodl. Mit dem Ruf: »Es sei erfüllt!«
Nicht nur einmal. Mehrmals. Immer wieder. Und der Dodl hatte es nicht ungern gehört; auch wenn ihm nach jedem: »Es sei erfüllt!« der heiligen St. Notburg – das Herz stillgestanden und gerannt in einem.

4

WER SUCHET, DER FINDET: NICHT UNBEDINGT

Weitergestürmt war der Kaspar. Zurück zur kleinsten Kammer vom Zweifel-Hof. Die Geschwindigkeit des seinigen Bewegungsapparates hatte sich gerade noch den Bedürfnissen seines Darms anzupassen vermocht.
Und als das Empfinden einer gewissen Erleichterung an die seini-

gen Gehirnzellen weitergemeldet war, hatte sich der Kaspar das Ergebnis seiner nächtlichen Inspektion eingestanden:
Sämtliche Kammern durchsucht und nicht einen Stall und nicht einen Winkel vergessen. Und nix war zu finden gewesen, und schon gar nicht das, was er verloren hatte. Und der Wahrhaftigkeit eines Kaspar eingedenk, wucherte sich die dumpfe Ahnung zur Einsicht aus: Es dürfte für jenen Kaspar, der im Jahre 1894 geboren worden sein könnte, nichts zu finden sein: weder in den Kammern noch in den Ställen vom Zweifel-Hof. Weil er nämlich genaugenommen nix verloren hatte in den Kammern und in den Ställen jenes Hofes, der verflucht worden sein dürfte irgendwann in vordenklichen Zeiten, die sich einschreiben hatten lassen in eine Familienchronik.
Und die da geschrieben, könnten den Fluch zu erwähnen vergessen haben, der da lautlos und still: gleich einem unsichtbaren Schatten – und doch allgegenwärtig wie die vier Jahreszeiten – die Jahrhunderte mitzugestalten und mitzumodellieren begonnen haben dürfte, irgendwann in vordenklichen Zeiten.
Der Segen hatte sich stets deuten lassen: als einfache Geschichte. Das Hin und Her des Vorwärts, das war stets die Geschichte des Segens gewesen: auf dem Zweifel-Hof und im Dorfe Gnom.
Der Fluch hatte sich stets deuten lassen: als einfache Geschichte. Das Hin und Her des Rückwärts, das war stets die Geschichte des Fluchs gewesen: Überall, wo es das Etwas zu finden gab und den Jemand.
Wenn: die da gestrickt – sich beim Hin und Her des Strickens geirrt hatte, so war das stets der Beginn gewesen: für das Hin und Her des Auftrennens. Und das Hin und Her des Vorwärts beim Stricken war zum Strickmuster geworden, so wie der lindengrüne Wollknäuel zum lindengrünen Fäustling. Das Hin und Her des Rückwärts beim Auftrennen aber – war verschwunden und das spurlos, im Strickmuster des lindengrünen Fäustlings.
Und dem Kaspar war wieder das Wort gegeben, wuchtiger und trutziger noch, ewiger und wahrhaftiger noch als es die Jahreszeiten gewesen sind, und das seit Anbeginn:
»Wer suchet, der findet (!): nicht unbedingt.«
Und der Kaspar hatte die kleinste Kammer vom Zweifel-Hof verlassen. Und nicht nur diese; auch den Zweifel-Hof und Zweifel-Grund und Zweifel-Boden.

Dritter Teil
NUR AM BACH DIE NACHTIGALL

Erstes Kapitel
DAS IST DAS EH-NIX-WIRKLICHE

1
ABENDSTILLE ÜBERALL

Der Erstgeborene der Kerschbaumer-Mutter hatte versucht, die nach ihm Geborene, deren Vater genauso im Nirgendwo spurlos verschwunden war wie der seinige, wachzuküssen und wachzurütteln: Nicht nur in dieser einen bestimmten Nacht, im Herbst des Jahres 1911, aber auch in dieser Nacht.
Franz weinte wie ein kleines Kind, als er die Stirn der Magdalena küßte. Nicht einmal. Mehrmals. Immer wieder. Und als sein Mund weiter glitt, über die Wangen der Magdalena zum Mund der Magdalena, hinauf zur Nase und hinab zum Kinn, spürte er, wie sich in seinem Mund die seinigen Tränen mit dem Gesichtsschweiß der Magdalena zu vermischen begannen.
Die Magdalena aber wälzte sich noch immer: Sie drehte sich von der linken Körperhälfte auf die rechte und zurück. Sie bäumte sich auf, saß ruckartig aufrecht im Bett, mit weit geöffneten Augen, und fiel unversehens zurück auf das Ruhekissen.
Und der Franz spürte in dieser einen bestimmten Nacht, im Herbst des Jahres 1911, aber nicht nur in dieser Nacht, daß es ihm nicht gegeben war, die Träume der Magdalena zu verkürzen und schon gar nicht zu beeinflussen, geschweige zu verhindern.
Und wenn die Magdalena seitwärts hochschnellte, so daß sie gegen die Wand zu prallen oder aus dem Bett zu fallen drohte, und der Franz die Magdalena mit sanfter Gewalt auf das Ruhekissen zurückzudrängen und den Körper der Magdalena zu beruhigen versuchte, spürte er, wie die kleine Brust der Magdalena gewachsen war und auch der Bauch: bedrohlich, und daß seine Hände glitschnaß waren vom Schweiß der Magdalena.
»Sich von Träumen so plagen lassen! Magdalen'!«, flehte der Franz.
»Wir sind im 20. Jahrhundert! Es gibt keine Hexen mehr und keine Gespenster! Kein Traum kann dir was tun. Nur der Mensch. Und der wird gescheiter. Magdalen'! Der Kaspar ist nicht sein Herr Vater, und du bist nicht die unsrige Frau Mutter! Der ist jede Lieb' verschwunden, spurlos im Nirgendwo. Doch nicht dir; Magdalen'! Wach auf!«, flehte der Franz.

»Nix bleibt sich gleich, Magdalen'! Alles wird anders, Magdalen'! Es gibt die Bücher, und es gibt Amerika; Magdalen'! Wir leben nicht mehr im Mittelalter! Alles bricht auf! Wir leben in der Neuzeit! Und es hat erst angefangen alles anders werden! Magdalen'!
Nicht eine Festung gibt's mehr, die nicht stürmbar wär'! Selbst die granitene Dummheit ist keine ewige Trutzburg! Nix bleibt ganz vom Alten! Die rohe Kraft kommt ab; Magdalen'! Das Hirn wird populär! Und du fangst an, dich vor deinen Träumen zu fürchten?! Magdalen'! Wach auf! Was hast denn nur? Die Frau Mutter erschlagt dich und mich dazu, wenn sie das merket! Magdalen'! Es ist doch eh alles in bester Ordnung! Bist doch nicht allein auf der Welt: hast den Franz und hast den Kaspar; Magdalen'! Wach auf! Niemand will dir was tun! Weil, niemand kann dir was tun! Sind doch wir da: der Franz und der Kaspar. Auf ewig und immer da, bei dir; Magdalen'! Wach auf!«, flehte der Franz, und er weinte wie ein kleines Kind.
Und während der Franz die Hände der Magdalena küßte; nicht nur einmal; mehrmals; immer wieder, erwachte die Magdalena.
Magdalena war weder mit Zärtlichkeit noch mit sanfter Gewalt noch mit Worten aus ihren Träumen, die sie im Schweiß badeten und die ihr zunehmend das Gemüt zerrütteten, fortzuführen, hinein in jene Welt, in der sie auch der Franz zu erreichen vermochte. Vielmehr entkam die Magdalena ihren Träumen erst dann, wenn sie diese zu Ende geträumt hatte. So auch in dieser einen bestimmten Nacht, im Herbst des Jahres 1911. Aber nicht nur in dieser Nacht.
Sie starrte am Franz vorbei, hinauf zur Decke. Mit weit geöffneten Augen und so, als wäre sie aus ihrem Traum gleich weiter geglitten, dorthin, wo die Zeit stillsteht. Und als der Franz das schweißnasse Gesichtchen der Magdalena in seine Hände nahm, und es festhielt und flehte:
»Magdalen'!«, da lächelte die Magdalena und staunte den Franz an, so wie sie den Kirschbaum im Frühling angestaunt und sich schon auf die roten Kirschen im Sommer gefreut hatte.
Und damit hatte es eigentlich begonnen: mit dem Kaspar und der Magdalena. Denn der Kaspar hatte sich genau so wenig an der staunenden Magdalena sattsehen können wie die staunende Magdalena am Kirschbaum im Frühling.
»Es ist eh alles in bester Ordnung. Was ist denn nur, Franz?«, sagte

die Magdalena und schaute den Franz an: neugierig, fast ein wenig erstaunt. Dann aber wandte sie den Kopf schroff seitwärts und über ihre Wangen rannen Tränen.
»Ich glaub', ich bin so müd«, sagte sie.
»Das ist es, Franz. Genau das: müd bin ich. So müd.«
Und die Magdalena staunte die Decke an.
»Was, Magdalen', ist nur in dir, was nicht aus dir heraus kann und doch heraus möcht'? Das muß doch irgendwie zum Sagen sein. Magdalen'! Du mußt wieder schlafen! Irgendwie! Schlafst nicht, tratsch' ich; Magdalen'. Ich tu' es grad«, sagte der Franz und nicht nur seine Hände zitterten.
»Niemand sagt das dem Kaspar! Hörst! Niemand darf das dem Kaspar sagen! Wenn du tratschen gehst zum Kaspar! Dann komm' aber ich mit der Axt!«
Der Franz spürte, wie allmählich auch sein Gemüt zerrüttet ward, von den Träumen der Magdalena.
»Irgendwann mußt doch ausgeträumt haben. So viel schwitzen, daß ich noch davon klatschnaß werd'! Was träumst du nur in so einer Nacht, zusammen?« Und die Magdalena wandte den Kopf wieder schroff seitwärts.
»Nix. Eigentlich gar nix. Das ist alles«, antwortete sie und staunte den Franz an, so wie sie den Kirschbaum im Frühling angestaunt, und sich schon so auf die roten Kirschen im Sommer gefreut hatte.
»Du kannst es ja auch nicht glauben. Aber so ist es. Genau so. Das ist es ja.«
Und die Magdalena tastete nach den Händen des Bruders, hielt sie fest, streichelte sie, küßte seine Handrücken und zwängte dann ihre Finger zwischen seine Finger, sodaß die Hände der Geschwister Klammern waren. Leise, kaum hörbar, begann sie das Lied der Nachtigall zu singen. Es war das Lied der Magdalena, schon immer gewesen, und deshalb wurde sie auch die Nachtigall genannt.
»Abendstille überall.
Nur am Bach die Nachtigall.«
Und damit hatte es eigentlich begonnen: mit dem Kaspar und der Magdalen' und der Abendstille unter dem Kirschbaum.
Nicht nur in dieser einen Nacht, aber auch in dieser einen bestimmten Nacht, im Herbst des Jahres 1911, hatte die Nachtigall ihr Lied angestimmt. Und die Magdalena war dem Franz abermals

entglitten, um dorthin zurückzukehren, mit weit geöffneten Augen, wo sie niemand zu erreichen vermochte: Nicht mit dem Wort und nicht mit der Hand. Weder der Franz noch der Kaspar. Nicht mit sanfter Gewalt noch mit Zärtlichkeit. Weder der Franz noch der Kaspar.
Und der Franz weinte wie ein kleines Kind:
»Ich sag' es dem Kaspar! Und ich tu es jetzo wirklich! Alles tratsch' ich aus! Aber gar alles! Weil, das muß der Kaspar sich merken: so geht sich das nimmermehr aus! So nicht!«, drohte der Franz. Nicht einmal. Mehrmals. Immer wieder.
So lange – bis er die Hand auf der rechten Schulter gespürt, sodaß ihm das Herz stillgestanden war und gerannt in einem. Und der Franz starrte mit weitgeöffneten Augen das Gesichtchen der Magdalena an, die am Franz vorbeistarrte: mit weit geöffneten Augen.
»Erschlagst mich halt mit der Axt. Einmal mußt es doch wissen, wieviel es geschlagen hat: mit der Magdalen'. Aber – der Magdalen' tu nix! Frau Mutter: Schon' Sie mir; die Magdalen'!
»Kaspar!«, flüsterte die Magdalena, und der Franz öffnete die Augen. Neugierig. Fast ein wenig erstaunt. Und unversehens umklammerte er die sehnigen Oberschenkel des Kaspar, der in die Kammer eingedrungen war durch jenes Fenster der Kerschbaumer-Behausung, das als einziges geöffnet ward: Nacht für Nacht.
»Die Frau Mutter erschlagt uns allesamt!«, flehte der Franz.

2
DAS HARTHOLZ-SÄGEN UND DAS WEICHHOLZ-SÄGEN

Die Kerschbaumer-Mutter hatte dem Erstgeborenen die Magdalena zugeteilt: auf daß er die ihrigen Nächte sorgsamst bewache, und das Fenster sich auch nie einen Spalt öffne: für irgendeinen Lumpen aus dem Dorfe Gnom, der wiederum spurlos verschwinden könnte im Nirgendwo Gnom; und sich erst recht nicht öffne für den Lumpen vom Stoffelweg 8.
»Der älteste Bruder zum jüngsten Schwesterl, das älteste Schwesterl zum jüngsten Bruder! Und daß mir auch nix verschwind't, spurlos, in der Nacht! Weh, wenn das passiert! Dann komm' ich über euch und näh' euch mit der eignen Hand das Sterbehemd: mit der Axt! Und erschlag' euch: allesamt!«

Der jüngste Bruder, der Josef, hatte die Nächte des ältesten Schwesterl, der Josefa, auch stets sorgsamst bewacht. Für die Kammer zu seiner Rechten war nicht er verantwortlich. Vielmehr der Erstgeborene, und das war der Franz: schon immer gewesen. Und für die Kammern an sich: gelegen zur Linken der Kerschbaumer-Mutter, zeichneten die terrischen Ohren derselben verantwortlich. Und nicht die Josefa.
Und so war es dem jüngsten der vier Kerschbaumer-Geschwister gegeben, und das zu jeder Tages- und Nachtzeit, dasselbe zu schwören wie das älteste Schwesterl: Nie und nimmer habe sich in der Kammer zu seiner Rechten etwas oder jemand hören lassen: eh nur das Hartholz-Sägen und das Weichholz-Sägen. Das vermöge er aber nicht mit Bestimmtheit der Frau Mutter kundtun, wer da jetzt beim Schnarchen Hartholz, und wer da jetzt beim Schnarchen Weichholz zu sägen pflege. Da müsse die Frau Mutter schon die Josefa fragen. Und auch die Josefa hätte nicht so genau der Frau Mutter kundtun mögen, wie das so ist mit dem Hartholz und dem Weichholz von nebenan. Auf daß die Wahrhaftigkeit nicht mit einem Wissen erschlagen werde, das eigentlich niemandem so absolut zugemutet werden dürfte.
Nicht nur in dieser Nacht, aber auch in dieser einen bestimmten Nacht, im Herbst des Jahres 1911, hatte der Josef nichts gehört und dasselbe pflichtschuldigst an die Josefa weitergeleitet, die da willens gewesen, sich zu erheben, und willens, nach nebenan zu lauschen.
»Pst! Nix hat sich gerührt! Dableibst! Dreh dich zur Wand! Das geht dich gar nix an! So terrisch ist denn unsere Frau Mutter auch wieder nicht!«, hatte er der Josefa ins Ohr geflüstert.
»Die Magdalen' könnt' ja auch den Doktor brauchen! So wie die tut! Und das Nacht für Nacht! Einmal müssen wir es der Frau Mutter sagen, wieviel es schon geschlagen hat bei der Magdalen'!«, flüsterte die Josefa dem Josef ins Ohr.
»Ein Herr Doktor hat den Stoffelweg 6 allemal noch gesehen, wenn er zum Stoffelweg 8 marschiert ist. Und in dero Kammer wird nix gespukt und nix gegeistert! Maulhalten (!) und weiterschlafen. Wirst es wohl noch erwarten können. Werden eh erschlagen allesamt. Noch früh genug! Hast jetzo verstanden?!«
Und die widerborstige Josefa hatte sich die Zeigefinger in die Ohren stecken lassen müssen.
»Und so bleibst! Und wenn du wieder schlafst, dann darfst die

deinigen Finger wieder aus den Ohrwascheln heraus tun. Und nicht eine Sekunde vorher! Verstanden?!«

3
CERBERUS, DER HÖLLENHUND

»Nix da, erschlagen wird nix! Erschlagen hab' ich: den Herrn Vater!«, hatte der Kaspar dem Franz gestehen wollen, und die Magdalena wandte den Kopf schroff seitwärts, der Wand zu, und über ihre Wangen rannen Tränen. Und der Kaspar hatte sich eh nur aus der Umklammerung befreit: sanft, aber bestimmt.
Und der Franz war eh nur zu seinem Bett zurückgeschlichen, um sich seitwärts zu drehen und hinauszustarren in die vollmondhelle Nacht, mit weitgeöffneten Augen. Zuvor aber hatte der Franz das Fenster geschlossen: lautlos.

Dazumal das Unmögliche der Kaspar ermöglicht hatte, indem er das eine windschiefe Loch der Kerschbaumer-Behausung renoviert, auf daß es nicht so knarre, wenn der Wind an die Fensterscheiben klopfe. So hatte es der Franz der Frau Mutter ausgedeutet, die da zurückgekehrt war, von dem langen Marsch von Haus zu Haus, von Hof zu Hof.
»Alles, was die Knechte und die Mägde vom Gutshof zerreißen, das krieg' ich. Und ich näh' und ich stopf' und ich zaubere alles wieder ganz: nur die meinigen Finger nicht! Brauch' nur die Schere und die Nadel, dann näh' ich sonder Tadel. Zusammenfügen das Zerrissene. Zusammenfügen und aus einem Fetzen ein Kleiderl zaubern, einen Rock und eine Hose. Zusammenfügen aus weißem Leinenweb' das Hochzeitskleid und das Sterbehemd. Dafür krieg' ich die Kreuzer!
Muß ich auseinanderreißen, spalten mit der Axt, den Erstgeborenen? Auf daß nix mehr ganz sei? Nicht einmal mehr der Franz?! Und so merke Er sich das gut! Der Lump vom Stoffelweg 8, der rührt mir die meinigen Löcher nimmermehr an! Verflucht sind die da drüben seit vordenklichen Zeiten! Und ich hab' sie noch einmal – verflucht! Nix da! Still bist! Maulhalten! Keine Pratzen von denen da drüben macht mir grad, was windschief geworden ist! Ich brauch' keine graden Löcher! Und wenn der Wind ans Fenster klopfen mag, so laß ihn klopfen! Er hört auch wieder einmal auf! Der Lump von da drüben aber – der Lump macht mir zuallerletzt

ein Loch grad! Hast jetzo verstanden? Dir mag dein erster und dein letzter Freund nicht im Bauch fortzuwuchern. Vermag es nicht, in deinem Bauch zu wuchern, vermag es nicht zu verschwinden, spurlos im Nirgendwo Gnom. Ich aber, ich hab' es tragen müssen. Hast du das vergessen? Still bist! Maulhalten! Mann zu Mann, Bub zu Bub, das geht mich nix an. Das spalt' ich nicht mit der Axt! Das spalten eh die Jahreszeiten. Still bist! Eines aber mag ich nicht dulden, Franz. Eines nicht – Mann zu Weib, Bub zu Mädel! Mögest du es mir immer bedenken!
Franz! Die Lieb', das ist das närrischste Kinderl; ein Kinderl, dem alles kreuz und quer läuft: Es sieht und ist blind, es hört und ist taub, es ist wortgewaltig und ist stumm. Die Lieb', Franz! Das ist das verderbteste Kinderl: So wahrhaftig wie verlogen, so listig wie dumm, so gottgläubig wie ungläubig, so selig wie verflucht!«
Und der Franz hatte der Frau Mutter, die da zurückgekehrt war vom Gutshof zu Gnom, geschworen:
»So sei es: Mit der Axt magst uns erschlagen: allesamt. Wenn nur ein Lump zu der Magdalen' ins Bett zu rutschen vermag! Weil, Frau Mutter: Das Recht auf ein glücklicheres Leben, es ist mir das Allerheiligste. So heilig ist es mir: so wie die Frau Mutter und die Magdalen'. Hat denn die Frau Mutter alles vergessen?! Kennt die Frau Mutter nicht mehr den Cerberus? Hat der Franz der Frau Mutter nix vom Cerberus erzählt? Es ist der Höllenhund. Und Cerberus, der Höllenhund, das ist allemal der Franz gewesen, und das bleibt er auch: für die Frau Mutter und für die Magdalen'.
Und das Einzige, an das der Franz zu glauben vermag; das Kostbarste, was er sich zu erträumen vermag; dieses Recht: Auf ein glücklicheres Leben (!); das soll dem Franz nicht gegeben sein zu hüten: alles und auch – das Gegenteil bedenkend?! Halt genau so, wie der Franz in den Büchern nachzuforschen pflegt?
Frau Mutter! Das Nämliche mir ins Hirn einschreiben wollen. Obwohl eh nur ein windschiefes Loch renoviert worden ist, sonst nix! Und obwohl es so sein wird: ganz so, wie es die Frau Mutter will! Es eh nur bei dem einen Loch so geschehen sein soll, das schlagt mich stumm!«
Und die Frau Mutter, die da zurückgekehrt war vom Gutshof zu Gnom, hatte den Cerberus, den Höllenhund, umarmt und geweint:
»Dich möcht' ich nicht missen, dich nicht! Nix muß ich vor dir verstecken! Nix lauft dir kreuz und quer! Nix an dir ist verderbt

und nix an dir ist närrisch! Einen besseren Höllenhund kann ich mir für die Magdalen' gar nicht erträumen! Das weiß ich eh, das weiß ich eh, Franz!«

4
ES IST NUR DER WIND

Der Kaspar war zu der Magdalen' gerutscht: ins Bett. Und sein Mund glitt über den Hals, glitt weiter zur Brust und zwischen den Brüsten zum Bauch der Magdalen', und seine Hände bemühten sich, den Körper der Magdalen' zu besänftigen, der da geschüttelt ward von eh nix Wirklichem.
»Laß dich nicht plagen von etwas, was eh nix Wirkliches ist! Still bist! So leis' kann der Franz gar nicht tuscheln, daß es der Kaspar nicht verstehen könnt'! Hast es vergessen, du narrisches Weiberl? Dem Kaspar sagst immer alles: und das gleich! Nicht erst dann, wenn es schon gar nimmermehr wahr ist!«, flüsterte der Kaspar und biß der Magdalena ins Ohr, die da weinte, daß ein Stein mitweinen hätte müssen.
Und der Kaspar war willens gewesen, eh nur für diese eine bestimmte Nacht, im Herbst des Jahres 1911, das zu vergessen, was da passiert sein könnte, in der Trutzburg: Stoffelweg 8. Und das der Magdalena zu gestehen nicht unbedingt als unnötig zu erachten sein dürfte.
»Glaubst denn wirklich, ich bin der Lump, der verschwindet: so mir nix dir nix. Im Nirgendwo, das überall sein könnt'?! Nix sagst! Still bist!«
Und während sich in seinem Mund die seinigen Tränen mit dem Körperschweiß der Magdalena vermischten, begann sich ihm die dumpfe Ahnung zur Einsicht auszuwuchern: Bei jener einen vom Stoffelweg 6, die im Jahre 1896 geboren worden sein könnte, dürfte er genau das gefunden haben, was jener eine vom Stoffelweg 8, der im Jahre 1894 geboren worden sein könnte, gesucht haben dürfte: vergeblich, in den Kammern und in den Ställen, in die er genaugenommen nie eingedrungen war. Der Kaspar war bei der Magdalena geblieben: bis der Hahn das Morgengrauen eingekräht hatte.
Nichtsdestotrotz war das »Eh-nix-Wirkliche« unsichtbar in die Umarmungen eingedrungen und im Kopf der Magdalena geblieben. So lange – wie der Kaspar in der Magdalena geblieben ist.

Und die Magdalena hatte das »Eh-nix-Wirkliche« dem Kaspar gestanden. Nicht nur einmal. Mehrmals. Immer wieder.
»Es ist nur der Wind, Kaspar. Der schreckt mich so. Halt der Wind ist es. Sonst ist es eh nix! Weil, Kaspar. Du bist eh da!«
Und die Magdalena war dann auch auf dem Kaspar gelegen, ruhig und still; mit weit geöffneten Augen, als der Hahn das Morgengrauen eingekräht hatte.

5

KLING GLÖCKLEIN, KLINGELINGELING

Die Frau Mutter saß im Turm, und der Turm war ein Kamin. Der Fußhebel ratterte, und die Nähmaschinennadel schnurrte über das Sterbehemd, und die Mutter schnurrte im Takte der Nadel:
»Die Schere brauchte ich, die Nadel,
so nähte ich mit eigner Hand
dein Sterbehemde sonder Tadel,
Magdalen'.«
Der Turm war in einen erloschenen Vulkan hinein errichtet. Und die Magdalena saß auf dem Brett. Und das Brett war mit Moos bewachsen und morsch. Und das Brett war die Brücke zum Turm. Und am Kraterrand kletterte der Kaspar und wollt' auf das Brett steigen: mit dem seinigen Körpergewicht eines sehnigen Riesen. Und die da geschrien hatte: »Zurück! Kaspar! Zurück!«, das war die Magdalena. Bestimmt seit Anbeginn: für den Turm.
Und der Turm war ein Kamin, in dem die Frau Mutter saß, und der Fußhebel ratterte, und die Nähmaschinennadel schnurrte über das Sterbehemd, und die Mutter schnurrte im Takte der Nadel:
»Dein Hemd, dein Sterbehemd,
schätz es, Magdalen'.
Verwahr's im Schrein, es ist dein erstes
und dein letztes, Magdalen'.
Dein Kleinod,
dein ersparter Schatz, Magdalen'.«
Und die Magdalena, bestimmt seit Anbeginn für den Turm, hat nicht hinein wollen in den Turm. Und die da geschrien hatte:
»Zurück! Kaspar! Der Turm ist ein Kamin!«,
das war die Magdalena. Und dem der Trutz gegeben war, am Kraterrand zu klettern, war auch der Trutz gegeben, der Magdalena Abschlägiges kundzutun über den Abgrund.

Und der Abgrund ist steil gewesen, und dem Abgrund war gegeben nicht nur eine Richtung. Vielmehr zwei Richtungen hat es gegeben: für den Sturz in die Tiefe. Eine nach inwärts, in den erloschenen Vulkan. Eine nach auswärts, hinab die steinerne Felswand, an der kein Halt zu finden, ersonnen die Natur, für den, der da fallen sollte, endlos tief. Auf daß er verschwinde: für immer und spurlos.

»Auf ewig nie! Entweder kommst du zum Kaspar, oder der Kaspar kommt zur Magdalen'!«, hatte der geschrien, dem nur zwei Richtungen gegeben waren für den seinigen Trutz.

Und die Magdalena war gerutscht auf dem Brett. Und das Brett war die Brücke, der nur eine Richtung gegeben war: die zum Turm. Die Magdalena hat aber nicht hinein wollen in den Turm. Und so ist sie gerutscht, in die andere Richtung: zum Kraterrand.

Die Frau Mutter saß im Turm, und der Turm war ein Kamin. Und auf dem Kamin saß ein blecherner Reiter, und der Reiter schlug hin und her und klapperte wie wild im Wind. Und da hat der Fußhebel gerattert, und die Nähmaschinennadel geschnurret: so sanft über das Sterbehemd und die Mutter geschnurret: so sanft im Takte der Nadel.

>»Es ist nur der Wind, Magdalen',
> der den Reiter schlägt.
> Es ist nur der Wind, Magdalen',
> der dich zur Mutter trägt.
> Es ist nur der Wind, Magdalen',
> der in deinem Hochzeitskleide weht.
> Es ist nur der Wind, Magdalen',
> der dich zu deinem Sterbehemde trägt.«

Und die Magdalena saß auf dem Brett. Und das Brett war mit Moos bewachsen und morsch. Und das Brett war die Brücke, der nur eine Richtung gegeben war: die zum Turm. Und die Magdalena war gerutscht auf dem Brett, bestimmt seit Anbeginn: für den Turm. Und die da geschrien hatte:

»Zurück! Kaspar! Zurück! Es ist nur der Kaminreiter, der schlägt im Wind! Zurück! Kaspar! Zurück! Es ist nur der Kaminreiter, der klappert im Wind!«,

das war die Magdalena. Und so ist sie gerutscht, die Magdalena, in die Richtung, die ihr bestimmt war seit Anbeginn.

Und dem der Trutz gegeben war, auf das Brett zu steigen mit dem

seinigen Körpergewicht eines sehnigen Riesen, war auch der Trutz gegeben, der Magdalena Abschlägiges kundzutun: über dem Abgrund nach inwärts; und der Abgrund ist steil gewesen und ein erloschener Vulkan.
»Auf ewig nie! Zum Kaspar mußt schauen, Magdalen'! Der Turm ist ein Kamin, Magdalen'! Zurück! Magdalen'! Zurück!«
Und die Magdalena war gerutscht auf dem Brett. Und das Brett war die Brücke, der nur eine Richtung gegeben war: die zum Turm. Die Magdalena aber hat nicht hinein wollen in den Turm. Und so ist sie gerutscht, in die andere Richtung: zum Kaspar.
Und die Brücke war mit Moos bewachsen und morsch. Und die Wolken haben sich zusammengeballt und gedrohet dem mit Blitz und Donner, dem der Trutz gegeben war, der Abschlägiges kundzutun, die da hinein hat müssen und nicht hinein hat wollen: zu Maß und Wurm.
Und die Frau Mutter saß im Turm, und der Turm war ein Kamin. Und der Fußhebel hat gerattert und die Nähmaschinennadel geschnurret: so sanft über das Sterbehemd, und die Mutter geschnurret: so sanft im Takte der Nadel:
»Es ist nur der Blitz, Magdalen',
der den Reiter schlägt.
Es ist nur der Blitz, Magdalen',
der dich zur Mutter trägt.
Es ist nur der Blitz, Magdalen',
der dich zu deinem Sterbehemde trägt.«
Und die Wolkenballen waren gerippt und gerundet und gebündelt so dicht und so finster, als wäre es der Sonne gegeben, den Mond zu vergessen. Und das Licht vom Tag ward so grau und so schwarz wie die Wolkenwand: als wäre es der Sonne gegeben, die Erde zu vergessen.
Und das Wolkengrollen war zum Donner geworden schon so lange. Und es hat der Blitz den nicht schlagen können, der da fallen sollte, endlos tief, auf daß er verschwinde für immer und spurlos. In dem erloschenen Vulkan.
Und das Windgrollen war zum Sturm geworden schon so lange. Und es hat der Wirbel den nicht wirbeln können, der da fallen sollte, endlos tief. Auf daß er verschwinde für immer und spurlos: in dem erloschenen Vulkan.
Gestanden war der, dem der Trutz gegeben ward, der Abschlägiges kundzutun, die da hinein hat müssen in den Turm. Gestanden

war der auf dem Brett. Und das Brett war mit Moos bewachsen und morsch.
Und die da gestaunet, mit weit geöffneten Augen: hinauf zu den Wolken, das war die Magdalena. Und die da gestaunet, mit weit geöffneten Augen: nach inwärts, in den erloschenen Vulkan, das war die Magdalena.
Und der, dem der Trutz gegeben ward, der Abschlägiges kundzutun, die doch bestimmt seit Anbeginn für Maß und Wurm, das ist der Kaspar gewesen. Und der ist nicht mehr gestanden auf dem Brett.
Und die da geweinet, mit weit geöffneten Augen hinauf zu den Wolken, das war die Magdalena. Und die da geweinet, mit weit geöffneten Augen nach inwärts, in den erloschenen Vulkan, das war die Magdalena. Und die da gesungen, mit geschlossenen Augen:

>»Kling Glöcklein klingelingeling,
>ich geh in Turm.
>Kling Glöcklein klingelingeling,
>ich geh zu Maß und Wurm.«

Das ist die Magdalena gewesen; ehe ihr der knöcherne gichtbrüchige Finger gewachsen, der Störschneiderin.
Und die Magdalena saß im Turm, und der Turm war ein Kamin. Und auf dem Kamin saß ein blecherner Reiter, und der Reiter schlug hin und her und klapperte wie wild im Wind. Der Fußhebel ratterte, und die Nähmaschinennadel schnurrte über das Sterbehemd, und es hat geschnurrt im Takte der Nadel die Störschneiderin.

>»Die Schere brauchte sie, die Nadel,
>so nähte sie mit eigner Hand,
>ihr Sterbehemde sonder Tadel.
>Geheißen hat sie: Magdalen'.
>Ihr Hemd, ihr Sterbehemd,
>sie schätzt es,
>sie verwahrt's im Schrein.
>Es ist ihr erstes und ihr letztes,
>ihr Kleinod, ihr ersparter Schatz.«

Und die kundtun hat wollen: den Namen der Störschneiderin, hat gar arg schwitzen müssen: im Turm. Und der Turm war ein Kamin: und der Kamin ward umzingelt vom Feuer, das niemand in dem erloschenen Vulkan geschüret, und das doch von inwärts

nach auswärts ward: kochende Lava. Und die da geschrien hatte:
»Und geheißen hat sie Magdalen'!«
hat auch verbrennen müssen bei lebendigem Leibe. So wie das
Sterbehemd, ihr Kleinod, ihr ersparter Schatz; ward sie nie wieder
gesehen. Und auch nicht der Turm, der ein Kamin gewesen ist.
Allesamt hat sie das Feuer verschlungen, das noch in dem erloschenen Vulkan gewesen ist.

6
UND GEHEISSEN HAT SIE: MAGDALEN'!

Und die Magdalena vom Stoffelweg 6, die auf dem Kaspar lag und weinte; ruhig und still; mit weit geöffneten Augen, erinnerte sich an die Magdalena, die da geträumt hatte und der es gegeben war, erstarrtes Lavagestein in den Händen zu halten und es anzustaunen und kundzutun:
»Und geheißen hat sie: Magdalen'!«
Dann erst war die träumende Magdalena aufgewacht. Dann erst hatte sie am Franz vorbeigestarrt, hinauf zur Decke. Mit weit geöffneten Augen und so, als wäre sie aus ihrem Traum gleich weiter geglitten, dorthin, wo die Zeit stillsteht.
»Nix sagst! Still bist! Jetzt red' ich!«, sagte der Kaspar, als der Hahn das Morgengrauen eingekräht hatte. Und der Kaspar war willens gewesen, der Magdalena zu gestehen, was da passiert sein könnte in der Trutzburg Stoffelweg 8, in der einen bestimmten Nacht, im Herbst des Jahres 1911.
»Und wir verschwinden dann: für immer.«, flüsterte der Kaspar.
»Wenn es so weit ist. Spurlos und nach Amerika. Das kannst immer glauben, wenn du nix glaubst. Ich hab' es dir schon dazumal gesagt: im Heu. Und in Amerika, da fragt uns dann niemand, wie das so gewachsen sein könnte. Und in Amerika, da magst dann heuhüpfen: alle Tag! Das mußt du dir immer merken, Magdalen'. Und vergiß mir das auch ja nie: das große Wasser und Amerika.«
Und die Magdalena hatte schlucken müssen. Nicht nur einmal. Mehrmals. Immer wieder. Und sie hatte den Kaspar anstaunen müssen mit weit geöffneten Augen; genau so, wie die träumende Magdalena staunen hatte müssen, der es gegeben ward, erstarrtes Lavagestein in den Händen zu halten und kundzutun: Niemandem: »Und geheißen hat sie: Magdalen'!«

Und der Kaspar hatte schlucken müssen. Nicht nur einmal. Mehrmals. Immer wieder. Und er hatte die Magdalena betrachtet. Neugierig, fast ein wenig erstaunt: und so lange.
»Kaspar! Daß du dich nicht ganz vergißt! Die Frau Mutter erschlagt uns allesamt!«
Die so gefleht hatte, das war die Magdalena. Und der es nicht gehört, vielmehr singen hatte wollen, und das unbedingt, das war der Kaspar:

>»Die Zeit steht still und rennt in einem,
> träum' ich mit der Magdalen'!
> Unter dem Kirschbaum, unter dem Kirschbaum,
> hab' ich sie gesehn: die Magdalen'!«

Die Frau Mutter war aus dem Tiefschlaf emporgeschreckt. Und sie hatte auch sogleich nach der Axt getastet, die sie griffbereit zu halten pflegte unter dem Kopfpolster.
»Das hat's nie gegeben. Nur – einmal.«, murmelte die Kerschbaumer-Mutter. »So eine Stimme hat es nur – einmal gegeben.«
Und die Kerschbaumerin hatte sich schon erhoben, mit der Axt in der Hand.
»Wenn die Störschneiderin umgeht, in aller Herrgottsfrüh.«, murmelte die Störschneiderin vom Stoffelweg 6 und hatte eh nur so lachen müssen, daß dem jüngsten der vier Kerschbaumer-Geschwister die Haut der Eiseskälte und die Haut des Feuers wuchs, und das in einem. Und genaugenommen war er eh nur aus dem Schlaf emporgeschreckt und es hatte ihm eh nur der Hitzeschauer den Kälteschauer verjagt und umgekehrt.

> »Die Zeit steht still und rennt in einem,
> lach' ich mit der Magdalen'!
> Und beim Heuhüpfen, und beim Heuhüpfen,
> da ist es geworden: in der Magdalen'!«

Und der Franz hatte sich im Bett aufgerichtet und den Kaspar angestaunt mit weit geöffneten Augen, und sich die Augen gerieben.
»Kaspar!«, flehte der Franz. Und Cerberus, dem Höllenhund, klappte der Mund auf und zu. Und Cerberus, der Höllenhund, schwieg: mit fest zusammengepreßten Augen.
»Nix bleibt mehr ganz! Kaspar!«
Die so gefleht hatte, das war die Magdalena. Und der es nicht gehört, vielmehr singen hatte wollen, und das unbedingt, das war der Kaspar.

»Die Zeit steht still und rennt in einem,
steht sie vor mir, die Magdalen'!
Und in der Stube, und in der Stube,
da hab' ich geschworen:
Auf ewig ist's die Magdalen'!
Auf ewig ist's die Magdalen'!«
»Muß ich in die Stör gehen mit der Axt?«, murmelte die Frau Mutter, und war eh nur gestanden in der ersten Kammer zu ihrer Linken; mit der Axt in der rechten Hand; um nach nebenan zu lauschen; neugierig, fast ein wenig erstaunt.
»Frau Mutter!«, flehte der Josef.
Und war schon aus dem Bett gesprungen. Und hielt schon die Schenkel der Frau Mutter umklammert, die da wirklich so gebrüllt; vielmehr wirklich so gelacht haben könnte.
»Schon' mir die Frau Mutter die Magdalen'!«, hatte er gestammelt und die Schenkel der Frau Mutter noch fester umklammert.
Die Josefa war schon aus dem Bett gesprungen und umklammerte schon die Schenkel der Frau Mutter und krallte sich fest an den Schultern des jüngeren Bruders.
»Erschlagst die Magdalen'! Erschlagst dich selber! Heißt sie doch wie du: Magdalen'!«
Der Frau Mutter ward es nicht gestattet, sich nur einen Schritt vorwärts, sich nur einen Schritt rückwärts zu bewegen.
»Ohne Gesicht und ohne Namen ist er eingedrungen: nicht durch die Tür, vielmehr durch das Fenster. Und niemand hat sie gehört, die da geschrien hat. Neun Monate hab' ich getragen die Frucht der Gewalt. So lange. Und die da geschrien hat, hab' ich – sie erschlagen mit der Axt und heimlich vergraben auf dem Schindanger? Gesegnet hab' ich das Wuzerl. So winzig war's! Genannt hab' ich die Frucht der Gewalt: Magdalena!«, brüllte die Kerschbaumer-Mutter und hatte eh nur so gelacht, daß die Geschwister sich zusammenfügten, zu einem höheren Ganzen: dem Schraubstock, der sich nicht auseinanderreißen lassen hatte wollen, auf ewig nie!
»Und der Franz ist krabbelt auf dem Boden: und geschrien hat er: für die Frau Mutter! Und nix hat sich gerührt und nix hat der gespürt und verschwunden ist er ohne Gesicht und ohne Namen. Der sich so versündiget, an der Störschneiderin vom Stoffelweg 6, das ist der Herr Vater von der Magdalen'! Die sich so versündiget, an der Frau Mutter, das ist die Drittgeborene, die da heißt Magda-

len'. Verflucht ward diese Frucht: seit Anbeginn. Und geheißen hat sie doch, wie die Störschneiderin: Magdalen'!«
Doch der Schraubstock hat nicht nachgeben wollen. Vielmehr hatten sich die beiden Geschwister noch fester ineinander verkrallt.
»Wenn die Frau Mutter sich nicht so wenden und auch nicht anders drehen kann, dann steht sie eben still, die Störschneiderin vom Stoffelweg 6. Und geht sie nicht auf die Stör: in aller Herrgottsfrüh.«, schnurrte die Frau Mutter, willens, die Wachsamkeit des Letztgeborenen und der Zweitgeborenen – wenn nicht einzuschläfern – so doch um das entscheidende bisserl zu dämpfen; sie lauschte angestrengt nach nebenan und rührte sich nicht: so lange.

7

WIR WOLLEN EH NUR SINGEN

»Wenn die Störschneiderin auf die Stör will in aller Herrgottsfrüh. Dann wird es passiert sein in aller Herrgottsfrüh!«, flehte der Franz und deutete auf die Tür zu seiner Rechten und deutete auf das Fenster, das er geöffnet hatte, auf daß sie verschwinden mögen, endlich, in aller Herrgottsfrüh, der Kaspar und die Magdalena.
Und abermals hatte der Franz die Frau Mutter gehört, die da so gelacht haben könnte, daß dem Franz die Zeit stillgestanden und gerannt in einem.
Die Magdalena aber – hat nicht beim Fenster hinaus springen wollen. Genau so wenig wie der Kaspar.
»Nix hab ich gehört. Nix hat sich gerührt. Nix hab ich gespürt. Was sagst du?«
Die da so gefragt hat, das ist die Magdalena gewesen.
»Wir wollen eh nur singen: und das unbedingt.«
Der da so geantwortet hat, das ist der Kaspar gewesen.
Und der Kaspar sah das große Wasser, und er spürte den Wind, und die Hand der Magdalen' in seiner Hand, und die Magdalen' staunte den Kaspar an, so wie sie den Kirschbaum im Frühling angestaunt hatte, und sich schon auf die roten Kirschen im Sommer gefreut hatte – dazumal, in Gnom.

»Und auf dem Schiff, und auf dem Schiff,
sind sie gestanden: so selig.
Der Kaspar und die Magdalen'!

Und in Amerika, und in Amerika,
da sind sie gewesen: auf ewig.
Der Kaspar und die Magdalen'!«
Und die Magdalena sah das große Wasser, das im Nirgendwo mit dem Horizont eine Naht zu bilden schien, und das doch der Weg war nach Amerika. Und sie spürte den Wind und die Nähe des Kaspar.

8
TU ES: ZURZEIT!

Und die Frau Mutter hatte gesonnen Düsteres, mit der Axt in der Hand. Und das Wasser, das salzig zu schmecken pflegt, hatte sie geschleckt, nach inwärts, in den Mund. Und gelauscht hatte sie nach nebenan, mit weit geöffneten Augen und still und so lange.
»Das verderbteste und närrischste Kinderl singt, dann wuchert's eh nur mehr im Bauch sich aus, und der ist verschwunden, der gesungen hat. Im Nirgendwo: Gnom.«, murmelte die Frau Mutter.
»So eine Stimme hat es nur einmal gegeben. Und so eine Geschicht' hat es auch – nur einmal – gegeben.«, schnurrte die Frau Mutter und hatte eh nur so gelacht. Und dort, wo die Frau Mutter den Stein vermutet haben könnte, in der linken Brusthälfte, dürfte es geschlagen haben und stillgestanden sein. Und das in einem.
Und die Frau Mutter hatte eh nur den Schraubstock geschlagen entzwei, und die da paktiert hatten mit der Schwurbrecherin, nicht erschlagen.
Vielmehr eh nur die Tür nach nebenan gespalten. Auf daß sie erschlage allesamt: Zuerst aber den Lumpen vom Stoffelweg 8, dann den nutzlosen Höllenhund, als drittes den Letztgeborenen, als viertes die Zweitgeborene und erst dann die Schwurbrecherin, die da geheißen: Magdalena. So wie die Störschneiderin vom Stoffelweg 6.
»Du Lump von da drüben! Da steh' ich und kann nicht anders!«, schrie die Kerschbaumer-Mutter.
Und der Kaspar hatte schon den Franz seitwärts gestoßen und die Magdalena, auf daß ihm die Störschneiderin den Schädel spalten könne; und das präzis und mit einem Hieb.
»Keppel nicht so lang herum! Tu es: zurzeit!«, sagte der Kaspar und beugte sich.

»Kruzifixitürken! Du hast ja nur ein Holzstangerl in der Hand! Das geht sich nie aus!«, und der Kaspar griff nach dem leeren Axtstiel und stierte die Kerschbaumer-Mutter an: grantig.
»Na wird's! Gib schon das Holzstangerl her!«
Und die da spalten hatte wollen dem Lumpen vom Stoffelweg 8 den Schädel, sah den Stiel, und den Lumpen, der da prüfte die Klinge der Axt, und ihr zu bedenken gab:
»Das reicht grad für ein Schlaferl. Ob's gut genug ist für die Ewigkeit? Bei dem meinigen Plutzer. Kruzifixitürken! Ist das ein Kramuri! So eine Patzerei, und das muß mir passieren. Ich will ja der Störschneiderin nix Kotzengrobes sagen, aber ein Bauxerl ist sie. Ein närrisches und verderbtes Ratzerl. Und die Frau Mutter Ratz' taugt genau so viel für die Axt, wie das ihrige Fräulein Tochter Ratz' für das Schwein'schlachten taugt: nämlich gar nix! Derlei ist was für Mensch'n, nicht aber für Ratz'n. Und die Axt hat nicht einmal die Schlagkraft von einem Putzfetzen!«
»Einen Hieb hat's halt. Halt einen Hieb!«, antwortete die Kerschbaumer-Mutter und legte dem Lumpen vom Stoffelweg 8 das Holzstangerl in die seinige Pranke, auf daß er es wieder zusammenfüge, was da getrennt worden sein dürfte: nicht unbedingt im richtigen Augenblick.
»Einen Keil tät's halt brauchen. Himmelherrgottsakra! Halt einen Keil!«
»Kruzifixitürken! Such zurzeit! Dann kannst mich auch erschlagen: zurzeit!«
Und die Kerschbaumer-Mutter war schon gerannt; von Kammer zu Kammer.

9

ICH MUSS MEINEN HIRNKASTEN EINFATSCHEN

Und auch die Magdalena und der Franz und der Kaspar hatten gesucht: den Keil für die Axt.
»Was steht ihr zwei grad immer dort, wo unsereins laufen muß! Du scheckerte Kuh! Willst mit einem Schneuztücherl verkeilen: die Axt mit dem Holzstangerl?«
Die im Jahre 95 des 19. Jahrhunderts geboren worden sein könnte, war auf dem Bett sitzen geblieben und hatte nachgedacht so lange. Der da so grantig gewesen sein könnte; und das in aller Herrgottsfrühe; das dürfte der Kaspar gewesen sein.

»Eine scheckerte Kuh könnt' mich der Haderlump geheißen haben. Ein Schneuztücherl! Ein Schneuztücherl!«
Und die Josefa war gerannt, von Kammer zu Kammer.
»Mein Verstand könnt' irgendwie havariert worden sein. Der Magdalen' wachst der vierblättrige Klee?! Ich muß meinen Hirnkasten einfatschen gehn!«, sagte der Josef, und hatte sich schon an die Stirn getippt:
»Nix da! Herangereift bin ich für's Alumnat, wenn ich mir das Hirnkastel nicht ribbel!«
Und der Jüngste der Kerschbaumer-Mutter mühte sich, in schnell aufeinanderfolgenden Bewegungen, den havarierten Verstand wachzumassieren.
»Du Rotznigel! Unsereins sucht sich letschert und hatschert! Und du ribbelst deinen Kopf!«
Die da so grantig gewesen sein könnte; und das in aller Herrgottsfrühe; das dürfte die Frau Mutter gewesen sein.
Und die Störschneiderin vom Stoffelweg 6 hatte sich neben dem Rotznigel auf das Bett gesetzt, und den Kopf schroff seitwärts gedreht, auf daß der Rotznigel nicht sehe das Wasser, das salzig zu schmecken pflegt. Und der Kaspar hatte der Kerschbaumer-Mutter die Axt in den Schoß gelegt und geschwiegen: so lange.
»Du Rotznigel, du!«, murmelte die Störschneiderin vom Stoffelweg 6. Und Josef, der Rotznigel, hatte geschluckt und der Josefa das Schneuztücherl weggenommen: für die Frau Mutter und für sich.
»Das Schneuztücherl! Das Schneuztücherl!«, flehte die Josefa. Nicht nur einmal. Mehrmals. Immer wieder. Die Josefa, die sich, so mir nix dir nix, neben dem Josef, dem Rotznigel, auf das Bett gesetzt. Und der Franz, der seinen Arm um die Schultern der Magdalena gelegt, schaute an der Frau Mutter vorbei zum Fenster hinaus.
»Frau Mutter! Was da getrennt worden ist nicht im richtigen Augenblick, hat sich zusammenfügen lassen!«, brüllte der Franz und hatte sich eh nur neben die Frau Mutter gesetzt und der Josefa das Tücherl entrissen: justament, als die Josefa willens gewesen, den Rotz in dasselbe zu schmieren, der nicht nur aber auch der Josefa nach auswärts gestrebt und das unaufhörlich.

10
DIE SOEBEN STATTGEHABTE ERSCHLAGUNG

»Wenn du so fest zudrückst, dann ist sie bald nimmer ganz, die meinige Hand, Kaspar!«, flehte die Magdalena.
»Nix sagst! Still bist! Jetzt red' ich!«, brüllte der Kaspar und umklammerte die Hand der Magdalena noch fester und stierte die Störschneiderin an, die vor ihm auf dem Bette saß: so mir nix dir nix, und die Axt auf ihrem Schoß anstaunte:
»Störschneiderin! Ist's Zeit!«, brüllte der Kaspar. Nein: flehte es.
»Du Lump, du! Und nicht irgendein Lump muß es sein. Vielmehr der Lump vom Stoffelweg 8!«, murmelte die Störschneiderin vom Stoffelweg 6, und dem Kaspar war die dumpfe Ahnung zur Einsicht emporgewuchert, es sei ihm der Schindanger zu Gnom nicht gegönnt, und die soeben stattgehabte Erschlagung; in aller Herrgottsfrühe; sei nicht nur »Eh-nix-Wirkliches« gewesen. Vielmehr könnte die Ratz willens sein, auf ewig nie zu bedenken, daß die ihrige Niederlage zu jenem Ganzen zusammengefügt ward, mit dem sich der Sieg um einiges wuchtiger und trutziger und noch ewiger gestalten ließe. Nichtsdestotrotz hatte die Störschneiderin vom Stoffelweg 6 nur so gelacht und betrachtet die Axt auf ihrem Schoß, nicht aber geprüft die Klinge und schon gar nicht die Bedeutsamkeit des Keils. Vielmehr nur das Wasser, das salzig zu schmecken pflegt, nach inwärts geschleckt: in den Mund, so wie den Rotz.
»Störschneiderin! Ist's Zeit!«, flehte der Kaspar. Nein: forderte es und ballte die sehnige Pranke zur Faust, mit der es dem siebzehn mal vier Jahreszeiten alten Sohn gegeben war, den fünfzig mal vier Jahreszeiten alten Herrn Vater zu erschlagen, der da bestimmt ward; im Jahre 8 des 20. Jahrhunderts, Alt-Bauer und Jung-Bauer zu werden: und das in einem. Und der hatte es zu tragen vermocht: nicht ohne Genugtuung.
»Nix spürst! Nix rührt sich! Das ist so einfach! Störschneiderin! Mir nix dir nix (!) und schon ist es passiert!«, brüllte der Kaspar. Nein: flüsterte es. Und wischte sich die Schweißperlen von der Stirn.
»Nix ist mehr ganz!«, und der Kaspar hatte sich eh nur an die Magdalena erinnert, die ihm da gedrohet, im Heuschober der Trutzburg Stoffelweg 8.
»Auf ewig nie geht sich das aus, Kaspar! Wenn du bei uns drüben

bei der Tür hinein willst, so kommst als Lebender nimmer heraus. Weil, das hat sie geschworen, die Frau Mutter: Sie erschlage auch den Franz und mich: wenn's sein muß! Sie erschlage uns: allesamt! Und die Frau Mutter sagt nur, was sie auch tut! Und tut nur, was sie auch will! Und das glaub' ich, wenn ich nix glaub'. Nix kannst für wahr halten, die Frau Mutter immer.«
»Auf nix ist mehr ein Verlaß!«, brüllte der Kaspar und hatte die Magdalena seitwärts gestoßen und war durch die Kammern der Kerschbaumer-Behausung gestürmt. Nicht nur einmal. Mehrmals. Immer wieder. Und zur Störschneiderin zurückgekehrt, immer wieder.
»Kaspar!«, flehte die Magdalena.
»Kaspar!«, flehte der Franz.
»Himmelherrgottsakra! Nach auswärts vermagst durch die Tür, du Lackel!«, schrie die Störschneiderin und hatte sich erhoben, mit der Axt in der Hand, um hinter dem Kaspar her zu rennen und die Haustür aufzureißen mit einem Ruck und dem Lumpen vom Stoffelweg 8, den Weg zu weisen mit der Axt in der Hand.
Und der Kaspar war auf der Türschwelle gestanden: so lange. Und hatte die Störschneiderin angestarrt: ewig lang.
»Und auf ewig vergeb' ich das: nie!«, brüllte der Kaspar und hatte eh nur so gelacht, daß den Kerschbaumer-Geschwistern die Haut der Eiseskälte und die Haut des Feuers wuchs, und das in einem.
»Du Ratz, du«, murmelte der Kaspar so sanft, daß der Störschneiderin der Kälteschauer den Hitzeschauer verjagt und umgekehrt.
»Was ist nur in dir drinnen, was nicht aus dir heraus können hat, und doch heraus möcht?«, murmelte die Störschneiderin vom Stoffelweg so sanft, daß dem Kaspar die Zeit stillgestanden und gerannt in einem.
»Störschneiderin!«, hatte der Kaspar gefleht. Immer wieder. Und ward eh nur nicht mehr gesehen, von der Störschneiderin und den vier Geschwistern, dazumal er schon das Haustor zur Trutzburg, Stoffelweg 8, hinter sich zufallen hatte lassen, als die Kerschbaumer-Mutter noch immer dagestanden, gleich einem Wegweiser, mit der Axt in der Hand. Und sie hatten eh nur gehört: Die Heimkehr von jenem Kaspar, der 1894 und nicht 1861 geboren worden sein dürfte.
»Was ich immer sag, Frau Mutter! Alles bricht auf! Wir leben in der Neuzeit! Im 20. Jahrhundert sind wir zuhaus! Und es hat erst

angefangen: alles anders werden! Was ich immer sag, Frau Mutter! Der Magdalen' wachst der vierblättrige Klee. Das Hirn wird halt populär«, sagte der Franz; nicht ohne Genugtuung; und brüllte schon:
»Die Magdalen'!«
»Das ist das Eh-nix-Wirkliche!«, hatte die Magdalena geflüstert; als der Prediger vom Recht auf ein glücklicheres Leben: der Franz, das Einzige verkündiget, das er für wahr zu halten willens gewesen; und die Magdalena hatte eh nur geweint, mit weit geöffneten Augen, nach inwärts; und war weiter geglitten, dorthin, wo die Zeit stillsteht.
»Das war ein Pumperer!«, sagte der Josef und betrachtete die, die da gelegen auf dem Boden von der Kammer der Frau Mutter. Neugierig, fast ein wenig erstaunt.
»Festgewurzelt ist er gestanden neben der unsrigen Magdalen'! Kaspar heißt er, und die Frau Mutter brüllt: Du Lump! Und möcht' ihn erschlagen; sonst eh nix. Da wird er wohl ein bisserl pumpern dürfen? Und poltern! Kennt er den seinigen Herrn Vater!? Eingeschrieben hat's niemand (!) in die Familienchronik vom Stoffelweg 8. Frau Mutter! Das muß sie allemal bedenken. Niemand hat's ihm verkündiget, warum er erschlagen sein soll«, deutete der Franz die Heimkehr von jenem Kaspar aus, der 1894 geboren worden ist und nicht 1861.
Und die Magdalena war schon gelegen, in der ihrigen Kammer, in dem ihrigen Bett. Und niemand war bemüht gewesen, die da schlief, wachzuküssen und wachzurütteln.
Und die Frucht der Gewalt, die Magdalena, ward betrachtet von der Frau Mutter mit jener Neugierde und jenem Fast-Erstaunt-Sein, das einer gewissen Nachdenklichkeit innewohnt. Diese gewisse Nachdenklichkeit könnte gewachsen sein in 35 mal vier Jahreszeiten; und deutbar sein als eine eher ins Unendliche reichende Summe von einfachen Geschichten, die in summa summarum der Störschneiderin vom Stoffelweg 6 aufgezwungen worden sein dürften und sich auch in die ihrigen Augen eingeschrieben haben könnten wider ihren Willen, geradezu gewaltsam. Auf daß sie bestimmt bleibe, die da erst und schon bestimmt seit Anbeginn für den Schindanger zu Gnom.
»Und geheißen hat sie: Magdalen'«, murmelte die Störschneiderin vom Stoffelweg 6 und spürte die Hände jener, die da schlief, in den ihrigen knöchernen Händen, denen der gichtbrüchige Finger ge-

wachsen war, in 35 mal vier Jahreszeiten.
Und die Störschneiderin hatte sich erinnert, daß sie im Jahre 1876 geboren worden sein könnte.
Dazumal, als das Dorf Gnom eine unchristliche Geschichte begraben hatte müssen, und das blitzschnell, in unchristlicher Erde.

Zweites Kapitel
DIE AXT DER WAHRHAFTIGKEIT

1

DAS KINDERL MIT DEM BLUTIGEN MAUL

Und die Verfluchte, die da gekommen von Nirgendwo in das Irgendwo Gnom, in einer langen Winternacht, im Jahre 1876, dürfte eh bestimmt gewesen sein für das ewige Feuer. Dazumal der Gottvater die irdische Hülle freigegeben für die Verwesung. Und das nicht irgendwo; vielmehr: auf dem Schindanger zu Gnom.
So hat es nämlich der dazumalig schon durstig geschlagene Messmer dem Dorfe Gnom verkündiget. Und das Dorf Gnom war auch sogleich herbeigeeilt, auf daß es zu prüfen vermöge, die Worte des durstigen Messmers: mit den Augen.
Und im Gasthof ›Zum armen Spielmann‹ hatte das Dorf Gnom nachgedacht: so lange. Und die Geschichte war so merkwürdig und geheimnisvoll geblieben, wie sie begonnen hatte.
Gespalten der Schädel und steif wie ein Brett ward sie gesehen: vom Dorfe Gnom. Und das Kinderl dürfte jener Verfluchten aus dem Bauch herausgewuchert sein. Und das Kinderl dürfte bemüht gewesen sein, das was von der Verfluchten da gekommen, und so süßlich geschmeckt haben könnte, zu schlecken nach inwärts, in den Mund. Und es dürfte eh nur geschleckt haben das Blut jener, die von sich verkündiget hatte, es sei ihr der christliche Name gegeben: Magdalen'.
Und das Dorf Gnom hatte manches Stamperl Schnaps leeren müssen und einige Krügerl dazu, dazumal ein Kinderl geboren ward: auf dem Schindanger zu Gnom, mit einem blutigen Maul. Und das Kinderl gelutscht nicht am Daumen, vielmehr an der Axt, der eine scharfe Kante gegeben, nicht aber ein Blutstropfen! So daß in jener einen bestimmten Winternacht – im Jahre 1876 – der Gottvater den Gottsohn gesandt haben dürfte, auf daß gerichtet werde, die da gefrevelt haben könnte: im Irgendwo, um dann zu fliehen: nach Nirgendwo. Und dem himmlischen Gottvater war es allemal gegeben, zu richten auch jene, die dem irdischen Gericht zu entrinnen vermochten.
Und das Dorf Gnom war heimwärts geeilt; um keinen Kreuzer ärmer; wankend und schwankend und lustig gestimmt. Dazumal

der ewige Bauer vom Zweifel-Hof willens gewesen, den schweren Schicksalsschlag zu tragen, und dem Kinderl mit dem blutigen Maul nicht nur in christlicher Barmherzigkeit den christlichen Namen zu gönnen, der da gelautet: Magdalena. Vielmehr es auch zu dulden: auf dem seinigen Grund und Boden; auf dem seinigen Hof.
Und jener Kaspar, der am 18. Oktober 1830 geboren war, und mit dem die ungeschriebene Familienchronik eingenagelt worden ist: in dem seinigen Sarg, im Jahre 8 des 20. Jahrhunderts, jener Kaspar hatte das Kinderl mit dem blutigen Maul vom Schindanger zu Gnom nicht nur geduldet; vielmehr ward es erst und auch schon bestimmt im Jahre 1876 (!), die Wirtin zu werden vom Gasthof ›Zum armen Spielmann‹.
Nachdem das Dorf Gnom die Verfluchte, die da gekommen war von Nirgendwo in das Irgendwo Gnom, begraben hatte; auf dem Schindanger zu Gnom; und das blitzschnell; hatte es der ewige Bauer vom Zweifel-Hof verkündiget in dem seinigen Gasthof ›Zum armen Spielmann‹.
Nie und nimmer aber – hatte der ewige Bauer vom Zweifel-Hof verkündiget, das Kinderl mit dem blutigen Maul sei bestimmt: Bäurin zu werden, vom Zweifel-Hof.
»Gefunden bist worden auf dem Schindanger zu Gnom! Neben der irdischen Hülle einer verfluchten Seele! Und nicht ist mit dir mitgewachsen die Scham, die dem Weibe gegeben ist? Vielmehr hat sich dein blutiges Maul von dazumal nur auszuwuchern vermocht: zu einem Lästermaul?!
Gotteslästerliches im Bauch! Und Trutziges im Maul! Auf ewig nie ist das wahrhaftig! Auf ewig nie!«
Nichtsdestotrotz hatte die da geschworen, die auf ewig nie bestimmt: Bäurin zu werden vom Zweifel-Hof.
»Und wahrhaftig ist es doch! Das, was in dem meinigen Bauch wachst, das ist nix Unchristliches und nix Gotteslästerliches kommt mir über die Lippen! Vielmehr ist es gewachsen: gottgläubig. Und auf ewig nie ist das die Saat einer Sünd'! Vielmehr hat das der gesät, der Kaspar heißt, so wie Er selbst! Und im Oktober des Jahres 1894 trag' ich es aus, was da herausmöcht' aus dem meinigen Bauch! Und heißen soll der, der herausmöcht': Kaspar!«
Genaugenommen hatte der ewige Bauer vom Zweifel-Hof eh nur bitterlich geweint, als er die Trutzige und Gotteslästerliche verjagt hatte: mit dem Riesen von einem Hund.

Und genaugenommen hatte der Kaspar, der am 1. Mai 1861 geboren worden ist, eh nur verleugnet die seinige Lieb' und halt: den Franz, der nicht Kaspar hat heißen dürfen.

2
WER TILGT DIE SCHULDEN?

Und genaugenommen war sie eh nur so müd, die Störschneiderin vom Stoffelweg 6. Und weiter geglitten, von den ihrigen Erinnerungen, dorthin, wo die Zeit stillsteht. Und sie hatte eh nur geflüstert:
»Nix Wirkliches ist es gewesen; jetzt fangt es erst an.«
Und die fünfunddreißig mal vier Jahreszeiten alte Magdalen' hatte Weichholz gesägt: den Kopf auf dem Bauch jener Magdalena, die auf das sechzehnte Lebensjahr zuzusteuern begonnen hatte, der es aber gegeben ward; und das war nun ein für allemal geoffenbart, Hartholz zu sägen.
Und der Josef hatte es oftmals geschworen: Wenn er den vierblättrigen Klee wachsen sehe, und sei es bei der Josefa, sei es beim Franz und sei es bei der Magdalena, so dürfte der ungläubige Josef gottgläubig geschlagen worden sein und reif auf ewig: für das Alumnat.
»Jetzt vermag es wohl auch der Josef für wahr zu halten? Die Magdalen' sägt das Hartholz, und das grausamst. Auf ewig nie ist es der Franz gewesen. Und tilgen wird der Kaspar, der 1894 geboren ist, die Schulden von jenem Kaspar, der 1861 geboren!«
»Ins Alumnat? Ich! Der Josef?!«, gab der Josef zu bedenken und er hatte die Augen fest zusammengepreßt, um sie dann zu öffnen: weit. Und neugierig, fast ein wenig erstaunt jene Magdalena zu begutachten, die mit einem Kaspar unter dem Kirschbaum gestanden, und die mit einem Kaspar im Heuschober der Trutzburg: Stoffelweg 8 heuhüpfen hatte dürfen. Nicht nur einmal. Mehrmals. Immer wieder. Und das könnte ungestraft bleiben?
»Nur: wer tilgt die Schulden von jenem Kaspar, der am 18. Oktober 1830 geboren worden ist?«, gab der Josef dem Franz zu bedenken.

3
AUF EWIG NIE (!): INS ALUMNAT

Und der Franz hatte geschwiegen. Nicht aber die Josefa:
»Was der Kaspar – im Jahre 1876 – dem Gottvater wie dem Gottsohn geschworen hat, das kann doch derselbe nicht – im Jahre 1894 – vergessen; so mir nix dir nix! Er hat es doch dem ganzen (!) Dorf Gnom verkündiget, im Gasthof ›Zum armen Spielmann‹. Und das Dorf Gnom vergißt nix. Er hat die Frau Mutter verjagen müssen. Und das – unbedingt! Auf daß die Wahrhaftigkeit gewahrt bleibe! Das ist bei denen da drüben allemal ein ehernes Gesetz gewesen: Was ein Kaspar sagt, das tut er. Weil, ein Kaspar tut nur, was er will. Sie (!) aber – hat es ertrutzen wollen: die Frau Mutter. Das, was ihr auf ewig nie bestimmt ward (!), dazumal – im Jahre 1876.«
Und der Franz, der Prediger vom Recht auf ein glücklicheres Leben, hatte gelächelt. So sanft, daß dem Josef die Haut des Feuers wuchs und die Haut der Eiseskälte:
»Die da gekommen ist vom Irgendwo in das Nirgendwo Gnom, in einer langen Winternacht, im Jahre 76 des neunzehnten Jahrhunderts, und nicht in dem unsrigen Jahrhundert, Josef, die ist geschlichen: mit der Axt in der Hand und das nachts, Josef. Und hineingespenstert hat sie dem und jenem, da und dort, dort und da. Und dem und jenem, da und dort, dort und da: ward das Haustor gespalten und die und jene Tür zu dieser und jener Kammer. Sie ist nicht nur gekommen mit der Axt in der Hand, und das nachts! Vielmehr hat sie es gewagt zu verkündigen, da und dort, dort und da, auf diesem Hof und in jener Keusche. Und es zu schwören: in dieser Kammer und in jener Stube.«
Der Josef hatte gelächelt so sanft, und er war willens gewesen, den Prediger vom Recht auf ein glücklicheres Leben, den Erstgeborenen vom Stoffelweg 6, einmal genauer zu begutachten. Und das so, daß es dem Franz nicht gegeben war, zu erdulden den bösen Blick des Jüngsten und Trutzigsten vom Stoffelweg 6; und der – so grollte der Franz – eh nur den seinigen Schwur nicht zu erfüllen bestrebt, dazumal der – auf ewig nie (!): ins Alumnat – hatte wollen. Und der Franz ballte die Hände zu Fäusten. Und er zitterte am ganzen Leibe.

4
ZU PRÜFEN DIE WORTE UND DIE FRAGEN EINES SCHNAPSLUMPEN

Doch der Josef wollte das seinige Erinnerungsvermögen nicht dämpfen, auf ewig nie, und geweint hat er, mit weit geöffneten Augen, nach inwärts; und geschnurrt so sanft, und gelächelt grausamst.
»Das ist dazumal eine Hex' gewesen, die gespenstert hat: eh nur eine Winternacht lang? Und der unsrige Messmer hat sie halt gefunden, die Hex', in aller Herrgottsfrüh. Und es war: eh nur (?) nicht – die Herrgottsfrühe jener einen bestimmten langen Winternacht? Vielmehr hat es gedauert: von Sonnabend zu Sonnabend und halt ein paar Stunden dazu?! Dann (!) erst ward sie gefunden?! In aller Herrgottsfrüh.
Totenstarre war's, so sagt's der Messmer. Kältetod war's, so sagt's: das Dorf Gnom.
Und das Kinderl hat sich genähret, so mir nix dir nix, von Sonnabend zu Sonnabend, indem es ihm gegeben ward zu lutschen: am Holzstangerl der Axt. Nicht aber am Daumen und nicht an der Brust der unsrigen Frau Großmutter? Und das Kinderl hat sich gekleidet, so mir nix dir nix, von Sonnabend zu Sonnabend, indem es ihm gegeben ward zu zittern, auf daß es nicht sterben müsse auf dem Schindanger zu Gnom den Kältetod?
Die Klinge der Axt ist nicht blutig, nix ist blutig an der Axt; so sagt's der Messmer. Doch der Schädel ist blutig gespalten; so fragt der Messmer. Einer Hex' rinnt halt das Blut anders, irgendwie so und andersrum; so sagt's das Dorf Gnom.
Was der Gottvater gespalten haben will und begraben auf dem Schindanger zu Gnom, das spaltet der Gottvater dortselbst, auf daß es begraben werde dortselbst; nicht ausdeuten sollst wollen den Gottvater, du Süffel von einem Messmer; so drohet die irdische Obrigkeit, im Gasthof ›Zum armen Spielmann‹, dem Messmer?
Die irdische Obrigkeit hat es nicht nur geduldet (?), vielmehr befohlen dem Dorfe Gnom, daß die Hexe begraben werde auf dem Schindanger, und das blitzschnell, und das in aller Herrgottsfrüh? Und der irdischen Gerichtsbarkeit zu Donaublau ward nicht kundgetan, daß die himmlische Gerichtsbarkeit zu Gnom zugeschlagen hat: mit der Axt. Und es ward nicht kundgetan: der

irdischen Gerichtsbarkeit zu Donaublau, was (!) da begraben worden sein könnte in aller Herrgottsfrüh, nach einer langen Winternacht!
Und es war dazumal, im Jahre 76 des neunzehnten Jahrhunderts, die unsrige Frau Großmutter, die Hex! Und es ist auch im Jahre 11 des zwanzigsten Jahrhunderts noch allemal, die unsrige Frau Großmutter, die Hex!
Und wie mag der wohl geheißen haben, der es erforschen und wissen hatte wollen: so genau? Wie mag der wohl geheißen haben, der die Worte vom eh nur ewig durstigen Messmer geschworen zu prüfen und dieselbigen auch geprüft: mit den seinigen Augen; die es lesen hatten wollen und das unbedingt! Was da passiert sein könnte, der unsrigen Frau Großmutter, der Hex; dazumal, in der einen bestimmten Winternacht; im Jahre 76 des 19. Jahrhunderts?
Franz, so hat der geheißen, der nachgeforscht so lange und nachgedacht so lange! Und Franz, so hat der allemal geheißen, dem die Gehirnwindungen gegeben und der Trutz, und die Stunden, und die Tage, Nächte und Jahre: zu prüfen die Worte und die Fragen eines Schnapslumpen!«

5

WENN SIE SO WEINEN MUSS: DIE CHRISTLICHE BARMHERZIGKEIT

Der Franz hatte die Zeigefinger in die Ohren gesteckt; so auch die Josefa. Und der Franz hatte es zu hören vermocht, nichtsdestotrotz. Doch nicht die Josefa.
Und der Franz war gerannt und gestanden wieder vor dem Josef, mit der Axt in der Hand. Und er hatte gelacht, so wie der Josef, der die Josefa seitwärts gestoßen und nicht willens zu weichen nur einen Schritt zurück. Und der Josef hat geschnurrt so sanft und gelächelt: grausamst.
»Auf jener einen bestimmten Eiche hat er sich dazumal erhänget; auf jener Eiche, die da verwurzelt mit dem Boden zu Gnom, und das seit vordenklichen Zeiten. So alt ist jene Eiche, so alt wie der Zweifel-Hof und der Gasthof ›Zum armen Spielmann‹.
Und in der Familienchronik der Zweifel-Bauern steht es eingeschrieben: Gepflanzt hat sie ein Kaspar. Dazumal; in vordenklichen Zeiten. Und für den seinigen Strick um den Hals hat sich

einer erwählet justament diese Eiche? Und justament ist das nicht nur der Bruder gewesen von jenem Kaspar, der am 18. Oktober 1830 geboren worden ist, vielmehr auch: die irdische Obrigkeit von dazumal, als das Dorf Gnom willens gewesen, den Ausdeutungen der irdischen Obrigkeit Folge zu leisten und zu begraben die Hexe! Und das blitzschnell in aller Herrgottsfrüh! Auf daß der Gottvater auf ewig nie zürne: dem Dorfe Gnom und sich auf ewig nie frage, ob nun das Dorf Gnom eine Hexe duldete – auf christlicher Erde, ob nun das Dorf Gnom eine verfluchte Seele duldet in christlicher Erde!
Und justament die irdische Obrigkeit hat es dem ewigen Bauern vom Zweifel-Hof zu bedenken gegeben, er könnte doch das ausgeprägte Mannsbild sein, dem die christliche Barmherzigkeit es gestattete, auch so ein Kinderl auf dem Zweifel-Hof zu dulden?! Justament die irdische Obrigkeit, die sich dann erhänget, auf justament dieser einen bestimmten Eiche, die da genannt: Zweifel-Eiche. Und das doch seit vordenklichen Zeiten?
Und das ausgeprägte Mannsbild: es war willens gewesen, es bei der Wahrhaftigkeit eines Kaspar zu schwören: so sei es!
Er wolle das Kinderl mit dem blutigen Maul nicht nur dulden auf dem Zweifel-Hof. Es sei dem Schindanger-Kinderl vielmehr gegönnt der Gasthof ›Zum armen Spielmann‹, der es dann auch zu nähren und zu kleiden vermöge für alle vier mal vier Jahreszeiten, dazumal er sich eh geschworen habe, Witwer zu bleiben. Eingedenk seiner ewigen Lieb', die ihm da gehen hatte müssen; allzufrüh; die Friedhofserde zu Gnom zu würzen. Und geboren habe ihm seine ewige Lieb' den Kaspar, auf daß ein ehernes Gesetz sich erfülle, und ein Kaspar den Zweifel-Hof erbe; nicht aber sei es der ewigen Lieb' gegönnt gewesen, ein zweites Kinderl und ein drittes und viertes und fünftes Kinderl zu gebären. Nicht ein Kinderl ward ihm mehr gegönnt, wachsen zu sehen, das doch als: Zweitgeborenes den Gasthof ›Zum armen Spielmann‹ hätte erben dürfen?
Und das Dorf Gnom hatte es gehört und so rotzen müssen. So wie der ewige Bauer vom Zweifel-Hof und die irdische Obrigkeit zu Gnom, der justament der Name gegeben ward: Zweifel, so wie jener einen bestimmten Eiche, auf die er sich: alsbald erhänget hat!
Und das Dorf Gnom hat nicht gezweifelt, vielmehr eh nur der Schnapslump von einem Messmer! Und der hat es der unsrigen

Magdalen' zu bedenken gegeben, genau so wie dem unsrigen Franz, und die unsrige Magdalen' hatte es zu bedenken gewußt, genau so wie der unsrige Franz: Wenn einmal die christliche Barmherzigkeit so rotzt, wie dazumal, im Gasthof ›Zum armen Spielmann‹, dann weint sie! Und das ist allemal eine denkwürdige Geschichte: wenn sie so weinen muß; die christliche Barmherzigkeit!«

6
GÖNN' DEM KINDERL: DEN VIERBLÄTTRIGEN KLEE!

Und die Störschneiderin vom Stoffelweg 6 war emporgeschreckt; aus dem Tiefschlaf; schon so lange. Sie hielt die Axt in der rechten Hand, die sie dem Franz weggenommen; schon so lange. Und sie starrte den Josef an. Vierzehn mal vier Jahreszeiten und schon so wuchtige und trutzige Worte: und das vor den Ohren der Magdalena. Und das vor den Ohren der Josefa.
Die Josefa hatte nicht das Schneuztücherl gefunden, das sie in der rechten Hand gehalten, zusammengeknäuelt, schon so lange. Sie hatte aber den Rotz nach inwärts zu schlecken vermocht; in den Mund. Und geflüstert, oftmals:
»Magdalen'! O Magdalen'!«
Und die Josefa hatte der Magdalena die Zeigefinger in die Ohren zwängen wollen: und das kotzengrob.
»Josef! Sie schlaft ja gar nimmer, die Magdalen'! Josef! Bist still! Die Magdalen' ist aufgewacht!«
Doch die Magdalena war nicht willens gewesen, es zu erdulden.
»Aufgewacht bin ich schon so lange!«, hatte sie geschrien und eh nur so gelacht, und die Josefa rückwärts gestoßen, kotzengrob. Und die Frau Mutter seitwärts geschleudert und rumpeln lassen gegen die Wand. Und den Josef umarmt so lange; und erstmalig.
»Und wenn die Magdalen' nix glaubt, Josef: das glaubt sie allemal. Weil, das ist halt so. Der vierblättrige Klee wachst da und dort. Dort und da. Nie aber – auf dem Stoffelweg 6.«
Und der Josef hatte sie umarmt gehalten; ewig lang. Die dumpfe Ahnung hatte sich seinen vierzehn mal vier Jahreszeiten zur Ausdeutung aufgedrängt, geradezu gewaltsam und wider seinen Willen: Die Magdalena könnte eh nur geträumt haben, daß sie auf ewig nie bestimmt ward, wachsen zu sehen den vierblättrigen

Klee. Vielmehr eher bestimmt ward, es niemand kundzutun, wie das so gewesen sein könnte: mit der Magdalena Kerschbaumer vom Stoffelweg 6 und der ihrigen Abendstille überall; unter dem Kirschbaum. Und dem ihrigen Amerika; beim Heuhüpfen im Heuschober der Trutzburg Stoffelweg 8. Das dürfte sie geträumt haben; Nacht für Nacht. Und es könnte eh nur dieses trutzige »Nicht-für-wahr-Halten« der Frau Mutter gewesen sein; dieses so trutzige: »Trotzdem«. Halt das »Eh-nix-Wirkliche«.
»Und trotzdem!«, flüsterte die Magdalena und hatte dem Josef schon ins Ohr gebissen; nicht nur einmal. Mehrmals. Immer wieder.
»Sag' es nimmer so laut! Auf daß es das Kinderl nicht zu hören vermag, in dem meinigen Bauch! Es braucht doch nicht alles zu wissen, so auf einen Tatsch! Und schon gar nicht, was mir da rinnt nach inwärts. Und mich schwitzt klitschnaß: nach auswärts. Gönn' es dem Kinderl in dem meinigen Bauch: das Schlaferl! Gönn' ihn dem Kinderl in dem meinigen Bauch: den vierblättrigen Klee! Wacht es doch auf: eh allweil zu früh und eh allweil zu spät!«

7
DER TRETGEIST VON DREI MAL ZWEI AUGEN

Der Josef hatte oftmals schlucken müssen. Doch keiner war willens gewesen, den Josef zu erschlagen, dem es mit der Wucht und dem Trutz seiner – erst vierzehn mal vier Jahreszeiten – möglich geworden sein dürfte, mit der Axt der Wahrhaftigkeit dreinzuschlagen und zu fällen den vierblättrigen Klee der Magdalena. Als hätte derselbe die Wurzeln und den Stamm jener Eiche, die da genannt ward Zweifel-Eiche. Und die Zweifel-Eiche hatte wachsen dürfen: jahrhundertelang.
Und der Franz, und die Josefa, und die Frau Mutter waren willens gewesen, den Josef einmal genauer zu begutachten. Und das so, daß es dem Josef nicht gegeben war, zu erdulden den trutzigen Blick der dreiköpfigen Trud, dem der Tretgeist von drei mal zwei Augen gegeben war. Und der Josef hatte die Augen fest zusammengepreßt.
»Die Zweifel-Eiche willst fällen? Mit der deinigen Axt der Wahrhaftigkeit von vierzehn mal vier Jahreszeiten? Du Kinderl! Nix glaubst?! Ich geb' dir etwas zu bedenken: alles glaubst! Und alles

hältst für wahr! Und der tippligste Schnapslump dünkt dich noch allemal wahrhaftiger und trutziger als das Kinderl, das da wachst und herausmöcht' aus dem Bauch der unsrigen Magdalen'! Und das Kinderl ist allemal ein Bauxerl des 20. Jahrhunderts! Genau so, wie der Vater vom Bauxerl ein Mannsbild ist, und das ein ausgeprägtes, und auf ewig ein Riese ist, der auch bleiben möcht' im 20. Jahrhundert. Das Hirn ist halt populärer geworden; auch im Dorfe Gnom! Und es ist eh nur der tipplige Schnapslump von einem Messmer, der noch im 19. Jahrhundert herumtapst und herumstolpert und gar nicht hineinzufinden vermag in die Neuzeit!«
Und der Josef hatte die Lippen zusammengekniffen; es aber getragen. Denn er war schon: teils teils, willens geworden, die Axt der Wahrhaftigkeit seiner vierzehn mal vier Jahreszeiten nimmer zu gebrauchen: so unbedingt. Auf ewig nie!
Halt so lange als der tipplige Schnapslump von einem Messmer aus dem 19. Jahrhundert nix an denkwürdigen und merkwürdigen Geschichten auszudeuten gab dem Josef. Die denkwürdigen und merkwürdigen Geschichten, die erst geschrieben werden könnten: hinein ins 20. Jahrhundert. Und begraben, in unchristlicher Erde, im 20. Jahrhundert.
Dazumal es nicht nur der Franz, vielmehr auch die Frau Mutter zu bedenken gegeben dem Jüngsten vom Stoffelweg 6, und das so unbedingt, mit der Axt in der rechten Hand:
»Der Magdalen' wächst er: der vierblättrige Klee. Genau so, wie die Zweifel-Eiche gewachsen ist: jahrhundertelang; und sie keiner zu entwurzeln vermocht. Auch nicht die irdische Obrigkeit, die sich vielmehr erhänget: auf dieser Eiche. Und das, obwohl der irdischen Obrigkeit der Name Zweifel gegeben ward; genau so wie jenem Kaspar, der am 18. Oktober 1830 geboren worden ist!
Das gibt dir nicht der Franz zu bedenken; vielmehr das Kinderl mit dem blutigen Maul, dem der Trutz gegeben ward: dem ewigen Bauern vom Zweifel-Hof die Axt der Wahrhaftigkeit ins Hirn zu schlagen. So mir nix dir nix (!), und vor dem versammelten Gesinde.
Und das Kinderl mit dem blutigen Maul muß es wissen: ist es doch verjagt worden mit dem Riesen von einem Hund. Hast du das vergessen; du Rotzlöffel!? Und nichtsdestotrotz ist es zurückgekehrt und hat sich die Keuschen ertrutzt: vom Stoffelweg 6! Auf

daß es ewig bleibe, das Kinderl mit dem blutigen Maul vom Schindanger; und denen da drüben, vom Stoffelweg 8, der Dorn im Fleisch und der Balken im Auge!
Dieses Schindanger-Kinderl will es so und nicht anders. So sei es. Und das möge mir der Rotzlöffel sich merken ein für allemal und das unbedingt. Das ist auf ewig nimmer wahr! Was er da lügt, der tipplige Schnapslump von einem Messmer! Hat er jetzo ein bisserl besser verstanden, der meinige Rotzlöffel: den Franz?«
Der Josef hatte geschluckt. Nicht nur einmal. Mehrmals. Immer wieder. Und er müsse schwören: nicht einmal, vielmehr vierzehnmal, auf daß er sich endlich die Wahrhaftigkeit an- und die Lügnerei abgewöhne. Die Magdalena, die sich erstmalig die Schulter vom Josef als Kopfpolster erwählt hatte, flüsterte dem Josef ins Ohr:
»Lügst halt das ›Eh-nix-Wirkliche‹ wahrhaftig! Vielleicht wachst die Wahrhaftigkeit eh nur auf dem Boden der Lügnerei?«
Und der Josef hatte eh nur so gelacht, auf daß niemand höre das Flüstern der Magdalen', die sich eh nur das Schlaferl ertrutzt, auf daß sie hellwach lauschen dürfe den Offenbarungen, die ihr da verweigert worden waren; so lange. Und geschworen hat's der Josef, nicht ohne Genugtuung.
»Der tipplige Schnapslump von einem Messmer hat gelogen! Und das alleweil! Ich schwör's!«
Und vierzehnmal hatten sie ihm gelauscht: die Frau Mutter, die Josefa und der Franz. Und das andächtigst und wirklich aufmerksamst.

Drittes Kapitel
EH NUR DIE JUNG-BÄURIN VOM ZWEIFEL-HOF

1
FESTGEWURZELT

»Das ist das Eh-nix-Wirkliche!«, hatte die Magdalena geflüstert und war schon gelegen: auf dem Boden von der Kammer der Frau Mutter.
»Das war ein Pumperer«, hatte der Josef das Ereignis ausgedeutet, und die Magdalena neugierig betrachtet, fast ein wenig erstaunt.
Zur selben Zeit war der Vatermörder, Kaspar Zweifel, geboren in den Novembertagen des Jahres 1894 zu Gnom, schon in der Stube der Trutzburg Stoffelweg 8, gestanden. Breitbeinig und willens, die Schulden zu tragen, die er sich mittels Prankenschlag erworben; in der einen bestimmten Herbstnacht, im Jahre 11 des 20. Jahrhunderts.
Weder das Gesinde noch die irdische Obrigkeit zu Gnom dürfte sich die Rückkehr des Vatermörders als die Möglichkeit ausgedeutet haben, die es zu bedenken gäbe, dazumal es so still war: totenstill.
Und der Vatermörder, aufrichtigst bereit, nicht taub und nicht blind und nicht stumm zu sein und auch nicht zu vergessen die Blutschuld, war bemüht gewesen, auseinanderzuknäueln, was ihm im Kopf kreuz und quer hatte laufen wollen und das unbedingt und geradezu wider seinen Willen. Aber es blieb dabei.
Der Lokalaugenschein gestattete dem Mörder nur ein Ergebnis: Ein Schmuckkästchen an Sauberkeit und Ordnung. Kein Blutstropfen auf dem Boden, geschweige die Blutlache. Das Mordopfer fehlte; eh nur der Mörder nicht. Auch der zweit-dritt-viert- und fünftmalig gewagte Lokalaugenschein ergab: einen geputzten Stubenboden. Selbst in den Fugen war kein Staubkorn zu finden gewesen, und auf dem Boden war keine Brotkrume gelegen, geschweige ein Backenzahnstumpen.
»Jessas Maria! Ist denn auf nix mehr ein Verlaß? Bist kein vierjähriger Fratz mehr, und was suchst denn justament in der Kredenz? Jessas Maria! Möcht' denn der liebe Bub die Frau Mutter mit aller Gewalt schrecken? Drei Teller zerschlagen; jetzt langt's! Was schmeißt denn alles auf den Boden? Schau, daß du verschwind'st! Und das schnell! Und das unbedingt! Das Krügerl vom Herrn

Vater zerschlagen! Bub, du lieber Bub du! Schau, daß du verschwind'st! Und das schnell! Und das unbedingt!«
Und die Frau Mutter hatte schon den Besen geschwungen und geweint: so bitterlich.
»Der Herr Vater!«, flüsterte der Kaspar. Nein: forderte es. Und wischte sich die Schweißperlen von der Stirn.
»Der Herr Vater wird sich in der Kredenz versteckt haben! Hast denn du alles vergessen? Wenn der Hahn kräht, steigt ein Mannsbild aus dem Bett heraus. Und wenn die Zeit der Kukuruzkolben ist, ist ein Mannsbild schon ewig lang auf den Kukuruzfeldern, dazumal der Kuckuck schon acht Uhr ruft! Nicht einmal in seinen fünfzig mal vier Jahreszeiten hätt' es der Herr Vater gewagt, den Hahn zu verschlafen! Nicht einmal! Kruzitürken! Himmelherrgottsakra! Bist denn du – festgewurzelt?«
Die Frau Mutter hatte die Stubentür schon aufgerissen mit einem Ruck und den, der mit aller Gewalt sich festwurzeln hatte wollen in der Stube, hinausgejagt auf die Kukuruzfelder mit dem Besen.
»Das Krügerl vom Herrn Vater zerschlagen!«, schrie die Frau Mutter.
»Der Herr Vater! Der Herr Vater!«, brüllte der Sohn.
Die Knechte und die Mägde auf den Feldern staunten nicht. Vielmehr hatten sie eh nichts gesehen und auch nichts gehört. Und der Herr Vater, der es gesehen: nicht ohne Genugtuung; und auch gehört: nicht ohne Groll; hatte schlucken müssen. Nicht nur einmal. Mehrmals. Immer wieder.

2
WEIL, WIR SIND WIR

Aus dem Heuhüpfen ist nicht ein Kinderl, vielmehr sind Zwillinge herausgewachsen: Klein-Kaspar und Klein-Magdalena; im Jahre 1912.
Aus dem Amerika-Wanderer vom Stoffelweg 8 und der Nachtigall vom Stoffelweg 6 waren der Jung-Bauer und die Jung-Bäurin geworden; im Jahre 1912.
Nicht im Heu; und nicht beim Heuhüpfen; auch nicht unter dem Kirschbaum; aber nachts; in den Ehebetten hatte der 18-jährige Jung-Bauer der 16-jährigen Jung-Bäurin noch oft zugeflüstert:
»Wir gehn trotzdem nach Amerika. Weil, wir sind wir.«

»Heuhüpfen hab' ich sehr mögen. Aber die Hühner, die mag ich gar nicht; wenn sie so gerupft sind und so tote Augen haben. Da schmecken's mir gar nimmer.«
Aus Amerika war im Jahre 1914 einerseits die Kopfgrippe der Magdalena Kerschbaumer, geehelichte Zweifel, geworden.
Und am 4. August 1914 war der 20-jährige Jung-Bauer vom Zweifel-Hof hinaufgestürmt: zur St. Notburg-Kapelle, und das so blind, und das so von rechts nach links, von links nach rechts taumelnd; und rückwärts und vorwärts schwankend.
Und dann hatte es das Dorf Gnom schon läuten gehört: vom Scheidewandbergl her; und auch sogleich sich auszudeuten vermocht, wer da gestorben sein könnte. Eigentlich eh nur die Jung-Bäurin vom Zweifel-Hof.
Andererseits war aus Amerika der 20-jährige Jung-Bauern-Witwer vom Zweifel-Hof geworden, und der nach dem Tod brüllende Streiter für Gott, Kaiser und Vaterland, auf daß wieder zu einem Ganzen zusammengefügt werde im Tod, was getrennt worden sein dürfte: allzufrüh, im Leben.
Und dem zwanzig mal vier Jahreszeiten alten Witwer-Soldaten Kaspar Zweifel, Jung-Bauer vom Zweifel-Hof zu Gnom, ward eh nur genehmigt: zu metzgern den Feind und Tapferkeitsmedaillen zu sammeln, noch und noch; nicht aber zu sterben allzufrüh.
Aus dem Amerika-Wanderer von anno dazumal war der Isonzo-Front-Heimkehrer geworden: ein vierundzwanzig mal vier Jahreszeiten alter Held und ein erbitterter Amerika-Hasser.

3

EH IN BESTER ORDNUNG

Während der Witwer-Soldat Kaspar Zweifel, Jung-Bauer vom Zweifel-Hof zu Gnom und Herr Vater von dem Noch-Nicht-Jung-Bauern-Kaspar und der Noch-Nicht-Jung-Wirtin-Magdalena, die Aufmerksamkeit des Todes auf sich zu lenken bemüht gewesen: und das so vergeblich, hatten der Klein-Kaspar und die Klein-Magdalena bei der Omama bleiben dürfen und beim Opapa.
»Daß mir die Falotten von da drüben auch noch meine Enkerl verderben. Das mag ich nie und nimmer dulden! Auf ewig nie! Nix Heuhüpfen! Nix Amerika! Nix Fieber im Blut.«
Und der Opapa berücksichtigte bei den Enkerln die nicht zu

fassende Einsicht über den Sohn: Die Prügel- und Feilarbeit habe den Sohn nicht vor der granitenen Dummheit geschützt. Und die Umwege der Jugend sind allemal granitene Dummheit, so wie es die Kopfgrippe der Nachtigall ein für allemal geoffenbart.

Und der Omama ward es aufgetragen vom Opapa, die Prügel- und Feilarbeit mit entsprechendem Beweismaterial zu einem höheren Ganzen zusammenzufügen und dem Wort nicht eine gewisse Bedeutsamkeit für den Schutz vor der granitenen Dummheit vorzuenthalten. Es vielmehr zu gebrauchen; nicht sparsamst, vielmehr vielfältigst; einmal so und einmal andersrum.

Und die Omama hatte oftmals erklärt, wie das so sein könnte mit den vier Keuchhusten-Geschwistern. Und das den noch auf allen vieren einhertapsenden und krabbelnden Zwillingen, die immerhin erst und auch schon im Kriegsjahr 1916/17 die ersten Gehversuche demonstrierten: der Omama und dem Opapa.

»Die da drüben haben das Fieber im Blut. Da nutzt nix. Und das haben sie, weil sie keinen Herrgott haben und drum auch keinen Schutzengel haben. Drum husten sie auch; und drum werden's auch nicht alt.«

Die Omama hatte sofort gemerkt, daß den Zwillingen die Stimme der Nachtigall nicht angeboren war; und auch nicht das Fieber im Blut. Sie pflegten unter dem Tisch zu sitzen und still vor- und rückwärts zu schaukeln.

Omama war auf ihre Enkerln sehr stolz. Sie krabbelten nicht zu ihrer Kredenz, zerschlugen ihr nicht die Teller und auch kein Krügerl und warfen keinen Hefen und kein Reinderl aus derselben nach auswärts, auf daß ihnen der Platz innen zur Verfügung stehe; so wie es dazumal der Sohn getan hatte. Nicht nur einmal. Mehrmals. Immer wieder. Und nicht nur einmal hatte die Omama dem Opapa die geradlinige Entwicklung der lieben Enkerln geoffenbart.

»Wirst sehen: Die werden auch außen herum nicht so bös wie unser lieber Bub. Sein innerer Kern wäre ja eh schon immer in bester Ordnung gewesen. Das angeborene gesunde Element ist halt stärker als das anerzogene. Und die Ecken und die Kanten, die hätten wir ihm halt gleich abschleifen müssen. Bei denen ist es mir gelungen, alles gleich richtig anzupacken; vor allem das Unkrautige am Charakter auszurupfen, bevor es gewuchert und zum Urwald geworden ist.«

Und der Opapa hatte beipflichtend genickt; nicht ohne Genugtuung.

»Gibst dir wirklich sehr viel Müh mit die Fratzen. Hast allen Grund, stolz auf die Früchte deiner Mühe herabzublicken. Schau, wie sie schön brav unter dem Tisch sitzen. Nix hörst. Nix rührt sich.«

Und so war es auch: Die Zwillinge blickten nur mit kindlicher Ehrfurcht zur Omama auf und gestatteten sich nicht, Omama zu beleidigen, geschweige zu erbosen. Und schon gar nicht den Opapa.

Viertes Kapitel
DIE TOTENTAFEL

1
TUCHENT AUS EISKRISTALL

Wenn das Buch des Alt-Bauern und der Alt-Bäurin, die Bibel, Abend für Abend auf dem Tische lag, aufgeschlagen; und wenn sie Abend für Abend ihr allgemeines Weltverständnis ausführlicher als üblich rekapitulierten, dann wartete das Dorf Gnom auf seine Tuchent aus Eiskristall: den Schnee. Und wenn die eisige Kälte den harten und kargen Boden Gnoms nicht mehr berührte, dann war der mit der Tuchent aus Eiskristall zugedeckt schon so lange, und das Dorf Gnom wartete auf den Frühling.

»Unser Bub kommt nicht auf die Totentafel.«, verkündete der Alt-Bauer und eröffnete hiemit diese und jene philosophische Weltbetrachtung. »Weil, der hat nix auf der Totentafel zu suchen; der ist ja nicht damisch. Und er weiß ganz genau, daß er den Hof übernehmen muß. Das gehört sich so.«, und der Alt-Bauer blickte mit »Das-kann-es-ja-gar-nicht-geben-Gewißheit« beim Fenster hinaus und hinein in diese und jene lange Winternacht.

»Und justament den Kaspar, so einen Riesen aus Tatendrang, Kraft und Gescheitheit und justament meine besten Knechte hat sich Gott, Kaiser und Vaterland auserwählt: für die Front.«

»Für so einen Winter braucht der Kaiser schon das beste; und das ist allemal die Jugend gewesen.«, antwortete die Alt-Bäurin und blickte beim Fenster mit »So-ist-es-halt-Klugheit« hinaus und hinein in diese und jene lange Winternacht.

Das war auch eines jener Zeichen der Zeit, die weder Alt-Bäurin noch Alt-Bauer auszudeuten gewußt: die Treulosigkeit des Gesindes. Gut: drei Knechte hatten sich Gott, Kaiser und Vaterland beschlagnahmt als Soldaten; und das schon im Jahre 1914. Und im Herbst 1915 waren zwei Knechte gefolgt und der Großknecht; und die zwei Knechte sogleich den Heldentod gestorben. Nur: die Großmagd und sämtliche Mägde und auch der Alt-Knecht hatten für einen Erdapfel mehr auf dem Teller; und für ein Knödel mehr in der Suppenschüssel den Frevel gewagt: und den soliden Zweifel-Hof verlassen.

»Es ist nimmer so, wie es einmal war.«, gab der Alt-Bauer zu bedenken und die Alt-Bäurin ergänzte:

»Für uns zwei ist halt der Tisch damisch groß geraten.«, und blickte teils erstaunt teils erbost beim Fenster hinaus und hinein in diese und jene lange Winternacht.
Und dann und wann wagte es der Alt-Bauer doch, und er eröffnete einen anderen Strang von Zeitverhältnissen, der sich doch irgendwie so oder andersrum einfügen lassen müssen dürfte: in seine Weltsicht, die doch eher weniger mit Kanten und Ecken und Splittern zerklüftet, vielmehr wohlgeordnet war: Und das doch seit vordenklichen Zeiten.

2

NICHT EINMAL EIN JAHRHUNDERT ALT

»Der ist eigentlich ein Fabrik-Mensch. Der hätte auch ein Fabrik-Mensch bleiben sollen. Das gehört sich so.«, sagte der Alt-Bauer und zögerte.
Und dann und wann baute er die Einwände gegen den Fabrik-Menschen aus und sammelte sie gegen den Schmetterlingsammler, der eh ein guter Mensch, und das wollte der Bauer gar nicht bestreiten.
»Den Gottvater tut er ehren; dann wird er wohl auch den Gottsohn ehren.«, gab die Alt-Bäurin zu bedenken und zuckte mit den Achseln und staunte mit »So-ist-es-halt-Klugheit« beim Fenster hinaus und hinein in diese und jene lange Winternacht.
»Das sind ganz andere Zeitverhältnisse. Dem sein Gutshof ist ja nicht einmal ein Jahrhundert alt. Kannst eigentlich gar nicht sagen, daß dem sein Gutshof eine solide Gnomer Angelegenheit ist. Und dann hat er das Wuchern; das wuchert und wuchert und hört nicht auf.«
»Wenn der Mueller-Rickenberg nicht nach Gnom übersiedelt wär', dann täten wir den Mueller-Rickenberg gar nicht kennen. Und wer hätt' uns dann das viele Geld geliehen?!«, fragte die Alt-Bäurin.
»Der hätt' auch im Dorf Transion bleiben können; so ein paar Wochenmärsche weit weg.«
»Ist er aber nicht.«, antwortete die Alt-Bäurin, verbot sich dann aber sofort, dem doch etwas merkwürdig eigenwilligen Gedankengang vom Alt-Bauern zu folgen.
»Ich sag' ja auch nix; ich denk' ja nur. Er hätte ja nicht justament in St. Neiz am Grünbach so ein Monstrum hinstellen müssen, eh nur

eine dreiviertel Stundenmarsch-Angelegenheit entfernt von unserem Hof. Da kommt dir doch das Gruseln! Grad, daß er die Fabrikler nicht in Gnom angesiedelt hat! Stell dir vor, er überlegt sich's und dann steht der Schornstein justament eh nur in Gnom! Und wie der Schornstein wuchert und wuchert! Der hört ja gar nimmer auf zum wachsen. Der wachst noch in den Himmel hinein.«

Und die Alt-Bäurin bekreuzigte sich; dann und wann.

»Der schießt in die Breiten; nicht in die Höh. So einen Fabrik-Mensch ausdeuten wollen, das tut nicht gut. Weil, ein Fabrik-Mensch ist ein Fabrik-Mensch. Und so ein Fabrik-Mensch hat halt den Wandertrieb. Das sind die modernen Menschen. Die täten am liebsten überall gleichzeitig sein; und zuhaus sind sie dann nirgends.«, ergänzte die Alt-Bäurin die allzu sehr von Neid gezeichneten Worte des Alt-Bauern. Und der Neid gegen einen Christenmenschen, das war allemal eine Todsünde gewesen. Das wußte die Alt-Bäurin immer zu bedenken; wirklich zu jeder Tages- und Nachtzeit. Nicht aber unbedingt der Alt-Bauer.

»Ich sag ja nix; ich denk' ja nur. Der hätte ja auch mit dem Schornstein in Transion zufrieden sein können. Mein Hof wuchert ja auch nicht so. Und der Schornstein in Transion kriegt Zwillinge, Drillinge. Was weiß ich?! Am meisten wuchert aber der Schornstein in St. Neiz am Grünbach! Justament vor meiner Haustür!«

»Das ist halt der Sammeltrieb. Er sammelt ja nicht nur Schornstein zu Schornstein.«

»Nein. Er sammelt auch Keusche zu Keusche; Hof zu Hof; und Wiese zu Acker und Wald zu Feld!«, ereiferte sich der Alt-Bauer; dann und wann.

»Das hab' ich nicht so gesagt; vielmehr anders gemeint. Er sammelt ja auch Schmetterling zu Schmetterling; weil, der ist halt so.«

Und der Alt-Bauer hatte geschluckt; dann und wann: so schlicht aber eindeutig belehrt.

Und sie wälzten diesen und jenen Gedanken in dieser und in jener langen Winternacht im Kopf hin und zurück, kreuz und quer, willens und das unbedingt, sich auch den wohltemperierten Groll und den wohltemperierten Unfrieden mit dem – nicht nur schmetterlingsammelnden und nicht nur fabrikschlotsammelnden Menschen – zu finden, der auch die Kleinhäusler-Keuschen von so

einem Zwergbäuerlein nicht missen wollte in den seinigen Sammlungen, und schon gar nicht den Wald und die Felder, Wiesen und Äcker. Und das nicht im Nirgendwo da draußen; vielmehr im Dorfe Gnom bis hin zur großen Stadt Donaublau beliebte der seiner Sammelwut zu frönen.
Nicht und nicht war der Gottvater willens gewesen, genau so wenig wie der Kaiser und das Vaterland, dem auf die Pranken zu klopfen, die förmlich tollwütig gebissen sein dürften von der Sammelwut an sich, die nichts und niemand mäßigte, vielmehr alles und jeder tatkräftigst zu fördern willens schien.
Auch Seine Exzellenz, der Hochwürdigste Bischof zu Donaublau, ward schon auf dem Gutshof zu Gnom gesehen. Und gesegnet hat Seine Exzellenz, der Hochwürdigste Bischof zu Donaublau, höchstpersönlich: die Landarbeiter und die Landarbeiterinnen von dem förmlich nimmersatt modellierten Gutsherrn, den die Sammelwut an sich, auch rechtskundig modelliert haben dürfte, dazumal sich die seinigen Sammlungen einschreiben hatten lassen allemal, in diesem und in jenem Grundbuch. So mir nix dir nix.
Und nicht irgendein irdischer Niemand, vielmehr Seine Exzellenz, der Hochwürdigste Bischof zu Donaublau hatte es geoffenbart: Trutzburg, auf ewig nicht zu erobern vom Antichristen, das ist und das bleibt der Gutshof zu Gnom. Und das für alle vier mal vier Jahreszeiten.
Die Trutzburg vom Stoffelweg 8 hatte Seine Exzellenz, der Hochwürdigste Bischof zu Donaublau, nicht einmal erwähnt, geschweige je segnen wollen!
Und dieser Knecht und jene Magd hatten den ihrigen Bauern-Hof verlassen, mir nix dir nix, in aller Herrgottsfrühe, auf daß sie dienen dürften diesem vierblättrigen Kleeblatt, den Seine Exzellenz, der Hochwürdigste Bischof zu Donaublau, ausgedeutet als den Christenmenschen an sich, dessen christliche Seele durch die christlichste aller christlichen Tugenden: die Barmherzigkeit, auch genannt Nächstenliebe, geadelt ward; und auch zum Ritter geschlagen: von Seiner Majestät, dem Kaiser.
Und hinter vorgehaltener Hand ward es geflüstert; landauf landab. Auf dem Gutshof zu Gnom, da wächst er noch, der vierblättrige Klee. Auf dem Gutshof zu Gnom vermag die sparsamst gestaltete Ökonomik, auch genannt: Hunger, nicht so arg zu wüten und so unbedingt. Das wiederum war die denkwürdigste aller denkwürdigen, da die entscheidende Offenbarung für den Knecht und jene

Magd, und auch für dieses und jenes Zwergbäuerlein zu Gnom und Umgebung. Dazumal die sparsamst gestaltete Ökonomik, auch genannt: Hunger, zu wüten begonnen hatte; da und dort, dort und da; landauf landab; und so unbedingt.

3

DAS IST DAS MODERNE, SONST EH NIX

Die christlichste aller christlichen Tugenden: die Wahrhaftigkeit, ward da und dort, dort und da; landauf landab; erleichtert: auf das Eindeutigste und so unbedingt. Nichtsdestotrotz dünkte diese obrigkeitliche Entscheidungsfindung dem Alt-Bauern eine grobe Sünd' zu sein wider die sparsamst gestaltete Ökonomik an sich, die auf das vielfältigste und das eindeutigste emporgeläutert worden war: zum ehernen Gesetz an sich.

Bei der Beschlagnahme der Krautkopfernte, bei der Beschlagnahme der Erdäpfelernte und auch bei der Beschlagnahme der Äpfel, Zwetschken und Birnen war er allgegenwärtig: der Kürbiskopf von einer militärischen Rechenmaschine, der ihn allemal auf das Merkwürdigste verdächtigen hatte dürfen, als sei dieser Verdacht nicht schon die Denkunmöglichkeit an sich, der da erhoben ward, nicht nur einmal, mehrmals, vielmehr immer wieder: Das Wirtschaftsverbrechen an sich sollte er gewaget haben: der Alt-Bauer vom Zweifel-Hof!

Und diesen Apfel und jene Zwetschke, und diese Birne und jenen Erdapfel sollte der Alt-Bauer vom Zweifel-Hof genau so aus den Erntebeständen rauben wollen wie diesen und jenen Krautkopf. Sodaß es ihm nur gestattet ward: teils teils die Beschlagnahme der Äpfeln, Zwetschken und Birnen und auch die Beschlagnahme der Erdäpfelernte vorzubereiten.

Als könnte der Alt-Bauer vom Zweifel-Hof es nicht unterscheiden: das ›Dein‹ vom ›Mein‹! Sicherlich, bei dieser und jener Beschlagnahme war ihm dann und wann ein menschlicher Irrtum passiert. Ein allzu menschlicher Irrtum, den aber dieser Kürbiskopf von einer militärischen Rechenmaschine auszudeuten gewagt; und das auf das Eindeutigste: als den Vaterlandsverrat an sich! Genaugenommen hatte er weinen müssen: bitterlich.

Nichtsdestotrotz war dem Alt-Bauern vom Zweifel-Hof der Glaube nicht zu rauben an die menschliche Entscheidungsfindung an sich, und so hatte er dem Kürbiskopf von einer militärischen

Rechenmaschine die Wahrhaftigkeit eines Kaspar vom Zweifel-Hof entgegengeschleudert, trutzig und wuchtig, und eh nur zu bedenken gegeben:
»Menschlich, allzu menschlich ist der meinige Irrtum! Doch auszuschließen, und das unbedingt, ist der Verdacht, der da gegen die Wahrhaftigkeit eines Kaspar vom Zweifel-Hof aufgetürmt ward: eine Todsünd' gewaget zu haben wider Gott, Kaiser und Vaterland!
Alleweil hab' ich das zu bedenken gewußt, wie das so sein könnte, mit dem, das so ehern ist, so wie das Gesetz! Und hab' ich nachgedacht, so lange, und geirrt, so unbedingt, möge mich der Kriegsherr berichtigen und belehren!
Irgendwann einmal hat jedes Gesetz den Anfang wagen müssen: mutig als Ausnahme, um sich erst dann und wann und nur vielleicht, aber nicht unbedingt: zu bewähren als Regel.
Doch seit wann haben sich obrigkeitlich beglaubigte Entscheidungsfindungen nicht bewährt? Ist denn nix mehr ganz? Geht denn die unsrige Welt zugrunde: und das grausamst?! Sind die obrigkeitlichen Entscheidungen nicht allemal zu deuten gewesen: als die (!) menschliche Entscheidungsfindung an sich (?), die auch der Gottvater stets mit Wohlgefallen betrachtet und gesegnet?
Und ich: ein armes, altes, irrendes Bäuerlein zu Gnom, ich sollt' mich mit so einer groben Sünd' wider die menschliche Entscheidungsfindung an sich, wider Gott, Kaiser und Vaterland noch wagen in den Beichtstuhl? Wie?! Hat denn ein Kaspar vom Zweifel-Hof jemals bestimmt sein wollen für das ewige Feuer?
Wenn mir aber ein Kriegsherr das vielleicht richtiger auszudeuten vermag, wie das so sein könnte, als das meinige etwas begrenzte Denkvermögen, so will ich belehret sein und es mir merken: auf ewig!«
Und auch der Kürbiskopf von einer militärischen Rechenmaschine ward erschüttert von dem etwas begrenzten Denkvermögen eines armen, alten und irrenden Bäuerlein zu Gnom. Und es ward auch nicht gefunden der verschleppte Erdapfel, die verschleppte Zwetschke, der verschleppte Apfel, die verschleppte Birne.
Und es ward dem Alt-Bauern vom Zweifel-Hof eh nur empfohlen, sich auch als Waldbesitzer nicht nur: nicht zu irren, bei der Vorratsanmeldung und dieselbige nicht nur nicht: zu versäumen, sie vielmehr unverzüglichst vorzunehmen und das unbedingt.
Einmal gab der Kürbiskopf von einer militärischen Rechenma-

schine dem Zweifel-Bauern zu bedenken, der Kukuruzkolben dürfe nicht nur nicht beschlagnahmt werden, vielmehr sei er um immerhin Kronen sechs per Meterzentner über dem Höchstpreis gestattet abzuliefern, und es sei nur mehr der Kriegsprodukten-Aktiengesellschaft genehmiget, den Kukuruzkolben gewinnträchtigst zu verwenden.

Ein ander Mal ward dem Zweifel-Bauern auf das Entschiedenste gestattet, die Verwendung von Heu dürfe nicht nur nicht, vielmehr sehr wohl (!) Beschränkungen unterworfen werden. Und das, was einen Zweifel-Bauern-Krautkopf gar arg viel dünke, könnte dem Gott, Kaiser und Vaterland mehr oder weniger als gar arg wenig mißfallen, sodaß der nämliche Verdacht nicht so unbegründet sein dürfte, der Bauer vom Zweifel-Hof wage es, das Heu zu verschleudern und schon gar nicht sparsamst zu verwenden!

Nicht nur einmal; mehrmals; immer wieder war jenem Kaspar, der doch am 1. Mai des Jahres 1861 geboren worden sein dürfte, das Bauern-Herz stillgestanden und gerannt in einem.

Und teils erstaunt teils erbost hatte der Alt-Bauer hinausblicken müssen beim Fenster; mit der »Das-gibt-es-ja-gar-nicht-Gewißheit« von anno dazumal und hineingeblinzelt in diese und jene lange Winternacht; und sich so gefürchtet, es könnte der Alt-Bauer vom Zweifel-Hof nicht heranreifen für die Friedhofserde zu Gnom, vielmehr sich ausmodellieren lassen für's Narrenhaus zu Donaublau, auch genannt: die Festung.

»Wenn mein etwas begrenztes Denkvermögen nicht allzu bescheiden ausgestaltet worden sein dürfte; anno dazumal; so müßte ich mir doch auch etwas denken dürfen: zu der gegenwärtig geübeten menschlichen Entscheidungsfindung an sich.

Und wenn sich mein Hirn nicht auswuchert zu dem Hirn von einem Dodl, so muß ich ja nix sagen, aber mir denken dürfen: Es könnt' nicht mehr das so sein, was es einmal gewesen sein dürfte, die menschliche Entscheidungsfindung an sich. Vielmehr dürfte die sich finden lassen, irgendwie andersrum wie anno dazumal. Gewöhnen kannst dich an nix. Überall stolpert und poltert sie herum, die menschliche Entscheidungsfindung an sich; kreuz und quer, vorwärts und rückwärts, hin und her, her und hin und unsereins rennt hintennach und stolpert sich kreuz und quer, vorwärts und rückwärts, hin und her, her und hin und bleibt allemal hinten und kommt nicht und nicht nach! Und eines bleibst immer: So oder andersrum. Ein Dodl im mildesten Fall, ein

Vaterlandsverräter im wahrhaftigsten Fall. Und das geht sich irgendwie allemal so aus; grad noch, daß ich der Dodl bin, vom Zweifel-Hof. Und hab' es doch so lieb gehabt: immer (!); das meinige Vaterland, den meinigen Kaiser! Und allemal verstanden: Gott, Kaiser und Vaterland als das höhere Ganze vom Zweifel-Hof! Und nie ist in unserer Familienchronik ein Kaspar eingeschrieben worden als ein Dodl (?), der da geendet hat: in der Festung zu Donaublau!«

Und die Alt-Bäurin hatte sich bekreuzigen müssen; dann und wann; und mit dem Zeigefinger auf das Kreuz gedeutet, das über der Stubentür befestigt war: und das seit vordenklichen Zeiten.

»Das ist das Moderne, sonst eh nix. Halt die Sammelwut ist das. Das Moderne hat alles tollwütig gebissen, das ist es. Das Maß fehlt; es stimmt nimmermehr das Gewicht. Sonst ist eh alles in bester Ordnung. Und den Wandertrieb hat's halt und das sowieso: das Moderne. Und das geht sich halt nicht aus! Auf ewig nie! Überall möcht' das gleichzeitig sein; und zuhaus ist es dann nirgends. Kannst doch nicht alles haben wollen und auch das Gegenteil! So hat der Gottvater den Menschen nicht erschaffen! Und das muß dich auch gar nicht schrecken! Weil, das bleibt eh nie so!«

Die da so frevelnd zu denken gewagt: wider die menschliche Entscheidungsfindung an sich; und die ward allemal gefunden von Gott, Kaiser und Vaterland; hatte derlei nie gedacht!

Es ward der Alt-Bauer vom Zweifel-Hof genötigt, Gewissensbelege zu sammeln und vorzulegen; nicht dem seinigen Beichtiger im Beichtstuhl. Vielmehr geschah es ihm, daß das Denkunmögliche zu passieren beliebte; und das so unbedingt: Der Gewissenserforschung von einem Kaspar Zweifel, mit dessen Familienchronik die Zweifel-Seele an sich ausgeleuchtet werden konnte bis in das 16. Jahrhundert zurück, ward militärische Assistenz zugebilligt.

4

DIE GEWISSENSERFORSCHUNGSMASCHINE

Das war auch so ein Zeichen der Zeit, das dem Alt-Bauern noch das Denkvermögen sprengen könnte: Es hatte die Gewissenserforschungsmaschine von einem militärischen Kürbiskopf sich genötigt erachtet, den Weg zu suchen auch zur Trutzburg: Stoffelweg 8.

Und der Zweifel-Bauer hatte schlucken müssen. Nicht nur einmal. Mehrmals. Immer wieder. Und die Alt-Bäurin hatte so weinen müssen und das Schneuztücherl gezückt. Nicht nur einmal. Mehrmals. Immer wieder.
Irgendein Knecht, wenn nicht gar diese oder jene Magd, dürften sich den Dienst ertrutzt haben auf dem Gutshof zu Gnom. Und könnten sich deroselbst empfohlen haben dem Christenmenschen an sich; und das ist er doch gewesen; seit vordenklichen Zeiten; der Engelbert, aus dem Geschlechte der Mueller-Rickenberg.
Empfehlung schadet nicht; könnte dieser garstige Knecht oder jene garstige Magd gedacht und sich sogleich ersonnen haben: die Empfehlung. Eine nicht nur zutiefst der Mistgabel und der Heugabel, vielmehr der Landarbeit an sich ergebene Seele, sei da gestrebet zum Christenmenschen an sich. Auf daß er sie schütze, vor dem Fluch, der da auf dem Zweifel-Hof lasten dürfe, als kaum tilgbare Hypothek! Und dieser garstige Knecht oder jene garstige Magd, dürfte sich die Seel' eifrigst ausgeschmücket und auch ergänzet haben mit christlichen Tugenden und gerade nämlichen, die da gefehlt haben dürften; und das unbedingt, diesem garstigen Knecht oder jener garstigen Magd!
Und war es schon das Denkunmögliche an sich, den Zweifel-Hof zu verlassen, so mir nix dir nix, so ward dem Alt-Bauern vom Zweifel-Hof doch geoffenbart: Es ließe sich das Denkunmögliche an sich hinaufsteigern und hinein ins Unendliche, dem kein Name und kein Wort mehr abzuringen sein könnte, auf daß ihm der Verdacht auch noch zur Tatsache erhärtet werde; und das so unbedingt: Alles am Menschen sei nicht nur in Hast und in Eile; vielmehr so wandelbar geworden. Der menschliche Charakter an sich dürfte vom Wandertrieb tollwütig gebissen sein. Überall könnte er gleichzeitig sein wollen; und zuhaus ist er dann nirgends: der menschliche Charakter!
Nichtsdestotrotz ward dem Alt-Bauern vom Zweifel-Hof gestattet, das Wort zu gebrauchen, das so nötig geworden wie die Dichtkunst, auf daß die Gewissenserforschungsmaschine von einem militärischen Kürbiskopf zu lesen vermöge und auch fasse: die Wahrhaftigkeit eines Kaspar (!).
»Gefrevelt soll da geworden sein; von dem meinigen Weibe? Und das nicht irgendwie und nicht so; auch nicht andersrum; vielmehr grausamst und justament: wider Gott, Kaiser und Vaterland?!«
Genaugenommen weinte der Alt-Bauer bitterlich.

»Wenn das wahrhaftig sein dürft' (!), so ist nix mehr ganz! Und das Denkunmögliche ist passiert! Derlei: wider Gott, Kaiser und Vaterland (!), darf zu Gnom eh nur bei denen vom Stoffelweg 6 befürchtet werden! Nicht ist ihnen die christliche Seel' gewachsen; über Jahrhunderte! Vielmehr ist die Kerschbaumer-Seel', Herr Kriegsrat (!), nicht einmal ein Jahrhundert alt! Und auf dem Schindanger zu Gnom ward sie gefunden: Ist das der Geburtsort für eine christliche Seel' jemals gewesen?! Herr Kriegsrat! Und um der Wahrhaftigkeit eines Kaspar willen (!), möcht' ich die Stund' nutzen und einiges zur Prüfung des Gewissens eines Kaspar Zweifel vom Zweifel-Hof vortragen dürfen:
Wenn so ein ausgeprägtes Mannsbild, Herr Kriegsrat, nicht mehr der Dodel sein mag von so einer Bißgurn, die eh schon vom Alter tschappelig geschlagen und vom Gottvater eh schon dodlert genug gestraft worden sein dürft'! Wenn so einem ausgeprägten Mannsbild das Denken passiert ist, daß er sich genau so gut fortschmuggeln könnt' und hinüberretten in das Narrenhaus zu Donaublau: die Festung. Vermag derselbige hineinverflucht werden; so mir nix dir nix; in das ewige Feuer? Dazumal er den seinigen Treuebruch zu vergessen gedenkt: so mir nix dir nix?«
Die Gewissenserforschungsmaschine von einem militärischen Kürbiskopf war willens gewesen, aufmerksamst und andächtigst zu lauschen, und die Alt-Bäurin hatte das Schneuztücherl gezückt. Es ward ihr aber gegeben das Staunen, das ihr gewachsen; dazumal sie den Mann noch nie als sinnenden und erfindenden Dichter gehört; zu verbergen und grantig, wenn nicht gar Düsteres sinnend, den zu begutachten, der nimmer der Dodel sein wollt' vom Weibe, dem er doch zugeteilt war und das unbedingt; für alle vier mal vier Jahreszeiten! Und das so geschmähte Eheweib hatte es auch dem Herrn Kriegsrat zu bedenken gegeben.
»Herr Kriegsrat! Um der Wahrhaftigkeit eines Kaspar willen; er hat es zu schwören vermocht; anno dazumal. Da lügt die verschrumpelte Bißgurn nicht! Ich möcht' diesen verflixten Gewissensfall auch dem Herrn Kriegsrat vorlegen dürfen, aus dem nämlichen Grunde! Willens, Herr Kriegsrat, bin ich auch gewesen, dies Weib zu lieben und das innigst und das aufrichtigst und für alle vier mal vier Jahreszeiten! Mit dem meinigen Beichtiger hab' ich den Gewissensfall eh schon geprüft; und der Herr Pfarrer meint, und das ist es ja gerade, was mich so fuchst, wenn mir das passiert, sei mir das ewige Feuer gewiß!

Ich gesteh' es dem Herrn Kriegsrat. Nur: der Herr Kriegsrat möge bei seiner Entscheidungsfindung, die ich allemal als die menschliche Entscheidungsfindung an sich, und das unbedingt, gelten lassen könnt', auch das bedenken: Herr Kriegsrat! Der kommt nämlich allemal der Zitterer, weil sich dieser Bißgurn der Verdacht einer unumstößlichen Tatsache zu nähern vermocht: Es könnt' so ein ausgeprägtes Mannsbild, wie es ein Kaspar vom Zweifel-Hof allemal gewesen ist, und das seit vordenklichen Zeiten, jetzo wirklich nimmer der ihrige Dodel bleiben wollen; vielmehr könnt' der Dodel sich das auch anders aussinnen! Sodaß ihm gar das Denken wirklich passiert, das er eh schon all zu lang hinausgezögert haben dürft. Und es könnt ihm die Verköstigung als Dodel im Narrenhaus allemal noch bekömmlicher munden als die Verköstigung durch so eine Bißgurn, der nicht nur ein tschappeliges Lästermaul gewachsen, Herr Kriegsrat. Vielmehr auch die Todsünd' wider den Menschen an sich!

Herr Kriegsrat, sich krumm buckeln und sich krumm schinden und sich krumm katzbuckeln dürfen; von der Zeit vor dem Morgengrauen bis hinein spät in die Nacht, und im übrigen darben und am Hungertuch nagen müssen! Herr Kriegsrat! Darf derlei so eine alte, eh schon dodlert gestrafte Bißgurn, so einem ausgeprägten Mannsbild zumuten, gleich einem ehernen Gesetz; so Tag für Tag; so Jahr für Jahr. Und nichtsdestotrotz kömmt derselbige nicht in den Verdacht, ein Dodel zu sein?

Wie sieht das der Herr Kriegsrat? Der kömmt ja aus der großen Stadt und könnt' mir da ein bisserl raten? Dazumal er ja ganz andere Schlachten zu führen beliebt, daß einem ausgeprägten Mannsbild grad der Neid so wuchern tät', wenn er jetzo daran denkt, und wenn jetzo der Neid nicht eine Todsünd' wär: schon allemal gewesen!

Herr Kriegsrat, bitt' schön, ist das eine grobe Sünd', wenn so einem alten dalkerten Bäuerlein die dumpfe Ahnung wuchert und wuchert, es dürft' doch auch ein Mensch und nicht nur der Dodel sein: von so einer Bißgurn?

Und dieses ewige ›Mein-Dein-Gekeife‹ von der neidischen Hex', Herr Kriegsrat! Das hör' ich alle Tag! Und das von so einer alten verschrumpelten Bißgurn! Darf das jetzo weh tun? Darf das jetzo das Herz schier abdrücken von einem doch eher ausgeprägten Mannsbild? Könnt' sich da der meinige Herr Beichtiger nicht einmal geirrt haben? Und ist es nicht allzu menschlich, einmal zu

irren? Und es sprengt mir die Bißgurn noch das Denkvermögen! Und das, Herr Kriegsrat, ist mir ja auch nicht so gewuchert, so unbedingt!
Wie soll ich jetzo, ohne den Rat eines weisen Menschen, entscheiden?! Herr Kriegsrat! Vermag er mir zu raten?
Wird jetzo ein Dodel im Narrenhaus zu Donaublau, der Festung, auch wirklich geschützet durch die christlichste aller christlichen Tugenden: die Barmherzigkeit? Oder ist jetzo so ein Dodel verpflichtet, gradzustehen für den einen Schwur, den er da verbrochen wider sich selbst, dazumal, in vordenklichen Zeiten? Schickt der Gottvater auch so einen Dodel ins ewige Feuer?«
Die Gewissenserforschungsmaschine von einem militärischen Kürbiskopf hatte zu Gunsten der Alt-Bäurin entschieden; und von Mensch zu Mensch dem Alt-Bauern empfohlen, das ihm angetraute Weib nicht so eindeutig zu titulieren: als Bißgurn, vielmehr es zu erkennen, als jenes tugendsame Weib, das der sparsamst gestalteten Ökonomik zugeneigt sei. Und die Sparsamkeit sei allemal eine der christlichsten aller christlichen Tugenden gewesen.
Auch sei zu bedenken, daß in der Festung zu Donaublau nicht der tachinierende, vielmehr nur der echte Dodel geduldet sei. Und die Verköstigung des tachinierenden Dodel nicht aufgebürdet werden dürfe: Gott, Kaiser und Vaterland.
Und es sei auch stets ratsam gewesen, auf das Wort des erfahrenen Beichtigers zu hören; und gerade in Belangen des ehelichen Drangsals. Dazumal so ein Beichtiger nicht zu zappeln vermöge gleich einer Fliege im Spinnennetz und deroselbst sein Auge auch ungetrübt blicke: auf die Seel' und unbestochen; von diesem und jenem Wunsche, von dem so manche christliche Seel' manchmal versuchet werden dürfte.
Und die Gewissenserforschungsmaschine von einem militärischen Kürbiskopf hatte die Alt-Bäurin gemahnet: von Mensch zu Mensch; es behindere nicht die Scham des Weibes, wenn es ihr gegeben sei, das Wort im Zaum zu halten.

5

OPFER EINER NICHT BEKANNTEN KRANKHEIT

Wenn sich aber der Alt-Bauer und die Alt-Bäurin die Störschneiderin vom Stoffelweg 6 und die vier Keuchhusten-Geschwister zum Gegenstand des allgemeinen Weltverständnisses erhoben, so hatten sie sich die Nähe der Nachtruhe des guten und friedfertigen Menschen, der mit dem Gottvater, dem Kaiser und dem Vaterland in Frieden lebte, allemal in das Reich der Wahrscheinlichkeit ein-, wenn nicht gar vorgerückt.

Und sie wagten den Rückzug in eine der zwei Kammern im ersten Stock vom Zweifel-Hof, die bestimmt jenem Jung-Bauern-Kaspar und jener Jung-Bäurin, die heranreifen hatten müssen; allzufrüh; zum Alt-Bauern und zur Alt-Bäurin. Und die sich erst und auch schon bestimmt ahnten: in die Nähe der Friedhofserde zu Gnom gerücket zu werden. Mittels den vier mal vier Jahreszeiten, die lautlos und still; aber unbedingt; zu arbeiten beliebten wider das irdische Leben. Während der liebe Bub, der eh nur außen herum so bös war, irgendwo im Nirgendwo da draußen zugedeckt werden könnte, von der kalten Tuchent aus Eiskristall: dem Schnee.

»Die hätte erst gar nicht geboren werden müssen«, verkündete der Alt-Bauer; dann und wann; und eröffnete hiemit; dann und wann; diese und jene philosophische Weltbetrachtung, die sich aber allesamt einordnen hatten lassen; und das ausnahmslos; in seine Weltsicht: als diesen oder jenen entscheidenden Fingerzeig vom Gottvater höchstpersönlich, daß es sehr wohl noch eine höhere Gerechtigkeit zu erwarten gäbe als die irdische. Und daß sehr wohl eh alles noch in bester Ordnung sein dürfte.

»Wenn der Geburtstag mit dem Todestag zusammenfällt, dann hat sich der Herrgott etwas denkt«, ergänzte der Alt-Bauer; dann und wann; und wälzte sich von einer Seite auf die andere; nicht ohne Genugtuung; dann und wann.

»Vom 4. August 1896 bis zum 4. August 1914 hat der Gottvater der zugeschaut. Ewig lang aber kann er auch nicht zuschauen; einmal hört sich alles auf; auch die Geduld mit so einer Nachtigall.«

»Das kannst dem damischen Buben gar nicht oft genug sagen, wie das so gekommen ist mit den Keuchhusten-Geschwistern. Lebt denn da eigentlich noch immer was, da drüben?«

»Eh nur mehr der eine knöcherne gichtbrüchige Finger von der alten Hex'! Weil, das hab' ich eh schon immer zu bedenken gewußt. Das gibt es ja gar nicht, weil es das gar nicht geben kann, daß der Gottvater das dulden mag! Und der Bißgurn vom Stoffelweg 6, sich gleich alle vier Todsünden ins Alter hineinwuchern dürfen!«

Und die Alt-Bäurin entschied; dann und wann; dem Alt-Bauern die ertrutzte Nachtruhe nicht zu neiden, vielmehr sich aufzurichten; dann und wann; unversehens; und nach Luft zu schnappen; und teils erstaunt teils erbost beim Fenster hinauszustarren.
»Kalt wär' die Tuchent aus Eiskristall«, murmelte die Alt-Bäurin; dann und wann; und starrte hinein in diese und jene lange Winternacht; gleich einem versteinerten Weibe, aufrecht im Bett sitzend; so lange.
»Das gibt es ja gar nicht! Und den Franz erwischt er auch noch, der Gottvater! Davonrennen und das vor dem höheren Ganzen: dem Gott, dem Kaiser und dem Vaterland! Das gibt es ja gar nicht, daß sich das ausgeht; auf ewig nicht! Wenn nämlich das die Möglichkeit wär': davonrennen und das ungestraft; Kaspar (!), dann hat sich alles aufgehört, und es wär' eh nur einer der Depp: der meinige liebe Bub!
Ich muß es dem lieben Buben schreiben, wie das so kömmt; mit denen da drüben; und daß eh nur mehr einer übrig ist: und das ist der Franz! Der Haderlump der! Der Vaterlandsverräter der!«
Und so manch ein liebes Brieflein von der Frau Mutter hatte den lieben Buben zu trösten vermocht und ihm bestätigt, es sei ihm der Schutzengel beigestellt: dazumal er sich zu lösen vermocht von der Nachtigall.
Und so ein liebes Brieflein von der Frau Mutter hatte den lieben Buben auch getröstet; nach dem Fall der auf ewig nicht eroberbaren Festung, die da genannt: Przemysl.

               Mein lieber, lieber Bub!

Von den vier Keuchhusten-Geschwistern lebt nur mehr der Erstgeborene. Und der auch nimmer lang. Der zigeunert irgendwo im Nirgendwo da draußen herum; nicht so wie du; vielmehr ist der ein Drückeberger. Rundum! Da kannst halt nix machen. So sind die Prediger vom Recht auf ein glücklicheres Leben allemal gewesen: keine Vaterlandslieb' im Herzen ist der Mensch halt all zu leicht mit verderblichen Neigungen geschlagen: so auch der Fahnenflucht nicht abgeneigt.
Ich habe es dem Postboten gesagt: »Du siehst es ja, daß es den Stoffelweg 6 eh gar nimmer gibt. Da drüben wohnen nur mehr die Ratz'n und eine garstige alte Hex'!«
Und der Postbote hat das auch verstanden; sofort. Und das,

obwohl derselbe kein Hiesiger ist. Und der Postbote hat jetzo den Brief mir gegeben, weil irgend jemandem hat er den Brief ja geben müssen, dazumal er ja nicht irgendeine Feldpost gewesen ist. Der Gottvater nämlich hat den Hochwürden aufgefordert und der Hochwürden hat's getan und es dem Stoffelweg 6 zu bedenken gegeben, wie das so kömmt mit den Unchristlichen und die alte Hex' auch aufgefordert; christlichst zu trauern und sich zu besinnen. Und der Hochwürden heißt Froscht, vielleicht auch Frosch. Das hat er sich nicht so genau ausdeuten lassen wollen.

Der Josef, so hat es der Hochwürden verkündiget der alten Hex' vom Stoffelweg 6, der Josef ist Opfer einer nicht bekannten Krankheit. Und das wunderte deine liebe Frau Mutter nicht. Auch den Tata wundert das nicht.

Im Fieberwahn hat der Josef noch gefrevelt und gestammelt: »Amerika! Amerika!«

Und sich so den Gottvater zu höhnen erlaubt, und den Kaiser und das Vaterland! Und ist auch schnurstracks hinabgefahren: in die Höll! Genau so, wie anno dazumal: im heurigen Winter, die Josefa. Bauchfellentzündung hat das die alte Hex' verkündiget; und das ist eh gar nicht wahr. Vielmehr hat sich der Teufel die Josefa höchstpersönlich geholt. So ist das schon allemal passiert; bei denen da drüben! Und jetzo ist auch der Josef geholt worden; vom Teufel höchstpersönlich. So ist das halt: ohne den Herrgott geht nix. Geh, sei so lieb, du lieber Bub, tu' mir das jetzo nicht vergessen.

Der Brief ist von der Festung Przemysl gekommen. Der Tata meint, der Brief ist ganz sicher wahrhaftig, da müssen wir uns gar nicht fürchten, dazumal es die Festung wirklich gibt, und der Josef hätte auch gar nicht sterben müssen, dazumal der Festung der unverwüstliche Name gegeben ist: Przemysl. Und das ist auch die Trutzburg an sich (!), das Beste, was Seiner Majestät, dem Kaiser gewachsen ist: und das für alle vier mal vier Jahreszeiten. Und deroselbst nicht zu erobern: für alle vier mal vier Jahreszeiten.

Ich sag' dir halt, du lieber Bub, du. Vergiß es mir ja nicht: Wer keinen Herrgott hat, hat auch keinen Schutzengel. Nicht einmal in so einer Festung mit so einem unverwüstlichen und ruhmreichen Namen: Przemysl. Und was willst du heutzutag ohne Schutzengel tun? Ich weiß nicht, wieviel Rosenkranz ich schon für dich gebetet habe.

Eine Jung-Bäurin für den Zweifel-Hof haben wir für dich auch schon angeschafft: sie hat etliche Hektar und etliche Küh; später

wieder; wenn der vaterländische Krieg gewonnen ist; fünf Knecht' und vier Mägde; auch moderne Maschinen; später wieder; wenn wir vom Feind zurückgeholt, was er uns nehmen hat wollen. Und du bist ja eh für das Moderne; schon allemal gewesen. Das Wasser in ihren Füßen muß dich nicht bekümmern, und von der Schönheit kannst dir ja eh nicht eine Scheibe Brot herunterschneiden. Das wachst sich auch aus und alt und wird auch schrumpeln; das liebste Gesichterl tut das. Ich sag' dir halt, lieber Bub, daran mußt du als künftiger Bauer immer denken.
Uns geht es gut.
Gott beschütze dich! Und den Kaiser! Und das Vaterland!

Deine Dich liebende
Mutter

6
NICHT SO EINE NACHTIGALL

Der Isonzo-Front-Heimkehrer, Kaspar Zweifel, hatte gleich am Tag seiner Rückkehr dem Alt-Bauern einiges zu bedenken gegeben.
»Weil, merk dir eins: Ich bin ich! Weil, merk dir eins: Du bist du! Das hab' ich dir schon anno dazumal gesagt! Und daß du dich nicht irrst: Von dir lass' ich mir zu allerletzt den Hintern aussuchen, den ich will! Nix mehr: Jo, Tata! Jo, Tata! Jo, Tata! Damit ist ein für allemal Schluß! Ihr zieht's euch jetzo ein für allemal auf's Altenteil zurück: auch mit dem Wort! Habt's jetzo verstanden? Notburga! Gib' dem Herrn Vater und der Frau Mutter die Hand!«
Und der Alt-Bauer hatte eh nur die Notburga mißtrauisch gemustert und eh nur gemurrt:
»Ich hab' mir etwas Solideres ausgesucht.«
Und das dem Sohn eh nur zu bedenken gegeben. Nicht nur einmal. Mehrmals. Immer wieder.
»Himmel-Herrgott-Verflucht-Noch-Einmal!«, hatte der Sohn den Gott-sei-bei-uns herausgefordert und die Alt-Bäurin hatte sich bekreuziget und der Alt-Bauer hatte es bemerket:
»Der Bub ist ja noch immer damisch; aber von Amerika ist nimmer die Red'.«
Und das hatte der Alt-Bauer der Alt-Bäurin wortlos mitgeteilt: mit einem neckischen Blinzeln; und die hatte zufrieden genickt.

»Die schiache Kramp'n und Wasser in die Füß', das lasse ich mir nicht in das Bett legen! Nicht in mein Bett! Weil, merk dir eins: Ich bin ich; und das ganz! Das zum ersten und zum zweiten, daß du dich nicht irrst: Du bist du; und das ganz! Und ein letztes Mal geb' ich dir den barmherzigen Rat, weil du mein Vater bist! Streck' deine Pratzen aus! Das ist die Zweifel-Bäurin! Und zwar ab heut'! Habt's das verstanden?! Und daß du dir das gut merkst: Ich lass' mich von deiner granitenen Dummheit nicht vom Zweifel-Hof; und nicht vom Zweifel-Boden; und nicht vom Zweifel-Grund verjagen!
Und zum ersten und zum zweiten und zum dritten und zum letzten Mal! Daß du dich nicht irrst: In meiner Kammer bin ich das Mannsbild! Und auf dem Zweifel-Hof bin ich der Zweifel-Bauer! Habt's das verstanden! Still bist; jetzt red' ich! Dem Schmetterlingsammler die älteste Gnomer Seel' verschreiben und dann mir noch vorschreiben wollen, wie ich den Teufel wieder verjag?! Ich bin mit einem ganz anderen Gott-sei-bei-uns fertig geworden! Da ist die Ökonomik ein Witz! Habt's das auch verstanden?!«
Der Alt-Bauer und die Alt-Bäurin hatten mit fast kindlichem Staunen und fast kindlicher Ehrfurcht emporgeblickt: zum Riesen von einem Sohn. Dann aber hatte die Alt-Bäurin den Kopf halten und ausrufen müssen:
»Jessas Maria! Tata! Unser lieber Bub ist wieder da!«
Der Alt-Bauer wischte sich die Augen und schluckte. Nicht nur einmal. Mehrmals. Immer wieder.
»Und daß du dich nicht irrst; du alte Bißgurn! Das hat der Tata eh schon immer gesagt; und nicht nur einmal: es ist eh alles in bester Ordnung, wenn er nur wieder kömmt, der Bub!«, und der Tata hatte die Frau Mutter angeblickt; gekränkt, wenn nicht gar erbost; während er der Frau Schwiegertochter die Pratze hingestreckt; mechanisch; und der Sohn hatte genickt; nicht ohne Genugtuung.
»Und jetzo kommst du dran, Frau Mutter! Nicht mich sollst anschauen! Da steht die Jung-Bäurin!«
»Der Herrgott drückt manchmal eh gern ein Aug' zu. Das wissen wir eh. Und das hab' ich dem Tata auch gleich gesagt und immer wieder. Unser Bub kommt nicht auf die Totentafel«, hatte die Frau Mutter zum lieben Buben gewandt gesprochen, und zum lieben Buben aufgeblickt: mit kindlichem Staunen und kindlicher Ehrfurcht; während sie der Frau Schwiegertochter die Hand hin-

gestreckt; zögernd; und der Sohn hatte genickt; nicht ohne Genugtuung.
So war der Tag der Rückkehr des Kaspar Zweifel von der Isonzo-Front zum Tag der Verlobung mit der Flunkeler Notburga geworden; und zum Tag der Hofübergabe an den Sohn.
Die Zwillinge: Klein-Kaspar und Klein-Magdalena hatten den Isonzo-Front-Heimkehrer empfangen; unter dem Tisch sitzend.
Und Klein-Kaspar hatte sein Ärmchen um Klein-Magdalena gelegt und Klein-Magdalena hatte sofort ihre Wange an die Wange des Brüderchens gedrückt; und das fest. Die Kinderbacken hatten bald zu glühen begonnen und die Zwillinge zitterten, als wären sie nackt in so eine Spätherbstnacht hinausgestellt worden.
Und derlei hatte ihnen justament passieren müssen; am Tag der Rückkehr von jenem Riesen aus Tatendrang, Kraft und Gescheitheit, der doch allemal der liebe Tata gewesen ist; und nicht irgendwer; und nicht von irgendwoher zurückgekehrt!
»Das ist halt das Kerschbaumer-Element. Das ist angeboren. Da was machen ist schier nicht möglich! Aber Nachtigallen sind mir die keine geworden!«, wagte die liebe Omama ihre Bemühungen um die Zwillinge dem Sohn zu bedenken zu geben.
Und die Großmagd vom Flunkeler-Hof, der Alt-Bauer und die Alt-Bäurin hatten herabgeblickt; teils empört, teils auch erstaunt; auf die Zwillinge, die den eigenen lieben Tata nicht und nicht begrüßen wollten; entsprechend den Umständen.
Klein-Kaspar drückte sein Schwesterchen noch fester an sich, und die Zwillinge schauten zu dem großen sehnigen Riesen auf, von dem die liebe Omama gemeint hatte, es sei der liebe Tata. Und die liebe Omama mußte das ja wissen.
Das Brüderchen spürte das Schwesterchen, und das Schwesterchen spürte das Brüderchen. Sie seufzten; erleichtert und nicht ohne Genugtuung; wenn nicht gar erfreut; während sich ihre Augen mit Wasser füllten.
Und der liebe Tata war gewankt; von links nach rechts; von rechts nach links; gleich einem Stier, dem ein rotes Tuch vorgehalten ward.
»Himmel-Herrgott-Verflucht-Noch-Einmal!«, brüllte der liebe Tata, dem düster die Ahnung gedämmert, es könnte sich in dem seinigen Erinnerungsvermögen eine Nachtigall eingeschrieben haben, der ein Name gegeben war: Magdalena; dazumal; in vordenklichen Zeiten. Und das: für alle vier mal vier Jahreszeiten.

»Ich bin noch allemal der Tata! Habt's das verstanden?!«, brüllte der liebe Tata.
Die Zwillinge: Klein-Kaspar und Klein-Magdalena hatten gezittert; noch mehr und über ihre glühenden Backen waren die Tränen gekommen: und das wider ihren Willen; geradezu gewaltsam; dazumal sie sich geschworen: auf ewig nie zu weinen, denn das mochte die liebe Omama gar nicht leiden.
Der liebe Tata aber hatte sich um die eigene Achse gedreht; abrupt, und war zur Tür gestürmt.
»Da kriegst ja gar keine Luft mehr!«, hatte er gebrüllt und eh nur die Stubentür hinter sich zugeknallt.
»Die leben eh nimmer lang. Die haben eh das Fieber im Blut«, hatte die Alt-Bäurin die Schwiegertochter getröstet, dazumal sie sogleich bemerkt, beim ersten Händedruck: Die Flunkeler Notburga ist nicht so eine Nachtigall wie die Kerschbaumer vom Stoffelweg 6!
Klein-Magdalena flüsterte:
»Omama«, und streckte ihre Händchen der lieben Omama entgegen. Die Omama hatte die Finger der Klein-Magdalena geklopft; und das sehr streng und so gekränkt.
»Nix Omama!«, hatte die liebe Omama geantwortet.
»Was gibt es da zu gaffen? Ich werd' euch gleich einen Grund zum Scheppern geben! Den lieben Tata nicht grüßen wollen; und dann Omama!«
Und die liebe Omama hatte den ratlos staunenden und zitternden Zwillingen den Grund zum Scheppern gegeben; zuerst die Klein-Magdalena und dann den Klein-Kaspar durchgewalkt. Und das so lange.
Bis der Gottvater die Kerschbaumer-Angelegenheit endgültig getilgt vom Zweifel-Hof, waren der Alt-Bauer und die Alt-Bäurin willens gewesen, sich zu begnügen und es zu tragen geduldig; und auf den letzten Rest Kerschbaumer-Element auf dem Zweifel-Hof niederzublicken: mit dem barmherzigsten Mitleid der »So-ist-es-halt-Genugtuung«.
Und mit Hilfe der Flunkeler Notburga hatte sich der Ruf vom Herrgott wieder zu verfestigen vermocht auf dem Zweifel-Hof und sich gar um einiges gebessert. Und da mochte der liebe Bub, der ja eh nur außen herum so bös war, noch so oft brüllen:
»Und daß du dich nicht irrst: Ich bin ich! Und ich duld' nie, und nimmer und auf ewig nicht, so einen damischen Gottvater auf

meinem Grund und Boden! Und daß du dich nicht irrst: das aus Prinzip! Weil, der Herrgott bin ich selber! Und da lass' ich nicht mit mir feilschen! Ich bin nämlich, daß du dir das endlich merken tust: mit einem ganz anderen Gott-sei-bei-uns fertig geworden!«
Er hatte es doch tragen und dulden müssen und der liebe Bub war brav mit der Großmagd vom Flunkeler-Hof vor den Priester hingetreten: zu St. Neiz am Grünbach; um das ewige Ja für alle vier mal vier Jahreszeiten zu bekräftigen: vor dem Gottvater.
Denn so still und nachgiebig die Flunkeler Notburga auch war, so standhaft war sie willens gewesen, sich zu weigern; und hatte die Kammer nicht und nicht teilen wollen: mit dem Kaspar Zweifel; ohne den Segen vom wirklichen Gottvater.
Und sie hatte es der Alt-Bäurin gestanden, so wie sie es dem lieben Buben der Alt-Bäurin zu bedenken gegeben habe. Nicht nur einmal. Mehrmals. Immer wieder.
»Ohne den Herrgott wird alles zur Sünd'; drum tu ich auch ohne den Herrgott nix!«
Und das ausgeprägte Mannsbild von einem Kaspar hatte dem ausgeprägten Weibsbild von einer Notburga einige Denkwürdigkeiten ins Ohr gebrüllt. Nicht nur einmal. Mehrmals. Immer wieder. Auf daß er sie prüfe: die Flunkeler Notburga vom Flunkeler-Hof zu Transion. Und ob die auch tauge; für alle vier mal vier Jahreszeiten: rundum. Inwendig, so wie nach auswärts.
So hatte es sich die Flunkeler Notburga zurechtzugrübeln und zurechtzuersinnen vermocht alsbald; und es auch geglaubt; alsbald und das unbedingt! Und es auch der Alt-Bäurin zu bedenken gegeben; dann und wann.
»Wenn ich es auch nicht so genau weiß, wie das so ist, mit der Mutterlieb' und der Weiberlieb'. So glaube ich es doch ganz fest; sie ist auf ewig nicht taubstummblindgeschlagen. Die Weiberlieb' genau so wenig wie die Mutterlieb'!«
Die Alt-Bäurin pflegte der Flunkeler Notburga beizupflichten; und das aus Prinzip; und sich zu bekreuzigen; andächtigst und sich dieses und jenes Tränlein fortzuwischen und mit dem Kopf zu nicken; nicht ohne Genugtuung. Und dabei auch – dann und wann – die heilige St. Notburg zu bedenken, die vielleicht auch wieder ganz werden könnt': auf dem Scheidewandbergl. Mit Hilfe der Flunkeler Notburga.

7
DIE BRONZENE RIESIN

Dem Totenglöcklein der St. Notburg-Kapelle vom Scheidewandbergl, ward ein äußerer Durchmesser gegossen von nicht 25 cm, vielmehr: 26 cm; im Jahre 66 des 19. Jahrhunderts. Und das war justament der eine Zentimeter zu viel; im Jahre 17 des 20. Jahrhunderts.

Dazumal Gott, Kaiser und Vaterland es verkündiget landauf landab; als die menschliche Entscheidungsfindung an sich: Es sei jede Glocke; auch und gerade eine bronzene und das schon unbedingt: eine mit einem äußeren Durchmesser von 26 cm, nicht zu verschweigen und schon gar nicht vorzuenthalten; das landauf landab nicht; so auch die nicht vom Scheidewandbergl!

Und so hatte es die St. Notburg-Kapelle nicht mehr kundgetan dem Dorfe Gnom, daß es wieder an der Zeit sei, und dieser oder jener Mensch, dieser oder jener Nachbar, begraben sein wollt', alsbald, auf dem Friedhof zu Gnom.

»Ich glaub' es eh auf ewig nicht, daß unser Notburg-Glöcklein vom Scheidewandbergl zweckentfremdet mißbraucht worden ist! Dazumal es Seine Majestät, der Kaiser verkündiget hat. Und seit es fehlt Gott, Kaiser und Vaterland, ist eh nix mehr ganz; und das Vaterland ist zusammengeschrumpelt zu so einer: Insel der Unglückseligen!

Genaugenommen dürft' das Notburg-Glöcklein der St. Notburg-Kapelle sich eh gleich geblieben sein; dazumal sie schon seit Anbeginn bestimmt ward, den Tod zu verkündigen; und sonst nix. Wenn nicht so, dann anders; und wenn nicht anders; so halt andersrum. Und andersrum gegossen, ist es sich auch gleich geblieben.

Und es hat den Feind geschreckt; und er ist gerannt; kreuz und quer; und nichtsdestotrotz hat sie dem garstigen Feind den Tod kundgetan und denselben auch gespendet. Und das Geläute des bronzenen Glöckleins vom Scheidewandbergl ward für den Feind: zum Kanonendonner; so dumpf wie trutzig; so laut, daß die Erd' erschüttert ward und gar wuchtig! Gehört hat der garstige Feind die bronzene Riesin! Und gesehen: eh zu spät. Und die bronzene Riesin hat dem Feind, der da trutzen hat wollen: wider Gott, Kaiser und Vaterland, den Trutz ausgetrieben; und den Weg gewiesen: in das ewige Feuer! Ja, ja, das möcht' ich zu bedenken geben, der lieben Jung-Bäurin! So eine bronzene Riesenkugel ist sie geworden; das Glöcklein der heiligen St. Notburg vom Scheidewandbergl zu Gnom! Nichtsdestotrotz ruft sie mich, die heilige St. Notburg vom Scheidewandbergl; so in der Nacht, wenn ich schlafe und weckt mich auf; und sie ruft mich; so dann und wann; jetzo auch schon am Tage. Es sei ihr das bronzene Glöcklein abhanden gekommen. Das wisse sie ganz bestimmt. Und einen äußeren Durchmesser habe ihr Glöcklein gehabt; von 26 Zentimeter! Und das sei justament ein Zentimeter zu viel gewesen! Jetzo aber möcht' sie ihr Glöcklein wieder haben; und das unbedingt!«

Genaugenommen hatte derlei die Alt-Bäurin immer dann der Flunkeler Notburga zu bedenken gegeben, wenn die Flunkeler Notburga willens gewesen, diesen oder jenen Verdacht der Alt-Bäurin als Tatsache zu bekräftigen:
»Ich möcht' es der Alt-Bäurin schon sagen dürfen; der lieben Frau Mutter, wenn sie es dulden mag. Und ausdeuten dürfen den ihrigen Verdacht als die Tatsache an sich, die es zu wissen gilt vom Kaspar. Und das unbedingt!
Taubstummblindgeschlagen ist der Kaspar für den wirklichen Gottvater und für den wirklichen Gottsohn und für den wirklichen Heiligen Geist: eh nur außen herum. Inwendig aber hat der Kaspar die heiligen Dreie lieb, so lieb, und das weiß ich nicht und brauche ich auch gar nicht zu wissen, weil ich es eh glaube. Und das unbedingt!
Und der Glaube ist allemal die höhere Wahrhaftigkeit und bleibt es auch alleweil. Nix ist ganz an dem Eh-nur-Wissen; und wie es aus den Büchern herausschaut! Eh nur mit so etwas merkwürdig Dunklem geschrieben, das so schwarz ist, fast dünkler noch als die Nacht. Nur dem Gottvater und dem Gottsohn ist es da noch möglich, auch in so ein Buch den Heiligen Geist dreinfahren zu lassen, daß es nur so brennt: dem christlichen Gewissen; im Gehirn! Das denk' ich mir so, und das wag' ich mir so auszudeuten, dazumal es ja das Meßbuch wirklich gibt und die Bibel!«
So hatte es sich die Flunkeler Notburga zurechtzugrübeln und zurechtzuersinnen vermocht; alsbald; und es auch geglaubt; alsbald und das so unbedingt. Und es auch – immer wieder – der Alt-Bäurin zu bedenken gegeben; dann und wann: Über jenen Kaspar, der im Jahre 1894 geboren worden ist, und der einer

Großmagd vom Flunkeler-Hof zu Transion einige Denkwürdigkeiten so oder andersrum, ins Ohr zu brüllen beliebte, und das stets mit sehnigen Pranken, die zu Fäusten geballt. Nicht nur einmal. Mehrmals. Immer wieder. Auf daß er sie prüfe: die Flunkeler Notburga und die christliche Gesinnung einer Großmagd vom Flunkeler-Hof zu Transion und ob sie auch sicher nicht weiche; dieser oder jener Drohung. Und sich auch nicht in Versuchung führen lasse: rundum. Inwendig, so wie nach auswärts. Wenn nicht so, wer weiß doch andersrum.

Und das ausgeprägte Weibsbild von einer Flunkeler Notburga hatte dem ausgeprägten Mannsbild von einem Kaspar Zweifel zu widerstehen vermocht; schamvollst und so Nacht für Nacht. Und sich die bronzene Glocke zu ertrutzen vermocht; geduldigst aber bestimmt.

Und von der heiligen St. Notburg-Kapelle vom Scheidewandbergl hat es wieder geläutet; ganz so; wie anno dazumal. Und das ausgeprägte Mannsbild von einem Kaspar Zweifel hatte es geschworen: dem wirklichen Gottvater; in der Kirche zu St. Neiz am Grünbach. Er sei willens, das ausgeprägte Weibsbild von einer Notburga aufrichtigst zu lieben. Und das: für alle vier mal vier Jahreszeiten.

Und so ward es dem Kaspar gestattet, die Notburga zu beglücken. Und dem Manne, der zum Hintern des Weibes drängte, ward stets der ihm gebührende Empfang bereitet. Und er hatte es dem Weibe kundgetan. Nicht nur einmal.

»Mein Körper verlangt's!«

Vierter Teil
SCHALMEIENKLÄNGE
AUS VORDENKLICHEN ZEITEN

Erstes Kapitel
MENSCH SO WIE DU UND ICH

1
ICH BIN DIE NINA!

Die kräftigen und sehnigen und von der Sonne gegerbten Tatzen von dem riesenhaften Menschen näherten sich dem Gesicht vom 13-jährigen Romani-Mädchen. Der riesenhafte Mensch wankte hin und her, her und hin, vorwärts und rückwärts, rückwärts und vorwärts. Und hatte sich eh nur erinnert.
»Siehst du die Naht? Dort hat die Frau Mutter das große Wasser mit dem Horizont zusammengenäht«, und der riesenhafte Mensch hatte eh nur das liebe Gesichterl gesehen; mit den weit geöffneten Augen; aus vordenklichen Zeiten. Und ihm war eh nur die solid gemauerte Wand aus Stein zum großen Wasser geworden, in dem die Augen der Magdalen' hin und her, her und hin, vorwärts und rückwärts, rückwärts und vorwärts schwammen.
»Magdalen'!«, flüsterte der riesenhafte Mensch. Und immer wieder. »Magdalen'!«
Das Nina-Kind vermochte dem Nebelschleier vor den Augen gerade noch den riesenhaften Schädel abzutrotzen: von dem als ›Mensch-So-Wie-Du-Und-Ich‹ maskierten Tod.
Nina stand still; so lange. Nur dieser oder jener Gesichtsmuskel lebte; dann und wann; und die Mundwinkel zuckten; dann und wann. Einmal der rechte, dann der linke; und umgekehrt. Selten – aber auch – beide zur gleichen Zeit. Doch nie im selben Takt.
Und die Gedanken rannten dem 13-jährigen Romani-Mädchen kreuz und quer; und es suchte im kostbarsten Kleinod der Truhe Hirn, dem Erinnerungsvermögen, die Worte, die sich doch stets zusammenfügen hatten lassen zu dem höheren Ganzen, das auch zu hören gewesen im Dorf auf Rädern, und das ausnahmslos. Und nur als Hilferuf vom Nina-Stern.
»Schall und Rauch, es flieget herbei: Stein und Pfeil!
Nacht und Nebel, es eilet herbei: Hacke und Beil!«
Die Antwort vom Dorf auf Rädern, die sich gleichgeblieben, und das ausnahmslos; war nicht zu hören gewesen, geschweige noch zu erhoffen als das Denkmögliche.
Und Nina weinte mit der hemmungslosen Gelassenheit, die so mancher tiefempfundenen und so lange geschmähten Einsicht

anhaftet, und die auch im kostbarsten Kleinod des Dorfes auf Rädern: den Romani-Liedern aufbewahrt; so lange. Und verleugnet; so keckdumm.

»Magdalen'!«, flüsterte der riesenhafte Mensch. Und immer und schon wieder.

»Magdalen'!«

»Nina heiß ich! Ich bin die Nina!«

Und das 13jährige Romani-Mädchen deutete mehrmals mit dem Zeigefinger auf sich selbst.

»Das ist die Nina! Nicht die Magdalen'! Die Nina ist das!«

Und der riesenhafte Mensch hatte eh nur gesehen die weit geöffneten Augen; aus vordenklichen Zeiten.

»Wir wollen eh nur singen: und das unbedingt«, flüsterte der riesenhafte Mensch. Und er sah das große Wasser, das im Nirgendwo mit dem Horizont eine Naht zu bilden schien, und das doch der Weg war: nach Amerika. Und er spürte den Wind und die Nähe der Magdalen'.

»Und auf dem Schiff, auf dem Schiff,
sind sie gestanden: so selig.
Der Kaspar und die Magdalen'!«

Und das 13-jährige Romani-Mädchen deutete mehrmals mit dem Zeigefinger auf den Boden vom Schweinestall:

»Wir stehen im Schweinestall!«

Und der riesenhafte Mensch sah eh nur den Zeigefinger; aus vordenklichen Zeiten; der entgegengestreckt der Naht, die den Horizont mit dem großen Wasser untrennbar zusammenzuhalten schien.

»Und in Amerika, in Amerika,
da sind sie gewesen: auf ewig.
Der Kaspar und die Magdalen'!«

Und das 13-jährige Romani-Mädchen deutete mehrmals mit dem Zeigefinger auf jene von auswärts in den Schweinestall Eintritt gestattende Tür:

»Wir sind auf Zweifel-Grund. Und rundum ist das Dorf Gnom; und ich möcht' heim dürfen: in mein Dorf!«

Jene von auswärts in den Schweinestall Eintritt gestattende Tür war für das Nina-Kind die Tür geworden zur grausamsten aller grausamen Türen; zur Tür nämlich: der Lüge.

Denn es hatte gelogen: der künftige Riese vom Stoffelweg 6, und den Ausgang gefunden; gleichsam lautlos und sogleich den einzig richtigen: den nach auswärts führenden. Und er hatte zurückgelassen im Schweinestall seine Liebe, von der er kundgetan, sie sei ihm ins Unendliche hineingewachsen und in die Ewigkeit. Und die Tür der Lüge, aufgestoßen vom künftigen Riesen, war geworden dem Nina-Kind: zur Tür der ewigen Wahrheit; und es hatte sich entschieden: nicht für den Bauern-Buben vom Stoffelweg 8 und nicht für den Fabrikler-Buben vom Stoffelweg 6, und das Nina-Herz hatte nur mehr schlagen wollen: für die Magdalena mit den zwei Zöpfen, und nur die, die zum Verschwinden gebracht ward; wider ihren Willen; geradezu gewaltsam vom Schweinehirten, dieser Nina-Liebe wollte sie ausdeuten; sehr genau: den Nina-Stern.

Und das Nina-Kind hatte dem als ›Mensch-So-Wie-Du-Und-Ich‹ maskierten Tod den vom Schnaps getrübten Blick abzutrotzen vermocht; und auch zu riechen aus dem Mund von dem als ›Mensch-So-Wie-Du-Und-Ich‹ maskierten Tod, den eher vom Schnaps erfüllten als beeinflußten Geruch.

Und das Nina-Kind weinte; mit der tiefempfundenen Gelassenheit der Erleichterung. Das Hirn war auf die lange Wanderschaft geschickt worden; vom Schnaps. Und der Schnaps, gleichsam das Windgrollen, das zum Sturm geworden, hatte das Hirn von dem riesenhaften Menschen prallen lassen, dann und wann, gegen den Kirschbaum; und es gewirbelt, dann und wann, in die Stube; gleich durch das Fenster, das geklirret; und durch ein anderes Fenster wieder hinausgewirbelt und es prallen lassen: gegen die Wand vom Heuschober, sie durchstoßen und da war es schon sanft gelandet: das Hirn; im Heu und nicht hatte der Schnaps, gleichsam das Windgrollen, das zum Sturm geworden, sein Spielzeug liegen lassen wollen im Heu! Vielmehr es emporgewirbelt und wieder hinaus und gleich fliegen lassen; fort aus dem Dorfe Gnom. Weit, weit fort. Gleich bis nach Amerika! Irgendwie halt so kreuz und quer; und das Nina-Kind hatte es kundgetan; dem riesenhaften Menschen:

»Das ist der Schnaps! Nicht die Magdalen' und der Kaspar! Der Schnaps ist das!«

Und das Nina-Kind deutete mit dem Zeigefinger auf den Mund vom riesenhaften Menschen. Und der riesenhafte Mensch hatte eh nur die Stimme der Nachtigall gehört, die ihm kundgetan:

»Du, Kaspar. Wir sind auf einem richtigen Schiff: Du und ich. Und wenn wir lang genug in das Wasser hineinschauen, dann

könnten wir uns auch den Meeresgrund einmal genauer anschauen«, und die Augen der Magdalena waren im großen Wasser spurlos verschwunden.
»Nie!«, flehte der riesenhafte Mensch. Nein: forderte es; immer wieder, und er hatte das liebe Gesichterl geküßt; dahin und dorthin, dorthin und dahin; und es benetzt mit jenem Wasser, das salzig zu schmecken pflegt.
Genaugenommen weinte der riesenhafte Mensch bitterlich.

2
STEIN UND PFEIL! HACKE UND BEIL!

Nina hatte mehrmals »Nein!« geschrien, ehe sie gepoltert kopfüber und gelandet weich auf dem Bauch der Mutter-Sau.
Und im Dorfe auf Rädern war dem Wuzerl die Mauer des Schweigens nicht brüchig geworden, eher geborsten und vollbracht der übliche Wuzerl-Sündenfall. Auch in der einen bestimmten Nacht; im Frühherbst des Jahres 1921.
»Halt im Heu. Halt im Heu.«
Und es hatte selbst das phantasiebegabte Wuzerl nicht mehr zu deuten vermocht die stürzende Mauer des Schweigens, und es noch bestätigt, der zweifelnden Romani-Mutter.
»... bei der Huhnschlächterin halt!«
Und auch als Klein-Magdalena vom Schweinehirten erwischt ward; justament gerade noch am linken Haarzopf, und rückwärts gezerrt, in den hintersten Schweinekoben, hatte es Nina wieder kundgetan:
»Nein!«
Und als das 13-jährige Romani-Mädchen geschüttelt ward von den kräftigen und sehnigen Pranken eines riesenhaften Menschen, und der Romani-Trotzkopf von einer Nina gepoltert erstmalig, gegen die steinerne Wand, von der es nur zu berichten gibt, daß sie solid gemauert war, hatte es Nina kundgetan; immer wieder:
»Nein!«
Und breitbeinig stand er da, wie festgewurzelt, der als ›Mensch-So-Wie-Du-Und-Ich‹ maskierte Tod; mit Augen riesengroß; und die Augen modellierten sich dem als ›Mensch-So-Wie-Du-Und-Ich‹ maskierten Tod dünkler noch als schwarz: und so kugelrund, gleich Mühlrädern, und sie glänzten; mehr, und sie dünkten

willens, es zu fordern; rundum. Das doch eher erdverbundene Nina-Kind.
»Wir wollen eh nur singen: und das unbedingt!«
Und der da gesungen, das ist der als ›Mensch-So-Wie-Du-Und-Ich‹ maskierte Tod gewesen:
»Die Zeit steht still und rennt in einem,
träum' ich mit der Magdalen'!
Unter dem Kirschbaum, unter dem Kirschbaum,
hab' ich sie gesehn: die Magdalen'!«
Und das Nina-Kind war still, gleichsam lautlos weitergeglitten, dorthin, wo die Zeit stillsteht: in die Ewigkeit.
Und Klein-Magdalena war dem Dodel entwischt und hatte am Rockzipfel vom lieben Tata gezerret: so lange.
»Tata! Tata! Bitte, bitte nicht! Tata! Tata!«
Und der liebe Tata hatte geantwortet; der Nachtigall aus vordenklichen Zeiten: »Wir wollen eh nur singen: und das unbedingt!«
Nein: es gebrüllt. Immer wieder. Und sich die Schweißperlen von der Stirn gewischt.
Die da rutschen hatte wollen, und das unbedingt, seitwärts und gerade noch gelegt worden war, sanft auf den Boden vom Schweinestall, und das vom Dodel, ist auf ewig nicht die Magdalena gewesen.
Und der liebe Tata hatte eh nur so gelacht und halt gesungen. So herzmüd' vom vielen Schnaps.
»Die Zeit steht still und rennt in einem,
lach' ich mit der Magdalen'!
Und beim Heuhüpfen, beim Heuhüpfen,
da ist es geworden: in der Magdalen'!«
Und der liebe Tata hatte eh nur anstaunen wollen dürfen mit hervorgequollenen Augen das liebe Gesichterl vom Nina-Kind.
Und auf ewig nie hatte er gebrüllt:
»Was tut das schwarzzottelige Diebsgeschöpf auf meinem Grund und Boden?«
Vielmehr eh nur sagen wollen, es sei nicht der richtige Ort für den Nina-Kopf; der Boden vom Schweinestall.
Und er hatte sich auch nicht gebeugt, der liebe Tata, auf daß er das Nina-Kind hochzerre, vielmehr es emporhebe und trage in das Dorf auf Rädern, auf daß es liege nicht so hart, vielmehr weich gebettet im Nina-Bett.
»Stein und Pfeil! Hacke und Beil!«

Die so geschrien, das ist die Romani-Mutter gewesen. Und der sich aufgerichtet und angestarrt die Romani-Mutter; gleich einem Gespenst aus vordenklichen Zeiten: Das ist nicht der liebe Tata, eh nur der vom Schnaps getrübte Blick gewesen. Und ausgebreitet hatte der liebe Tata die sehnigen Arme eines Riesen; und geflüstert:
»Magdalen'!«
Nicht nur einmal. Mehrmals. Immer wieder.
Und es schon wieder kundgetan, nun der Romani-Mutter:
»Wir wollen eh nur singen: und das unbedingt!«
Und es hatte nicht gegröhlt, der liebe Tata, vielmehr eh nur der Schnaps, der auf das Vielfältigste; und das allemal; zu beeinflussen vermochte, den an sich schon vielfältig geschlagenen Charakter vom lieben Tata.

> »Die Zeit steht still und rennt in einem,
> steht sie vor mir: die Magdalen'!
> Und in der Stube, in der Stube,
> da hab' ich geschworen:
> Auf ewig ist's die Magdalen'!
> Auf ewig ist's die Magdalen'!«

Und die Romani-Mutter war nicht zurückgewichen; vor dem riesenhaften Menschen. Näher getreten war sie; Schritt um Schritt; mit weit geöffneten Augen und gemurmelt hat sie; nicht hörbar für den sehnigen Riesen aus Tatendrang und Gewalt:
»Stein und Pfeil! Hacke und Beil!«

3

DAS PROBLEM AN SICH: VON SO EINEM DODL

Und der Dodel vom Zweifel-Hof hatte getragen; das Nina-Kind in das Dorf auf Rädern; und Klein-Magdalena war neben dem Dodel vom Zweifel-Hof einhergetrippelt; und sie hatte geweint; mit weit geöffneten Augen nach inwärts und es dem Dodel zu bedenken gegeben, dann und wann, aber immer wieder.
»Der Schnaps hat das getan; nicht der liebe Tata! Halt der Schnaps!«
Und geschluckt hatten der Dodel und Klein-Magdalena. Nicht nur einmal. Mehrmals. Immer wieder.
Und der Dodel hatte das Bild der Romani-Mutter vor den Augen und es hatte sich nicht und nicht verwischen lassen wollen; sich

vielmehr gleichsam eingekerbt in diese und jene Erinnerung an vordenkliche Zeiten.
Ruhig und bestimmt, doch mit weit geöffneten Augen, war sie Schritt um Schritt nähergetreten: dem sehnigen, aber vom Schnaps gleichsam taubstummblind geschlagenen Riesen, auf daß sie diesen zurückführe, der es auf ewig nicht hören wird, das heutige Diesseits zu Gnom, wenn er so herzmüd vom vielen Schnaps. Nichtsdestotrotz hatte es die Romani-Mutter getragen; und die 35 mal vier Jahreszeiten mußten ihr eingekerbt haben die Todesverachtung um den Mund. Und die 35 mal vier Jahreszeiten mußten sie belehrt haben, daß es besser sei, den Haß zu maskieren; dann und wann; gleichsam als das Gegenteilige.
Und der Dodel vom Zweifel-Hof schluckte; nicht nur einmal. Und er hatte beten müssen; und das unbedingt: zur heiligen St. Notburg. Auf daß sie endlich erwache, die da schlief, schon so lange, und so unbedingt, und sie endlich herunterkomme vom ersten Stock und zu wirken vermöge heilsamst: im Schweinestall.
»Du Tote! Die du zurückgekehrt unter die Lebenden! Du Tote, lehre einen Lebenden zu fassen die Geduld! Hilf mir, auf daß ich dir nachzueifern vermag; und auch heranreife mehr: zum Überwinder meiner selbst! Lehre mich! Du Sonne der Liebe! Die Finsternis vom Gegenteiligen fürchten, gleichsam den Schnaps! Auf daß es mich nicht zu beuteln vermöge und sich nicht kehre wider den, der doch mein Schutzpatron ist? Auf daß es mich nicht taubstummblind schlage, und sich kehre die Sonne der Liebe im Herzen von so einem dalkerten Menschen in die Finsternis vom Gegenteiligen!
Heilige Notburga! Bedenke es und erwache! Vielleicht ist es das Problem an sich: von so einem Dodel. Daß er nur dalkert zu denken vermag!«
Und der Dodel vom Zweifel-Hof schluckte und schalt sich auch brav.
»Dalkert bin ich; und herzmüd! So herzmüd! Daß es eine Schand ist! Daß es so etwas gibt! So dalkert und so herzmüd!«
Und dem Dodel vom Zweifel-Hof war das große Wasser, das salzig zu schmecken pflegt, nicht geronnen nach inwärts. Es tropfte aber unaufhörlich auf den Hals vom Nina-Kind.

4
DER SCHNAPS HAT DAS GETAN; NICHT DER LIEBE TATA!

Und das Nina-Kind war aufgewacht, und hatte angeschaut den Schweinehirten vom Zweifel-Hof, und das so lange, und nachgedacht so lange. Und entschieden: es sei auch dem Schweinehirten vom Zweifel-Hof ausgedeutet der Nina-Stern; und das sehr genau.
»Die Nina! Die Nina ist wieder da!«
Die so geschrien, das ist die Klein-Magdalena gewesen.
Und der Schweinehirt hatte sie getragen, nichtsdestotrotz, heimwärts; auf der Landstraße zu Gnom; in das Dorf auf Rädern; gleichsam im Tempo einer Schnecke.
Und die Nina lächelte so sanft. Und es hatte ihr die Magdalena mit den zwei Zöpfen ausdeuten wollen, wie das so sein könnte mit dem lieben Tata; und das unbedingt.
»Der Schnaps hat das getan; nicht der liebe Tata! Halt der Schnaps möcht' drangsalieren den Menschen! Der liebe Tata nicht! Auf ewig nicht! Es walkt mich auch nie, der liebe Tata! Eh nur der Schnaps!«
Und der Dodel vom Zweifel-Hof stieg der Magdalena mit den zwei Zöpfen auf die Füße; und das gleich mehrmals. Und er hatte den Kopf geschüttelt, verneinend; und die Klein-Magdalena bohrte im Näschen; und das eifrigst und unbedingt.
Das »I!« und »O!« und »A!« und »U!« und »E!« vom Schweinehirten war ausformuliert worden, gleichsam als Befehl, der keine Widerrede dulden wollte. Und die Magdalena mit den zwei Zöpfen dachte nach, so lange. Und schwieg auch sogleich, auf daß es ihr gegeben sei nachzudenken, und das an sich; und sie sehr genau prüfe, den Befehl des Freundes, dem nicht das Wort, wohl das Sehen und Hören und vor allem: das Gescheite gegeben sein dürfte; und der Klein-Magdalena ward der mehrmalige Verdacht – wieder – aus der Senkgrube des Vergessens emporgehoben:
Der Zwerg, der nicht und nicht wachsen hatte wollen, könnte ja das als dalkerter Mensch maskierte Schutzengerl sein, das der Gottvater den Zwillingen gesandt; auf daß es ihnen zugestanden sei: das irdische Dasein auf dem Zweifel-Hof nicht zu beenden, vor der Zeit.
Und der Dodel vom Zweifel-Hof hatte es der Magdalena mit den

zwei Zöpfen gestanden, gleichsam durch Schweigen. Und die Klein-Magdalena bohrte noch immer im Näschen; nun eifriger noch, und willens, zu unterstützen die Nasenbohrarbeit durch entsprechende Andacht. Und die ward allemal am besten begünstigt durch das Schweigen, das es noch allemal zu fördern vermochte: das Lauschen nach inwärts.

5

DER NUR GEWACHSEN: 13 MAL VIER JAHRESZEITEN

Und mehr hatte der Dodel eh nicht befohlen dem schwätzen wollenden Kinderl; auf daß es das Nina-Kind erst ausgedeutet erhalte von der Nina-Mutter, wem es nun das sanfte Erwachen aus dem Alp; in einem Schweinestall zu Gnom geträumt, gleichsam mit hellwachen Augen; zu danken habe. Und das rundum so wie der braven Mutter-Sau, deren Bauch doch um das Entscheidende gemildert den Aufprall von so einem dreizehn mal vier Jahreszeiten dalkerten Dickschädel, der den Köpfler hatte wagen wollen gleichsam hinein in den Schweinestallboden, als wäre der das große Wasser und nicht aus jenem soliden Stein, der noch allemal zu zertrümmern vermochte diesen und jenen harten Schädel.
Und der Schweinehirt schwitzte sich klitschnaß. Zwei trotzige Hitzköpfe, willens allemal das Gegenteilige vom Gescheiten zu tun, und bestimmt und das so unbedingt willens, den Kampf aufzunehmen, wider jenen, der nur gewachsen 13 mal vier Jahreszeiten! Wenn es das Nina-Kind ausgedeutet erhielt, es sei die Nina-Mutter gerade dabei, den Alp vom Nina-Kind fertigzuträumen; in einem Schweinestall zu Gnom; gleichsam mit hellwachen Augen.
Wofür aber hatte die Romani-Mutter es gewagt; und sich genähert dem Riesen, dem doch die Kraft vom Schnaps hinzuaddiert zur Kraft eines Riesen an sich; und auch dem Herz, und auch dem Hirn und so auch den Pranken eines Riesen war hinzuzuaddieren: die Kraft vom Schnaps. Wofür aber hatte die Romani-Mutter sich verleugnet? Und ihren Haß maskiert, gleichsam zum Gegenteiligen? Doch nur, daß er es vergesse, der Riese: das Nina-Kind. Und es auch fortgetragen werden konnte vom eh nur »I!« und »A!« und »O!« und »E!« stammelnden Gnom, der auf die Knie gefallen war und gedankt der heiligen St. Notburg, die ihm da gesandt eine Lebende, auf daß es die Lebenden endlich übten und sich halfen

und nicht bei jedem nichtigen Anlaß zu Hilfe riefen: die Himmlischen und die Heiligen und die Toten! Als könnten die reglementieren das gesamte irdische Leben; gleichsam stellvertretend für die Lebenden!

Und er hatte es auch ausgedeutet sogleich. Und erst gar nicht fertiggedankt der heiligen Notburga. Und er hatte es auch forttragen können. Der Gnom, der nur gewachsen: dreizehn mal vier Jahreszeiten lang! Und das Nina-Kind überragte den Gnom um zwei Kopfeslängen, wenn sie nebeneinander standen. Es war aber gepolstert rundum nicht so übermäßig, doch allemal noch schwerer zu bändigen, als so eine brave Mutter-Sau, die dieses und jenes Ferkerl in Gefahr gewähnt; dann und wann.

Und es könnte das erwachte Nina-Kind beißen, kratzen, zwicken und zwacken den nur dreizehn mal vier Jahreszeiten gewachsenen Dodel. Und das dalkerte Kinderl dürfte es auch unterstützen mit der herzhaften Unschuld seiner neun mal vier Jahreszeiten! Denn es hatte eh schon gebissen, den Mann dorthin, wo es geschmerzet, und das grausamst, im hintersten Schweinekoben. So es ihm auch entwischen hatte können, das dalkerte Kinderl mit den zwei Zöpfen!

Und es hatte auch gerade noch begütiget den lieben Tata der himmlische Schnaps!

6
EINGEREIHT HABEN WOLLEN: AUCH DEN KASPAR-RIESEN

Und der Schnaps ist es auch gewesen, der dem Schutzpatron vom Dodel es zugestanden, in der einen bestimmten Nacht, im Frühherbst des Jahres 1921, und das großzügigst und ganz so, wie es dem irdischen Kaspar-Schädel eines halt gar nicht himmlischen Riesen behaget, sich das liebe Gesichterl und den Kirschbaum und das Schiff und Amerika von anno dazumal herbeizugaukeln.

Und das liebe Nachtigall-Kinderl, das so unbedingt nach Amerika fliegen hatte wollen, gleichsam schwimmend auf dem großen Wasser; zu entführen aus dem Friedhof zu Gnom, und es anzuschauen; so rundum unbehindert durch die allzu eng gesetzten Grenzen von den Himmlischen, die es nicht und nicht dulden hatten wollen, und das nicht erst seit vordenklichen Zeiten, vielmehr an sich nicht! Daß er fasse, der irdische Mensch, die Ewig-

keit: Jenseits von den vier mal vier Jahreszeiten an sich! Daß er fasse, der irdische Mensch, die Unendlichkeit: Jenseits von dem Grund- und Boden-Problem an sich!
Und die Himmlischen hatten wohl auch den Riesen aus Tatendrang, Kraft und Gescheitheit, der da genannt, und das seit vordenklichen Zeiten, Kaspar vom Zweifel-Hof, erkannt als nicht ihresgleichen; vielmehr hinzuaddiert und eingereiht haben wollen auch den Kaspar-Riesen, der im Jahre 1894 geboren worden ist, unter die irdischen Menschen, und das an sich.
Dazumal die Himmlischen eher sparsamst den irdischen Menschen läuterten, hinauf zu sich. Wissend, es sei noch allemal der irdische Mensch gestrafet, ward er auserwählt von den Himmlischen, kundzutun den Diesseitigen der Erde, diese und jene himmlische Tugend.
Und so hinzuaddieret und so eingereihet zu werden unter die Himmlischen, gleichsam entrücket den irdischen Menschen als diese oder jene Heilige, das durfte einer Notburga vom Scheidewandbergl passiert sein, nie und nimmer aber einem Kaspar aus der Chronik der Zweifel-Bauern zu Gnom.

7
UND DER LIEBE TATA HINEINKÖPFLE:
IN DIE STEINERNE WAND

Und der Schnaps ist es auch gewesen, der dem Schutzpatron vom Dodel es zugestanden, in der einen bestimmten Nacht, im Frühherbst des Jahres 1921, und nur der Schnaps, sich auszudeuten das dreizehnjährige Romani-Mädchen als das Nachtigall-Kinderl von anno dazumal; und dann vom Schnaps so schmählich betrogen, doch vom selben wieder beglücket zu werden; und sich auszudeuten die fünfunddreißig mal vier Jahreszeiten alte Romani-Mutter als das ihm angetraute Weib von anno dazumal.
Das ward zugestanden dem Kaspar-Riesen, gleichsam vom Heiligen Geist höchstpersönlich, und justament gerade noch, ward er verwandelt, der übliche Schnaps, vom Geist an sich, in den himmlischen Schnaps.
Und so auch gerettet das dalkerte Herz eines Dodel vor seinem Stillstand; und so auch gerettet, gleich zweien, das dalkerte Hirn; und so auch jenem Mäderl mit den zwei Zöpfen, das es schon allemal vorgezogen hatte, erst hintennach, gleichsam als Prinzip an

sich, das und jenes zu sinnen, wenn es ihm schon getropft aus der Nase so rot.

Und die Magdalena mit den zwei Zöpfen hatte es wirklich wieder einmal gewagt, nun als Köpfler an sich, gleichsam hinein in das Fleisch an sich vom lieben Tata. Und das so rundum und blitzschnell geübet, einmal seitwärts so, und einmal seitwärts so, und dann von hintenwärts, auf daß es ihm gegönnt sei, dem lieben Tata, das Schlaferl. Und der liebe Tata poltere und gleichsam hineinköpfle in die steinerne Wand, so vornüber.

Und es wohl erst hintennach bedenken wollen, wie das so sein könnte mit so einem harten lieben Tata-Schädel, und daß der liebe Tata von nichts und niemandem sich empfehlen ließ den Schlaf. Nicht wider seinen Willen; und schon gar nicht gewaltsam! Und erst recht nicht von seinem eigenen Fleisch und Blute, das er gezeuget, und hiemit erschaffen, und nicht umgekehrt!

8
KRUZIFIXITÜRKEN! WARUM?!

Klein-Magdalena hatte gelauschet nach inwärts so lange. Und es hin- und hergewälzt das Problem an sich: die Zeit.

Gehen wollte der dalkerte Mensch und das unbedingt, im Schnekkentempo. Und kaum war sie willens, ihm anzuregen diese und jene Erinnerung; vor allem die an die Nina-Mutter im Schweinestall, mit Hilfe des Wortes, kam das »I!« und »O!« und »A!« und »U!« und »E!«, und das von Mal zu Mal unduldsamer. Und es war der Magdalena mit den zwei Zöpfen das Schlucken geworden zum Schluckauf an sich.

Die Nina-Liebe aber – hatte das Problem an sich: die Zeit, vergessen lassen.

»Wenn du den Nina-Stern rufst, so wird dich das Dorf auf Rädern hören.«

Und Klein-Magdalena schüttelte den Kopf immer wieder, und schaute hinauf und hinein in den Sternenhimmel der bestimmten Nacht, im Frühherbst des Jahres 1921. Und die Nasenbohrarbeit war nun zum Problem an sich geworden.

›Das Nina-Herz schlägt? Für mich? Warum?! Kruzifixitürken! Warum?!‹

Und es hatte nicht die Nina-Liebe auszudeuten vermocht, sehr wohl aber den Nina-Stern.

Und Klein-Magdalena lauschte; aufmerksamst; denn sie war willens sich zu merken: Wort für Wort. Und es niemand kundzutun; auch nicht dem Brüderchen.
»So du rufst:
> Nacht und Nebel! Schall und Rauch!
> Es ruft den Nina-Stern!
> Die Magdalena mit den zwei Zöpfen!

So du rufst:
> Nacht und Nebel! Schall und Rauch!
> Entführet: die Magdalena mit den zwei Zöpfen!

So du rufst:
> Nacht und Nebel! Schall und Rauch!
> Rettet: die Magdalena mit den zwei Zöpfen!

So wird es dir antworten, das Dorf auf Rädern; und das ausnahmslos.
> Schall und Rauch, es flieget herbei:
> Stein und Pfeil!
> Nacht und Nebel, es eilet herbei:
> Hacke und Beil!

Und morgen, wenn du zur Zweifel-Eiche eilen magst, so will ich es dir schenken: das Buch der Romani-Lieder, und es dir auch zu bedenken geben, als die Geschichten, die es gesammelt, landauf landab, das Dorf auf Rädern.«
»Den Nina-Stern mag ich nicht ausdeuten dem meinigen Zwilling. Aber die Lieder, die darf er doch auch singen? Der meinige Zwilling?!«
Und das Nina-Kind hatte gelächelt; so sanft. Und sie waren eh schon angelangt im Dorf auf Rädern; und auch sogleich umringet von den Romani-Kindern, die aus diesem und jenem Häuschen auf Rädern heraushuschen hatten wollen; und das unbedingt.
»Die Nina! Die Nina ist wieder da!«
Das Nina-Kind hatte aber sein langes Fernbleiben nicht ausdeuten wollen; und so ward umringt der Dodel, von den Romani-Kindern.
Nur das Wuzerl war nicht zu sehen; denn es hatte sich die Decke gestülpt über den Kopf. Und geschlafen; so fest und es war auch nicht willens, die heimkehrende Nina zu hören. Doch geweint hat es nicht!

Zweites Kapitel
VERGIB, SO DU KANNST!

1
DIE NICHT MEHR SCHREIEN HATTE WOLLEN

Und der Dodel hatte die Magdalena mit den zwei Zöpfen das eine Häuschen auf Rädern betreten sehen, in dem das Wuzerl schlief; so fest im Nina-Bett, nicht aber gesehen jenes dalkerte Kinderl, das sich geschlichen: so still, gleichsam lautlos aus dem Häuschen wieder heraus, in das es gerade erst eingetreten.

Und es war gerannt die Magdalena mit den zwei Zöpfen; zurück in den Schweinestall vom lieben Tata, auf daß er nicht verwechsle, die liebe Nina-Mutter mit so einem schwarzzottigen Diebsgeschöpf. Denn es beliebte sich die Vielfalt vom lieben Tata hineinzuwuchern, förmlich ins unendlich Vielfältige, so er schnapslaunig dem seinigen Tatendrang die schnapslaunige Gescheitheit und die schnapslaunige Kraft beizugesellen beliebte.

Zuerst war das dalkerte Kinderl geschlichen, dann hatte es den Schritt zu beschleunigen gewaget; erst aber dort, wo es abbog, von der Landstraße zu Gnom. Auf dem Stoffelweg war sie gerannt, und hatte es auch kundgetan dem lieben Tata nicht, aber der Nina-Mutter: es eile herbei das Dorf auf Rädern, und sogleich werde er sich schrecken, der liebe Tata; und das grausamst!

»Schall und Rauch, es flieget herbei: Stein und Pfeil!

Nacht und Nebel, es flieget herbei: Hacke und Beil!«

Die noch so geschrien, das ist die Magdalena gewesen mit den zwei Zöpfen. Die eingedrungen so still, gleichsam lautlos, in den Schweinestall ist die Magdalena geworden mit den zwei Zöpfen; die nicht mehr schreien hatte wollen und auch nicht den lieben Tata schrecken. Dazumal es schauen hatte müssen, das dalkerte Kinderl, mit weit geöffneten Augen, und das »O!«-geformte keckdumme Goscherl zudecken hatte müssen mit der Handfläche. Und gesehen hatte das keckdumme Kinderl eh nicht der liebe Tata; vielmehr die Nina-Mutter, die das winzige Ferkerl nicht mehr schleudern hatte wollen wider den riesenhaften Menschen.

2
EIN GAR WILDES HEXLEIN! HO! HO!

Nicht nur, aber auch die Todesverachtung um den Mund und nicht mehr maskiert den Haß als die Sonne der Liebe, war sie nicht mehr zu sehen die Magdalen'; gleich einem Wirbelwind, der sich nicht begutachten sehr wohl aber hören und empfinden ließ. Und es hatte der Kaspar gejaget die Magdalen'; gleichsam von Versteck zu Versteck; sie aber nicht entwischen lassen durch die Tür. Und er hatte gelacht und gegluckst und sich gefreuet, der Kaspar! Und der Freßtrog ward gespüret; gleichsam nur mehr als Widerhall der Geschwindigkeit, mit der er geschleudert wider die steinerne Wand.

»Ho! Ho! Ein Bäuerlein hat gefreiet, ein gar wildes Hexlein! Ho! Ho!« Und es hatte das Kaspar-Herz förmlich den Purzelbaum gewaget, seitwärts, rückwärts und vorwärts. Und er hatte diesen und jenen Freßtrog geschleudert wider die steinerne Wand. Und dieses und jenes Holztürl ausgehänget und es zerleget haben wollen die Kaspar-Pranke.

»Nix bleibt ganz! Ho! Ho! Das ist der Sautanz! Denn es hat gefreiet ein Bäuerlein, ein gar wildes Hexlein! Ho! Ho!«

Und dieser und jener Hieb hatte es dem Bäuerlein bestätigt, daß er da gefreiet, ein gar wildes Hexlein.

»Stein und Pfeil! Hacke und Beil!«, hatte sie geschrien; dann und wann; die Romani-Mutter; und doch den Schädel von dem riesenhaften Menschen verfehlet; wenn nicht sehr, so doch immer um das entscheidende bißchen: die Haaresbreite.

Und der riesenhafte Mensch hatte gequietschet und sich nicht satt kichern und sich nicht satt schauen können und gar bewundert die nicht ermüden wollende Kraft des Wirbelwinds, der da gewirbelt, und das heilsamst, wider die Langeweile eines Kaspar-Riesen vom Zweifel-Hof. Und er hatte sich die Schenkel geklatscht mit den riesenhaften Pranken und sich gekrümmt, und eh nur so gelacht und ward schon wieder verfehlet von dem tätigen Wirbelwind. Nicht aber der Schädel von der braven Mutter-Sau, die da geworfen neun Ferkerln, und das auf einen Tatsch; und es hatte geweinet, nach inwärts, die Romani-Mutter.

»Vergib, so du kannst!«, schrie die Romani-Mutter und hatte sich den Schweinehirten vorgestellt, der sie angestarrt, die erschlagene Mutter-Sau.

Und es war eh nur Klein-Magdalena, die da eingedrungen; still, wenn nicht gar lautlos.
>»Die Zeit steht still und rennt in einem,
lach' ich mit der Magdalen'!
Und beim Heuhüpfen, beim Heuhüpfen,
da ist es geworden: in der Magdalen'!«
Und der liebe Tata, der so gegröhlet, gar lustig gestimmt; und sich gedreht, dann und wann, um die eigene Achse; hatte eh nur anschauen wollen dürfen, mit hervorgequollenen Augen, den lieben Rüssel von dem zertrümmerten Schädel der braven Mutter-Sau.

3
ICH SCHWÄTZ NICHT! UND ICH SCHWÄTZ NICHT! UND ICH SCHWÄTZ NICHT!

Und im Dorf auf Rädern hatte das Wuzerl nicht und nicht aufwachen wollen; und das 13-jährige Romani-Mädchen ihm die Decke genommen, nicht gerade sanft und es angeschaut, so zornig. Und es hatte sich das Wuzerl sogleich die Ärmchen vor das Gesicht geworfen, auf daß es nicht anschaue den Wuzerl-Sündenfall, so nackt.
»Wuzerl!«
Die so geschnurrt, immer wieder, das ist die Nina gewesen. Und das Wuzerl hatte geknurrt.
»Kalt ist es; saukalt!«
Und schon wieder übergestülpt haben wollen die Decke.
»Wuzerl!«
Und das Wuzerl hatte den Wuzerl-Ohren nicht glauben wollen, daß sie es gehöret, eh nur halb so wild, das Echo vom Wuzerl-Sündenfall, aus dem Munde der Nina.
»Wuzerl!«
Und das Wuzerl warf die Decke zurück und stülpte sie über: der Nina. Und hatte eh nur die Ärmchen ausgebreitet, auf daß es endlich umarmt werde von seiner Nina, und den Wuzerl-Kopf drücken dürfe wider die dreizehnjährige Nina-Brust, und es gestehen durfte selbst, der Nina, wie es geschehen war, das Denkunmögliche, und wie die Mauer des Schweigens zum Einstürzen gebracht ward vom Wuzerl, gleichsam wider seinen Willen.

»Du bist winzig genug, wutzel dich hinein in die Wirtsstube; such' die Mutter vom Nina-Kind!«
Das Wuzerl bewegte eifrigst die Zehen unter der Decke, und es schaukelte dabei mit dem Körper, im Nina-Bettchen sitzend, vor- und rückwärts, während es gewissenhaft im Näschen bohrte.
»Die Mutter vom Nina-Kind ist nicht beim ›Armen Spielmann‹«, wollte das Wuzerl sagen und sagte es nicht.
»Wuzerl! Sag. Berate mich: Wie soll es die Nina kundtun der Nina-Mutter, wenn du nicht finden magst, die ich suche?!«
Und das 13-jährige Romani-Mädchen entschied, den Wuzerl-Sündenfall doch mit einigen Worten zu bedenken, auf daß es nicht meine, diesen verbergen zu müssen der Nina; der es eh schon kundgetan ward, von den übrigen Romani-Kindern, es habe wieder einmal schwätzen müssen, wer? Das Wuzerl!
»Dich hat befragt, die Mutter vom Nina-Kind. Und die Nina hat gerufen, vom Nina-Stern: das Dorf auf Rädern.«
Die so gesprochen, ruhig und bestimmt, das ist die Nina gewesen. Und das Wuzerl knurrte:
»Das hab' ich denen gleich gesagt! Ich schwätz' nicht! Und ich schwätz' nicht! Und ich schwätz' nicht!«
Doch geweint hat das Wuzerl nicht; sich nur die Augen gerieben, die sich kugelrund modellierten, dem Wuzerl.
Und geschüttelt wurde der Wuzerl-Leib nicht vom Weinen an sich; und das hatte es auch sogleich mitgeteilt der Nina, auf daß diese nicht meine: irgendwie das Verkehrte!
»Kalt ist es! Saukalt!«
Und die Nina hatte das Wuzerl emporgehoben, und es sich auf den Arm gesetzt.
»Nichtsdestotrotz wirst du es dulden müssen. Ich will dich auch geleiten: bis zum Tor vom ›Armen Spielmann‹.«
»Aber die ist ja gar nicht dort!«
»Wo sonst?«
»Halt im Heu! Halt im Heu!«
»Wuzerl!«

4

WO DU HALT NICHT SEIN DARFST, DORT IST SIE!

Selbst vom phantasiebegabten Wuzerl waren nicht mehr zu deuten die merkwürdigen Fragen von der Nina, die es wohl allemal am

besten wissen mußte, wer sie da förmlich heimgezogen in das Dorf auf Rädern. Und das sicher an den langen Haaren hintennach gezerrt, was dem mütterlichen Befehl und so auch dem wachsamsten aller wachsamen mütterlichen Augen zu entwischen vermocht hatte: die Nina-Liebe.
»Wo du halt nicht sein darfst, dort ist sie!«
»Wuzerl!«
Die so geschrien, ist auch schon gelaufen, und hatte das Dorf auf Rädern verlassen, ohne Klein-Magdalena. Und geschrien:
»Nein!«
Und hinterher war so ein winziges Kinderl gestolpert, so schwarzzottelig und mit Augen kugelrund, und es hatte im Näschen bohren müssen, und geschüttelt den Kopf und sich die Augen gerieben. Und das winzige Kinderl war auch sogleich umringet von seinesgleichen, und sie hatten allesamt den Kopf geschüttelt und sich die Augen reiben müssen, und gejammert und gestöhnt' und eine entsetzliche Mückenplage erfunden, und das obwohl kein einziges Mücklein geschwirret durch das Dorf auf Rädern!
Nichtsdestotrotz ward dem Schweinehirten vom Zweifel-Hof zugebilligt, in dieses und in jenes Häuschen auf Rädern hineinzuschauen.
»I!« und »A!« und »O!« und »E!« und »U!«, so hatte es der Schweinehirt vom Zweifel-Hof kundgetan dem Dorf auf Rädern. Daß er sie nicht gefunden habe, die er gesuchet so lange im Dorf auf Rädern, und er hatte es schon verlassen, auf daß er fliege, gleich dem Stein und dem Pfeil, alleweil hintennach der Magdalena mit den zwei Zöpfen. Und es suche im Schweinestall, das dalkerte Kinderl!

5
»WAS TUT DIESE SAU IN AMERIKA?!«

Es hatte auf ewig nie den lieben Tata erquicket; das tote Mutter-Tierlein. Und auf ewig nie hatte der liebe Tata gebrüllt:
»Was tut diese Sau in Amerika?!«
Vielmehr eh nur sagen wollen, es habe wandern müssen so weit, weit fort, die brave Mutter-Sau, und das allzufrüh! Allzufrüh!
> »Und in Amerika, in Amerika,
> da sind sie gewesen: auf ewig.
> Der Kaspar und die Magdalen'!«

Und der liebe Tata, der so gegröhlet: gar lustig gestimmt, hat nie mit dem Stiefel gewaget zu treten wider den Schädel der toten Mutter-Sau, und schon gar nicht den Stiefel gedrücket wider den Rüssel. Und der liebe Tata hatte eh schon die kräftigen Pranken geballt und über sein Gesicht rannen eh schon die Tränen, und er massierte sich eh schon selbst den Brustkorb mit den Fäusten. Und so bitterlich mußte er weinen, der liebe Tata, um die brave Mutter-Sau.
»Ein Bäuerlein, ein Bäuerlein ist marschieret,
ist marschieret.
Ein Bäuerlein, ein Bäuerlein ist marschieret:
nach Amerika; nach Amerika!«
Und es hatte eh nur der Schnaps dem lieben Tata ausgedeutet die tote Mutter-Sau als Bäuerlein, und das Herz, halt das Herz vom lieben Tata, der förmlich mit-gestorben war mit dem braven Mutter-Tierlein.
»Stein und Pfeil! Hacke und Beil!«
Die so geschrien, das ist die Romani-Mutter gewesen, die das winzigste Ferkerl in den Händen gehalten und es hatte doch so gequietscht.
»Das bin doch ich! Ich bin doch: Stein und Pfeil! Hacke und Beil!«
Und die Magdalena mit den zwei Zöpfen hatte auf sich gedeutet; mit dem Zeigefinger; und das heftig, wenn nicht gar wild.
Und es hatte sich umgewandt der riesenhafte Mensch und es angeschaut mit hervorgequollenen Augen und mit Schweißperlen auf der Stirn; und der Mund war dem lieben Tata auf- und zugeklappt.
»Tata! Lieber, lieber Tata! Mußt doch nicht so weinen um die brave Mutter-Sau! So weinen! Tata!«
Und die Romani-Mutter hatte das winzigste Ferkerl nicht mehr schleudern wollen wider den riesenhaften Menschen, es aber auf den Schweinestallboden gestellt, und ihm das Eingeringelte ausgeringelt und daran gezogen, auf daß es renne: entlang dem einzig möglichen Fluchtweg und es ramme; noch heilsamer; werfe seitwärts, das Sternenkind mit den zwei Zöpfen! Und es nicht mehr gesehen werde und endlich verstumme und nicht mehr gehört werde vom riesenhaften Menschen.
Und das winzigste Ferkerl war sogleich gerannt, so drangsalieret, und es hatte gequietscht um sein Leben und schon die Lebensretterin erreicht, die rückwärts getaumelt, so stürmisch empfangen

vom winzigsten Ferkerl. Und es hatte sich auf die Lebensretterin legen müssen, und das unbedingt, und die Magdalena mit den zwei Zöpfen hatte es umarmt, das Tierlein, und ihm ins Öhrlein geflüstert:
»Das geht dann nicht! Ich muß doch den lieben Tata schrecken! Ich bin doch Stein und Pfeil, Hacke und Beil!«
»Was tut denn dieses schwarzzottelige Diebsgeschöpf?! Mein Ferkerl! Mein Ferkerl!«
Und die riesenhafte Gestalt von einem Kaspar-Bauern, der im Jahre 1894 geboren ist, war willens, dem Diebsgeschöpf, der schwarzzotteligen Ratzenbrut an sich, der das Stehlen im Dorfe auf Rädern förmlich mit der Muttermilch eingeflößt ward: als charakterliche Entartung an sich (!), einiges zum Bedenken zu geben, dazumal das Diebsgeschöpf eh schon gestoppt ward vom Ferkerl.

6
ER SPRACH DIE SPRACHE, DIE JEDER VERSTAND

»Kaspar!«
Der Kaspar aus vordenklichen Zeiten rieb sich die Augen; er stockte im Schritt.
»Kaspar!«
Der Kaspar aus vordenklichen Zeiten kicherte; und er wandte sich um: ruckartig.
»Ho! Ho! Da hat sich mein wildes Hexlein versteckt vor dem Bäuerlein! Da! Da!«
Und das Bäuerlein war marschieret, nun in die andere Richtung; und es hatte geschluckt das Bäuerlein. Dazumal sie vor ihm gestanden, die Magdalena, gleichsam mit ausgebreiteten Armen, und es hatte angeschaut die Magdalena ihren Kaspar, mit weit geöffneten Augen und so sanft und das liebe Gesichterl hat das Goscherl geöffnet und gesungen, zuerst leise und dann immer heftiger, wenn nicht gar wild.

»Sie lachten, und lachten
und lachten,
bis der kam, der schwieg.
Und er sprach die Sprache,
die jeder verstand!
Sensemann, o Sensemann,
was tut der Stein in deiner Hand?!
Chrysantheme, o schwarze Chrysantheme:«

»Magdalen'!«, hatte der riesenhafte Mensch geflüstert und eh nur die Romani-Mutter umarmt so sanft und geküßt so sanft. Zuerst auf die Stirn, dann auf das Näschen und die da singen hat wollen, und das so unbedingt, ward eh nur belehret vom lieben Kaspar.
»Das duld' ich dann nicht, den Sensemann mit dem Stein in der Hand! Weil, wenn'st nix glaubst, das kannst immer glauben. Wir gehn noch nach Amerika! Weil, wir sind wir!«

7

DAS SCHON WIEDER SCHWÄTZENDE STERNLEIN

Und Klein-Magdalena hatte sich aufgesetzt auf dem Schweinestallboden, und aufspringen wollen und es dem lieben Tata kundtun, daß er das Schnapslulu, das da unten heraus hat wollen, und das so unbedingt, ein bisserl noch ertragen solle. Es sei eh willens, ihm den Weg zu weisen in den Abort der Liebling vom lieben Tata. Und das ist allemal gewesen: die Magdalen' mit den zwei Zöpfen!
»Tata! Lieber, lieber Tata! Ich komm ja eh schon!«
Und es hatte sich eh nur gesträubt das winzige Ferkerl; und es nicht dulden wollen und gequietschet so heftig, dazumal es liegen bleiben wollte, und das unbedingt, auf der Lebensretterin.
Und der liebe Tata hatte eh nur gehört, die Magdalena, die da gesungen, immer heftiger, auf daß er höre, die da alpträumen hatte wollen, dann und wann, und es gestanden dem Kaspar im Ehebette, dann und wann, daß sterben müsse die Nachtigall, und das vor der Zeit; dazumal er komme, dann und wann, heimlich und das nachts, der Sensemann, und sie ihn spüre, gleichsam als Erstickungsanfall, und sie glaube, bald vergeblich nach Luft geschnappt zu haben, die Magdalena. Und das müsse er wissen, der Kaspar. Sie habe sehr wohl nach Luft geschnappt, jedes Mal! Und wenn sie gestorben sei, so habe er sie besieget, der Sensemann: wider ihren Willen, geradezu gewaltsam. Er renne hintennach, der Sensemann, und, dann und wann, erwische er sie am Rockzipfel, und er wolle sie jagen, so unbedingt, der Sensemann! Und sie renne über das große Wasser, und er hintennach; und Amerika, Amerika sei so weit, weit weg; und das Wasser so tief, und so ins Unendliche hinein führend, nie aber nach Amerika! Nicht wolle es enden: das große Wasser. Und der Sensemann hintennach! Alleweil so nah!

Grad, daß sie noch aufwacht, so klitschnaß geschwitzt vom vielen Rennen.

Und es hatte eh nur gesungen, so heftig, gar wild, nicht die Nachtigall, und auch nicht den Alptraum geklaget die Nachtigall dem Amerika-Wanderer, im Ehebette; vielmehr geklaget und gesungen, heftig, wenn nicht gar wild, die Nina-Mutter, auf daß der riesenhafte Mensch nicht höre das schon wieder schwätzende Sternlein mit den zwei Zöpfen. Einerseits. Andererseits wohl aber gehört werde die Romani-Mutter, von jener Huhnschlächterin, die da schlief und wohl sich ausdeuten wollte so unbedingt, die eine bestimmte Nacht als ›Eh-Nur-Geträumt‹ von einer gar wild wuchernden Phantasie angeregt, die da manchmal zu wandeln beliebt und so zu lärmen rundum, nach inwärts und nach auswärts, gleichsam naseweisen wollend die Mutter alles Irdischen, das Leben selbst, und sie so zu verleumden, die gute Erdkugel, die doch die Heimat des Erdbewohners an sich, und deroselbst nicht verdächtigt werden durfte als gewalttätig, und schon gar nicht dürfte ihr angedichtet werden dieser eine frevelhaft gewagte Gedanke: Sie könnte erdulden den meuchelnden Menschen nicht nur lautlos, vielmehr ihn gar nicht wahrnehmen, zumal sie tot sein könnte: die Erdkugel. Und nicht erkennen: den meuchelnden Menschen.

Und es hatte sich nur aufgedrängt dieser und jener Gedanke vom Vlastymil Franz der Romani-Mutter, die da nicht nur gespüret: den Bauch der toten Mutter-Sau im Rücken.

Und sie hatte gerufen den Schutzpatron des Dorfes auf Rädern, so wie die Huhn-Schlächterin. Und sie hatte gerufen das Dorf auf Rädern, auf daß sie doch nicht den Alp vom Nina-Kind fertigträumen müsse; so mit hellwachen Augen, auf dem Bauch der toten Mutter-Sau. Und sie hatte auch gerufen: das »I!« und »O!« und »A!« und »U!« und »E!« vom Schweinehirten, nicht aber jene, die geöffnet die Tür zum Schweinestall und in der Hand gehalten die Blume des Todes.

»So schwarz war die Hand:
vom Sensemann, o Sensemann:
Mit dem Stein in der Hand.
Das ist das Lied, das Lied, das Lied:
Von der schwarzen Chrysantheme.
Chrysantheme, o schwarze Chrysantheme!«

Gekommen war: die kleine Schwester, die zu Transion erst gefunden ward wieder; vom Dorf auf Rädern: als Erschlagene.
»Hörst du mich, die ich dir klage: von wandelnden Gräbern, die finden nur Ruh im Nirgendwo? Hörst du mich, die ich dich frage: Wo ist es, das Nirgendwo? Bist du noch wach, schläfst du, meine Schwester? Schläfst du?!«
Und die kleine Schwester hatte sich neben der Nina-Mutter niedergekniet auf dem Schweinestallboden; und die Blume des Todes in der Hand hin und her gewendet und die steilen Unmutsfalten zwischen den Augenbrauen angeschaut: die große Schwester, die nun die Augen fest zusammengepreßt und den Kopf geschüttelt; heftig, wenn nicht gar wild.
»Chrysantheme! Schwarze Chrysantheme!«
Die so geschrien, das ist die Nina-Mutter gewesen. Und die sich entfernet, Schritt um Schritt, das ist die kleine Schwester gewesen. Und sie hatte in der einen bestimmten Frühherbstnacht des Jahres 1921, in einem Schweinestall zu Gnom nicht singen wollen ihr Lied?

Drittes Kapitel
SINNE, SINNE MEIN NINA-KIND!

1
NICHT TRÖSTEN, DIE DA WEHKLAGT

Und es waren hervorgequollen die Augäpfel der Romani-Mutter; und sie hatte es schon in der Hand, das Haarbüschel.
»Ho! Ho! Ein gar wildes Hexlein wird da beglücket! Ein gar wildes Hexlein vom Bäuerlein! Ho! Ho! Ho!«
Und es war nicht die Romani-Mutter, die gesprochen; beglücket gar wild: von einem riesenhaften Menschen. Vielmehr war sie entrücket: in weite Ferne; und hatte den Zeigefinger gehoben; dann und wann; und es kundgetan: dem Nina-Kind, auf daß es sich endlich merke den mütterlichen Befehl:
»Es läuten die Totenglocken nur, der Heiligen; in diesem Dorf! Sinne, sinne mein Nina-Kind! Bedenke es, Nina-Kind! Wehe, du bist nur geduldet, und wehe, deine Heimat ist nur die Landstraße! So flieh, so lang du kannst! Wehe, du sprichst mit den Sternen, wenn du weinst! So flieh erst recht! Auf daß nicht läuten die Glocken der Heiligen; hintennach. Die es nur kundtut: dem Dorfe! Hintennach! Denn es will das Dorf die Heilige erst hören, so hintennach. Und die Heilige liebt ihr Dorf?! So ist es, Nina-Kind.«
»Und es ward klitschnaß geschwitzt; von so einem Bäuerlein: ein gar wildes Hexlein! Ho! Ho! Ho!«
»So sinne, sinne, mein Nina-Kind; auf daß es nicht gerinne zum Wehklagen; dem Dorf auf Rädern und deiner Mutter, Nina-Kind! Bedenke es! Das kostbarste Schatzkästlein, Nina-Kind! In deinem Kopf ist es verborgen; und es wird dich drücken, und es wird dich zwicken, so du es vergißt: das Schatzkästlein! Hüten willst du es? Ja?! So hüte dein Nina-Hirn! So sinne, sinne, mein Nina-Kind! Und betrittst du das Dorf ohne Geleitschutz? Bedenke: es mag nicht allgegenwärtig sein; in diesem Nirgendwo: der Vlastymil Franz; und auch nicht allgegenwärtig sein; in diesem Hause: die Huhnschlächterin!«
Und die Nina-Mutter hatte nicht erwachen wollen; auf dem Bauch der toten Mutter-Sau. Nur mahnen: das Nina-Kind; zerrüttet von diesem und jenem Gruß: von der schwarzen Chrysanthe-

me, die nur mehr besuchte: die schlafende Schwester. Auf daß sie schleudere: die Blume des Todes in das Dorf auf Rädern.
Und es hatte geantwortet, der Nina-Mutter, die da geschwitzt ward klitschnaß; auf dem Bauch einer toten Mutter-Sau; ein zaghaftes Stimmchen.
»Ich tu es ja eh nimmer!«
Und die Nina-Mutter hatte geatmet; gar heftig und eindringlich begutachtet; geprüfet sehr genau: die Decke vom Schweinestall; und gesuchet die Einsicht, in den Augen eines 13-jährigen Romani-Mädchens.
»Und du willst nicht nur: schweigen! Nein? So kalt und nicht trösten, die da wehklagt: um ihr Nina-Kind! Nein? So sinne, sinne, mein Nina-Kind und bedenke es!«
»Ich tu es ja eh nimmer!«
Und Klein-Magdalena hatte gesehen, den lieben Tata, der sie so seltsam gewalket: die Nina-Mutter und es gestöhnt; dann und wann:
»Magdalen'!«
Und Klein-Magdalena hatte gehört, die Nina-Mutter und ihr: ›Sinne, sinne, mein Nina-Kind!‹, eh schon eingeschrieben erhalten: im Kopf.

2

ZUM SCHLUSS DA STEHT DANN: EINE NULL

Sie waren gesessen unter der Zweifel-Eiche; und hatten hinübergeschaut zum Dorf auf Rädern. Und justament über dieses ›Sinne, sinne, mein Nina-Kind!‹, und dieses ›Bedenke!‹, hatte die Nina so geklagt; und der Franzl und die Magdalena mit den zwei Zöpfen, und Klein-Kaspar hatten nachgedacht: über so eine Mutter. Und sich dann entschieden: für ein allgemeines Wehklagen über Mütter.
Und auch Klein-Magdalena hatte den linken Haarzopf in den Mund gesteckt, und denselben gelutscht, als wär der eh nur der Daumen. Und eh nur lauschen hatte sie wollen dem Franzl, und das aufmerksamst. Und wenn die Magdalena mit den zwei Zöpfen, sich eines Haarzopfes erinnert auf diese Weise; so hieß das allemal ein- und dasselbe: Das ist so und gar nicht anders.
Nur das Hin und Her von sich kreuzenden Einsichten, die einander irgendwie feindlich gesinnt, erforderte eine gewisse Denkarbeit, die es zu unterstützen galt mit Hilfe des Zeigefingers, der

dann in diesem oder in jenem Nasenloch zu wühlen beliebte; gleichsam als Besen, wenn nicht gar als Putzfetzen. Und es erst wieder zu verlassen, dieses oder jenes Nasenstübchen, wenn es war: das Schmuckkästchen gleichsam an sich der Sauberkeit wieder und Ordnung.

Derlei aber war nicht nötig gewesen; wenn der Franzl das Hin und Her von sich kreuzenden Einsichten, die einander irgendwie feindlich gesinnt sein könnten; zu ordnen begann. Und so es auch der Franzl geordnet: das Wehklagen der Nina zum Wehklagen an sich über Mütter, als sie beratschlagt hatten unter der Zweifel-Eiche; ob es jetzt nicht doch gestattet sei: dem mütterlichen Befehl so einer Romani-Mutter dieses und jenes Eckchen abzuzwicken; und das Kantige am mütterlichen Befehl so einer Romani-Mutter zu schleifen; gleichsam weniger kantig, vielleicht ihn gar anders, am besten kugelrund zu modellieren. Und in derlei Bemühungen war der Franzl gewesen; allemal; der Fachmann an sich!

»Das muß dich gar nicht schrecken; das kannst dir gleich merken: das ist der Mutterwahn! Den haben alle Mütter! Und damit muß unsereins sich üben: älter! Und wenn unsereins nicht sinnt, dann ist es alsbald alt geübet worden! Von so einem Mutterwahn! Betet eine Mutter nicht, dann rechnet sie mit ihrem dicklichen Speck. Das heißt sie dann alleweil: Lebenserfahrung! So hab' ich das schon dem Vlastymil ausgedeutet. Und der hat nix gesagt; es sich also auch schon so gedenkt; ganz so wie der Franzl! Und das Beten tut so eine Mutter nur: mit Augenkugeln; und rechnen kann's auch nicht anders. Meine Großmutter ist da das Lehrbeispiel an sich: Die betet nicht, aber! Wie die rechnen kann! Daß ich grad mein'; der Franzl hat die Schul' nur geschwänzt; und die Schulbank nie gesehen; und auch nicht die Rechentafel. Und meine Großmutter unterschreibt nur mit drei Kreuzerl! Und rechnen tut sie nie auf dem Papier; nur mit dem Kopf! Mistgabel, Riese von einem Hund, Peitsche undsoweiterundsofort! Und dazu kugelts mit den Augen! Daß es mir grad anders werden könnt! Wär' ich nicht: der künftige Riese! So sind die! Addieren wollens und wir dürfen dann: subtrahieren. Weil, das kannst dir auch gleich merken: Subtrahieren ist das gleiche wie Wegzählen. Verstehst?! Und so subtrahierst dann: Heuhüpfen weniger Ferkerln, weniger und weniger und weniger und zum Schluß, da steht dann: eine Null! Und haben tust gar nix mehr! Und deroselbst empfehl' ich: erst gar nicht anfangen: mit dem Subtrahieren!«

3
... UND ICH HAB NIX ZU SINNEN!
WEIL, DAS IST SO!

Und die Nina-Mutter hatte nicht mehr geatmet so heftig; dazumal es nicht mehr so rennen mußte und stillstehen: das Herz so einer Mutter, das da gewalkt ward so rundum; nach inwärts und nach auswärts, vom lieben Tata, der alleweil noch das Walken geübet; so und auch so; halt vielfältigst, wenn der Schnaps hinzuaddieret: diesen und jenen merkwürdigen Erziehungsbeitrag. Und erziehen und modellieren, das mußte er dürfen, der liebe Tata; und das an sich; und insbesonders dann, wenn der Schnaps Berater war: vom lieben Tata.

Und es dürfte der liebe Tata eingeschlafen sein; so er geschnarchet: gleich für dreie. Und es dürfte der liebe Tata umarmet halten; den zertrümmerten Schädel der braven Mutter-Sau; und meinen, es sei sein Kopfpolster, den er sich zurechtgedrückt und zurechtgewalkt: für die eine bestimmte Nacht; im Frühherbst des Jahres 1921. Und es war eh nur: der 21. September geworden zum 22. September.

Und es hatte eh nur die Romani-Mutter den Stern mit zwei Zöpfen verwechselt: mit dem Nina-Stern.

»Und du verläßt es nimmermehr; das Dorf auf Rädern! Ohne Geleitschutz?!«

»Ich tu es ja eh nimmer! Kruzifixitürken! Ich bin die Magdalena mit den zwei Zöpfen; und ich hab nix zu bedenken und ich hab nix zu sinnen! Weil, das ist so! Ich hab's doch drangsalieren müssen; wenn dem winzigen Ferkerl schon so ein dalkerter Sturschädel gewachsen ist; und es nicht und nicht aufstehen hat wollen! Und sich schon gar nicht wegschupfen hat lassen wollen! Bin ich denn niemand? Darf sich denn alles auf mich drauflegen? Justament wie's ihm g'fallt? Nur, weil es sich ein bisserl schrecken tut? Es wird doch nicht grad auseinanderbrechen: in der Mitten; das Ferkerl-Herz? Hab's doch schikanieren müssen; am Eingeringelten! Wo sonst?! Muß doch dem lieben Tata den Weg weisen; zum Abort? Oder kennt sich da die Nina-Mutter so aus auf dem Zweifel-Hof? Ganz so wie ich? Ich bin da daheim!«

Und Klein-Magdalena hatte eh nur, dem lieben Tata, das Hosentürl zuknöpfen wollen.

»Hat er das Schnapslulu rinnen lassen! So mir nix dir nix! Sowas! Wenn ich mein Lulu nicht d'erhalten kann, weil ich es grad einmal

vergiß, dann gehts nur eine Tonleiter entlang: tätsch, tätsch, tätsch und wieder tätsch! Und das tät' mir die liebe Omama einmal vergessen! Dann wär's ja gar nimmer: die liebe Omama! Und die walkt mich: ganz anders; so! Und so! Und so! Und dem lieben Tata passiert sowas, und der ist schon 1894 geboren worden; und ich erst 1912! Und den lieben Tata walkt niemand! Sowas!«
Und die Magdalena mit den zwei Zöpfen hatte geglüht; so rundum; nach inwärts und nach auswärts; und das Lulu-Pimperl vom lieben Tata hinter den Schlitz der langen Unterhose vom lieben Tata hingelegt, es zuvor aber geklopft; nicht nur gekränkt, auch empört, wenn nicht gar erzürnt an sich, und erst dann zugeknöpft: dem garstigen Tata das Hosentürl.
»Wo hat er denn jetzt hin'pritschelt?«
Und die Nina-Mutter hatte geprüfet; mit hellwachen Augen; gleichsam träumend: den Stern mit zwei Zöpfen.
Und es war gewachsen: die Haut der Eiseskälte und die Haut des Feuers in einem; einer Romani-Mutter; in der einen bestimmten Nacht; im Frühherbst des Jahres 1921. Genaugenommen: am 22. September. In einem Schweinestall von so einem verfluchten Nirgendwo, dem der Name zugebilligt ward; in vordenklichen Zeiten: Gnom.

4

DIR WARD GEFLOCHTEN: DER KRANZ

Geträumt hatte sie und war erwacht; nur willens, gleich weiter zu gleiten; rückwärts oder vorwärts; am besten dorthin, wo die Zeit stillsteht an sich. Und hatte eh nur gesehen; mit hellwachen Augen; gleichsam träumend den Traum der Nacht an sich: die schwarze Chrysantheme, die ein zweites Mal eingedrungen war; so still, fast lautlos, in den Schweinestall vom Zweifel-Hof.
Und nicht gesehen; die Schwester, die da gelegen; auf dem Bauch einer toten Mutter-Sau; nur gesuchet haben dürfte: eine; und sie auch gefunden haben könnte, und es war nicht gewichen vom Stern mit den zwei Zöpfen: die kleine Schwester der Nina-Mutter.
Und nun hatte sie gesungen, das Lied der schwarzen Chrysantheme; so still, aber so wehklagend, und geflochten: den Kranz. Und das fast liebevoll. Und gekommen war sie: mit einem ganzen Buschen schwarzer Chrysanthemen. Und die Blume des Todes so

vervielfältigt und ineinandergefügt, ward dann auf den Kopf gedrücket: dem Stern mit zwei Zöpfen.
Und die Romani-Mutter auf dem Bauch der toten Mutter-Sau hatte emporschrecken wollen: aus dem Alptraum. Und dies unbedingt; und in Lichtgeschwindigkeit. Sie war aber gleichsam festgewachsen; und konnte sich nicht lösen; vom Bauch der toten Mutter-Sau; als wäre diese: ihr siamesischer Zwilling, mit dem sie verwachsen: zu einem höheren Ganzen, das zu trennen nur gegeben sein konnte: einem Mutter-Stern, der da versteinert war: zum kalten Weltallklumpen; so leer und unbewohnt.
Und da wußte die Romani-Mutter, daß er noch nicht zu Ende geträumt: der Alp vom Nina-Kind. Den fertigzuträumen zweien bestimmt worden sein dürfte; irgendwie, so von hintenwärts und erst auszudeuten: hintennach.
»Das wird dann die Nina-Mutter gewesen sein und der Stern mit den zwei Zöpfen«, murmelte die Romani-Mutter.
Und es hatte nicht mehr singen dürfen und auch niemand mehr rufen können: die Romani-Mutter. Und auch niemand mehr mahnen wollen: die Romani-Mutter. Es nur mehr tragen ohne Wehklagen, und sprechen wollen die Sprache, die niemand verstand, dazumal er gekommen war: den jeder verstand. Still; geradezu lautlos. In den Schweinestall. Und geflochten den Kranz: für den Stern mit zwei Zöpfen.
Und die Romani-Mutter hatte doch gesungen: tief inwärts. Und es auch gerufen: tief inwärts. Und immer wieder:
»Sensemann, o Sensemann,
was tut die schwarze Blume in deiner Hand?!
Chrysantheme, o schwarze Chrysantheme!
Dir ward geflochten: der Kranz.
Vom Sensemann, o Sensemann:
Mit der schwarzen Blume in der Hand.
Chrysantheme, o schwarze Chrysantheme!«
Und es hatte nicht träumen wollen; eine Romani-Mutter mit fünfunddreißig mal vier Jahreszeiten schon geschämt: so alt. So: mit hellwachen Augen. Und es doch geträumt: So. Gleichsam nach inwärts; und es kundtun können: niemandem. Nach auswärts.
»Ja! Irgendwie muß es doch zu sehen sein, das Schnapslulu?! Kruzifixitürken! Irgendwo muß er doch hinpritschelt haben!«
»Ho! Ho! Ho! Da kitzelt mich was, wenn ich mir gönn' ein Schlaferl?«

Und der liebe Tata befühlte sein Hosentürl; er schüttelte den Kopf; und schluckte; mehrmals; immer wieder. Und schaute das seinige Fleisch und Blut mit zwei Zöpfen an; so lange.

5
NIE GELEBT, NUR GETRÄUMT

Und es war eh nur erwacht, der liebe Tata, und er hatte sich eh nur so gefreuet: daß es nicht alleingelassen; den lieben Tata; der sich in den Schweinestall hinein verirret, und eh nur finden hatte wollen: den Weg in den Abort.
»Ich hab dir halt das Hosentürl wieder zugemacht! Mußt dich ja nicht grad schämen! Ist dir halt passiert! Halt der Schnaps! Halt der Schnaps! Ist dir ja eh niemand wirklich bös! Mich hätt' ja das Lulu einen langen Walker gekostet; aber dich tut sie eh nimmermehr walken, die liebe Omama! Du bist ja eh der liebe Tata!«
Und der liebe Tata hatte sein eigen Fleisch und Blut begutachtet; lange und sehr genau geprüfet; und dann den Kopf gebeutelt.
»Schlaf ich oder wach ich?«, brüllte er; und ward so empört betrachtet: Klein-Magdalena, und das vom lieben Tata?
»Mein eigenes Fleisch und Blut greift mir ans Hosentürl?! Ja, wo sind wir denn! Sind wir denn in Amerika?«
Und es ward schon gewalkt: Klein-Magdalena. Und dann hinausgewanket; aus dem Schweinestall: ein lieber Tata, dem gerade das Herz entzwei gebrochen; grad in der Mitten. Genaugenommen weinte der Kaspar; und das bitterlichst; schon sich emportapsend in den ersten Stock.
»So eine Schand! So eine Schand! Und das mir! Mir! So ein Kinderl! So eine Schand! Daß mir grad bricht das Herz! Das Herz!«
Und es hatte sich der liebe Tata genötigt gesehen, den Brustkorb zu massieren; mit den Fäusten; und das sogleich; auf der Stelle; und war eh nur schon gestanden: vor der Tür zur Kammer. Die es zu öffnen galt; mit einem Ruck, auf daß sie beglücket werde: die Notburga!
Und die so gewalkte Klein-Magdalena hatte zugeschaut dem, das da tropfen hatte wollen aus dem Näschen; und das so unbedingt. Und hatte nachgedacht; so lange. Und ward gerufen; von der Nina-Mutter.
»Stern du! Mit zwei Zöpfen! Geträumt hast du diese Nacht;

geträumt und nichts gesehen und nichts gehört und so auch nichts gespürt? Stern du! Mit zwei Zöpfen!«
Und der Stern mit zwei Zöpfen war geschlichen; mit gesenktem Köpfchen zur Romani-Mutter; und geschluckt hatten beide; und geschwiegen; so lange.
»Nie gelebt; nur geträumt«, sagte der Stern mit zwei Zöpfen; und es hatte eh gehört niemand; dazumal es kundgetan: nur die Augen von Klein-Magdalena; und es gesehen: eh nur die Romani-Mutter, wie es geronnen dem Stern mit zwei Zöpfen; eh nur nach inwärts. Und es nach auswärts getropft; eh nur durch das Näschen: so rot.
Und die Nina-Mutter war nicht willens gewesen; den Stern mit zwei Zöpfen allein zurück zu lassen; im Schweinestall. Und sie hatte gewartet: mit Klein-Magdalena; auf die Rückkehr vom Schweinehirten; so lange. Und erst dann den Weg gesuchet; heimwärts: in das Dorf auf Rädern. Mit einem Hinterkopf; der größer ward als größer noch; und nicht aufhören hatte wollen: anzuschwellen.

6

MIT DEN AUGEN DER NACHT

Und der suchen hatte wollen im Schweinestall das dalkerte Kinderl, ward auch empfangen vom dalkerten Kinderl, das den Freund angeschaut mit weit geöffneten Augen und das gestreichelt der Nina-Mutter die linke Wange und die rechte Wange und auch die Stirn, auf daß sie endlich erwache, die hellwach schlafen hatte wollen.
Und der Dodel vom Schweinestallboden aufgehoben das Büschel Haar, und es in die Hand gedrückt der Nina-Mutter, die ihn angeschaut so lange und geprüfet so genau; und er hatte die Blöße bedeckt dem Romani-Weib und seitwärts geschaut, auf daß er nicht sehe das dalkerte Kinderl, dem es getropft aus der Nase so rot. Und es hatte kundgetan dem so herzmüden Dodel der Stern mit zwei Zöpfen:
»Der Schnaps hat das getan; nicht der liebe Tata! Halt der Schnaps hat mich gewalkt! Nicht der liebe Tata! Eh nur der Schnaps!«
Und der herzmüde Dodel hatte sich niedergekniet auf dem Schweinestallboden gleich neben der Nina-Mutter und die Hände gefaltet und so wie das Rot aus der Nase vom dalkerten Kinderl

getropft war, der Romani-Mutter auf die entblößte Brust, und es auch nicht aufhören hatte wollen zu bluten; das Näschen der Magdalena mit den zwei Zöpfen; hatte er sie schon geküßt; die Hände der Nina-Mutter. Und ihr kundgetan: den Dank von so einem dalkerten Menschen.

Und die Romani-Mutter hatte es geduldet; und gelächelt; und es kundgetan, gleichsam als Trost für den Stummgeschlagenen vom Zweifel-Hof.

»Ein Stern mit zwei Zöpfen hat es geträumt; mit den Augen der Nacht; und es bleibe auch nur der Traum vom schlafenden Stern mit den zwei Zöpfen. Und so wieg' es in den Schlaf, und so drück' ihm die Augen zu; auf daß es erwache; gleichsam emporgeschreckt aus einem Alp, und es auch bleibe: der Stern mit den zwei Zöpfen.«

Die es so zum Bedenken gegeben, dem Schweinehirten vom Zweifel-Hof, das ist die Romani-Mutter gewesen, die sich schon erhoben vom Schweinestallboden, und sich schon gebeugt und auch schon geküßt hatte den Stern mit zwei Zöpfen; auf die Stirn und auch das blutende Näschen.

»Der Schnaps hat dich gewalkt; nicht der liebe Tata! Halt der Schnaps hat dich so gelegt; auf den Bauch von der toten Mutter-Sau da! Und da muß es dem lieben Tata da unten gewachsen sein; halt irgendwie so; durch den Schnaps!«

Und die Romani-Mutter hatte das, was süßlich zu schmecken pflegt, und geronnen aus dem Näschen vom Stern mit den zwei Zöpfen geschluckt; nach inwärts; in den Schlund.

»Drück' dem Stern mit den zwei Zöpfen die Augen zu; ganz fest; auf daß es nicht sehen muß: und es bleibe: das Sternenkind mit den zwei Zöpfen. Wehe dem Sternenkind, das öffnet die Äuglein: so! Es wird die Äuglein schließen: sogleich! Und schon gewesen sein: der Stern mit den zwei Zöpfen!«

Und die Romani-Mutter war schon gegangen; gleich einer Träumenden mit hellwachen Augen; vorbei am Schweinehirten vom Zweifel-Hof und verschwunden.

7
DAS ENTWEDER-ODER-PROBLEM AN SICH

Und der Dodel hatte sich die Augen reiben müssen; und sich gezwickt und gezwackt; da und dort, dort und da; und das Näschen vom Kinderl hatte ihn belehret; zumal es getropft noch immer; nun auf den Bauch der Mutter-Sau: so rot.
Und Klein-Magdalena hatte schwätzen müssen; und es erzählen; und das so unbedingt: dem Freund an sich; der endlich zurückgekehret; in den Schweinestall.
»Und das, was dem lieben Tata der Schnaps wachsen hat lassen da unten; hat er nicht in den Abort rinnen lassen können; und es hat doch das Schnaps-Lulu irgendwo hin wollen; halt raus hat's müssen! Und der liebe Tata hat sich dann getäuschet und sich das irgendwie so gedenkt: die Nina-Mutter, das ist der Abort?! So irgendwie halt! Verstehst?«
Der Dodel vom Zweifel-Hof schluckte; gleichsam im Wettlauf mit den Sekunden.
Nicht nur der eine und der andere Freßtrog dürfte geflogen sein wider die steinerne Wand, von der es nur zu berichten gibt, daß sie ersonnen worden sein dürfte; gleichsam wider die stille und lautlose Arbeit der Jahreszeiten an sich. Nicht aber ersonnen worden sein dürfte für die Ewigkeit, dieser und jener Freßtrog, dieser und jener Schweinekoben. Und auch die brave Mutter-Sau, die da geworfen neun Ferkel auf einen Tatsch, dürfte schlafen gleichsam unwiderruflich. Den Schädel zu zertrümmern; von so einer braven Mutter-Sau; das dürfte in der einen bestimmten Nacht, im Frühherbst des Jahres 1921; nur einer Pranke gegeben gewesen sein. Dazumal sie gequietscht haben könnte; unaufhörlich, die brave Mutter-Sau; auf daß sie eile, in den Stall, die da schlafen hatte wollen; so unbedingt; im ersten Stock: Die heilige St. Notburg vom Scheidewandbergl.
Nicht nur, aber auch dem hintersten Schweinekoben war ausgehänget worden das Holztürl. Und dem suchenden Auge vom Schutzpatron der Schweine an sich, ward es gegeben; es zu finden in diesem und in jenem Teil vom Schweinestall; so ganz anders. Gleichsam als diesen und jenen ›Nur-Holzbalken‹, aus dem – vom Rost angenagte – Nägel emporragten. Förmlich keck, wenn nicht gar kriegerisch nach aufwärts dieser und jener Nagelspitz gezeiget: hinauf zur Decke.

Und ganz so, wie es die Romani-Mutter dem Schweinehirten vom Zweifel-Hof empfohlen, so hatte der zugedrückt die Augen dem Stern mit den zwei Zöpfen; und das Kinderl in den Schlaf gewieget; auf daß es erwache, gleichsam emporgeschreckt aus einem Alp, und es auch bleibe die Magdalena mit den zwei Zöpfen.
Und sodann gebetet und gezürnet der heiligen Notburga; gebetet so lange: bis der Hahn das Morgengrauen eingekräht hatte; gezürnet: nicht so lange.
»Herzmüd ist er; so herzmüd. Und geschlafen hat sie; so lange. Die Heldin der Geduld. Sonne der Liebe?! Allemal Überwinderin deiner selbst? Was weiß schon so ein dalkerter Mensch von so einer, die da geläutert hinauf zu den Himmlischen? Und dann wiederkehret: die Tote unter die Lebenden? Herzmüd ist er halt; so herzmüd und eh nur ein Dodel! Sonst eh nix! Allemal hintennach mit seinem ›I‹ und ›O‹ und ›A‹ und ›E!‹ und ›U!‹ (!); das ist es ja. Das Problem an sich von so einem Dodel; daß er nur dalkert zu denken vermag.«
Und der Dodel vom Zweifel-Hof weinte, genaugenommen bitterlich.
»Wenn ich mir nur diesen und jenen Gedanken halten könnt; so fest, daß ich alles, was da passiert, auch stets zu erkennen vermag als so und auch anders deutbar; als gleichberechtigt und nicht als Entscheidungshilfe tauglich: gegen den, der doch mein Schutzpatron ist! Und so geschützet auch den Keuchhusten-Franz vom Stoffelweg 6, heilige Notburga! Ich will es ja eh nicht fallen lassen in die Jauchengrube des Vergessens! Dazumal hat er es getan, im Jahre sieben des zwanzigsten Jahrhunderts!
Du Sonne der Liebe; wenn ich nicht so herzmüd wär; so schandbar herzmüd. Mög' er mir doch schonen, das Sternlein mit den zwei Zöpfen, mögen ihm doch die Äuglein zugedrückt sein, auf daß es nicht so ins Sinnen kommt; so herzmüd!«
Der Dodel vom Zweifel-Hof hätte es zu schwören vermocht: In dieser einen bestimmten Nacht, im Frühherbst des Jahres 1921, habe die heilige St. Notburg nicht nur ihren wahrhaftigsten und treuergebensten Verehrer vom Zweifel-Hof: den Dodl, gehört. Vielmehr habe die heilige St. Notburg auch geantwortet; und das ja nicht zum ersten Male; sogleich und ohne Umwege; direkt: dem Dodl. Mit dem Ruf:
»Es sei erfüllt!«
Nicht nur einmal. Mehrmals. Immer wieder. Und der Dodl hatte

es gespüret: die Herzmüdigkeit war eh nur die dalkerte Phantasie von so einem Dodel. Genaugenommen nämlich war ihm das Herz stillgestanden und gerannt in einem. Und er hatte der heiligen St. Notburg auch sogleich geantwortet; und das ausführlichst; und bis halt der Hahn das Morgengrauen eingekräht hatte.
»Heilige St. Notburg! Du Heldin der Geduld! Belehret hast du mich wieder einmal! Und das geduldigst! Und irgendwie hab' ich es mir eh schon immer so gedenkt; irgendwie halt! Du Sonne der Liebe! Das hat nicht der meinige Schutzpatron vollbracht; und auch nicht der Schnaps hätt' das so vollbringen können: mir nix dir nix; vielmehr ist es das Entweder-Oder-Problem an sich! Das ist es; und nur das!
Es kann nicht lösen der Mensch: das Entweder-Oder-Problem; und das an sich nicht! Das ist es! Und nur das! Nicht will es dem Menschen gestatten, fortzufliegen und irgendwie halt so hinein: in die Möglichkeit an sich, die da genannt: das Unendliche einerseits und die Ewigkeit andererseits. Und das drückt den meinigen Schutzpatron; und das grausamst. Es zwickt ihn halt und zwackt ihn so und drückt ihn: so rundum! Nach inwärts und nach auswärts!
Heilige St. Notburg! Daß du es mir auch ausgedeutet hast! Und das ganz so, wie es die Art ist von der Heldin an sich: der Demut! Und das bist du allemal gewesen; du Sonne der Liebe! Daß ich es mir auch zugestehen könnt', gleichsam als die Denkarbeit eines gescheiten Menschen; der ich eh nicht bin! Nie gewesen! Und das (!); das muß sie mir glauben: die Heilige vom Scheidewandbergl! Das mag ich mir erst gar nicht einreden, denn ich mag es mir ja auch nicht ausreden müssen! So einer bin ich halt nicht; nie gewesen!«
Und der Dodel nickte; oftmals; und er hatte kichern müssen; und das unbedingt; und sich so geschämt; und sich auch sogleich die Hand vor den Mund gehalten, dazumal es nun der heiligen St. Notburg im Gebet geoffenbart ward, wie dalkert und gar nicht gleichmütig er es zu tragen vermocht: das Lob seiner heiligen Notburga für den Herzmüden, dem es noch gelingen könnte, so ein dalkertes Herz zu retten: vor jener Finsternis, die das Gegenteilige von der Sonne der Liebe gewesen ist; und das ja nicht erst seit heute.
»Es geht sich immer aus; irgendwie. Nur dieser und jener Gedanke muß zusammengedrückt, gezwickt und gezwackt werden; dann und wann. Wuchern dürfen sie nicht; so rundum! Sinnen muß der

diesseitige Mensch, sinnen! Dann faßt er es, was er nicht fassen kann, so ihm die Gedanken zu wuchern beginnen! Ist es nicht so, heilige Notburga?

Entweder: über der Erde. Oder: unter der Erde. Das ist gleichsam der grüne Wollknäuel vom Entweder-Oder-Problem an sich!

Entweder: du bleibst auf dem Zweifel-Hof. Oder: du gehst nach Amerika. Entweder: du bist im Dorfe Gnom. Oder: du bist in Amerika. Das ist gleichsam der rote Wollknäuel vom Entweder-Oder-Problem an sich!

Das entweder über der Erde oder unter der Erde verwutzelt sich mit dem Grund-und-Boden-Problem. Und schon ist es gleichsam gestricket: das rot-grüne Strickmuster vom Entweder-Oder-Problem an sich!

Und der diesseitige Mensch mag sich dann da durchwursteln; durch das Verwutzelte! Und das ist ihm nicht gegeben: dem diesseitigen Menschen. So nicht einem Dodel, aber auch nicht einem Kaspar-Riesen vom Zweifel-Hof!

Heilige Notburga; und nicht soll trennen wollen: der diesseitige Mensch, was doch irgendwie gestricket: die Himmlischen! Und deroselbst möcht' ich auch nacheifern; der Heldin an sich: der Demut! Und es nicht enträtseln wollen; das was gestricket: so geheimnisvoll und nicht ausgedeutet zu werden vermag; von so einem dalkerten Menschenkinderl!«

Und als der Hahn das Morgengrauen eingekräht, hatte wieder geehret – der Verehrer an sich der heiligen St. Notburg, und das ist allemal gewesen der Dodel vom Zweifel-Hof, der es auch bleiben hatte wollen; und das unbedingt zu jeder Tages- und Nachtzeit; und nach jedem schweren Schicksalsschlag – die Heldin an sich: der Geduld.

Viertes Kapitel
WENN ICH SCHON SO NETT
AM PLAUDERN BIN

1
UND SIE RENNT HALT SO GERN IM KRIEG HERUM

Die lustige Gesellschaft gröhlte schnaps-bier-und-wein-fröhlich; der Vater spielte die Geige; Esmeralda sang das nicht übliche Lied: das Lied der schwarzen Chrysantheme. Und der schwarzgelockte junge Musikant aus dem Dorfe auf Rädern summte: das Lied der schwarzen Chrysantheme. Und benutzte die Mundharmonika; dann und wann; und die Geige vom Vater verstummte.
Das Nina-Kind sah niemand; nur die Augen vom 13-jährigen Romani-Mädchen. Sie waren geöffnet so weit, und fanden nicht den Weg nach vorne zur Nina-Familie; und die unglaublich flinke Kugel mit der Glatze, der alles sehende Vlastymil Franz, hatte es angeschaut: das dreizehnjährige Romani-Mädchen und es gehört: das Lied der schwarzen Chrysantheme.
Und dieses Romani-Lied erzählte nichts anderes, als eine wirkliche Geschichte, die das Dorf auf Rädern dort und da, da und dort, landauf landab gesammelt: gleichsam als Geschichte an sich und gleichsam als Bericht an sich von der Mutter alles Irdischen. Und die Mutter alles Irdischen, das war wohl allweil schon gewesen: das Leben selbst. Und das Lied der schwarzen Chrysantheme erzählte der lustigen Gesellschaft die eine bestimmte Geschichte; von der einen, die da genannt ward: die schwarze Chrysantheme und gefunden ward: als Erschlagene.
Und der Vlastymil Franz hatte es angeschaut, das dreizehnjährige Romani-Mädchen, das es auch gespüret und dem auch sogleich die Tränen gekommen; und das große Zittern auf der Stirn und um den Mund; und das unaufhörlich. Das Gesicht vom Nina-Kind schien gleichsam in Bewegung geraten zu sein; wider seinen Willen, mit Hilfe der Gesichtsmuskeln. Und es hatte wohl kundgetan dem Vlastymil Franz; wider seinen Willen: das, was inwärts gebrodelt, nach außen gestrebet, dem Nina-Kind; und das so heftig. Und doch nur bestimmt sein dürfte für das Musikanten-Trio; vor allem aber wohl am Wahrscheinlichsten für den Nina-Vater.
Und der Vlastymil Franz, der Schutzpatron des Dorfes auf Rä-

dern, hatte eh schon die Schnäpse, Weingläser und Bierkrügerl auf der Getränkeausschank niedergestellt; und wutzelte sich eh schon durch die Menschenleiber bis zu dem dreizehnjährigen Romani-Mädchen vor. Und das war nicht leicht: er boxte nach links, er boxte nach rechts; kniff den einen in den Arm; den anderen hinten in den Oberschenkel; biß dem anderen in den Finger; kniff der einen in den Hintern; etwas fester, sodaß sie kreischte gar lustig gestimmt; und dann empört, dazumal es nicht gekniffen: vom stattlichen, aber etwas älteren Schnauzbart des Musikanten mit den etwas angegrauten Locken, der ihr eh schon jene so schnippische Antwort auf die Zunge gelegt – gegen eher realistische Anwärter. Bat den einen um »Platz da!«, und hatte ihm eh nur schon ins Ohr gebissen, auf daß er weiche, der da gehoffet: es könnte die schwarze Rose gewesen sein, die ihn erwählet; und endlich entdecket: das einzig wahre Mannsbild aus der lustigen Gesellschaft.

Und der Gastwirt ›Zum armen Spielmann‹ war schon gestanden: neben dem dreizehnjährigen Romani-Mädchen; und schaute nach vorne: zum Musikantentrio.

Es hatte der stattliche, aber etwas ältere Schnauzbart vom Nina-Vater; mit den etwas angegrauten Locken; die Geige gesenkt; und gelauschet den Klängen der Mundharmonika, die den Refrain vom Lied der schwarzen Chrysantheme bekräftigten, den da sang: die schwarze Rose, gleichsam in weite Ferne entrücket; so rundum: nach inwärts und nach auswärts. Und Nina murmelte; neben dem Vlastymil Franz; gleichsam selbst in weite Ferne entrücket; nein: flehte es, kaum hörbar:

»Esmeralda! Die schwarze Chrysantheme!«

Wenn nicht gar lautlos. Und es hatte auch niemand gehört; nur der alles hörende Vlastymil Franz, der es gelesen von den Lippen. Und Nina sogleich bei der Hand genommen; und entführet aus der Wirtsstube. Und das dreizehnjährige Romani-Mädchen war hinter dem Gastwirt ›Zum armen Spielmann‹ nicht gegangen; eher geschwebet. So träumend: mit hellwachen Augen; und drinnen spielte schon wieder die Geige vom Nina-Vater. Und Esmeralda bekräftigte den, der die Geschichte der schwarzen Chrysantheme erzählte: mit Hilfe der Geige, und eh nur die zweite Strophe von so einem Romani-Lied spielte. Sie gab es kund; der lustigen Gesellschaft; singend: mit Hilfe des Wortes, und der Romani-Knabe gab es zu bedenken; der lustigen Gesellschaft: summend. Und der fast

rücksichtslos in seiner Jugend fordernde Blick war entrücket; in weite Ferne.
Genaugenommen: in das Jahr 1918 schaute es zurück, das Musikantentrio; und hinein in das Dorf Transion; wo es geduldet ward: auf dem Grund der Flunkeler-Bäurin.

Und das wußte der Gastwirt ›Zum armen Spielmann‹, dem es kundgetan: die Romani-Mutter. Und das Nina-Kind hatte mit den Achseln gezuckt; und die Mundwinkel nach unten geschoben; wenn nicht verächtlich so doch spöttisch.
»Was kratzt er sich die Glatze? So dick sein; das ist schon arg! Das ist eh nur das Lied von der schwarzen Chrysantheme, das ihr immer dann in den Sinn kommt, wenn sie so nett am Plaudern ist! Und unsereins schrecken möcht'! Dabei weiß ich das ganz genau, wie das so ist: mit der schwarzen Chrysantheme! Krieg war; und da ist alles erschlagen worden; vorn und hinten auch: Vorn an der Isonzo-Front ist der Flunkeler-Bäurin der Bauer geholt worden: vom Sensemann mit den runden Dingern halt! Und hinten ist die schwarze Chrysantheme geholt worden: vom Sensenmann mit dem Stein halt! Und sie rennt halt so gern im Krieg herum; die Nina-Mutter! Und zurzeit ist halt Frieden! Und das muß ich wissen, weil, so hat mir das ausgedeutet: der meinige künftige Riese!«
Und der Romani-Mutter und dem Vlastymil Franz ward sie gezeigt: die Nina-Zunge. Und schon hatte sie sich geduckt und so gelacht; und der Nina-Mutter die Zeigefinger gezeigt, gleichsam als Hörnderln angewachsen, seitwärts dem Nina-Kopf. Das aber aus sicherer Entfernung.

Vor dem Gasthof ›Zum armen Spielmann‹ war Nina stehengeblieben; und erwacht wider ihren Willen; und sich schon umgedreht; ruckartig und hinaufgeschaut zum Gasthofschild; und gemurmelt; kaum hörbar:
»Zum armen Spielmann.«
Und schon wieder geträumt; mit hellwachen Augen; hinauf zum Gasthofschild. Der Vlastymil Franz kratzte sich die Glatze, das Kinn und wieder die Glatze; und hatte sie sogleich versteckt; hinten: die Hände, von denen es nur zu berichten gibt, daß sie wirklich solid gepolstert waren. Und das so rundum: nach inwärts und nach auswärts.

2
HINTERGRUNDPANORAMA FÜR DEN EINEN BESTIMMTEN BLICK

Den gleichsam in weite Ferne entrückten Blick; den hatte der Gastwirt schon irgendwann in sein Erinnerungsvermögen eingeschrieben; gleichsam als Bild an sich; für sein irdisches Dasein an sich.

Und es war dem Vlastymil Franz diese und jene Schindanger-Geschichte kreuz und quer gefunkt worden im Kopf; nicht aber das Hintergrundpanorama für diesen einen bestimmten, gar in weite Ferne entrückten Blick. Und dieses Hintergrundpanorama ward dem Vlastymil-Erinnerungsvermögen verweigert; zumindest in der einen bestimmten Nacht, im Frühherbst des Jahres 1921; als er gestanden mit so einem dreizehnjährigen Romani-Mädchen vor dem Tor zum Gasthof ›Zum armen Spielmann‹. Dazumal er mit dieser und jener Schindanger-Geschichte beschäftigt war; und mit dieser eigentlich im 19. Jahrhundert umherirrte.

Und einmal auch – ganz kurz – im 20. Jahrhundert. Als er den Geburtsort – und nicht nur den Geburtsort – vom künftigen Riesen bedachte: den Schindanger zu Gnom, der im Jahre 18 des 20. Jahrhunderts vergessen worden sein dürfte, von so einem armen Luder auf dem Schindanger, und erst erlöst worden war von seinem jugendlichen Kreuzzug: von diesem Hof zu jener Keusche; von dieser Keusche zu jenem Hof; als der Franz Kerschbaumer vom Stoffelweg 6 zum Gesprächsstoff an sich geworden für das Dorf Gnom und auch und gerade auf dem Zweifel-Hof. Und derselbe Kerschbaumer Franz erklärte es auch dem Dorfe Gnom, wie das so sei mit dem Schindanger-Rieserl:

»Das ist dann der Bub vom Fabrikler Kerschbaumer Franz, vom Stoffelweg 6! Und niemand soll sich das gestatten, mir den Franzl zu jagen! Nicht mit der Peitsche und nicht mit der Mistgabel und auch nicht mit dem Riesen von so einem Hund!«

Und das Hintergrundpanorama für den einen bestimmten Blick; der sich in weite Ferne entrücket, irgendjemandem; das war das Dorf Gnom des zwanzigsten Jahrhunderts. Genaugenommen das Dorf Gnom der einen bestimmten Nacht; im Frühherbst des Jahres 1921.

Genauer noch: Die lustige Gesellschaft, die da gefeiert den Sieg an sich; im Gasthof ›Zum armen Spielmann‹. Dazumal es der lustigen

Gesellschaft gelungen war, den Kaspar Zweifel von der Trutzburg an sich, dem Stoffelweg 8, hineinzuboxen: in den Gemeinderat. Gleichsam als Mandatar an sich, für all jene Gnomer und Gnomerinnen, die den Engelbert Mueller-Rickenberg; gleich jedem Aufgeklärten; es auszudeuten vermochten, wer er sei; genaugenommen! Nämlich niemand anderer als der Luzifer höchstpersönlich, so wie der Bürgermeister Dr. Schwefel niemand anderer als der Gestank von so einem Luzifer höchstpersönlich. Und den Ferdinand Wolf dann zu erkennen: als den Belzebub-Lehrling an sich, vom Luzifer! Das war eh nur mehr das eins und eins: von einem Aufgeklärten.
Und der Vlastymil Franz hatte sich eh nur die Glatze kratzen müssen; etwas länger. Und das Kinn. Und wieder die Glatze.
»Wenn ich schon so nett am Plaudern bin, so nimmst mich grad bei der Hand und führst mich dahin oder dorthin; landauf landab mag er wandern, der Vlastymil Franz; so wie es halt beliebt: der Nina. Und sie hat ja auch eine Mutter...«
Und die Nina hatte den so nett Plaudernden, der eh nur nachgedacht – und das so lange – angeschaut; düster und war eh nur gestanden auf dem harten Boden eines Dorfes; kurz genannt: Gnom.
Und sie hatte schon festgehalten die Hand, nicht gerade sanft; und sie waren schon gelaufen, auf der Landstraße zu Gnom; und eingebogen; justament dort, wo eine windschiefe Tafel es kundgetan: Das ist der Stoffelweg.
Und der Vlastymil Franz spürte nicht mehr die Hand, die ihm gebrannt so rundum; nach inwärts und nach auswärts; und es hatten eh nur die zehn Fingernägel eines dreizehnjährigen Romani-Mädchens kratzen, zwicken und zwacken wollen; und das so unbedingt und gleichsam im Sekundentakt.
»Wenn ich schon so nett am Plaudern bin, das ist dann meine Hand!«
Und Nina war stehengeblieben; auf dem Stoffelweg.
So leise, kaum hörbar hatte es das Stimmchen gewagt. Und es dann doch gesungen; gar nicht mehr zaghaft; eher heftig, wenn nicht gar wild und so wehklagend.

3
WIE ES IHM PASSIERT SEIN KÖNNTE:
ANNO DAZUMAL

Der Vlastymil Franz kratzte sich die Glatze, das Kinn und wieder die Glatze.
Es nutzte dem Gastwirt ›Zum armen Spielmann‹ nichts. Und auch die gut gepolsterten Hände vom Vlastymil Franz mochten das, was von inwärts nach auswärts gestrebet; und das geradezu gewaltsam und wider seinen Willen; nicht stoppen. Sodaß er es rinnen ließ, was da rinnen wollte; so unbedingt: über das wirklich rundum gut gepolsterte Gesicht von einem Habenichts-Kopf, der gekommen von Irgendwo in das Nirgendwo: Gnom. Und hier erspähet ward: von einer Wirtin, namens Kreszentia, die bald einmal vorgezogen den Namen: Franz, so sich ihr Vlastymil auch bald eingefüget diesem und jenem Gnomer Magen: als nicht vorzüglich, vielmehr vorzüglich an sich, und auch ihr Vlastymil bald geehret ward; landauf landab; als der Koch an sich. Und alsbald war der Koch an sich auch eingefüget der Familienchronik vom Zweifel-Hof als Gastwirt ›Zum armen Spielmann‹, dazumal er ehelichen hatte dürfen, die da bestimmet gewesen seit Anbeginn; zu werden die Gastwirtin ›Zum armen Spielmann‹. Und geblieben war der hungrige Durchreisende aus dem Irgendwo in diesem verfluchten: Nirgendwo.
Und dem Nina-Kind wollten die Füßchen nicht mehr gehorchen, vielmehr sich festwurzeln – so wie es ihm passiert sein könnte, anno dazumal – justament auf dem Stoffelweg-Gehege.
»Sie lachten, lachten und lachten.
Bis der kam, der schwieg.
Und er sprach die Sprache,
die jeder verstand.
Sensemann, o Sensemann!
Was tut der Stein in deiner Hand?!
Chrysantheme, o schwarze Chrysantheme:
So schwarz war die Hand:
Vom Sensemann, o Sensemann:
Mit dem Stein in der Hand.
Das ist das Lied, das Lied, das Lied:
Von der schwarzen Chrysantheme.
Chrysantheme, o schwarze Chrysantheme!«

Der Gastwirt ›Zum armen Spielmann‹ kratzte sich die Glatze, das Kinn, und wieder die Glatze.
Und erst als sein Blick sich angepaßt der Blickrichtung vom singenden Nina-Kind, das da geträumt, gleichsam mit hellwachen Augen entrücket in weite Ferne; sah er den Schatten, der da hin und her schwankte; und das nicht irgendwo; justament: auf dem Stoffelweggehege!
»Eine merkwürdige Verwandtschaft ist da dem Vlastymil Franz passiert«, murmelte der Gastwirt ›Zum armen Spielmann‹, und rieb sich die Augen. Der Schatten näherte sich; gleichsam im Schneckentempo; er wankte seitwärts so; er wankte seitwärts so; und schwankte. Und hatte sich schon gedreht um die eigene Achse; gleich einem Wirbelwind, und war nicht mehr zu sehen.
»Sinne, sinne, mein Nina-Kind!« hatte der Schatten geschrien, und es putzte sich der Vlastymil Franz die Ohren; mit den Zeigefingern:
»Eine merkwürdige Nacht; das muß der Vlastymil Franz schon sagen dürfen.«
Und es hatte gefunkt; unerwartet, aber doch: dem Glatzkopf-Verstand, und er war schon geholpert, unglaublich flink: der Schutzpatron des Dorfes auf Rädern; das Kugerl auf kurzen Stumpen, dazumal der Schatten nicht lautlos geschrumpft sein dürfte; und eher gepumpert sein könnte; gleich einer gefällten Eiche, und das: justament im Stoffelweg-Gehege!

4

ICH TRAU DIR LIEBER NICHT!

Der Schutzpatron des Dorfes auf Rädern hatte finden müssen justament jene, die das Vlastymil-Herz nicht gestattet hatte zu suchen: dem Vlastymil-Verstand.
»Freue dich! An meinem Kummer! Grausame Mutter alles Irdischen! Aber schau nur! Auch in meinem Unglück bleibt mir mehr! Als dir in deinem Glück! Erbarmungslose Siegerin!«
Und es dürfte gezürnet haben, der Vlastymil Franz nicht: der Mutter alles Irdischen; dem Leben selbst. Es könnte eher das Vlastymil-Herz gezürnet haben: dem Vlastymil-Verstand, der nicht belehret worden war von der Mutter alles Irdischen; gleichsam als Schwarzmaler.

Und es hatte doch so gelacht, tief inwärts, in der Kugel mit
Glatzkopf, als es das Nina-Kind gewaget, ihn zu schelten als eh nur
dicklich, und die Romani-Mutter belehret, gleichsam als Kassan-
draschreierin. So er, zumindest indirekt, erhoben ward; zum
Laokoon.
Und es hatte aus sicherer Entfernung gewaget; den Hintern zu
zeigen; die noch nicht alt gewalkte Seele von so einem dreizehnjährigen Romani-Mädchen: den schon sich alt geschrumpelten
Seelen von so einer Kassandra und von so einem Laokoon. Und
das: so ohne Scham; und wirklich keck; und so rundum: unver-
derbt!
Und es hatte doch so gelacht; tief inwärts, in der Kugel mit
Glatzkopf. Dazumal es gestreichelt ward, das Vlastymil-Herz, das
es allemal beliebte, es zu gönnen dem Vlastymil-Verstand; ward er
so drangsaliert und gescholten als beängstigend dumm an sich,
wenn nicht gar als sehr unmodern, bestimmt aber als altmodisch
sich windend: und allemal so rückwärts gewandt, nicht zu fassen
das Gegenwärtige. Und das heutige diesseitige Gnom anzuschau-
en; mit den Augen von anno dazumal, wo alles erschlagen worden
war: vorne grad so und hinten auch.
Und die noch nicht alt gewalkte Seele der Jugend sei nicht willens,
rückwärts zu stolpern; auch nicht mit dem Verstand! Und zurzeit
sei halt Frieden, ob es den Alt-Vorderen gefalle oder nicht, das sei
dann das Problem: so einer alt gefalteten Ziehharmonika von einer
Seele!
Die Nina aber – so auch der Franzl – die mögen den Frieden
anschauen: mit unverderbtem Blick; und es nicht immer regnen
lassen!
Und er hätte es so gerne abbusseln dürfen, so rundum, das
Nina-Kind, das die Zeigefinger gezeiget: gleichsam als Hörnderln
angewachsen, seitwärts dem Nina-Kopf. Und eh nur verwiesen
haben dürfte, den Vlastymil Franz und die Romani-Mutter: zurück in das Reich der griechischen Mythologie. Und das Vlastymil-Herz, das hätte ihn schon gewaget, den Purzelbaum; einmal
nach vorn und einmal nach rückwärts; und auch seitwärts so und
dann seitwärts so.
Diese vom dicklichen Speck, auch Lebenserfahrung genannt, nicht
verfettete Jugend, wollte ihm halt gefallen: so rundum, nach
inwärts und nach auswärts. Und es könnte dieser kecken Jugend
noch gegeben sein, das zweite Jahrzehnt vom 20. Jahrhundert im

dritten Jahrzehnt des 20. Jahrhunderts umzukrempeln; und den Alt-Vorderen den Hintern an sich und die Hörnderln an sich zu zeigen, die da steckengeblieben, im Morast von Vorvorgestern, so rundum; nach inwärts und nach auswärts! Und das möge halt eine noch nicht alt getakelte Seele gar nicht: diesen Moderduft-und-Leichenschmausgeruch! Nicht für das Nina-Herz! Aber auch nicht für den Nina-Verstand! Auch dann nicht, wenn der Moderduft und Leichenschmaus maskiert ward, gleichsam als Sorge und Furcht!
Nichtsdestotrotz hatte ihm der Vlastymil-Verstand empfohlen; und das gar streng; sich doch vorerst einmal mehrmals die Glatze zu kratzen, so auch das Kinn und wieder die Glatze. Und entschieden ward vom Schutzpatron des Dorfes auf Rädern; das Wort zu genehmigen dem Vlastymil-Verstand, nicht aber dem Vlastymil-Herzen, das sich alleweil irre, wenn es wieder einmal zündeln wolle; und vergessen, daß so ein Glatzkopf nicht ein Backofen sei, und das Hirn allemal kein Scheiterhaufen! Der eh nur mehr angezündet werden müsse; so nicht!
»Wenn ich schon so nett am Plaudern bin; mit der Romani-Mutter. Es möcht' halt so manches Menschenkinderl mit so winzigen Handerln die ganze Welt Huckepack nehmen und sie tragen: heimwärts; grad der Mutter! Und sie ihr in die Hand drücken: die ganze Welt (!), gleichsam als Löwenzahn-Büscherl. Und dann wachsen da ja noch die Lilien, so blau und grad wild, auf der Wiesen da drüben; im Stoffelweggehege! Und wenn nicht die Lilien und nicht der Löwenzahn, dann allemal das Buschwindröschen und das Veilchen; und die Herbstzeitlose.
Und unsereins hat sich dann und wann gedenkt; wie das die winzigen Handerln nur d'erschleppen, das Weltkugerl! Als wär' das grad so ein Zyklamenbuschen; gar aus der Neizklamm! Und einmal rennen's heimwärts mit den Schneeglöckerln und den Palmkatzerln, dann wieder mit den Maiglöckerln; und kaum sind die Maiglöckerln nimmer wahr, steht so ein Menschenkinderl wieder da mit einem ganzen Buschen Margariten, lila und blauen Glockerln und Zittergras und lila Knopfblumerln und zwischen hinein hat's noch ein bisserl gelb geben müssen; halt den Hahnenfuß und halt so bunt hat er sein sollen, der Sommerbuschen von der Wiesen; für die Mutter grad noch gut genug!«
So ward es auch geböret vom Herzen der Romani-Mutter. Es ward aber doch die Stirn gerunzelt der Romani-Mutter, vom

Verstand befunket; gleichsam als auf Irrwegen befindlich. Und es hatte begutachtet gar streng, den Schutzpatron des Dorfes auf Rädern, der Verstand so einer Romani-Mutter.
Und es ward auch befunket das Vlastymil-Herz vom Vlastymil-Verstand; gar streng. Dazumal es wieder einmal überlistet haben dürfte, den Vlastymil-Verstand, und sich so irgendwie von hintenwärts ins Maul geschlichen haben könnte, dem Schutzpatron des Dorfes auf Rädern.
»So ist sie halt: die kraftlackelmäßige Jugend! Und hat sich dann und wann doch gedenkt; so keck rundum: nach inwärts und nach auswärts. Hantig soll's mir schmecken dürfen, zwicken und drukken und jucken und zwacken soll's mich dürfen, das Erdkugerl! Dann werden wir es halt einmal Huckepack nehmen und es tragen: das Erdkugerl, und es ihm zeigen, so mir nix dir nix! Dahin und dorthin, dorthin und dahin will ich es tragen: das Erdkugerl! Daß die Alt-Vorderen sich jung schämen, und grad nimmermehr spüren das Augenkugeln! Und rund sollen ihnen die Augerln werden; ein für allemal und so groß (!), ja, ja! Was sie alles kann: die Jugend! Und sich noch ein bisserl mehr schämen, die Alt-Vorderen, bittschön! Ja! Ja!
Und dann ist es passiert und es schaut mit Augerln: so groß (!), die Jugend. Und schämt sich dann: alt.«
Und die Stirne der Romani-Mutter bestätigte es dem Vlastymil Franz: es hatte nun gesprochen der Vlastymil-Verstand sehr gescheit. Und das Augenkugeln der Romani-Mutter war gewichen, dem Blick jener Erdbewohnerin, die fünfunddreißig mal vier Jahreszeiten gesammelt und allzu oft geirret und das Erdkugerl allzu oft begutachtet haben dürfte: geradezu blindgeschlagen; so verliebt und so vernarrt in das irdische Dasein. Auf dem so bunten Erdkugerl.
Und das Maiglöckerl dürft' gewesen sein, allzu oft, eh nur so eine Distel. Und das Zittergras dürft' gewesen sein, allzu oft, eh nur so eine Stachelbeere: aber halt ohne Beeren. Und der Vergißmeinnicht-Buschen; grad eingefrischt für die Mutter alles Irdischen höchstpersönlich, dürfte sich vermodert haben; dann und wann und allzu oft; und aus dem Dünger vom Vergißmeinnicht-Buschen könnte emporgeblühet sein das stachelige Blumengeschöpf an sich; das nicht blühen, wohl aber stechen konnte mit einem giftigen Stachel; und das allemal. Und zu diesem Zwecke ward er doch nicht eingefrischt, der Vergißmeinnicht-Buschen; gleichsam

auf dem Altare der Mutter alles Irdischen höchstpersönlich?!
Und so ward dieses und jenes Menschenkind, dieser und jener Erdbewohner, denen es gegeben: zu begutachten die Erdkugel nur mehr streng und gar zornig. Und im Übermut der Strenge und des Zornes ward halt verdächtigt das Erdkugerl an sich; und der Steinpilz ward geprüfet und befraget:
›Und wenn du nun ein Knollenblätterpilz bist?‹
Und der Brombeerbuschen ward geprüfet und befraget; aus sicherer Entfernung:
›Und wenn du doch bist das Dach nur; für das schon lauernde Giftmaul der Schlange?‹
Und der Erdapfel ward, kaum ausgegraben, schon wieder eingegraben, und das blitzschnell. Da ein Stimmlein ganz tief inwärts geflüstert, in diesem oder jenem Erdbewohner:
›Ich trau dir lieber nicht! Du könntest ja auch sein: die nach inwärts gewachsene Tollkirsche? Und dich maskieret haben, gleichsam zur Frucht an sich für den Hungrigen?‹
Und auch der rote Paradeiser empfahl das Augenkugeln an sich; und ward befraget; auf das Eindeutigste:
›Und wenn du nun doch das Nachtschattengewächs bist; schnurstracks meinem Herz nachgewachsen gleichsam in der Form und auch so rot? Und es mir dann doch wird einmal hineingebissen, das Fruchtfleisch: zum ewigen Feuer im Maul; das mich dann brennt von innen heraus; zu einem Häufchen Asche?‹
Und das Vlastymil-Herz hatte sich gemüht, dem Vlastymil-Verstand jene Gleichnisse irgendwie von hintenwärts ins Hirn hinein zu schieben. Und der hatte es geduldet, eh nicht lange; und bedecket die Schand sogleich; und mit den Händen gestreichelt die Glatze, so auch das Ohr gezwicket und sich die Wange auch gewalket, auf daß er sich ausdeuten ließe für die Romani-Mutter, der von inwärts erhitzte Vlastymil-Glatzkopf, als Knetarbeit seiner Hände. Dazumal der inwärts befindliche Backofen geglüht haben könnte nach auswärts; so rot.

5

ZU DIVIDIEREN: MIT DER ZAHL ZWEI

Und das Augenkugeln der Romani-Mutter war eh schon wieder gewichen, dem Blick jener Jugend, die sich schon geschämt hatte: so alt.

Sie waren marschieret auf dem Schindanger zu Gnom; und der Vlastymil Franz hatte schon dieses und jenes Schindanger-Geschichterl zu bedenken gegeben.
Und sie waren dann auch unter der Eiche gestanden; und hatten in diese und in jene Richtung des Erdkugerls geschaut, und so auch gesehen: das erste Herbstgelb und Herbstrot und Herbstbraun jener Bäume, die da gewachsen; links, entlang des Weges.
»Dahinter versteckt sich die Neizklamm! Ja! Ja! Und alles heißt irgendwie; der Weg aber hinauf zum Scheidewandbergl, der ist geblieben irgend so ein Feldweg ohne Namen! Und das und jenes hab' ich mir so gedenkt. Ja! Ja! Als ich selber noch so ein Schlankel war, hätt' ich grad die Zweifel-Eiche umgeschmissen: so, mit dem meinigen kleinen Finger! Und heutzutag sinn ich so einem Weg nach, dem dieses verfluchte Nirgendwo den Namen verweigert?«
Und der Vlastymil Franz hatte in die Baumkrone der herbstelnden Zweifel-Eiche hineinschauen müssen, mit nach aufwärts gekugelten Augäpfeln, geradezu erbost! Dazumal sich so eine Eichel den Glatzkopf als Zwischenstation erwählt und erst dann die Landung gewaget haben könnte auf dem harten und kargen Boden dieses verfluchten Nirgendwo.
Und es hatte die Romani-Mutter dem Vlastymil Franz die Glatze geputzet, gar streng, auf daß sie nicht lächle; dazumal es eh nur ein Vöglein gewesen sein dürfte, das sein Mägelchen; bestimmt aber den Darm; ausgeputzet haben wollte.
»Ich hab' mir das auch so gedenkt; anno dazumal! Ja! Ja! Schaurig muß es gewesen sein; und so ein Moderduft- und Leichenschmaus-Geruch; auf daß sich die Griechen gleich so einen Laokoon erdichtet haben wollten; und so eine Kassandra! Grausig!«
Und der Zeigefinger vom Schutzpatron des Dorfes auf Rädern hatte die Glatze schon befühlet, die da geputzet ward, wirklich sorgfältig; aber noch immer gerochen; irgendwie so anders. So es empfunden der Vlastymil Franz, dem die Mutter alles Irdischen gestattet hatte: zu entfalten einen eher ausgeprägten Geruchssinn. Und der Zeigefinger, geprüfet von der Nase eines Vlastymil Franz, hatte es geoffenbart auf das Eindeutigste:
»Und grad bin ich froh, daß ich nicht anno dazumal herum laufen hab' müssen auf dem Erdkugerl! Ist es schon passieret; und jetzt steh ich da und denk mir: hast dich redlich alt geschämt; Vlastymil! Sagst: grausig und schon ist er dir da oben geklebet; justa-

ment; und ganz wirklich (!): Der Weg alles Irdischen.«
Und der Vlastymil Franz hatte auf seine Glatze gedeutet, mit dem Daumen.
»Ja! Ja! Und so eine charakterliche Umwandlung zu einem Laokoon; die passiert halt; eher so, von hinten; und ist auch meist auszudeuten: so hintennach. Das hab' ich mir anno dazumal schon irgendwie so gedenkt.«
Und hatte sich der Vlastymil Franz genötigt gesehen, sich zu dividieren mit der Zahl zwei; so ward eh nur der Vlastymil-Verstand ins Feld geschickt, gleichsam als Laokoon, wider das Vlastymil-Herz. Und der Schlachtruf, den so ein Laokoon zu ersinnen pflegte wider das Vlastymil-Herz, das war die Beleidigung an sich:
›Judas! Verkaufet das Erdkugerl an sich; und nicht nur den Menschensohn; für 30 Silberlinge!‹
Und dieses ›Judas!‹, gefunket weiter zum Vlastymil-Herzen, hatte dieses noch allemal gleichsam stocken lassen; und schrumpfen bis zur Lautlosigkeit.
»In dem verfluchten Nirgendwo von Alpträumen geplaget zu sein; das hat schon etwas zu tun mit Hellsicht!
Und es sammelt ja auch das Hirn von so einem Gastwirt ›Zum armen Spielmann‹ die Geschichten grad so, daß er meinen könnt: Auch ein Vlastymil Franz vermag noch zum Judas zu werden, und gleichsam die Mutter alles Irdischen höchstpersönlich verraten; und das Leben selbst aufknöpfen: auf so einen Strick!
Und wenn ich schon so nett am Plaudern bin. Das heilige Weiberl, das da in der Kapelle auf dem Scheidewandbergl Blumerln geopfert bekommt, und das im Frühling, und im Winter, im Sommer und im Herbst; und auch Kerzerln; mag ja ein herziges Bauxerl sein; wenn es der Mensch nicht grad braucht: justament als Schutzengerl! Und das unbedingt, gleich dem Wunder, daß der Erdbewohner sie noch immer nicht ruinieret: die Erdkugel; ja dann! Dann ist es schon passieret: das Wunder. Es läuten die Totenglocken vom Scheidewandbergl. Und das Dorf rennt kreuz und quer.
›Hört! Hört! Unsere Heilige hat geläutet; mit ihrem bronzenen Glöckerl von vierundzwanzig Zentimeter äußerem Durchmesser!‹
Und so eine Heilige, die mit ihrem bronzenen Glöckerl von eh nur 24 cm äußerem Durchmesser nur dann munter wird, wenn da

wieder jemand im Dorf gehen hat müssen, auf daß sie nicht aussterben, die Würmer vom Friedhof, die gibt halt gar arg zu denken?«

Und die Romani-Mutter, so unmittelbar zum Plaudern angeregt, hatte auch geprüfet die Worte vom Vlastymil Franz, dem Schutzpatron des Dorfes auf Rädern.

»Seltsam liebt dieses Dorf seine Heilige; und das erduldet: die Heilige?«

Der Schutzpatron des Dorfes auf Rädern schluckte; und kratzte sich dann sogleich die Glatze; er mußte nachdenken; etwas sorgfältiger:

»Die sind ja tot! Halt hintennach passiert ihnen das: das Heilige?«

Der Gastwirt ›Zum armen Spielmann‹ kratzte sich das Kinn, hüstelte und blinzelte mit den in tiefen Pölsterchen eingebetteten Augen; so als habe er eh nur ein Scherzchen wagen wollen; dazumal er sich nicht als zuständig erachtet hatte; und das an sich nicht: für die Heiligen genau so wenig wie für die Himmlischen.

Und es hatte weder das Vlastymil-Herz noch den Vlastymil-Verstand zu beunruhigen beliebt, daß sich der hochheiligste bischöfliche Kopf zu Donaublau noch kein Pfäffchen zu einer entsprechenden Aussprache erwählet, dem das hochheiligste bischöfliche Köpflein zu Donaublau einschreiben könnte, dieses und jenes Sündlein, gleichsam als Sünde an sich in die pfäffischen Gehirnzellen. Und hiemit die Wanderschaft dieses Pfäffleins nur mehr einen Wegweiser finden dürfte?! Kurzum; diese Sünde an sich war noch keinem Pfäfflein passieret, das es dem hochheiligsten bischöflichen Kopf zu Donaublau empfohlen, denselben weiter zu empfehlen; und das unbedingt: nach Gnom.

»Es gibt nur einen Fachmann für die Heiligen; in diesem Nirgendwo; und das da drüben: ist sein Haus.«

Und der Vlastymil Franz hatte auf die Kirche zu Gnom gedeutet; nicht aber auf den Pfarrhof.

»Der eine thronet irgendwo da oben; und der andere? Ja! Ja! Der da muß erst erfunden werden: von dem einen Fachmann zu Donaublau!«

Und der Vlastymil Franz hatte geknurrt.

»Der eine, der da oben thronet: das ist der Gottvater. Der unten thronet: das ist der Luzifer. Der erst erfunden werden muß: das ist der Herr Pfarrer zu Gnom. Und der Fachmann zu Donaublau; das

ist halt der Bischof. Und zuständiger noch als der Bischof ist der Herr Kardinal. Und zuständiger noch als der Kardinal ist der Herr Papst. Und dann kommen die Wolken und das Himmelszelt; und darüber ist der Zuständige an sich; der Fachmann an sich: der Gottvater. Der hat einen Sohn. Darum ist es auch der Gottsohn. Und dann gibt es noch: den Heiligen Geist. Undsoweiterundsofort!
Und wenn ich schon so nett am Plaudern bin; so möcht' ich doch anmerken dürfen: das Augenkugeln ist da gar nicht angebracht; bei den Himmlischen und den Heiligen soll der Erdenbewohner nicht anklopfen wollen: mit diesem und jenem irdischen Bedenken; weil, sie wollen nicht gemessen sein: irdisch!
Und ich bin so ein Kugerl auf zwei Stumpen; mit Glatzkopf und so rundum nach inwärts und nach auswärts zugewandt der Mutter alles Irdischen, und das ist allemal das Leben selber; und wenn ich schon so nett am Plaudern bin, dann schau' sie mich einmal genauer an: selbst schon kugelrund, fast; das ist der Vlastymil Franz! Und der Form nach allemal erwägenswert als ernsthafter Verkleinerungsspiegel der Mutter Erde, die sich vielleicht auch einmal begutachten hat wollen so, und sich entdecket genaugenommen leicht ellipsenförmig.«
Und die gut gepolsterten Händchen vom Gastwirt ›Zum armen Spielmann‹ deuteten die Konturen seines Umfanges an; und deutete auf sich selbst; mit dem Daumen; und nicht ohne Genugtuung.
»Und der Verkleinerungsspiegel dürfte es der Mutter Erde ausgeplaudert haben:
›Eigentlich bist du ein Ellipsoid; ganz so wie der Vlastymil Franz!‹
Und das Erdkugerl mag vielleicht gekränket worden sein; und auch ausgerufen haben; dann und wann; düster und fast schwerblütig dem Ellipsoid nachsinnend, das da genannt: Vlastymil Franz.
›Ach! Ein Ellipsoid bin ich? Und ich hab' mir allemal gedenkt, ich sei etwas ganz Besonderes?‹
Es ist ja möglich, daß es den Verkleinerungsspiegel zerschellet hat!«
Und der Gastwirt ›Zum armen Spielmann‹ hatte auf sich selbst gedeutet; mit dem Daumen; und nicht ohne Groll. Mit steilen Unmutsfalten zwischen den buschigen Vlastymil-Augenbrauen.
»Auf daß das Erdkugerl nicht mehr sehen muß das Ebenbild; und

es bleibe Lug und Trug, und auf ewig nicht wahr gewesen; so auch nie wahr werdend?«

Und der Vlastymil Franz hatte sich die Augen gewischt und geschluckt; dann und wann; und die Romani-Mutter geschaut; mit förmlich kugelrund modellierten Augen in die Gedankenwelt vom Schutzpatron des Dorfes auf Rädern; und das so genau; und wirklich aufmerksamst.

»Und wenn wir schon so nett am Plaudern sind, es kann nicht überall sein; in diesem verfluchten Nirgendwo: so ein holpriges Faß, das eh nur einherkugeln kann; auf so kurzen Stumpen! Und der riesenhafte Mensch von einem Schwager mag die Sterne nicht; auch nicht die Leut', die ein Riesen-Hirn halt nur zu fassen vermag: als Diebsgeschöpfe; dazumal sie nirgendwo zuhaus sein könnten und damit überall!

Und die meinige Schwägerin wird von der meinigen und so auch der ihrigen Schwiegermutter nur geehret mit dem Namen: Scheidewandbergl-Bäurin! Da es der Notburga gelungen sein soll, dem Riesen von einem Schwager abzutrotzen: die nämliche Totenglocken für die nämliche Heilige! Zumal die anno dazumalige Totenglocken gebraucht worden war vom dazumaligen Gott, Kaiser und Vaterland; vorne: als Kanonenkugel.«

Und sie hatten sich angestaunt; dann und wann; die Romani-Mutter und der Schutzpatron des Dorfes auf Rädern; geradezu ratlos.

6

MICH INS GRAB GRÄMEN WOLLEN

Und es hatte sich eh nur die ellipsenförmige Gestalt vom Gastwirt ›Zum armen Spielmann‹ umgewandelt; nicht der Form nach; eher dem Inhalt nach. Sie ward auf der Landstraße zu Gnom; in der einen bestimmten Nacht; im Frühherbst des Jahres 1921; zu gefühllosem Stein, und nur die Tränen flossen weiter aus den versteinerten Augen.

Und das Dorf auf Rädern hatte den Schutzpatron angeschaut; träumend mit hellwachen Augen; nicht aber wehklagen wollen, nur schweigen und die Nina-Mutter ward gelegt in ihr Bett.

Und es hatte der Schutzpatron des Dorfes auf Rädern geöffnet, die eine Hand der Nina-Mutter, die da geballt ward zur Faust.

»Daß du dich jetzt grad schämst: alt! Aber nicht gleich: so alt«,

sagte der Vlastymil Franz zum Nina-Kind und hatte eh nur angeschaut das Haarbüschel auf dem linken Handteller der Romani-Mutter. Und sogleich die Hand wieder geballet; der Mutter zur Faust. Und nicht entwendet das Haarbüschel.
Und der Gastwirt ›Zum armen Spielmann‹ kehrte zurück zur lustigen Gesellschaft; und hatte dieselbe heimgeschicket: sogleich und so grausam! Nur mehr vergleichbar: dem gefühllosen Stein! Und wider den Willen der Gastwirtin; der Erbschleicher von einem Vlastymil-Koch! Doch allesamt hatten es schlucken müssen; ohne Erklärung. Vielmehr als Befehl an sich; und die Kreszentia hatte sich den Vlastymil ausgedeutet und es sogleich diesem kundgetan:
»Steinernes Herz du! Dich eh nur ins warme Bett hineinsetzen wollen! Grad justament, wo es am lustigsten geworden ist! Und du willst ein Gastwirt sein? Fett bist worden; so rundum; nach inwärts und nach auswärts! Jessas Maria! Das Herz bricht mir entzwei; grad so: in der Mitten! So viel Schnapserl, so viel Krügerl, so viel Glaserl, die da nicht mehr geleert sind! Und mein Bruderherz hat allemal redlich gezahlt; und du (!), du (!), du steinernes Monster du! Mich ins Grab grämen wollen, auf daß'd da allein schalten kannst; ein Erbschleicher bist; und meucheln willst auch noch die Kreszentia! Daß du dich aber da nicht getäuscht hast: mir passiert so ein Mannsbild nämlich nur einmal. Und dann nimmermehr. Und daß ich dir nicht aufkündig'!«
Und die Kreszentia hatte eh nur geweint so bitterlich; nichtsdestotrotz ward sie nicht getröstet vom lieben Vlastymil, aber – geohrfeiget; und das war der Kreszentia noch nie passiert; doch sie hatte es dann doch getragen; irgendwie; ohne Widerrede. Und war hinter dem Vlastymil Franz die Treppe hinaufgeschlichen; so still, geradezu lautlos.
Es hatte aber nicht beschämet: den Gewissenlosen! Und das steinerne Mannsbild hatte sogleich geschnarcht.

Fünftes Kapitel
KOCHENDE LAVA

1

WO ER WACHST, DER EWIGE ERDAPFEL

Nach dieser einen bestimmten Nacht, im Frühherbst des Jahres 1921, begann der Tag eher wortkarg. Nicht nur, aber auch auf dem Zweifel-Hof und auf den Feldern, Wiesen und Äckern vom Zweifel-Hof.
Um den Stubentisch waren sie gesessen; der Jung-Bauer und die Jung-Bäurin; der Alt-Bauer und die Alt-Bäurin; Klein-Kaspar und Klein-Magdalena; und das Gesinde.
Unter dem Stubentisch war er gelegen; der Riese von einem Hund und hatte geknurrt; dann und wann; dazumal ihn einer zu treten beliebte: der Großknecht; dann und wann. So ihn aber der Riese von einem Herrn drangsalierte; nicht ohne Genugtuung; hatte er gewinselt; dann und wann.
Der liebe Tata schwieg, die liebe Notburga schwieg, so auch der liebe Opapa und die liebe Omama. So auch das Gesinde; und einer fehlte: der Freund von Klein-Magdalena. Dazumal ihn Klein-Magdalena nicht wachrütteln hatte wollen, der da erst eingeschlafen sein dürfte, als der Hahn das Morgengrauen einkrähend, Klein-Magdalena emporschrecken hatte lassen mit seinem »Kiekerikie!«

Der Schweinestall, so ganz anders anzuschauen als üblich, hatte es Klein-Magdalena kundgetan; ein für allemal:
»Nix hast da geträumt; das ist schon so; und gar nicht anders!«
Und Klein-Magdalena war in die Stube gehuscht; still, geradezu lautlos.
Und sie hatte gewühlt; in dieser und in jener Schublade; in der Nähschatulle; und sämtliche Kredenzladen durchwühlt; mit Händen, die zittern hatten wollen; so merkwürdig wider ihren Willen.
»Kruzifixitürken! Daß'd dich endlich finden laßt! Dich verstecken wollen; auf daß ich erwischt werd'; und es mir die liebe Omama auf den Kopf zusagt, ich sei es gewesen und niemand anderer, der da ein bisserl g'schaut hat; nicht nur in der Nähschatullen; auch da und dort, dort und da! Und das heißt sich dann: was wirbelst alles

durcheinander und schon weiß ich wie das so tut! Tätsch so und tätsch so! Und gewalkt bin ich, daß es mir ganz anders wird. Und nur, weil du Verstecken spielen willst; grad justament dann, wenn es sich mir gar nicht ausgeht mit der Zeit!«
So gescholten hatte sich die Kerzenschachtel finden lassen; in der Lade vom Stubentisch; ganz hinten.
Und Klein-Magdalena war wieder geschlichen in den Schweinestall; die Kerze in der rechten Hand und auch das Zündholzschachterl. Und es angezündet, das Kerzerl. Und Klein-Magdalena hatte geglühet, so rundum; nach inwärts und nach auswärts; und es gescholten, das Kerzerl; nicht nur gekränkt, auch empört, wenn nicht gar erzürnt an sich; und dem Kerzerl gedrohet mit dem Zeigefinger, auf daß es ja nicht umzufallen wage, es vielmehr zu schätzen wisse: die Ehre!
»Was willst denn noch mehr: dürfen? Ha?! Wenn es so düster ist, und sie doch hinaufklettern muß die Himmelsleiter und doch verfehlen könnt': wenn nicht die, dann die nächste Sprosse von der Himmelsleiter! Und dann ist sie schon purzelt, seitwärts hinab; gar tief, so tief! Und wenn's um sich schaut, das arme Mutter-Tierlein! Und es ist nicht auf dem großen Erdapfelfeld von so einem Schweinehimmel! Dann kennt sie sich aus; und wie sie dann quietscht, die arme, arme Mutter-Sau! Und niemand hörts dann! Weil, sie ist ja gelandet: in der Schweinehölle! Und in der Schweinehölle gibt es nur einen Eingang, wo du hineinfindest! Nicht aber den Ausgang! Den gibt es doch nicht in der Höll! Nur im Fegefeuer! Und dann muß sie sich jagen lassen mit dem Spieß! Ja! Ja! Und die winzigen Belzebuben quietschen, weil es sie so freut, wenn sie sich so schreckt, die fürs Quietschen geboren worden ist, da oben, auf dem Erdkugerl! Ja! Ja! Und die eh schon vom ewigen Feuer verbrannten Belzebub-Tatzerln ziehen es dann; am Eingeringelten; einmal seitwärts so, einmal seitwärts so; und dann kommt der Luzifer höchstpersönlich! Ja! Ja! Und zerrt es; an sich und ein für allemal; zum Spieß! Und vom ewigen Feuer sind seine Pratzen schon ganz rußig geschwärzt; und ausschauen tut er, der Luzifer; grausig! Und kann sich eh nur nicht ausdeuten, das arme Mutter-Tierlein! Dazumal ihn da unten im ewigen Feuer auch der ewige Durst plagen könnt; und er sich einschenkt; eh schon: ein Schnapserl nach dem anderen! Das ist aber dann nicht irgend so ein irdischer Schnaps! Das ist der höllische Schnaps?! Gelt? Und daß du mir das auch ja nicht vergißt! Und schön brennst, bittschön!

Und es mir hinauffind't: dorthin, wo er wachst, der ewige Erdapfel, für so ein braves Mutter-Tierlein! Gelt?! Trau dich ja nicht! Weil, dann hast ausbrennt. Und bist gewesen: das Kerzerl, das nie brennen hat dürfen. So, daß es auch hineindarf: in den Kerzerl-Himmel.«

Und Klein-Magdalena starrte auf die bläulich-schwarzen Halbmonde, die eine lange Nacht unter die Augen vom Brüderchen gezeichnet hatte.
»Aha.«, sagte sie; nicht ohne Genugtuung; und die liebe Omama hatte die geschwätzige Nachtigall sogleich getreten, wider das Schienbein. Und das Brüderchen, das dem Schwesterchen geantwortet; nicht ohne Genugtuung.
»Aha.«, ward belehrt; von der lieben Omama, die das Ohr vom geschwätzigen Enkel allemal zu erwischen beliebte, und es auch gedreht, wider den Uhrzeigersinn. Und Klein-Kaspar, dem sich die Augen mit Wasser gefüllt; wider seinen Willen; hatte es nichtsdestotrotz gesehen: Eine lange Nacht hatte dem Schwesterchen bläulich-schwarze Halbmonde unter die Augen gezeichnet.
Teils erstaunt, teils empört, wenn nicht gar erzürnt an sich; hatte der liebe Tata die Zwillinge begutachtet; so genau und so lange; ewig lang.
»Was ribbelt's die Augen! Schlafen wollen in aller Herrgottsfrüh? Muß ich euch denn immer wieder den Hintern teeren, auf daß er picken bleibt auf dem Stuhl; und ihn das Wetzen nimmer so recht g'freut?!«
Und die Zwillinge hatten den lieben Tata eh schon belehrt, daß derlei wirklich nicht nötig sei. Und das dem lieben Tata kundgetan; still, geradezu lautlos. Sie waren gesessen, gleich Kerzen-Säulen; den Blick gesenkt in kindlicher Andacht. So es dem lieben Tata geoffenbart ward; die verstanden ihn allemal; so er es zu bedenken zu geben beliebte mit diesem einen bestimmten Blick, der anzukündigen pflegte; diese oder jene Erziehungsmaßnahme: teils erstaunt; teils empört; wenn nicht gar: erzürnt an sich.
Und der liebe Tata hatte sich genaugenommen eh nur sachte den Kopf befühlt, dazumal ihm der förmlich auszuwuchern schien, und willens dünkte, weiter anzuschwellen. Und der liebe Tata hatte eh nur die Spätfolgen so einer lustigen Gesellschaft erläutert; und aus doch eher verständlichen Erwägungen heraus das Schnapslulu vergessen zu erwähnen. Und das konnte nur so sein;

und gar nicht anders. Dazumal auch Klein-Magdalena dies und jenes zu vergessen beliebte, auf daß es die liebe Omama nicht unnötig beleidigen müsse und anregen: zu dieser oder jener Erziehungsmaßnahme, die sich aber dann doch irgendwie nicht voneinander unterscheiden ließen; eher einander ergänzen durften.
Und der Mund der Notburga war der Strich, gleich dem gespannten Bogen einer Armbrust.
»Ist das ein Hornissentanz.«, sagte der Kaspar-Riese und es ward begutachtet: teils erstaunt, teils empört, wenn nicht gar erzürnt an sich, das Weib vom doch eher ausgeprägten Mannsbild: Notburga.
»Bist in kochende Lava hineinpurzelt?«
Die Mägde hatten geschluckt; mehrmals. Und auch gekichert; immer wieder. Und dieser und jener Phantasiestrang ward angeregt: dieser und jener Magd. Und diese und jene Magd hatte sich sogleich gedacht: rot; nach auswärts. Dazumal es sich nicht geziemen dürfte, sich zu fragen, wie das wohl sein könnte, wenn so eine Notburga hineinpurzelt: in kochende Lava.
Die alten Bauernsleute zuckten mit den Achseln; und die Alt-Bäurin bekreuzigte sich. Und hatte eh nur getröstet das eher ausgeprägte Weibsbild von einer Notburga. Den Trost für Notburga aber nicht entwischen lassen wollen; dem Munde: mit Hilfe des Wortes.
»Der liebe Bub, der! Er ist ja eh nur außen herum: so ein Mannsbild halt, das es sagen muß dürfen; irgendwie!«

2

DIE TRAUER DER »SO-IST-ES-HALT-KLUGHEIT«

Klein-Magdalena hatte es schon wieder vergessen, wie das so sein könnte, wenn der liebe Tata den Hintern teeren mußte mit seiner Pranke, auf daß dieser nicht mehr so geplagt werde vom Wetzen, das ihn doch allemal wundscheuere, den Hintern. Und auch das Seufzen war ihr passiert und das die Augäpfel-Drehen; grad hinauf zur Decke, und hin zum lieben Opapa und hin zur lieben Omama und hin zum lieben Tata.
Und es hatte der liebe Tata doch gehört; die Offenbarung vom schon so lange sinnenden Opapa, der allemal grad justament dort hinschauen hatte müssen, wo ein Stuhl fehlte; dazumal ihn Klein-Magdalena gestellt in die Nebenkammer; auf daß er nicht so

unbedingt fehle, der noch nie gefehlt hatte.

»Irgendetwas fehlt da am Tisch«, hatte der liebe Opapa gesagt und sich das Kinn gekratzt und sich auch sogleich geräuspert und am Ohr gezwickt.

»Na klar! Der Dodel!«

Klein-Magdalena schluckte mehrmals; und hatte schon getreten den Zwilling: wider das Schienbein.

»Du Depp, du! Nix und niemand fehlt da! Da ist alles ganz; rundum! Alles ganz! Gelt, Tata?«

Und Klein-Kaspar hatte auch sogleich dem Zwilling beigepflichtet.

»Ja! Ja! Da fehlt nix und niemand! Rundum: Alles da! Und eh alles in bester Ordnung! Gelt, Tata?«

»Aha.«, knurrte der liebe Tata immer wieder. Und hatte geprüft Klein-Magdalena; streng und so lange; ewig lang, aber teils auch erstaunt.

»Der Dodel fehlt.«, sagte die liebe Omama, und hatte den Zwillingen schon gedreht das Ohr wider den Uhrzeigersinn. Zuerst Klein-Magdalena und dann Klein-Kaspar.

»Daß er da ist, und das alsbald, und das schon jetzt!«, gab der liebe Tata zu bedenken; und hatte es eh nur gebrüllt; und den Weg gewiesen den Zwillingen; zur Tür.

»Tata! Lieber, lieber Tata!«, flehte Klein-Magdalena. Nein: schrie es. Und hatte eh nur den lieben Tata erinnern wollen; rechtzeitig an das, was ihm doch passiert sein dürfte: mit seinem Schnapslulu; nicht im Abort!

»Nicht im Abort! Nicht im Abort! Tata, lieber, lieber Tata!«

Und die liebe Omama hatte sich an die Stirn getippt; seitwärts. So auch der liebe Opapa. So auch der Großknecht. Und dann dieser und jener Knecht. So auch die Großmagd. Und dann diese und jene Magd.

»Das ist die Nachtigall; der rennt alles kreuz und quer.«, hatte die liebe Omama dem eher ausgeprägten Weibsbild von einer Schwiegertochter kundgetan. Und der liebe Opapa hatte seufzen müssen; immer wieder; und es bestätigen: Leider Gottes; mit mehrmaligem Kopfnicken.

Und die Trauer der »So-ist-es-halt-Klugheit« hatte sie allesamt prüfen lassen; diese und jene Erinnerung, die eingeschrieben worden sein dürfte; nicht nur den Bauernsleuten vom Zweifel-Hof; vielmehr auch dem Gesinde.

Und nur eine hatte sich das nicht so genau ausdeuten können, wie das so gewesen sein dürfte: mit der Magdalena von anno dazumal. Und dem Kaspar von anno dazumal. Und es hatte der einen nur geantwortet das »Sich-Bekreuzigen« und das die »Augäpfel-Drehen« seitwärts so und seitwärts so, und so auch himmelwärts. Wenn es die Scheidewandbergl-Bäurin doch wissen hatte wollen, und diese und jene Gelegenheit günstig gewähnet und es so auch gewaget: zu befragen diese und jene Magd, die eh schon belehret worden war von diesem und jenem Blick der allgegenwärtigen Alt-Bäurin, der sie gestrafet; und das sogleich, mit dem Staunen an sich, geoffenbart durch die eine Augenbraue, die gerutscht war der Alt-Bäurin, so hinauf und hinein in die Stirn.
»Bist denn verhext? Daß'd dastehst: wie festgewurzelt?«
Und der liebe Tata hatte Klein-Magdalena den Weg gezeigt; höchstpersönlich. In den Schweinestall.

3

KERZEN-SÄULEN

Und der Jung-Bauer höchstpersönlich war willens, den Dodel zu holen; auf daß sie gewahrt bleibe: die Ordnung auf dem Zweifel-Hof. Und ein Exempel statuiert werde: dem Gesinde, daß derlei Unregelmäßigkeit eigentlich nicht zu passieren beliebte: auf dem Zweifel-Hof.
Und gleich Kerzen-Säulen waren sie gesessen auf ihren Stühlen, die Knechte und die Mägde. So es anempfohlen: der Großknecht den Knechten. So es anempfohlen: die Großmagd den Mägden. Voran der Großknecht und die Großmagd, hintennach die Knechte, und auch die Mägde, lauschen hatten müssen: und das andächtigst, ob es nicht auch schon bald zu hören sei: das »I!« und »O!« und »A!« und »E!« und »U!« von so einem dalkerten Menschen, dem der Frevel an sich passiert sein dürfte; dazumal es der Hahn doch laut genug kundgetan mit seinem »Kikerikie!«; wann geendet die Nacht.
Der liebe Opapa blickte den Großknecht an; gar streng, wenn nicht auch erstaunt; und die eine Augenbraue war ihm doch gerutschet, so hinauf, und hinein in die Stirn? Und das schon so lange! »Das war denn aber nicht der Dodel!«
Und der Alt-Bauer hatte eh schon auf den Tisch geklopft; mit der Faust; mehrmals.

»Himmel und Hölle!«, hatte der Großknecht den Knechten zu bedenken gegeben, und sich eh schon bekreuziget; gleich drei Mal; und war eh schon gepoltert; abwärts die Treppe und dann seitwärts und hintennach die Knechte.
Und diese und jene Magd war schon hin- und hergewetzt auf dem Stuhl. Und so auch die Großmagd. Die Jung-Bäurin aber hatte beenden wollen; zuerst die Morgenandacht; und es so auch getan. Und es zu bedenken gegeben; der Großmagd und auch den Mägden; mit erhobenem Zeigefinger. Und erst nach dem »Amen« vom Gebete.
»Ohne den Herrgott wird nix eingeschlafen, nix geträumet, nix aufgewacht, nix aufgestanden, nix gegessen und so: auch nix vollbracht! Weil, ohne den Herrgott wird alles zur Sünd!«
Und erst dann hatte sich die Jung-Bäurin erhoben; so auch die alten Bauernsleute und die Alt-Bäurin hatte sich bekreuzigt drei Mal.
»Das sagt die Scheidewandbergl-Bäurin schon ganz richtig!«, und sich die Augen gewischt.
Und sie sind eh schon gepoltert abwärts die Treppe zu den Ställen und dann seitwärts; und hintennach die Großmagd und hintennach die Mägde.

4

IM NIRGENDWO FESTGEWURZELT

Und der Jung-Bauer hatte die Pranken zu Fäusten geballt und sich den Brustkorb massiert; schon so lange; ewig lang. Und geweint und wehgeklagt so bitterlich. Und sich die Haare gerauft; und die Augäpfel gedreht, seitwärts so und seitwärts so; so auch himmelwärts. Und eh nur hinaufgestarrt zur Decke vom Schweinestall und die Hände gerungen; gleichsam den himmlischen Gottvater anklagend, der das geduldet. Und es nicht gejaget, das schwarzzottelige Diebsgesindel, das gekommen aus dem Dorf auf Rädern. Und das heimlich und das nachts; auf daß es verwüste dem den Schweinestall, der es sogleich nicht dulden hatte wollen auf dem seinigen Grund und Boden; das schwarzzottelige Diebsgesindel, das überall zuhause sein durfte; landauf landab; und damit im Nirgendwo festgewurzelt sein mußte.
»Ruhelos hetzen sie von Ort zu Orte; verwüsten dem das Heim, schänden dem das Kind und stehlen dem das Huhn und mir, mir

erschlagen sie gar: die Sau an sich! Das Muttertier an sich! Und der himmlische Gottvater! Schickt er den Donner, schickt er den Blitz; auf daß richte die himmlische Gerechtigkeit wo sie schweiget: die irdische Gerechtigkeit?! O nein! O nein!«
Und es hatte geballt der Kaspar die Pranke schon wieder und nun gedrohet dem himmlischen Gottvater; so auch der Großknecht; so auch dieser und jener Knecht; doch nicht allesamt. Und auch nicht die Großmagd; und auch nicht diese und jene Magd; vielmehr gerufen, gleichsam im Chor; hintennach der Notburga.
»Herrgott vergib! Ist's doch nur der Bauer, der dich eh liebt; tief inwärts! Ganz so wie die Bäurin!«
»Dann werden wir halt der himmlischen Gerechtigkeit Fußerl wachsen lassen müssen: Irdische! Am besten gleich: den Siebenmeilenstiefel!«
Der es so kundgetan; nein, gefleht; es aber auch gebrüllt haben könnt: das ist der liebe Tata gewesen.
Und es war schon marschieret; das gesamte Gesinde; voran der Riese aus Tatendrang und Gewalt; seitwärts zur Rechten der Großknecht; seitwärts zur Linken die Großmagd; seitwärts hintennach zur Rechten die Knechte; seitwärts hintennach zur Linken die Mägde. Und zwischen den Mägden und Knechten waren marschieret: die alten Bauernsleute; voran den Riesen aus Tatendrang, Kraft und Gescheitheit ausschreiten sehen dürfend; gleichsam als den Wegweiser an sich: in das Dorf auf Rädern.

5

ZU REIN: FÜR DIE SCHAM

Nur der Notburga ward es beschieden und auf das Eindeutigste im Schweinestall.
»Ja! Kruzifixitürken! Hat denn das Weib keine Scham im Leib? Nicht einen Funken? Sich anschauen so etwas Schwarzzotteliges von einem Mannsbild?! Ja! Duldet denn das die Lilie der Reinheit vom Scheidewandbergl! Ha?! Ho! Ho! Daß mir auch der Hintern noch geschändet werden darf! Ja, wo sind mir denn? Sind mir denn in Amerika?! Willst erst hintennach ins Sinnieren kommen, wie das so gewesen sein könnt? Und muß ich mich grad im vorhinein auch noch genieren müssen für so ein Weib, das mir auch noch zu rein ist für die Scham? Hat es dich denn die Sonne der Liebe vom Scheidewandbergl nicht gelehret, was da so einem Weibsdrum

passiert, wenn es grad angeschaut wird von so einem Schwarzzotteligen? Geschändet ist's; und das auf der Stell! Und ich in der nächsten Nacht schon verseucht; grad noch gut genug für den Schindanger; so wie das brave Muttertier an sich! Ja! Ja!
Und jetzo schaust, daß'd hinauf findest und zusperrst die Stubentür! Und zusperrst das Haustor! Und ihn knurren läßt, den Riesen von einem Hund! Und nix hörst und nix siehst, nur still bist, bis unsereins wiederkommt; und es auf ewig nimmer find't den Weg zurück: nach Gnom! Und dem Dorf auf Rädern der Siebenmeilenstiefel wachst; schnurstracks hinunter zur Höll'! Oder willst sagen, dein himmlischer Gottvater hat sich nix dabei gedenkt, wie er die Höll erschaffen hat wissen wollen? Ja, Kruzifixitürken! Wenn der schlaft, muß unsereins ja einmal erwachen. Oder nicht?«
Und er hatte sich schon wieder die Brust massieren müssen, auf daß es nicht bräche grad entzwei so in der Mitten, das Herz von so einem braven Bauernsmann, der noch allemal gliebet so eine brave Sau an sich: innigst und noch allemal gewesen ist der Schutzpatron vom Dodel, der da gekniet vor seinem Bauern: der Schutzpatron der Schweine an sich vom Zweifel-Hof. Auf daß sich endlich besinne sein Schutzpatron, und den Weg finde: zum Dorf auf Rädern.
Und der Schutzpatron der Schweine an sich war wirklich gekniet vor dem Kaspar, der im Jahre 1894 geboren worden sein dürfte, und er hatte umschlungen: die Schenkel vom Kaspar-Riesen, und dem die Hose gewässert mit seinen Tränen. Und ihm dann auch die Hände emporgestreckt und es kundgetan.
»I! O! A! U! E!«
Und das nicht nur einmal. Mehrmals. Immer wieder. Und sich alsbald geschwitzt, geradezu klitschnaß.
»Tata! Lieber, lieber Tata! Ja, Tata! Aber lieber, lieber Tata!«, hatte Klein-Magdalena geschrien. Immer wieder. Und sich einmal den linken Zopf, dann den rechten Zopf, und auch gleich die Zöpfe an sich in den Mund stecken müssen; und lutschen; grad so, als wär so ein Zopf ein Daumen. Und die liebe Omama hatte Klein-Magdalena auf das Goscherl geklopft; mehrmals.
»Das ist dann nicht der Daumen!«
Und die liebe Omama hatte sich sodann bekreuziget gleich drei Mal, und es der Scheidewandbergl-Bäurin ins Ohr geflüstert.
»Das ist es! Genau das ist es: das Fieber im Blut! Hat's es doch erwischt! Das Fieber von der Nachtigall! Ja! Ja! So ist das halt,

wenn man so eine Nachtigall zur Frau Mutter sich erwählet! Ja! Ja!«
Und auch dieser und jener Knecht, diese und jene Magd hatten sich schon so etwas gedenkt. Zumal der Magdalena mit den zwei Zöpfen wirklich die Augen geglänzet: und das merkwürdigst. So auch die Stirn und die Backen und Ohren geglühet: und das merkwürdigst. Grad so, als hätt' sie das Fieber im Blut; von der anno dazumaligen Magdalena, die halt so rundum nix getauget als Bäurin; nicht nach inwärts, und schon gar nicht: nach auswärts.
Und so manch ein Knecht hatte der Magdalena mit den zwei Zöpfen die Wange getätschelt und so manch eine Magd hatte schlucken müssen und sich auch sogleich die Augen gewischt, auf daß es nicht sehe, der arme Hascher, daß sie grad glühe so rundum auf das Merkwürdigste.
Und der Dodel vom Zweifel-Hof war schon gerannt; und hintennach die Magdalena mit den zwei Zöpfen.

6
ZU ERNTEN DIE SAAT

Nur Klein-Kaspar hatte sich zurückgezogen; in den hintersten Winkel vom hintersten Schweinekoben; und sich gekrümmt; gleichsam zu einem Schneckentier; und sich den Kopf bedeckt mit den Ärmchen, und geweint, und das bitterlichst.
Und dieser und jener Knecht, so auch der Großknecht hatten ihm den fast glatzköpfig geschorenen Kopf getätschelt, den er sich bedecken hatte müssen; und dasjenige so unbedingt mit den Handerln schützen hatte müssen, das es nicht zu d'erdenken vermochte: was da passieren konnte, wenn so ein Dorf auf Rädern sich schlich; und das nachts und das heimlich, in so einen Schweinestall.
»Das Hirn hinter deiner Stirn, das d'erdenkt das schon richtig, wenn es das so rundum nicht auszudeuten vermag! Weil, das ist die Finsternis an sich von den Schwarzzotteligen, die unsereins noch allemal nicht ausdeuten hat können, weil uns das halt nicht mitgewachsen ist, das so Verderbte! Das so Schlechte hat halt da drinnen nicht Platz. Also brauchst dich auch gar nicht so schämen. Sowas tut ein künftiges Mannsbild auch ganz anders; es greift zur Mistgabel und zur Heugabel und zur Axt und zum Rechen und zur Schaufel und marschiert. Gelt?!«

Und Klein-Kaspar hatte sich noch mehr gekrümmt und gezittert so rundum: nach inwärts und nach auswärts.
Und der Großknecht hatte sich die Augen wischen müssen; mehrmals. Und dann gerufen:
»Bauer! Ist's nicht Zeit?«
Und der Bauer hatte genickt; stumm; und sich die Augen gewischt, immer wieder. Dann aber mannhaft dem Großknecht ins Auge geblicket; und diesem und jenem Knecht.
»Der Dodel ist eh schon gerannt; schnurstracks voraus ins Dorf auf Rädern! Und mit ihm das dalkerte Dirndl!«, rief die Großmagd. Und diese und jene Magd hatte sich bekreuzigt.
»Jessas Maria! Daß uns das Dirndl geschändet wird von so einem!«
Und in Sekundenschnelle waren sie versammelt gewesen auf dem Zweifel-Hof; und nicht marschieret auf die Wiesen und Felder und Äcker zu ernten die Saat. Und das, obwohl sich der Himmel verdüstert hatte, und den langen Regen anzukündigen willens gewesen, und das Heu in den Heuschober hätte müssen, und das unbedingt; und auch die Kukuruzkolben zu bedenken gewesen wären und die Krautkopffelder; voran aber – vor allem: das Heu! Das Heu!
So es die Notburga zu denken gewaget und es auch kundzutun dem Zweifel-Bauern. Der noch allemal auf dem seinigen Hof der Bauer an sich gewesen! Dazumal er mit einem ganz, ganz anderen Gott-sei-bei-uns fertig geworden sein dürfte, anno dazumal! Und noch allemal sich den Tag so eingeteilt, wie es die Gescheitheit von so einem Riesen dem Tatendrang von so einem Riesen zu empfehlen beliebte. Und die geschändete Ehre von so einem Bauernsmann!
Und der Großknecht hatte dem Riesen von einem Bauern auch beigepflichtet, und es der Bäurin zu bedenken gegeben:
»Die geschändete Ehre von unsereins, die gilt es wohl auch noch zu bedenken? Da lacht uns ja grad das Dorf aus, wenn wir das dulden! Könnt' uns ja grad jeder auf den Hof rumpeln, wenn unsereins meint, es hat grad nur geträumt; und sich auf die andere Seite wälzt? Und uns den Hof anzünden? Bald einmal?!«

7
WER IST DENN DA FRECH GEWORDEN?!

Und dort, wo das Dorf auf Rädern gewaget, sich niederzulassen, dort wurden sie empfangen, die da gekommen waren, bewaffnet mit Sensen und Sicheln, mit Mistgabeln und Heugabeln, mit Schaufeln und Rechen, mit Freßtrögen und Holzprügeln; nur mehr vom Schutzpatron der Schweine an sich und der Magdalena mit den zwei Zöpfen, die sich geherzt und da gehopset, und gedreht im Kreis und getanzet Ringelringelreia; nun endgültig dalkert geschlagen; nach inwärts, so auch nach auswärts.

Und der Vlastymil Franz hatte schon das Fenster geöffnet, auf daß er besser sehe den einen bestimmten Haarschopf.

»Schwager! Wer ist denn da frech geworden?«

»Das Dorf auf Rädern!«, ward dem Schutzpatron des Dorfes auf Rädern zum Bedenken gegeben, und das im Chor; und dieser und jener hatte ihn begutachtet, den Gastwirt ›Zum armen Spielmann‹, gar nachdenklich und sich erinnert, daß der gekommen sein dürfte anno dazumal, und sich eingeschlichen haben könnte anno dazumal; und das heimlich und nachts: Justament im Herzen von so einer Kreszentia, die allemal ein warmes Bett dem bereiten hatte können, der ihr Herztürl aufzustoßen vermochte. Und so manch eine Faust ward geballt, grad justament für den Vlastymil-Koch.

»Heu! Wie der Wind heut wieder pfeift!«

Und der Vlastymil Franz kratzte sich die Glatze und dann das Kinn und wieder die Glatze.

»Und Raben fliegen schon wieder durch die Luft! Daß ich grad meinen könnt', da gibt's bald ein schnäderängtäng, deräng, täng, täng!«

Und der Vlastymil Franz betrachtete den Riesen von einem Schwager mit dem ihm gebührenden Respekt, und nicht ohne Genugtuung.

»Ja, du Glatzkugel von einem Schwager! So ist es! Verwüstet hat mir das Schwarzzottelige den Schweinestall; und dem Muttertier an sich den Schädel zertrümmert! Und das mir! Mir! Mir bleibt auch nix erspart!«

Und die Kreszentia hatte sich schon neben dem Vlastymil sichtbar gewutzelt und es kundgetan dem lieben Bruderherz; und genaugenommen eh nur bitterlich geweint.

»Und mir, mir hat er's nicht glauben wollen! Ich hab's ihm gesagt!

Vlastymil: nicht auf unserem Grund und Boden! Vlastymil! Du bist ein Mannsbild! Und ein Mannsbild muß auch ›Nein!‹ sagen können!«
»Schwager! Einen guten Rat einem Erbschleicher! Was macht der jetzo, wenn er merkt, er hat so ein Herz, hart wie Pudding?«
Und die Magdalena mit den zwei Zöpfen war gerannt, entlang der Landstraße zu Gnom. Und hatte es geschrien.
»Tata! Lieber, lieber Tata! Ja, lieber Tata! Das Dorf auf Rädern ist weg! Es ist nimmer da! Tata! Lieber, lieber Tata! Ja, lieber Tata!«
Und das »I!« und »O!« und »A!« und »I!« und »E!« vom Schutzpatron der Schweine an sich hatten die Magdalena mit den zwei Zöpfen bestätigt, und das grausamst; auf das Eindeutigste.

8

ICH MEIN, ICH TRÄUM MICH SELIG

»Schwager! Gibt's jetzo ein terätätätätärä oder muß ich jetzo auf das wau, wau, wau, wau, wau verzichten? Das kannst mir jetzo nicht antun! Wo du doch so gebeutelt worden bist, heut nacht! Daß ich es justament grad noch vom Fenster aus sehen muß, daß ich es schon wieder spür, tief inwärts: hart wie Pudding!«
»Nicht geträumt hab ich heut nacht? Und nicht gekämpft wider den wildgewordenen Römer? Gestürmt ist er, der Cherusker, eh nur wider das schwarzzottelige Dorf auf Rädern? Und niemand hat es gehört? Und niemand hat ihn unterstützet? Ja! Die hätten ja auch erschlagen können den Bauern vom Zweifel-Hof? So eindeutig in der Überzahl!«
Und der Riese von einem Schwager hatte sich den Haarschopf mit der Pranke untersucht nach den Spuren des Kampfes; und auch gefunden das ihm Fehlende. Und gestaunt, wenn nicht gar ratlos, hinauf zum Vlastymil Franz. Und sodann die Augen geschlossen, gepeinigt:
»Es nutzt nix! Schwager! Es nutzt nix! Mich umgibt allemal granitene Dummheit! Ein anderes Panier kriegst nicht, nicht in dem verfluchten Nirgendwo da!«
Er preßte die Handballen auf die Augen; und dem Zweifel-Sachverstand hatte eh nur das Zweifel-Herz zugeflüstert, daß es durchaus der Niedertracht seines Schicksals entsprach, wenn er den Schwarzzotteligen begegnen hatte müssen; justament, wenn ihm der Schnaps den Kämpferblick getrübt haben, und so auch die

Gescheitheit eines Riesen gedämpft worden sein dürfte; dazumal nicht ein Gefangener ihm geblieben, aus dem Dorf auf Rädern. Sehr wohl aber zertrümmert der Schädel der Sau an sich.
»Justament in so einem bedeutsamen Augenblick laßt mir der Schnaps alles kreuz und quer rennen! Kämpf ich im Stall mit dem schwarzzotteligen Diebsgesindel und ich denk mir nur: stehst jetzo unter dem Kirschbaum oder bist jetzo in Amerika? Und justament in der Nacht, in der ich mein, ich träum mich selig, da kommen's und wollen mir ein Ferkerl verschleppen und die Sau erschlagen, die sich nicht verschleppen lassen mag!«
Und so war es auch: er mochte noch so angestrengt lauschen und so lang; ewig lang. Ihm antwortete nur die Stille des Gesindepaniers aus granitener Dummheit, das sich geschämt an sich und sich das Gepolter und den wagemutigen Bauernsmann, der da gerungen: wahrlich mit einer ganzen Meute von Schwarzzotteligen, ausgedeutet als das ›Eh-nix-Wirkliche‹, das einen doch aus der Nacht emporschrecken hatte lassen, dann und wann. Und der Kaspar ballte die Pranken und drohte mit den Fäusten:
»Auf daß mir nicht der Siebenmeilenstiefel wachst, und der Flügel von so einem Adler!«
»Es nutzt nix! Es nutzt nix! Dir bleibt halt auch gar nix erspart, Schwager! Mußt es halt tragen! Wie so etwas halt ein richtiges Mannsbild tragt! Schlucken und Schwamm drüber!«
Der Riese von einem Schwager blickte empor zum Vlastymil Franz, dem einzig noch Denkenden in diesem verfluchten Nirgendwo. Genaugenommen weinte der Kaspar bitterlich. Und es hatte genaugenommen eh nur etwas länger gedauert als üblich, bis der Bauer und das Gesinde wieder den üblichen Weg gefunden.
»Wo gehen's jetzo hin? Marschieren's denen nach nach St. Neiz am Grünbach oder gar nach Donaublau?«, fragte die Kreszentia; nicht ohne Genugtuung.
»Nix St. Neiz am Grünbach! Nix Donaublau! Dageblieben wird; und das Wetter bedacht; und das Heu! So ganz wie es mir g'fallt!«
»Aber!«
»Nix da! Du gehst erst zum Herrn Pfarrer; kannst auch heut noch marschieren; und dann reden wir zwei wieder; vielleicht! Und wie wirst es dem Herrn Pfarrer sagen? Wiederholen! Kruzifixitürken! Ich möcht's hören!«
Und die Kreszentia hatte es nicht gestattet, dem Vlastymil zu

hören; noch nicht; noch lange nicht! Auf ewig nie wollte sie rutschen: vor dem da auf die Knie!

9
ICH KANN'S DIR DOCH NICHT TOT-REDEN

Und der Vlastymil Franz hatte eh schon vergessen die Kreszentia und es gesehen; das Kinderl mit den zwei Zöpfen, das getanzt mit dem Schweinehirten auf der Landstraße zu Gnom; und das »I!« und »O!« und »A!« und »E!« und »U!« vom Schweinehirten dünkte den Gastwirt ›Zum armen Spielmann‹ eher zu lustig, wenn nicht gar nach Hilfe heischend, dazumal er zugeblinzelt, dann und wann, dem Onkel von der Magdalena mit den zwei Zöpfen. Und der eher nicht singen hatte wollen, ward ergänzet von einem Wirbelwind mit zwei Zöpfen, dem alles in den Augen geglänzt haben dürfte: nur nicht der Schalk.
Und der Vlastymil Franz hatte das Fenster geöffnet, schon wieder.
»Was gibt es denn jetzo?«, schrie die Kreszentia.
»Nix da, weg von mir! Daß ich dich nicht anschauen muß; mit meinem Herz; denn ist's hart wie Pudding, so doch nicht so hart!«
Und der Vlastymil Franz hatte mehr als einen Tag Buß' verlangt, von der Kreszentia. Genaugenommen geschwiegen und das sieben Tag lang! Bis sie es gebeichtet in der Pfarrkirche zu St. Neiz am Grünbach, dem Herrn Pfarrer.
»Und ich habe auch schwer gesündiget wider dem meinigen Manne; und ihn tituliert gar schmählich so und ihn tituliert gar schmählich anders und ihn hiemit gekränket, so rundum, nach inwärts und nach auswärts! Und Besserung hab' ich mir geschworen: ganz innig, ganz innig!«
»Was singst denn da?!«
Und die Magdalena mit den zwei Zöpfen hatte gelacht; so, daß es versteinert dem Vlastymil die Augen.

>»Ringel, Ringel fliegt der Geier!
>Dem lieben Tata rinnt's Lulu!
>Und ich mach' ihm das Hosentürl zu!
>Ringel, Ringel kräht's der Rabe,
>die liebe Mutter liegt im Grabe,
>und was ich weiß, ich niemand
>sage!«

Und die Magdalena mit den zwei Zöpfen hatte nicht mehr tanzen wollen mit dem Freund. Und dem Vlastymil die Zeigefinger gezeiget, auf daß dieser sehe, es seien Hörnderl, seitwärts dem Magdalenen-Kopf angewachsen.
»Jessas Maria! Das sind ja grad die Augen von der Nachtigall!«, kreischte die Kreszentia und war schon geflohen; fort vom Fenster, auf daß sie nicht justament hinausschauen müsse und grad hinein in die Augen von so einem Hexenkinderl.
»Magdalen', magst nicht ein bisserl wandern mit dem Vlastymil?«
»Nix da!«
Und der Freund hatte es zu bedenken gegeben der Magdalena mit den zwei Zöpfen; mit seinem »I!« und »O!« und »A!« und »E!« und »U!«.
»Du dalkertes Kinderl! Wandern mußt; weit, weit wandern! Mit einem, der so gescheit denken kann wie dein Onkel. Ich kann's dir doch nicht tot-reden; stummgeschlagen wie ich bin!«
Und der Schweinehirt hatte die Hände gerungen; empor zum Gastwirt ›Zum armen Spielmann‹, der sich sogleich mehrmals die Glatze kratzen hatte müssen; und das unbedingt. Und dem es geronnen war, gleichsam aus versteinerten Augen, geradezu wider seinen Willen.
Und der Schweinehirt hatte sie festgehalten, die da kratzen, zwikken, zwacken und beißen hatte wollen, und das unbedingt, den Freund; den dalkertsten Menschen, auf der ganzen, ganzen großen Erdkugel! Nur nicht sich die Augen zubinden lassen von so einem dicklichen Speck, der dann allemal hieß: Lebenserfahrung.
»Ich mag nix Blinde-Kuh spielen! Nein! Nein! Nein!«
Und es war eh schon gestanden, auf der Landstraße zu Gnom, der kugelige Glatzkopf; neben dem kleinen Wirbelwind und dem Schweinehirten.
»Rechnen kannst, was'd willst! Du tust zusammenzählen und ich darf dann wegzählen! Weniger und weniger und weniger, und zum Schluß, da steht dann eine Null! Und haben tu ich gar nix mehr! Bäh! Bäh! Bäh!«
Und es hatte so gelacht die Magdalena mit den zwei Zöpfen.
»Ich zähl' weg und du zählst zusammen; und wenn ich mir das ausbitten darf: ich möcht nett plaudern dürfen endlich einmal mit so einem gescheiten Menschenkinderl und nix Blinde-Kuh spielen müssen; weil, das macht mich ganz schwerblütig; so rundum, nach inwärts und nach auswärts. So ist das!«

Und der Magdalena mit den zwei Zöpfen war er wieder aus dem Mund gerutscht, der Zopf, den sie lutschen hatte müssen, und das unbedingt. Eine gewisse Denkarbeit, die es zu unterstützen galt mit Hilfe des Zeigefingers, hatte auch dem Vlastymil Franz gestattet, sich zu verbeugen.
»Wenn ich es wagen darf, und es das Fräulein mag, so es sich doch einhänge; so er nicht allzu glatzig dünkt dem schönen Kind!«
»Depp du!«, knurrte Klein-Magdalena und hatte schon ihr Handerl geschoben in die Hand vom Vlastymil Franz; und war mit ihm marschieret; entlang jenem Feldweg, dem das verfluchte Nirgendwo vergessen hatte, einen Namen zu gönnen.

10
NICHT AUFHALTEN KÖNNEN, WAS DA GEROLLT

Und der Dodel vom Zweifel-Hof war zurückgekehret, gleichsam erleichtert an sich rundum, nach inwärts und nach auswärts, und willens, die Totenwache zu beenden bei der Mutter-Sau.
Und es mit seinem »I!« und »O!« und »E!« und »I!« und »U!« und »A!« nicht aufhalten können, was da gerollt ward, auf einem Leiterwagerl, entlang dem Stoffelweg, Richtung Landstraße. Und sich sogleich geworfen der Schutzpatron der Schweine an sich auf das tote Muttertierlein, das da geworfen neun Ferkerl, und das auf einen Tatsch!
»Runter vom Leiterwagerl! So will es der Bauer! Und so passiert's auch! Auf den Schindanger kommt so eine Sau; weißt denn, was die für eine Seuch hat, so es angegriffen so ein schwarzzotteliger Mensch?« Und vorne hatten gekeucht zwei Knechte. Und hinten hatte gekeucht ein Gnom, der nur wachsen hatte dürfen dreizehn mal vier Jahreszeiten!

Sechstes Kapitel
WINSELN UM NACHSICHT: HINTENNACH

1
BIN ICH DENN DER VLASTYMIL?

Es konnte so, in aller Herrgottsfrühe, eh nur einer über die Landstraße zu Gnom gewankt sein: der ewig durstige Messmer, auf daß ihm ein erstes Schnapserl von der kreischenden Kreszentia eingeschenkt, offenbare: der Vlastymil Franz ist das nicht, mit dem er da feilschte, um dieses oder jenes Stamperl Schnaps mehr.
»Heut' ist denn schon der 22. September und du meinst, so ein Faß ohne Boden hat die Kreszentia noch allemal nicht ruiniert, wird's auch weiterhin nicht tun? Ja! Bin ich denn der Vlastymil? Leer ist das Geldbörserl, leer! Und so auch leer die Hosentaschen! Ratzekahl leer und so gelöchert der Messmer; rundum; nach inwärts und nach auswärts!«
Und die Kreszentia hatte dem Messmer das Geldbörserl geworfen, grad hin vor die Füß, auf daß er sich anschaue die Schand! Und ihm die Hosentaschen umgestülpt, auf daß er sehe die Löcher.
»Rundum ein Faß ohne Boden; oder etwa nicht? Ja! Ja! Daß er sich nicht schämt?! Und daß er nicht schaut, wo er hereingefunden hat? Das Loch soll er sich suchen, und das auf der Stell!«
Und die Kreszentia hatte sich schon zurückgezogen in die Gemächer an sich von so einem Gasthof, auf daß sie walken dürfe ihren Lebkuchenteig und es geoffenbart werde dem streunenden Strolch, wie sich da schinde eine im Revier vom Vlastymil! Und der Nudelwalker hatte gewalkt den Lebkuchenteig, und die Kreszentia gewälzt dieses und jenes Lebkuchenbilderl im Hirn und entschieden zu formen lauter kleine Belzebuben, kugelrunde Belzebuben! Und das schon jetzo! Und auf der Stell! Auf daß es geoffenbart sei dem steinernen Mannsbild von einem Vlastymil, wie es schmerzte ganz tief inwärts weiter: das Glaserl und jenes Stamperl, das Krügerl und jenes Teller, das nicht mehr geleert die lustige Gesellschaft, so doch nicht irgendeiner die Schulden getilgt hätte, und das allemal, gleichsam als das Prinzip an sich: das liebe, gute und zuverlässige Herz von einem Bruder!
»Als wenn ich nicht wüßt', daß ihn das schwarzzottelige Weibsdrum verhext hat! Und nur deshalb, nur deshalb hat er das Diebsgesindel gelockt auf den unsrigen Grund und Boden denn!

Ja! Ja! Und sich wälzen wollen mit so einem garstigen Hexlein, dem es eh schon so verderbt aus den Augen geschaut hat, und das an sich! Und auf dem Schindanger herumstrawanzen; und sich grad justament: unter der Zweifel-Eiche hinstellen mit so einer; und sich tätscheln lassen die Glatz, von so einer Hex! Kreszentia! Ja! Was hab' ich mir da nur ins warme Bett hineingesetzt? Ach, du armes, armes Luder von einem zu großen Herzerl! Z'gut für die Schlechtigkeit von so einem verderbten Mannsbild! Viel z'gut bist; und schinden tust dich krumm für den letscherten Erbschleicher! Arme, arme Kreszentia, du wirst schon sein ein Skelett, wird der Glatzkopf, der dich gemeuchelt, die Sternderl noch immer zählen; und sich den Bauch halten und lachen wird's ganz tief inwärts in der Kugel, wenn er justament vom Scheidewandbergl so hinunterschaut zum Friedhof. Und kugeliger und kugeliger wird der noch, grad von Tag zu Tag, daß es schon merkwürdig ist! Ja, raufst dich halt ein bisserl mit die Würmer, Kreszentia! Mußt halt raufen, Kreszentia! So wird es mir noch tönen nach ins Grab! Anders wird mir; o weh! Ganz anders! Daß ich grad mein, ich seh alles verkehrt!«

Und die Kreszentia hatte bitterlich weinen müssen; grad, als der ewig durstige Messmer es gewaget und eingedrungen in jene Räumlichkeiten von so einem Gasthof, in denen der Gast an sich nicht bewirtet ward. Und schon gar nicht so ein Gast! Und in der Küche dürfte der den Schnaps gesucht und gefunden haben: die Rumpudel.

»Ja, das traust dich tun? So; in aller Herrgottsfrüh? Dem Rum Füß' wachsen lassen: so mir nix dir nix? Grad den Siebenmeilenstiefel nicht, weil ich da steh mit dem Nudelwalker?!«

»Heim will ich dürfen, o heiliger Erzengel Gabriel! Heim ins Paradies! Nicht fortmüssen! Erbarmen, o heiliger Erzengel Gabriel! Erbarmen mit so einem höllischen Durst!«

Und der es so gefleht, war gerutscht auf Knien, hin zur Kreszentia, die schon gezückt den Nudelwalker, gleichsam als Schwert.

»Entzwei werd' ich sie dir schlagen, die Sünd! Dich lehren, die Schulden zu tilgen vorbedacht! Und es dir zum Merken geben, so auch zum Spüren, wie das so ist, wenn da einer meint, er könnt' eh allemal noch winseln um Nachsicht: hintennach!«

Und das »I!« und »O!« und »A!« und »E!« und »U!« von einem Dodel vom Zweifel-Hof hatte die Kreszentia stocken lassen, sodaß sie nicht gespalten ward, die Sünd' vom Sünder; und derselbe

schon entflohen mit seiner Sünd. Und die Kreszentia hintennach mit dem Nudelwalker. Und gestockt grad mitten auf der Landstraße zu Gnom. Der sich da auf das Leiterwagerl geworfen haben könnte, dürfte der Dodel gewesen sein, eh nur vom Zweifel-Hof, so auch die Knecht.
»Laßt denn die Tafel stehen; das ist denn der Wegweiser! Kruzifixitürken! Könnt's nicht aufpassen!«, schrie die Kreszentia und schwang den Nudelwalker; und gleichsam elektrisiert, wie von einem noch nicht ganz so fachgerecht montierten Stromkabel in der Küche, sich erinnert an den Dieb, der da ertappt worden war auf frischer Tat; in aller Herrgottsfrüh.
»Jessas Maria! Der Lump der! Der gibt es wieder her, das Rumflascherl! Stehengeblieben; und das auf der Stell!«
Er war aber schon entkommen über die Landstraße zu Gnom; und hatte schon das schmiedeeiserne Tor geöffnet und es schon wieder zufallen lassen; und schon den Holzpfosten geschoben, und das blitzschnell, auf daß bleibe die Stalltür die trennende Wand zwischen dem Sünder einerseits und dem Erzengel andererseits. Und vereint: die Sünd' mit dem Sünder.
»So ein Schluckerl, ein himmlisches Tröpferl, und du wirst, o Geißlein, so lieblich anzuschauen mit deinen Hörnderln; und so lieblich zu hören mit deinem ›Meck!Meck!Meck!‹. O himmlisches Paradies! War das ein höllischer Durst!«

2

SO SICH DIE OBRIGKEIT EIN SCHLAFERL GÖNNT

Und auch der Herr Gendarm kannte ihn, den ewigen Durst, nicht aber so, wie ein Schnapslump von einem Messmer. Eher so, wie es dem Herrn Kriminalkommissar zu Donaublau entsprach; dem künftigen, der eh bald entdecket werden mußte; und das unbedingt, gleich einem ehernen Gesetz, von den Obersten zu Donaublau.
Und – die schwierigsten Fälle wird er zum Knobeln bekommen – auf den Tisch gelegt; ehrfürchtigst und hiemit auch zum Entknäueln: den vertrackten Fall, der schon manch einem Vorgänger das Hirn ausrinnen hat lassen. Und der da gekommen sein wird – grad aus dem Nirgendwo, das da genannt Gnom – wird sie lösen allesamt; ruhig aber bestimmt. Und wird befördert werden nach St. Neiz am Grünbach und sodann in das Hauptkommissariat gar

zu Donaublau; und derselbe alsbald die Hirnzentrale an sich, der es nur mehr gestattet sein wird zu ringen mit dem Mörder an sich und zu ringen mit dem Bösen an sich; das da allemal so ganz anders einher zu schleichen beliebt, als es sich so ein Herr Gendarm in so einem Nirgendwo vorzustellen beliebt! Ja! Ja! Und allemal maskiert als dieser oder jener eher harmloser Erdenbürger! Ja! Ja!

Und das Schulhaus zu Gnom war die Hirnzentrale von so einem künftigen Herrn Kriminalkommissar zu Donaublau, der da seine Amtspflichten auf das Gewissenhafteste und wirklich bis auf das Tüpferl auf dem i zu erfüllen beliebte. So auch am 22. September, im Jahre 1921, zu Gnom.

Und dem künftigen Herrn Kriminalkommissar zu Donaublau war das Herz stillgestanden und gerannt in einem. Die da ertappt haben dürfte den Klaubauf an sich zu Gnom, das ist die Kreszentia gewesen und niemand anderer. Und er hatte geschluckt mehrmals, und sich den ausgiebigeren Schluck genehmigen müssen auf der Stell, und zurückkehrend zum Fenster nicht mehr gesehen die Kreszentia mit dem Nudelwalker in der Hand; grad in der Mitten von der Landstraße zu Gnom, spähend nach dem Übeltäter.

»Sorg' dich denn nicht, der liebe Michael sieht alles, und ist denn der Zeuge!«, murmelte die Obrigkeit von einem lieben Michael und schnalzte mit der Zunge und war schon gehuscht zum anderen Fenster, auf daß ihm geoffenbart sei, ob sie öffne das schmiedeeiserne Tor zum Friedhof, auf daß sie walke ein bisserl den Klaubauf von einem Herrn Faust, und ihn dann grad vorführe dem lieben Michael? Und die Obrigkeit von einem lieben Michael war schon wieder gesessen hinter dem Riesen von einem Schreibtisch.

»Schlaft sie denn, die Obrigkeit von einem Michl? Der hat mir den Rum gestohlen! Das Flascherl und nicht nur eh nur einen Schluck! Willst denn gar nicht aufwachen?! Michl!«

Und die Obrigkeit von einem Michl hatte sich die Augen gerieben:

»Das heißt denn Michael, und das hat die Kreszentia auch gewußt, anno dazumal, wie der noch nicht da gewesen ist, der Dahergelaufene!«

Und der da geheißen Michael und nicht Michl hatte sich erhoben; langsam und die Faust auf den Schreibtisch poltern lassen, gleich mehrmals:

»Und das ist denn der Tisch von der Obrigkeit, der nicht den Polterer von so einem Nudelwalker gestattet! Daß sie sich das merkt, die gnädige Frau Franz! Und wenn sich die Obrigkeit ein Schlaferl gönnt, so fragt sic auf ewig nicht die gnädige Frau Franz! Und erst wenn das einmal sich merken könnt die gnädige Frau Franz, könnt' die Obrigkeit die Ohren öffnen wollen; und so auch hören: Hat denn die gnädige Frau Franz vielleicht einen Kummer vorzutragen, wo die Ohrwascheln von so einem Michl grad wieder gut genug wären?«
»Ja, Michael! Kruzifixitürken! Was? Magst denn die Kreszentia gar nimmermehr?«
Und die Kreszentia hatte den Nudelwalker niedergelegt, auf dem Schreibtisch der Obrigkeit, fast lautlos; und den lieben Michael angeschaut, gleichsam erstarrt: in Erinnerungen verstrickt und so auch in einer gewissen Andacht, die auszudeuten sich gestattet die Obrigkeit von einem Michl eher zu seinen Gunsten. Und er schluckte gleich mehrmals und war eh schon gerannt. Voraus der Kreszentia, gleichsam als Wegweiser, die Kreszentia hintennach; auf daß endlich der Klaubauf an sich zu Gnom überführt sei, ein für allemal; so ertappt von einem künftigen Herrn Kriminalkommissar zu Donaublau. Und auch aufgestöbert der Flüchtige, in seinem Häusel zu Gnom. Ja! Ja! Und hinüber mit dem Schurken, in das Schulhaus zu Gnom; und hinunter sodenn mit dem Haderwachl und seitwärts, auf daß er sich ergänze, da unten im hintersten Kellerloch, das Sündenregister! Und den allemal leugnenden Herrn Faust nicht ablenke, das Meckern und Quietschen und Gackern, beim Addieren seiner Sünden!

3
BIN ICH DENN DER MEUCHELNDE VATER?

Der Stall des Pfarrhofs zu Gnom war bewohnt; und das seit vordenklichen Zeiten. Eine Ziege hauste daselbst und ein Hahn mit seinen Hennen; so auch eine etwas eher ältliche Sau.
Und das Vieh ward nicht drangsaliert von einer viehkundigen Pfarrköchin. Dazumal keinen Jenseitskundigen zu drangsalieren beliebten die inneren, allzu leeren Räumlichkeiten; gleichsam als sanfte aber bestimmte und allemal unbedingte Mahnung, doch dieser alten Geiß, und wenn nicht jener alten so doch dieser alten Henne, vielleicht der doch eh schon eher etwas ältlichen Sau, den

Weg zu weisen, und sodann auch finden zu lassen, hinein in den Suppentopf oder gar in die Bratpfanne? Und es kundtun zu lassen, gleichsam als Bratenduft: Ein Weiser hatte da entschieden gar weise. Zumal auch so eine alte Geiß noch mundete; gepfleget durch die Hände einer diesseitigen Fleisch-Kundigen. Wie dann erst die Sau?!

Und der Messmer schluckte; und gab es zu bedenken, der Sau und der Geiß, dem Hahn und seinen Hennen.

»Gockogockogo! Ein Schöpflöffel in diesem Suppentopf, gockogockogo! Das dampft ja und dampft ja gar lieblich! Und ein Blick gewaget und gesehen ward: da schwimmen ja grüne Fischlein in dem Süpplein! Woher kommt er denn jetzo, der Herr Schnittlauch!«

Und der ewig durstige Messmer hatte die Augäpfel himmelwärts gedreht; und so auch den Zeigefinger gedreht himmelwärts; und dann dem Hahn ins Auge geblicket, gar streng; und den Daumen gedreht erdwärts: »So dank er mit dem Himmlischen, daß da hat abgelegt der Hungrige nicht nur ein Gelübde! Und das im 19. Jahrhundert, das eh nimmermehr war ist! Es sich nichtsdestotrotz gemerket, im 20. Jahrhundert! Ja! Ja!«

Und der ewig durstige Messmer hatte die Geiß geküßt, gar herzhaft; und die Augäpfel kugeln lassen und den Rumpudel gedrückt; gar innig wider das Herz.

»O! Solche Fettaugen! Petersilie, so grün wie die Insel Hoffnung! Pfeffer, so himmlisch wie höllisch der ewige Durst! Ja! Ja! Und du hast nicht mehr gemeckert!«

Und der ewig durstige Messmer hatte die Augäpfel kugeln lassen, hin zur Geiß, und sich die Augen gewischt. Und sodenn geküßt, den Rüssel von der Sau, gar innig.

»Und so auch du nicht mehr gequietscht!«

Und der ewig durstige Messmer hatte erspähet den Hahn. Und ihm ins Auge geblicket, geradezu ratlos.

»Bin ich denn der meuchelnde Vater meines Sohns?«

Und der Hahn hatte geschwiegen; und das grausamst. Andererseits hätte derlei zu erwägen, allemal bedeutet, daß der Sohn den Vater nicht kannte. Und der ewig durstige Messmer hatte sich gestattet, sich selbst zu belohnen mit einem etwas großzügigeren Schluck Rum. Und sich sodenn den Töchtern zugewandt und sie geprüfet; einerseits mit gar strengem Blicke, andererseits aber auch ratlos.

»Bin ich denn der meuchelnde Vater meiner sieben Töchter?«
Und die Geiß hatte gemeckert und die Sau gequietscht und die Hennen gegackert.
»So ist es, meine sieben Töchter! Von Tag zu Tag weckt euch ein euch liebender Vater! Der euch stets genähret redlichst! Ja! Ja! Heimlich und das nachts, geht er auf Wanderschaft; und kehrt heim mit diesem Erdapfel und jenem Kleeblatt, mit diesem Kukuruzkolben und jenem Heubüschel! Nie aber war ich euch der Vater, der frißt die eigenen Kinderln und sie naget kahl. Rundum ratzekahl!«
Und der ewig durstige Messmer hatte geschluckt mehrmals; und sich die Augen gewischt immer wieder. Sich sodenn auch genehmiget den etwas großzügigeren Schluck Rum.
Die Obrigkeit von einem Michl hatte gelauscht an der Stalltür, mit inniger Andacht und fast kindlicher Ergriffenheit. Und sich auch sogleich registrieret im Notizbüchel das Sündenregister vom Klaubauf an sich zu Gnom: 20 kg Erdäpfeln, ca. 5 Zöpfe Kukuruzkolben, 1 Heubündel für die Sau, 1 Heubündel für die Geiß, ein Heubündel für den Herrn Vater, in summa summarum: 3 Heubündel (!).
Die Kreszentia putzte sich die Ohren mit den Zeigefingern; und hatte es der Obrigkeit von einem Michl ins Ohr geflüstert:
»Wart noch ein bisserl! Und daß'd mir nix vergißt! Auch nicht den Schnittlauch!«
Und hatte schon wieder gelauscht; das Ohr gedrücket wider die Stalltür.
»Bist du jemals gerupfet worden von deinem Vater: so nackert?«
Und der Sohn hatte es endlich gekräht.
»Kiekerikie!«
Und genicket der Vater, nicht ohne aufrichtige Genugtuung, so belobiget und anerkannt vom Sohn. Und die sieben Töchter pflichteten dem Sohn bei. Sie quietschten, meckerten und gackerten und wollten nicht aufhören, ein Loblied zu singen, dem vorbildlichen Familienvater.
»Ja! Ja! So ist es, und gezücket das Schwert, gleich dem Erzengel Gabriel, so es gewaget einer, sich zu nähern dem Hahnenschwanz! Und gleich dem Racheengel mich gestürzet auf den Übeltäter, der da jagen hatte wollen so unbedingt den Sohn vom Vater! Hört! Hört! Meine sieben Töchter! Das ist der allgütige Vater, der da wohnet im Paradiese zu Gnom; in friedlicher Eintracht und im

ewigen Frieden mit den Seinigen! So betet denn auch alle Tag. Und gackert und meckert und quietschet es dem himmlischen Gottvater vor:

›Willig läutet unser Vater die Glocken zu Gnom, wenn er nicht hin und her wälzen muß diesen Gedanken so, jenen Gedanken so, die es sodenn hinab zu spülen gilt, gleich diesem Sündlein und jenem Sündlein, das da vollbracht ward heimlich und nachts; auf daß redlich genähret bleiben, die sieben Töchter und der einzige Sohn vom liebenden Vater!‹

Und so der liebende Vater erntet diesen Krautkopf und jenen Apfel, ein Häuptel Salat und manchmal eine Zwetschke oder zweie, so lohnt es sich nichtsdestotrotz nicht, zu wagen eine Hausdurchsuchung in seinem Häusel?«

Und der nicht nur ewig durstige, auch ewig hungrige Messmer hatte die Rumflasche geschwenkt und gekichert, eh nur hinter vorgehaltener Hand; und dann die Pudel betrachtet, lange und nachdenklich, aber mit kindlicher Andacht und kindlicher Ehrfurcht, gleichsam im Gebet versunken.

Und die Obrigkeit von einem Michl hatte das Sündenregister des Übeltäters an sich sogleich ergänzet im Notizbüchel: 1 umgeleerte Butten: solide 20 Krautköpfe, und mindestens, wenn nicht mehr als zwei Butten voll saftigsten Klee! Und der vom Schnaps havarierte Schädel von einem Klaubauf hatte sodenn auch Äpfel und Salat und Zwetschken gehortet in seinem Häusel!

»Das langt denn für mehrere Jahre düsteren Kerker!«, flüsterte der Herr Gendarm der Kreszentia ins Ohr; und die nickte, nicht ohne Genugtuung.

»Und die Petersilie fehlt noch in dem Register! Und bei mir bittschön: auf frischer Tat ertappt! Jessas Maria! Kannst noch immer nicht rechtschreiben? Klee mit zwei ee dann, gelt? Und Butten mit zwei harten t dann, gelt? Und die Geiß kriegt dann ein e vor das i hin und kein a! So auch der Kukuruzkolben kein g; sehr wohl aber ein k!k!k! Du heiliger Gregorius du; von einem Michl!«

Und die Kreszentia hatte dem Herrn Gendarm die Finger geklopft; mehrmals, und das streng, wenn nicht gar empört an sich, und sodann erst mit dem Zeigefinger das Protokoll da und dort getadelt wissen wollen; und der künftige Herr Kriminalkommissar zu Donaublau schluckte mehrmals.

»Meinst ich rauf' mich da mit dem k oder g von einem Kukuruz-

kolben; und balgen soll ich mich mit so einem a oder e vor dem i einer Geiß?! Wer bin ich denn, ha?!«
Und der Herr Gendarm hatte eh schon gezückt wieder den Bleistift, auf daß protokolliert sei: die Geiß und der Kukuruzkolben und der Klee und derlei Nichtigkeiten; und das korrekt.
»Nichtsdestotrotz hast den Falschen erhört! So rot hättest bei mir die Augerln nicht weinen müssen; und ich bin denn nicht der Michl; nie gewesen; sehr wohl: der Michael, gelt! Und ich werd' es mir wohl dann und wann gedenkt haben dürfen: Dich freut das Lebkuchenherzerl von dem Dahergelaufenen auch nimmer? Aber wir hätten eh bald wieder so einen Kirtag! Vielleicht freut dich jetzo so ein Lebkuchenherzerl von einem Hiesigen, und es tät' dir gar nimmermehr schmecken das anno Dazumalige? Mir brennt's halt noch immer ganz tief inwärts!«
Und der Herr Gendarm hatte auf sein Herz gedeutet, und wirklich geschluckt, und sich wirklich die Augen gewischt. Und sodann nicht widerstehen können und kneifen müssen der Kreszentia den Hintern; etwas fester. Ganz so, wie anno dazumal am Kirtag, wo dem Michl das Lebkuchenherzerl auseinander gerissen worden war, grad in der Mitten.
»So Michl! Da hast es jetzo wieder! Weil ich brauch' es nicht, dein Lebkuchenherzerl! Es schmeckt mir gar nicht!«
Und sich dann auch noch das Handerl küssen lassen, von so einem Dahergelaufenen! Und dann hopsen und hüpfen, daß es nicht anzuschauen, so schandbar, auf dem Tanzboden!
Und die Kreszentia war emporgeschnellt, die sich nicht kümmern hatte wollen und sich auch nicht als zuständig erachtet, für die Erinnerungen von so einem Michl an anno dazumal; und lauschen hatte wollen in das Inwärtige vom Stall, auf daß endlich erkannt sei der eh nur ewig durstige Messmer: als Klaubauf, auch vom Vlastymil! So auch der eh nur ewig hungrige Messmer nur mehr ausdeutbar: als Klaubauf; auch vom Vlastymil!
Und der Herr Gendarm ward belehret. Das sind denn nicht die lustigen Musikanten, die da gekommen aus St. Neiz am Grünbach, auf daß es das Tanzbein schwinge; und ganz werde die lustige Gesellschaft, die da geehret im Herbst, und das Jahr für Jahr, die heilige St. Notburg.
»Nix da! Kirtag! Mich schänden wollen, so nah noch der geweihten Erde?«
Und sie hatte getätscht, dem Herrn Gendarm die Wange; schon

zum ersten und zum zweiten und eh schon zum dritten Mal; mit glühenden Backen.

4

DIE EICHE GIESSEN

So es gezählet der jüngste Knecht vom Zweifel-Hof, und es gedeutet dem Alt-Knecht.
Und dem Alt-Knecht ganz so wie dem Matthias der Mund gestrebet, aufwärts zu den Ohren. Wie es aber der Alt-Knecht beim Matthias, dem jüngsten Knecht vom Zweifel-Hof, gesehen, es sofort getadelt mit der Hand, die sich geballt drohend zur Faust.
»Na wart, du Schlankel von einem Hias, daß'd dich sofort schämst! Das ist denn der Hintern von einem untadeligen Weibe, und da gibt es gar nix zu grinsen!«
So es der Alt-Knecht dem Hias vom Zweifel-Hof in Erinnerung gerufen, daß sie denn nicht irgendwer, vielmehr die Schwester vom Bauern und die Gastwirtin ›Zum armen Spielmann‹ sei. Und sich auch sogleich geräuspert der Alt-Knecht; und eh schon die Kopfbedeckung gedrehet in den Händen; und geschlucket mehrmals, rundum Respekt, nach inwärts und nach auswärts, für die Kreszentia Zweifel, geehelichte Franz.
Und erst dann hatte es sich der Alt-Knecht gestattet, dem Herrn Gendarmen von einem Michl zuzublinzeln mit dem rechten Auge; und das schamlosest und eindeutigst, voll jener Freude, die dem da am allerwenigsten zuzubilligen sein dürfte, zumal der genau so unbeweibt sein könnte, wie er selbst, der Michael!
Dem Schutzpatron der Schweine vom Zweifel-Hof waren zugebilligt nur Sekunden, genaugenommen sechs Minuten, das tote Muttertierlein auf dem Leiterwagerl, das da geworfen neun Ferkerln auf einen Tatsch, zu retten vor der ungeweihten Erde. Und er hatte es geschoben, das Leiterwagerl, rückwärts und schon erreicht das schmiedeeiserne Tor, die Trennwand, die es noch zu öffnen galt; still, wenn möglich lautlos. Und sie hatten nicht gehört das Leiterwagerl auf dem Kies, sehr wohl aber: das Knarren des Friedhofstors, vielleicht auch nur die Kreszentia, die es geschrien, mit glühenden Backen:
»Jessas Maria! Das brave Muttertierlein! Ist das etwa notgeschlachtet für das Schwesterherz? Wohin fahrt's der Dodel denn?«

Und der Alt-Knecht und der Matthias waren willens, dem Dodel einmal zu offenbaren, wie sich das anfühlen könnte, wenn da einer geprügelt werde, gleichsam zu Kukuruzsterz.
»Kukurukuku!«, hatte der Matthias gejohlt und den Mund geklopft mit dem Handteller, gar lustig gestimmt.
»Nix da! Wollt's die Stille der geweihten Erde stören und kriegerisch sein? Grad in der Näh von den Toten?! Der meinige Großvater möcht' dann seine Ruh haben! Und gespukt wird da nur nachts: auf dem Schindanger!«
Und zum Herrn Gendarm gewandt flüsterte die Kreszentia:
»Das Viecherl muß eine Seuch' erwischt haben; die Knecht keuchen vorn, und hintenwärts keucht der dalkerte Mensch! Die wollen so, der so. Und dem rennt alles allemal verkehrt herum.«
Und die Kreszentia hatte sich an die Stirn getippt, und sodenn den Zeigefinger in den Mund gesteckt und nachgedacht:
»Jessas Maria! Und der Rum! Und die Sicherstellung der Diebsgüter?«
Und eh nur den lieben Michael angeschaut, gar flehentlich. Das einerseits, andererseits aber auch ratlos.
»I!A!O!E!U!«, brüllte es zum ersten, zum zweiten und nun schon zum dritten Male; und das so nahe der geweihten Erde.
»Das duld' ich denn nicht!«, brüllte der Herr Gendarm.
»Schaut's, daß verschwindet's mit der toten Sau! Da wird nix begraben! Da wird jetzo verhaftet! Gelt?!«
Und der Dodel vom Zweifel-Hof hat das Leiterwagerl nicht loslassen wollen; und so gekratzt und so gezwickt und so gebissen den Matthias, und auch den Alt-Knecht. Und sodann es auch gewaget, und getreten der Obrigkeit: wider das Schienbein.
Und es wollte sich der Dodel vom Zweifel-Hof nicht schleppen lassen, in das Schulhaus zu Gnom. Und er hat sich losgerissen und geschmieget an die Zweifel-Eiche; und die Rinde benetzet mit seinen Tränen und gewinselt so wie gebrüllt:
»I!O!A!U!E!«
»Du dalkerter Zwerg! Willst die Eiche gießen? Jetzo rinnt ihm das letzte bisserl Hirn aus den Augen heraus! Grad zum Weinen, wenn es jetzo so einen Grund gäb' zum Ausschlagen: wider die Obrigkeit!«, sagte der Alt-Knecht und hat den dalkerten Zwerg eh nur getätscht; fast, aber nicht ganz nachsichtig gestimmt.
Und der Matthias hat es zu bedenken gegeben, mit seinem vom Stimmbruch geplagten Stimmlein, das so geschwanket zwischen

dem heiseren Baß von so einem Alt-Knecht und dem piepsig gewagten Sopran von einer eher für derlei ganz und gar ungeeigneten Kehle:

»Dalkerter Mensch; eine Ruh gibst! Der lange Regen kommt, und unsereins muß sich mit so einem Zwergerl raufen! Daß der Bauer noch denkt, mir wollen verschollen sein, für das Heu auf dem Feld!«

Und der Matthias hat hinübergeschielt zum Alt-Knecht, ob dieser auch anerkenne den seinigen Eifer; und auch billige die gewählte Tonlage. Und der Alt-Knecht hat genickt. Nicht ohne Genugtuung; aber eher zurückhaltend.

5

JESSAS MATTHIAS, HEUT BIN ICH'S

Und es ward der Dodel vom Zweifel-Hof eh nur gezwicket, fast heimlich, vom Matthias, am Ohr und in die Nase.

Von jenem Matthias, dem das Barthaar nicht und nicht wachsen hatte wollen, das er schon so lange gesuchet im Spiegel, und das Tag für Tag. Und es in sein Abendgebet und in sein Morgengebet eingeschlossen als den Wunsch an sich; und das innigst und wirklich allabendlich; und wirklich allmorgendlich.

So es der Dodel vom Zweifel-Hof gewußt. Dazumal er allabendlich und allmorgendlich den Matthias mit seinem »I!« und »O!« und »A!« und »U!« und »E!« rechtzeitig gewarnet, da einer beobachten hätte können, den Matthias mit so einem Splitter von einem Spiegel in der Hand; als wär der gar ein Weiberl.

»Lieber, lieber Gottvater! Du lieber, lieber, ja, so lieber Gottvater! Zeit wär's; schau dir das an! Das ist ja das Kinn von einem Weiberl; so glatt; so glatt! Und nur ein Haar: aber immerhin! Schon eines! Halt mehr sollten's werden! Halt mehr! Daß mich nimmer hänseln dürfen und schimpfen:

›Na Weiberl?! Wachst er dir schon: der Bart?!‹

Lieber, lieber Gottvater! Du lieber, lieber, ja, so lieber Gottvater!«

Und der Matthias war ja kein Weiberl gewesen. Er hatte es vielmehr geübet, immerhin schon mit fünfzehn mal vier Jahreszeiten, den Most zu leeren, ganz so wie ein richtiges Mannsbild, auf daß er sich auswachse, doch noch, allen zum Trotz, zu einem

sehnigen Riesen, dem diese oder vielleicht gar jene eine bestimmte Magd, die Muskeln befühlen mochte; und das unbedingt und das auf der Stell!
Und wenn nicht im Stall, so vielleicht im Heuschober, und wenn nicht beim Heuen, so vielleicht bei der Mahd, und wenn nicht so, vielleicht beim Fensterln bestätige, was sich der Matthias eh schon immer gedenkt: Der da kommen möcht; grad zu mir; das ist ja grad das einzig wirklich wahre Mannsbild zu Gnom; mit dem es sich allemal quietschen, stöhnen, ächzen und keuchen läßt; und das an sich! Jessas Matthias, heut bin ich's?!
Und derlei hatte sich der Matthias nicht nur einmal ausgedenkt; bis auf das Tüpferl auf der Brust genau. Und mit 18 mal vier Jahreszeiten hatte der Matthias vom Zweifel-Hof es nimmermehr nur geübet, den Most zu leeren. Und schon geschwungen die Heugabel ganz so, fast (!), wie der etwas: merkwürdig kraftlose Lackel von einem Großknecht! Und ohne den Most ward ihm die Herrgottsfrüh schon zum Zitterer an sich; grad so rundum; nach inwärts und nach auswärts; ganz so wie das eine und andere Schulterklopfen von dem sehnigen Riesen an sich, dem Bauern vom Zweifel-Hof, höchstpersönlich. Und das vor dem versammelten Gesinde!
»Na Hias! Bist denn bald ein Lackel von einem richtigen Mannsbild, wenn'st so weiter machst!«
Und dieser und jener Kicherer von diesem und jenem Knecht gewaget; so auch von dieser und jener Gans von einer Magd, ward noch allemal gestoppt von dem Gottvater von einem Bauern höchstpersönlich!
»Das ist denn das wahrhaftige Wort von einem Kaspar gewesen; und nicht der Schalk von einem, den da druckt manchmal die granitene Dummheit! Wer ist denn das jetzo, den sie druckt? Ich könnt' ihm den Eiterbeutel schon quetschen; heraus aus dem Hirn!«

Der Herr Gendarm von einem Michl kratzte sich den Hinterkopf:
»Ich weiß denn jetzo nicht, ob das sein soll. So einem Menschen das Hirn ausgeronnen; gehört er jetzo in das Narrenhaus zu Donaublau. Und das ist allemal die Festung gewesen und doch nicht das Kellerloch von einem Schulhaus zu Gnom. Und das Gesetz beugen, das tut er denn nicht, der Michael!«

»Er hat gewaget, den Fuß zu strecken wider die Obrigkeit!«, schrie der Matthias und donnerte mit der Faust auf das Protokoll von so einem Michl.

6
HEUMANDERLN WARTEN NICHT

»Eine merkwürdige Obrigkeit ist das heutzutag zu Gnom! Mich schickt dann nicht irgendwer! Es ist der Bauer; und mir müssen nämlich zurück; unsere Heumanderln warten nicht und auch der lange Regen wartet nicht auf unsereins. Das mög' er auch noch bedenken, der Herr Gendarm!«, sagte der Alt-Knecht und räusperte sich.

Und es hatte sich der Herr Gendarm erhoben; zumal er getreten worden war, wider das Schienbein.

»Das steht denn im Protokoll; hintennach; gelt! Jetzo hilft dir aber einmal die Obrigkeit; gelt?«

Und sie waren eh schon gestolpert, die schmale Wendeltreppe abwärts und seitwärts, und gestanden, vor dem hintersten Kellerloch:

»Das ist denn ein finsterer Kerker! Wenn'st da nicht sogleich hineinfindest; und es noch einmal wagest, den Fuß zu strecken, wider die Obrigkeit! Sei froh, daß ich eh nur der Michl bin! Noch! Und dich eh nur ausdeut', als so einen dalkerten Menschen, dem das Hirn ausgeronnen ist, gelt!«

Und mit Hilfe des Fußes vom Matthias ward der Dodl befördert: hinein in das Kellerloch; und weggeschaut die Obrigkeit von einem Michl und zugesperrt den finsteren Kerker. Und gesessen war der Schutzpatron der Schweine nicht lange auf dem Boden. Gerutscht aber, in die hinterste Ecke vom Keller; und sich das Haupt bedecket mit den Händen. Und auch nicht in dem hintersten Winkel sitzen geblieben; vielmehr weiter gerutscht, zum nächsten hintersten Winkel. Und so hin und her, her und hin, entlang der hintersten Wand.

Und der Alt-Knecht den Kopf geschüttelt, sodann der jüngste Knecht. Und die Kreszentia hatte sich die Stirn geklopft; seitwärts und mit dem Zeigefinger. Und die Augäpfel gedrehet, gleichsam himmelwärts und geseufzet; ganz so, wie anno dazumal. Und sodenn der Herr Gendarm die Augäpfel gedrehet, gleichsam himmelwärts, und hineinschauen dürfen, gar lange, in die Augen der Kreszentia.

Im tiefsten Kellerloch zu Gnom sich wieder gefunden der Michl und die Kreszentia; am 22. September im Jahre 1921. Und der Michl schluckte; willens, dies in sein Notizbüchlein einzutragen.
Und der Matthias hatte schon das Protokoll vorgelesen, und die Kreszentia hatte genicket, nicht ohne Genugtuung; und der Alt-Knecht hatte genicket; sich aber doch, dann und wann, geräuspert.
Und der Matthias hatte seinen Namen schon unter das Protokoll gesetzt; so auch der Alt-Knecht seine drei Kreuzerln.
»Jessas Maria! Heut ist nicht der 22. September, wenn der Klaubauf jetzo nicht Reißaus nimmt!«
So fehlt der Name des dritten Zeugen auf dem Protokoll. Zumal die gnädige Frau Franz schon verlassen hatte, gleich einem Wiesel, unglaublich flink, die Wachstube zu Gnom. Und dort, wo der Name der gnädigen Frau Franz gefehlt, war ein Tintenklecks. Genaugenommen: mehrere.

Siebentes Kapitel
FRÜHHERBSTLICHE IDYLLE

1
DIE SILBERNE NOTBURGASICHEL

Und es hat schon gegackert und gemeckert und gequietscht, so auch gekrähet, auf dem Feldweg ohne Namen.
»Daß der uns nicht verschwindet! In den großen Wäldern!«, brüllte der Herr Gendarm; und hatte die eine von den sieben Töchtern, die Geiß, schon, aber nur fast gestellt.
»Was tust denn so patschert an der Geiß herum? Bei die Hörnderln mußt sie packen!«, schrie die Kreszentia.
»Laßt's mich aber nicht!«, verteidigte sich der Herr Gendarm.
»Meinst, ich balg' mich da mit einer Geiß? Wer bin ich denn, ha?«, ergänzte der künftige Herr Kriminalkommissar zu Donaublau.
Und die Geiß ist jetzo gerannt, endlich aufwärts; gleichsam als Wegweiser, hinauf zum Scheidewandbergl, entlang des Feldweges ohne Namen. Hintennach der Hahn, der es gekrähet, kaum mehr, aber doch noch:
»Kiekerikie!«
Und hintennach, der ewig durstige Messmer zu Gnom; und auf der Seite und vor dem Herrn Faust zu Gnom, die fünf Hennen und die doch etwas ältliche Sau. Und es hatte sich in die Wiese hineingestolpert so ein Töchterl. Und es ward gerade noch gestoppt in seinem Eifer, den Fluchtweg zu finden, und sich zu nähern den Bäumen, die da emporgeragt, förmlich als Schild der Natur, auf daß niemand sehe, ein ganz anderes Ebenbild der Natur: die Neizklamm.
»Gockogockogockogo!«, gackerte es, nicht mehr lange. Und zitterte, nun in den Händen der Magdalena mit den zwei Zöpfen.
»Du dummes Viecherl, du! Da geht's dann abwärts, gar steil! Gibst eine Ruh! Du Quecksilber! Stolpern die Neizklamm runter, das kann bald einer! Und fortschwimmen auf ewig? Und dir einbilden, in St. Neiz am Grünbach fischt sie dich aus dem Neizbach, die Nina? Ha?! Die ist denn nimmer dort! Du aber bist dann die Wasserleich, aus dem Grünbach gefischet. Auch das zerschellte Kindlein, gelt! Glaubst, unsereins kann dich wieder zusammenflicken, ha? Als wärst eh nur der zerrissene Hosenboden von meinem Zwilling, ha?«

Und die Magdalena mit den zwei Zöpfen hat es geklopft auf den Schnabel; und das Henderl gackerte nimmermehr so keck. Zumal es die Magdalena mit den zwei Zöpfen eh schon in die Hände gedrückt dem liebenden Vater.
»Da hast dein Töchterl! Und jetzo bin ich am Plaudern, mit dem Onkel Vlastymil, gelt!«
Und die Hand der irdischen Gerechtigkeit von einem Michl war liegen geblieben, auf dem Arm von jenem, dem da abgeschnitten ward der Fluchtweg, gerade noch, vom künftigen Herrn Kriminalkommissar zu Donaublau.
»Auf frischer Tat ertappet; und bei der Flucht erwischet. Im Namen der Gesetze unserer Insel der Unglückseligen: du bist jetzo verhaftet! Und Fluchthelfer ist denn keiner, den da duldet die Obrigkeit.«
Und es ward gemustert gar strenge der Gastwirt ›Zum armen Spielmann‹, der eh nur gekichert, hinter vorgehaltener Hand, und sich die Augen gewischt.
»Ab mit dir! Und das marsch, im Dauerlauf! In den düsteren Keller, auf daß'd erwachst im Kerkerverlies zu Donaublau! Dort nämlich verschwindet so einer wie du, gelt!«
Und der ewig durstige Messmer spürte den Knieschnackler, und war schon gefallen auf die Knie, das Töchterl an sich gepreßt; so auch noch immer die Rumpudel in der einen Hand.
Und er kugelte mit den Augäpfeln; zu seiner Linken der Herr Gendarm. Und er kugelte mit den Augäpfeln; zu seiner Rechten der Erzengel Gabriel, dem das Schwert gefehlet, selbst nach gewissenhaftem Augenschielen, noch immer. Kein Nudelwalker, so auch kein Besenstiel. Und es glühten dem Erzengel Gabriel die Backen, so die Stirn und die Ohren; und die Hände umklammerten die Hüften: so, als könne sich die Hüterin des Rums zu Gnom an sich, stützen, nur mehr mühsamst, auf daß sie nicht einknicke. Zum Kniefall gezwungen, von einem Knieschnackler, der sich verlagert, auf das Merkwürdigste, vom rechten Knie auf das linke, so auch umgekehrt.
Und rechts von der Gastwirtin ›Zum armen Spielmann‹ erspähte der Klaubauf des Rums zu Gnom an sich – die eine grüne Insel der Hoffnung.
Denn niemand anderer als der Alt-Knecht hatte unmerklich getastet, nach dem einzigen Schatz, den er sich zu ersparen vermocht: die Uhrkette; und sogleich die kleine silberne Notburgasichel

berühret, mit Daumen und Zeigefinger – das Amulett gegen die Behexung und Zauberei – niemand anderer als seine Wenigkeit, der Alt-Knecht vom lieben Bruderherz des grimmigen Erzengels! Und es gemurmelt; gar lieblich gedrehet die Augäpfel himmelwärts, und es wiederholt, zum ersten Male:
»St. Isidor und St. Wendelin, drohet mit dem heiligen Ring! Und St. Notburg die heilige Sichel schwing'!«
Und der ewig durstige Messmer kugelte mit den Augäpfeln himmelwärts, und seufzte, fast feierlich gestimmt:
»Heumanderln warten nicht.«

2

EIN HÖLLISCHES SÜNDENREGISTER

Und der Klaubauf des Rums zu Gnom an sich kugelte mit den Augäpfeln, geradeaus, und prüfte – die andere grüne Insel der Hoffnung, den Vlastymil Franz. Und schluckte, nicht ohne Genugtuung.
Der hatte gezwinkert; einmal mit dem einen, dann mit dem anderen Auge. Es kundgetan dem liebenden Vater, still, geradezu lautlos:
»Das ist wieder einmal nicht wahr gewesen, hintennach. Und jetzo bittschön, das höllische Sündenregister, auf daß ich es ausdeut dem Herrn Gendarm von einem Michl, das Gesetz!«
»Vlastymil, o Vlastymil! Bin ich denn nicht gewesen, alleweil, der redliche Ernährer meiner sieben Töchter? Und bedenke den einzigen Sohn! Vlastymil, o Vlastymil! Duldet das die Erdkugel, daß kniet das Exemplum faustum eines liebenden Vaters auf dem Scheidewandbergl und recket empor die Hände, auf daß es offenbare, die himmlische Gerechtigkeit, so sie schreiet: Zeter und Mordio, die irdische Gerechtigkeit? Gleichsam mit gezücktem Schwert ausrücket, wider den liebenden Vater, und sich so irrt: grundlegend! Dazumal der doch nie gewesen der Klaubauf vom Rum an sich zu Gnom? Vlastymil, o Vlastymil!«
Und die Kreszentia schluckte mehrmals. Und schaute sodann an, gar streng aber ruhig und bestimmt, den Alt-Knecht:
»Wenn er sich einmal das Sündenregister von so einem, der da gestellt ward, gerade noch, anschauen möcht.«
Und hatte sich gehütet, den zu beachten; mit diesem oder jenem Blick: geradeaus, vielleicht auch ein bisserl seitwärts, der dort

nämlich gestanden, dieser eine, dessen Neugierde es zu fördern galt, für das Notizbüchel von einem Herrn Gendarm.
»Das mag ja für die Ewigkeit reichen«, und der Alt-Knecht schluckte:
»Ein höllisches Sündenregister!«, ergänzte er; nicht ohne Genugtuung; leider Gottes aber, des Lesens unkundig, nicht entziffern könnend, so Buchstabe für Buchstabe, das Sündenregister von so einem, das ihm deshalb ausdeutete, Wort für Wort, der Hias. Auf das Merkwürdigste, zwischen dem heiseren Baß von so einem Alt-Knecht und dem piepsig gewagten Sopran, von einer eher für derlei ganz und gar ungeeignete Kehle, schwankend. Und der Alt-Knecht hatte sich die Zeigefinger in die Ohren gestecket; sie gedrehet, seitwärts so und seitwärts so. Und dem Hias die Stirn getippt, der es vorgetragen aufmerksamst, das Sündenregister von so einem.
»Das kenn ich schon in- und auswendig, du Stotterer von einem Hias! Da genügt ein Blick, ist's schon gemerket da drinnen! Hättest halt die Schul' nicht gemieden, wärest nicht der Hias geblieben. Du Stadtfräulein von einem Mannsbild! Und das ist gewiß wahr! Daß'd so einer bist!«
Und sich geräuspert der Alt-Knecht. Und gedeutet auf den Schnapslumpen von einem Messmer:
»Der muß begraben, und das schleunigst, und das auf der Stell: die Seuch', die da eingeschleppt die Schwarzzotteligen!«
Und die Kreszentia schielte seitwärts, wo der sich die Glatze gekratzt und das Kinn, und gekichert hinter vorgehaltener Hand, der kugeln hatte wollen, mit so einer Schwarzzotteligen! Wohl das Scheidewandbergl hinunter, und grad landen, verseucht, wieder im warmen Betterl von der makellosen Kreszentia! Die eh allemal zu viel Nachsicht und Milde walten hatte lassen, mit dem da, der sich schämte rundum, nach inwärts und nach auswärts, so rot! Sodaß er gewackelt, als Ganzer, und sich sodenn auch die Augen gewischt.
»Hintennach sinnen wollen! Reiß' nur deine terrischen Ohrwascheln ein bisserl auf, und auch die Augerln, daß d' wieder einmal merkest: die Kreszentia hat sich das eh gleich so gedenkt! Und ich allemal hintennach dem ungläubigen Vlastymil, gelt? Du Kugel von einem blindgeschlagenen Deppen!«
Und der Alt-Knecht hatte es kundgetan; und die Kreszentia genickt, dann und wann, nicht ohne Genugtuung und geprüft, dann

und wann, gar streng den Glatzkopf von einem Dahergelaufenen, dem das Kinn gestrebet erdwärts, die Oberlippe aber himmelwärts. Und aus den Augen war ihm geronnen das Wasser der Reue, grad nur mehr so! Ja! Ja!
»Das ist das Ghörtsich von einem Totengräber! Daß er anfaßt und zupackt, wofür unsereins nicht zuständig ist!
Und bis dem sein Bruder sich d'erkeucht hat nach Gnom, sind der Seuch' schon die Füß gewuchert und bis der in St. Neiz am Grünbach angelangt, hat die Seuch' schon das Galoppieren hinter sich; und jagt gar nimmer von Hof zu Hof! Und bis der auf dem unsrigen Friedhof angelangt, hat der Schindanger z'wenig Platz; hat grad noch ausd'erlangt für's 19. Jahrhundert! Ja! Ja! Da kratz' sich der Herr Gendarm nur die Birn'! So eine Seuch ist das. Nicht so ein Krepierl! Die wuchert und wuchert, ist ja auch die Seuch von den Schwarzzotteligen, und da hilft nix mehr; nur mehr das Amulett gegen die Behexung und Zauberei; und grad noch so einer, mit dem Sündenregister für die Ewigkeit!
Und manch ein Knecht und manch eine Magd kann denn wieder auf die Walz gehen; grad wenn die Eismanderln kommen; und sich anschauen lassen, landauf landab, grad so – als müßt er schon das Gwirkst an sich sein, der Mensch!
›Daß es der Bauer grad gejagt hat, fort vom Hof?! Den Haderlumpen von einem arbeitsscheuen Haderwachl werd' ich aber Füß wachsen lassen, der da meint, er könnt mir da ausdeuten wollen, wie das so passiert, daß einer kein Platzerl hat, wenn die Eismanderln kommen!‹
So wird es dann tönen, landauf landab, der einen Magd und dem anderen Knecht im Ohr! Ganz so, als wären das Lumpen, vergleichbar eh nur mehr mit dem Gesindel vom ›Trüben Wasser‹? Und das wird passiert sein, wenn sie nicht gestoppt, und das auf der Stell: die Seuch von den Schwarzzotteligen!«
Und der Alt-Knecht hatte die Hände zu Fäusten geballt, noch erdwärts. Und sodenn gemurmelt:
»St. Isidor und St. Wendelin drohet mit dem heiligen Ring. Und St. Notburg die heilige Sichel schwing'.«
Und war schon gerannt, den Handteller vor dem Mund, es johlend: »Kukurukuku!«, gleich schräg abwärts über das Scheidewandbergl, entlang zwischen die Felder und Wiesen, die linksseitig vom Feldweg ohne Namen, einerseits zu sehen als Stoppelfelder; andererseits in weiter Ferne zu erkennen: als dieser Krautkopfacker

und jenes Kukuruzfeld. Und danach, so wußte es der Gnom-Kundige, begannen die Heumanderln vom Zweifel-Hof.
»Schau daß'd endlich weiterkommst! Du festgewachsener Haderwachl von einem Hias! Hintennach! Hopp! Hopp! Hopp!«

3
RUNDUM IM ZUSTANDE DER SELIGKEIT

Die Kreszentia hatte himmelwärts gedeutet, zuvor aber die Nasenflügel beben lassen, und so auch gerochen den langen Regen.
Und es war wirklich der lange Regen, der sich da vorbereiten hatte wollen, und da oben gewandert war, noch versteckt in diesem und in jenem Wolkenpölsterchen, und maskiert, gleichsam als frühherbstliche Idylle.
Und die Kreszentia drehte die Augäpfel schräg seitwärts so und schräg seitwärts so und dann erst geradeaus, und das vorsichtigst. Auch die aufgeklärte Kugel von einem Glatzkopf hatte die Augäpfel gedreht himmelwärts, und das demütigst. Und schon ertappt die Kreszentia beim Schielen, und gekichert, schon wieder, hinter vorgehaltener Hand, so ganz anders; eher lustig gestimmt wider die Kreszentia, die es sich ja wirklich gedenkt schon immer so! Und nicht erst hintennach der Naseweis hatte sein wollen.
Und der Kreszentia wollte das Wasser aus den Augen heraus, wider ihren Willen, gleich einem ehernen Gesetz. Doch nicht wegen so einem Dahergelaufenen; und sich schon zugewandt dem Hiesigen; und den angelächelt, gar keck und die Äuglein gedrehet, gar keck.
»Michael! Ja, du lieber, lieber guter Michael! Lassen wir ihn jetzo die eine Gruben noch ausheben? Soll denn unsereins grad auf dem Schindanger umeinandergraben müssen, wenn die Sonn' so blinzelt zwischen den Wolkenkinderln, hernieder auf unsereins? Da könnten wir doch einmal prüfen, den Fall von dem Klaubauf vom Rum zu Gnom, und das aufmerksamst?«
Und die Kreszentia hatte schon auf den Herrn Gendarm gedeutet, gar keck, mit dem Zeigefinger. Und sodenn auf sich, ein wenig verschämt, aber nicht auszudeuten, wider den lieben Michael, der geschluckt, gleich mehrmals.
»Uns fehlt der Hias, uns fehlt der Alt-Knecht doch nicht? Und der Herr Faust ist denn gewesen, allemal schon, der Totengräber und nicht nur der Messmer? Gelt, lieber Vlastymil, magst mit dem

Hexenkinderl schon noch ein bisserl wandern? Aber freilich! Tuts da nur hinauf marschieren! Wir marschieren denn schon gleich voraus, abwärts, gelt?«

Und der liebe Michael war stramm gestanden, die Hand emporgehoben, ganz wie ein ausgeprägtes Mannsbild, und so auch streng geblicket; und die Kopfbedeckung der Obrigkeit von so einem künftigen Herrn Kriminalkommissar zu Donaublau war gerutscht, eh nur ein bisserl seitwärts. Und auch sogleich zurechtgetätscht worden, von den Handerln der gnädigen Frau Franz höchstpersönlich.

»Er muß sich denn nicht sorgen, der Herr Franz, um die gnädige Frau Franz! Die ist denn jetzo im Revier von der Obrigkeit. So auch beschützet höchstpersönlich von der Obrigkeit!«

Und der Herr Franz gab dem Hexenkinderl mit den zwei Zöpfen einen Nasenstupser.

»Wenn wir schon so nett am Plaudern sind, allerherzigstes Bauxerl, und die gnädige Frau Franz eh im Revier vom Herrn Gendarmen, dann wollen wir uns nicht aufhalten lassen; von so einer lieben Verwandtschaft!«

Und das Hexenkinderl hatte es wirklich gewagt, und war gesprungen und schon gesessen, auf den wirklich gut gepolsterten Ärmchen vom kugeligen Herrn Franz und hatte die Händchen übereinandergelegt im Nacken vom Herrn Franz. Und derselbe es geduldet nicht nur! Es auch gewollt haben könnte und das Hexenkinderl angeschaut, grad so, als wär' das die ›Eine-und-Alles-Bist-Mir‹ vom Herrn Franz! Der dies doch ins Ohr geflüstert, einer Kreszentia Zweifel zu Gnom, und es nun wiederholet, einem Hexenkinderl, ganz so, wie anno dazumal!

»Aber nur, wenn du's auch magst, mein Lebkuchenherzerl, das so hart ist wie Pudding!«

Und schon gespitzt der Schnabel von so einem Dahergelaufenen, für so ein Hexenkinderl!

»Das ist denn jetzo nicht wahr! Ja, Vlastymil! Hast denn alles vergessen?«

Und die Kreszentia wischte sich die Augen und ward gestützt sogleich vom Herrn Gendarm; und beendet der Knieschnackler nicht als Kniefall; und schon gar nicht wegen so einem dahergelaufenen Herrn Franz! Der allemal nie gewesen ein Hiesiger. Und das Hexenkinderl den schon geherzt und abgebusselt, daß es nur so geschnalzt in den Ohren der Kreszentia Zweifel, geehelichte Franz.

»Eine und alles bist mir! Das bin denn ich gewesen! Das tut dich noch reuen!
Und mir zwei helfen jetzo dem Herrn Faust das Vieh einsammeln, auf daß er sich nicht ganz so verlassen fühlt, in dem seinigen Häusel, so er erfüllet hat, die Pflichten von so einem Totengräber, gelt? Komm' denn, du braver Mensch, allemal eh nur durstig gewesen, und halt hungrig, gelt? Und eh nix getaugt als Klaubauf; gelt?«
Und der ewig durstige Messmer, so betrachtet und beschauet vom Erzengel Gabriel höchstpersönlich, hat ihr, dem Hüter des Rums an sich zu Gnom, die Hände küssen müssen, und das unbedingt, so rundum, die Handteller so auch die Fingerspitzen. Und der Herr Gendarm geschaut so streng, und den, der eh nix getaugt als Klaubauf gemahnet:
»Die Schnapsgoschen weg von den Handerln!«
»Alles zu seiner Zeit! Alles zu seiner Zeit! Den erwischen wir schon noch: hintennach!«, flüsterte die Kreszentia dem Herrn Gendarm ins Ohr. Und der genickt; sogleich; nicht ohne Genugtuung. Und das Hexenkinderl hat es immer wieder kundtun müssen, auf das Schamloseste.
»Du lieber, lieber Onkel Vlastymil! Ja, du lieber, lieber Onkel Vlastymil!«
Und der nicht mehr gesehen seine gnädige Frau Franz. Nicht einmal seinen Glatzkopf gewandt, der Dahergelaufene! Sich eh nur ins warme Bett gesetzt, anno dazumal; grad gut genug gewesen die Kreszentia Zweifel!
»Schau dir das an, Michl! Schau dir das an! Hand in Hand! Rundum im Zustande der Seligkeit! Und aufeinander einpecken wollen! Schau dir das an! Das soll sich denen wohl festwurzeln, tief inwärts; und mir grad schrumpeln dürfen, tief inwärts!«
Und der Herr Gendarm geschluckt, mehrmals.
»Bin ich nicht die liebe Tante; alleweil gewesen; von dem Hexenkinderl? Bin ich nicht das Herzbauxerl; alleweil gewesen; von dem Vlastymil? Das Lebkuchenherzerl hast dann mir geschenkt! Das tut dich noch reuen! Für so ein Kinderl die Kreszentia vergessen wollen! Wart nur! Wart nur! Das tut dich noch strafen; dasselbe so einer sagen, was sagt der Mensch nur einmal, und nur einem Menschen! Grad, daß es mir nicht entzwei; in der Mitten?«
Und der Herr Gendarm sich die Augen gewischt.
»Mußt es halt tragen; irgendwie. Gelt?!«

Und der gnädigen Frau Franz zuerst das eine und dann das andere Handerl geküßt.
»Das hab' ich mir schon anno dazumal gedenkt; das ist nicht gut, wenn sich so eine Kreszentia Zweifel wirft, grad so, an die Brust von so einem Dahergelaufenen. Nur, weil der so nett plaudert. Das sind alleweil die Schurkigsten, die das Hirn spazieren tragen wollen. Alleweil schon gewesen! Küssen das Handerl und denken sich eh nur: Ei! Ei! Das ist mir ein warmes Betterl. Und dann meucheln's den, der's geduldet, im warmen Betterl. Mit der Axt? O nein! Mit der Kugel? O nein! Das geht bei so einem eher hinten herum; ganz anders! Und allemal so, daß die Obrigkeit es nicht erwischt mit dem Gesetz, das meuchlerische Hirn von so einem!«
Und der Herr Gendarm schluckte mehrmals. Und spürte die Waffe der Obrigkeit zu Gnom, geradezu als den Schmerz an sich, und das so lange, ewig lang. Und tätschelte der gnädigen Frau Franz die Hand schon wieder; und küßte sodann der gnädigen Frau Franz das eine Handerl, dann das andere. Und das wirklich zurückhaltendst und höflichst, wenn nicht gar einfühlsamst.
»Mußt es halt tragen, irgendwie denn, gelt?!«
Und die Kreszentia rieb sich die Augen, mit zittrigen Händen. So, als wollte sie sich die Bilder fortreiben, die ihr der eine und der andere Erinnerungssplitter hatte tanzen lassen, grad auf dem Feldweg ohne Namen, auf daß die Kreszentia, zurückgekehrt, eh nur mehr sehe den Buckel von so einem Glatzkopf, und den gescheitelten Haarschopf von so einem Hexenkinderl. Und sie flüsterte:
»Und wie oft hab' ich das Hexenkinderl gewandet und ihm sittsam gekampelt das schwarzgezottelte Haar. Ihm Zopferl geflochten, und es mir gedenkt immer wieder: Das wird mir nicht so eine Nachtigall! Und nicht mit jedem gleich so scherzen gar dumm! Und schon gar nicht gehen so einem Mannsbild zur Hand; und schon gar nicht sein: gleich mit jedem bekannt! Und ihm die heilige St. Notburg als Muster aufgestellt, auf daß es werde doch so einer Mutter zum Trotz: Sanftmütig und fromm. Und den Himmlischen und den Heiligen zurückführ' so ein Kinderl von so einer Nachtigall. Daß es werde, grad das Gegenteil von so einer Hex. Halt heilig hätt's werden können; heilig!«

4
›IM TRÜBEN WASSER‹

Und die Kreszentia hatte die eine Hand zur Faust geballt: »Hätt' er sich das gedenkt, der Michael?! Die Klaubauf-Zündler vom Weiler! Sinnen's denn Tag für Tag Düsteres. Grad, daß uns das Dorf noch nicht angezündet haben, die Klaubauf-Zündler! Jetzo ist es dann voll, das Sündenregister! Na wart. Das Kinderl wird mir denn eine Heilige! Und nur einmal ist es eingekehrt ›Im trüben Wasser‹! So was duldest du nicht ungestraft! Na wart! Na wart! Mit einem neunjährigen Bauxerl dort einkehren wollen, das reut dich denn: ewig lang!«

Und die Kreszentia hatte mit dem Zeigefinger der anderen Hand gewühlt, in den Nasenlöchern; und entschieden:

»Nix da! Alles zu seiner Zeit! Dageblieben wird! Da schauen denn die Himmlischen eh nicht ewig lang zu; und einmal wird's passiert sein; und so ein Donnerer dreinfahren; und hintennach gleich der Blitz; und dann schauen's, die Klaubauf-Zündler; und dann wissen's wieder: Wer da den Weiler niederbrennt, läßt nimmermehr mit sich reden! Und es kundtun eben so, wenn's es anders nicht fassen:

›Der Himmlische hat gesagt: Ich werde euch nicht verlassen und nicht von euch weichen! Und ihr waget zu höhnen: den Himmlischen!‹

Ja! Ja! So wird es denen erkläret; schon noch! Der Mensch ist zur Arbeit geboren, der Müßiggang ist sein Verderben und ein Feind dem Menschen!«

Und der Herr Franz aus dem Nirgendwo, zugelaufen dem Dorfe Gnom, ward endlich nicht mehr gesehen; so auch nicht das Hexenkinderl. Und es hatte genickt, immer wieder, der liebe Michael.

Und die Kreszentia hatte sich eh schon mit dem Herrn Gendarm die Füße letschert gerannt, und ein Federvieh erwischt: nicht, aber fast. Und der Herr Gendarm der etwas ältlichen Sau nachgestrebet, immer um das entscheidende bisserl hintennach.

»Und tachinieren dann Tag für Tag; das ruinieret die leibliche Gesundheit, sodenn die geistige Gesundheit! Und der Weg wird nimmermehr gefunden heim zum Herrgott in die Kirch! Und gekugelt wird dann im Bett, ohne den Segen vom Herrgott! Undsoweiterundsofort; grad, bis die Klaubauf-Zündler eh schon gepurzelt sind und erst gelandet, tief untenwärts, im ewigen Feuer! Ja! Ja!«

Und genaugenommen hat sich die Kreszentia eh nur erinnert, an den Kirtag zu Gnom. Anno dazumal.
Gleichsam mit kindlicher Andacht und nicht ohne eine gewisse prinzipielle Neugierde hatte sie es genommen, das Lebkuchenherzerl von so einem Herrn Franz, den niemand gekannt zu Gnom. Und sodann auch kichern müssen hinter vorgehaltener Hand. Und auch das Tanzbein schwingen wollen, mit so einem schalkerten Menschen, der nicht zwickte den Hintern einer Kreszentia, so kotzengrob wie der Michl! Sehr wohl aber geküßt das Handerl einer Kreszentia, und das: einfühlsamst. Und erst dann geführet die Kreszentia auf den Tanzboden! Ja! Ja! Da rollten dem Michl die Augen nur mehr so! Grad, daß er sich die nicht ausgekugelt. Der grobe Lackel von einem Michl! Halt nur ein Hiesiger. Und nicht so einer, der so gescheit geplaudert und das nur: nett! Nicht tätschelnd, da und dort, dort und da, und nicht allemal nur das eine gedenkt! Und entschieden ward an diesem Kirchtag von der Kreszentia Zweifel: Der oder keiner. Daß es sich auch merket, der grobe Lackel von einem Michl; und:
»Da hast es wieder; grad gebrochen entzwei in der Mitten. Dein steinernes Lebkuchenherzerl! Allemal nichts getaugt für eine Kreszentia! Ja! Ja! Einem Herrn Franz sagen wollen: Du bist denn kein Hiesiger?! Ja! Ja! Einem Herrn Franz sagen wollen: Dir schaut denn der Taugenichts aus den Augen heraus; grad so?! Ja! Ja!«

Und die Kreszentia hatte ein Federvieh erwischt und um sich geäugt und der Herr Gendarm noch immer der Sau nachgestrebt. Und die Kreszentia sich den Hahn erwählet als nächstes Beutestück.
»So rundum, nach inwärts und nach auswärts grad gestanden: für so einen Taugenichts von einem Habenichts. Und den mir ertrutzt haben wollen, wider den Sturschädel von einem lieben Bruderherz. Und auf das Merkwürdigste vergessen, die Lieb' von einem Hiesigen, der es allemal schon besser gewußt, o du lieber Michael! Grad, daß es wieder brennt, tief inwärts, jetzo aber bald für den Richtigen!«

5
AUF DAS MERKWÜRDIGSTE VERGESSEN

Und die Kreszentia hatte den Hahn erwischt; und der Herr Gendarm den Weg gewiesen einer eher etwas ältlichen Sau. Und drei Töchterln hatten wohl grad den vierblättrigen Klee geschluckt; sie nämlich durften sitzen; und es auch gackern. Die Unterarme vom liebenden Vater wurden ihnen zur Sprosse an sich, von so einer Hühnerleiter.
Und die Geiß ist da gestanden, und hat es gemeckert: Auf das Merkwürdigste vergessen vom liebenden Vater, der vorauseilen hatte dürfen dem Erzengel Gabriel, der umschlungen ein Töchterl und umschlungen den Sohn. Und die Arme waren der Schraubstock, der gequetschet die armen Kinderln grausamst:
»O heiliger Erzengel Gabriel! Erbarmen mit dem einzigen Sohn! Erbarmen mit dem Töchterl! Es möchten die Kinderln nicht gedrückt werden, allzu arg! Allzu fest! Erbarmen, o heiliger Erzengel Gabriel!«
»Ich bin denn nicht der heilige Erzengel Gabriel. Du havarierter Schädel von einem Schnapslumpen! Vorwärts denn, die Geiß braucht er gar nicht anschauen, die kommt schon von selber. Find' nur du den Weg abwärts! Hopp! Hopp! Hopp! Und das bittschön im Galopp!«
Und die Henne war nicht mehr da gestanden, und hatte es nicht mehr gegackert, auf das Merkwürdigste vergessen vom liebenden Vater. Und es hatte kundgetan dem merkwürdigen Vater das eine Töchterl:
»Gockogockogockogo!«
Und es hatte denn kundgetan dem merkwürdigen Vater das andere Töchterl:
»Mähahähhahä! Mähahähahä!«
Und der liebende Vater es einmal gewaget doch nach hinten zu rufen:
»Meck!Meck!Meck!«, die Augen gekugelt, zumal es eh schon gerannt, endlich abwärts, das brave Töchterl von einer Geiß. Und so auch schon gerannt, endlich abwärts, das brave Töchterl von einer doch etwas ältlichen Henne. Und so er im Kopfe sich addiert die Zahl der sieben Töchterl und den Sohn hinzugeschlagen, ward keines als vermißt zu melden:
»Zwei der Erzengel! Eine der Gendarm! Dreie beim Herrn Faust!

Zweie selbständig; in summa summarum: gerettet allesamt dem lieben Vater!«
Und es hatte gedankt der ewig durstige Messmer; und es war ihm geronnen, gerade nur mehr so, aus den Augen heraus.
Und es ward gestattet dem liebenden Vater, daß es ihn begleite auf den Schindanger, was da rennen hatte wollen, wider den Willen des Vaters, hinauf grad aufs Scheidewandbergl, und sich stolpern hinab grad die Neizklamm.
»Ja!Ja! Wir deuten das schon nicht verkehrt herum aus, dem liebenden Vater. So er sich dann nur meldet bei der Kreszentia. Die setzt sich grad da auf das Bankerl vor dem Häuserl vom Herrn Totengräber Faust, gelt?!«
Und die gnädige Frau Franz und der Herr Gendarm waren schon gesessen auf dem Bankerl; und hatten sich streicheln lassen von dem einen und dem anderen Büschel Sonnenstrahlen, das da noch immer geblinzelt, den Wolkenpölsterchen zum Trotz, erdwärts.
Und der ewig durstige Totengräber Faust hatte die Schaufel geschwungen, und dafür den Himmlischen – zum ersten Male – gedankt; und auch den Heiligen.
»Daß ich grad der Totengräber bin! So einen vierblättrigen Klee schlucken! Ja denn! Ist halt nicht gestattet, den liebenden Vater hinabzustoßen in den düsteren Kerker! Nein! Nein! Vlastymil, o Vlastymil! Nichtsdestotrotz! Vergiß mich nicht! O vergiß mich doch nicht! Könnt doch noch allerhand passieren, so lang ist er noch, der Tag! So lang!«
Und sich sogleich beruhiget:
»Ja!Ja! So ward es mir bestimmt, heranzureifen zum Totengräber zu Gnom, nicht, so mir nix dir nix. Es vielmehr ersonnen, grad für so einen Tag nur, im zwanzigsten Jahrhundert! Haben sich die Himmlischen gedenkt, da wird er uns noch danken, daß er es doch geworden ist. Ja! Ja! Denn am 22. September des Jahres 21 im 20. Jahrhundert schaufelt er und schaufelt, und hat es sich endlich gemerket, was für einen Klee er da geschlucket, was für einen! Grad den vierblättrigen höchstpersönlich. Ja! Ja! Nichtsdestotrotz, o Vlastymil! Heim möcht' ich dürfen, ins Häusel! Und der Tag, o Vlastymil! So schalkig zwinkerts mir auf den Buckel, das Kinderl von einer Sonn! So schalkig! O Vlastymil! Nicht zürnen will ich dem Vorbild von einem Gastwirt! O nein, doch nie! Nichtsdestotrotz! O Vlastymil, gedenke meiner!«
Und in das Zwiegespräch mit dem merkwürdigst Abwesenden

hatte sich hineingeschmuggelt dieses und jenes Scherzlein, gewaget, dann und wann, von einem Herrn Faust und einem Herrn Franz, wider die Obrigkeit von einem Michl zu Gnom, und unterstützet durchaus vom Erzengel Gabriel, dann und wann, der es gekichert hinter vorgehaltener Hand. Nicht nur einmal! Und es ausgedeutet, allemal korrekt!
»Du bist mir so ein Schalk! Ganz so wie der Michl ein Dodl ist! Ja!Ja! Ihr zweie, sagt's es nur dem Michl, daß es ihn auf ewig reut, daß er es gewaget hat, anno dazumal! Ja!Ja! Und nicht einmal rechtschreiben können, aber mich zwicken wollen, überallhin! Ja!Ja!«
Und dem ewig durstigen Messmer ward zugebilligt das eine und das nächste Schluckerl Schnaps, auch der größere Schluck. Und nicht der Rechenstift gezücket, so auch nicht gemahnt: diese Schuld und jene Schuld denn doch einmal zu tilgen. Nur zu bedenken gegeben, dann und wann, dem ewig durstigen Schalk von einem Messmer zu Gnom. Und allemal mit dem Augenzwinkern einer vorbildlichen Gastwirtin. Ja! Ja! Anno dazumal! Und sie hatte ihn geherzt und gebusselt, den Vlastymil Franz, der grad so ein Schalk wie der ewig hungrige Messmer.
»Ja!Ja! So ein Koch. Belobiget ausnahmslos vom Gast als das Wunder an sich von einem Koch. Und der Rechenstift ward dem Koch in die Hand gedrückt, auf daß er wegzähle, was eigentlich zusammengezählt sein wollte, und nicht nur einmal, mehrmals, genaugenommen immer wieder, hat er es wagen dürfen, das Scherzlein wider den korrekten Rechenstift von einer Gastwirtin ›Zum armen Spielmann‹! Auf daß auch gewaget bleibe, dieses und jenes Scherzlein wider die Obrigkeit von einem Michl! Ja!Ja! Und jetzo – soll es geworden sein, das Scherzlein – gar so ein merkwürdiges Prinzip wider den korrekten Rechenstift von einer Kreszentia? O Vlastymil! Daß sie es sich wieder anders aussinnt; und ich doch muß wandern! Wandern weit, weit fort?«
Und ein Rabe hatte sich gesetzt neben die Grube, die da ausgehoben der Totengräber Faust für so ein verseuchtes Muttertierlein.
»Das ist denn nur zertrümmert im Schädel. Wo der Seuchenfleck?!«
Und es hatte gestaunt der Totengräber, und geschluckt, mehrmals. Und ratlos angeschaut den Raben. Der sich sogleich erhoben, und es gekrähet, in sicherer Höhe:
»Kräh! Kräh! Kräh!«

»Und daß ich fliegen könnt, grad so wie du! O du vierblättriger Klee von einem Raben! Was nützt es dem liebenden Vater? So es nicht gewachsen ist der Sau und nicht der Geiß und nur kläglich den Hennen und dem Hahn, so sollen die Flügel wachsen dem liebenden Vater?«

Und der Totengräber Faust hatte gedrohet dem Raben; mit der Faust:

»Bin ich denn ein Rabenvater? Ganz so wie du?«

Und nachgedacht; ratlos. Und entschieden:

»O nein! Das bin ich denn nicht! O Vlastymil! Du Vorbild einer Erdkugel! Dein Stimmlein in meinem Ohr, ein gar liebliches Glöcklein! O Vlastymil! Hast jetzo vergessen den Herrn Faust? Ja, ist er denn dann noch der Herr Franz?!«

Und gekugelt mit den Augäpfeln, ratlos. Und eh nur angeschaut das tote Muttertierlein.

»Wo ist er denn jetzo, der Seuchenfleck? Nicht einer?«

Und war schon gestanden auf der Sau, nun in der Grube; und sie geprüft, und nicht gefunden den Seuchenfleck.

»Nicht einen? Schon gar nicht die Seuchenflecken? Ist denn das nicht gar wenig für eine wuchernde Seuch?«

Und schon aus der Grube gekraxelt, umständlich. Und es gerufen, und das ward dem merkwürdigst Vergessenen zum Schmerz an sich, ganz tief inwärts:

»O Vlastymil! Wie höllisch er brennt, der ewige Durst! O Vlastymil!«

Und geschaufelt eifrigst der Totengräber Faust, und sie nicht mehr eines Blickes gewürdigt, die Sau, der nicht einmal gewuchert ein einziger Seuchenfleck! Und sodenn die Himmlischen befragt:

»Daß ihr vergesset, der Seuch die Flecken einzubrennen: merkwürdig! Merkwürdig! O du Schalk von einem himmlischen Entschluß, das geht denn nicht! Wo sollen sie denn sein, die Seuchenflecken, dazumal die begraben: und unter der ungeweihten Erde gibt es nix zu suchen! O nein! Deroselbst nix zu sehen; für so einen Naseweis von einem Totengräber! Die Flecken nämlich; auf der Haut von so einem Borstenvieh! Und du stehst denn: auf der Erden; und bringst alles kreuz und quer, quer und kreuz! Als könnt der Erden der Seuchenfleck wachsen!«

6
FLICK MICH WIEDER GANZ!

Und der ewig durstige Messmer von einem Totengräber schluckte, und kicherte auch, hinter vorgehaltener Hand. Und war schon marschieret, zum Bankerl, sich entscheidend für den Schritt, den da gewaget ein Schneckentierlein. Eher zurückhaltend, und nie in unnötige Hast und Eile verfallend, die auch wohl vermieden auf das Merkwürdigste – der Herr Franz.
»Du grüne Insel, o Vlastymil!«
Und es hatte der Herr Faust gewaget, dann und wann, auf die Friedhofsmauer zu Gnom zu kraxeln, auf daß er endlich erspähe den Herrn Franz. Der doch die andere Hälfte stets gewesen; von dem einen Scherzlein wider die Obrigkeit: der Herr Zeuge.

»Den Krautkopf muß er streichen, so auch den Erdapfel; und der Klee ist denn irgendein Kleeblatterl nicht, nie gewesen! Der kommt denn schon von meiner Wenigkeit, die auch wer ist, und so heißt: Herr Franz! Und es möge die Obrigkeit auch bedenken, der Herr Faust ist der redliche Ernährer seiner sieben Töchter. Und seine Obrigkeit möge nicht vergessen, den braven Sohn von so einem braven Familienvater, den Hahn. Ja!Ja! Das gilt es auch zu notieren, auf daß es prüfe, der Herr Richter zu Donaublau! Gelt? Weil, meine Wenigkeit ist der Herr Zeuge, der es kundtun möchte dürfen, dem Herrn Richter.
So einem Vorbild von einem Familienvater eine Birne zu opfern oder ein Zwetschkerl, dann und wann, wenn schon grad kein Lamperl als Braten umeinanderrennt, Herr Richter! Das hat sich der Wirt vom Gasthof ›Zum armen Spielmann‹ denn nicht gedenkt, daß es wider das Gesetz sein könnt, Herr Richter? So es auch der Herr Richter nicht gedenkt? Ja, wer denn? Irgendeiner muß es ja so gedenkt haben? Dazumal der Herr Franz und der Herr Faust stehen vor dem Herrn Richter grad zu Donaublau? Ich hab' mir das ja so gedenkt; ganz wie der Herr Richter zu Donaublau! Der brave Familienvater und redliche Ernährer seiner acht Kinderln ist halt mein Vorbild, alleweil schon gewesen. Und da mag denn auch so eine Wirtskugel auf zwei Stumpen nicht den Rechenstift zücken, da die zahlreichen Kinderlein der Hunger und der Durst geplaget, daß ich es gespürt: hart wie Pudding! Herr Richter! Und bei der Schuldentilgung mit den Augen blinzeln hab'

müssen, und das unbedingt. Und das ist wohl gar nicht wider das Gesetz, Herr Richter?
Ganz so, du heiliger Gregorius von einem Michl, möcht' ich das dem Herrn Richter zu Donaublau ausplaudern dürfen, gelt? Denn ich bin der Herr Zeuge! Deroselbst auch protokollieren; bittschön: Nicht nur der Klaubauf, auch der Zeug' hat einen Namen. Ganz so, wie der Herr Faust nämlich Herr Faust heißt, heißt der Herr Franz auch Herr Franz. Und das sind denn zwei Namen. Herr Faust zu Gnom und Herr Franz zu Gnom; und so ein Protokoll muß dann stimmen! Bis auf das Tüpferl auf dem i! Auf daß er es auch werde, der Michl. Der künftige Herr Kriminalkommissar zu Donaublau. Dazumal so eine Begabung bisher eh schon auf das Merkwürdigste vergessen ward, von den Öbersten zu Donaublau? Ha; was sagt der Herr Gendarm zum Herrn Franz? Hat er sich nicht schon das so gedenkt, dann und wann, ganz so, wie meine Wenigkeit von einem Herrn Zeugen?«

Und er spähte wieder einmal, der Herr Faust, über die Friedhofsmauer zu Gnom, die Füße baumelnd, nach inwärts.
So es gesehen die Kreszentia.
»Schau dir den da an! Hättest dir das gedenkt? So das danken, dem nachsichtigen Rechenstift von einer Kreszentia? Über die Mauer kraxeln wollen, und mich gar nicht fragen, ob er das darf? Das ist dann zu viel der Nachsicht, die Flucht zwei Mal gewaget, das langt!«
Und die Kreszentia hat den Herrn Gendarm zurückgehalten, und den Zeigefinger auf den Mund gelegt: »Pst!«
Und sie waren geschlichen, still, geradezu lautlos.
»Wo ist sie denn? Meine andere bessere Hälfte? O du grüne Insel von einem Herrn Zeugen! Flick mich wieder ganz, du Schalk von einem Herrn Franz! O Vlastymil!«
Und der Herr Faust, die Hände noch auf der Friedhofsmauer zu Gnom, fiel nicht ins Bodenlose. Landete vielmehr, nach einem Salto rückwärts, und es ward ihm bestätigt der Verdacht:
»Das ist denn nicht die Stimme gewesen; vom Herrn Franz.«
Und sitzend, eh noch auf ungeweihter Erde, hat er geblinzelt, seitwärts so und seitwärts so:
»Vlastymil?!«
Und geblicket, geradeaus. Und geschluckt mehrmals; und sich die Augen gewischt.

7
KEIN SCHLUCKERL TROST

Und nur dem Vlastymil Franz dürfte es gegeben gewesen sein, so ein höllisches Sündenregister von einem Herrn Faust zu Gnom zu korrigieren, und der hatte es nicht nur einmal gewaget, und das auf das Merkwürdigste erfolgreich, dem Notizbücherl vom Herrn Gendarm zu widersprechen; und es war schon gerannt der Klaubauf, und es geschrien immer wieder.
»Vlastymil, o Vlastymil!«
Und hintennach die Kreszentia und der Herr Gendarm, und der Klaubauf geöffnet grad das Häusel; schon gespüret die Hand der Obrigkeit auf seiner Schulter. Und das skelettartige Klappergestell von einem Messmer zu Gnom hatte sich geduckt, und gewaget, der irdischen Gerechtigkeit noch einmal den Buckel zu zeigen. Und das skelettartige Klappergestell von einem Klaubauf zu Gnom hatte sich schmiegen wollen an den Stamm, der da gewachsen sein dürfte schon einiges länger und nicht umarmt sein wollte von so einem!
»Das ist denn die Zweifel-Eiche; und die mag das Schlottern von so einem nicht! Und da wird nicht herumgetapst mit den Fingerln von so einem zaundürren Klaubauf!«
Und die Kreszentia war schon gerannt über die Landstraße zu Gnom; und gesuchet in der Küche den Nudelwalker. Und wiedergekehrt, leider Gottes.
»Kein Schluckerl Trost für den höllischen Durst?!«, flehte der ewig durstige Messmer und brüllte schon:
»Vlastymil! O Vlastymil! Wer rettet den sieben Töchtern den redlichen Ernährer! Wer rettet dem Sohn den Vater! Du Vorbild von einer Erdkugel: o Vlastymil! Das duldest doch nicht! O Vlastymil!«
Genaugenommen weinte der Herr Faust bitterlich. Und ward nichtsdestotrotz geschüttelt und gebeutelt vom Herrn Gendarm.
»Wo ist er denn? Der Nudelwalker? Michl! Hat er jetzo den Nudelwalker aufgeschrieben? Der hat mir den Nudelwalker aufgeklaubt. Daß'd mir das nicht vergißt!«
»Was der denn nicht aufgeklaubt hat, hat der denn nicht aufgeklaubt. Und ich heiß so auch Michael! Gelt? Und das Gesetz drechseln wollen irgendwie anders, das duld ich denn nicht!«
Und der Kreszentia klappte der Mund auf und zu. Und sie

schluckte, und sie wischte sich die Augen, mit zittrigen Händen. Nichtsdestotrotz streng geblicket der Michael.
»Ja Michael?«
Und der Michael sie angeschaut, lange und nachdenklich, die Kreszentia. Und erst – so nach und nach – war ihm das Ungeheuerliche des soeben stattgehabten Gespräches aufgegangen, das mit diesem und jenem Gesetz im Widerspruch, und das grausamst.

8
DIE INSEL DER UNGLÜCKSELIGEN

Auf dem Bankerl hat sie weinen müssen, die Kreszentia, und das bitterlichst; und dem lieben Michael den Nagel vom kleinen Finger gezeigt. Und schon wieder weinen müssen, daß es dem Michael grad wieder so gebrannt, tief inwärts, wie anno dazumal.
»So ein steinernes Mannsbild; und sodenn geschnarchet, o Michael! Geschnarchet! Nicht ein bisserl hat ihn das Gewissen gedruckt, nicht so viel!«
Und der Michael hat sich behauptet, wider das ausgeprägte Weibsbild von einer Kreszentia; und nicht nur an das eine gedenkt. Sich gezwicket, dann und wann, in die eigene Hand. So auch die Finger gezählet, immer wieder, und nicht angeschaut, nicht einmal, das ausgeprägte Weibsbild von einer Kreszentia. Nur seitwärts geschielt; einfühlsamst.
»Für eine Nacht muß das langen. Eh nur für eine Nacht! So eine Sünd' müßt sich doch ausknobeln lassen, daß sie auch erwischt das Gesetz? Das gibt es ja gar nicht, daß der herumrennt, den es nicht erwischt, das Gesetzbüchel! So der erwischt sein soll: vom Gesetzbüchel? Was meint da so ein gescheiter Mensch, der es doch kennt, das merkwürdigst Geschlingelte von einem Gesetz? Inwendig und auswendig?! Darf so einer jetzo hüpfen; so und sich schlängeln so; durch das Geschlingelte hindurch? Grad, als wär er die ewige Laus?!«
»Allemal; allemal schon irgendwie möglich gewesen; und das Geschlingelte ist denn allemal: dieser oder jener ehrwürdige Paragraph!«, sagte der Michael. Und es genaugenommen gedacht anders herum.
Grad im Sinne von der Kreszentia das Gesetz drechseln, das dünkte ihn denn doch irgendwie wider das Gesetzbuch an sich.

Auch wenn andererseits dem Wunsche der Kreszentia eine gewisse Wahrscheinlichkeit an Berechtigung zugemutet werden durfte. Bei noch so vielen teils, teils; und denn, und wenn, und dann, die da gefunkt, und das grausamst, dieser merkwürdige Funkapparat, der da eingebaut, geradezu unzerstörbar, in der Hirnzentrale von einem Michael; dem es geschmerzt tief inwärts, wo es stillgestanden und gerannt in einem. Und er wischte sich die Augen, dann und wann; und stöhnte dann und wann; und allemal hatte die Prüfungskommission den und jenen Schlankel von einem Paragraphen grausamst ausgesandt, wider das Gerechtigkeitsempfinden von einem Michael.

»Das geht denn nicht! Die Zentrale, die da obwaltet im Hirn von der Obrigkeit, ist denn nicht irgendeine Zentrale! Und das Büchel ist denn nicht irgendein Büchel; und wenn'st so einen Paragraphenschlingel quetschen willst; so muß das einer tun, der das tun darf! Und das darf denn nur das Parlament; und ich bin ja nicht das Parlament; gelt?!

Das ist halt die Insel der Unglückseligen; da wuchern und wuchern jetzo ganz andere Paragraphenschlankel; weiß ich, wie das denen passiert: im Parlament?«

»O Michael! Ich möcht' mich ja gar nicht in die Politik einmischen; nur einmal muß der doch auch wissen, daß es nicht gestattet ist, die Kreszentia zu verdreschen! So mir nix dir nix? Und mich grämen ins Grab? Und mir ruinieren den Gasthof? Das ist denn eine irdische Gerechtigkeit, so das erlaubt ist? Ja, wo sind mir denn? Ist denn auf nix mehr ein Verlaß? So auch nicht auf den Michael? Und was sich jetzo auf einmal Insel der Unglückseligen heißt, ist das jetzo mein Daheim? Doch nie gewesen! Bin ich jetzo zu Gnom geboren; ganz so wie du? Oder wie ist denn das? Bei uns ist sie doch noch daheim, die Ordnung! Kann denn da jeder daherlaufen und eine Hiesige wird nicht geschützet; sehr wohl aber der Dahergelaufene? Ja! Ist denn nix mehr ganz?«

Und der Michael hatte geschluckt, und die Achseln gezuckt, und sich die Augen gewischt:

»Das geht denn nicht. Mehr weiß ich auch nicht«, ergänzte der Herr Gendarm.

»Dann eben nicht! Muß ich es halt tragen!«, sagte die Kreszentia; und trocknete sich die Augen; und zuckte mit den Achseln.

»Hab' halt niemand mehr, der zu mir hält; kannst nix machen! Bist eine arme Haut, bleibst eine arme Haut. Das ist schon immer so

gewesen.«
Und es getragen tapfer! Das ausgeprägte Weibsbild von einer Kreszentia!
»Bin eh da. Halt das eine geht denn nicht. Alles andere eh!«
»Nix da! Ich bin denn die Frau Franz!«
Und sie hatte schon wieder so weinen müssen, die Kreszentia. Und der Herr Gendarm ballte die Hände zu Fäusten; in denen er zerquetschet, noch allemal, die Kugel von einer dahergelaufenen Laus! Und es hinuntergeschluckt, dieses und jenes Gedanklein, das es gewaget gar keck, sich zu wetzen an diesem und an jenem Gesetz.
»Eh nur für eine Nacht!«, hatte das eine Gedanklein gequietscht.
»Stimmt das Gesetzbüchel nicht, mußt es halt ein bisserl vergessen!«, hatte das andere Gedanklein ergänzt. Und das dritte gar gemeint:
»Wirst dich wohl irren dürfen; grad für eine Nacht lang; ha?!«
Und das vierte sich geräuspert:
»Wenn ihm einmal das Sinnen kommt; im hintersten Kellerloch von so einem Schulhaus zu Gnom; so hilft das eh nur dem geschundenen Weibe?«
Und das fünfte Gedanklein den Purzelbaum gewaget:
»Ja denn, jetzo hast ihn; hinunter mit ihm in das düstere Kerkerverlies; dort hätt' er eh schon hingehört, anno dazumal! Was wartest denn noch? Warum sollst denn das nicht dürfen? Hat er jetzo nicht dein Herz grad nur so zerquetscht? Und du willst ihn eh nur tätschen, ein bisserl, den einen Paragraphen und den anderen; ganz wenig und nur eine Nacht lang!«
O! Das war ein Kampf wider Giganten! Und der Herr Gendarm rang sie wahrlich nieder, mit geballten Fäusten, wider den Herrn Franz, der allweil die Laus, die entschlüpfen könnte der irdischen Gerechtigkeit; und das an sich!
»Was taugt denn so ein Gesetzbüchel, das den nicht erwischt; einmal; eh nur für eine Nacht! Beim Ohrwaschel?!«
Und es hatte nicht aufhören wollen zu rennen und stillzustehen, und das in einem, ganz tief inwärts im Michael, dem es geglüht nach auswärts, einerseits so rot. Andererseits aber gefärbelt ward; dann doch wieder, grad ins Gegenteilige hinüber. So merkwürdig gelb, eher grau.
»Ist denn der Blitz in dich hinein, daß'd ausschaust, grad nur mehr wie ein Häuferl Aschen? Ha?! Oder hast die Gelbsucht?«, sagte die

Kreszentia und kugelte mit den Augen, mitfühlsamst. Und befühlte mit ihrem Handerl die Stirn vom Herrn Gendarm.
»Und jetzt glühst, und tu ich die Hand weg: schau ich grad so einen Krebs an? Ja, Michael?! Plagt dich das schlechte Gewissen: wider die Kreszentia, ha? Ja, Michael!«
Und das Busserl auf der Wange; ganz wie anno dazumal. Der Michael schluckte; und rieb sich die Augen.
»Müd bin ich; so müd. Nichtsdestotrotz geht das denn nicht!«, sagte er.
Und die Kreszentia ergänzte.
»Alles geht; so es der Michael nur will!«
Und sich schon besorgt empfunden; zumal der Messmer irgendwann doch die Sau begraben haben mußte; und schon aufgesprungen.
»Jessas Maria! Die Seuch! Daß sie nicht das Galoppieren kriegt: wider das Dorf!«
»Setz dich denn; s'ist Zeit, noch genug; ich möcht ein bisserl sinnen dürfen, und mich ein bisserl anlehnen, und ein bisserl noch spüren die Sonn'; bald wird sie eh verschwunden sein, und dann ist er da: der lange Regen! Lang genug!«
Und der Michl geschluckt, schon wieder; und sich schon wieder die Augen gewischt. Und sodenn geschwiegen, merkwürdig lang. Grad ewig lang. Und angestarrt den Grabstein, dann den Grabstein, nie aber angeschaut das doch eher ausgeprägte Weibsbild von einer Kreszentia?
»Das geht denn in die Stunden!«, wagte es die Kreszentia zu bedenken zu geben. Und der Herr Gendarm emporgeschreckt.
»Jessas! Jetzo ist wirklich Zeit, daß er verhaftet wird! Der Klaubauf von einem Herrn Faust! Und wehe, wehe, er waget es wieder zu hänseln die Obrigkeit, der Herr Franz! Wehe, wehe, er höhnet die Obrigkeit! Jetzo bist denn du der Zeuge. Daß der Herr Zeuge lügt, und der Herr Faust wirklich entwendet das Rumfaß. Gelt? Zeuge Franz wider Zeuge Franz. Das ist es! Genau das! Gelt?«
Und die Kreszentia nickte, nicht ohne Genugtuung; und so sich das Gewissen gemeldet, dann und wann, und das als Schmerz an sich, gar grausamst. Ward aber doch beruhigt immer wieder.
›Morgen hast es eh schon wieder vergessen; und nix Herr Franz und nix Gnädige Frau Franz; und nix Herr Zeuge und nix Frau Zeugin. Das hat er sich schön ausgedenkt, der Gendarmenschlankel von einem Michl! Doch für eh nur eine Nacht war so ein

Scherzlein grad gut genug? Du zu gutes Herzerl von einer Kreszentia, bedenk doch dem sein Sündenregister! Da ist deines grad nur mehr ein Armluderl! Nix da! Dem sein Sündenregister braucht eine Straf! Sonst meint der, er darf sich kugelig wachsen, rundum. Nach inwärts und nach auswärts. Und darf dich jetzo ins Grab grämen, grad ungeniert. Weil, die z'gute Haut auch das noch schluckt; so sind die halt, die Hiesigen! Fleißig, aber strohdumm. Und dem Dummen seine Streu, so wie dem Fleißigen das Heu! So sich der das allemal gedenkt! Ja!Ja!‹
Und derlei an das Gewissen rückgemeldet, hatte dasselbe beruhiget alsbald. Und es ward verkündigt dem Herrn Gendarm:
»O Michael! Herzen könnt' ich dich und busseln; grad nur so! Wär ich nicht die Kreszentia Zweifel, geehelichte Franz. O, du Herz von einem Michael! Und so gescheit; so gescheit!«
Und sie hatte schon geschielt, das Näschen nach vorne geschoben, ums Eck. Und sich festhalten können, gerade noch, an der Wand vom Häusel von so einem.
»Plagt dich der Knieschnackler?!«
Jetzo war es aber nicht Zeit, an den Abort zu denken. Die verseuchte Sau war verschwunden; so auch der Klaubauf von einem Totengräber. Nichtsdestotrotz der Totengräber nix getauget für die Flucht. Auf ewig nie konnte der kraxeln; über die Friedhofsmauer zu Gnom. Doch allein das Bestreben von so einem offenbarte die rabenhafte Schwärze der Seele; der nur mehr Beistand geleistet werden durfte auf das Eindeutigste. Und das hatte sich die Gastwirtin ›Zum armen Spielmann‹ gedenkt eh schon immer; so irgendwie.
»Hat er jetzo die Standespflichten nicht erfüllen dürfen?«, fragte die Kreszentia den Herrn Gendarm; geradezu ratlos.
»Auf daß er nicht grad steht, vor dem Herrn Richter zu Donaublau, als so einer, der es auch gewaget, sich zu entziehen, den schädlichen Folgen des Müßigganges? Ja, Michael! Sowas müßt grad hausen bei denen ›Im trüben Wasser‹, auf daß sich unsereins das gleich richtig ausdeutet!«
Und der Herr Gendarm hatte den Arm gelegt, um die Schulter der Kreszentia Zweifel, geehelichte Franz; und sie hatten gestreckt grad den Kopf nach vorn; nicht nur mehr die Nase. Und sich beratschlagen müssen, etwas ausführlicher.
Und sich auch erkannt irgendwie als doch altverwandte Seelen. Ganz so, wie anno dazumal, ehe der Herr Franz dividiert haben

wollte, das Ganze durch den meuchlerisch gewagten Plan an sich: Altverwandt und das Neugierige dazugeschlagen und schon sind zwei altverwandte Seelen eh schon getrennt, und rennen auseinander; grad so, als hätten sie sich geschreckt!
Und die altverwandte Seele von einem Michael erhob den Verdacht der Kreszentia zur Tatsache an sich. Und die altverwandte Seele von einer Kreszentia nickte, dann und wann, nicht ohne Genugtuung.
»Wenn ich mich jetzo richtig erinnere: Nachdem der Mensch gesündigt hatte; und das an sich; bestund ein Teil seiner Strafe darin, daß er verurteilt wurde; und das an sich; von dem Himmlischen. Jetzo denn einmal sein Brot im Schweiße seines Angesichtes zu vertilgen? Da es ihn anders herum nicht gefreuet hatte!
Und so sich derselbige Mensch waget, sich nichtsdestotrotz der Arbeit zu entziehen, so widerstrebt das dem göttlichen Heilsplan an sich! Und derselbige Mensch vernachlässiget die allen Menschen so nötige Buße! Und derselbige befindet sich folglich außer dem Weg, und das an sich, zu seinem Heile, und geht seinem ewigen Verderben entgegen, und das doch an sich! Derlei Verirrungen darf unsereins doch nicht wagen, ungestraft? Und derlei muß sodann auch notieret werden, so es ein Mensch waget doch? Und das weiß er denn besser nicht, der Herr Richter zu Donaublau! Zumal es eh schon so lang ist; das Sündenregister von so einem, der aufklaubt; und das an sich?!
Wozu denn die Wurzel alles Übels von so einem Klaubauf erwähnen? Daß dem Herrn Richter das Augenkugeln kommt, und das an sich, soll denn unsereins auch nicht grad passieren? So unbedingt? Und so ich es streng nachgedenkt, dünkt mich die Sau eh schon begraben.«
Nichtsdestotrotz; die artverwandte Seele von einer Kreszentia ballte die Handerln zur Faust und drohte dem, dem da die Beine gependelt; hin und her, her und hin; ganz dem Pendel so einer Kuckucksuhr nacheifernd.
»Du Kuckuck von einem Michael; das hab' ich mir schon lang so gedenkt!«, sagte die Kreszentia und empfahl dem Herrn Gendarm, das Grundlegende zu bedenken. Und der es bedacht, schon rennen hatte wollen, auf daß es nicht passiere: das Grundlegende. Und daß der nach der Zeit der Pflichterfüllung nicht mehr kraxeln durfte, grad über die Friedhofsmauer zu Gnom, das war die Einsicht, die da im Widerspruch stand; mit der Tatsache.

»Er tut grad, was er will!«, schrie der Herr Gendarm und wollte sich losreißen von dem wirklich ausgeprägten Weibsbild von einer Kreszentia. Doch die Kreszentia war willens, das Bild von so einem noch ein bisserl anschauen zu dürfen, auf daß der sodenn erwischt werde: grad noch! So es schon zu kichern gewaget in dem, der da gemeint; er sei der Schalk an sich. Und allemal noch fuchsiger als so eine Kreszentia Zweifel, geehelichte Franz. Der havarierte Schädel von einem schnapslustigen Fuchs! Ja! Ja! Dem passierte noch das Sinnen, hintennach, ganz so wie dem havarierten Glatzkopf von einem wanderlustigen Fuchs. Ja! Ja! Einkehren wollen; bei den Klaubauf-Zündlern vom Weiler, mit dem neunjährigen Herzbauxerl einer Kreszentia Zweifel!
Das reut dich denn noch! Ja! Ja! Wart nur! Wart nur! Alles zu seiner Zeit! Und die Kreszentia schluckte, und wischte sich die Augen. Und wandte sich dem lieben Michael zu.

Achtes Kapitel
WO UNSEREINS NICHT DAHEIM IST

1
EIGENTLICH AUCH: DER HERR ZEUGE

Klein-Magdalena und der Onkel Vlastymil gingen auf dem Scheidewandbergl eh schon wieder abwärts. Ganz so wie das Schneckenkinderl, das da gerutscht, seitwärts vom Feldweg ohne Namen, abwärts.
Und Klein-Magdalena die Unmutsfalten gewachsen zwischen den Augenbrauen – es schon gepackt – und dem Schneckenkinderl den Weg gewiesen seitwärts vom Feldweg ohne Namen. Grad in die entgegengesetzte Richtung.
»So ein schalkiges Schneckenkinderl! Grad ins Dorf rutschen, daß es ein Stiefel erwischt! Und dich quetscht, daß'd es gewesen bist, das Schneckenkinderl! Hintennach sinnen wollen, gelt? Wenn's nix mehr zum Sinnen gibt, gelt?«
Und die Kugel von einem Herrn Franz stand neben der Magdalena mit den zwei Zöpfen, die dem Schneckenkinderl das und jenes zum Drehen und Wenden in das Schneckenkopferl einschreiben wollte, und das unbedingt und so gewissenhaft wie streng.
Und der Gastwirt ›Zum armen Spielmann‹ formte mit seinen Händen das Dach für seine Stirn erst, nachdem er sich die Ohren geputzt, mit den Zeigefingern und sich die Augen gerieben, mehrmals. Die Handflächen – erdwärts gewandt – spürten nicht die ersten Regentropfen, sehr wohl aber das Auswärtige von so einem Stirndach; und seine gutgepolsterten Handerln wurden beauftragt, doch die Augen zu reiben, dem Herrn Franz, der vergessen haben durfte, daß er eigentlich auch der Herr Zeuge gewesen, alleweil. Vom Herrn Faust.
Und die er – von da oben – rennen sah, über die Landstraße zu Gnom, das konnte nur die Kreszentia sein. Und der sich da festklammern wollte, und das justament an der einen bestimmten Eiche zu Gnom, das konnte nur ein Schalk zu Gnom sein, der das wagte; der eher schnapslustig gestimmte Denker von einem Herrn Faust: Grad zehn Schritte entfernt vom Schulhaus zu Gnom und grad dreißig Schritte entfernt vom schmiedeeisernen Tor des Friedhofes zu Gnom die Eiche zu umarmen, als wär' sie auserwählt, es zu hören:

»Eine und alles bist mir.«
Und justament der Zweifel-Eiche gar schalkige Augerln andichten und einen gar lieblichen Mund und sie Herzbauxerl titulieren; und es spüren tief inwärts, so hart wie Pudding. Das schreit geradezu nach dem Herrn Zeugen von einem Herrn Franz. Und der Gastwirt ›Zum armen Spielmann‹ schluckte; wollte sich aber nicht aufdrängen, und sich so auch nicht in Erinnerung bringen, dem Schwalbenkinderl mit den zwei Zöpfen, das es nur ausdeuten sollte, so einem Träumerich von einem keckdreisten Kugelhäusel, daß es sich das merke, ein für allemal, wenn es sich auch da verschloffen, irgendwie hinein in das Häusel, als sei da eh niemand. Nur so eine leblose Kugel, die zu belehren sich gar nicht lohne.
»Schau, daß'd dich drehst; da rauf rutscht jetzo! Und das auf der Stell! Kannst es auch; mußt dich nur trauen! Und es runterschlukken, wenn's dir schnackelt, tief inwärts! So schnell passiert das! Daß'd es dir gar nicht d'erdenkt hättest, so du nur rutschen willst: aufwärts! Gelt?! O Nina! Nina! Nina! Wenn ich nicht auf alles aufpassen täte, gäb' es die Welt bald nimmermehr. Sowas! Muß ich denn die ganze Erdkugel Huckepack tragen? Das geht sich nie aus. Gelt? Und jetzt marsch! Ich könnt' ja auch ganz anders; so und so und so! Denn aber wachsen dir ganz andere Fußerln!«
Und Klein-Magdalena mühte sich so, dem allzu langsamen Ebenbild der Natur, den Wert des Sinnens auszudeuten; so und so und so; allemal aber als jene Tätigkeit, die ausgeübet vor dem Handeln anders wirke als ausgeübet hintennach.
Und der Herr Zeuge von einer Kugel mit Glatzkopf zog sich die Strickjacke aus und zog sie an der Magdalena mit den zwei Zöpfen, die dem Schneckenkinderl eh nur drohen hatte wollen, mit dem Zeigefinger. Und eh nur den Kopf geschüttelt, und geglüht, auch nach auswärts, so rot. Und genaugenommen eh nur geweint, so bitterlich.
»Was versteckst dich im Kugelhäuserl? Ich weiß doch, daß du da drinnen bist! Alles kann ich doch nicht Huckepack nehmen, wenn ich auswandern geh! Hab' doch auch nur zwei Händ' mit jeweils fünf Finger dran: zum Zählen? Und nur einen Kopf; mit grad zwei Augen zum Schauen? Und eine Nas' nur steht für mich grad zum Riechen? Und nur einen Mund; und zum Beißen hab ich auch nur grad ein Gebiß? Ha?! Grad so wie jeder, der da nur hat zwei Füß? Mit jeweils fünf Spionen vorn dran; das sind grad zehn Zehen. Und nicht da; sechse und dort; neune?«

Und die Magdalena mit den zwei Zöpfen hat sich die Augen gewischt, nicht nur einmal, und den Zeigefinger kreisen lassen, über ihrem Kopf und hüpfen wollen, rund um die Kugel mit Glatzkopf, auf dem Feldweg ohne Namen.
Und der rot eingefärbelte Glatzkopf von einem Herrn Zeugen getätscht die roten Wangerln vom Galgenstrick mit den zwei Zöpfen.
»Ich bin denn kein Geier! So auch nicht der Rabe kräh! Kräh! Kräh! Und wenn die Sonne wandern möchte weit, weit fort, grad in den Süden, wo unsereins nicht daheim ist, dann wander ich mit; so es ausgeschnapst; nicht ein Eismanderl, sehr wohl aber ein kugeliges Schwalberl, das nix taugt für die Eismanderln! Und bis du es mir sagst: Jetzo kommen die Eismanderln, Glatzkopf! Wo ist denn deine Mütze? So lang grad noch bin ich der liebe Onkel Vlastymil, zu dem es doch hüpfet, dann und wann, das Herzbauxerl?«
Und der eine Zeigefinger vom lieben Onkel Vlastymil hatte auf den Gasthof gedeutet, den sie gut sahen, da oben, auf dem Scheidewandbergl; neben dem Friedhof – über der Straße – einerseits und der Zweifel-Eiche andererseits, die da schon geherbstelt: grad nur zehn Schritte entfernt von der steinernen Treppe zum Schulhaus von Gnom.
»Das ist denn der liebende Vater gewesen.«, sagte die Magdalena mit den zwei Zöpfen und rieb sich die Augen.
»Schneller! Onkel Vlastymil! Schneller!«
Und war schon gerannt, und der altgediente Fuchs von einem Herrn Zeugen kicherte hinter vorgehaltener Hand. Und die Magdalena mit den zwei Zöpfen war eh schon wieder stehen geblieben auf dem Feldweg ohne Namen:
»Dem hat eh die Geiß geholfen.«, sagte sie, nicht ohne Genugtuung, zurückkehrend zum lieben Onkel Vlastymil. Und mit ihm da zu wandern, gemächlich näher dem Ziel, das da geheißen Zweifel-Eiche.

2

FLUCHTHELFER

Die Obrigkeit von einem Michl hatte nicht mehr geschüttelt und gebeutelt den liebenden Vater seiner sieben Töchter und jenes Sohns, der sich niedergelassen, justament auf der Kopfbedeckung der Obrigkeit zu Gnom und erleichtert gekräht hatte:
»Kiekerikie!«

Zumal es ihm nicht mehr so gedrückt haben durfte, tief inwärts im Darm von so einem Hahn. Es vielmehr gestrebt sein konnte, nach auswärts, endlich erfolgreich. Und er war von der Kopfbedeckung der Obrigkeit zu Gnom gestiegen, ganz der Gockelhahn, rundum Zufriedenheit und einfühlsamst umkreiset: gleichsam als Erfolg an sich, von so einem Gockelhahn. Und ach stolziert; grad so wie ein Gockelhahn!

Und die Kreszentia dem Gockel nachgestrebt; und mit hochroten Backen; und die Faust geballt wider den, der da strawanzet, gemütlich herunter vom Scheidewandbergl.

»Na wart! Na wart! Ich mich schinden, und du da wackeln, grad nur so als tät es dich noch immer nicht reuen und plagen: das schlechte Gewissen! O wart! Du Gockel von einem Glatzkopf! O wart!«

Und erwischt den Hahn; der gekräht, daß dem liebenden Vater die Augen gekugelt, seitwärts so und seitwärts so, und so auch himmelwärts. Und die Obrigkeit von einem Michl war noch immer gelegen, auf der gemähten Wiese; und angeschaut das Blümlein vor der Nase, aufmerksamst, aber eher, ratlos.

»Herbstzeitlose.«, sagte er, mehrmals, und nickte, dann und wann; und schluckte, dann und wann; und wischte sich die Augen, dann und wann. Und war emporgestrebt, sich wieder besinnend seiner Pflichten als Herr Gendarm.

Und schon vergessen, das gemütliche Plauscherl mit so einem ausgeprägten Weibsbild von einer Kreszentia, auf dem Bankerl. Zumal es ihm gefunket die Hirnzentrale: Es durfte da gewaget haben, sich jemand zu setzen, grad nieder: auf dem Buckel der Obrigkeit? So es auch gewesen, die etwas ältliche Sau vom liebenden Vater. Und das versuchet haben wollte, nicht nur einmal, eher immer wieder. Und im Kampf wider den Fluchthelfer von so einem Klaubauf an sich zu Gnom ward er wieder ganz der künftige Herr Kriminalkommissar zu Donaublau.

»Ja! Heiliger Gregorius von einem Michl! Was tappst denn so patschert an der herum? Zieh's am Ausgeringelten! Grad, daß sie dir nicht ins Gesicht hineingackst? Ja, Michl!«

Und es war schon passiert. Und die etwas ältliche Sau hatte gequietscht; und tief inwärts durfte es eh nur stillgestanden sein und gerannt in einem, dazumal sie gezogen ward, und das grausamst, an dem, was eh schon das Alter ausgeringelt hatte? Und das doch nicht erst, am 22. September des Jahres 1921?

»O heiliger Erzengel Gabriel! Erbarmen, o Erbarmen! Das mag sie denn gar nicht; da hinten! Daß sie grad sich geschreckt: tot?!«
Und der liebende Vater schnalzte mit der Zunge und schluckte, nicht ohne Genugtuung.
»So ein schalkertes Dirndl! Ja, hast denn das von mir?«
Und er spitzte den Schnabel und küßte die Rinde der Zweifel-Eiche, und blinzelte mit den Augen, es sehend: Das ist denn nicht der Rüssel vom lieben Töchterl; und sich den Hinterkopf gekratzt. So er sich richtig erinnert, durfte da sich genähert haben; so er – nicht – geträumet?!
»O heilige Erdkugel von einer grünen Insel! Der Herr Zeuge!«
Und es war der Herr Faust schon gelandet auf den Knien; zumal es geschnackelt schon wieder, und das grausamst, in den Kniekehlen. Und gebrannt tief inwärts, grad höllisch, der ewige Durst.
Und dem Herrn Zeugen von einer Kugel auf allzu kurz geratenen Stumpen war das Rennen geworden zum Bedürfnis an sich. Zumal die Kreszentia gezogen die Sau grad hintenwärts.
»Du steinernes Herz von einem Granitschädel! Laß denn die Sau in Ruh! Allemal zu gescheit gewesen fürs Schauen! Und allemal zu gescheit gewesen fürs Hören!«
Und war schon gestanden; eine nicht nur, aber auch die Obrigkeit bedrohende Gestalt; neben dem bedrohten, aber tapferen Weib.
»Kratzt es da ein bisserl, gehts von selber runter! Willst das vergessen haben? Du Schwesterherz von einem Kaspar-Riesen?«
»Hilfe! Hilfe! Michael! Der hat mich gerade meucheln wollen!«
Und die Kreszentia deutete auf den Dahergelaufenen und zitterte: und das wirklich.
Und die etwas ältliche Sau – den Weg gewiesen, runter vom Buckel der Obrigkeit, von einem Herrn Zeugen – quietschte, nicht willens vom liebenden Vater zu weichen; und sich gelassen nieder neben dem, der da gekniet grad unter der Zweifel-Eiche und die Hände gefaltet; und die Augen gekugelt, seitwärts so und seitwärts so, auf daß er sie schaue: die grüne Insel von einem Glatzkopf, die da geähnelt, der Farbe nach, einem gar lieblichen Krebstierlein.
»O Vlastymil! Du Erlöser des liebenden Vaters! Alleweil gewesen; und es geblieben; es geblieben! Ganz so bedenken den richtigen Augenblick! Wie – das meinige Töchterl!«
Und er hatte den Rüssel vom Töchterl geküßt, gar innig.
»Und der Herr Zeuge heißt denn: Herr Franz! Und der Herr Franz

hat es gesehen; und die Frau Zeugin heißt denn: Fräulein Zweifel! Und das Fräulein Zweifel hat es gesehen! Der Weg alles Irdischen ist vorbestimmt; das hat nicht bedacht Seine Obrigkeit von einem lieben Michael; und so es nicht bedacht die gnädige Frau Zeugin von einer gnädigen Frau Franz? O, das ist denn gewaget!«
Und der liebende Vater hatte den Zeigefinger gestrecket, himmelwärts; und das Töchterl angeblickt, gar streng, das gequietscht, eher friedlich gestimmt, wenn nicht gar selig, so im Zwiegespräch mit dem liebenden Vater.
»Hört! Hört! Die gescheite Tochter hat es vergessen nicht einmal. Es sich gemerkt: auch gedenkt ohne Zaudern. Memento mori? So denn! Der Weg alles Irdischen ist vorbestimmt! Und es auch sogleich geoffenbart! Dem staunenden Menschen? So denn; ein gescheites Töchterl nicht nur! Auch mitfühlsamst. Und teilen allemal redlich die Weisheit an sich mit der Natur an sich. Sei ihr dieses«, und der liebende Vater hatte auf die gnädige Frau Franz gedeutet und sich verbeugt;
»Ebenbild gewachsen oder jenes Ebenbild.«, und der liebende Vater hatte auf den Herrn Gendarm Michael gedeutet und sich verbeugt; und den Zeigefinger gestrecket, wieder himmelwärts. Und zu bedenken gegeben:
»Allemal es entschieden das Töchterl, ganz so wie der liebende Vater!«
Und die Augäpfel, schon wieder kugeln lassen, seitwärts so und seitwärts so, und es so auch gequietschet und es so auch geschnalzet haben wollen, dem liebenden Töchterl, das Loblied vom liebenden Vater, und es auch noch ergänzen wollen, und das unbedingt. Und nicht den zweistimmigen Chor hören wollen, der da geantwortet dem liebenden Vater; und das grausamst.
»Na wart! Das reicht denn für die Ewigkeit!«
»O so ein Töchterl; da schluchzt dem stolzen Vaterherz allemal das Inwärtige grad nach auswärts!«
Und er weinte wirklich, genaugenommen bitterlich. Und die Hände bedecket das Antlitz; und sie emporgerecket, gar zitternd, der liebende Vater.
»Dank den Himmlischen! So ein wohlgelungenes Exemplar von einem Töchterl. Allemal es zu bedenken gegeben jedermann; und das ausnahmslos! Memento mori! Das ist denn der Weg alles Irdischen gewesen; allemal! O du vierblättriger Kleeschlucker von einem liebenden Vater! So ein Töchterl. Und es gesehen so auch

der Herr Zeuge. Und es gefühlt so auch der Herr Gendarm!«
Und der Herr Zeuge verbeugte sich vor dem liebenden Vater:
»Alleweil schon gewesen das Vorbild an sich eines liebenden
Vaters! So auch das Töchterl alleweil gewesen die tugendsame
Weisheit im Herzen; bereit für jedermann! So auch für den lieben
Herrn Gendarm, so auch für die liebe gnädige Frau Franz.«
Und sich verbeuget, der Herr Zeuge Franz; und gekichert das
Hexenbauxerl hinter vorgehaltener Hand!
»Na wart! Das bleibt denn nicht ungestraft! Und noch die Hörn-
derln wachsen lassen wollen seitwärts; und das der lieben Tante
Kreszentia! Und hättest mir ein heiliges Bauxerl werden können!
O!«
Und sich die Augen gewischt, die liebe Tante Kreszentia. Und
angeschaut den Michael gar streng. Und der erwidert den Blick
von dem eher ausgeprägten Weibsbild Kreszentia gar streng. Und
eh nur nachgedacht; die altverwandten Seelen; geschlagen von
einer nur mehr als merkwürdigst zu empfindenden Ratlosigkeit.
Und geschluckt immer wieder.
»Und es hat geantwortet das Töchterl gar weise. So sie es kundgetan: die gnädige Frau Franz. Hört! Hört! Auf daß es nicht vergessen werde!«
Und der Zeuge Franz gestattete sich, das Stimmlein der gnädigen
Frau Franz auszuborgen und es dieser ins Gedächtnis einzu-
schreiben.
»›Das geht denn nicht, sich dem Michl auf den Buckl setzen!‹
O mein Herzbauxerl, was da geantwortet das weise Töchterchen
vom weisen Väterchen?«
Und der Herr Zeuge, von einem merkwürdigen Tatsachenge-
dächtnis geplaget, hatte sich verbeugt vor der Tochter, sodenn vor
dem Vater, und es dann geneiget: das Ohr. Und Klein-Magdalena
es gewagt zu schreien, daß es nur gedröhnt so in den Ohren einer
Kreszentia Zweifel, geehelichte Franz, und in den Ohren vom
Herrn Gendarm.
»O lieber, lieber Onkel Vlastymil! Ohne Umschweif gegackst
dem grad nicht hinein in den Schlund! Weil den Mund hat er
zugeklappt, grad noch rechtzeitig, der gescheite Herr
Gendarm?«
»Nein! O nein, mein Herzbauxerl, anders ist das denn gewesen. Es
kundgetan: Für das Memento mori gibt es nur ein Sinnbild in der
Natur.

Und das ist denn der Weg alles Irdischen. Und allemal möglich gewesen, zu jeder Tages- und Nachtzeit, und nach jedem schweren Schicksalsschlag!«

Und der Herr Zeuge von einem kugeligen Herrn Fuchs hatte gedrücket haben wollen die Hand vom Herrn Gendarm; und das unbedingt. Und es getan wider den Willen der Obrigkeit.

»Das geht denn nicht! Die Obrigkeit festhalten wollen!«

Und die Obrigkeit von einem Michl hatte es schon gehalten in der Hand, das merkwürdige Ding mit dem runden Loch vorne.

Und das Hexenkinderl kugelte nicht nur mit den Augäpfeln, o nein! Auch gestreckt die Zunge wider die Obrigkeit. Und gezeigt den Hintern, der Obrigkeit, und sogleich der lieben Tante.

»Jessas Maria und Josef! Jetzo schon wieder! Ganz die Augen von der Nachtigall!«

3

DAS IST ERST DER ANFANG

Und die Schöpfung der Nachtigall war gerannt im Zick Zack hinter einer Henne her; und sie schon erwischt, und gekeucht; und es ihr auch gezucket in diesem und in jenem Gesichtsmuskel. Ganz so, wie anno dazumal, bei der Nachtigall, als ihr aus dem Bauch herausgewuchert das Hexenkinderl, und sogleich hintennach der kleine Kaspar.

»Nix da! Ich bin das Herzbauxerl vom lieben Onkel Vlastymil! Daß du es weißt! Und ich bin denn keine Nachtigall! Ich bin ein Schwalberl! Daß du es weißt! Und du bist mir nix! Und der liebe Onkel Vlastymil ist mir alles! Daß du es weißt! Und ich bin nicht das Herzbauxerl von der lieben Tante! Ich bin das Herzbauxerl vom lieben Onkel Vlastymil! Und daß du es weißt: das ist erst der Anfang! Gelt?!«

Und schon geschleudert die Henne wider die Obrigkeit.

»O Erbarmen, meine Tochter! Das ist doch der Hintern vom Herrn Zeugen! O meine Tochter!«

Und schon die Augen fest zusammengepreßt der Herr Faust, auf daß er nicht sehen müsse den Irrtum an sich von den kecken Hörnderln seiner etwas verwirrten Tochter.

»Das war denn der Richtige, den du auserwählt hast!«, kreischte die Kreszentia und kicherte hinter vorgehaltener Hand.

»So ein schalkiges Kinderl.«, sagte sie nicht ohne Respekt.
»Das ist mir zu viel!«, brüllte der Herr Gendarm und ergänzte:
»So! Du liebender Vater deiner Tochter! Es gackert jetzo nimmermehr, das Töchterl, nach so einem Salto rückwärts in der Luft. Es hat schon gezuckt grad so! Und eh schon gestreckt die Krallen!«
Und der obrigkeitliche Blick von einem Michl war schon gewandert, vom Hexenkinderl weiter, zum Herrn Zeugen. Und der Herr Zeuge, der kugelige Herr Franz, hatte geschluckt.
»Jessas Maria! Das schießt ja wirklich!«, kreischte die Kreszentia. Und rieb sich die Augen. Und zwickte sich das rechte Handerl, sodann das linke Handerl. Und es dem künftigen Herrn Kriminalkommissar zu Donaublau gebrannt, tief inwärts, grad so; wie anno dazumal.
»Gockogockockogockogo! So peck doch endlich! Gockogockogockogo! Ich werd mir wohl noch einen Pecker erwarten dürfen? Bin ich jetzo der liebende Vater? O Erbarmen, meine Tochter! Ward es doch geübet, von allen sieben? Und das seit vordenklichen Zeiten?!«
»Hast eh noch sechse. Das ist denn ein bisserl aus der Art geraten; mußt es schlucken.«, sagte Klein-Magdalena.
»Ja! Ja! Ja! Ja! Das ist denn gescheit gedenkt, erstmalig! Sehr gescheit gedenkt!«, sagte die Obrigkeit; seine Erläuterungen vom Herrn Gendarmen ergänzend, wenn nicht gar dirigierend mit dem merkwürdigen Ding mit dem runden Loch vorne.
»Und teilen allemal redlich, die Weisheit an sich, mit der Natur. Sei ihr dieses Ebenbild gewachsen.«
Und das merkwürdige Loch ward gerichtet auf den Schnapslumpen von einem Klaubauf an sich zu Gnom.
»Oder jenes Ebenbild.«
Und das merkwürdige Loch ward gerichtet auf das Hexenkinderl mit den langen Krallen; von so einer Nachtigall vom Stoffelweg 6, die auch allemal gemeinet, sie sei wohl nicht gewachsen für den Michael anders als mit Krallen; grad gut genug sei sie: für einen Kaspar-Riesen vom Zweifel-Hof!
Und das merkwürdige Loch ward gerichtet auf das tief inwärts Pumpernde vom Herrn Zeugen; und daselbst verharret, eine Ewigkeit.
»Das hat sich denn die Obrigkeit gemerket. Und so der Herr Gendarm von einem Michl auch teilen will mit dem Herrn Franz; die Weisheit an sich; auch wenn der Natur daselbst nur gelungen

ist das Ebenbild von so einem dahergelaufenen Herrn Zeugen, dem es eh schon aus die Augen geschaut, anno dazumal beim Kirtag, grad mörderisch!«

»Nicht denn, Michael!«, hauchte die Kreszentia.

»Meucheln wollen mit dem Blick hat der Glatzkopf von einer Kugel mich wollen! Nicht mit so einem Ding da. Mit dem merkwürdigen Loch da«, ergänzte die Kreszentia, bedeutsamst das Tempo der Sprache verlangsamend, und ward angeschaut vom Herrn Gendarmen, gar streng:

»Ich weiß denn, was für die Ewigkeit langt und was: für das Protokoll! Vorwärts! Und die Polsterln da dem Himmel zeigen. Nicht erdwärts halten! Gelt?! Du kugeliger Taferlklaßler von einem Herrn Zeugen! Genauso kugelig wohl der Widerstand wider die Obrigkeit? Ha?! Die allemal gedenkt: kantig! Und nie (!) kugeln hat lassen, das eine und das andere Gesetzerl! Seitwärts so oder seitwärts so! Es allemal als Ganzes geachtet: das Buch an sich der Insel der Unglückseligen! Ja! Ja! Und wenn da einer daherlauft, mit seiner Glatzen, und es ausdeuten möcht' der Obrigkeit, ha? Könnten dem die Haar' gewandert sein, allzufrüh, erdwärts? Grad so, wie das Inwendige von der Glatzen, ha? Ja! Ja! Das Buch an sich, der Insel der Unglückseligen, ist bindend, für jedermann; und duldet denn die Ausnahme nicht. Erwischt deroselbst aus diesem Grunde auch allemal die Laus! Auch so eine kugelige und die: unbedingt. Gelt? Herr Franz? Ist auch die Richtschnur: für den Herrn Zeugen? Ha?!«

Und der Herr Zeuge hatte gezwinkert, erstmalig, ganz anders. Und gar nimmermehr dem ähneln wollen, der das Schlupfloch gefunden wider die Obrigkeit; allemal, und das merkwürdigst, die Ausnahme nicht duldend, nur die Regel, wider die Obrigkeit.

4
FOPPEN: DAS PROTOKOLL

Und der künftige Herr Kriminalkommissar zu Donaublau angeschaut, lange und nachdenklich, die drei Sünder – und sich selbst belobiget mit eh nur einem etwas ausgiebigeren Schluck – die eh schon gestanden waren, korrekt, vor dem Riesen von einem Schreibtisch.

»So denn; und die gnädige Frau Franz wird mir jetzo ein bisserl

Beistand leisten. Und sich neben den Herrn Gendarm setzen. Und dann Wort für Wort notieren; auf daß es protokollieret sei: das Sündenregister von den merkwürdigst lustigen Musikanten! Nur dreie; nicht viere?! Ja, wo ist denn die Henne geblieben? Der Gackerer fehlt mir denn!
So wollen wir nachlassen dem quietschenden Töchterl, daß es rutschen hat wollen, auf dem Buckel der Obrigkeit. Ja! Ja! So wollen wir nachlassen dem meckernden Töchterl, daß es die Pratzerln gleich Hörnderln einsetzen hat wollen, wider die Obrigkeit! Hinein grad dort, wo die Obrigkeit sitzen muß, so sie aufschlaget, das Buch an sich der Insel der Unglückseligen?! Ja! Ja! Ja! Ja!«
Und der Herr Zeuge hatte gekichert hinter vorgehaltener Hand. Und es bestätiget, dem Herrn Gendarmen, immer wieder:
»Aha! So hat er sich das gedenkt! Ja denn! Das gibt es nicht, sich widersetzen der Obrigkeit! Du Ellipsoid von einem Vlastymil Franz, hast dir gedenkt, dein Schalk ist etwas ganz Besonderes? Ja! Ja! Ein ganz ein kantiger Schalk, der da geantwortet, korrekt!«
Und gewackelt als Ganzes die Kugel von einem dahergelaufenen Herrn Zeugen.
»Nix wird da gezwinkert; die Obrigkeit ist denn unbestechlich! Allemal gewesen! Ein Gesetzerl wird nicht gezwicket; auch nicht gezwacket; und schon gar nicht gequetschet: beim Herrn Gendarmen zu Gnom; gelt? Es aber erfüllt bis auf das Tüpferl auf dem i; gelt? Und das langt dann bald für mehr als nur für eine Nacht! Sich der amtshandelnden Obrigkeit widersetzen wollen, die amtshandelnde Obrigkeit höhnen wollen, die amtshandelnde Obrigkeit auch noch: bestechen wollen?«
Und die Faust der amtshandelnden Obrigkeit zu Gnom war gepoltert, auf den Riesen von einem Schreibtisch.
Und der dahergelaufene Herr Franz hatte sich die Augen gerieben, dann und wann. Und es durfte vermutet werden der Verdacht als begründet: Die gnädige Frau Franz notieret grad so wie es der Herr Gendarm diktieret. Zumal sie es bestätiget, nicht nur einmal, die gnädige Frau Franz dem Herrn Franz.
»Der amtshandelnden Obrigkeit widersetz ich mich nicht! Die höhn ich auch nicht. Und die will ich auch nicht bestechen! Das ist nicht das Ghörtsich von einer Kreszentia Zweifel, die aufgewachsen ist ganz korrekt. Und es gelehrt bekommen, das Geschlingelte zu befolgen, nicht aber es zu dehnen und schon gar nicht zu

brechen entzwei grad in der Mitten; ha?! Das ist nämlich ein Dorf, das allemal hoch geehret das Geschlingelte! Und ihn das Dorf geduldet nie, den Ansturm wider das alles und jeden Ordnende: das Gesetz!
Und wo ist nämliche kugelige Ausnahm' geboren worden; Herr Franz? So! Im Nirgendwo, das überall zu finden sein könnt, grad wie dieses höllische Gnom? Jessas Maria! Herr Gendarm! Wie ist dieses Wort auszudeuten? Aha! Gut, es sogleich notieret: Ehrenbeleidigung wider das Dorf Gnom, und das an sich! So denn! Ja, sag einmal, Michael: Gibt es denn so etwas wirklich in dem unsrigen Dorf? Ein solch ein Sündenregister? Das langt ja grad als Leiter für die Höll; grad schon zu lang, ha?!«
Und sich der Herr Franz verbeugt vor der gnädigen Frau Franz. Und sie angeschaut, als wolle er sie gar entkleiden vor dem Herrn Gendarmen. Und sie anhüpfen vor einem neunjährigen Mäderl. Und sie wohl nackert zeigen so einem versoffenen Schnapslumpen von einem Klaubauf an sich?
Und die gnädige Frau Franz spürte die Eismanderln gleich Nadeln auf dem Buckel marschieren, hinauf und hinunter. Und die Eiseskälte verwandelt grad ins Gegenteilige. Und der Buckel, förmlich getunkt in kochende Lava, eh schon wieder geplaget von den Eismanderln. Und stets hintennach gehumpelt die Ausdeutung den Tatsachen, die da gerannt und stillgestanden in einem auf dem Buckel; eigentlich überall auf der nackten Haut so einer Kreszentia Zweifel, geehelichte Franz, und Gott sei es gedankt, grad noch geschützet vor dem neugierigen Blicke von so einem kugeligen Herrn Zeugen durch das hochgeschlossene Wollene und Selbstgestrickte, die undurchdringliche Trennwand zwischen ihrer nackten Haut und dem, der da schauen hatte wollen auf das Schamloseste. Grad Löcher hineinbohren wollen und ihr gar zerreißen wollen das einst als das Kunstwerk an sich Belobigte, von den Handerln einer Begnadeten gestricket! Ja! Ja!
»Das geht sich denn nicht aus in dem unsrigen Dorfe; stillstehen und rennen in einem auf dem Buckel der Obrigkeit; gelt! Herr Zeuge, wie denn der werte Name? Und nix gemeuchelt: mit dem Blick auch nicht! Weil, das passiert zu Gnom nicht, so hinten herum, gelt! Daß er sich das merke ein für allemal, der Herr Zeuge!«, sagte die gnädige Frau Franz, geborene Zweifel, mit erhobenem Zeigefinger und streng, wenn nicht gar empört. Und sodenn nur mehr anschauen wollen den Herrn Gendarm, auf daß

da nicht mehr gewaget werde dieser und jener Einschüchterungsversuch.
So auch das Herzbauxerl der lieben Tante dieselbe angestarrt auf das Merkwürdigste. Jene vom Stoffelweg 8, der sie doch so oft den Scheitel gekampelt ganz grad, auf daß die zwei Zöpfe nicht durch das Zick Zack am Hinterkopf erinnern alleweil an das Zick Zack im Kopf der Nachtigall, die das Kreuz- und Quer-Gwirkst erst auf dem Friedhof zu Gnom überwunden haben dürfte. Und die Schwägerin doch nicht dirigieret das Kinderl, vom Friedhof aus? Und auf dem Buckel wucherte sich die Ahnung zur Gewißheit aus, der lieben Tante: Die Verstorbene machte selbst noch dem Sarg eine lange Nase und war anwesend; und drangsalierte die christliche Seel' von einer Kreszentia Franz, geborene Zweifel, eine Hexe gemeinsam mit ihrem verhexten Bauxerl, erbarmungslos und sich mit ihnen verbündet der Vlastymil, wider die Kreszentia: mit diesen dunklen Mächten der Finsternis?!
Und der Kreszentia Franz, immerhin einer geborenen Zweifel, war es aufgegeben zu jeder Tages- und Nachtzeit und nach jedem schweren Schicksalsschlag, so einer Kugel auf zwei Stumpen mit Glatzkopf den Verstand zurechtzuhobeln. Was aus so einem dahergelaufenen Schnabel heraus wollte: So ein Kreuz-und-Quer-Gwirkst wie von einem Narrenhäusler zu Donaublau, der er vielleicht gar war; entwischt: der Festung? Und sich niederlassen wollen – bestimmt eh nur für die Festung zu Donaublau – im Dorfe Gnom?!
»So er entsprungen dem Narrenhäusel zu Donaublau, er es melden möge, unverzüglich, dem Herrn Gendarm! Auf das Entschiedenste frag ich jetzo den Herrn Zeugen nach dem nämlichen Ort seiner Geburt! Vom Nirgendwo, das überall zu finden ist, reden wollen, so die nämliche Erde nur duldet das Irgendwo? Ganz so, wie die nämliche Erde nur duldet den Jemand und das Etwas? Niemand gibt es denn nicht; genauso wenig wie es das Nix nicht gibt und genau so wenig gibt es das nämliche Nirgendwo? Will er denn foppen: das Protokoll?«
Doch es hat der Schnabel von dem dahergelaufenen Zeugen kundgetan seinem Herzbauxerl: »Jetzo kommen die Eismanderln, Glatzkopf! Wo ist denn meine Mütze?!«
Aber förmlich durchbohren wollen mit seinem meuchlerischen Ansinnen, das er geoffenbart, und das grausamst, mit den Augen, die eine, und nur die eine.

Und die Magdalena mit den zwei Zöpfen hat den Zeigefinger gestreckt, grad wider die Fensterscheiben der Obrigkeit.
»Die ist denn fortgeflogen; lieber Onkel Vlastymil. Weit, weit fort! Das Schwalberl hat sie im Schnabel, die Mütze vom lieben Onkel Vlastymil! Das Schwalberl!«

5
GESTRAFT GEHÖRT ER, DER REGENTROPFEN!

»O! Hat die gnädige Frau Franz schon notieret den Widerstand?«
Und der Herr Franz deutete rückwärts mit dem Daumen.
»Ja! Ja! Wie kann er es wagen, der Regen, wider die Fenster der Obrigkeit zu peitschen?«
Und der Herr Franz schaute die Obrigkeit an gar streng; sie mahnend zu protokollieren den langen Regen.
»Ja! Ja! Er soll es nur diktieren! Der gnädigen Frau Franz! Auf daß es festgehalten ist im Protokoll:
Der Sturm hat sich verbündet mit diesem und jenem Wolkenpölsterchen zu einem Komplott, und der Obrigkeit die Augen zugebunden haben wollen, so sie rennt zum Fenster und schauen will, ob auch Ordnung herrsche in diesem Dorfe! Kann jetzo hinausschauen grad wie ein blinder Ochs! Ja! Ja! Und nicht hilft da der Mond! Und nicht die Sternlein! Ja! Ja! Liebe gnädige Frau Franz! Gestraft gehört er, der Sturm! Poltern wollen wider die obrigkeitlichen Fensterscheiben einer Wachstube zu Gnom? Gestraft gehört er, der Regentropfen! Klatschen wollen wider die obrigkeitlichen Fensterscheiben einer Wachstube zu Gnom!
Ja, schlafst denn, Michl? Ganz so wie in aller Herrgottsfrüh dich schon geplaget die Schlafwut, ha?
Und nicht gesehen hast die Mistgabeln und die Heugabeln und die Axt und die Stecken und die Prügel, die da marschieret sind: wohin? Auf den meinigen Grund und Boden denn? Und es nicht für nötig erachtet, mich zu befragen, ob es denn auch gestattet sei, zu verwüsten mir das Dorf auf Rädern.
Hast es auch diktiert: das kleine Sündlein, das da gewaget auch die Obrigkeit? Es vergessen, das Sündlein? Zu winzig, das Bauxerl von einem Sündlein, für das Protokoll?
Und es nicht für nötig erachtet, mich zu befragen, ob es denn auch gestattet sei, jetzo zu erschlagen die meinigen Gäst?

Darf jetzo so ein liebes Bauxerl von einem gar herzigen Schwager herumwirtschaften; grad ganz so wie er es will und suchen und finden und erschlagen: auf dem meinigen Grund und Boden? Und wo ist er denn, der Paragraphenschlankel, der mir grad aus dem Hirn herausgerutscht sein muß; und irgendwie seitwärts gekugelt so und auch seitwärts gekugelt sein könnt' so? Und der das gestattet doch dem Schwager, daß ich ihn weggehen seh von den obrigkeitlichen Fensterscheiben, den Herrn Gendarm, ohne einzuschreiten, weil er eh nur geschen hat, wie da ein gar lustiger Riese marschieret mit seinem Gesinde. Und ersetzen möcht' in aller Bescheidenheit den Herrn Richter zu Donaublau, der – wie ich es vermute, wohl verkehrter Weise – zu richten hätte, so es den Sprung gewaget wider jenes Gesetzlein oder dieses Gesetzlein das Dorf auf Rädern? Ha?!
Richtet jetzo der Herr Richter zu Donaublau oder der Zweifel-Bauer vom Stoffelweg 8? Wen zahlt da die Insel der Unglückseligen für derlei? Und darf denn jetzo der Herr Richter zu Donaublau nimmermehr sich das selber ausdeuten!
Und denn gleich erschlagen! Ist mir auch der Gesetzesschlankel entwischt, der da genannt Landfriedensbruch? Wo ist er jetzo hin, der Schlingel von einem Paragraphen? Herr Gendarm von einem Michl?!«

6
EIN GESPENST KÜMMERT SICH GAR NICHT UMS 20. JAHRHUNDERT

Und sie waren alle marschieret die schmale Wendeltreppe abwärts und dann seitwärts. Und schon hat er aufgesperrt das hinterste Kellerloch von einem Schulhaus zu Gnom, zumal es ihm gelangt, dem Herrn Gendarmen.
»Es fehlt denn nicht das Tüpferl auf dem i vom Gesetzbüchel, wenn ich sag: Eh nur für eine Nacht! Nur das Tüpferl vom i ist übrig; und wo ist denn der Strich, auf dem das Kugerl von einem I-Tüpferl tanzt?«, sagte der Schalk von einem Herrn Gendarmen und zwinkerte mit dem einen Aug' den Herrn Zeugen an, der da auch sogleich gekichert hinter vorgehaltener Hand. Und sich gekratzt die Obrigkeit am Hinterkopf.
Und die Kreszentia hat etwas suchen müssen, durch das hinterste Kellerloch tapsend.

»Bin ich denn eine blinde Kuh? Her da!«
Und schon erwischt, die da geschlichen, so still, wenn nicht gar lautlos. Und sie gezogen an dem einen und dem anderen Zopf; hinaus aus dem düsteren Kerkerverlies zu Gnom.
»Nix da! Du bist denn ein Weiberl; und das mußt denn auch bleiben. Und es auch lernen früh genug, zu meiden den anderen Teil vom Geschlecht. Und das an sich! Und daß du es mir merkst, du Fuchs von einem glatzkopfigen Hirn! Die wird mir grad dir zum Trotz trotzdem noch eine Heilige! Ja! Ja!«
Und sich die Augen gewischt die Kreszentia und eh nur geschrien, weil sie gestolpert hinaus in den schmalen Gang.
»Jessas Maria! Jetzo meuchelt er mich schon wieder!«
»Folg der lieben Tante; in einer halben Stunde kommt er ja wieder, der liebe Onkel Vlastymil! Wird jetzt halt ein bisserl eingesperrt, weil der Herr Gendarm einen etwas kantigen Humor hat.«
»Ganz so ist es denn.«
Und es hat der eher etwas kantige Schalk Michael dem eher etwas kugeligen Schalk Vlastymil eine Verbeugung angedeutet; und ihn und den Herrn Faust hineingeschoben in die Zelle und die Zellentür hinter beiden geschlossen. Und der Klaubauf von Gnom den Herrn Franz ins Auge gefaßt.
»O du Herbstzeitlose von einer grünen Insel; o Vlastymil!?«
Und gezeigt dem Herrn Franz die leeren Hände.
»Das fehlet mir? O, Herr Zeuge, das ist denn alles noch aus seinem Bestand? O, meine arme Tochter! O, mein armes, armes Mäderl, heim will ich dürfen! Heim ins Paradies, o mein armes Töchterl! Ist das ein höllischer Durst!«
Und sie hörten den Schlüssel sich im Schloß drehen. Und sind gesessen vereint, und sich redlich geteilt die Folgen, auf daß sie hintennach leeren ein Stamperl in der Wachstube, sodenn im Gasthof ›Zum armen Spielmann‹, nun akzeptieret, endlich, der Herr Gendarm als dritter Schalk im Bunde.
Und im schmalen Gang ward sie gekratzt und gezwickt und gezwackt und gebissen, so auch getreten; die liebe Tante, die auch losgelassen das Herzbauxerl mehrmals, es aber immer wieder versuchet, es zu führen dem Lichte entgegen.
»Jessas Maria! Da hats mich grad mit den Augen angekugelt aus der Finsternis heraus! Wie eine ausgewachsene Hex! Michael! Finster ist's! Michael!«
Und die Kreszentia war schon gestrebet, und das eiligst, wieder

empor zum Lichte. Und die schmale Wendeltreppe erreicht, wo schon gezwinkert dieser und jener Lichtschimmer nach unten; allerlieblichst und einfühlsamst.
Und sie hatte gekeucht, die Kreszentia, und geseufzt:
»Das war denn grad ein Entkommen!«
Und so es denn auch gewesen, dazumal sie das Gewissen gedrückt und gezwickt und gezwackt so, daß ihr da unten die Zeit stillgestanden und gerannt in einem.
Und der Herr Gendarm das Hexenkinderl Huckepack genommen, es kaum d'erschleppt; und hat so gestrampelt und gekreischt, hintennach der Kreszentia.
»Und ich werd' denn keine Heilige! Daß'd es weißt! Ein Klaubauf werd ich! Bäh! Bäh! Bäh! Uhuhuhuhu! Uhuhuhuhu! Gespenstern tu' ich dir, daß dich grad schreckst. Und mit einem Besen komm' ich denn bei deiner Kammer hinein; alleweil nur in der Nacht! Uhuhuhuhu! Und dann walk ich dich: aber mit einem Hexenbesen; gelt?! Bäh! Bäh! Bäh! Kräh! Kräh! Kräh! Und denn kannst schauen, wo der Michl ist; gelt? Der hat sich denn nämlich versteckt: unter seinem Schreibtisch und der wackelt grad nur so. Weil er sich fürchten tut, der Michl! Gelt! Uhuhuhuhu! Uhuhuhuhu! Und der liebe Onkel Vlastymil ist dann nimmer da; der ist denn gewandert mit den Schwalberln mit! Gelt! Weit, weit fort! Und ich komm dir dann, nicht nur einmal! Nacht für Nacht! Kräh! Kräh! Kräh! Wart nur! Na, wart nur! Und nicht eine Nacht schlafst mehr; und ich kicher dir noch den Kopf kreuz und quer! Grad noch taugst dann fürs Narrenhäusel zu Donaublau, gelt? Und da bin ich dann auch! Und so eine Hex kommt allemal noch durch's Gitter von der Festung, gelt? Weil, die ist ein Gespenst und kümmert sich gar nicht ums 20. Jahrhundert! Ja! Ja! Dich schwitz' ich noch brav! Wart nur! Wart nur!«
Und dem Herrn Gendarmen war das Schwitzen geworden zum Bedürfnis an sich. Und ihn gesehen grad nur mehr als Wunde die Kreszentia.
»Jessas Maria! Heiliger Gregorius von einem Michl! Wie schaust denn du aus? Grad so, wie der gekreuzigte Herr Jesu Christ!«
Und geschluckt die Obrigkeit, zumal sie es gespüret rundum, und es ihr getropft war, grad nur mehr so; zumal das Hexenkinderl die Krallen einer ausgewachsenen Hexe gebrauchte, da unten im schmalen Gang, und es nicht müde ward, der Möglichkeiten zu gedenken, die so einem wendigen und windigen Hexlein gegeben

waren, auch wider die Obrigkeit.

Und in der Wachstube war es gewirbelt, das Hexenkinderl. Und hat verwüsten wollen, was da fein säuberlich geordnet war im Aktenschrank. Und das Gesetzbuch erwischt, und herausgerissen Seit' um Seit'. Und sich nicht erwischen lassen, merkwürdigst im Zick Zack, und seitwärts so und seitwärts so, und schon geduckt, und schon gehüpft und gehopst ganz anders, als es gedenkt, alleweil verkehrt, die liebe Tante Kreszentia und der Herr Gendarm, die gekeuchet und einander angeschaut immer wieder, eher ratlos.

»Jessas Maria! Das Herzbauxerl hat die Seuch' erwischt von den Schwarzzotteligen! Jetzo versteh ich alles! Das ist der Zick Zack, den ich schon gesehen hab bei so manchem Feldhasen und so manchem Fuchs. Der dann eh nimmermehr lang gerennt ist. Du heiliger Gregorius! Michl! Nix hingreifen, ist die Tollwut! Heilige Maria Mutter Gottes! Erbarm' dich unser!«

Und schon war der Herr Gendarm allein mit so einem tollwütig gebissenen Wirbelwind. Und die liebe Tante gerannt über die Landstraße zu Gnom; und schon zugesperrt das Haustor zum Gasthof ›Zum armen Spielmann‹. Und schon gepoltert hinauf in den ersten Stock und zugesperrt die Kammer für die Nacht. Und verschwunden mit den nassen Kleidern; samt den Schuhen, die da geplanscht hinein in diese und in jene andere Regenlache; unter der Tuchent, und sie gehalten ganz fest.

»Jetzo pumperts schon an meiner Tür! Heilige Maria Mutter Gottes!«

Und doch irgendwie zu hoffen gewagt, es könnte nur das Herz gepumpert haben, tief inwärts. Und der Regen gepeitscht haben wider die Fensterscheiben der Kammer. Und so es nicht allzu keck gedacht, war sie denn doch schneller gerannt, als das Hexenbeserl fliegen hatte können.

»Ja! Ja! Tanz du nur draußen! Weil das sag ich dir: alles erlauben die Himmlischen auch wieder nicht, so einer Hex mit dem Besen! Ja! Ja! Und eine Heilige hättest werden können. Eine Heilige! O! Grad taugst noch: für die Höll. Und meine ganze Müh und Plag umsonst gewesen; o Jesu Christ, dank dir schön, daß'd bei mir geblieben bist!«

7
EINE ETWAS SCHALKIGE NACHT

»Schau dir das an! Hat der Schalk von einem Michl seinen Schnaps dagelassen! Jetzo, was sagst?«
Und der ewig durstige Messmer hatte sich schon den Schluck genehmigt zum ersten, zum zweiten und zum dritten, so auch zum vierten und fünften Male.
»Wirst sehen. In einer halben Stunde sind wir wieder droben; ist halt der Humor von einem Michl ein bisserl gröber als der meinige, und das ist eh alles. Und es muß ja der Gnom-Kundige auch gesehen haben das hinterste Kellerloch von so einem Schulhaus zu Gnom?!«
Und gekichert, der Herr Franz, hinter vorgehaltener Hand. Und der ewig durstige Messmer war gekrochen, gleich auf allen vieren, dorthin, wo der Schweinehirt vom Zweifel-Hof gekauert, so weltabgewandt, und lautlos auf das Merkwürdigste. Und erst als er den Rum gerochen, hob er den Kopf und streckte die Hände empor zur Decke vom Keller, in dem der Mensch sich zu erkennen pflegte gleichsam nur mehr als Schatten, so auch den anderen, der ihm beigesellt ward. Und es waren doch dreie?
»Kruzifixitürken! Da hockerlt er ja! Was tust denn du da?«
Und der Vlastymil Franz war schon neben dem Schweinehirten vom Zweifel-Hof gesessen, zumal ihm ein merkwürdiger Knieschnackler angeraten, geradezu wider seinen Willen, doch Platz zu nehmen und sich häuslich einzurichten.
»Wirst es noch erleben! Das duldet sie nur als Scherz, die Erdkugel! Weil anders kann sie das ja gar nicht fassen; so wider das Hirn ist das. So wider das Hirn?«
Und dem Herrn Zeugen war das Kinn erdwärts gestrebt, die Oberlippe aber, in die entgegengesetzte Richtung.
»Ist das jetzt die Handschrift von der Kreszentia? Hätt' sie das gedenkt? Du Hirn von einem Ellipsoid! Hast denn jetzo getätscht die Kreszentia? O du Kugel von einem Ochsen! Du hast ja getätscht die Kreszentia!«
Und dumpf war sie ihm emporgereift, die Ahnung, zur nämlichen Gewißheit, so nach und nach.
Es dürfte ihm die durchaus denkmögliche Watschen entwischt sein am denkunmöglichen Objekt. So wie es ihm manchmal auch passieret mit dem Wort, das ja auch immer die Fähigkeit hatte,

allzurasch aus einem Menschen herauszuschnellen und dann wieder zurückgestopft werden mußte, hinab den Schlund. Gleichsam als diese und jene Redewendung maskiert, die es zu widerlegen beliebte, das allzu voreilig entschlüpfte Wort.
»Das zu vergessen; wer denn gewagt; du hatscherter Glatzkopf, denkst alleweil zu früh und alleweil zu spät! O Vlastymil, die Mütz auf den Kopf, und das auf der Stell!«
Und es war getätscht, der Glatzkopf von einem Vlastymil Franz, wider die Wand. Immer wieder. Und er war im Kreis gerannt, und hatte gestöhnt, und geseufzt, und die Hände gereckt empor zur Decke. Und es, dann und wann, auch gewaget zu flehen:
»Trag es nicht! Trag es nicht, du liebes Erdkugerl! Du liebes, liebes, ja, so liebes Erdkugerl! Trag es nicht! Trag es nicht!«
Und der Schweinehirt vom Zweifel-Hof, einmal erkannt den Schatten als Kugel mit Glatzkopf, nicht als Fata Morgana, hatte sich noch mehr gekrümmt, und es kundgetan haben müssen, dann und wann.
»I! O! A! U! E!«
Und gehört die Romani-Mutter. Und sich die Ohren zugedeckt, zuerst mit den Handtellern. Sodann die Zeigefinger hineingesteckt, gleichsam als Stöpsel, auf daß er endlich nicht mehr hören müsse, die es zu bedenken gab, immer wieder, sanft, wie auch drohend, schnurrend, wie auch klagend, leise und dann wieder so laut, die Tonleiter hinauf, die Tonleiter hinunter, und immer nur das eine:
»Und es auch bleibe: der Stern mit den zwei Zöpfen.«
Und der Schweinehirt vom Zweifel-Hof geantwortet der Romani-Mutter.
Klagend leise, klagend wie Donner, dann und wann, und immer wieder:
»I! A! O! U! E!«
Und es war eh nur die Zeit vom 22. September des Jahres 1921 hinübergerutscht in den 23. September des Jahres 21 im 20. Jahrhundert. Und sie hatten sich umarmt, der Gastwirt ›Zum armen Spielmann‹ und der Schweinehirt vom Zweifel-Hof, schon am 23. September. Und geweint, gleichsam um die Wette, so bitterlich. Und waren gekauert, auf das Merkwürdigste verstummt. Grad so, als wollten sie vergessen den ewig durstigen Messmer. Der doch gestöhnt, dann und wann, und immer wieder:

»Heim will ich dürfen, o heiliger Gottvater! Heim ins Paradies! Nicht fortmüssen! Erbarmen, o Vlastymil? Erbarmen mit so einem höllischen Durst! O, mein armes Töchterl! Ist das ein höllischer Durst! Vlastymil, o Vlastymil!«
Und gebeutelt hat er die glatzköpfige Kugel, die da durchbohrt wissen wollte gar die Augen von so einem braven Familienvater. Und der Schweinehirt vom Zweifel-Hof wieder einmal gehört, die mahnende Romani-Mutter, die nicht still sein hatte wollen, nicht und nicht.

»Nacht und Nebel! Schall und Rauch!
Es ruft den Nina-Stern!
Die Magdalena mit den zwei Zöpfen!
Nacht und Nebel! Schall und Rauch!
Entführet die Magdalena mit den zwei Zöpfen!
Nacht und Nebel! Schall und Rauch!
Rettet die Magdalena mit den zwei Zöpfen!«

Und das »I!« und »O!« und »A!« und »E!«, so auch das »U!« dem Schweinehirten vom Zweifel-Hof die Tonleiter hinauf und hinuntergekraxelt, und das auf das Grausamste, für die eher empfindsamen seitlichen Auswucherungen von so einem Glatzkopf, der auch die Arme ausgestreckt, dann und wann, für den Schweinehirten, der die Hände emporgereckt, gleichsam dirigierend sein »I!« und »O!« und »A!« und »U!« und »E!«; nicht ermüdend. Und sodenn den Kopf poltern lassen wider die Wand des hintersten Kellerlochs von so einem Schulhof zu Gnom.
Und gefleht, auf Knien, der ewig durstige Messmer zu Gnom: »Erbarmen! Vlastymil! Erbarmen mit so einem höllischen Durst! Gewachsen mir schon anno dazumal, im alten Jahrhundert, nicht gelöscht! Und noch immer nicht, deroselbst schon hineingerumpelt in das 20. Jahrhundert? Das ist der Totengräber Faust! Bestimmt seit Anbeginn: heranzureifen zum Totengräber!«
Und es hatte sich der ewig durstige Messmer die Hand zur Faust geballt, auf daß es nicht schreie, allzu laut, nach auswärts, was da gebrannt, inwärts, so höllisch.
»Warum grad ich? Warum nur? Nicht mein Bruder?«, fragte der ewig durstige Messmer und hatte sich schon geduckt; und schon die Arme gehalten, kreuzweise, vor das Gesicht.
»Was donnerst denn so? Nur gewaget, es einmal zu fragen?! Eh nur bescheiden sein wollen! Und es angedeutet, o nur angedeutet!

Es könnt gerad' so ein Aff' wie ich nix taugen als Totengräber? O! Was donnerst denn so?«
Und er hatte gewinselt, und sich gekrümmt, und die Hände gehalten, gleichsam abwehrend vor das Antlitz.
»O Gott! O Gott! O Gott! Diese Gnad! Auch einen Affen gebrauchen kann sie, diese ehrenwerte Zunft? O Gott! O Gott! O Gott! Diese Ehr! Erbarmen, o Vlastymil! Erbarmen, du Kugel von einem Gastwirt, mit so einem höllischen Durst! Und das auf der Stell! Bin ich nicht auserwählt? Für die ehrenwerte Zunft an sich? Hoppla denn! Das gehöret belohnt! O Gott! O Gott! O Gott! Eh nur heim will ich dürfen! Heim ins Paradies!«
Und war schon wieder auf allen vieren angelangt beim Vlastymil Franz, auf daß er ihn beutle, den Herrn Zeugen und rüttle, den Stein von einem kugeligen Herrn Zeugen, der es doch allemal gespüret, so hart wie Pudding, tief inwärts?«
Und sie hatten sich erkannt, dann und wann, ratlos. Und geschwiegen; dann und wann, feierlich, aber auch: ratlos.
Und, dann und wann, hatte es gekichert, ganz tief inwärts, in der Kugel von einem Herrn Zeugen, sodaß er geradezu nur mehr gewackelt, als Ganzer, der Herr Franz. Als wäre der Erdkugel selbst das Wackeln gekommen, ganz tief inwärts und gedrängt nach auswärts ward eh nur, der Regen. Und der da geweint, so bitterlich, hatte gelauscht, nach draußen. Und es mit erhobenem Zeigefinger verkündiget, gar feierlich, aber auch ratlos:
»Das ist denn der Regen; der lange Regen«, und genicket und den Glatzkopf geschüttelt, und schon wieder gekichert und schon wieder gewackelt, als Ganzer; so auch rundum, nach inwärts und nach auswärts. Und war eh nur willens gewesen, sich emporzurappeln und mit dem Kopf zu poltern wider die Wand, von so einem hintersten Kellerloch in einem Schulhaus zu Gnom, der Herr Zeuge Franz, der doch nicht auch gewesen der liebe Onkel Vlastymil?
»I! O! A! U! E!«, so hat ihn ergänzt, auf das Einfühlsamste, der Schweinehirt vom Zweifel-Hof.
»Nie hättest einem höllischen Nirgendwo einen Namen zugebilligt; Gnom? Das gibt es; sehr wohl! Doch nicht so ein merkwürdiges Örtchen auf der Erdkugel? Hätt' es nie getragen! Hinausgejagt hab ich allemal das Nirgendwo. Ins Weltall! Lieber ein Loch in meinem Erdenbauch erduldet, als die Beleidigung an sich? Vlastymil, o Vlastymil! Naseweis mich nicht, such es im Weltall, nicht

auf meinem stattlichen Bauch! Das kränket mich, und kränket mich!«
Und der liebe Onkel Vlastymil, im Zwiegespräch mit der Mutter Erde; hat dem »I!« und »O!« und »A!« und »E!« und »U!« auch beigepflichtet, unverzüglich und unbedingt, und den Glatzkopf geschüttelt, und es verkündiget, gar feierlich, mit erhobenem Zeigefinger; aber auch ratlos:
»Der I! bin ich! Der A! bin ich! Der O! bin ich! Der U! bin ich! Der I! bin ich! Und das, alleweil schon gewesen.«
Und es auch vorgesungen dem Schweinehirten vom Zweifel-Hof; erstarrt auf das Merkwürdigste:
»Ringel, Ringel fliegt die Kugel!
Der liebe Onkel singt trarara!
Und dem liebenden Vater fehlt die Pudel:
So dick wie der Wurm, so lang wie der Turm!
Und was ich trage, ich niemand klage!
Ringel, Ringel fliegt der Faust!
Der liebe Onkel singt trarara!
Und dem Glatzkopf fehlt der Kopf!
O, der arme Tropf!«
Und schon gehalten den Glatzkopf, auf daß er nicht entwendet werde, auf das Merkwürdigste, seinem Besitzer.
»Rinnt dem lieben Tata das Lulu, mach ihm das Hosentürl zu. Fliegt der Herr Faust heim ins Paradies, so ist gestillt der höllische Durst, gar himmlisch. Fehlt dem Glatzkopf der Kopf, so schlag ihm mit der Mütze, das Hirntürl zu! O Schwalberl! Vergiß ihn nicht, den armen Tropf von einem Ellipsoid!«
Und auf allen vieren hatte der Vlastymil Franz seinen Glatzkopf gesucht, im hintersten Kellerloch von so einem Schulhaus zu Gnom. Und es zu bedenken gegeben, dem Schweinehirten:
»Einem Ellipsoid ist entwendet worden, auf das Merkwürdigste, sein Haupt?«
Und es war gekreist der Zeigefinger über den Glatzkopf. Und er war eh nur emporgesprungen, unglaublich flink. Und gehumpelt auf zwei Stumpen, gleichsam im Kreise, und gerannt wider die Wand; und es hatte gekichert, ganz tief inwärts, in der Kugel Vlastymil Franz. Und er hat sich die Schenkel geklatscht, und die Pölsterchen haben mitgelacht, und das ausnahmslos; und er hat gewackelt als Ganzer, der lachende Herr Zeuge.
»Ja! Was sich so einer alles d'erdenkt! Das ist ja eh nur die

Hirnleere? Und den Schädel d'ertragst nimmer? Auf ewig nimmer? Ja denn! Nicht verdichtet hat sich der Niemand zum Vlastymil Franz? Weshalb es genannten Jemand also nie gegeben hat? Vlastymil Franz, o seliges Nix, dich gibt es ja gar nicht!«
Und war schon wieder gerannt wider die Wand, auf daß er es endlich d'erdenke, das doch Denkmögliche; zumal es ihm passiert sein könnte; und geflohen in die Arme von so einem, der nur 13 Jahre lang hatte wachsen wollen, gar weise:
»Eine etwas schalkige Nacht, du ›A!‹ und ›E!‹ und ›U!‹ und ›I!‹ und ›O!‹ von einem Aufgeklärten! Du hast es dir gleich gedenkt: wofür das Wort, wenn es unsereins eh nie gegeben hat? So auch kann mir das Schwalberl gar nicht auswandern? Denn es ist dem Schwalberl doch nicht gewachsen ein Zopf seitwärts so und ein Zopf seitwärts so?«
»I! O! A! U! E!«, entschieden der Weise vom Zweifel-Hof. Und sie sodenn gekauert, gleichsam umschlungen für die Ewigkeit, auf das Merkwürdigste, im hintersten Winkel des hintersten Kellerloches von so einem Schulhaus zu Gnom. Und dortselbst den Gastwirt ›Zum armen Spielmann‹ auch aufgespüret jener, dem es gebrannt so höllisch, tief inwärts. Grad so, als wär' der Herr Faust eh schon angelangt im ewigen Feuer, und das wegen so einem Krautkopf und wegen so einem Erdapfel und wegen so einem Kleeblatt.
»In den Himmel möcht' ich heim dürfen! Vlastymil, o Erbarmen! Heim möcht ich dürfen! Erbarmen mit so einem höllischen Durst!«
Die Nacht vom 22. September, sich zuwälzend auf den 23. September, ward ihnen die etwas länger geratene Ewigkeit. Und war am 23. September schon die Nacht, in der die Zeit stillsteht und rennt in einem und deshalb eh nicht möglich; nicht auf dem Bauch von so einem bauxigen Erdkugerl. Aber bestimmt möglich, das Noch-Nicht-Gedenkte, das eh nur so ein zifferndürrer Ökonom von einem zweifüßigen Erdbewohner zu nennen beliebt: Das Denkunmögliche. Und es nichtsdestotrotz da draußen hin und her geschwebet, hin und her gehopset, hin und her gekreiselt, in hoffnungsträchtigen Entfernungen, nicht erreichbar für den gescheiten Zweifüßigen, so einen zifferndürren Affen, der sich gleichsam zugebilligt den Namen: Mensch; der Revoltierende an sich!
Nichtsdestotrotz das Denkunmögliche hat beweinet, irgendwo da draußen, das Erdkugerl und es beklaget, als den Weltall-Schmerz

an sich! Es doch nicht erfahren wollen das Weltall? O nein, doch nicht erspähen wollen, es gar heimsuchen! Und mit dem Maßstab der Gnome die Höhen und Tiefen, das wundersame Rutschbahn-Kreuz-und-Quer und das wundersame Rutschbahn-Hinauf-und-Hinunter messen wollen? Und das Noch-Nicht-Gedenkte schrumpeln lassen zu einem zifferndürren Schon-Gedenkten von so einem Zweifüßigen? Bleib mir da unten; grad dort, wo du daheim bist; und immer gewesen! Bleib mir doch erhalten: der verwortakelten Prinzeß, diesem bauxigen Ellipsoid; gelt?! O du zifferndürrer Pfiffikus von einem Erdkugel-Ökonom; nix da! Pratzen weg vom Weltall! Ist's die Hoffnung doch vom Vlastymil Franz allemal noch gewesen, in letzter Instanz! Bleib so erhalten, dem winzigen Nirgendwo von einem doch, herzigen Erdkugerl! Zu gescheit bist nämlich, für's Weltall! Alleweil schon gewesen! Scher' das Erdkugerl kahl, nur zu! Ratzekahl kannst es scheren. Hast eh den gewagten zifferndürren Verstand von einem Zweifüßigen zum Liebhaben, Herzen, Drücken, Zwicken und Zwacken, so dich die Langeweile plaget, da unten? Grad auch so ein Herz, das zu gut ist, nämlich für's Weltall! Alleweil schon gewesen! Natürlich bist auch du ein Mitglied des Weltall-Familien-Eins und das an sich! Ja! Ja! Gibt es doch in jeder Familie so ein rabenschwarzes Schaf; so halt auch im Weltall-Familien-Eins?
»O Vlastymil, es ist passiert. Das Hirn ausgeronnen, grad so wie dem lieben Tata vom Stoffelweg 8 das Lulu! Schwalberl, kräht's der Rabe, kräh, kräh, kräh! Wegschauen, Augerln fest zudrücken, in die Ohrwascheln den Stöpsel hinein, und das fest und unbedingt, und das Hirntürl zu, und daß du es mir niemand sagest! Dem lieben Onkel rinnt's Lulu! Wo ist denn grad die Mütz? Stoffelweg 8? Nie gehört! Lieber Tata? Nie gesehen! Heugabeln, Mistgabeln, die Axt und der Prügel, der Stecken und der Mensch: nie marschiert! Deroselbst es den Nämlichen nicht notiert, das weise Buch an sich vom Weltall-Familien-Eins! Da drinnen nur notieret gleichsam als Punkt, der strebsame und eifrige Aff' von einem Zweifüßigen, dem gewachsen sein dürfte, so etwas Merkwürdiges, das er nennt: den Kopf? Was eh nur sein könnte das Geschlingelte aus dem großen Wasser: dem Lackerl von einem Weltall-Teich? Nur nicht so kränken, die verwortakelte Prinzeß Erdkugel, ist sie eh nur grad so ewig, wie der hoffnungsträchtige Schädel vom Zweifüßigen die grüne Oase ist; grad dort, wo nix zu sehen; nur Wüste, Wüste und wieder Wüste?

O Schwalberl, willst den Morgenstern finden? So auch denn: den heimlichen Grund allen Seins ergründen? Die Mütz, Vlastymil, die Mütz auf deinen Halsstumpen! Daß es nicht grad so arg zieht, wo der nämliche Glatzkopf fehlt!«

Und er war schon so lange unterwegs auf allen vieren; und hat gesucht die Mütze für den fehlenden Glatzkopf. Auf das Gewissenhafteste die Erde abgeklopft mit den Händen, die vermutet werden durften, und das grausamst, als gespürt irgendwie doch wirklich?

»Gesteh' es, schon' mich nicht! Nur geträumt hab ich; es nie gelebt? Nur phantasiert hab ich's; es nie getragen? Du ›I!‹ und ›O!‹ und ›A!‹ und ›E!‹ und ›U!‹ von einem Weisen! Fehl ich als Ganzer, kann ich mich daselbst eh nicht suchen, der ich fehl? Geht sich das aus? O, das ist denn eine etwas schalkige Nacht; zu gescheit, allzu gescheit für den Kopflosen? O du Herbstzeitlose von einer Hoffnung; das muß weiterbrennen still im Rumpf? Jetzo wird es mir aber zu bunt! Murmelt's der Halsstumpen, so fehlt der Glatzkopf? Vlastymil, o Vlastymil! Das d'erdenkst auch noch?«

Und der Schweinehirt vom Zweifel-Hof antwortete. Er öffnete die Arme weit, und schwieg. Und sie weinten, Wange an Wange geschmieget, tanzend: Der Schweinehirt vom Zweifel-Hof und der Gastwirt ›Zum armen Spielmann‹; und hopsend seitwärts so und hüpfend seitwärts so und sich auch drehend, dann und wann. Feierlich gestimmt, sich hinzugeben in kindlicher Andacht den Musikklängen, die da diktieret die Abwesende, gar lieblich und sanft. Und zweie gelauscht, innigst, den Schalmeienklängen der Hoffnung, der gewachsen zwei Zöpfe.

»Ringel, Ringel fliegt der Geier.
Dem Tata rinnt's Lulu.
Und ich mach ihm das Hosentürl zu.
Ringel, Ringel kräht's der Rabe,
die Mutter liegt im Grabe,
und was ich weiß, ich niemand sage.«

Und in der Wachstube war sie gehopst, seitwärts so und gehüpft, seitwärts so. Und sich auch gedreht, dann und wann. Und den Zeigefinger kreisen lassen, über dem Kopf. Noch am 22. September, aber nicht mehr am 23. September.

8
DER FUCHS IM ZICK ZACK

Und der Herr Gendarm hatte sich einen Schluck genehmigen wollen, und das auf der Stell; doch war abhanden gekommen das Flascherl für die Obrigkeit; grad so wie dieses ausgeprägte Weibsbild von einer Kreszentia? Und der künftige Herr Kriminalkommissar zu Donaublau hatte geschielt sogleich auch nach dem Ding mit dem Loch vorne; und wirklich war abhanden gekommen: die Dienstwaffe; doch nicht?!
Und es hatte ein Knieschnackler empfohlen, und das gewaltsam und unbedingt, dem künftigen Herrn Kriminalkommissar zu Donaublau, sich niederzulassen auf dem Stuhl hinter dem Riesen von einem Schreibtisch und sodann das und jenes Merksätzlein zu wägen, zu wälzen und es so auch zu drehen und zu wenden auf das Gewissenhafteste. Es aber auf ewig nicht zu zwacken und auch nicht zu quetschen; und derlei Neigungen dem lieben Michael zugetraut eh niemand, die Ausnahme er selbst.
Und gestrebt war der liebe Michael wider den Willen des künftigen Herrn Kriminalkommissar zu Donaublau: empor und eh schon gekraxelt hinauf und hinein ins Bett. Und es gedankt den Himmlischen, daß er den einzig gescheiten Orientierungspunkt erreicht, geradezu mit schlafwandlerischer Sicherheit. Und zu diesem Zwecke es nicht vonnöten gewesen war, die Hirnzentrale zwischenzuschalten, die da der doch eher städtischen gottöbersten Prüfungsinstanz zugewiesen war, in dem Schädel von so einem hiesigen Herrn Gendarmen; die es auch liebte, und das grausamst, zu bedrängen das Herz vom lieben Michael, immer wieder, grad als die Regel an sich. Dazumal der eher städtischen gottöbersten Prüfungsinstanz das Herz ausgewuchert war, im Laufe der Jahre, grad zu so einem Steinklumpen, der nur mehr ähnelte dem Großstadtpflaster der zugemauerten Natur, genannt Donaublau.
Und da oben saß er im Türkensitz, die Schläfen sich reibend, und der arme Hascher mit den zwei Zöpfen ihm auf das Stockbett gelegt die Kopfbedeckung.
»Auf daß es der Obrigkeit nicht d'erfriert das Hirn; gelt? Aber nicht aufsetzen, gelt? Das ist verseucht grad von der Tollwut! Kräh! Kräh! Kräh! Wenn's nicht die Schwarzzotteligen verseucht, das Mäderl! Kräh! Kräh! Kräh! Dann ist es gewesen: der Fuchs im Zick Zack! Kräh! Kräh! Kräh!«

Und der künftige Herr Kriminalkommissar zu Donaublau hatte den lieben Michael gemahnet; so wider die Merksätze aus dem Buch für die erste Hilfe, das wohl auch die erste Hilfe enthalten mußte, für einen Herrn Gendarmen. Zumal es doch ausgeknobelt ein zweifüßiger Fuchs für alle Zweifüßigen? So wohl auch für den lieben Michael, ha?
Nichtsdestotrotz hatte gefunkt, der künftige Herr Kriminalkommissar zu Donaublau, dem gar arg bedrängten Michael:
»Herunter vom Stockbett; das ist denn für den Raufbold nach dem Kirtag, gelt! Und es sodenn vorführen, das Raufmädel, dem lieben Tata von einem Kaspar-Riesen, auf daß dieser dem Sprößling den Nachhilfeunterricht erteile, den zu verabsäumen sich niemand leisten kann! Wohl auch nicht der Zweifel-Bauer vom Stoffelweg 8! Das darf sich denn niemand erlauben, gelt! Auch nicht das Töchterl von einem Bauern-Riesen!«
»Aber es will ja nicht heim dürfen, es will ja zum Onkel Vlastymil dürfen! Gilt's doch auch zu bedenken?«, klagte das kindliche Gemüt des lieben Michael und beäugte auf das Aufmerksamste das Mäderl, dem es gezuckt, in diesem und in jenem Gesichtsmuskel. Und das gedroht mit der Faust, und schon gestanden, hinter dem Riesen von einem Schreibtisch, und es schon entwendet, das Tintenfaß, und sich auf dem Loch, das da gebohrt hinein in den Schreibtisch der Obrigkeit, nicht als Abort, niedergesetzt, und es kundgetan, mit erhobenem Zeigefinger und diesem merkwürdigen Augäpfelgedrehe, dem Herrn Gendarm:
»Wegschauen denn! Schämst dich nicht? Ohrwascheln zuhalten! Mag denn nicht, wenn ich auf dem Abort sitz und mir das Lulu rinnt, daß da einer zuschaut und es hören will, wie es tropft! Gelt? Das ist denn nicht das Ghörtsich, auch nicht vom Herrn Gendarm, gelt? Auf dem Abort darf jeder seine Ruh haben, auch so ein Hexenkinderl! Kräh! Kräh! Kräh! Daß ich mir nicht samt Hexenbesen die Mutter-Hex' herbeiwünsch! Und dann sind wir grad zwei Hexen! Und die krallt dich denn mit solchen Krallen! Und die hat denn die Zähn' wachsen lassen dürfen; Jahr für Jahr; durch nix abgelenkt! Zumal sich die Himmlischen nicht zuständig fühlen für das Höllische, gelt? Und dann kannst nachlesen: Im Buch für den bedrängten lieben Michael! Und findest nix? Nicht ein Kraut wider so etwas, das da gekraxelt, grad zu dir hinauf! Aus dem Sarg von da drüben? Und nicht steht da geschrieben, wie schlagst so einer zu, wieder, den Sargdeckel? Wenn die es nicht möcht!«

Und der arme Hascher mit den zwei Zöpfen ward schon wieder geplaget, von dem Augengedrehe, so merkwürdigst seitwärts so und so merkwürdigst seitwärts so. Und hat geblättert in dem Musterbuch zur Abfassung aller in den allgemeinen und freundschaftlichen Lebensverhältnissen sowie im Geschäftsleben vorkommenden Briefe, Dokumente und Aufsätze.
»Das ist doch ein Hand- und Hilfsbuch für Personen jedes Standes? So wohl auch grad gut genug für den Herrn Gendarm zu Gnom; nicht aber bedacht die Hexen? Na sowas! Aha denn; das nix taugt für das unsrige Dorf. Ist nämlich leider nur der Reichs-Universal-Briefsteller von dem großen Reich im Norden? Kruzifixitürken!«
Und dem Buch für den bedrängten Michael zu Gnom ward Seit' um Seit' entfernet; es denn aber kundgetan, johlend auf das Merkwürdigste:
»Das liest mir denn vor! Gelt?«
Und sie ist gekraxelt empor, und es schon geknallt, dem lieben Michael auf den Schenkel, der seine Wenigkeit nicht berührt haben wollte, von der Nämlichen. Und er hat es vorlesen müssen; Wort für Wort; dazumal ihm das Augengedrehe zum Bedürfnis an sich geworden, dem armen Hascher mit den zwei Zöpfen.
»Hast es bald überstanden«, murmelte der Michael und schluckte, mehrmals:
»Sind denn eh schon die letzten Zuckerer«, ward befunket die Prüfungskommission, die da einiges donnern hatte wollen, dem lieben Michael, von der Schaltzentrale aus, wieder einmal nicht berücksichtigend die tatsächlichen Verhältnisse zu Gnom, die noch nie geähnelt den Verhältnissen zu Donaublau. Zumal der tollwütige Fuchs zwar rennt, durch die großen Wälder um Gnom, nicht aber durch die Straßenschluchten zu Donaublau? Und deshalb entschieden, anders, der liebe Michael. Und gelesen, dem armen Hascher vor, folgsamst:
»Das Erfrieren der Menschen ist Scheintod, der nur bei mangelnder Hilfe in den wirklichen Tod übergeht. Menschen, die sich lange der Kälte aussetzen müssen, empfinden erst Schmerz, Kälte, dann Hitze, Schmerzlosigkeit, Gleichgültigkeit und eine nicht zu besiegende Lust zum Ausruhen, die in Schlagfluß übergeht, wozu genossene geistige Getränke das ihrige beitragen. Der Tod entsteht durch die Starrheit, welche das Atmen hindert. Ein Erfrorener kann noch nach mehreren Tagen, wenn nicht schon Fäulnis einge-

treten ist, bei sorgfältiger Behandlung wieder erweckt werden. Man schaffe den Erfrorenen in einem mit Schnee gefüllten Schlitten fort und bringe ihn in ein kaltes Zimmer, ja nicht in ein warmes, in der Meinung ihm wohl zu tun; löse die Kleider mit Vorsicht, damit kein Glied zerbreche, bedecke ihn ganz mit Schnee, so daß nur Mund und Nase frei bleiben, oder lege ihn in Eiswasser und setze dieses Verfahren Tage lang fort oder unterstütze es noch durch ausdauerndes, von mehreren Personen abwechselnd ausgeführtes Reiben mit Schnee. Im kalten Wasser friert eine Eiskruste um den Körper, nach deren Entfernung man den Körper im Wasser reibe. Sobald man die ersten Spuren des wiederkehrenden Lebens: Biegsamkeit, Weichheit, Wärme der Glieder und Röte derselben bemerkt, trockne man den Körper schnell ab, lege ihn in ein kaltes Bad in einem kalten Zimmer, blase Luft ein, indem man durch vorsichtiges Vorziehen der Zunge den Kehldeckel hebt, damit die Luft in die Lungen dringen kann, setze die Reibungen mit Schnee oder kaltem Wasser fort, bringe Schnupftabak und andere Nießmittel in die Nase, kitzle den Schlund, bürste die Fußsohlen und gebe, wenn das Vermögen zum Schlucken vorhanden ist, nach und nach kalte Getränke zu trinken. Vor Wärme und allen Reizmitteln hüte man sich. Findet ein Einzelner einen erfrorenen Menschen entfernt von Ortschaften und kann er denselben nicht fortbringen, so muß er ihn mehrere Fuß hoch mit Schnee bedecken, auf dem Schneehügel ein Zeichen anbringen, und in den nächsten Ort zur Herbeischaffung von Hilfe eilen.«
Und der Herr Gendarm schluckte mehrmals.

Neuntes Kapitel
HEIM WILL ICH DÜRFEN: INS BETT

1
DAS ALLZU VERTRAUENSSELIGE HANDERL

Und der liebe Michael seufzte erleichtert; mehrmals.
»Das wär's denn gewesen.«
»Nix da! Der Erhängte und sodenn der Erwürgte?! Was passiert mit denen? Kräh! Kräh! Kräh!«
»Zur Wiederbelebung solcher Unglücklichen befreie man den Hals schnell von der Einschnürung, sehe sich aber dabei vor, daß der Körper nicht fällt.«
Und der arme Hascher mit zwei Zöpfen war gepoltert mir nix dir nix und gelegen grad steif wie ein Brett auf dem obrigkeitlichen Fußboden einer Wachstube zu Gnom. Und der Herr Gendarm nickte nicht ohne Genugtuung, die Pflichten des kommenden Tages bedenkend, und sich zu hüten, dem armen Hascher mit den zwei Zöpfen zu trauen, zumal der auch ansetzen konnte, zum letzten Zucker wider den Menschen, der helfen wollte, so einem hoffnungslos tollwütig gebissenen Menschenkinderl, das schon das Gift an sich zu lange, allzu lang dulden hatte müssen ohne Hilfe.
Und so hat er bis tausend gezählet, der Michael; und ist geblieben da oben im Stockbett. Und hat's bedacht, so nebenbei, nicht ohne Stolz: der künftige Herr Kriminalkommissar zu Donaublau.
»Achtung Tollwutgefahr; das ist es dann gewesen. Das Scheidewandbergl, so die Neizklamm und der Weiler ›Im trüben Wasser‹ wird Sperrgebiet. Und eingezingelt das Problem. Gleich morgen in aller Herrgottsfrüh die Tafel für den Städter aufgestellt, den es allemal juckt, sich zu erweisen: als tierliebhabender Naturbursch, wenn er so einen dahergelaufenen Fuchs anschaut; grad so wie das Kinderl, das es doch besser wissen hätt' müssen, als Hiesige. Und marschiert so ein dahergelaufener Naturbursch von Donaublau zurück in die Natur, wenn so ein Füchserl dahertapst; im Zick Zack. Und eh schon tollwütig gebissen ist der Naturbursch von einem aufgeklärten Städter! Ja! Ja! Und denn kommt ihm das Plärren; grad als das Bedürfnis an sich! Dem Pfiffikus von einem städtischen Naturburschen! Heim will ich dürfen ins Bett! So plärrt er denn, und hat grad die Tollwut höchstpersönlich strei-

cheln wollen, so unbedingt? Ja! Ja! Das ist es denn gewesen; ganz so mit dem gar bauxigen Füchserl, das zugezwinkert, dem Pfiffikus von einem Aufgeklärten? Ja! Ja! Und es eh nur gebissen; das allzu vertrauensselige Handerl; und das sich gedenkt: na sowas? Jetzo will's wohl spielen grad mit so einem lieben Menschenkinderl, das ihm zugelaufen ist, grad wie es ihm langweilig geworden; und es nimmermehr tapsen hat wollen so allein durch die Natur?«

Und die Prüfungskommission hatte ihr Wirken eingestellt unverzüglich; nicht mehr willens, den Hiesigen von einem Herrn Gendarm zu drangsalieren mit städtischen Weisheiten, die alleweil nix getauget für den harten und kargen Boden zu Gnom. Und dieselbige auch geschwiegen; betreten, wenn nicht gar zerknirscht.

Und nicht ohne Genugtuung hatte es der Herr Gendarm zu Gnom bemerkt; das Augenzwinkern vom armen Hascher mit zwei Zöpfen.

»Ich bin denn scheintot!«, sagte Klein-Magdalena.

»Das hab' ich mir gleich so gedenkt«, antwortete die Obrigkeit und nickte bekräftigend, nicht ohne Wohlgefallen, beäugend das scheintote Kinderl.

2
AUFGEWACHT

Und der Herr Gendarm, der liebe Michael, hatte geschluckt; und sich die Augen gewischt, dann und wann; und es angeschaut lange, das Kinderl mit den zwei Zöpfen, das sich gedrehet schon wieder im Kreise; langsam, merkwürdigst feierlich gestimmt; und mit Augen geöffnet so weit. Auf das Merkwürdigste schlafen wollend mit hellwachen Augen. Und den Zeigefinger kreisen lassend über dem Kopf mit den zwei Zöpfen. Schon wieder, aber nicht so keckdreist gestimmt? Eher sanft, wenn nicht gar friedlich?

»Mich hat denn nicht gebissen ein bißtoller Hund! Nicht die Hundswut plagt mich, so auch nicht die Wasserscheu mich erreget. Nicht periodisch sind die Wutanfälle, die sich wiederholen unter großer Angst, Qual und Krämpfen, sodenn auch zunehmen und endlich den Tod herbeiführen. Auch fehlt mir der herabhängende Schwanz, so auch die herabhängenden Ohren, o lieber Michael. Lauf nicht mit hängendem Kopf, flieh nicht dem Wasser! Wein' grad auch noch für dich! O lieber Michael. Bell' ganz

ordentlich und acht' ihn trotzdem, den lieben Tata, ganz so wie den lieben Michael, o Michael! Beiß niemand, nur manchmal. Und das tut jedes Menschenkinderl, o Michael, so es Huckepack genommen wird, mir nix dir nix, nicht vom lieben Tata? Lauf' im Zick Zack; so kreuz und quer? Schwank von einer Seite zur anderen Seite, o Michael? Hast es notieret – auch schon: – nix hält an von alledem, o Michael! Oft ist der tolle Hund gar schnell, sehr schnell, o Michael. Mit Blitzesschnelle faßt er zu und beißt dann. So bin ich gebissen von einem kugeligen Fuchs, o Michael? So streu mir Schießpulver in die Wunde und brenne es an, was zu wiederholen ist, mehrere Male, o Michael! Brenne sie mit einem glühenden Eisen, beize sie mir auch, die Wunde, mit Spießglanzbutter. Und laß mich schwitzen. So bitte ich denn um den warmen Fliedertee, o Michael. Heim möcht ich dürfen, ins Bett. Nicht genießen laß mich, o Michael, die Arznei von Quacksalbern, und alle die vielen gegen die Hundswut empfohlenen Geheimmittel! Denn, o Michael, sie alle helfen nichts, und wenn man sich auf sie verläßt, geht man dem Schnitter entgegen, der alles lieb hat, so denn auch die Magdalena mit den zwei Zöpfen?«
Und es nicht mehr hopsen hat wollen, seitwärts so, und es nicht mehr hüpfen hat wollen, seitwärts so, und denn im Kreise? Und es gesprochen mit der Obrigkeit nicht. Vielleicht aber mit dem lieben Michael? Grad irgendwie so anders herum?
Und der liebe Michael sich den Hinterkopf gekratzt, sodenn das Kinn, und gedruckt haben wollen den Schlund hinab die seinige Neigung, sich sehr zu schrecken. Und heranzureifen zu seinem Gegenteil; grad zu einem Tolldreisten von einem wagemutigen Herrn Gendarm?
Und es nichtsdestotrotz gequietscht, tief inwärts, grad als Pumperer an sich:
»Tu's nicht, Michael! Trau dich nicht! Ist nur der Mut von einem tschappeligen Leichtfuß!«
Und er war schon gesprungen und gelandet denn auf dem obrigkeitlichen Fußboden einer Wachstube zu Gnom, der eher bedächtige und vorsichtige Herr Gendarm von einem lieben Michael.
»Heim willst dürfen ins Betterl? Ja, denn tragt dich der Michl grad höchstpersönlich heim, gelt?«
»Heim soll ich müssen dürfen?«
Und hat schon gebissen, den lieben Michael, in die Hand.
»Nix da!«

Und ist schon wieder gewesen das kratzende, beißende, zwickende und spuckende Kinderl mit den zwei Zöpfen, dem es gezuckt merkwürdigst in diesem und in jenem Gesichtsmuskel; und das schon wieder begonnen mit diesem Augäpfelgedrehe; das nur der Leichtfertige genannt hätte, allzu voreilig, deshalb kurzschließend: Schielen lassen, den einen Augapfel so drehend, den anderen Augapfel so drehend. Das kann das Bauxerl aber, allen Respekt!
»Mich täuscht denn nix und niemand mehr, gelt? Ich bin grad aufgewacht, und sodenn auch aufgestanden, gelt? Daß d' es weißt!«
Und Klein-Magdalena war es geronnen, wider ihren Willen, geradezu gewaltsam, aus kugelrund geschreckten Augen heraus. Und der liebe Michael hat's gesehen; und ist auch ihm das Wasser gekommen, grad nur so. Und geweint haben sie um die Wette. Der Herr Gendarm zu Gnom einerseits eher erleichtert, das Töchterl vom Zweifel-Bauern andererseits eher geschreckt; und sich getroffen irgendwie doch grad in der Mitten. Zumal ihnen der Zitterer gekommen war; bedenkend den nämlichen Kaspar-Riesen von einem lieben Tata einerseits, von einem Zweifel-Bauern andererseits.
Und der Herr Gendarm schluckte; grad so wie er schon in aller Herrgottsfrühe schlucken hatte müssen. Immer wieder.

3
»ICH KANN NICHT ANDERS!«

Heugabeln, nix als Heugabeln. Mistgabeln, nix als Mistgabeln. Und sodenn noch die Axt, und den Prügel und den Stecken?! O heiliges Nix von einem Michl; das marschiert jetzo; und die Hundswut von diesem Zweifel-Bauern, dem Kaspar-Riesen da vorne; wie ein Leitwolf: wider das Dorf auf Rädern! Das hat wohl die Hundswut diktiert dem Gottvater da vom Zweifel-Hof drüben, ihm es nicht nur gegeben, wider die Himmlischen zu revoltieren; es sei ihm auch gegeben, wider den Richter zu Donaublau zu revoltieren, und denselben grad wegzuputschen: mit den nämlichen Mistgabeln, Heugabeln, der Axt und dem Stecken und dem Prügel zu marschieren, wider das Gesetzbuch an sich?!
»O du Insel der Unglückseligen! Aus ists mit dir!«, hatte der Michl da ausgerufen, in aller Herrgottsfrüh; und die Müdigkeit hatte ihn zu dem Sessel geschleppt; hinter dem Riesen von einem Schreib-

tisch hat er versteckt haben wollen die Obrigkeit zu Gnom, auf daß sie nicht allzu leichtfertig emporgeschreckt werde aus dem Nickerchen, das sich zu genehmigen der liebe Michael entschieden, und das unbedingt! Zumal der Pumperer tief inwärts sich grad so angehört, als hätte er allzu leichtfertig das Tanzbein geschwungen, dazumal ihn der Sieg gefreuet an sich; so er doch gewählt hatte, grad so wie die anderen Aufgeklärten, den Zweifel-Bauern. Aber gleich ersetzen wollen, den nämlichen Richter zu Donaublau? Der eh auch gestrebet: heim ins große Reich in den Norden! Grad – den? Und das Kreuz-Quer-Gwirkst der großen Politik hatte dem Herrn Gendarm den Knieschnackler beschert; zumal er sich das »Heim will ich dürfen« anders ausgemalt haben könnte als der Zweifel-Riese?
»Eigentlich wollt ich eh nur dem Bürgermeister einen Denkzettel hinter die Ohrwascheln stecken?«, hatte sich der Wähler Michael bestätigt, im Zwiegespräch mit sich; war aber geblieben nichtsdestotrotz eher ratlos. Und so müd; grad geplaget von einer hinterhältigen Müdigkeit, die ihn festwurzeln wollte, so merkwürdig weit weg von den obrigkeitlichen Fensterscheiben?

Der Herr Gendarm schluckte immer wieder und dabei hatte eh nur Klein-Magdalena mit dem Daumen gedeutet, auf den Boden. Und den lieben Michael angeschaut, mit hellwachen Augen, ein Unschuldskindlein, nicht nur unfähig, einen Michl zu betrüben, selbst nicht imstande, es vorsichtigst zu versuchen mit diesem oder jenem kecken Gedanklein. Und eigentlich eh nur ratlos angeschaut, den Herrn Gendarmen zu Gnom, ob er denn nicht wisse, wie es entkommen könnte, der wärmenden Tuchent vom Stoffelweg? Das Bauxerl von einem neunjährigen Zwilling, dem gar nicht gefehlt die andere Hälfte? So gar nicht?
Und Klein-Magdalena bohrte eifrigst in dem einen, sodenn im anderen Nasenstüberl.
»Hast mir eh nicht die Wachstube verwüstet«, sagte der Herr Gendarm.
»Hätt' ich mich nie getraut; es nicht einmal gedenkt da oben!«, antwortete Klein-Magdalena mit kugelrund geschreckten Augen.
»Gibst mir denn jetzo die Dienstwaffe wieder?«, fragte der Herr Gendarm.
»Hat die liebe Tante aufgeklaubt; und den Schnaps ich: für den höllischen Durst.«

Und Klein-Magdalena wieder gedeutet, mit dem Daumen, zu Boden.
»Da hinunter möcht ich dürfen«, ergänzte sie, ruhig und bestimmt.
Vielleicht aber auch nur geschlagen mit dem Mut von so einem Pumperer tief inwärts, der nichts anderes wußte als dieses verflixte:
»Ich kann nicht anders!«
Und irgendwie stand eh dieses: »Ich kann nicht anders!« eingeschrieben, im eher ausgeprägten Erinnerungsvermögen von so einem Michael als irgendwie bekannt, als irgendwie verwandt; fast!
»So hat halt das Gesetzbücherl der Insel der Unglückseligen erwischt der Trunkenbold, und nicht du, gelt? Ja! Ja! So kömmt es denn, so sich der Tatendurst entlädt, der da aufgestaut so lang; förmlich trockengelegt: allzu lang! Und bei Musik und Tanz wird halt so manch ein Wirtshausplauscherl ein bisserl bunter denn wohl werden dürfen als üblich? Und alleweil anders, als sich das gedenkt irgendwie manch ein Schlankel von einem Gesetz, das sich ausgedenkt so ein städtischer Verstand zu Donaublau? Der alleweil gedenkt: der Depp sitzt denn zu Gnom, grad so wie die Gescheitheit residiert zu Donaublau? Kennt so einer den Gießbach, den er buchstabieren gelernt hat: Neizbach? Ha? Und sich einmal angeschaut etwas genauer das Buchstabierte? Den Neizbach, ha?!
Nie etwas gehört von dem Unrat, der sich seit langem angesammelt im etwas allzu trockenen Bett von einem Neizbach? Und dann sich die Händ' über dem Kopf zusammenschlagen, wenn der Neizbach überflutet mit seinen trüben Wellen, Dämme durchbrechend und Wehren zerreißend, mir nix dir nix, die umliegenden Fluren und Saatfelder und überall zurücklassend: Schlamm, dürre Äste, Bretter und Zaunfragmente? Ja! Ja! Das hat er sich schon alles getraut: der Neizbach, der liebe! Ist das noch der Neizbach? So hat es geschrien der Städter und sich die Augerln gerieben! Ja! Ja! Immer wieder! Und der neunmalgescheite Pfiffikus zu Donaublau, der da meint, er sei der einzig wahrhafte Naturbursch, dazumal er gelesen dieses und jenes Verslein, dieses und jenes Merksätzlein über den lieben Neizbach, grad so wie über den lieben Feldhasen, den bauxig schlauen Fuchs, die ewig grüne Tanne, und das ist denn eine Buche, und das ist denn die Melisse,

und das ist denn das Eierschwammerl, und der Bauer ist denn der Depp, und der Herr Gendarm zu Gnom ist denn die geistige Karstlandschaft von einer ländlichen Obrigkeit, die sich eh müht redlich. So tönt's dem Hiesigen denn allemal! Und ganz so es donnern die Gottöbersten zu Donaublau allemal! Ja! Ja! Was bist so patschert? Sperrst ihn halt ein, den Raufbold zu Gnom, ha denn? Grad so wie einen städtischen Raufbold halt! So mir nix dir nix! Kannst ja grad in den Keller stecken das ganze Dorf, so es lustig geworden ist im Gasthof ›Zum armen Spielmann‹. Kannst dir ausdeuten lassen das Gesetzbücherl, von der lieben Tante Kreszentia so, von dem lieben Onkel Vlastymil so, von dem Alt-Knecht vom lieben Tata so, vom Schnapslumpen von einem Messmer so? Das ist denn das Kreuz-und-Quer-Gwirkst und ganz, ganz anders will erst gedeutet haben das Buch an sich: der Herr Bürgermeister zu Gnom! Denn kommt gewalzt einerseits der Riese von einem Ferdinand Wolf, sodenn der schlaue Fuchs von einem Guggliemucci. Ja denn! Fertig ist es, das höllische Gericht; und jetzo knobel es himmlisch! Du irdisches Lamperl von einem Michl! Kannst den Neizbach beschwören, ha denn! Ihm sagen: er soll ruhig und klar dahinfließen; ein Segen sein den Wiesen und Auen; und das stetig fließende Wässerlein bleiben, das er gewesen vor dem langen Regen; und das auf der Stell! Und im geregelten Betterl bleiben, dazumal es doch ist das Ghörtsich vom Neizbach, so es buchstabieret der Pfiffikus von einem städtischen Lehrer, ha denn; auch geoffenbart, es sei dies gewesen, und das seit vordenklichen Zeiten, ha denn, das Ghörtsich vom Neizbach?
Und das den hiesigen Kinderln einbläuen wollen; und sie dalkert schelten und sie dalkert buchstabieren, wenn die sich das nicht d'ermerken, da die ihn doch kennen, so ganz anders, den Neizbach? Und sodenn dieser Fünfer und jener Fünfer walkt daheim das Kinderl, das es gewaget, dem Neunmalgescheiten von so einem Bücherlratz' mit dem städtischen Gestäng' auf der Nas', auszudeuten den Neizbach anders! Grad, daß dem städtischen Herrn Lehrer das Zipperlein kömmt, hört er das Kinderl reden; so wider das Buchstabierte; so grob, wenn nicht gar ohne Feinempfinden für die Natur? Und sich sodenn befraget, das gescheite Gestäng von einem städtischen Herrn Lehrer, wie er dazu kömmt: grad in diesem verfluchten Nirgendwo von einem Gnom, anrennen zu müssen wider die granitene Dummheit an sich? Ha denn?!«

Und der Herr Gendarm zu Gnom hatte an das eher ausgeprägte Weibsbild Kreszentia denken müssen, die ihn alleweil gemahnet, die nämlichen Erinnerungen aufgespeichert merkwürdigst in ihrem Gedächtniskasten da oben; und die es immer wieder gewaget, ihn zu titulieren als den: Taferlklaßler.
Und der Herr Gendarm zu Gnom hat Klein-Magdalena auf das Bett gelegt; und sich auf den obrigkeitlichen Fußboden der Wachstube zu Gnom gesetzt; neben das Bett für den Trunkenbold, der sich feiert gar lustig und halt raufen muß, dann und wann, und das unbedingt, auf daß wieder eine Ruh sei in diesem verfluchten Nirgendwo, und er erwache, eher ratlos, in der obrigkeitlichen Wachstube zu Gnom; und sich den Hinterkopf kratze, wage auch diesen Seufzer und jenen Stöhner, und sich sogleich verabschiede vom Michl.
»Ja Michl! Das ist es denn gewesen? Ja denn, grüß Gott!«
Und marschiert gleich den unliebsamen Weg zu diesem Acker und auf jenes Feld und ist so müd, der Schädel zerbläut, daß es ihn grad reut, wie wenig für ihn doch übrigzubleiben beliebt, von der lustigen Gesellschaft.
Klein-Magdalena hatte genickt, nicht ohne Genugtuung. Den einen und den anderen Fünfer im Zeugnis endlich ausgedeutet: korrekt; sehr korrekt! Das war denn der Sachverständige an sich, wider den städtischen Pfiffikus von einem Herrn Lehrer! Der Klein-Magdalena allemal geplaget, mit so einer merkwürdig buchstabierenden Gescheitheit; und das ausnahmslos geübet hat haben wollen. Ganz so wie der liebe Tata dieses und jenes Prinzip, das ihm eh nur anempfohlen die Hundswut, genannt: Gescheiter werden.
Und Klein-Magdalena hatte sich zusammengerollt, im Bett für den allzu lustig gestimmten Trunkenbold zu Gnom. Und die Hände unter die Wange geschoben und dem Herrn Gendarm gelauscht, aufmerksamst. Auch die kindliche Neugierde kundgetan, gleichsam als Andacht. Und eh nur geoffenbart dem lieben Michael, das hast du dir gedenkt korrekt, jenes hast du dir gedenkt sachverständig, und dieses hast du dir gedenkt gescheit, das Gedenkte addiert und das Ergebnis ist, gedenkt hat da ein gescheiter Mensch gar weise.
Wenn aber die Müdigkeit dem Herrn Gendarm helfen wollte, das Nickerchen nichtsdestotrotz zu wagen, geradezu wider seinen Willen; zumal es ihm gestreichelt irgendwie das inwärtig Pum-

pernde friedlich, so er ausgeplaudert das und jenes, was den Herrn Gendarm von einem Michl geplaget, und er geschluckt und geschluckt und gedruckt und gedruckt allemal, den Schlund hinab; dann schluckte Klein-Magdalena, die des Schluckens und Druckkens eher kundig sein mochte. Und das hatte der liebe Michael denn nicht zu hoffen gewagt. Und wenn, dann nur bei der Verkehrten, dem eher ausgeprägten Weibsbild von einer Gastwirtin ›Zum armen Spielmann‹. Und bei aller Gottgläubigkeit, dieses Herzbauxerl mit zwei Zöpfen ein Hexenkinderl heißen; das konnte nur der wild wuchernden Phantasie einer Betschwester entschlüpft sein.
Krallen sind dem Schalk gewachsen; grad so, wie der lieben Mutter, die ja nicht nur gekrallt den lieben Michael; eher den Hiesigen, und das an sich.
Und es hatte am 22. September nicht und nicht gestattet ein neunjähriger Racker dem Herrn Gendarm, sein Nickerchen zu wagen. Es erst gestattet am 23. September, und die Augendeckeln sind ihm zugeklappt, und er hat geschnarcht: Hartholz sägend. Ganz so – wie es der fensterlnde Michael von anno dazumal – schon gehöret, der da gehockerlt war unter nämlichem Fenster der Kerschbaumer-Behausung.
»Hartholz tut sie sägen«, hatte er gestottert.
»Das Fenster hab' denn ich renoviert; und jetzo schaust, Michl, wie'st das Galoppieren d'erlernst! Du Taferlklaßler von einem Liebhaber! Schämst dich noch immer nicht: unsichtbar?«
So es ihm empfohlen ward, vom künftigen Kaspar-Riesen von einem Zweifel-Bauern.

4
KANNST ZÄHLEN DIE STERNE AM HIMMELSZELT?

Und der Herr Gendarm von einem Michl hatte einiges an Geschlucktem und Gedrucktem zu erzählen der Klein-Magdalena. Bis dasselbige eh nimmermehr wahr gewesen, und sich ummodelliert zu jener wohltemperierten Unzufriedenheit, die er sich erschaffen – allemal höchstpersönlich – mit diesem und jenem Schluck, den er sich genehmiget etwas großzügiger als üblich und stets sachverständig. Und den Schnaps respektiert eher in der Regel, die Ausnahme sorgfältigst meidend.
Und er war eingenickt, mit sich, dem Dorfe Gnom und auch den

Gottöbersten zu Donaublau einer Meinung: fast! Ganz so wie üblich, wenn er dieses und jenes hin und her gewälzt, es gewendet und gedreht: so lange, lang genug. Bis es eh nur mehr gewesen ist: Das Jucken, zugefüget von diesem Floh, das Stechende, zugefüget von jener Mücke. Halt die Laus ihn geplaget, die allemal den Himmel droben gehalten, auf daß er nicht hinunterfalle auf den Zweifüßigen, und der auch bedenke die Himmlischen, und nicht meine, er könnte grad in den Himmel hineinkraxeln, wie es ihm beliebt, ha denn?!

Und der Traum hatte es dem Herrn Gendarm zu Gnom bestätigt: Der liebe Michael hat nicht nur kornblumenblaue Augen, an die das eher ausgeprägte Weibsbild von einer Kreszentia denken hat müssen, geradezu wider ihren Willen; der liebe Michael ist auch jener Gendarm zu Gnom mit dem eher scharfkantigen Charakter von einem künftigen Herrn Kriminalkommissar zu Donaublau, der ruhig aber bestimmt belehret diesen und jenen Gottöbersten zu Donaublau, bis die Gottöbersten den nämlichen Michael von anno dazumal erkannten und sodenn auch: ernannten. Und so ist denn die obrigkeitliche Hirnzentrale zu Gnom der Keimling gewesen der obrigkeitlichen Hirnzentrale an sich; der Insel der Unglückseligen? Ja! Ja!

Derlei Hellsichtigkeit ward dem Herrn Gendarm zu Gnom noch nicht gestattet am 22. September des Jahres 1921 zu tragen: ruhig aber bestimmt. So hat er erst geträumt am 23. September.

Am 22. September er noch belehret, nicht ohne Genugtuung, das gelehrige, gar liebe Herzbauxerl mit den zwei Zöpfen, und auch gewesen ist ein Hiesiger; nicht ohne Pumperer tief inwärts für das Hiesige, wenn auch dem Hiesigen eher verbunden, grantig und kratzbürstig, gemäß der Art und Weise von so einem ausgeprägten Mannsbild, das allemal ausgezeichnet der eher scharfkantige Charakter. So auch die Lieb' von nämlichem Mannsbild eher: scharfkantig, ha denn?!

»Und ganz so ein Gießbach wie der Neizbach wird der hiesige Mensch, so er sich feiert lustig. Und hast dir gedenkt: ist die zahmste Gegend, dieses Dorf Gnom, grad langweilig, so langweilig, blitzt es und donnert es grad nur mehr so! Und es ist schon passiert. Was dem Neizbach der lange Regen, ist dem Hiesigen das eine Stamperl Schnaps zu viel, das eine Glaserl Wein zu viel, das eine Krügerl Bier zu viel. Und das Rauschkugerl schon gekrempelt die Ärmel hinauf und abgeschlossen der erste Raufhandel, der

nächste Vertrag gewaget:
›Wer ist denn munterer: Du oder ich?!‹
Und die Wette auf diesen schon der Grund für den nächsten Raufhandel. Dazumal der andere gewettet nicht auf nämlichen. Ja! Ja! Dünkt mich nichtsdestotrotz weniger zänkisch, ha denn?! Wenn auch dem städtischen Herrn Lehrer mit dem städtischen Gestäng' das Zipperlein kömmt, ha denn, wird sich unsereins wohl erschaffen dürfen, den notwendigen Apparat wider die Langeweile; und ein bisserl boxen dürfen, seitwärts so und seitwärts so; und das eine und das andere Augerl blau und ein bisserl grün und gelb färbeln, daß es sich nicht gar so ewig gleich bleibt? Sodenn auch dem oder dem vielleicht das Gebiß ein bisserl ändern? Den Eckzahn heraus, das Loch hinein; und schon schaut der irgendwie so aus, daß man grad wieder hinschauen mag, wenn er lacht: mit dem Loch da vorn- oder seitwärts, ha denn? Und jenem den Hinterkopf frisieren; und den verflucht ewig gleichen Haarschopf aufputzen, mit so einem Loch, auf daß es der Herr Doktor schert da hinten glatzig für die nämliche Naht, auf daß der Nämliche grad nicht verschwinden muß mit so einem Haarschopf im Sarg, ohne wenigstens einmal in seinem irdischen Dasein gewaget zu haben die neue Frisur?
Und der Gescheite muß die Pranke einmal gespürt haben vom Gescheiteren, ha denn? Soll sich das der Zweifüßige denn in diesem verfluchten Nirgendwo kundtun lassen müssen von dem Vierbeiner von einem Ochsen; es sei ihm das Einerlei von Frühjahr, Sommer, Herbst und Winter willens, endgültig den Verstand trockenzulegen, da der nämliche Vierbeiner meint, er könnt was anders meinen als es der nämliche Zweifüßige gemeint?
Und der eine den anderen gefraget; grad schon lang so lustig gestimmt wie der, ob da einer gewaget, den Weisen zu markieren, und zu flüstern, er habe denn im Winter österliche Glocken zu vergegenwärtigen, so ihm die Anwartschaft auf den unliebsamen Sprößling eh schon passiert sein könnte; dem Schnapslumpen von einem Weiberkittelnärrischen. Und dem merkwürdigen Kicherer mußte nämliche Weisheit grad das Hirn zertätscht haben. Und zumal sich nämlicher Weiser gar so gefreuet habe, müsse er den ergänzenden Beitrag beisteuern, und das unbedingt. Und schon hochgekrempelt die Ärmel. Und es kundtun, dem noch Schwankenden:
›Daß mir bleibt denn dir die Freud' christlich und sich nicht

auswuchert ins Gegenteil, und daß'd mir nicht beichten mußt, du Lamperl von einem schwarzen Schaf: die Schadenfreud'! So bin ich denn allemal gewesen; tätsch' dir die Freude, die nämliche, wieder christlich, ha denn? Ersparst die Reu für den Beichtstuhl, ha denn? Und jetzo erklärt mir der da, den die Weisheit geschlagen hat hellsichtig? Wie ist das jetzo gewesen mit den österlichen Glocken, die mir im Winter läuten?‹
Und der nämliche Weise endlich lustig gestimmt, eh schon die Ärmel hochgekrempelt und sich eh schon das Schlaferl genehmigt. Und das ist es denn gewesen mit den österlichen Glocken, die geläutet dem auch wirklich im Winter, ha denn? Und der unliebsame Sprößling ist ihm passiert, ha denn? Nur wie? Und denn der zweite, dritte und vierte. Und das ist denn alles gewesen, ha denn!
Und dazumal dem anderen das Aug getrieft; merkwürdigst, grad wider die Natur? Ganz dem Tatl ähnelnd, von einem gar tolldreisten Liebhaber wider den Uhrzeigersinn, ha denn? Der möcht sich wohl mausern rückwärts, grad zum Gockl an sich, ha denn; der Taugenichts von einem merkwürdigst gestelzten Hintern, ha denn! Und sich so säuisch suhlen wollen, mit so einem Buschwindröschen-Hintern von der nämlichen Jungfer, ha denn! Einmal kosten vorerst: die meinigen Pratzerln, dann erst tätschen, so du noch magst: die nämlichen Pratzerln, ha denn. Weißt es denn jetzo, das Buschwindröschen taugt nix für dich; gelt? Und dem Nämlichen ist eh nur der Hintern so gelandet; und das nicht nur einmal, daß er es halt angestrebt, den zu schonen; noch wochenlang, ha denn?
Kannst zählen die Sterne am Himmelszelt? Grad so kannst zählen die Gründe für den Raufhandel an sich; so es einmal lustig gestimmt ist, das Dorf, ha denn?!
Und der nämliche, so lang' nach inwärts gedruckte Tatendrang, nur dem einen den einzigen Sonntagsjanker mit Blut verschmiert, so auch das Hemd. Und der andere das Loch, wenn nicht in der Hose, so im Gebiß, wenn nicht im Gebiß, so am Hinterkopf, halt irgendwo, mit nachhaus' geschleppt.
›O du heiliger Gregorius von einem narrischen Bub, das will denn sein: ein Mannsbild? Hast dir gedenkt, du Einfaltspinsel von einem Dodl, könntest mir grad alles heimschleppen vom Gastwirt ›Zum armen Spielmann‹? Da hast dich denn aber getäuscht, ha denn!‹
Und dem eh schon so reuigen Sünder gestrichen wird: der Hintern

vom Weibe, den er doch geehelicht grad für die Ewigkeit. Und gestrichen für wie lange: noch?
Das ist denn das lustige Einerlei der lustigen Gesellschaft, ha denn? Allemal schon so gewesen; und ich Nämliches protokollieren soll, ha denn! Daß der nämliche Gottöberste zu Donaublau sich gedenkt, der Herr Gendarm zu Gnom dünkt mich allzu durstig. Und mußt erst die tatsächlichen Verhältnisse ausdeuten ganz anders, so einem Pfiffikus zu Donaublau, ha denn? Daß er sich gedenkt: jetzo hat es wieder seine Richtigkeit mit dem Herrn Gendarm zu Gnom, ha denn! Hat er wohl gelernt, den nämlichen Durst zu zähmen, der ihm dieses und jenes Protokoll diktieret, ha denn? Und der Herr Gendarm zu Gnom eh nur gedruckt hinunter, mit dem einen Stamperl und dem anderen das nämliche Bedenken, ha denn! Sollst nicht lügen, Michael! Wenn der aber zu Donaublau mir ausdeutet das wahrhaftige Protokoll eher schnapslustig, ha denn, so muß ich es doch wenden dürfen und strecken ein bisserl, das Protokoll, ha denn. Muß halt auch Rücksicht nehmen, einfühlsamst, auf den Verstand von so einem städtischen Pfiffikus, und ihm die nämlichen Ereignisse so ausdeuten, daß er nicht sich schreckt und es sich gedenkt haben muß dann und wann; und allemal wider seinen Willen, geradezu gewaltsam:
›Entweder rennt dem Herrn Gendarm zu Gnom alles kreuz und quer. Oder der wagt es, mich zu foppen, und den meinigen Verstand prüfen zu wollen, ha denn? Das hat er sich nur einmal erlaubet: der Herr Gendarm von einem verfluchten Nirgendwo, ha denn!‹

5

DIE SCHLAFWUT

Und kömmst in das Stüberl ›Zum armen Spielmann‹, und hättest grad erwischt den aufgeweckten Moment für ein gescheites Plauscherl nach dem langweiligen Einerlei, das nix gestattet dem Michael. Eh nur das nämliche Eine: vor sich hinzustieren, grad Löcher hinein in die obrigkeitliche Wand? Und das Stund um Stund, wo die Sekunden sich auswuchern grad zu einer Nacht. Und das: Tag für Tag?!
Sitzt sie nicht da, die Langeweile von einem städtischen Pfiffikus mit dem Gestäng' auf der Nase, grad im Stüberl ›Zum armen Spielmann‹? Und hast erspäht, Gott sei es gedankt, den Hiesigen

am anderen Tisch, grad im entgegengesetzten Eck vom Stüberl, und ich, Michl, auf den zugestürzt bin, auf daß ich mich nicht geoffenbart habe, als so einer, der sich gedruckt vor dem Tisch von dem Neunmalgescheiten mit dem städtischen Gestäng' auf der Nase. Der mich angeschaut; grad hoffnungsträchtig:
›Da kömmt er denn, der Erziehungssprößling von einem Michl, dem ich das und jenes vielleicht doch noch buchstabieren könnt', so ich übe Nachsicht und Milde, gleich dem Dulder Hiob, ha denn?‹
Und grad bist dem Neunmalgescheiten entwischt, buchstabiert der hiesige Pfiffikus von einem ganz Gescheiten bis auf das Tüpferl auf dem i verkehrt herum: einerseits sich selbst, andererseits das Gesetzbuch an sich; ha denn!
›Michl, das ist es denn gewesen. Einerseits zieht der schreckliche Magnetberg den vorüberfahrenden Schiffen all die Nägel heraus; s'ist halt die Tücke vom Eismeer. Anderseits ists eh nicht schad, wenn so ein lumpiges Fahrzeug in Trümmer geht, ha denn? Grad so, wie das nämliche Geschlingelte, ha denn? Nämliches Geschlingelte neigt sich irgendwie verkehrt herum? Oder darf es mich jetzo nackert in die Winternacht hinausstellen? Grad mich aufknüpfen? Und ich mich d'erfrieren zu so einem Eiszapfen? Michl, bist denn noch die Obrigkeit zu Gnom, daß'd das dulden magst, ha denn? Könntest dem Dahergelaufenen von einem Mueller-Rickenberg das nämliche Geschlingelte nicht ausdeuten irgendwie anders? Halt hiesig; halt: korrekt?!‹
Und grad ist der Pfiffikus von einem Hiesigen noch gewesen, und das seit vordenklichen Zeiten, ein sehniger Riese, der schaltet und waltet grad so, daß ihm die Kuh ausgewuchert, in seinem Bilderbuch von einem Hirnkasten, zu nämlichen Stall mit nämlichen Vieh, das selbst noch färbelt den Schädel vom Zweifel-Bauern neidisch. Und das winzige Loch von einer Kammer, in der residieren ungezählt die Läus' und die Flöh', das ist denn allemal gewesen ein gar stattliches Haus, grad nicht, aber eher schon: fast ein Herrensitz; ha denn? Ja! Ja! Und der Pfiffikus von einem hiesigen Kleinhäusler gleich mitgebracht die Läus' und die Flöh' vom nämlichen Herrensitz, ha denn? Daß mir grad wird das Wetzen: zum Bedürfnis an sich, ha denn?
Und sodenn ich streicheln soll, das eine und das andere Gesetzerl, zu seinen Gunsten, ha denn!
›Michael. Ist das nicht gescheit gedenkt, wenn ich vermute den

Paragraphen als beauftragt, den Menschen zu schützen, ha denn? Und so ein Paragraph doch nicht zu begünstigen beliebt den Klaubauf? Auch nicht ermuntert; gelt Michael? So es sich nämlich ausgedenkt der Dackel von einem Juristerl, o Michael? Der auch noch den Hintern leckt, so es sich ausgebeten haben möcht' der Klaubauf an sich zu Gnom namens Mueller-Rickenberg, ha denn? Und auch den nämlichen Schlecker hintenwärts noch ausdeuten könnt als nicht wider die Natur an sich? O Michael, hättest dir das gedenkt! Der Dackel von einem Juristerl mir ausdeuten möcht' den Klaubauf an sich zu Gnom, grad als den Gesetzes-Kundigen an sich zu Gnom! Ha denn; o Michael! Das ist nicht wahr gewesen, gelt? Hat mich schrecken wollen, ein bisserl foppen, gelt? Und das denn, Herr Gendarm von einem Hiesigen, müßt er dem schon zum Bedenken geben. Das mag denn ein Hiesiger nicht! O Michael, so der Nämliche sein soll der Gesetzeskundige, bin ich der nämliche Eiszapfen.‹

Und grad war er noch der Dackel von einem Juristerl, der Herr Dr. Schwefel, hat derselbige sich schon ausgewachsen in nämlichem Bilderbuch von nämlichem Hirnkasten zu dem Wolf, mit den Zähnen von einem, den nicht einmal geschreckt der Knoblauch; und den Augen, grad so groß: wie Mühlräder, in die hineingedonnert, so auch geblitzt, der Himmlische höchstpersönlich. Deroselbst die nämlichen Augen auch so brennen, auf das Eindeutigste? Halt ein Saujud.

›O Michael! So ich es gescheit gedenkt, die Juden eh schon anno dazumal es gewaget, und den Herrn Jesu Christ gekreuziget haben wollten. Und so ein Saujud darf denn residieren in nämlichem christlichen Dorf, ha denn?! O du Obrigkeit von einem Michl! Ist das denn nicht gotteslästerlich, so grad schalten und walten zu wollen, wie der Gottvater es darf denn, doch nicht der irdische Mensch? Und sich so einer auch noch vor den Himmlischen hintreten traut, und rutschen auf den Knien, der doch gekreuziget; schon in vordenklichen Zeiten: den Herrn Jesu Christ; der Saujud! Michael, bist denn noch die Obrigkeit zu Gnom?! Wer bist denn, du Hiesiger von einem Michl? Doch nicht: ein Judas? Daß'd es nicht drechseln kannst; irgendwie. Halt wieder: korrekt?! Oder wieviel zahlt er dir denn, o Michael, wenn du wegschaust, so der mir aufklaubt: auch das letzte Stückerl Grund, ha denn?!‹

Ja! Ja! Das ist es denn gewesen, das gescheite Plauscherl mit so einem hiesigen Pfiffikus. Und nicht die Ausnahme. Eher nämliche

verfluchte Regel, ha denn! Die mich denn so plaget, so merkwürdig müd macht. Wach' ich auf in aller Herrgottsfrüh, bin ich schon wieder so müd. Das ist, als hätt' ich die Schlafwut, die nämliche grad geerbt vom Herrn Vater, ha denn?!«
Und im Zwiegespräch mit der Obrigkeit zu Gnom höchstpersönlich war der liebe Michael eingeschlafen. Und das wirklich. So hat es Klein-Magdalena bemerkt, die bemüht gewesen, Hartholz sägen zu üben, auf daß er auch denke, der liebe Michael, er habe Klein-Magdalena in den Schlaf geplaudert gar weise.
Und Klein-Magdalena schon geschlichen zum Riesen von einem Schreibtisch und sämtliche Schlüssel in den Papierkorb hineingelegt; und mit dem Papierkorb die Wachstube verlassen und die obrigkeitliche Tür geschlossen: eh schon lautlos; fast.

6
DAS SCHWERBLÜTIGE VIECH

Und da waren die Schlüssel, die verloren ein hiesiger Pfiffikus; und wenn nicht so ein städtischer Naturbursch aus St. Neiz am Grünbach, dann allemal so ein städtischer Pfiffikus aus Donaublau, und den verlorenen Schlüssel denn suchen hintennach; überall, nur nicht in der obrigkeitlichen Wachstube zu Gnom? Und da war der Schlüsselbund vom Herrn Gendarm. Das mußte doch gedenkt sein gescheit genug?
Und Klein-Magdalena war marschiert hinab die Wendeltreppe. Und den Papierkorb geleert so nach und nach. Und einen Schlüssel nach dem anderen gelegt auf die Treppe.
»Kruzifixitürken! Den Schlüssel verwursteln, und ihn nicht d'erfinden; hintennach?! Hat denn unsereins allemal nur das Gwirkst mit so einem studierten Pfiffikus, so einem städtischen Naturburschen? Grad, daß so einer den Kopf nicht verwurstelt und unsereins dem Herrn Naturburschen zu Donaublau den Kopf noch nachtragen darf? Bittschön, das ist denn Ihr Kopf, den Sie verwurstelt haben? So, Sie waren gar nicht in den großen Wäldern um Gnom? Ha? Und dann von Tür zu Tür und wieviel Leut' gibt's denn? Ja sowas! Und wieder marschiert mit dem seinen Kopf zurück; und ihn gelegt ins Fach. Vielleicht merkt denn irgendwann einer doch, wo er den Verlorenen nicht gesucht hat? Ja sowas!«
Und sich gesetzt vor die nämliche Tür, und entschieden, es zu probieren noch einmal, und Schlüssel für Schlüssel zurückgelegt, in den Papierkorb hinein.

Und Klein-Magdalena hatte geschluckt, sich die Augen gewischt, und es vorgezogen, sich zu erinnern an das Wandern mit dem lieben Onkel Vlastymil.
»Laßt dich die liebe Tante auch die Mütz aufsetzen? Ich mein' ja nur; das geht sich nie aus, du Depp! Kannst es doch nicht einmal so und dann wieder so gedenkt haben; bist denn der Depp auch, ha, von deinem Gegenteil?
Bist kein Rabe, so könntest grad noch ein Schwalberl sein. Bist aber kein Schwalberl, so bist doch immer noch der Rabe von einem Wirt? Irgendetwas mußt halt dann gewesen sein. Na sowas von einem Deppen; einmal so herum geplaudert, dann wieder so anders: und allemal nett, ha? Gib mir grad das Handerl wieder z'rück, gelt? Ich mag dich ja eh nicht. Bin alleweil gewesen das Herzbauxerl von der lieben Tante, gelt? Die plaudert ja nicht so nett! Aber – da wird gedenkt mir einiges wenigstens eindeutig. Das Heilige will's mich lehren. Wenn nicht so, dann anders. Aber immer soll es sein das Heilige! Gefoppt aber – hat sie mich nie, gelt? Mit so einem kugeligen Glatzkopf mag ich denn gar nicht heimdürfen; dorthin, wo das Nirgendwo grad ist: das Überallhin, ha? Und da gibt es die Eismanderln nicht; und nur die Sonn? Grad hast mir doch ausgedeutet das Nirgendwo als verflucht?! Und es genannt: Gnom?! Und jetzo ist das Nirgendwo schon grad das wundersame Kreuz-und-Quer-Gwirkst von Himmelsrichtungen; nicht zu zählen? Du Depp von einem kugeligen Fuchs; ist das gedenkt fuchsig, ha?!«
Und der liebe Depp von einem kugeligen Fuchs mit Glatzkopf schon getätscht Klein-Magdalena, die sich da entschlossen haben könnte, die Nasenstüberln zu putzen, und das gründlichst und sodann den einen und vielleicht auch noch den anderen Zopf in den Mund zu stecken; und glühen wollen, grad so wie ein Backofen, dem eh nur gefehlt der gebrannte, feuerfeste Ton inwärts.
»Mein Glatzkopf, du Naseweis! Dem fehlt nicht der Schamottziegel! Und ausgeschmiert ist mein Hirnofen; gelt? Mit solidestem Schamott! Ganz so, wie ich der Vlastymil Franz bin. Und nix friert mir zum Eiszapfen. Der meinige Hirnofen ist alleweil gefeuert worden mit bestem Brennmaterial, gelt? Und wenn ich so nett am Plaudern bin, so hab ich diesen und jenen Gedanken eben werfen müssen hinein in den meinigen Hirnofen, auf daß geprüft sei, ob von dem und jenem Gedanken-Scheit übrig bleibt mehr als nur Asche? Ha? Und ich zieh dir nicht nur den Zopf heraus; gleich

auch die Zunge, ha? Bleibst einmal stehen auf dem harten und kargen Boden: der Tatsachen! Mußt doch nicht immer kugeln mit deinem Gedenkten: seitwärts so und seitwärts so und nach hintenwärts und nach vornwärts! Und gibst das Handerl wieder her; und das auf der Stell! Und eine Ruh' bittschön, mit deinem langweiligen Kreuz-und Quer-Gwirkst, das eh grad so viel taugt wie die Eismanderln für so ein kugeliges Schwalberl! Du quecksilbriger Schamott-Schädel von einem Lamperl, ha? Deinen Hirnofen werd' ich schon noch schamottieren; und ich bin denn sachverständig genug, und ich werd' dir das Inwärtige von deinem Hirnofen einfach herausschaufeln; und es dann ausschmieren mit einem solideren Schamott, ha? Mußt gar nicht so geschreckt tun, und die Augerln schielen lassen wollen. Die Hundswut, die da schielt aus deinen Augen kannst jemand anders ausdeuten lassen als merkwürdigst! Mich schreckt das nicht; gelt! Ein Fratz bist, sonst nix! Und was für einer, gelt? Und grad so ein Rotkäppchen mit zwei Zöpfen! Ich aber der Wolf, ha? Und den Wolf foppen wollen, das könnt das schwerblütige Viech anders ausdeuten: und dann bist es gewesen, das Rotkäppchen, ha? Du Träumerich von einem aufgewachten Kinderl! Wart nur, bis ich einmal aufgeschreckt bin, dann beiß ich: mit solche Zähn', gelt?«
Und es hatte geknurrt, und gar nicht mehr geplaudert nett der liebe, liebe Onkel Vlastymil; und die Zähne gefletscht: ernsthaft und ganz so wie ein wirklicher Wolf.

7
IM WUNDERSAMEN NIRGENDWO VON EINEM ÜBERALLHIN

Und Klein-Magdalena es geübet sodenn einmal umgekehrt. Und Schlüssel für Schlüssel gelegt auf die Treppe wieder. Und gekichert dann und wann hinter vorgehaltener Hand.
Und in das Gemüt hineingefeuert dieses und jenes Scheit Erinnerung an das Wandern mit dem lieben Onkel Vlastymil.
»Auf daß ich dich grad nicht verdächtigt: anklagen muß als so eine, der es eh schon wieder leid tut, ha? Das trau dich, weil, dann plaudern wir einmal anders: nett. Und ich walk dich, daß du die Erdkugel nur mehr siehst: verkehrt! Und sodenn eh nur mehr hinausgeflogen bist; so geschreckt: ins Weltall-Familien-Eins. Und nimmermehr weißt, was ist jetzo eigentlich oben und was unten.

Was ist jetzo eigentlich seitwärts, vornwärts oder hintenwärts? Dann aber kreischest du mir ganz anders! Ha?! Lieber, lieber Onkel Vlastymil! Und ich hör nix, weil ich bin terrisch; gelt, und schau grad weg, auf daß du es dir merkst: ein für allemal! Ohne die Mütz fliegt so ein Schwalberl mit zwei Zöpf' nicht in den Süden, o nein! Schnurstracks hinaus: ins Weltall-Familien-Eins. Und ohne die Mütz' fliegt so ein Schwalberl mit Glatzkopf nicht in den Süden, o nein! Schnurstracks hinaus: ins Weltall-Familien-Eins. Und sodenn bist du – der Strich – und ich: das Kugerl – und das addiert wird genannt: i! Ha! So denn; das wär gewesen: der erste Nachhilfeunterricht, gelt!
Bis jetzo hat dein Gedenktes addiert ergeben in summa summarum grad einen Fünfer, und den hat dir erteilt: ein ellipsenförmiges Kugerl höchstpersönlich, gelt? Dem grad noch die Haare wachsen, so er dein Gedenktes muß schlucken noch länger! Ha?! Und der Glatzkopf braucht denn keinen Berg auf dem Schädel! Sehr wohl aber die Mütz! Grad so wie du? Ha?!«
Und einmal hatte die ellipsenförmige Kugel auf zwei Stumpen mit Glatzkopf den Zeigefinger emporgereckt; und das Himmelwärtige genannt das Weltall-Familien-Eins? So auch die Augäpfel gedreht empor zum Weltall-Familien-Eins und eh nur geschielt himmelwärts? Und seitwärts so und seitwärts so und so auch geradeaus. Und stehengeblieben auf dem Feldweg ohne Namen.
Und so auch Klein-Magdalena den Zeigefinger recken hatte dürfen, ganz so wie es der kugelige Glatzkopf von einem ellipsenförmigen, ha (?) Deppen gewaget, und die Augäpfel drehen müssen, und es anschauen, das Himmelwärtige, einmal anders. Und das ist denn das Weltall-Familien-Eins? Und es vergessen, der Bücherratz' von einem städtischen Gestäng', zu erwähnen im Naturkundeunterricht? Ha?! Und ist doch der Herr Lehrer gewesen seit vordenklichen Zeiten zu Gnom! Schon drangsaliert den lieben Michael, die liebe Tante, den lieben Tata und es niemand ausdeuten wollen: das Weltall-Familien-Eins? Und es so der nämliche Herr Lehrer von einem städtischen buchstabierenden Naturburschen vergessen (!), was doch in den Büchern für die Herren Lehrer aufgezeichnet gewesen sein dürfte? Der Neizbach ist sodenn auch ein Gießbach. So der lange Regen kömmt. Das Himmelszelt ist sodenn auch das Weltall-Familien-Eins, das die Ewigkeit grad so gut kennt wie der Gottvater im Himmel? So die

Himmlischen residieren können im wundersamen Nirgendwo von einem Überallhin: in einem Weltall-Familien-Eins? Und der Tag hat Flügerln? Zumal das Licht: fliegen kann? Ha?! Nur sieht unsereins die Flügerl nicht vom Licht? Ha?!
So eine Atempause als nötig erachtet ward für das Pecken hin und her, her und hin wider den ebenbürtigen Feind, hatte der liebe Onkel Vlastymil angeschaut Klein-Magdalena, eher zurückhaltend und jedenfalls vorsichtigst. Und im Mienenspiel der Klein-Magdalena das entdeckt, was eh geschnurrt in der Kugel von einem ellipsenförmigen Glatzkopf, so bis auf das Tüpferl auf dem i ähnlich. Und dem kugeligen Tupfen auf dem i gefehlt ohne den nämlichen senkrechten Strich eh nur das I? Doch nicht? Ja doch! Denn so neugierig hatte der Strich mit den zwei Zöpfen geschielt, empor zum Kugerl. Und seitwärts so und seitwärts so und erdwärts und sodann das Himmelwärtige ausgedeutet bekommen; und das wollen, unbedingt. Zumal die Neugierde an sich Klein-Magdalena genau so geplaget haben dürfte wie den Vlastymil Franz.
Und es ist passiert; halt so. Und es war ihnen das Schielen gleichzeitig geworden zum Bedürfnis an sich. Und einmal anschauen das Kugerl, den nämlichen Strich mit den zwei Zöpfen; und einmal anschauen der Strich, das nämliche Kugerl mit Glatzkopf. Irgendwie anders; etwas genauer, und es allemal spüren, inwärts; irgendwie nicht unangenehm.
Und Klein-Magdalena hatte gemustert das Kugerl gar streng, das sich da geschreckt haben dürfte, so ertappt korrekt beim Schielen seitwärts irgendwie anders; und so herunter schräg.
Und Klein-Magdalena hatte sich die Backen walken müssen – unbedingt; und zwicken das eine Ohr und sogleich auch das andere Ohr – unbedingt; auf daß der Depp von einem schielenden Kugerl sich nicht gedenkt, auch hintennach nicht, es habe sich der Strich mit zwei Zöpfen geschreckt, so ertappt, grausamst, beim Schielen seitwärts irgendwie anders; und so hinauf schräg.
Und so ward es auch immer wieder für nötig erachtet, den Zeigefinger zu recken und die Augäpfel zu drehen; hundswütig; und mit diesem und jenem Pecker wider den ebenbürtigen Feind von einem Schieler zu beenden die Stille, die so laut gewesen sein dürfte; halt so laut wie der Stern, der gefallen sein könnte, heraus aus dem Weltall-Familien-Eins und gelandet grad, auf dem Scheidewandbergl? Und das glitzernde Sternlein nur mehr geglüht für

den zifferndürren Ökonom, dem Zweifüßigen, auf dem Erdkugerl? Das eh schon ist, so ein schwarzer Klumpen, leer und unbewohnt, wenn es genauer bedenkt der zifferndürre Ökonom von einem Zweifüßigen?! Ha?! Halt grad so schaust mit deinen Augerln wie das Erdkugerl mit den seinen, ha?!
Das das Weltall-Familien-Eins halt anders sieht: wundersamst und vielfältigst. Das doch noch gar nicht d'erdenkt unsereins: das Weltall-Familien-Eins. Grad so viel Fünfer dem Hirnofen von so einem Zweifüßigen auf dem Erdkugerl, und das an sich, ha, so er buchstabieren soll das Weltall-Familien-Eins. Das zu buchstabieren er grad so gut d'erpackt wie die Himmlischen, ha?! Und den Gottvater d'erdenken, was sich eh nur getraut die liebe Tante, ha?

Und Klein-Magdalena es geübet einmal umgekehrt. Und Schlüssel für Schlüssel gelegt zurück: in den Papierkorb hinein.
Und Klein-Magdalena war mit den Gedanken geflogen; hinaus ins Weltall-Familien-Eins; und eh nur gesessen auf dem Buckel vom Licht, dem Flügerl gewachsen: unsichtbare Flügerl, gleichsam mit Tarnkappen an. So unsichtbar auch wohl die Haxerln und Handerln vom Licht? Auf daß es dem zifferndürren Ökonom von einem Zweifüßigen nicht passiere; irgendwie, so hinten herum. Und er das Licht nicht mit dem merkwürdigen Loch vorne von dem Ding da: erschieße, und es purzle nach einem Salto rückwärts grad neben die Zweifel-Eiche? So wie das Töchterl vom liebenden Vater, die Fußerln strecken und die Handerln? Wieviele wohl? Tausend wohl zu wenig? Ist wohl kein Tausendfüßler; es hat vielleicht so viele Haxerln und so viele Handerln, daß es unsereins gar nicht d'erlernt hat zu buchstabieren und es eh nie d'erzählt? Und das eingesperrt in den Kerkerverlies von so einem Schulhof zu Gnom, ha!
»Ja! Ja! Paß denn auf dein Tarnkapperl auf, gelt! Daß er dich nie sieht; der Mensch? Ha?! Das ist denn nämlich so einer, der jagt dich grad, bis er dich erwischt hat! Ja! Ja! Und dann bist es gewesen: das wundersame Kinderl, gekommen aus dem Weltall-Familien-Eins und hast es eh nur einmal anschauen wollen; ein bisserl neugierig: das Erdkugerl? Ha?! Nix da! Kannst es niemand mehr d'erzählen, ja! Ja! Und das Weltall-Familien-Eins kann denn weinen, wenn das Töchterl nimmer zurückkömmt, vom nämlichen Ausflug zur nämlichen Verwandten. Das ist denn so ein Verwandter, das Erdkugerl! Ja! Ja! Und hast nur neugierig sein

wollen, und einmal Grüß Gott sagen. Ha?! Paß denn auf dein Tarnkapperl auf; gelt? Denn alles kann ich nicht finden, was so verwurstelt wird, gelt?!«
Und Klein-Magdalena hatte gekichert hinter vorgehaltener Hand; und eh nur geträumt, mit dem unsichtbaren Weltall-Schalk von einem Lichtkinderl zu fliegen, grad durch die Tür; und zu landen, grad im hintersten Kellerloch von so einem Schulhaus zu Gnom. Zumal die Tarnkappe vom Lichtkinderl auch gereicht für den Schädel mit zwei Zöpfen; und sie so siamesisch fast gesteckt unter einer Mütze, die auf das Wundersamste den Menschen durchschreiten ließ die so verflixte grad zugenagelte Tür, die eh nur mehr ähnelte dem Sargdeckel, den der Dahingeschiedene allemal nicht zu öffnen vermochte von inwärts.
»Kruzifixitürken! Hat mich denn gebissen ein bißtoller Hund, daß ich ihn nicht mehr d'erfind: den Schlüssel? Ja sowas! Einer muß es denn wohl sein, daß ich grad nicht lauf im Zick Zack; er mich Huckepack genommen, der Michael, ha? Mir aus dem Hirnofen den einen Gedankenscheit herausgeklaubt und sich gedenkt: ›Jetzo hab ich dich erwischt, du Schlankel!‹
Und ich mir gedenkt – bin eh alleweil zu gescheit – der Michael wird sich denn wohl plaudern müd? Und so er wieder aufwacht und wankt die Wendeltreppe abwärts, find't er die dreie nimmermehr? Ja! Ja! Und ihm entführen, so ein Kinderl mit zwei Zöpfen, drei Übeltäter mit dem nämlichen höllischen Sündenregister, ha? Und das gedenkt eh so ein neunmalgescheiter Kopf mit zwei Zöpfen, die gewachsen grad neun Jahr?! Ha?! Na sowas!«
Und Klein-Magdalena hatte sich auf die Wendeltreppe gesetzt, und sich den Papierkorb auf die Schenkel gestellt, und hineingeschaut: ein Sinnbild der Ratlosigkeit, die da es gedenkt haben wollte, im Nicht-Anders-Können gleichsam eingesperrt; und mehr im Gemüt und weniger mit Zuhilfnahme des Wortes.
»Ich bin denn da, die fehlt.«
Und geschluckt, und sich die Augen gewischt, und sich die Zöpfe in den Mund gesteckt, und es vorgezogen, sich zu erinnern an das Wandern mit dem lieben Onkel Vlastymil durch die großen Wälder um Gnom. Und gekichert – kauernd auf der Wendeltreppe – und es sich auch in Bildern nachgezeichnet, hintennach, und das einfühlsamst, was da gedrohet der liebe Onkel Vlastymil Franz, als sie angelangt eh schon wieder auf dem Buckel vom Scheidewandbergl:

»Das gibt denn einen anderen Schepperer, wenn ich einmal explodiert bin! Gelt? Tu den Explodierer nicht versuchen wollen, nur daß du es dir einmal anschauen kannst, gelt. Alles einmal etwas genauer gesehen haben müssen, das ist denn der Neugierde zu viel. Ha?! Die könnt' dich reuen noch? Hintennach! Ha?!«

8
DIE NATTERNZUNGE

Und sie waren stehengeblieben auf dem Feldweg ohne Namen und schon hervorgetreten hinter dem Schild der Natur, und die großen Wälder, die einen grünen Gürtel gebunden um das Dorf Gnom, waren zerschnitten, da und dort, dort und da, von einem wundersamen Kreuz-und-Quer-Gwirkst von allen möglichen Wegerln, die kaum bemerkte der Nicht-Gnom-Kundige.

Und nicht nur ein städtischer Pfiffikus zu Donaublau, auch so manch ein Naturbursch zu St. Neiz am Grünbach sich verirrt; grad so wie der nämliche Eine, der befraget die Gnom-Kundigen, ob er, der sich wähne auf dem richtigen Wege, sich auch nicht getäuscht habe? Zumal es ihm gelustet, so an sich, die Neizklamm zu bekraxeln, grad dort, wo zu vermuten, das nämliche Wunderblümlein mit den etwas dicklichen Laubblättern, dem die Eigentümlichkeit zugebilligt Mutter Natur höchstpersönlich. Und das müsse er sich anschauen unbedingt! Durch Reduktion eines Keimblattes zu einem Spitzchen scheinen die Embryonen monokotyl zu sein?

Und er wolle gar nicht leugnen, er sei kein Studierter; eher der Nämliche, der marschieret grad als so ein Niemand, für Gott, Kaiser und Vaterland, und jetzo in nämlicher Insel der Unglückseligen nix getauget: weder als Jemand noch als Niemand; und so er sich das richtig gedenkt: ist er denn irgendetwas oder nix?

Und bis dato habe er nicht das Interesse geheget für die Familie der Wunderblümlein, dazumal er eher gewesen allemal der Einzelgänger; im Gemüt ganz so wie im philosophischen Bereich. Und sich auch angepaßt habe dem ihm zubestimmten Charakter die Neugierde für die Mutter Natur. Und er nur erforschen habe wollen auf das Gründlichste ein bescheidenes Blümlein, genannt allzu leichtfertig Aloe. Und das sei doch jenes Blümlein, das frage die Mutter Natur; sodenn auch den Menschen:

»Warum betrübst du mich?«
Zumal die Blume Aloe alleweil gewesen sein dürfte; seit Anbeginn, die Blume des Schmerzes und der Bitterkeit? Und gebraucht werde die landauf landab genau so wenig wie seine nämliche Wenigkeit von einem Nix?
So er doch einmal erforschen dürfen wollen müßte jenes Blümlein, das da genannt Wunderblume. Und das auf das Gründlichste? So es seine Wenigkeit von einem Nix d'erdenkt: das Gründliche. Und es sei die Wunderblume allemal gewesen, seit Anbeginn, die Blume der Schüchternheit und Ängstlichkeit? Die ihn schon geplaget habe, als er marschieren habe müssen dürfen wider den Feind, für Gott, Kaiser und Vaterland. Und ihn geplaget habe, als er zurückgekehrt aus der Kriegsgefangenschaft, die ihm ausgedeutet haben könnte die Eismanderln vom hiesigen Winter als eher warmherzig? Zurückkehrend aber – habe die nämliche Einsicht nix getauget, zumal er nix mehr getauget?
Und wofür denn vom Feind heimwärts geschickt, dazumal er dort gewesen immerhin der Niemand von einem Przemysl-Kundigen Feind. Der Niemand nämlich immerhin – die durch die Zahl 128 000 dividierte Eins von einem Feind gewesen sein könnte? O, so eine Ehr' dem Nix?!
Und dazumal er nur mehr als Nix taugen können müssen dürfe, habe er sie zu erforschen begonnen: die Familie Wunderblumengewächse, und das, obwohl er eher ein Einzelgänger: im Gemüt ganz so wie im philosophischen Bereiche. Es müsse so einem Nix wohl zugebilligt sein, zu kraxeln ein bisserl in der Neizklamm, auf daß er sie endlich einmal schaue, die Wunderblume, die da genannt wohl: Alpenveilchen.
Und er könnte doch im Vorwärts irgendwo seitwärts anders abgeschwenkt sein, und das dürfte doch in den großen Wäldern einem Nicht-Gnom-Kundigen passieren; dann und wann; und erst recht seiner Wenigkeit von einem Nix?
Und es hatte seiner Wenigkeit von einem Nix geantwortet der liebe Onkel Vlastymil.
»Wenn ich schon so nett plaudern darf; es muß schon korrigiert werden die Richtung. Die Wunderblume wachst schon in der Neizklamm. Es ist das Alpenveilchen ganz ängstlich gedrückt an den und jenen Felsen? Und schüchtern gar?
O nein, da muß korrigiert sein, der das verkehrte Buch erwischt haben könnte. Es widerspricht nämlich das soeben Buchstabierte

eindeutig dem harten und kargen Boden der Tatsachen. So nämliche Alpenveilchen, auch genannt zugehörig der Familie Nictaginaceae zwar Cyclamen sind, denn aber ihnen eine Eigentümlichkeit zugebilligt von der Mutter Natur, die weniger bekannt sein dürfte dem Nicht-Gnom-Kundigen, der es allemal nur buchstabiert gehört hat verkehrt herum von so einem städtischen Pfiffikus mit so einem merkwürdigen Gestäng auf der Nase. Das verwirrt haben dürfte den Herrn Fabrikler zu St. Neiz am Grünbach wohl? Und das kränkt dann den Hiesigen! Das muß schon bedenken seine Wenigkeit von einem Nix! Ha?!
Es ist nämlich das Alpenveilchen noch nie gepurzelt seitwärts so und auch nicht seitwärts so; es vielmehr festgewurzelt gar trutzig da und dort, dort und da, in nämlicher Neizklamm, ha?! Und nur, so es der Mensch gepflückt, es getreten der Gamsbock, ist es nimmermehr gewesen, das gar kecke Alpenveilchen. Solid festgewachsene Natur; eher dem Charakter nach ähnelnd: der Mistel? Und das ist denn die Blume nicht der Schüchternheit und Ängstlichkeit! Die fragt die Mutter Natur nicht; teilt es ihr vielmehr mit, ganz so wie dem Menschen, ha!?
›Ich überwinde alles! Ha!?‹
Und so er aufreißt, die Äuglein, und einmal genauer anschaut, das Alpenveilchen, so sieht er es auf das Merkwürdigste bestätigt. Grad so wie die Mistel ist das Wunderblümlein. Wie es der Neizklamm abgetrutzt das und jenes Plätzlein, grad ein ganzes Gehege! Und die Neizklamm macht nicht einen Nackler und duldet das Cyclamengewucher! Ha?!
Und die eigennützige Zudringlichkeit ist gestattet der Mistel! Doch nicht der Wenigkeit von einem Nix, das dividiert ergibt durch die Zahl eins erst den Niemand von einem Cyclamenstengel, ha?! Nur – durch welche Zahl dividiert erst die Eins dasteht, die gebrockt werden könnte und sodenn geschmissen sein, in den Neizbach; das da wuchern will, wie lange denn noch, wo es doch nix getauget; ha?
Und wenn ich schon so nett am Plaudern bin, so ist das gewaget grad von einer Wenigkeit von so einem Nix, zu diffamieren eine andere Wenigkeit von einem Nix, die da sich festgewurzelt in der Neizklamm, ha?! Und – die nämliche Rede – könnt' grad auch kundgetan haben die Natternzunge? Und das ist denn die Blume, die er wohl sucht. Ist nämlich die Blume der giftigen Rede, ha? Und mög er nicht foppen, das Alpenveilchen! Muß denn allemal

so ein städtischer Pfiffikus zu St. Neiz am Grünbach beleidigen die Cyclame? Nur weil der gegönnt der harte und karge Boden an sich; sonst nix; ha?

Und jetzo gesucht, auf das Gründlichste, der Rharbarber. Das ist nämlich die Blume der Geschwindigkeit, so denn auch die Blume: der Schnelligkeit, ha? Kruzifixitürken! Ich bin denn der Gastwirt ›Zum armen Spielmann‹ zu Gnom bald gewesen! So er nicht Nachhilfeunterricht nimmt, und sie einmal erforscht, etwas gründlicher: die Wunderblume aus der Familie der Nictaginaceae. Ha?! Und sodenn er aufsuche dann und wann den Gnom-Kundigen ›Zum armen Spielmann‹, ha? Und ein Knöderl den Schlund hinabgedrückt die Gehirnzellen wieder anreget anders herum, ha? Und so er eifrigst studieren möcht, auch der meinige Rechenstift nicht addieren möcht so unbedingt, ha? Na sowas! Derlei Einzelgängerei bedarf eines gewissen: Sachverstandes; so er das sich ausdeutet einmal etwas genauer, ha? Und mir nimmermehr beleidiget: das Alpenveilchen!«

9

DAS NIRGENDWOHIN-WOLLEN VOM ÜBERALL-SEIN

Und es hatte der liebe Onkel Vlastymil dem städtischen Pfiffikus von einem merkwürdigen Naturburschen den Weg auch gewiesen; und der war marschiert grad in die entgegengesetzte Richtung, auf daß er sich ausdeuten könne, hintennach; er könnte im Vornwärts irgendwo seitwärts anders abgeschwenkt sein, als es ihm angeraten der Gastwirt ›Zum armen Spielmann‹? Und so letschert müde, könnte es ihn dann weniger freuen, die Neizklamm zu bekraxeln; und es hatte der liebe Onkel Vlastymil sich die Glatze gekratzt und gewackelt als Ganzer.

»Ja, du Schwalberl mit zwei Zöpfen, das ist so ein nämlicher Klaubauf-Zündler gewesen, die jetzo schießen grad nur mehr so heraus, landauf landab, wie die Eierschwammerln nach dem langen Regen. Und das ist die nämliche etwas deftig geratene Zahl dividiert, die so ein zifferndürrer Ökonom von einem Fabrikschlotzweifüßigen nicht mehr d'erschauen kann; so winzig ist die. Und so ein Niemand und ein Niemand addiert, da kömmt denn das Wegzählen bei solchen Massen allemal ins Schwitzen. Ha?! Und das sag ich dir denn: das Wegzählen; landauf landab; das ist denn eine Manie geworden; und die wuchert sich dem einen und

dem anderen Weggezählten halt aus: mir nix dir nix; und er sich halt gedenkt; dann und wann.
›Jetzo hast ausgebrannt den Hirnofen. Und den Schamott kriegst nicht; landauf landab nicht? Warum denn nicht sich hinunterpurzeln lassen müssen dürfen?! Ha?!‹
Und angeschwemmt: eh nur das Nix von einer Wasserleich, ha?! Die sodenn der Neizbach ausspuckt; und ist sodenn gewesen: der eh allemal nix getauget; die Eins von einer Null, ha?! Und wirst jetzo sehen, der kömmt noch zum Gastwirt ›Zum armen Spielmann‹! Und läßt sich ausdeuten, das und jenes Blümerl, anders auch noch, ha?«
Und der liebe Onkel Vlastymil gewackelt schon wieder als Ganzer. Und eh nur vergessen die Mütz? Und die Eismanderln? Und das Schwalberl mit zwei Zöpfen? Eh schon auf dem Buckel vom Scheidewandbergl!

Und eh nur nett plaudern wollen; einmal seitwärts so und einmal seitwärts so. Und es halt gedenkt haben wollen, das Entweder grad so wie das Oder. Und die beiden nicht schneiden wollen auseinander? Ganz das Nirgendwohin-Wollen vom Überall-Sein? Ha?! Na sowas!
Und Klein-Magdalena hatte geschaut in den Papierkorb und es tropfen lassen hinein in den Papierkorb. Und mehr im Gemüt und weniger mit Zuhilfnahme des Wortes trutzen wollen; ganz so wie das Wunderblümlein von einem Alpenveilchen, das es noch nicht ausgedeutet gehört: so gescheit; gar weise.
»Ich bin denn da, die fehlt.«
Und gekichert schon wieder hinter vorgehaltener Hand.

10

EINE MERKWÜRDIGE MÜDIGKEIT

Die geschotterten Wege haben; da und dort, dort und da; zerschnitten: den Kreisgürtel um das Dorf Gnom, der da genannt wider seine Bedeutung, geradezu verleumderisch und beleidigend, die großen Wälder um Gnom? Nicht auch die Verbindung zur großen, großen Welt, dem winzigen Erdkugerl im Weltall-Familien-Eins? Auch der nämliche Schotter, genannt: die Straße, die Verbindung sein könnte nach dem wundersamen Nirgendwohin, das da gestattet: das Überallhin?

Dem sodenn die Eismanderln folgen wollten; na sowas? Sobald die Flucht bemerkt des Schwalberlräubers Vlastymil mit dem Schwalberl Magdalena? Aber – das Kreuz und Quer, Quer und Kreuz, Hinauf und Hinunter, Hinunter und Hinauf, Seitwärts so und Seitwärts so der großen Wälder könnten zugestehen dem Schwalberlräuber, dem lieben kugeligen schwarzen Raben: immer die eine, aber entscheidende Nasenlänge im Vornwärts irgendwo seitwärts voraus zu sein, anders als es sich gedenkt die gescheiten Eismanderln, na sowas? Doch nicht?! Ja doch!
Und Klein-Magdalena glühten die Backen. Und sie kicherte hinter vorgehaltener Hand; nicht ohne Genugtuung; und in den Papierkorb hineingeschaut: etwas genauer.
Und die Zunge spüren müssen – im Nicht-Anders-Können gleichsam eingesperrt – und sie abgetastet mit dem Zeigefinger. Und sich geschreckt: kalt. Die Hände, so auch die Füße? Und den rechten Handteller vor den Mund gehalten, ihn angehaucht, und gerochen hat der Atemdunst, angefröstelt gleichsam von der Kälte, säuerlich. Und den linken Handteller vor den Mund gehalten: ihn angehaucht und gerochen den Atemdunst; irgendwie anders? Könnte der Zunge gewachsen sein ein grüner Pelz, obwohl die Zunge – ganz anders belehrt von nämlichem Gastwirt – protestieret:
»Auf mir wachst nix; kein Graserl und schon gar nicht der Moosboden. Ich bin denn nämlich eine Zunge, und das allemal gewesen; seit vordenklichen Zeiten. Hast dich getäuscht halt, in der Richtung. Mußt zurück irgendwie anders im Seitwärts so, ha? Na sowas?! Marschierst heimwärts in die großen Wälder, gelt?! Grad so eigennützig wie zudringlich; garstig bist und ähneln tust grad nur mehr der Mistel; du Eins von einer Null?! Na sowas!«
Und der grüne Pelz so gescholten von der Zunge, nicht weichen hatte wollen? Es nicht anders gekonnt; geblieben und: verfault? Und so es gerochen aus dem Mund: faulig? Und weniger: säuerlich? Vielleicht aber auch verfault auf der Zunge der Sauerampfer? Etwas winziger gewachsen; da drinnen. Und nur mit dem Mikroskop ausdeutbar, dem menschlichen Aug' von so einem zweifüßigen Kinderl mit zwei Zöpfen, als ähnelnd eh nur dem Sauerampfer auf den Zweifel-Wiesen; und grad verfaulen müssen wollen dürfen: auf ihrer Zunge?
Und Klein-Magdalena rieb sich die Augen. Nichtsdestotrotz das Gwirkst von einem Schlüsselhaufen im Papierkorb geblieben: ein

schwarzes Loch? Und gewachsen ihr ein kugeliger Bauch!
»Kruzifixitürken! Bin ich denn eine Kröte?«
Und Klein-Magdalena hatte eh nur niesen müssen; und der Schlüsselhaufen nicht gewesen das schwarze Loch. Eher auf das Wundersamste vermehrt; grad so wie die Hände?
»Kriegt denn heut' alles seinen Zwilling?«, kreischte Klein-Magdalena und war eh nur willens gewesen, das Stimmband-Gwirkst einmal zu belauschen, etwas aufmerksamer. Und nix gehört; nur so ein merkwürdiges Gestotter; leise, wenn nicht fast: stimmlos. Und es gekratzt im Kehlkopf. So sich das Inwärtige auch zusammengerollt haben könnte, zum harten Klumpen an sich. Und der Bauch grad so merkwürdig versteinert, wie unwillig die Arme und Beine? Gar nicht bewegen sich wollen; nicht seitwärts so und auch nicht: seitwärts so? Na sowas?!
Und eine merkwürdige Müdigkeit wollte Klein-Magdalena die Augendeckel zuklappen. Am 23. September des nämlichen Jahres; in der nämlichen Nacht; im nämlichen Jahrhundert.

Zehntes Kapitel
EIN ZITTERN, EIN BEBEN, EIN MURMELN, EIN HUNDELEBEN

1
DER BUCHSTABEN-FETTSACK IM EXTRASTÜBERL

Und einen Magnetberg sah sie; von tausend Sonnen umkreist; die sich vermehrt auf das Wundersamste: zum Nicht-Mehr-Gezählt-Werden-Können? Und so schwarz der Magnetberg. Grad wie: ein Loch?
Und ein Schwalberl mit zwei Zöpfen daheim sein dürfte gewesen auf dem winzigen Erdkugerl, das sich genannt gar keck: die Welt. Und ein Schwalberl mit zwei Zöpfen war geflogen. Wohin?! Und ohne die Mütz', hinaus auf die Rutschbahn, die sein sollte: so ein wundersames Rutschbahn-Kreuz-und-Quer-Gwirkst?
»Ich bin denn: keine Eins von einer Null, ha?«, flüsterte Klein-Magdalena.
Und hatte es genaugenommen fragen wollen. Einerseits: so hoffnungsträchtig geschreckt an sich; eher kreischend und zugeneigt: dem Protestieren; eher hundswütig laut. Andererseits: so eingesperrt im Nicht-Anders-Können es nicht d'erstottert. Und doch willens gewesen: dem lieben Onkel Vlastymil, diesem Deppen zu funken, erdwärts; irgendwie. »Ich bin denn ein Schwalberl?«
Und es genaugenommen schreien wollen. Einerseits: erdwärts. Andererseits es nicht mehr d'erflüstert hörbar; für das, was doch gewuchert war, auch ihr, zu beiden Seiten des Kopfes? Es sich genaugenommen irgendwie anders herum gedenkt; und weniger mit Zuhilfnahme von merkwürdigst weit entfernten Gebilden, die da genannt hat der Buchstaben-Fettsack, der zifferndürre zweifüßige Erdkugerl-Ökonom: das Wort.
Der doch eh nichts anderes gewesen sein dürfte, als das Ebenbild von dem einen langen, platten, gegliederten Körper, der da gesessen im Extrastüberl vom Gasthof ›Zum armen Spielmann‹ und sich angeschaut, mit dem Splitter von so einem Erdspiegel; und sich gedreht und gewendet und sich angestaunt: förmlich die fleischgewordene Bewunderung; und eh nur bewundert der breite Bandwurm sich selbst?
»Mir ward zugebilligt, mich zu vermehren auf das Wundersamste: mit Eierlöchern auf der Fläche der Glieder. Und so ein Kopf, o!

Mit zwei länglichen Sauggruben ohne Haken. So ohne Haken?! Keinen Hals?!«
Und das Stimmlein des breiten Bandwurmes merkwürdigst geschwankt: zwischen dem piepsig gewagten Sopran einer für derlei ganz und gar ungeeigneten Kehle und dem heiseren Alt von so einem altgekrächzten Erdmanderl. Und grad um zwei oder drei Köpf' größer gewachsen als die nämliche Kugel mit Glatzkopf.
»So ein Kopf, o! Wirklich: so ohne Haken. Nicht einer?! Dafür die vorderen Glieder kurz, die übrigen: quadratisch. Der Feschak an sich von einem breiten Bandwurm; residierend da und dort; dort und da. Auf daß mir nicht gchindert werde so ein Feschak zu sein. Der letzte Feschak?! Und nix gegen die meinige Wenigkeit der Herr Nachbar!«
Und der breite Bandwurm angeschaut – mitfühlsamst – den Herrn Peitschenwurm. Und es eh nur angestrebet, den zu foppen.
»O, Herr Peitschenwurm schmaucht sein Pfeifchen. Haarförmig sein Vorderteil, dann dicker werden: so plötzlich. Wenn ich es d'erschau, ohne nämliches städtisches Gestäng vom Herrn Peitschenwurm, könnte sich das zifferndürr ausdeuten lassen: zylindrig. Und der Mund: kreisrund. Schämt der sich nicht mit dem etwas zurückhaltenden Namen: Herr Peitschenwurm? Und er residiert im Blinddarm und Colon, seltener im Dünndarm, und gefunden in der Mehrzahl eh nur in den Leichen! Grad, daß ich nicht wackle: als ein Ganzer! So eine Keusche von einem Blinddarm hat mich geschreckt; grad acht Jahr lang? Und wie er jetzo schielt: gar neidisch?! Ja! Ja! Auserwählt zu residieren: in der Darm-Villa; das ist denn ein anderer Stall! Und die Gescheitheit von so einem Herrn Peitschenwurm kommt aus der nämlichen Gattung; grad so wie – meine Wenigkeit. Daß ich nicht wein, daß ich nicht wein!«
Und es hatte sich der breite Bandwurm geschreckt; wirklich. Und sich gebeutelt; und gewackelt als Ganzer. So gekränkt und empört; und im Zwiegespräch mit dem Splitter von einem Spiegel geschnurrt.
»Meine Prachtkugerln rot weinen. Wegen so einem Herrn Peitschenwurm mit dem Gestäng, das mir fehlen könnt! O himmlischer Gottvater, das mir?! Daß mir niemand mehr d'erschaut meine Prachtkugerln? O, so ein Kopf! Mit zwei länglichen Sauggruben; grad noch die Haken hätt ich gern; grad noch: die Haken!«

Und geschielt grantig hin zum Herrn Kürbiswurm, dem gewachsen 28 (!), wenn nicht gar: 30 (?!) Haken! Und der Herr Kürbiswurm nur willens gewesen, den philosophischen Diskurs zu wagen mit dem Glatzkopf, dem schalkigen Plauderer. Und eingeschenkt dieser merkwürdige Zweifüßige: dem Springwürmerl. Den Schnaps aber zahlen darf: der Herr Kürbiswurm. Und der es gesehen und gebilligt – nicht nur – auch zugenickt dem Springwürmerl, einfühlsamst, wenn nicht gar ermutigend. Und geschluckt der breite Bandwurm.

2

MIT SICH SELBST IM ZWIEGESPRÄCH

Und nicht willens gewesen – noch immer nicht – geschwiegen schon: ewig lang, der Herr Peitschenwurm und nur plaudern wollen, mit sich selbst im Zwiegespräch.
»Mundet vorzüglichst: so ein Blinddarm-Tabak; vorzüglichst!«
Und geöffnet, der Herr Peitschenwurm, den Tabakbeutel und sich gestopft das Pfeiflein sachkundigst und geprüft den Vorrat an Blinddarm, gekichert und gewackelt als Ganzer; dann und wann. Und entschieden:
»Noch ein Vierterl Rot, Herr Wirt!«, und das eh schon bereit gestanden für den Herrn Peitschenwurm. Und der gleichsam entrückt, gedenkt das und jenes. Den gescheiten Diskurs nicht wagen wollen, mit so einem Feschak. Und der Feschak – im Splitter von einem Spiegel – gefunden endlich wieder: den einzig nicht Langweiligen.
»Es geziemt sich – und das ist das eherne Gesetz des Einfühlsamen – sich zu entdecken als ein Feschak nicht allzu laut. Eher zu lauschen und zu lernen, das und jenes. Und es sich gut zu merken! Auf daß ich mich auch ausreife und werde der breiteste Bandwurm. Und der Auserwählte bleibe ganz so wie der Berufene: einfühlsamst zurückhaltend.«
Und der Herr breite Bandwurm; ward feierlich gestimmt, wenn nicht gar erschüttert. Hat so geprüft wieder sein Spiegelbild und sich gedreht so, sich gewendet so; und geschluckt; und es sich eingestehen müssen, selbst bei gewissenhaftester Betrachtung: Es waren seine zwei länglichen Sauggruben die Polemik an sich, der Mutter Natur höchstpersönlich, wider die Häßlichkeit von so einem mißgestalteten Kettenbandwurm.

Und das Springwürmerl, das so dünn; merkwürdigst, kurzum: eh nur mehr der Form nach gähnelt der Spindel; und hinten zugespitzt die Mißgeburt von einem Körper; grad grausig! Dieses lausige Würmerl ihm zuraunen wollen, er – der so stattliche Herr breite Bandwurm – solle sich hinkünftig den Kettenbandwurm als Vorbild erwählen?! Und ein Loblied singen wollen: dem Kettenbandwurm?! Fast längliche Glieder, der Schöne, und die Eierlöcher seitwärts: wundersamst und nicht so gewöhnlich in der Mitte und nicht so breitderb die Glieder. Daß ihm grad der höllische Durst wieder kömmt; zumal der Herr breite Bandwurm so bedauerlich benachteiliget sei, von der Mutter Natur höchstpersönlich! Es gewaget – das Krepierl von einem Springwürmerl – zu plaudern; ohne Umschweif' das denn heißen:
»Diagnostiziert das Geschaute und sodenn verglichen ...?!«
Der Hochstapler, der mit den winzigen Krepierln von zwei blasenartigen Hauptflügerln; grad grausig! Das wär' denn der Tabak für das Pfeiferl vom Herrn Peitschenwurm; auf daß der getauget für das Schmaucherl grad; und nicht hüpfen muß: so mir nix dir nix; und beleidigen die Mutter Natur als so eine, die da duldet den Schmarotzer?! Den Blinddarm schonen; das Springwürmerl fördern und emporreifen lassen, für eine gewisse Nützlichkeit! Sinnen hintennach noch! Wart du nur! Mich in einem erwähnen mit dem Kettenbandwurm! Es gar zu wagen, Vergleiche zu diagnostizieren! Das vergeß ich dir nicht, du garstiger Schmarotzer, du kriecherischer Emporkömmling! Kratzen dem Glatzkopf von einem Gastwirt den After, inwärts und auswärts, und eh nur sitzen wollen müssen dürfen: im Extrastüberl und eh nur nicht zahlen wollen müssen dürfen den höllischen Durst selber.
So ich ausgereift bin zum breitesten breiten Bandwurm, daß du es dir merkst; nicht hinten herum soll dir das passieren; gelt?! Das von heut Nacht ist morgen nicht wieder gutzumachen! Und von so einem laß' ich mich nicht duzen! Und gewaschen wird dir der Magen mit ganz anderen Laugessenzen! Wart nur!

3

DIE AUGEN SCHIELEN LASSEN: GASTWIRTSMÄSSIG

Und Klein-Magdalena es funken wollen dem nett plaudernden Erdwuzerl von einem zweifüßigen Glatzkopf erdwärts.
Der aber eingeschenkt dem Herrn Kürbiswurm; blindgeschlagen

für die Statur vom nämlichen Zwittertier. Und doch ein Ries'! Und er ein kugeliges Zwergerl?! Es nicht bemerket, noch immer nicht. Auch taubgeschlagen: so terrisch für den Funkbericht vom Schwalberl mit zwei Zöpfen.
Und das Erdwuzerl nicht geschreckt geschrien; und nicht emporgeschnellt!
»Die Mütz!? Wo ist die Mütz!?«
Sich nur die Glatze gekratzt, das Kinn und die Backen gewalkt, und die Augen schielen lassen gastwirtsmäßig, und der Tante Kreszentia zugerufen, dann und wann.
»Dem Herrn Philosophen sein Vierterl Rot! Dem Herrn Feschak sein Krügerl Most, dem höllischen Durst helf' ich selber, auf daß dir das Addieren nicht abbricht die zarten Fingerln, gelt?«
Und eh nur zugeblinzelt dem Riesen von einem Herrn Kürbiswurm, daß der zahle den höllischen Durst des Springwürmerls. Und der bestätigend zugezwinkert der lieben Tante Kreszentia, und die das geschluckt. Und abwärts gedruckt den üblichen Einwand wider das Springwürmerl, dem es gegeben war, und das ausnahmslos, geradezu als die Regel wider das Ghörtsich; da zu thronen; gleichsam als Mitglied der erlauchten Tafelrunde zu Gnom.
Und es der liebe Onkel Vlastymil nicht gesehen, daß der lieben Tante so nach und nach gewachsen Sauglöcher. Vier an der Zahl. So auch ein Rüssel: ausstreckbar. Und am Kopfe so nach und nach die Haken sichtbar geworden und sodenn gezählt, waren es schon: 28 Haken. Nicht?! 30 Haken! Und die in Hakentaschen, denen gewachsen schwarze Punkte, eher schwarze Körnchen. Und geglichen so nach und nach dem Herrn Kürbiswurm, dem Zwitterriesen; und nur mehr dem geähnelt!?
Und die liebe Tante mit dem Rüssel ausgeschlagen dann und wann wider das Springwürmerl. Und der Herr Kürbiswurm so gelacht und grad gewackelt als Ganzer; es sodann aber doch mißbilliget.
»O hantiges Schwester- und Bruderherz in einem! Gescheit gedenkt, ziehst dich zurück! Das ist denn kein Plauscherl für so ein makelloses Kürbiswürmerl, gelt? Da red't jetzo die Mutter Natur höchstpersönlich: und das ungeschminkt! Ha! Daß ich nicht den meinigen Rüssel ausstreck, wider die Schamlose!«
Und die liebe Tante Kreszentia eh schon die Tür zum Extrastüberl zugeschlagen; und mit dem Rüssel die Fensterscheiben geputzt, und hinübergeschaut zu den obrigkeitlichen Fenstern der Wach-

stube in einem Schulhaus zu Gnom. Und sich mit dem Rüssel die Augen gewischt; immer wieder.

4
EIN MORALISCHER FAKTOR

Und gar nett geplaudert der liebe Onkel Vlastymil, den gescheiten Diskurs wagend; mit so einem Kürbiswurm?! Sich nicht geschreckt, eh nur angestarrt die Decke des Extrastüberls vom Gasthof ›Zum armen Spielmann‹ und sich gedenkt:
›Gehörst auch wieder einmal ein bisserl gefärbelt anders. Daß'd mir wirst ein vorbildliches Stüberl; grad die braven Weiberln zu Gnom schreckst, so sauber, so ordentlich; ein Schmuckkasterl wirst mir noch; ein Schmuckkasterl, das sich noch anschauen gehen die Betschwestern und um der Wahrhaftigkeit willens zu bleiben, seufzen müssen, grad so!
»Und das Grab des Seelenheils grad ein Salon geworden? Grad ein moralischer Faktor? Und tast ich unter den Tisch, trau ich mich die untere Kehrseite berühren. Nix abgelagert da. Nix Ekliges, was mich grad graust. Das Schleimige unten fehlt wie den Wänden der Ruß: Kein Lumpen, keine Laus, kein Floh; nix!? Das ist denn nicht wahr!«‹
Und nachgeschenkt dem Kürbiswurm, grad so, als wär der nicht ein bisserl anders, so er geschaut etwas genauer, der liebe Onkel Vlastymil.
»So langgliedrig gewachsen sein dürfen; und nicht so einherhumpeln müssen auf zwei Stumpen. Nicht ausgewalzt der Kopf: grad zu so einem merkwürdigen Ellipsoid. Ein Kopf, so pfiffig, o nein?! Nicht plagen soll den weniger Gescheiten der Gescheitere?! Ist es nicht allemal gewesen: eh nur der Neid? O, und dem Kopf gewachsen vier Sauglöcher? Aber-witzig reden, das kann er denn, der Herr Kürbiswurm! Daß ich nur mehr lach als Ganzer! Und denn noch dem verehrten Herrn Kürbiswurm gewachsen der Rüssel gar ausstreckbar? Doch nicht!? Ja doch! Und ganz so, wie es seinem Kopf taugt, er sich festhaken kann, an der Darmwand? Aber so ein Halsstumpen fehlt ihm doch!«
Und der liebe Onkel Vlastymil hatte gedeutet, nicht ohne Genugtuung, auf seinen Hals. Und der Herr Kürbiswurm ihn angeschaut; einfühlsamst, aber auch gelangweilt.
»O! Geschmücket sein Kopf: mit einem doppelten Kranz von

ungefähr 28 bis 30 Haken. Und mich nur kränzt die Glatz! Dafür die vordersten Glieder nicht unähnlich den Verlängerungen meiner Wenigkeit von einem Eunuchen ›Zum armen Spielmann‹. Sehr kurz gewachsen! O?! Dafür die folgenden fast quadratförmig, die übrigen Glieder gar: länglich; und alle wundersamst stumpfekkig?! Und die Eierstöcke von hochgeschätzter Gemahlin: wechselständig? Wie das?

Residiert verehrteste Herrschaft im Dickdarm? Nein? Zieht vor den Dünndarm? Fruchtbar daselbst auf das Wundersamste: Grund und Boden? Und mich ausdeuten müssen, um der Wahrhaftigkeit willens zu bleiben, als den Herrn Eunuchen? Das ich mir schon so gedenkt; gar nicht anders als hochverehrtester Herr Kürbiswurm. Und so ich es wage, der Wahrhaftigkeit auch einmal meine Wenigkeit zur Verfügung zu stellen, und sie zu schützen: vor dem Neide; so – etwas leiser – ihm ins Ohr geplaudert. Hochverehrtester Herr Schwager, mir vielleicht ausplaudere bittschön das nämliche Geheimnis von einem Geschlechtsriesen? Wie ihm nur das Wunder gelungen; einerseits zu bleiben hochmögendster Herr Kürbiswurm, andererseits zu sein allergnädigste Frau Kürbiswurm? Und er mir das Geheimnis ausdeute – doch nicht?! Ja doch! So eine Ehr! So eine Ehr!

Vom 280. Gliede sind an jedem Gliede Genitalien merkbar? Er will mich foppen! Nicht hochgestapelt; o nein? Die Wahrhaftigkeit von einem Herrn Kürbiswurm überprüfen dürfen; gar müssen? Ja, so eine Ehr! So eine Ehr!

In der Tat, das entspricht dem harten und kargen Boden der Wahrhaftigkeit. Und erst vom 600. Gliede an enthalten die Eier? Und entleert die Eier samt dem Gliede? Wie das!?

Und nur der Bandwurm-Unkundige meint, da kriechen denn heraus winzige zwitterbegabte Kinderln? Kleine Bandwürmerl grad? Nicht!? Nicht da das Fräulein Tochter Kürbiswurm, dort der liebe Bub Kürbiswurm? Das auch nicht gescheit gedenkt? Wie denn?! O! Das hätt' ich nicht gedenkt! So ein liebender Tata, der Herr Kürbiswurm. Auch: die liebende hochgeschätzte Frau Mutter in einem; daß ich das nicht d'erdenk! Und allemal wieder: vergiß!

Die Wiege, gleichsam das Fleisch vom Schwein, das nähret redlichst die Schöpfung von so einem vorsorglichen Vater. Und erst geschlachtet das Schwein – es residieren üben wird dürfen: im Schweiße seines Angesichts emporstreben – im nämlichen Magen

von so einem Zweifüßigen mit Glatzkopf, ha!? Ein schwieriges Experiment allemal; und nicht jedes Finnenkinderl getauget für derlei. Und metamorphosieren heißt sich diese wundersame Gestaltwandelung, die passiert mir: inwärts. O! Und der Läuterungsprozeß an sich; der Balken im Auge dem weniger gescheiten und weniger begabten Wirt. Und wachsen sie mir jetzo noch; oder sind sie schon geläutert empor: zum Herrn und Frau Bandwurm in einem? Mir inwärts?!«
Und der Glatzkopf, der Depp, sich die Schweißperlen von der Stirn gewischt; nicht aber zu suchen willens: die Mütz?
»Und noch ein Stamperl?
Das ist denn allemal so ein großes Opfer; so nett zu plaudern, und den gescheiten Diskurs zu wagen, mit so einem langweiligen Zwergerl-Verstand von einem zweifüßigen Kugerl mit so einem Stecknadelglatzkopf, ha? Und um der Wahrhaftigkeit willens zu bleiben; grad ganz so wie hochgeschätzter Herr Bandwurm und hochmögendste Frau Bandwurm, die Frage gewaget, flehentlich! Nicht zuzubilligen nur eine irgendwie doch vorhandene Bedeutsamkeit, dem Glatzkopf von einem Wirtzwergerl auf zwei Stumpen ›Zum armen Spielmann‹?
O! Mich geirrt: schon wieder!? Der Name denn nicht: Bandwurm. Eher entsprechend dem erwogenen soliden Lebensbaum des Geschlechtes Kürbiswurm; und nur mehr im entferntesten Verwandtheitsgrade – gerade noch – verbunden den übrigen aus der an sich auserwählten Gattung der Bandwürmer!? Auserwählter noch: als auserwählt? Aha! Da hab' ich es mir einmal gedenkt doch gescheit. Mit Verlaub, es nur nicht so vorlaut schnabeln wollen; und sodenn auch die Anwesenheit nämlicher Nichtigkeiten zu berücksichtigen gestrebet, auf daß ihnen nicht wird das Weinen zum einzigen Bedürfnis?! Auserwählt sein: grausig hundsgewöhnlich, gegen den außergewöhnlich Auserwählten? Eine gall-bittere Tatsach' denn; für den Herrn Springwurm nicht grad? Aber doch für den Herrn breiten Bandwurm, und erst – für den Herrn Peitschenwurm? Versteht er jetzo, ich wollt sein einmal einfühlsamst? Grad so, wie es alleweil gewesen, der Herr Kürbiswurm.
Und ich darf jetzo wirklich so nett plaudern; in diesem verfluchten Nirgendwo, so einem lausigen Extrastüberl; grad schon so verrußt wie das meinige Hirnöferl, das gebrauchen könnt ein neues Ofenröhrl?! Und er mir das zahlt?«
Und der liebe Onkel Vlastymil den Zeigefinger gereckt, empor

zur Decke. Und sodann gedeutet auf die vier Wände des Extrastüberls.
»Der bedeutsame Herr Kürbiswurm mir; der winzigsten Wenigkeit; das zahlt? Die Null grad von einer kugeligen Eins bedenken mit seiner Großzügigkeit? So auserwählt!? Ist das eine Ehr! Ist das eine Ehr!«
Und der liebe Onkel Vlastymil geherzt und geküßt und sodann auch den Bruderkuß gewaget, mit dem Herrn Kürbiswurm? Sich die Augerln gewischt, doch nicht!? Ja doch!
»Noch ein Stamperl für die trockengedenkte Kehle? Und das alles wirklich? Für meine Wenigkeit, so einem zweifüßigen Glatzkopf, das Wort Kamerad. O!?«
Und himmelwärts gestarrt, sich den Kopf gehalten, und eh nur angeschaut die Decke des Extrastüberls vom Gasthof ›Zum armen Spielmann‹.
Und der Herr Kürbiswurm heimwärts gestrebet, auf dem breiten Bandwurm aufgestützt.

5

ANEINANDERGEKETTET BIS DER TOD SIE SCHEIDE

Und nun ward der hochmögendste Herr Philosoph Peitschenwurm befraget auf das Gewissenhafteste.
»Ist es nicht gestattet, den gescheiten Diskurs zu entwenden dem Denker an sich zu Gnom? Könnt' der in diesen höllischen Brutofen der geistigen Karstlandschaft nicht das und jenes Gedankenkörnderl hineinschmeißen? Erbarm' er sich mit meiner Wüstenlandschaft! Übe er doch Nachsicht und Milde, der Dulder eh alleweil gewesen: der reinste – Hiob. Mag sich denn der Herr Peitschenwurm nicht ein bisserl langweilen: eher gebildet, mit dem Vlastymil-Wuzerl, das gedürstet schon so lang – nach entsprechendem Nachhilfeunterricht? Aber bittschön, von einem, der dafür auch die Gedankenkörnderln hat, die grad da noch wachsen, inwärts, als Kaktus; da und dort, dort und da? Halt mit ein bisserl Grün könnt mir der Herr Peitschenwurm schmücken den Karst, wenn nicht eh schon die Wüste im Glatzkopf?«
Und der Herr Peitschenwurm geschwiegen, zumal ihn sein Nachhilfeschüler so lange auf das Merkwürdigste nicht befraget – nur weil der Ries' von einem Herrn Kürbiswurm sich gelangweilt – auf das Merkwürdigste vergessen den Herrn Peitschenwurm, ha?

Und der Herr Peitschenwurm gewackelt als Ganzer; und eh schon die Pfeife geklopft; und den verbrannten Blinddarm hinein: in den Aschenbecher; schon dieses und jenes Gedankenkörnderl bereit für den Nachhilfeschüler, der gewesen allemal zu bescheiden. Und nicht es d'erdenkt; er könnt' sein der einzige Lichtschimmer von Hoffnung in diesem rußgeschwärzten Loch von Extrastüberl im Gasthof ›Zum armen Spielmann‹. Der einzige noch, mit dem es sich langweilen ließ, gerade noch: auf eher gebildete Weise.
»Und der Herr Peitschenwurm meint, es residiere – der Herr Springwurm – im Mastdarme? Und es dem Nämlichen gelungen, gar zwei winzige blasenartige Hauptflügerl abzutrutzen der harten und kargen Mutter Natur? Er sich nichtsdestotrotz auf das Merkwürdigste befähiget erwiesen, allemal, sich anzusiedeln in dicken Gedärmen. Nicht flatterhaft gesonnen, eher festgewurzelt? Und sich vermehrend auf das Wundersamste; und sich häufen könnend grad nur mehr so? Knäuelartig sich auch mitzuteilen dem Zweifüßigen, einem wohl eher bescheidener begünstigten Glatzkopf von einem Denker? Aha. Und meine Wenigkeit es bedenken soll; die Zahl ist es, die addiert ergibt, daß es mich grad nur mehr so juckt und schmerzt hintennach, und das nach innen zu, so auch nach auswärts, da hinten? Wie denn, Herr Peitschenwurm? Wie denn?! O! Die Menge ist das Bedenkliche, so knäuelartig zusammengehäuft!«
Und der Nachhilfeschüler betrachtet aufmerksam den Herrn Springwurm, der da erkläret ward vom einzig wirklichen Springwurm-Kundigen zu Gnom. Und das ist denn alleweil noch gewesen der Herr Peitschenwurm.
»Und das Schwanzende beim Weibchen zugespitzt, gerade? So aber ganz anders beim Männchen? Da stumpf und gebogen, spiralförmig. So der Herr Springwurm kein Zwitter? Nein!? Eher eindeutig es ihm gebrannt inwärts gar höllisch? Aus nämlichen Grunde?!«
Und der Herr Peitschenwurm es nur flüstern wollen ins Ohr hinein dem Nachhilfeschüler; und der sodenn sich die Augen gerieben; das Kinn gekratzt und es noch einmal erläutert haben wollen; und die zweie wieder geflüstert, und geschielt, dann und wann, mitfühlsamst hin zum Springwurm, der da gestillt den höllischen Durst, den allzu verständlichen. Und der Herr Peitschenwurm geflüstert – so lange – auf daß der Stempel der Kultur redlich geteilt sei durch die Zahl zwei. Und ihm nicht auch noch

verbauere der letzte Nachhilfeschüler, der dem Herrn Peitschenwurm verblieben, in diesem höllischen Nirgendwo von einem idyllisch ruhigen siestaschläfrigen Gnom; und er konstatierte es in vielfältiger Weise, was zusammengeschrumpelt – auf die dürren Worte der Tatsachen – auch so geheißen haben könnte:
»Die geistige Spitze der Gemeinde denn – mit so etwas – verwandt! Doch nicht!? Ja doch!
Und der Herr Springwurm das Exemplum horribile von einem Bruderherz? Doch nicht!? Ja doch!
Ein wein-seliger Verräter seines Berufes, der da! Nicht er, der Herr Peitschenwurm! Verbauert grad nur mehr so der faustische Verstand, und nur mehr durstig, höllisch. Ein Skandal! Und er, der Herr Peitschenwurm geblieben – in diesem Dorfe – auf daß diesem nicht fehle das lebendige Gewissen von einem Bruder. Ja! Ja! So ist es! Und nicht anders. Und das faustische Geschlecht nicht verleumdet werden könne durch nämliches Exemplum horribile! Das ist es denn gewesen – allemal – das grausige Geheimnis: aneinandergekettet bis der Tod sie scheide; gnädigst? Nicht doch?! O ja!«
Und der Herr Peitschenwurm nachgeschenkt dem Herrn Springwurm, auf daß gestillt werde der höllische Durst vom Herrn Springwurm, dem Exemplum horribile aus dem Geschlechte der Faust.
Und nicht hören wollen – der Gnom-Forscher, der liebe, liebe Depp – Klein-Magdalena?
»Die Mütz! Lieber, lieber Onkel Vlastymil, die Mütz! Ja, du lieber, ja, so lieber, lieber Onkel Vlastymil!«

6
DA OBEN IRGENDWO UNTEN IM SEITWÄRTS ANDERS

Und die Augäpfel hat sie in die Augenhöhlen hineindrücken können, gerade noch. Und sich die Eiskristalle von den Augen gewischt; seitwärts so und seitwärts so; die da wuchern hatten wollen grad sich aus zu zwei Eiszapfen.
Und den Kopf festhalten müssen, auf daß er nicht davonfliege, dem Schwalbenkörperl von einem Erdbauxerl mit zwei Zöpfen.
»Kruzifixitürken! Wie sollst schauen können, daß ich grad hineinflieg; in so eine Sonn'?«
Und die Eiszapfen geknackst, auf daß schauen die Augen; wo sie

landen werde müssen dürfen, das Schwalbenkinderl mit zwei Zöpfen; da draußen im Weltall-Familien-Eins. Und schon wieder sich vermehrt auf das Merkwürdigste: die Eiskristalle.
»Was addierst da untenwärts die Erdbauxerln, wenn ich flieg: da; und nix mehr d'erschau? Was kannst zusammenzählen und wegzählen? Kruzifixitürken! Du buchstabierender Ökonom von einem wuzeligen Kugerl! Hören sollst mich! Und nicht zählen weg und nicht zählen dazu! O du Hirnofen von einem Erdkugerl; schrei ich's jetzo nicht laut genug? Ich bin denn da oben irgendwo unten im seitwärts anders, als du es dir gedenkt! Du zählwütige Erdkugel, daß'd mich nimmer d'erschauen kannst? Die Null fehlt dir, sonst nix! Kruzifixitürken! Damit leuchtest mir nicht aus den Magnetberg! Na sowas?!«, hatte gekreischt Klein-Magdalena; genaugenommen eh nur das Gemüt, das schon geschmort. Die Eiszapfen geknackst, und hat wieder festhalten müssen den Kopf.
Und der Gedanken-Scheiterhaufen im Hirnofen eh schon ein Häuferl Asche. Das Gemüt aber geschmort noch immer. Nicht brennen wollen, so wie der Gedanken-Scheiterhaufen, eher schmelzen, irgendwie ähnlich dem Gummi. Und es gestunken aus dem Mund nach verbranntem Gummi. Und eh nur konstatiert ward, daß nämliche kugelige Null mit Glatzkopf gewesen die terrische Eins.
Und Klein-Magdalena nicht willens gewesen, noch immer nicht: zu ersticken, und sich gemüht, durch Vorziehen der Zunge, den Kehldeckel zu heben und das vorsichtigst, auf daß mit Hilfe des Stimmband-Kreuz-und-Quer-Gwirksts gefunkt werden könne erdwärts; ordnungsgemäß und eingeschnürt korrekt in Worten – die addiert – doch nett geplaudert die Summe ergeben mußten für die harten und kargen Tatsachen für so ein Erdbauxerl mit zwei Zöpfen, das da fliegen müssen wollen sollte dürfen, fort vom Erdkugerl. Und es hatte Klein-Magdalena gefunkt erdwärts.
»Weltall-Familien-Eins taugt nix für Erdbauxerl. Stop. Gefriert Erdaugen zu Eiszapfen. Stop. Hirnofen stinkt aus Mund. Stop. Es fehlt Lunge der Sauerstoff; absolut. Stop. Kopf will seitwärts irgendwie anders herum fliegen als Körper. Stop. Erdkörper strebt nun in entgegengesetzter Richtung wie Erdkopf. Stop. Magnetberg zieht Hirntruhe aus Kopf. Stop. Sonne schmort Rest. Stop. Stinkt aus Mund wie verbrannter Gummi. Stop.«
Und noch immer auf den Magnetberg zu. Ein schwarzes Loch

ohne Grund und Boden, na sowas? Und der Hirnofen explodiert; irgendwie anders herum: wider den Uhrzeigersinn. In Sekundenschnelle gewesen das Noch-Nicht-Gedenkte das Schon-Gedenkte und das gedauert: so lange schon und noch immer; und doch zifferndürr gedenkt, gewesen sein dürfte, eh nur eine Sekunde? Und das Stimmband-Gwirkst nix getauget für den einen Funkbericht, abwärts oder seitwärts, halt: erdwärts!
Und irgendwie es doch geschrien – gerade noch – und es genaugenommen nur eingesperrt geblieben im Nicht-Anders-Können; das Stimmband-Gwirkst? Es sich geschreckt – so hoffnungsträchtig an sich – na sowas; stumm doch nicht? Ja doch!
»Ich bin denn da, die fehlt.«
Es nicht mehr d'erfunkt. Und es gewußt Klein-Magdalena. Und es war der Kopf von Klein-Magdalena seitwärts getätscht; hart: wider den Pfosten von dem Türrahmen nämlicher Tür, in einem Schulhaus zu Gnom. Und sie geseufzt, auch geweint und gemurmelt; dann und wann; auch gekreischt; dann und wann.
»Ich bin denn da, die fehlt.«
Und es nicht gewußt, die träumende Klein-Magdalena, die eh nur kreuz und quer, quer und kreuz gejaget haben wollte, und das unbedingt, den und jenen Zweifel-Wurm, der da genaget wider den lieben, lieben, ja, so lieben Onkel Vlastymil.

7

EIN ETWAS SCHALKIG GERATENER CHARAKTER

Zur selben Zeit hat es an das Haustor vom nämlichen Schulhaus gepumpert, und das mitten in der Nacht, genaugenommen um 1 Uhr 33 Minuten.
So hat es gegrollt im Herrn Gendarmen, der sich die Augen gerieben; und es nicht sogleich bemerket, aber doch irgendwie und irgendwann, daß jene, die da erspähen hatte wollen sein obrigkeitliches Augenpaar, nicht zu finden war. Nicht unter dem Riesen von einem Schreibtisch. Nicht unter dem Bett. So auch nicht im darüber befindlichen Stockbett.
Und der Herr Gendarm entschieden, es sei dem lieben Michael nicht gestattet, sich die Haare zu zählen, die da gestrebet, merkwürdigst, himmelwärts. Und es hatte der Michael eh nur die Decke der obrigkeitlichen Wachstube angeschaut; die Nämliche prüfen müssend, gleichsam im Nicht-Anders-Können eingesperrt;

nicht nur, aber auch auf das Genaueste; grad so, als suche er das Tüpferl-Wuzerl von einem I-Wuzerl.
Sodenn auch die obrigkeitlichen Fenster angeschaut. Die geschlossen; nicht geöffnet den Spalt?
Und es hatte der Obrigkeit zu Gnom die Nase gejuckt. Und sie hatte sich die Augen gewischt; und reiben müssen, so geplagt irgendwie von einer Mücke. Hat sodenn geniest; sich geräuspert; und den Haarschopf mit den Händen gekampelt. Und den Pumperer wider das Haustor empfunden gleich dem Säbelhieb von einem Ohr-Wurm. Und den Nämlichen gesucht mit den Zeigefingern; ihn aber nicht gefunden. Weder in dem einen noch in dem anderen Ohr.
Und das Haustor geöffnet: für den Hias und den Alt-Knecht vom Zweifel-Hof. Gefehlt aber, den die obrigkeitlichen Augen gesucht: der Kaspar-Riese von einem Zweifel-Bauern.
Und sich die Schweißperlen fortgewischt; der Herr Gendarm zu Gnom; so gerettet wissend die wohltemperierte Unzufriedenheit. Die Nachtruhestörer musternd; gütig, aber nur fast!
Und die Wendeltreppe hinuntergestrebet drei Herren. Und zwei Knechte und ein Herr Gendarm sich geräuspert. Und der Herr Gendarm von einem Michl geseufzt; sich auch gewischt die Augen? Und den Zeigefinger auf den Mund gelegt.
»Pst!«
Doch nicht? Ja doch! Und geflüstert dem Alt-Knecht ins Ohr.
»Das ist denn ein etwas schalkig geratener Charakter!«, und gekichert hinter vorgehaltener Hand. Und gezwinkert mit dem einen, sodenn mit dem anderen obrigkeitlichen Auge und geplaget, auf das Tschappeligste, von einer Mücke. Und sich gerieben die Augen. Und der Alt-Knecht und der Hias geschluckt.
»Schreckt's es mir nicht wach, ha denn. Macht's es euch gemütlich! Es wacht denn schon auf von selber.«
Und die tschappelige Michl-Obrigkeit hat den Ratz mit zwei Zöpfen angeschaut; grad so, als gönne sie dem quecksilbrigen, schlafwandlerischen Kinderl-Poltergeist auf Reisen alles, nur eines nicht, das absolut tauglich als heilsames Rezept wider derlei! Den ordentlichen Walker vom lieben Tata, obwohl der Walzer von solchen Pratzerln, grad richtig für den Racker an sich.
Und der Hias den Alt-Knecht angeschaut; mit kugelrund geschreckten Augen. Und der Alt-Knecht den Hias angeschaut; nicht so geschreckt, irgendwie aber doch ratlos. Und es gedruckt

abwärts den Schlund. Und sich erinnert an das Gfrast von einem Hahn, der täglich das Morgengrauen eingekräht. Und das grausamst pünktlich. Sich nie geirrt: nicht die Sekunde. Und gemurmelt, der Alt-Knecht, dann und wann:
»St. Isidor und St. Wendelin, drohet mit dem heiligen Ring. Und St. Notburg die heilige Sichel schwing'!«

8

GEORDNET: KORREKT DIE TRAUER

Und die träumende Klein-Magdalena gleichsam schlafend sich gesehen: scheintot. Und es geseufzt; nicht ohne Genugtuung; fast selig. Es war gerettet das Stimmband-Gwirkst vor dem Weltall-Familien-Eins. Nur mehr geplaget von dem nämlichen Gwirkst, das die Lebenden allemal zugemutet dem Scheintoten. Gleichsam mit dem Einfühlungsvermögen von Mumien.
Und die träumende Klein-Magdalena sah die Mumien in Schwarz gehüllt; grad dort Schlitze in das Schwarz geschnitten, wo Augen pflegten zu schauen. Und nur Eiskristalle gesehen, die sich vermehrten: grad wie die Ratzen, ha!? Und aus den Augenschlitzen herausgewachsen: Eiszapfen? Nicht doch: eher Tropfsteine? Doch: Eiszapfen!
Und vier Mumien getragen so einen winzigen Sarg? Und geschritten, geordnet korrekt die Trauer. Drei Mumien und wieder drei Mumien. In Reih und Glied geschritten; und nicht eine den Takt verfehlt. Und die Mumien murmelten; gleichsam es schnurrend im Chor:
»Ein Zittern, ein Beben, ein Murmeln, ein Hundeleben.«
Und sie wollten Klein-Magdalena überstülpen den Mumiensack mit zwei Schlitzen; und der Chor der Mumien es geschnurrt so sanft:
»Schmieg dich nur an uns. Frost ist starr und kennt Wärme nicht. Saug dich satt und schlummre ruhig. Denn wir Mumien wachsam sind, so wach. Und geleiten dich von einem End' zum andern End' der Welt. Und trotzen Nacht und trotzen Feind. Schmieg dich nur an uns.«
»Nein!«, schrie Klein-Magdalena und schon übergestülpt der Mumiensack und geöffnet der Sargdeckel. Und hineingelegt Klein-Magdalena in den Sarg. Und den zugenagelt vier Mumien.
»Muschel ohne Perle; Eisblume im Sarg. Zerfall zu Staub und

Asche. Mumien vornübergeneigt im Wehklagen ohne Widerhall.«
Und die Mumien gekichert, gestöhnt und geseufzt, gelacht und gequietscht: im leiernden Singsang.
»Ah! Sie kommt ja nimmermehr!«
Und nicht die Farbe der Trauer getragen; ohne es zu schnurren; eher fast begütiget es gestöhnt, gekichert und geseufzt. Na sowas!
Und die Klein-Magdalena gelegen im Mumiensack; doch nicht neben der Scheintoten mit zwei Zöpfen? Ja doch! Und die mit der Narbe am linken Daumen und den zwei Zöpfen gestanden; doch nicht mitten unter den Mumien? Ja doch!
So es denn gegeben: drei mit nämlichen Zöpfen, drei mit nämlicher Narbe am linken Daumen.
Und jene mit den zwei Zöpfen, die gestanden mitten unter den Mumien, gefragt die vier Mumien, die zugenagelt den Sarg:
»Wen begräbt ihr, daß ihr klagt so?«
Und der Chor der Mumien es geschnurrt so sanft.
»Ein Zittern, ein Beben, ein Murmeln, ein Hundeleben.«
»Ich bin denn da, die fehlt!«, schrie Klein-Magdalena und deutete auf den Sarg; mit dem Zeigefinger, nicht die Widerrede duldend, und mit glühenden Backen.
»Das ist denn nicht wahr!«
»Gesucht ward sie und erst neun mal den Winter geschaut. Gefunden ward in den großen Wäldern der Eiszapfen. Und zwei Zöpf' seitwärts; einen so und einen so. Das ist gewesen das Kind der Nachtigall.«
Das hat denn gesagt der Totengräber Faust, und sich die Augen gewischt. Nicht aber getragen die Farbe der Trauer. Und Klein-Magdalena auf die Zehen gestiegen, immer wieder, und das doch kräftigst: dem Exemplum horribile aus der großen Familie der Faust:
»Das bin doch ich! Du Depp von einem höllischen Durst! Ich!«
Zur selben Zeit Klein-Magdalena im Mumiensack zugeschaut, der Scheintoten mit den zwei Zöpfen, die da gepoltert wider den Sargdeckel; und der sich die Wangen gefärbelt so blau; eher lila? Und die geschrien, auch noch willens mit dem Kopf zu poltern wider den Sargdeckel. Na sowas?!
»Ich bin denn da, die fehlt!«
Und die Lebenden den Sargdeckel nicht geöffnet. Und jene, mit

nämlicher Narbe am linken Daumen, die gestanden mitten unter den Mumien, den Zeigefinger gedreht wider den Uhrzeigersinn. Im linken, so im rechten Ohr. Und es zu bedenken gegeben den Mumien, nicht die Widerrede duldend.
»Der Eiszapfen hat geschrien.«, und gedeutet auf das offene Grab, mit dem Zeigefinger.
»Kruzifixitürken!«, und gebissen den liebenden Vater in den Hintern. Und das doch kräftigst! Ihn auch gezwickt in die Nase.
»Das stinkt irgendwie verkehrt herum; schnupperst nix?«
Und ihm die Ohren gedreht wider den Uhrzeigersinn.
»Wofür hast denn Ohrwascheln?«
Und ihm auf die Zehen getreten; wider das Schienbein.
»Ist dir nix passiert; tut dir nix weh?«
Und ihm wieder auf die Zehen getreten; und wieder wider das Schienbein. Der aber nur angeschaut neugierig, fast ein wenig erstaunt und ratlos, die Mumien, und gekichert hinter vorgehaltener Hand, fast schalkig gestimmt und genickt nicht ohne Genugtuung; und mit der So-ist-es-halt-Klugheit den Zeigefinger gereckt himmelwärts und dann den Daumen gedreht erdwärts.
»Aus nämlichen Schlitzen wachsen denn Eiszapfen? O, der Rat der Weisen, gar weise die Farbe der Trauer trägt; gar weise!«
Und ihm in die Hände gedrückt eine Mumie: den nämlichen Pudel für den höllischen Durst.

9

WOFÜR BRAUCHST DA NOCH: DIE HOSEN?

»Magdalena mit den zwei Zöpfen! Schall und Rauch, es flieget herbei: Stein und Pfeil!
Magdalena mit den zwei Zöpfen! Nacht und Nebel, es eilet herbei: Hacke und Beil!«
»Nina!«, kreischte Klein-Magdalena. Und immer wieder.
»Nina!«
Und Nina nicht geritten auf dem Hexenbesen. Eher gesessen auf so einer Kugel, die geglüht. Und schnurstracks zu, auf den Friedhof zu Gnom, und gelandet vor nämlichem Grab. Und die Funken gesprüht; und die Trauernden, in schwarze Säcke gehüllt, waren gerannt, gestolpert und hatten sich aufgerappelt und sind hinaus zum schmiedeeisernen Tor des Friedhofs zu Gnom und haben sich geschmieget doch nicht: an die Zweifel-Eiche? Hinauf gerannt

einige, das Scheidewandbergl. Und geläutet die Glocke der heiligen St. Notburg. Und es gekreischt von allen Ecken und Enden her; gar bedrohlich; und immer wieder.
»St. Isidor und St. Wendelin, drohet mit dem heiligen Ring! Und St. Notburg die heilige Sichel schwing!«
Und die Mumien von Grabstein zu Grabstein gehuscht; das bessere Schild suchend für die unsichtbare All-Gegenwart.
Und da zwei Eiszapfen hervorgespäht; dann dort. Und auch hinter der Zweifel-Eiche dürften gestanden sein: mindestens zweie; und den Blick gewaget haben, dann und wann, herüber zum offenen Grab. Und die Neugierde die Mumien mehr geplaget, als die Furcht vor der Seuch der Schwarzzotteligen? Und so eine auch gekauert, hinter dem Rauchfang vom Schulhaus zu Gnom; und nicht gefürchtet den Sturz in die Tiefe? Und auch über die Friedhofsmauer zu Gnom emporgeragt, dann und wann, die Spitze vom Mumiensack, bis hin zu den Eiszapfen. Und wieder verschwunden und aufgetaucht ein anderer Spähposten; und sodenn den Ring gebildet um die Friedhofsmauer zu Gnom? Da ein Rechen, dort eine Heugabel?!
Und Nina den lieben Vater, den Totengräber Faust, und nur den, gesehn? Und der gesteckt in den Hosen, grad noch bis zu den Waden? Und den Luxus der langen Unterhose nicht vermißt; grad wie die schwarze Hose nicht, die er getragen; Tag für Tag; ganz so wie Jahr für Jahr. Schon im 19. Jahrhundert. Und die geflickt ward da und dort, dort und da; und erstmalig sachkundigst, von der Scheidewandbergl-Bäurin, dann und wann.
Und die Nina dem diktiert die Geschwindigkeit mit einem Strauß Disteln, der da gepeitscht die nackte Haut hinten. Und der die Schaufel geschwungen eifrigst.
»Ei! Ei! So etwas Schwarzzotteliges bürstet mir den hinteren Teil meiner Wenigkeit? Nicht zuviel das: der Ehr? Gekommen zu richten mit dem Seuchenfleck? Ei! Ei! So doch nicht meine Wenigkeit, mir Exemplum horribile, den es eh geschreckt tot? Das Schwarzzottelige, o heiliger Seuchenfleck?! Der Nämliche fehlt der Muttersau! Dazumal er geklebt ward von nämlichem Seuchendorf grad mir auf die nackte Haut; inwärts?«
Und der Totengräber Faust sich klitschnaß geschwitzt; und geschaufelt anders herum. Und es nicht honorieren hatte wollen den Eifer an sich; das schwarzzottelige Seuchenkinderl.
»Mich kann nimmermehr richten die Seuch. Die hat mich schon

gerichtet; das hat nur zugedeckt das Hemd, so wie die Hosen. Hosen!? Irgendwie mir doch nicht fehlt die Hosen? O heiliges Seuchenfräulein, das möge mir die Himmlische bedenken: es brennt so höllisch der Durst von so einem liebenden Vater, den die Seuch hinweggerafft. So er hat müssen ins ewige Feuer ohne den nämlichen entsprechenden Vorrat für den höllischen Durst: Wofür brauchst da noch: die Hosen?«
Und geschaufelt und geschaufelt und geschaufelt. Auf daß geöffnet werde wieder das eh offene Grab? Na sowas!?
Und der Sarg ward geöffnet von Nina. Und die zurückgeklappt den Sargdeckel, aus der Grube gesprungen. Und sich gekniet nieder und sich gebeugt vor: und nur das Inwärtige vom Sarg anschauen wollen, ha? Und Klein-Magdalena angeschaut – grad so wie die Nina – den etwas merkwürdigst verkrümmten Lila-Körper mit zwei Lila-Zöpfen; der da gelegen: im Sarg, ha? Und der in Lila auch den Zwilling neben sich im Sarg: im Mumiensack! Und das, obwohl der Drilling gestanden: neben Nina. Na sowas?! Und im Jahre 1912 geboren worden sein dürfte; doch eher: als die Null von einer Eins? Gleich dem Brüderchen?
Und Nina geweint; so bitterlich, und sich erhoben; und nicht sehen wollen die Magdalena mit den zwei Zöpfen, die sie doch gestupst, die Nina; und ihr getreten auf den einen und sodann auf den anderen Fuß; doch kräftig genug, ha!? Und hinter dem Grabstein: die Heugabel. Und hinter dem Grabstein: die Axt.
»Nina! S'ist Zeit!«
Und Klein-Magdalena gedeutet auf den und jenen Grabstein. Und es gekichert und geseufzt und gestöhnt; von da drüben her; von dort her; und immer näher gehuscht. Und kecker hervorgelugt; die und jene mit den Eiszapfen. Sich nicht mehr verstecken wollen, so unbedingt?
Und die Lila-Magdalena mit den Lila-Zöpfen hatte wohl der den Mumiensack zerreißen wollen; und das unbedingt? Und hat der die Eiszapfen weggeknackst; seitwärts so und seitwärts so. Und sich die grad in den Mund gesteckt, als wären das eh nur: ihre zwei Zöpfe? Na sowas!
Und es hatte die Haut der Scheintoten noch immer, aber nicht nur, getragen: Lila. Auch dürfte ihr gewachsen sein der Schimmelpilz. Und es ihr geronnen sein aus den Augen, so rot. Und die Lila-Hände den Griff gewagt, hinein in die Schlitze; und der Mumiensack nicht mehr die Farbe der Trauer; und das: korrekt? Eh nur

mehr dieser schwarze Fetzen und jener schwarze Fetzen. Und die Klein-Magdalena nun nackt, so ohne den Mumiensack; angeschaut die Lila-Magdalena mit den lila zwei Zöpfen, einen seitwärts so und einen seitwärts so. Neugierig, fast ein wenig erstaunt. Und es der aus der Nase getropft: so rot, wie der Lila-Magdalena aus den Augen. Und die beiden miteinander geflüstert; und sich sodann umschlungen; und aneinander geschmieget.
»Lila Lindernde, lege mich in das Bett, o Neizbach! Wie nackert ich bin!«,
flüsterte die nackerte Klein-Magdalena und ward geküßt von der Lila-Magdalena, die ihr eh nur das Gesicht verschmiert: so rot?
Und Nina zugeschaut: den beiden?

10
JEHOVABLÜMCHEN

Und hinter dem Drilling, der da gestarrt in das Inwärtige vom Sarg, grad so wie die Nina, eh schon gestanden: eine Mumie. Und die gehaucht, ihr den Eiskristall wider den Nacken. Und der sich festgesetzt und dem Nacken gewachsen: der weiße Pelz.
Und die Mumie sich entkleidet; und den schwarzen Mumiensack übergestülpt dem Totengräber Faust, auf daß bedeckt sei dem nämliche Blöße untenwärts. Ihm aber zuvor in die Hände gedrückt die Pudel für den höllischen Durst. Und befohlen der Nina, nicht die Widerrede duldend:
»Mir muß niemand peitschen den Hintern mit der dornigen Strenge der Distel! Mir nicht!«, und gelacht so die Flunkeler Notburga, geehelichte Zweifel; hundswütig nicht und auch nicht lustig gestimmt. Und dort wo Augen; eh nur Jehovablümchen. Und sie geschaut: gleichsam mit Jehovablümchen? Doch nicht? Ja doch!
»Gegrüßt Notburga jeden Grashalm; ihn schon vergessend im Gruß? Liebkost Notburga jeden Traum; ihn schon hassend im Morgengrauen? Geschürt Notburga die Glut; die Lava gekocht eh schon erstarrt zu Gletschereis? Was träumt die Notburga noch?«
Und gelacht, die Flunkeler Notburga, geehelichte Zweifel, so?!
Und gepflückt das eine und sodann das andere Jehovablümchen und es geworfen; hinein in den Sarg.
»Der Sarg gehört wohl: allen!?«
Und die eine mit den zwei Zöpfen gepackt; und geschrien: so?!

»Das ist denn mein Sarg! Hinaus mit dir! Platz da! Jetzo kommt denn die Notburga vom Flunkeler Hof zu Transion!«
Und die Nackerte mit den zwei Zöpfen geschleudert; seitwärts so und grad: über die Friedhofsmauer hinüber?! Und das Lila-Geschrumpelte mit nämlicher Narbe am linken Daumen gepackt und geschleudert; seitwärts so und grad: über die Friedhofsmauer?!
»Nimm das Lila-Dirndl mit! Und dann schaut's, daß verschwindet's! Und das auf der Stell!«
Und die Jehovablümchen in der Hand gehalten und angeschaut, fast neugierig, ein wenig erstaunt. Nicht aber: ratlos. Eher: düster. Und sodenn gedroht: der Nina?! Mit der Schaufel und die geschleudert: wider den Totengräber Faust?!
»Deckel drauf; und das auf der Stell! Hab ich verwirrt; das schwarzzottelige Kinderl!? Mit meinem dschäng deräng täng täng täng täng?!«
Und gelacht: so; jene, die eh schon den Sargdeckel zugeschlagen; über sich selbst. Und das ist gewesen: die Scheidewandbergl-Bäurin. Und der Chor der Mumien war nähergetreten; dahin die Mistgabel geflogen; dorthin der Rechen; dahin die Axt dorthin die Heugabel. Und sie hatten einen Ring gebildet; an die dreißig Meter entfernt vom Grab; und sich beweget im Kreis: wider den Uhrzeigersinn. Und sich beweget im Kreis: im Uhrzeigersinn. So hin und her. Her und hin. Und gesungen; gleichsam wehklagend und das: wirklich. Im leiernden Singsang, es auch: gefleht. Gar laut.
»Notburga!«

11

DIE EINE SCHWARZE BLÜTE GETÄTSCHT:
DIE ANDERE SCHWARZE BLÜTE

Und gleichsam über die Friedhofsmauer zu Gnom geflogen: Klein-Magdalena und auf ihren Händen gewieget: die Lila-Magdalena mit den zwei Zöpfen. Und sich der Sargdeckel aufgeklappt: selbst!? Und der Sarg: leer!? Na sowas!
Und sich die beiden gestattet: zu landen. Direkt im Sarg. Und den Deckel sich zugeklappt; irgendwie: von inwärts heraus (?!); doch nicht. Und Klein-Magdalena gestupst: die Nina. Neugierig, fast ein wenig erstaunt, auch: ratlos. Und der Kreis der Mumien nicht nähergerückt; eher sich entfernt?! Und nicht mehr gesehen: nur

eine Mumie. Und sich die Augen gerieben Klein-Magdalena.
»Ich bin denn da, die fehlt?«, fragte Klein-Magdalena die Nina; und tippte der auf die Schulter. Die Nina aber dem Totengräber Faust den Mumiensack fortgenommen, ihn sich übergestülpt; und dort, wo die Schlitze, gewachsen Eiszapfen? Doch nicht der Nina? Ja doch!
»Du kamst nie, Nina! Du kamst zu spät, Nina!«
Und es hatte sich doch nicht auf die Kugel gesetzt die Nina?
»Nina! Das ist ein schwarzer Weltallklumpen! Der glüht nimmermehr!«
Und Nina gesessen auf einem Sarg doch nicht?
»Nina! Das ist nicht der Nina-Stern; auch nicht die Sonn! Nina! Dageblieben! Nina! Auf der Stell z'rück!«
Und Klein-Magdalena auf sich gedeutet mit dem Zeigefinger, empört an sich; und neben Nina auf dem schwarzen Klumpen gesessen ein Gerippe, und den Arm um Nina gelegt; und geküßt die Nina gar innig und die das Gerippe umschlungen; doch nicht!?
Und Klein-Magdalena ist gehopst und gehüpft und hat gewackelt mit den Händen und hat auf den Sarg gedeutet:
»Nina! Ich bin denn da, die fehlt!«
Und der Sarg ward nicht mehr gesehen. Nur mehr der Grabhügel? Und das Gerippe sich umgedreht; nicht: die Nina! Und geworfen die Knochenhand die Chrysantheme auf den Grabhügel. Und aus dem gewachsen: eine Chrysantheme; so schwarz grad wie der Nina-Stern.
»Das ist denn nicht wahr!«, kreischte Klein-Magdalena und der schwarze Klumpen schon geflogen und Nina nur mehr der Punkt, der geträumt ward von Klein-Magdalena.
Und sich die Chrysantheme gewaget – die gepflückte – selbst zu pflanzen ein neben jener Chrysantheme, die gestrebet vom Inwärtigen des Grabhügels nach auswärts? Und da nun gewachsen grad zwei. Und die sich umarmt gleichsam mit den Blättern, und die eine schwarze Blüte getätscht die andere schwarze Blüte; und beide gekichert und sodenn gar keck ausgerufen:
»O!«
»Das ist denn nicht wahr!«, kreischte Klein-Magdalena zum zweiten und sodenn zum dritten Male.
Und es hatten die Chrysanthemen geantwortet; gleichsam die Stimme und das Echo nachäffend der Erdmenschen.

»Willst du sie finden, mußt du sterben: Stück für Stück. Willst du ihr Leben schauen, mußt du weichen zurück: ins Nichts.«
Und nur die schwarzen Blüten gleichsam geknickt, erdwärts geschaut; und der Grabhügel gewackelt: als Ganzer.
»Nix da! Ausrupf ich euch! Kruzifixitürken! Mir verschandeln wollen: den Grabhügel!«
Und schon ausgerupft: die zwei Chrysanthemen und die Schaufel nehmen wollen; und öffnen das Grab? Und das war – eh geöffnet? Und der Sargdeckel aufgesprungen; grad ohne Hilf?

12
NICHT DER HINTENNACH-RENNENDE

Und wieder zugeschlagen der, von Klein-Magdalena. Und Klein-Magdalena ließ den Zeigefinger kreisen; über ihrem Kopf. Und gesungen:
»Kräh! Kräh! Kräh!
So krähts der Rabe.
Und was der weiß,
er niemand saget!
Kräh! Kräh! Kräh!«
Und auf dem Sarg gesessen: eine Kugel mit zwei Stumpen und Glatzkopf; und gekichert und gewackelt als Ganzer.
»Ich such, verzeihen mög es der Herr Faust dem Herrn Zeugen, nämliche zwei Zöpf. Hat denn Herr Faust gesehen die Nämliche? Verzeiht er meiner lästigen Wenigkeit die aufdringliche Gegenwart? Ich wage es mitnichten zu fragen; tu es aber: gleichsam geplaget von einer merkwürdigen Suchmanie. Seitwärts sind nämlichem Schwalbenkopf gewachsen zwei Zöpf. Und ich bin – die Mütz. Und die hat Nämliche verloren. Es irgendwie seitwärts anders herum gedenkt das Gesuchte und aus diesem Grunde nacheilt das Verlorene: dem Verlierer mit zwei Zöpf. Und wissend, es ist das Ghörtsich anders herum geübet; plagets mich merkwürdigst verkehrt herum? Und so sucht die Mütz den Kopf; und nicht der Kopf: die Mütz.«
Und sich den Glatzkopf gekratzt, die Backen gewalkt und das Kinn gekratzt, und sich geschämt, nach außen so rot. Nicht aber hören wollen den krähenden Raben mit zwei Zöpfen. Und gekichert der, hinter vorgehaltener Hand: eher ratlos an sich. Grad so: wie terrisch. Und der liebe, liebe Onkel Vlastymil gekraxelt

heraus aus der Grube; und gegangen fort vom Grab. Nicht eines Blickes würdigend den Raben mit den zwei Zöpfen, der doch gekräht, und das kräftigst. Und der Herr Zeuge eh nur nett geplaudert mit dem Herrn Faust.
»Es muß auch einmal gesehen haben: das hinterste Kellerloch von einem Schulhaus zu Gnom, der doch alleweil gewesen ist der Gnom-Forscher, auf daß er auch bleibe der Gnom-Kundige, und nicht den harten und kargen Tatsachen hintennach humple. Und der Herr Zeuge möcht' seine lästige Wenigkeit auch nicht allzu lang sitzen lassen, auf so einem Sarg. Zumal er jetzo weiß, wie sich nämliche Sitzunterlage anfühlt: hinten. Und es juckt mich und zwackt mich, so ich mich nicht irre; dürften da passiert sein einige Neuigkeiten, die ich mir jetzo einverleiben muß, auf daß ich auch bleibe: nicht der Hintennach-Rennende; vielmehr Schritt halte mit den Ereignissen zu Gnom.«
Und eh schon gehumpelt; wohl voraus den Ereignissen, ha?! Und Klein-Magdalena sich die Augen gewischt.

13
GESTATTEN DIE FRAGE

Und den Totengräber Faust angeschaut der merkwürdige Gehilfe. Und der Totengräber Faust angeschaut den merkwürdigen Gehilfen und sich geschreckt die Augen so kugelrund.
»Gestatten die Frage, ward Nämliche nicht begraben?«
Und schon gerannt.
»Herr Zeuge! Herr Zeuge! O Himmlisches, das langt! Jetzo bin ich es gewesen: der Totengräber denn zu Gnom! Auf ewig gewesen!«
Und gekraxelt nicht und nicht über die Friedhofsmauer zu Gnom; und es doch gewollt so unbedingt.
»Kruzifixitürken! Zieh dir die Hosen hinauf! Du schamloser Lackel!«,
kreischte Klein-Magdalena und hatte eh nur die Erde geschaufelt, sachkundigst, auf den Sarg. Und sich naß geschwitzt. Und sodenn mit der Schaufel den Grabhügel getätscht; und ist auf den Grabhügel gesprungen; und hat sich auf dem gedreht; und gestampft mit den Füßen: wider die Erde; und das kräftigst. Und den Zeigefinger kreisen lassen über dem Kopf. Und sich gleich dem Efeu an ihren Beinen emporgeschlängelt die schwarze Blume. Und die es gesun-

gen – ausgeschlagen: wider die Chrysantheme – es aber nichts genützt?
»Kräh! Kräh! Kräh!
Und gibst eine Ruh?
Dein Sargdeckel ist eh schon zu!
Kräh! Kräh! Kräh!«
Und das Geschlingelte sie wohl festwurzeln wollen am Grabhügel? Und Klein-Magdalena den einen Chrysanthemen-Kopf erwischt und den anderen und nun sich die vermehret; grad viere gewesen?
Und Klein-Magdalena gelacht: so. Und gerissen und gezerrt an dem sich nun zu acht Schlingen Ausgewucherten mit acht schwarzen Blumenköpfen. Und sich geneiget, und gelandet neben dem Grabhügel; und sind eh nur die vier Stricke gewesen; die es gestattet den vier Mumien, den Sarg ins Loch hinabgleiten zu lassen. Und die vier Stricke, nun durchgescheuert; und ist wieder hinabgepoltert in sein Loch, der Sarg?!
Und die Klein-Magdalena sich emporgerappelt, und die Erde fortgewischt, und sich Hörnderln wachsen lassen seitwärts am Kopf. Und den Hintern gestreckt wider den Grabhügel, den unsichtbare Hände gleichsam in Sekundenschnelle wieder zurechtgetätscht korrekt.
Und sich Klein-Magdalena die Stirn getippt seitwärts. Und die Zunge gestreckt nach vorn, grad so wie erdwärts. Und die Augäpfel gedreht; seitwärts so und seitwärts so. Und war eh schon der Sonn' nachgewandert. Über das Scheidewandbergl drüber; und hinein in die großen Wälder; und gewandert eh nur den Schwalben nach.
Und sich ausgedeutet – eh schon: anno dazumal – und eindeutigst es mitgeteilt – eh schon: anno dazumal – und eh nur: dem Grabhügel, ha?!
»Kräh! Kräh! Kräh!
So kräht's der Rabe!
Und was der weiß,
er niemand saget!
Kräh! Kräh! Kräh!«
Und es gekräht; der mit den zwei Zöpfen im Sarg; einmal anders herum.
»Bäh! Bäh! Bäh!«
Und genaugenommen eh nur geweint und in summa summarum

das Ebenbild der Ratlosigkeit an sich, die da gedenkt, es irgendwie weniger eingekleidet in dem – eh alles nur temperierenden Wort – mehr im Gemüt:
»Und du lebst: noch immer?«
Und aus dem Sarg geflüstert ward die Antwort. Vom nämlichen Eiszapfen, ha?! Der gewesen sein dürfte scheintot. Und gestorben hintennach. Halt erstickt; auf daß sich nicht geirrt die Lebenden; und des Irrtums überführt sei der Eiszapfen. Vielleicht hat irgendwie alles zusammengestimmt; vielleicht keines von allem; na sowas?
»Ich bin denn da, die fehlt.«
Und es gehört eh: Niemand? Wirklich: so Niemand?
»Na sowas!«, sagte Klein-Magdalena und war eh schon getrippelt, so lange, durch die großen Wälder um Gnom, Richtung: Süden, ha; und sich nicht irgendwie im Seitwärts anders herum gedenkt den Süden im Norden, ha?

Elftes Kapitel
FRAGT SICH NUR: WO?!

1
DAS FLÜGERLBAUXERL MIT DEN ÄPFELBACKEN

Und aus dem Schlaf emporgeschreckt Klein-Magdalena; und das Niespulver, das gejucket die Nämliche merkwürdigst, dürfte gewesen sein eh nur der Herr Gendarm von einem Michl, ha?
Und es dem Michael gedünkt, es sei die Träumende gerade dabei, zu träumen alles Mögliche. Nur nichts Himmlisches. Und zu sinnen Düsteres. Nur nichts Wohltemperiertes. Und die könnte gelacht haben, im Traume, irgendwie eher verkehrt herum, ha denn?
Und die geschnappt nach Luft, eh schon sich erhoben; gleichsam es flüsternd mit schlafwandlerischer Sicherheit den Dreien.
Und – die beiden Knechte vom Zweifel-Hof – die Augen fest zusammengepreßt. Und von »O Hias!« zu »O Hias!« es gezuckt – den zweien – mehr und mehr; ha denn; in diesem und in jenem Gesichtsmuskel. Und wenn es auch der Schalk sanft geschnurrt; so dürfte der es ausgedeutet haben wollen; und das eher: absolut, ha denn; wider die beiden Knecht' vom lieben Tata. Und sich den Knechten das Gesicht eingefärbelt so rot, und dann wieder eher grau, vielleicht auch nur schwefelgelb, ha denn? Und sie nicht gewaget – dem neunjährigen Schalk – zu widersprechen. Eher der Alt-Knecht, grad so wie der Hias angeschaut die Obrigkeit und sich von der erhoffen müssen – gleichsam eingesperrt im Nicht-Anders-Können, ha denn – gescheit genug die Michl-Obrigkeit für diesen Fall?
Und die Obrigkeit zu Gnom sich den Hinterkopf gekratzt; etwas nachdenklich gestimmt, sehr. Und nachgedacht – mit geballten Händen – und den Kopf geschüttelt ratlos.

Und es hat sich der Herr Gendarm zu Gnom erinnert an die letzte Zusammenkunft der ›Vereinigung der Aufgeklärten‹ im Gasthof ›Zum armen Spielmann‹.
In Erwägung gezogen ward der Hias – und nicht der Gesetzeskundige an sich zu Gnom, ha denn – nicht jener, der das Geschlingelte gekannt; inwendig grad so gut wie auswendig; und der doch unbedingt gewesen sein dürfte der Eigentliche für das hochmö-

gendste Amt von einem Kassier. Und der Gesetzeskundige an sich zu Gnom, der hätte den Hias schon noch verhindert und auch ersetzt, ha denn? So ein stimmbrüchiges Loreleiweiberl dieser Hias, dem nicht einmal gewachsen der Bart, ha denn! Und den hat in Erwägung gezogen und ihn genannt gar den einzigen Menschen zu Gnom, dem gewachsen sei der Zahlenverstand, doch nicht der Riese mit seinem politischen Sachverstand an sich; wie es doch allemal gewesen der Zweifel-Bauer, ha denn? Und so der Kassier nun der Hias, nicht aber der Michael.

Und der Herr Gendarm zu Gnom geflucht; nach jedem »O Hias!«, das Klein-Magdalena geschnurrt – absolut: wider den Hias – auf daß es endlich der liebe Michael sich auszudeuten vermöge, und das korrekt: Er könnte sich die Wünsche des lieben Tata falsch vorgestellt haben. Und in der Folge das Geschlingelte eher respektiert haben – zu wenig, ha denn. Und der Herr Gendarm zu Gnom dem Schalk auf den Mund geschaut aufmerksamst und genickt, dann und wann, nicht ohne Genugtuung, aber auch eher ratlos. Und sich dem Herrn Gendarm zu Gnom der Verdacht irgendwie doch verdichtet – zur Tatsache an sich – wider den Hias, ha denn:
Es habe der politische Sachverstand an sich gedrängt, dem Kassier nämlicher Vereinigung den Beistand zu leisten – gemäß den Statuten – wider den Nicht-Kamerad, so einen »I!« und »O!« und »A!« und »E!« und »U!«-Menschen. Einerseits.
Andererseits – die Entscheidungsfindung eher erschwert worden sein dürfte; und das an sich, ha denn, vom Hias, dem Kameraden doch nicht. Wer sich derlei zu denken getraut? Der Hias – sein eher egoistisches Ansinnen maskiert haben könnte – wie das, als Befehl des Zweifel-Bauern, ha denn? Und dem sich widersetzen der Herr Gendarm und Kamerad? Doch nicht! Kurzum: den Schweinehirten vom Schulhaus zu Gnom hatte nicht verschleppt die Obrigkeit zu Gnom, o nein! Die – nur das Opfer – einer winzigen, aber doch eher entscheidenden Fehlinformation, ha denn?
Und obwohl die Hirnzentrale – vom Mitglied nämlicher Vereinigung der Aufgeklärten – gefunkt; kreuz und quer, quer und kreuz; und das eifrigst: Es hat nichts genutzt. Und der Michael ist geblieben das Gekrümmte an sich von einem Fragezeichen:
»An, auf, hinter, neben, in, über, unter, vor und zwischen dem Geschlingelten steht der Kaspar, fragt sich nur: wo?!«

Und das Hin und Her, Her und Hin, Hinauf und Hinunter, Hinunter und Hinauf drangsalieret den lieben Michael. Aber geblieben das Gedenkte, das nur geähnelt dem Nebeldunst und nicht den harten und kargen Tatsachen, die doch allemal nötig gewesen als der solide Grund- und Baustein für den politischen Sachverstand von so einem Aufgeklärten; und das an sich, ha denn? Und es doch nicht üblich gewesen – in nämlicher Vereinigung – zu reden und zu denken nebulös; sehr wohl aber geradlinig, offenherzig und gleich einem ehernen Gesetz, ha denn, nicht zu täuschen, eher aufklärend wirksam zu werden; und das an sich und allemal, vom Kameraden zum Kameraden, ha denn. Und hiemit – der Hias – getapst, doch nicht, wider die Statuten nämlicher Vereinigung; und das grausamst. Ja! Ja! Gehöhnt den geradlinigen und offenherzigen und wahrhaftigen Kameraden auch; aber nicht nur, ha denn. Gehöhnt jeden einzelnen Kameraden nämlicher Vereinigung, die doch willens gewesen; und das unbedingt: das höhere Ganze mehr zu ehren, als so eine Wenigkeit von einem selbstisch begrenzten Ich!

Und Klein-Magdalena dem lieben Michael wieder einmal bestätiget, daß der Hias allemal schon gewesen ein merkwürdiger Kamerad, und dem Charakter nicht die eine Eigenschaft zugemutet werden durfte, die entsprach, nur einem Statut nämlicher Vereinigung.
»Das ist wohl das Ghörtsich vom künftigen Großknecht; das könntest grad so gut auch gewesen sein, o Hias?
›In das hinterste Kellerloch ward er mir gesteckt, Dirndl! Ghört sich das, bocken, wenn der liebe Tata mit dir sucht den gescheiten Diskurs? Und das ist allemal gewesen der wahrhaftige Diskurs!‹
O Hias, ist es nicht das Ghörtsich vom lieben Dirndl – allemal schon gewesen – zu wackeln mit dem Kopf, und das auf der Stell und: Jo, Tata! Gelt?!
Das ist denn der Haken, der dir fehlt! Mich drangsaliert nicht der Lügenhörnderl-Gnom mit dem Schweif hinten und dem Bockfuß, gelt? Mich drangsaliert da eher das Flügerlbauxerl mit den Äpfelbacken. Und kreischt es mir ins Ohr:
›Hast es gehört, was der liebe Tata sagt? Ganz recht hat er, der liebe Tata! Ich walk dich, ganz anders, so du lügen tust, gelt? Hast es gehört, was der liebe Tata sagt?‹
O Hias? Soll ich es müssen wollen dürfen: hintennach sinnen, so

ich es im vorhinein doch üben könnt: das Ghörtsich von einem gescheiten Töchterl?«
Und der jüngste Knecht vom Zweifel-Hof geschwiegen; so wohl beigepflichtet der Klein-Magdalena, ha denn? Und Klein-Magdalena genickt; nicht ohne Genugtuung:
»O Hias! Nix wird vergessen. Das zum Ersten! Nix wird verwurstelt. Das zum Zweiten! Nix ist passiert, so mir nix dir nix. Das zum Dritten! Gelt?! Und Lug und Trug mag er denn nicht, der liebe Tata!
Auch nicht, daß da einer schreckt tot, doch nicht (?): ein Henderl, o Michael! Ists denn: ein Viech! Und will nicht gequält sein! Willst denn grad boxen wider das Herz von meinem lieben Tata, ha? Das ist aber ein riesiges Herz! Na sowas!
Ich schau es gar nimmer so genau an, das Sündenregister von euch Dreien! Es mich schreckt, so lang(!) für die Höll? Na sowas! Ist's grad zu lang: für die Höll! Und deroselbst ich möcht heimdürfen, ins Bett.«
Und sich die Augen gewischt Klein-Magdalena.
»Und ich tu grad, was ich will! Und bittschön! Das sich merken müssen wollen dürfen, und das unbedingt, die Dreie! Nicht nur für den einen Sekundenschnackler. Es deroselbst festhalten zu jeder Tages- und Nachtzeit; so auch nach jedem schweren Schicksalsschlag. Gelt?! Und das ist denn die Regel, die nicht duldet so eine Ausnahm', ha?«
Und Klein-Magdalena den Zeigefinger getippt wider die linke Brusthälfte vom lieben Michael. Und Klein-Magdalena auf die Zehen gestiegen dem Alt-Knecht, und angeschaut den, so lange, und eher empört an sich. Sicher aber nicht erheischen wollend die Widerrede. Und der Alt-Knecht genickt korrekt.
»Das ist gedenkt von den drei Weisen sehr weise: Daß es sie reuen möcht, tief inwärts. Und mich sodann auch nicht plaget der Galoppierer, und der es mir grad ausplaudern möcht, dort – na sowas – wo dem lieben Tata gewachsen solche Ohrwascheln! O Hias, wer das und jenes schwätzen könnt!«
Und Klein-Magdalena auf sich gedeutet; mit dem Zeigefinger.
»Eh nur, die es tuschelt, im Beichtstuhl, ha?«
Und der Hias geschluckt; und es gehofft aufrichtigst. Es könnte der Ratz tupfen, eher zurückhaltend, die eine und die andere Wunde vom Hias. Und das eh gehofft alle Dreie.
›Der Ratz weiß denn grad noch mehr! Auch den Tapser und jenen

Tapser, den er ausplaudern könnt grad: wider den künftigen Großknecht vom Zweifel-Hof?‹

2
KENNST DU DEN LÖWENZAHN?

Und der Hias entschieden, es sei dem Ratz das Bedürfnis an sich durchaus noch zuzumuten, das den nämlichen Ratz befähiget zu erklären das und jenes Gedenkte etwas genauer. Und grad auf der Wendeltreppe, und sodenn sich die Zeugenschaft vermehret, eher ungünstigst.

»O Hias, kennst du den Löwenzahn? Und ist der eh nur die Blume, die mir in die Wiege gelegt, ganz so wie dem meinigen Zwilling, ha – wer wohl, o Hias – ist es denn gewesen nicht die Nachtigall? Ha?! Ja! Ja! Und was die Nachtigall schon alles geflüstert; grad mir ins seitwärtig Wuchernde, o Hias?«

Und Klein-Magdalena angeschaut den Hias, und auf die Zehen gestiegen dem Alt-Knecht.

»Viel mehr aber der Löwenzahn; und der sagt wahr! Ja! Ja! Und er mir inwendig wachst! O Hias, und nicht das Herz! O Hias, wo es dir pumpert; grad nur mehr – so – ist mir gewachsen der Hügel, und auf dem wachst der Löwenzahn, gelt. Und so bin ich das Orakel! Und das Orakel gibt zu bedenken, auf daß euch allen Dreien das Sinnen nicht kommt: erst hintennach. Und es weh tut (?), ha, so weh!«

Und Klein-Magdalena angeschaut, einen nach dem anderen, einfühlsamst; und sich die Augen gewischt.

»Weh euch, so mich plaget die Plauderwut im Zick Zack! Weh euch, gelt!«

Und Klein-Magdalena war schon getrippelt; die Wendeltreppe empor.

3
WO UNSEREINS DAS HERZ PUMPERT

Und die Dreie nachgeschaut der Klein-Magdalena irgendwie andächtig gestimmt; auch fast feierlich. Eines aber unbedingt empfunden haben dürften alle Dreie! Es sei das Gedenkte und das Passierte hinkünftig einzusperren, im Inwärtigen, solid, und das an sich, auf daß es hinkünftig nicht der Mitwisser gäbe, grad mehr als das jeweilige Selbst.

Und der Alt-Knecht zugeschaut dem Herrn Gendarm von einem Michl, der nicht und nicht den Schlüssel gefunden für nämliches Loch. Und der Alt-Knecht sich geräuspert; und es kundgetan; auf der Wendeltreppe:
»Das ist denn gesagt wahr von der Klein-Magdalena! Die Nachtigall in der Stube nur geduldet den Löwenzahn. Und nur den gesteckt in die Vase. Und sich die Alt-Bäurin – nicht nur einmal – die Augen gewischt; und es gedruckt abwärts den Schlund. Zumal die Alt-Bäurin den Löwenzahn nicht gemocht; so absolut nicht! Und was denn plauscht die Nachtigall (!) – grad vor dem versammelten Gesinde (?) – der Alt-Bäurin. Und die hats schlukken müssen; ausnahmslos! Ja! Ja!«

Und alle Schlüssel probiert, die da gelegen im Papierkorb. Und ihm abhanden gekommen grad der einzig taugliche; ha denn?!

Und geschwitzt – nicht nur der Herr Gendarm zu Gnom – auch die beiden Knechte vom Zweifel-Hof. Und der Alt-Knecht sich bekreuzigt gleich drei Mal.
»Und die Nachtigall darauf bestanden:
›Der Löwenzahn ist die Blume vom Nutzen bei scheinbarer Schwäche! Und das ist nix anderes als die eine nämliche Tugend, die doch nicht fremd dem Christenmenschen. Nur heißt der das Gwirkst dann: Demut, ha?‹
Ja! Ja! So hat sie geredet mit der Alt-Bäurin. Sich das nur getraut die Nachtigall! Und so geschunden die Autorität der Alt-Bäurin; auf das Grausamste! Ja! Ja! Und die Mägde der grad geantwortet, mit so einem Schnabel!«

Und noch immer nicht gefunden den Schlüssel für nämliches Loch. Der Wurstel von einem Herrn Gendarm? Verwurstelt grad den!

»Und gestorben die Nachtigall, wer kömmt da wieder, mit dem Löwenzahn, der lieben Omama? Und die hat es halt gezeigt dem Ratz mit zwei Zöpfen, wie das denn freue, die liebe Omama! Und gewalkt das Dirndl, und das eher gründlichst. Und die geschaut, und das eher ratlos? Ja! Ja! Und nix gewußt – das Kinderl – vom Löwenzahn der Nachtigall? So oder so; wo unsereins das Herz pumpert, dürft dem Kinderl von der Nachtigall der Löwenzahn eingepflanzt sein. Zumal es den Walker vergessen; immer wieder. Und es geplaget die Löwenzahnmanie auf das Merkwürdigste, ha? Hat sichs nicht und nicht d'ermerkt. Den mag die liebe Omama nicht; absolut nicht.«

Und dreie geschluckt; fast feierlich gestimmt. Zumal es dem Herrn Gendarm zu Gnom gelungen, den Griff in die Hosentasche zu wagen; auf daß er finde das Schneuztücherl für die Hände, denen das Schwitzen geworden zum Bedürfnis an sich. Und nicht gefunden: das Schneuztücherl, aber den Schlüssel für den Keller? Doch nicht! Es probieret: ja doch!
Und da unten grad hineingestolpert in so eine Eiszapfenhöhle, so einen Gletscherspalt von einem Riesengang, ha denn? Der grad verschlucken könnt alle Drei, ha denn? Und die Dreie entlanggetapst; und nicht das mindeste Lichterl hat geschimmert in dieser Finsternis, ha denn? Und da finden sollen wollen müssen dürfen; und das unbedingt, ha denn: das Loch für den Schlüssel zum hintersten Kellerloch.
Wo der nun schon wieder hingerutscht, ha denn; und der – nur einer von den vielen Schlüsseln – sein dürfte auf nämlichem Schlüsselbund; und der zu vermuten war nicht in seinen Rocktaschen; auch nicht in den Hosentaschen, eher: im Papierkorb?
Und der Herr Gendarm zu Gnom getapst, den finsteren Gang entlang, zur Wendeltreppe. Und mit dem Schlüsselbund gestrebet zurück zu den Bündnisgefährten; die da nicht nur, aber auch vor Kälte gescheppert als Ganzer; wie die Wenigkeit von seinem selbstischen Ich, ha denn, das überführt worden war, vom politischen Sachverstand des künftigen Herrn Kriminalkommissar zu Donaublau.
Kurzum: Als der liebe Michael gefunden das Schlüsselloch von der hintersten Tür – hatte er niedergerungen den letzten Rest vom nämlichen selbstischen Ich. Und sich an den Haaren herausgezogen aus dem Moorbad der heimlichen selbstischen Wünsche, die ihn gezwickt und gezwackt – und das grausamst – wider die Statuten nämlicher Vereinigung, ha denn. Und derlei vollbracht, der liebe Michael! Ja! Ja! Allein mit der Gedankenarbeit, die unterstützt ward – vielfältigst – von dem Charakter eines geradlinigen, wahrhaftigen Menschen! Und das ist er gewesen, der liebe Michael!

So hat er gefunden; gleich dem ehernen Gesetz, rechtzeitig und das ausnahmslos, das Tüpferl auf dem I vom Geschlingelten.
Und aufgerissen die Tür, mit einem Ruck. Der liebe Michael gewesen endlich, ha denn, ganz der künftige Herr Kriminalkommissar zu Donaublau. Und dagestanden breitbeinig; und grad so hat es nachgeäfft der Hias. Und der Hias sich das wieder gedenkt; seinerseits vom Herrn Gendarm, ha denn? Nicht doch!? Ja doch!
Und der Herr Gendarm zu Gnom eigentlich eh nur das Geschlingelte an sich geehret: wieder – wie üblich. Nun er nicht mehr gelockt war – von so einem eher ausgeprägten Weibsbild – ins nämliche Moor. Und derlei die Weiber verstanden auf das Merkwürdigste; seit Adam und Eva, ha denn; und die etwas schalkig geratene Nacht beendet und das Stamperl geleert; und das auf der Stell, ha denn!
Der Gastwirt ›Zum armen Spielmann‹ doch nicht umklammert: den »I!« und »O!« und »A!« und »E!« und »U!«-Dodl vom Zweifel-Hof?! Da unten: der? Und die Knechte sich die Augen gerieben. Und der Dritte im Bunde; doch nicht der Totengräber Faust höchstpersönlich? Ja doch!
»Heim will ich dürfen, heim ins Paradies! Nicht fortmüssen! Erbarmen, o heilige Obrigkeit zu Gnom! Erbarmen mit so einem höllischen Durst, der plaget den einen Propheten! O! Nicht hören wollen das auserwählte Volk (?); hört! Hört!
Die Propheten sich gefunden in der Finsternis! Und es schweigen die Propheten! Drei an der Zahl! Hört! Hört! Und verhüllen ihr Antlitz. Nicht schauen wollen das auserwählte Volk; o! Die Propheten schweigen; und das an sich? Hört! Hört!«
Und der Herr Zeuge genickt; und auch beigepflichtet dem Herrn Faust, ha denn (?) der »I!« und »A!« und »O!« und »E!« und »U!«-Mensch von einem Gnom, ha denn! Doch nicht?
»E! I! A! O! U!«
Ja doch!

4

ICH BIN DENN DA, DIE FEHLT

Und Klein-Magdalena hatte das Haustor vom Schulhaus zu Gnom zugeschlagen zum ersten, zum zweiten und zum dritten Male. War sodann erst hinunter gehüpft die Steintreppe, und hatte geschluckt mehrmals. Und sich die Augen gewischt. Und war schon marschiert entlang den Feldweg ohne Namen.

Und über das Scheidewandbergl drüber; und verschwunden in den großen Wäldern um Gnom. Und hat sich geschreckt, dann und wann und gewackelt als Ganzer. Und doch den Klopfer gewaget bei denen im Weiler; und der geähnelt eher dem Polterer; na sowas? Und es war das doch der Entschluß eines Weisen; gar weise, zumal es geraschelt hinter der Klein-Magdalena auf das Merkwürdigste; so vielfältigst; so und so und so und auch ganz, ganz anders?! Ha?! Und den zaghaften Klopfer noch einmal gewaget; gleichsam als Polterer an sich: wider das Haustor der Klaubauf-Zündler. So eingesperrt im Nicht-Anders-Können und wirklich absolut wider ihren Willen. Und kein Hautfleckerl war ihr mehr trocken gewesen; und es hatte geschrien die Wally-Hex.
»Jessas Maria! Das Dirndl vom Kaspar-Riesen! Daß unsereins grad noch Schereien hat mit dem Dorf, ha?! Schau, daß'd verschwind'st! Und das grad so, daß ich gemeint hab, ich träum eh nur!«
Und Klein-Magdalena die Wally angeschaut; nicht mit kugelrund geschreckten Augen; eher lächelnd; und den Zeigefinger gesteckt in das Nasenstüberl. Und nicht gehen wollen; grad sich festwurzeln wollen; und sich die Augen gewischt? Und die Wally-Hex sich geräuspert; und die Augäpfel kugeln lassen. Und geschrien:
»Kräh! Kräh! Kräh! Ich bin denn eine Hex!«
Und auch die Augen schielen lassen, sachkundigst. Seitwärts so und seitwärts so. Und Klein-Magdalena sich noch immer nicht geschreckt? Die langen zerzausten Haare von der Wally angeschaut und gesagt:
»Du hast denn die Filzlaus, gelt? Wenn'st mich jetzo hineinläßt bei euch, such ich sie dir grad, gelt?«
Und die Wally geschluckt; und sich die Augen gerieben. Und angeschaut Klein-Magdalena. Mit kugelrund geschreckten Augen; und es war der Wally-Hex der Mund auf- und zugeklappt; korrekt, sehr korrekt!
Und so ist es denn auch gewesen. Der Wally ward das Kratzen am Kopf zum Bedürfnis an sich; und Klein-Magdalena eh schon getrippelt hinein in die Stube, und die Wally hintennach. Und unglaublich flink hatten sich die Klaubauf-Zündler aus dem Schlaf emporschrecken lassen von der Wally-Hex; und sich auch sogleich niedergesetzt; um den Riesen von einem Tisch. Und ihr den Platz zugewiesen. Und sie grad am selben Platz gesessen – wie in der Stube vom Zweifel-Hof ausschließlich nur einer, der liebe Tata, ha

– und sie dürfte den einen Gedanken irgendwie seitwärts verkehrt herum, ha, ausgeplaudert haben. Zumal sich denen ausgewuchert das Bedürfnis an sich, zu wackeln grad nur mehr als Ganzer. Und eh nur gelacht grad wie, gestöhnt, gekichert grad wie, geseufzt, gequietscht grad wie, gemeckert. Na sowas?!
Und grad – in Blitzesschnelle – sich gekehrt das Bedürfnis in das Gegenteil: vom Lacher? Na sowas! Die Augen eingefroren, doch nicht? Und sich die Eiskristalle ausgewuchert; in Blitzesschnelle; zu nämlichen Eiszapfen, ha!
Und Klein-Magdalena geschluckt; und auf der Bank hin- und herwetzen wollen; aber es kaum d'errutscht. Zumal sich gesetzt nun grad zwei Klaubaufzündler zu ihr – der eine seitwärts so und der andere seitwärts so – wie das? Und Klein-Magdalena in den Mund gesteckt die Zöpfe. Und hingeäugt eher zurückhaltend, zu nämlichem Loch von einem Ausgang denn; ha? Und da war auch gestanden – so einer – mit verschränkten Armen und Muskeln: solche, breitbeinig und hatte sie angestarrt: Neugierig, fast ein wenig erstaunt. Aber eher lustig gestimmt: nicht mehr.
»Dann hast jetzo geplaudert, so nett. Lang genug!«, sagte der Klaubauf-Zündler, der gesessen grad ihr gegenüber. Und mit der Faust auf den Tisch geklopft; eher so, wie es der liebe Tata beliebte zu üben. Und aufgesprungen; und sich am Tisch festgehalten und sich vornübergebeugt; grad ihr zu? Nicht doch!
Und der Kopf von Klein-Magdalena eh nur getätscht wider die Holzwand hintenwärts; und sich der eh schon wieder gesetzt und sie angeschaut: Düsteres sinnend an sich, aber auch ratlos. Grad so: wie alle! Und ist doch gewesen: nicht irgendwer?
Und Klein-Magdalena genickt; nicht ohne Genugtuung.
»Ja! Ja! Ich bin denn da, die fehlt.«, hat sie gesagt und den Zeigefinger gesteckt; schon wieder in das Nasenstüberl; und geschwiegen: auch so Düsteres sinnend, grad wie die? Ha! Na sowas.

5

DEN BEISTAND NICHT ZU VERWEIGERN

Und der Hias geschluckt. Und der Alt-Knecht geschluckt. Und der Hias sich die Augen gewischt. Und der Alt-Knecht sich die Augen gewischt.
Es ward in einem hintersten Kellerloch den beiden Knechten

geoffenbart: ein gar grausam' Schicksal. Sie waren gekommen, dem tschappeligen Menschen von einem Schweinehirten den Beistand nicht zu verweigern; auf daß ihm – die nämliche Nacht – nicht eingeschrieben werde: in das Ehrgefühl, gleichsam als die Kränkung und Schmähung desselben an sich. Und das »I!« und »O!« und »A!« und »U!« und »E!« nicht hintreten müsse vor den Schutzpatron und sich offenbaren: auch – und gerade – diesem. Es habe das Sorgenpinkerl des Schutzpatrons nun gar den Fußtritt gewagt wider das obrigkeitliche Schienbein zu Gnom. Und die Obrigkeit zu Gnom auch tätschen wollen. Und die beiden Knechte zu verhindern vermocht das Attentat an sich – wider die Obrigkeit zu Gnom – gerade noch.

Diese Theorie ward entschieden – zugunsten einer anderen Theorie – preiszugeben; zumal es den beiden Knechten gedünkt: Es sei der Herr Gendarm nicht willens, sich anzuschließen, als Dritter im Bunde, nämlicher Theorie.

Diese Vermutung sich dem Hias geradezu aufgedrängt hatte – absolut wider seinen Willen – schon als der Herr Gendarm Michl entdeckt eine merkwürdige Zuneigung zu dem Ratz mit zwei Zöpfen, der doch offenkundig willens gewesen, den Kameraden vom Michael zu attackieren auf das Grausamste. Und dies nicht erschüttert den Michael? O nein: eher lustig gestimmt!

Auch jene Theorie, die dem Zweifel-Bauern die schwierige und vielschichtige Problemlage zurechtzustutzen vermocht auf das Wesentliche, ward zugunsten einer dritten Theorie geopfert. Jene Theorie, die besagt: Es habe das »I!« und »O!« und »A!« und »U!« und »E!« sich ausdeuten lassen nur eindeutig. Zumal der stummgeschlagene Schweinehirt gestrebet – gleich einem rasenden Bullen – in die obrigkeitliche Wachstube zu Gnom. Und habe dortselbst den Schlüsselbund der Obrigkeit entwendet; und sei mit diesem gestrebet die Wendeltreppe abwärts. Und das geradezu gewaltsam und absolut wider den Willen der beiden Knecht'. Nicht habe der Dodel die Widerrede geduldet; geweint so bitterlich. Und sei immer wieder entwischt den beiden Knechten. Und immer wieder gerannt die Wendeltreppe hinab; und sich gekniet nieder auf der Wendeltreppe, und so gefleht; sich klitschnaß geschwitzt, gepeinigt von der Vorstellung, es könnte ihm nicht gestattet sein: den Seelenfrieden zu finden, da unten. Und das sei denn auch der eigentliche Grund gewesen, dem merkwürdigen Ansinnen nicht zu verweigern den Beistand. Zumal der irgendein

Sündlein auf diese Weis' zu büßen willens, das ihm nicht gestattet ein gar grausam' Schicksal zu beichten dem Herrn Pfarrer zu St. Neiz am Grünbach, gemäß den üblich gepflegten Normen so einer christlichen Seele. Und sodenn sich durchgerungen irgendwie zu dem Entschluß; sich selbst aufzuerlegen die Straf.
Der Mangel dieser Theorie; auch die hätte bedurft eher des Dritten im Bunde.

Die beiden Knechte aber – hatten nach dem Abendbrot am 22. September des Jahres 21 im 20. Jahrhundert – eh angestrebt den Rückzug für die Theoriefindung an sich. Und getuschelt und geflüstert und sich geräuspert und hin und her gedreht und gewälzt dieses Wenn und jenes Aber; dieses Möglich und jenes Aber-Auch-Anders-Möglich. Und so hatte diese Theorie des Gegenentwurfes bedurft; grad so wie der Gegenentwurf jene Theorie. Und es wurden die beiden Knechte angeregt zu dieser und jener philosophischen Weltbetrachtung, zumal es der Möglichkeiten so viele gab, auszudeuten die Frage:
»Und wie kömmt mir diese ›I!‹ und ›O!‹ und ›A!‹ und ›U!‹ und ›E!‹-Kreatur von einem braven Menschen an sich in das hinterste Kellerloch von so einem Schulhaus!?«
Allzu leicht konnte es passieren, und die beiden Knechte – irgendwie verkehrt herum – dastehen vor dem Zweifel-Bauern. Und vorzubeugen der Fehlinterpretation vom Zweifel-Bauern – und das an sich und absolut, wenn nicht so, dann so; wenn nicht so, dann anders herum – bedurfte des philosophischen Denkens an sich.
Und die Knechte bestätigten sich gegenseitig – auf die vielfältigste Weise – daß sie bestrebt seien und das wirklich aufrichtigst, dem Zweifel-Bauern die Entscheidungsfindung zu erleichtern und das aus Prinzip. Den Zweifel-Bauern nicht unnötig zu belasten mit derlei Nichtigkeiten. Sollte der denn alles Huckepack nehmen müssen? Wo der doch genähret und gekleidet die Knechte – und das doch an sich – eher großzügig?

6
IRGENDWIE BIS DATO GEDENKT: ZU ENGHERZIG

Bei besagter Zwiesprache nach dem Abendbrot – der Alt-Knecht gedenkt; dann und wann, nicht allzu häufig, aber auch nicht allzu

selten; an diesen und an jenen, der den Weg zum inneren Seelenfrieden nur mehr gefunden: über die Neizklamm.
Bei besagter Zwiesprache nach dem Abendbrot – der Hias gedenkt; dann und wann, nicht allzu selten, aber auch nicht allzu häufig und vor allem, das Wesentliche allemal berücksichtigend; an das höhere Ganze: Zweifel-Hof, Zweifel-Grund und Zweifel-Boden, Hypothek und Schuldentilgung.
Und: Es sei nicht angemessen – für das Wohlergehen des Gesindes und die Ökonomik vom Zweifel-Hof – so er degradiert werde, wieder zu so einem Irgend-Knecht vom Zweifel-Hof. Wo der frömmelnde Großknecht, dieser merkwürdigst kraftlose Lackel nicht wage, auszudeuten dem und jenem Knecht, er habe sich wohl erwählt als Vorbild eine Schnecke, zumal er sich bewege mit dem Tempo von so einem Schneckentier? Nicht nur bei der Aussaat; auch bei: der Mahd! Und wolle erst wieder munter werden, ha, beim: Sautanz? Den Kirtag zu Gnom wohl feiern wollen grad alle Tag im Jahr? Ha! Mit derlei Gesinnung werde abgetragen nicht eine Hypothek bei dem Klaubauf Mueller-Rikkenberg, ha? Und ob der und jener Knecht nicht eh schon kassiert habe, die nämlichen 30 Silberlinge Judaslohn, höchstpersönlich vom Gutsverwalter zu Gnom, ha! Für den nämlichen letscherten Schritt, der an dem Knecht und an jenem Knecht zu beobachten; und das ja nicht nur bei der Aussaat; grad auch: bei der Mahd? Und beim Erdapfelsetzen wie bei der Ernte? Und der vielleicht den Erdapfelkäfer – heimlich und das nachts – grad in Butten vom Gutshof herüber geschleppt, daß dem Zweifel-Bauern das Augenkugeln zum Bedürfnis werde, und das an sich. Ha!? Dazumal der Erdapfelkäfer sich vermehret wundersamst, und justament auf den Äckern vom Brotgeber, ha? Grad sich niedergelassen der Nimmersatt auf jedem Blatt? Und schweigen soll er, der Knecht! Dazumal ihn der Matthias gesehen schleichen – vom Dorf herüber; ha – den Saboteur und Judas-Knecht, ha!
Und es waren immer dieselben Knechte – merkwürdigerweise jene – die nicht nur vor dem bürgermeisterlichen Juristerlgummi, diesem Saujuden, die Kopfbedeckung lüfteten; o nein! Auch vor der Nichtigkeit eines Ferdinand Wolf! Und der und jener Knecht zwar besuchet die richtige Wahlversammlung im Gasthof ›Zum armen Spielmann‹, und den Worten des Kaspar-Riesen gelauscht; aber dann geklatscht: eher mäßig? Ha? Und gelächelt eher säuerlich? Ha? Und – bei nämlichen Wahlen – den Buckel zugekehrt

dem Brotgeber (?) und unterstützt jenen, der alleweil nur dem Mueller-Rickenberg den Hintern ausgewischt, ha!? Und das wohl allemal die Pflichten gewesen: vom nämlichen Faktotum, ha! Und das Pferdl heißt sich jetzo: Herr Gemeindemandatar Wolf; und das Pferdl nun gewiehert, grad so wie es gefreut den Reiter Gutsherr, ha?
Und wenn der Hias den politischen Sachverstand an sich walten ließ – und das aus Prinzip, nie die Ausnahme duldend; gemäß dem Ghörtsich eines doch aufgeklärten Schädels – ward es vom Hias auch für nötig erachtet: anzustreben diese und jene Theoriefindung an sich, auf daß bewahrt bleibe unerbittlich, die höhere Wahrheit, und das höhere Ganze nicht geopfert werde: wegen dem oder jenem doch eher nichtigen Mißverständnis, ha?
Und der – an sich geradlinige und offenherzige Charakter von einem Matthias – mußte halt sein selbstisches Ich überwinden, dann und wann; und es eben tragen, daß er bei oberflächlichster Betrachtung denunziert werden könnte; grad so gut als sein Gegenteil, ha? Und dastehen, als so ein Lügenmaul, ha!
Wegen derlei Nichtigkeiten aber – den bemerkenswerten und großen Charakter an sich von einem Hias in Zweifel zu ziehen, das wagten doch nur anzustreben die ungemein begrenzten Gehirnwindungen jener eher politisch nicht Geschulten, auch genannt hiesige Dorfdodln, die so geplaget wurden und das wohl schon lang genug und grausamst: von der granitenen Dummheit an sich, die da genährt ward; jahraus und jahrein: herab von der Kanzel zu St. Neiz am Grünbach. Als hätte das bessere Blut des künftigen Menschen nicht nötig neue Werte; und das an sich. Ha?
Und derlei mittelalterliche Jammergestalten wollten widerstehen dem Ansturm an sich (?); den da gewaget, grad wider die Natur an sich: das – von den Klaubaufzündlern – verwirrte Gemüt der Proleten, denen vorgegaukelt ward von nämlichen verbrecherisch gesonnenen Predigern: Es sei das selbstische Ich – so es sich zusammenknäule – in der Lage, dem höheren Ganzen einiges einmal anders vorzugackern, als es sich dieses gedenkt, ha! Da lachte ja nur mehr jedes aufgeklärte Gnomer Herz! Und das lustig gestimmt; an sich.
Und ein mittelalterliches Witzfigurenkabinett drohen wollte, mit der Höll', und daß der vom Himmel schon noch kommt, zu richten die Lebendigen und die Toten; wenn nicht heut', so doch vielleicht morgen, und wenn nicht morgen, so doch vielleicht in

tausend Jahren, ha! Und weg da, nix mehr kriegst die Hostie, du böser Bub! Da wackelt denn schon jedes aufgeklärte Gnomer Herz als Ganzes! Als wär' so ein Klaubauf-Zündler, als das selbstische Ich an sich, noch neugierig auf so einen übergeordneten Schlankel von einem Gottvater, ha?

Und der Hias und der Alt-Knecht hatten sich – bei nämlicher Zwiesprache nach dem Abendbrot – angeschaut, dann und wann. In der Tat, sie waren sich nähergerückt; irgendwie – und das an sich und absolut; irgendwie – und das christliche Ansinnen vom Alt-Knecht eh respektiert, die Aufgeklärten zu Gnom, in nämlicher Vereinigung. Nur gehöhnt haben wollte jener aufklärerische Geist die Nämlichen, die edles christliches Gedankengut mit der Schmiere ihres doch eher öligen Charakters verschandelten und entehrten; und das grausamst grad so, wie hinterhältig. Das müsse sich wohl auch gedenkt haben so; dann und wann, der Alt-Knecht? Nicht!? Es doch irgendwie verstehen, daß es gedenkt der Hias; dann und wann?

Absolut nicht, aber irgendwie doch.

Und so der Alt-Knecht daran erinnert ward vom Hias, es sei auch der Jesu Christ anno dazumal nicht nur willens gewesen, das selbstische Ich zu opfern; und das an sich: für das höhere Ganze, oder nicht? Nicht nur es geschwätzt, vielmehr es auch getan?

Ja! Ja! Da durfte der Alt-Knecht schon beipflichten; und das unbedingt und absolut.

Nicht aber unbedingt immer es angestrebt seine irdischen Nachfolger?

Derlei durchaus sein könnte das Allzumenschliche, und die Erbsünde, die drangsaliert den irdischen Menschen von Anbeginn; durchaus!

Und das soll sich weiterwälzen: jahrtausendelang; und nicht schmerzen müssen, dürfen: die Jugend, die doch die Alt-Vorderen prüfen und sodann auch messen möcht' dürfen, an ihren Taten? So doch auch der Ackersmann mißt das Jahr an den Erträgnissen, die er geerntet und die auch wiegt, ha?! Und setzen hinzu zu den alten die neuen Werte. Und setzen hinzu neue Taten. Oder nicht?! S'ist halt der Frühling: die Jugend. Möcht umpflügen dürfen; den neuen Dünger wagen und dieses und jenes säen, einmal anders: die Jugend. Will doch ernten auch der Ackersmann Früchte der Natur, die nicht geerntet haben soll, der Erdapfelkäfer, so sie doch gesetzt der Ackersmann, ha? Das Blatt wegfressen! Darf er denn das: der

Erdapfelkäfer? Tut's aber doch! Und die Ratzen die Wurzeln annagen dürfen, ha? Ob der Ratz jetzo so oder anders heißt, doch nicht bekümmert: den Ackersmann, ha?
Ja! Ja! Da durfte der Alt-Knecht schon beipflichten; und das unbedingt und absolut. Der Erdapfelkäfer war zu vertilgen, grad so wie der Ratz.
Und so auch auszurupfen: das Unkraut?!
Ja! Ja! Unbedingt und absolut!
Und weshalb denn – der graue Schopf von einem erfahrenen Ackersmann – noch nicht Mitglied nämlicher Vereinigung? Eine Frage, die sich dem Hias nicht aufgedrängt – so absolut und so unbedingt – irrtümlicherweise?
Ja! Ja! Doch! Nämliche Frage sich dem Matthias irgendwie schon eher berechtigt aufgedrängt haben durfte. Und der Alt-Knecht sich das Kinn gerieben und auch erwogen den Beitritt zu nämlicher Vereinigung. Und die nicht schmähen wollen sein christliches Ehrgefühl; es eher retten? Ja denn!
Und die philosophischen Weltbetrachtungen erleichterten dem Alt-Knecht die Theoriefindung an sich auf das Angenehmste. Und der Alt-Knecht sich gedenkt; es könne der christlichen Weltsicht nicht die Augen auskratzen, so er sich das und jenes irgendwie doch eher sehr gescheit Gedenkte von so einem aufgeklärten Wirrkopf einverleibe – nicht gerade – es sich eher merke, gleichsam als die doch mögliche Ergänzung für das und jenes, das er vielleicht doch irgendwie bis dato gedenkt zu engherzig?
Derlei Bedenken mußten geschluckt werden, als harte und karge Tatsache, alsbald und allemal; so der Hias den Alt-Knecht erinnerte: an die Merkwürdigkeiten, die sich vermehrt auf das Wundersamste, grad so wie der Erdapfelkäfer; nicht?
Ja! Ja! Doch! Schon; irgendwie absolut!

7

EHER ZURÜCKHALTEND UND EINFÜHLSAMST

Und wirklich – beim Abendbrot am 22. September des Jahres 21 im 20. Jahrhundert – der Zweifel-Bauer angeschaut den frömmelnden Großknecht allzu lang: so lang, und eher nachdenklich an sich, ha?
»Hat mir da einer den Überblick verwurstelt über das Ganze vom Zweifel-Hof? Daß mir verwurstelt wird grad der ganze Hof?«

In der Tat: Der Stuhl vom Dodl ließ vermissen seinen dalkerten Inhaber. So es gesehen die Knechte, grad so wie die Mägde und die Großmagd, der Alt-Bauer und die Alt-Bäurin, die Scheidewandbergl-Bäurin und Klein-Kaspar. Nicht aber der Großknecht, so lang es noch Zeit gewesen?

Und der Zweifel-Bauer aufgesprungen; und die Faust auf den Tisch poltern lassen; und dem und jenem das Heferl gehüpft, grad auf das Bedenklichste. Und gestoppt ward diesem und jenem Heferl der gewagte Kollerer seitwärts so oder seitwärts so und hinunter vom Tisch, gerade noch!

»Wofür, frag ich mich, bei der Wahrhaftigkeit eines Kaspar, brauchst den Großknecht, wenn ich dann Huckepack tragen kann eh alles selber? Ist dem der Hochdruck der Religiösität in den Hintern gestrebet; daß mich dünkt der Schädel so leer? Wer hat dem Gedächtnis vom Großknecht Gewalt angetan; und wie lang noch, da einer sein will der Repräsentant wider die meinigen Prinzipien? So absolut; gleich dem ehernen Gesetz sich da einer anrennen traut wider das Prinzip an sich? Das Gnomgewächs fehlt mir nicht; und ist verwurstelt doch? Zweitmalig? An ein und demselben Tag? Da mir einer boxen will, grad wider das Herz?«

Und sich den Brustkorb massiert; mit den sehnigen und von der Sonne gegerbten Pratzen von einem Bauern-Riesen.

»Kruzifixitürken! Und sitzt noch immer: nicht da?«

Und sich die Augen gerieben; und die Blicke gleich kriegerischen Pfeilen hin und her, her und hin. Und der Großknecht geschluckt; und den Jung-Bauern nicht anschauen können; geradlinig und offenherzig?

»Die Scheibe im Kuhstall hab ich denn nicht zerschlagen!«, sagte der Großknecht.

»Nein. Das hat er nicht; das denn gewesen – ich.«, sagte die christliche Seel von einer Scheidewandbergl-Bäurin; grad so, als habe sie gehört den Hilferuf vom Großknecht, der da gerufen nach der heiligen Notburga, auf daß ihm die Sonne der Liebe nicht verweigere so absolut den Beistand. Und ihm vergebe, daß sein selbstisches Ich schier unüberwindlich geblieben; und ihm geradezu diktieret die Wahrheit, eher von der Kehrseite.

Und der eine und der andere Knecht geschluckt; grad dankbar gestimmt für die nämliche neue Theoriefindung, die da gewaget die Jung-Bäurin höchstpersönlich, auf daß sich nicht vermehre unnötig das Sündenregister des Großknechts.

»Hias! Was soll der letscherte Blick von dem da? Und plauder' es mir aus, Hias! Und das auf der Stell! Fehlt mir noch immer grad der?«
Und der Hias hochgeschnellt; gleich einer sehnigen und wohlgeratenen Stahlfeder. Und es gewußt – gleichsam mit schlafwandlerischer Sicherheit – wie das Fehlen vom Schweinehirten passiert sein könnte? Und der Alt-Knecht den Matthias angeschaut; grad als wär der sein Schutzengel.
Es bemerket durchaus – der Jung-Bauer – es aber nicht hinterfragt haben wollen; so absolut und unbedingt vor versammeltem Gesinde. Und es dem ausgeprägten Weibsbild Notburga schon wieder so gebrannt; nach auswärts. Getunkt – nur wann – die Bäurin, zumal der Bauer doch gewesen: draußen bei den Heumanderln!
Und der Hias sich das Kinn gekratzt; und entschieden, es müßten der Frömmlerin die Tupfer vorn an der Brust eher gewachsen sein großzügigst, ha? Und der Großknecht doch nicht bei den Heumanderln gewesen; als der Hias und der Alt-Knecht zurückgekehrt – den Weg wählend im Kreuz und Quer der Felder – aber gesehen: den Großknecht, der da geeilet schnurstracks heimwärts zum Hof, ha?! Wie das?!
Und der nämliche Altersunterschied nicht behindert nämliche Schand, ha?
Und der Hias den Jung-Bauern angeblickt, geradlinig und offenherzig; und nicht dagestanden, so merkwürdigst gekrümmt zu einem Fragezeichen.
»Jawohl, Bauer! Das hab' ich denn schon ausgekundschaftet! Ist grad gerannt hinauf das Scheidewandbergl, wie unsereins die Seuch doch vorführen hat müssen, die von den Schwarzzottigen, dem Totengräber! Und dem schauen müssen auf die letscherten Pratzen, daß die auch begraben, und das auf der Stell: das verseuchte Viech; und daß der uns nicht wartet; bis dem kömmt: der Bruder zu Donaublau. Der sich grad weigert; dann und wann; und es unsereins kreischen möcht:
›Ich bin denn der Glockenläuter zu Gnom!‹
Und derlei der probiert; halt immer wieder! Und da muß halt unsereins dem das ausdeuten, daß er auch ist: der Totengräber zu Gnom, und nicht alles in die Schuh hineinwetzen kann dem Bruder zu Donaublau. Halt zupacken muß; dann und wann; auch einmal: höchstpersönlich. Und wir dem die Seuch noch hineingelegt; und uns gedenkt: zuschütten wird er das Loch jetzo wohl;

auch ohne die Kontrolle von unsereinem? Und uns deroselbst getraut, dem Dodel nachzurennen; kreuz und quer, quer und kreuz. Auf daß ihn der Kummer, der ihn gedruckt grad narrisch, nicht noch purzeln läßt, hinunter die Neizklamm. Weiß unsereins, was so ein ›I!‹ und ›O!‹ und ›A!‹ und ›U!‹ und ›E!‹ alles zusammenleidet, ha?
Jawohl, Bauer! So ist es passiert! Und wir den, der da getrauert um das brave Muttertierlein, das die Seuch erwischen hat müssen von den Schwarzzotteligen, gesucht. Und sodenn auch gefunden! Jawohl, Bauer! Und der es meiner Wenigkeit und auch dem da, geschworen! Bei der heiligen St. Notburg, er sei wieder da, so es Zeit ist. Den Schwur aber gebrochen; wie ich es d'erschauen vermag nicht anders, als den Bruch der Ordnung eher von den Schwarzzotteligen, die dem schier abdrückt das inwärtig Pumpernde. Und ich mir gedenkt; grad so wie der graue Schopf es auch gedenkt: Es sei dies dem nicht nachzutragen; so absolut und als Prinzip. Und – so der nicht kömmt zur Zeit – schon der Großknecht unsereins schicken wird, hinauf das Scheidewandbergl. Und da der es nicht getan; halt unsereins gedenkt. Wird eh schon wieder irgendwo auf dem Hof umeinander werken, der Dodel; halt grad da, wo ihn unsereins nicht sieht?«
Und es hatte sich der Zweifel-Bauer eh schon wieder gesetzt nieder auf seinen Stuhl. Und geknurrt – nicht so absolut wider den braven Matthias; und eh nur die Augenbrauen gerunzelt; und sich geräuspert; dann und wann. Und sich den Schädel befühlt; eher zurückhaltend und einfühlsamst.
»Und mir fehlt grad noch eine?!«
Und der liebe Tata auf den Stuhl gedeutet; auf dem gesessen doch allemal der Zwilling vom Klein-Kaspar?
»Kruzifixitürken! Und sitzt noch immer nicht da. Hat denn das Dirndl nur so eine frömmelnde Rabenmutter mit grad so einem versteinerten Herz d'erwischt, wie nämliches steinernes Weibsdrum vom Scheidewandbergl, ha?«
Und es mochte der Scheidewandbergl-Bäurin inwärts gebrannt haben; und die gekocht, grad so, wie glühende Lava. Und das Sündenregister von dem eher ausgeprägten Weibsbild von einer Gattin aufgerollt; eher irgendwie die harten und kargen Tatsachen verfehlend, der Gatte dem Hörner gewachsen?
So es der Matthias gedenkt – von der frömmelnden Betschwester – eh schon immer, irgendwie. Und nun das Gedenkte bestätigt

ward, grausamst. Und das eher ausgeprägte Weibsbild Notburga ward angeschaut von dem eher ausgeprägten Mannsbild – dem Kaspar-Riesen – eh schon; mit steilen Unmutsfalten? Und nur hinuntergeschluckt – nämlichen Skandal – vor dem versammelten Gesinde?

8
WIRST MIR AUF EWIG KEIN MANNSBILD?!

Klein-Kaspar, dem sich die Augen mit Wasser gefüllt, absolut wider seinen Willen, hatte es nichtsdestotrotz wagen müssen; gleichsam sich merkwürdigst eingesperrt empfindend im Nicht-Anders-Können:
»Mein Zwilling ist denn drüben, bei der lieben Tante Kreszentia; und das hab' ich denn halt gemeldet der lieben Frau Stiefmutter, die mich immer wieder gefragt hat: Wo ist der denn umeinander, dein Zwilling, ha?«
Und schon gebrannt, die eine Backe, dem Klein-Kaspar. Der aber angeschaut, den lieben Tata, so geradlinig wie offenherzig.
»Gut denn; Bub! Hat dich aber gefragt niemand! Und jetzo schaust, daß'd mir nicht plärrst!«
Und die Faust gedonnert nieder. Eh nur auf den Tisch.
»Daß ich grad mein: wirst mir auf ewig kein Mannsbild?«
Und Klein-Kaspar doch nicht geplärrt? Eh nie willens gewesen, derlei anzutun dem lieben Tata?
»Jo, Tata!«
Und fast erstaunt; und auch gekränkt: ein wenig – und das an sich und absolut – angeschaut den lieben Tata. So verdächtigt, eher irrtümlicherweise. Zumal den Klein-Kaspar drangsaliert der Herbstschnupfen einerseits.
Andererseits aber auch das Fehlen vom nämlichen Zwilling, dem gewachsen zwei Zöpf seitwärts. Einer so und einer so. Nicht aber die Neigung zu plärren; grad so wie ein Weibsbild den Klein-Kaspar geplaget! Und das aus Prinzip nicht.

Nur halt den Rockzipfel gehalten; tagsüber von der Notburga. Und es der kundgetan, dann und wann. Und die ihn halt gewalkt, dann und wann. Und ihm gesungen das Lied vor und jenes; und geschaukelt den verwurstelten Zwilling und eh schon geschaut so, die liebe Omama. Grad neidisch?

»Gelt, ist sie dann mit dem Onkel marschiert, und hat mich grad verwurstelt, nix bemerkt, daß der andere Zwilling fehlt, gelt? Das ist denn so eine! Mir der Zwilling mißraten; irgendwie – auch noch? Gelt!«
Nichtsdestotrotz aber der Frage standhaft die Antwort: vorenthalten, die da allemal sich gleichgeblieben:
»Ja! Was ist denn dir – noch mißraten? Kannst es mir ja auch flüstern: ins Ohr.«
Es vorgezogen, sich schaukeln zu lassen, der listige Klein-Kaspar, und die nämliche Neugierde der lieben Notburga sogleich in seinem Gedächtniskasten da oben festgenagelt. Korrekt. Die möcht denn grad wissen – einiges mehr von dem – was da eingeschrieben haben könnte das Erinnerungsvermögen: dem Klein-Kaspar, ha?
»Halt der Zwilling! Halt der Zwilling!«, er geantwortet gar schlau. Und geplärrt – nicht mehr so trostlos an sich gestimmt – eher irgendwie sich erkennen müssen wollen dürfend: als gescheit. Und wenn nicht als gescheit; doch als jener Schweigende, der geschwiegen allemal, gar weise. Und irgendwie das doch getröstet den Klein-Kaspar. Zumal er ihm ja nicht abhanden gekommen grad für die Ewigkeit, der Schlankel von einem anderen Zwilling. Aber halt doch grad lang! So lang; ha? Und von Stund zu Stund es mehr geplaget, das verflixte Fehlende mit den zwei Zöpfen, einen seitwärts so und einen seitwärts so. Und so ihm halt der Plärrer zum Bedürfnis geworden; und das an sich. Und Klein-Kaspar gewakkelt, dann und wann, als Ganzer.
»Mich so verwursteln; hätt ich nie gedenkt! Nie von der! Grad so ein Weibsbild wie die Nina, gelt? Halt treulos, so wankelmütig! Grad im Sekundentatsch es so einem Ratz schlagt; anders da innen? Mir tät' das nicht passieren; gelt? S'ist halt die Weiberwelt! Gelt? Bist mir grad die einzige, die nicht so ist!«
Und die Scheidewandbergl-Bäurin es geduldet, daß der ihr am Rockzipfel gehängt; grad den ganzen Tag. Es aber geschluckt; den Schlund abwärts die liebe Omama, die geplaget der Neid; und sich nicht geschämt – ein bisserl nur – die liebe Omama?
Und so der liebe Opapa zugeblinzelt, dann und wann, der Scheidewandbergl-Bäurin, die liebe Omama noch geworden neidiger und fuchtiger; und der liebe Opapa die liebe Omama begütiget: gerade noch.
»Hat halt nicht das Fieber im Blut, wie das Dirndl! Wird halt doch

ein festgewurzelter Bauernbub, gelt? Ein richtiges Mannsbild; das nicht wechselt die Lieb grad so: wie ein städtisches Gockelorifräulein von einem Hias es gern tät, ha? Daß mir der Bub den grad anschaut – irgendwie verkehrt herum – als plaget ihn ein narrisches Schwammerl, so die Red' ist von dem mostlumpigen Rotzbuben, dem nicht wachst ein Barthaar?«

9

EIN BÄUERLEIN GEFREIT EIN GAR WILDES HEXLEIN

Und die Scheidewandbergl-Bäurin hat geantwortet irgendwie anders dem Kaspar-Riesen von einem Zweifel-Bauern.
»Der plärrt nicht; der hat den Herbstschnupfen! Das zum ersten! Kruzifixitürken!«
Und die Scheidewandbergl-Bäurin, war doch allweil gewesen grad die Heldin an sich der Geduld, grad das Vorbild an sich der Sanftmut und Demut, grad der Hochaltar von einem vorbildlichen Eheweib; nun gedonnert; so?! Und den Handteller geknallt, nicht nur einmal, auf den Tisch. Und die Augäpfel der nicht heraushüpfen wollen; eh drinnen bleiben, denn aber nur, gerade noch, in nämlichen zwei Höhlen!
»Und das Dirndl ist drüben, bei deinem lieben Schwesterherz! Das zum zweiten! Und mich mußt nicht anbrüllen, denn ich bin nicht terrisch! Das zum dritten!«
Und das doch nicht; ja doch; grad vor dem versammelten Gesinde. Und neugierig, fast ein wenig erstaunt angeschaut das eher ausgeprägte Weibsbild Notburga der Kaspar-Riese. Und sich die Augen gerieben, dann und wann; und sich geräuspert, sodenn gekichert; und gelacht und gewackelt als Ganzer und sich die Schenkel geklatscht; und sich die Augen gewischt: eh nur gelacht: Tränen? Und immer wieder gedeutet auf die Notburga.
»Und so dich der Schädel dünkt grad zerstochen von Hornissen, so bist denn selber schuld! Mußt halt dir auch einmal d'ermerken, wann es Zeit ist, den Weg zu finden, fort aus dem Grab des Seelenheils. Das zum vierten, und ist das Ghörtsich von einem Herrn Gemeindemandatar! Daß ich nicht krieg den Lacher als Ganzer? Das zum fünften!«
Und der Kaspar-Riese den Kopf gebeutelt. Es gequietscht: nicht ohne Genugtuung, fast gestimmt: eher lustig und das an sich?
»Ho! Ho! Ho! Da hat ja ein Bäuerlein gefreit ein gar wildes

Hexlein! Und so fromm und so munter grad der Schnabel! Ho! Ho! Ho!«
»Und sich raufen! Und sich mir so zerkratzt offenbaren, nicht nur als Rauschkugel; grad auch als Raufbold, ha? Das zum sechsten!«
Und verstummt; und nicht mehr gelacht. Nicht gehört ward mehr der Atem von dem oder jenem Knecht; von der oder jener Magd. Und sich die Alt-Bäurin bekreuziget; gleich drei Mal. Es auch getan der Alt-Bauer und sodenn diese und jene Magd.
»Und denn mir schelten wollen: den christlichen Glauben von dem braven Menschen von einem Großknecht; der wohl gut genug gewesen für deinen Herrn Vater, nicht aber für den, der da meint, er könnt grad so tun, als wär er der Gottvater höchstpersönlich, ha? Das zum siebenten und achten und neunten!«
Dieser und jener Knecht sich geräuspert nicht mehr. Auch nicht mehr gestaunt; neugierig, eher feierlich gestimmt. Auch ratlos an sich; grad so wie das versammelte Gesinde.
»Und jetzo ists genug! Und ein für allemal, und merk es dir! Das zum ersten, zum zweiten und zum letzten Mal! Du bist denn auch nur: ein Mensch! Und für dich gilt grad so gut wie für jeden von uns! Ohne den Herrgott geht nix!«
Totenstille denn; begütiget noch immer nicht die Rasende?! Doch; irgendwie schon. Ja! Ja!
»Und ohne den Herrgott wird alles zur Sünd!«
Und der Gatte hat geschnurrt. So sanft.
»Du mir grad sein könntest wie mein hantiges Schwesterherz, der moralische Faktor im Wirtshausleben? Getauget dein Schnabel für den Eunuchen von einem kugeligen Herrn Schwager, grad so wie dein Schnabel getauget, den Trunkenbold zu beruhigen und den Raufbold.«
Und der und jener Seufzer – der da gerufen himmelwärts;
»Gott sei es gedankt; grad wie der heiligen Notburga!« – ward gestoppt; und das im Sekundenschnackler. Dazumal die schnurrende Sanftmut nur getäuschet den, der gehofft: wider das Denkmögliche; gleichsam hoffnungsgeschreckt an sich. Und es eh schon passiert; und hat eh schon die Faust erstmalig, zweitmalig, drittmalig auf den Tisch geknallt; der Gatte, der nicht den Hintern geheiratet einer Gastwirtin; und auch nicht den Hintern geheiratet einer Kellnerin.
»Ist das die Standespflicht der Bäurin; ho, ho, ho? Zu kreischen

grad dem Bauern wie es kreischt die Kellnerin dem und jenem Gast? Der terrisch ist; und dem es unausrottbar ist: das schnapsige Bedürfnis sich zu prügeln, ha? Grad zertrümmern wollen die Wirtshausstuben? So einer: denn ich?! Mir nicht d'erdenkst, es ist das Gasthaus ›Zum armen Spielmann‹ allemal gewesen der Garant, daß uns das Volksleben nicht auf eine noch tiefere Stufe hinabsinkt; grad hinab zum Eskimotum? Ists doch das selbstgewordene Institut vom: Zweifel-Hof! Ists das Theater, das Konzert, die Bibliothek, die Gemäldegalerie vom Hiesigen denn? Alleweil gewesen? Und das du mir nennst das Grab vom Seelenheil! Unsereins nicht suchen darf den gescheiten Diskurs von Mann zu Mann? Wo sind mir denn? Und so manch ein Viertel bricht dem entzwei die Sorgen; und nix gehört das Weib mir von einem: Eskimoverstand; es ist der Gasthof ›Zum armen Spielmann‹ allemal gewesen die Konkretisierung einer höheren sozialen Einheit! Und es dem und jenem Ackersmann auch auffrischt das Gedächtnis: beim Kartenspiel es wiederfind't und es ihm die 32 Kartenblätter bestätigen, daß er es sehr wohl noch d'erdenkt; das und jenes; und auch sich ausdeuten kann Hunderte und Tausende von Erscheinungen korrekt. Grad so es ihm bestätigen die Kartenblätter! 32 an der Zahl! Und die gewisse asketische Frömmelmanier mir denn fehlt auf das Angenehmste, bei dem Schwager drüben? Verpönt denn dort das krumme Wort grad so wie die steife Manier von dem heuchlerischen Christenmenschen; da drüben wird er munter. Ja! Ja! Und sich es gedenkt wahrhaftig, was er denn schluckt in der Stuben, auf daß es nicht kränkt das frömmelnde Weib. Und mir ehrst: das Kirchenlied; wo aber denn bleibt: das Volkslied mir: geehrt? Und derlei höhere zivilisatorische Einsichten ich nie verlangt von einem Weibsbild. Aber auch nicht den Schnabel vom städtischen Nachtigallstrumpf geehelicht? Vor so einem Hintern mir graut; und das an sich!«
Und sich gesetzt: nieder.

10
DAS GEFÜHL IST ES, O NOTBURGA!

Und der liebe, ja, so liebe Tata schon wieder aufgesprungen; und die Faust donnern lassen, nieder, eh nur auf den Tisch. Und der Klein-Kaspar gewackelt als Ganzer. Und geschluckt und geschluckt, auf daß er nicht plärre; grad wie so ein Weibsbild.

Und auch die Scheidewandbergl-Bäurin geschluckt und geschluckt. Nicht aber gezittert und auch nicht geplärrt. Nur geglüht; das aber eher absolut.
»Und vielleicht versteht mir die nämliche Hirnfülle das jetzo besser, was ich nie gedenkt predigen zu müssen, zumal es mir gedünkt; gleich einem ehernen Gesetz, das der Worte nicht bedarf. Es eh eingeschrieben: in jedem Weibe; dem nicht gewachsen der Schnabel grad so: wie der Fabrikschlot zu St. Neiz am Grünbach. Und der denn; ich es mir gedenkt: das Problem vom Mueller-Rikkenberg und nicht das Problem: vom Zweifel-Bauern. Mir sitzt der Aufstand grad so in der Stuben; mitten drinnen. So denn, daß dir geholfen ist; ein für allemal!
Kälte und Mißtrauen sind wie das Tollkirschengift zu meiden grad so wie der Tadel. Das zum ersten! Hast das jetzo verstanden? So mir nickst; und so, daß ich es auch d'erschau! Stehst denn auf und wackelst mit dem Kopf und sagst denn immer: Jo, Kaspar; gelt?«
Und die Scheidewandbergl-Bäurin aufgestanden.
»Jo, Kaspar.«
»Ist das Ghörtsich: Wider den Mann, der sie erwählet?«
»Jo, Kaspar.«
»Ist das Ghörtsich: Wider den Mann; sich unverzüglich und angelegentlich zu entschuldigen, so sich das Weib von einer hantigen Launigkeit hinweggraffen hat lassen?«
»Jo, Kaspar.«
»Noch einmal denn?«
»Jo, Kaspar.«
»Wie?! Hat sich das Weib hinweggraffen lassen von einem gar unchristlichen Gachzorn?!«
»Jo, Kaspar.«
»Und daß ich mich deinem Hirn anpaß'; noch einmal! Die Ratschläge des Gatten sind zu hören: ehrfürchtigst?«
»Jo, Kaspar.«
»Und sodenn auch zu befolgen; und das grad noch, bevor der Gachzorn das Weib entzivilisieret, ha? Wie?«
»Jo, Kaspar.«
»Nicht kreischen darf das Weib?!«
»Jo, Kaspar.«
»So denn? Kreischen dürfen?«
»Nein, Kaspar.«

»Ansonst das Weib verdächtigt werden könnt; grad als so ein schwarzes Rabenviech, das mir alleweil schnabelt: Kräh! Kräh! Kräh! Und eh nix weiß und grad so viel kräht; wie nix: versteht von dem höheren Ganzen, das zu d'erdenken hat; jahraus und jahrein sehr wohl aber: das Obenwärtige von einem Zweifel-Bauern?! Wie ist das denn?!«
»Jo, Kaspar.«
»Kruzifixitürken! Wie?!«
»Nein, Kaspar.«
»Es nicht d'erdenkt das Weib? So probier' ich es dem Hirnderl einmal anders auszudeuten, wart!«
Und der Gatte nachgedenkt; und geseufzt; dann und wann; und sich geräuspert.
»Jetzo weiß ich es; wie ich dir das erklären könnt. Weiberl, horch! Horchst?!«
»Jo, Kaspar.«
»Das ist gewesen nicht die Summe; aber doch einige Pflichten vom geehelichten Hintern; und sodann auch zu erachten, als die Beweise der Liebe?«
»Jo, Kaspar.«
»Das heißt denn: einfühlsamst gedenkt, Kaspar. Einfühlsamst!«
»Einfühlsamst gedenkt, Kaspar. Einfühlsamst.«
»Und jetzo mir's noch auskundschaftest, auf daß ich merk', ob es das Weiberl mir auch d'ermerkt richtig. Horch! Weiberl, horchst?!«
»Jo, Kaspar.«
Und sich die Alt-Bäurin die Augen gewischt.
»Da hat er denn grad auch wieder wahr gesprochen, der liebe Bub, der!«
»Nichtsdestotrotz mußt es nicht kränken, das christliche Ehrgefühl, so unbedingt denn?! Bub, ha?!«, ergänzte der Alt-Bauer. Und sich die Nase gerieben. Der liebe Bub aber nur angeschaut die Notburga, die gezittert als Ganzer. Es nicht geschauspielert. Wirklich korrekt, sehr korrekt! Und die angeschaut nun den Kaspar; ratlos eher; es sie aber gereut und das absolut.
»Was knüpft denn immer fest aneinander: Jene?!«, brüllte der Kaspar und sodann das eher ausgeprägte Mannsbild geschnurrt; eh so sanft.
»Jene, die sich geschworen beizustehen; grad für's Leben?!«
Und gewartet; grad geduldigst auf die Antwort: so lang?!

»Nix hast dir behalten. Hab' es gleich befürchtet; irgendwie. Dann aber doch gehofft: Es könnt' anders sein. Mußt es auch nicht vorher wissen, wenn'st es hintennach d'ersagst dem Kaspar. Gelt?!«
»Jo, Kaspar.«
»Das Gefühl ist es, o Notburga! Das Gefühl!«, brüllte der Kaspar.
»Das Gefühl ist es, o Kaspar! Das Gefühl!«, flüsterte die Notburga.
»Hat es da gepiepst?! Sitzt mir irgendwo da herinnen: eine Nachtigall? Hat da einer etwas piepsen gehört?«, fragte der Kaspar, und das versammelte Gesinde antwortete im Chor.
»Nein, Bauer.«
So es anempfohlen, der es vorformuliert den Knechten. Und das ist denn gewesen, doch nicht der Hias? Ja doch! Und der Großknecht geschrumpelt grad noch mehr.

11
DER REPRÄSENTANT

»Notburga?!«, brüllte der Kaspar-Riese von einem Bauern.
»Das Gefühl ist es, o Kaspar! Das Gefühl!«, brüllte die Notburga.
»Rast mir das Weib?«, schnurrte der Kaspar.
»Schon wieder?!«
Und die Faust war erstmalig, zweitmalig und drittmalig gedonnert nieder, auf den Tisch.
»Das Gefühl ist es, o Kaspar! Das Gefühl!«, sagte die Notburga. Gleichsam mit versteinerten Augen und nichtsdestotrotz war es gestrebet, nach auswärts, so naß. Absolut wider ihren Willen. Absolut!
Und schon geplärrt auch Klein-Kaspar. Und eh schon gebrannt, grad auch noch, die andere Backe.
»Mir plärrst; grad wie so ein Weibsbild?«
»Nein, Tat!« Und geweint so bitterlich Klein-Kaspar, und es geschnackelt den grad als Ganzerl!? Und so auch Notburga.
Und genickt das doch eher ausgeprägte Mannsbild von einem Kaspar-Riesen.
»Gut denn; daß'd mir sagst. Tust so etwas nicht.«, schnurrte der liebe Tata.

Und war schon aufgesprungen; doch nicht wieder? Ja doch! Und gedonnert die Faust auf den Tisch. Zum ersten, zum zweiten und zum dritten Mal.
»Und daß du Rotzbub dir das merkst! Es lügt ein Kaspar nicht!« Und schon die andere Backe gebrannt.
»Jo, Tata?!«
»Wie? Bittschön! Was sagt mir da der Bub?«
»Nein, Tata! Es lügt ein Kaspar nicht?«
Und Klein-Kaspar den lieben Tata angeschaut; eher ratlos.
»Schon wieder gelogen?«
Und Klein-Kaspar das Kinn dem Tisch zugestrebt; und die Oberlippe eher der Decke zu, nämlicher gemütlicher Stube. Und dem den Schnabel zugedrückt, der liebe Tata; und sich sodann umgedreht, abrupt.
»So viel Lug und Trug und dann erst noch die granitene Dummheit ich schlucken muß; grad jahraus jahrein! Ja! Wer bin ich denn? Ist jetzo nicht einmal der Punkt zu finden? Bin ich denn grad der Hiob? Und ist mir die Bibel irgendwie doch mehr als ein Märchenbuch? Und jetzo mir brav sing; und das auf der Stell!«
Und der Kaspar angestimmt, was er willens gewesen; zu hören und Notburga vor den Kaspar hintreten müssen und es ihm singen vor.

>»Notburga, noch ein Kind
mit rot und weißer Wange,
war fleißig, fromm und gut,
und floh die Sünd wie Schlange.«

»Merkst es dir denn; ein für allemal, gelt Weiberl?«, schnurrte der Kaspar und tätschelte der Notburga die Wange; und sodann die Tür zugeknallt und es gebrüllt: von draußen nach drinnen.
»Merkt's euch denn; grad alle! Auch der Großknecht mir!«
Und schon wieder geöffnet die Tür, und den Großknecht angeschaut, der eh schon geschrumpelt war, so lange. Merkwürdigst.
Und die Hände vom Tisch gedrückt – nach unten – und zwischen die Schenkel eingeklemmt die Nämlichen, grad so, als wär das gewesen das Ghörtsich je vom Großknecht?
Und wirklich dagesessen, merkwürdigst gekrümmt? Grad schon peinlich für einen Repräsentanten. Der Repräsentant der – möglich, durchaus möglich von allem Möglichen – nur halt so rundum: nicht großknechtisch.

12
ZWIESPRACHE: ZUR THEORIEFINDUNG AN SICH

Beim Abendbrot am 22. September des Jahres 1921 hatte der Alt-Knecht das erste Mal vermutet, er könnte bis dato gedenkt haben zu engherzig und so den Matthias verdächtigt haben als Wirrkopf und doch der Matthias – genaugenommen – alles Mögliche sein könnte; nur halt absolut kein Wirrkopf?
Und der Matthias laut nachgedacht über den Großknecht – für den Alt-Knecht.
Genaugenommen war der denn eh nie vorgestanden den Knechten. Aufrichtig nicht und geradlinig nicht. Eher dem Alt-Bauern in den hinten Befindlichen hineingerutscht; das aber ausnahmslos.
Und genaugenommen der Windrichtung-Wechsel ein wahrer Segen sein durfte für den Zweifel-Hof. Und Schuldentilgung ward erst möglich, seit der Jung-Bauer das Gesinde geführet; nicht so letschert wie der Großknecht? Und anno dazumal der Alt-Bauer eh nur gehäuft Hypothek zu Hypothek, die nun abzutragen eigentlich der Jung-Bauer, gleichsam als Erbe von dem Herrn Vater?
Und nach dem Abendbrot hatten sich die Knechte eigentlich geschlichen eher hinaus aus der Stube. Und sich den Hinterkopf gekratzt: der und jener; und dem Großknecht nicht ins Auge blicken wollen. Eher sich an dem vorbeigedrückt; allesamt.
Nur die Kuhmagd sich die Augen gewischt; dann und wann. Und geschluckt und gedruckt und gedruckt es den Schlund abwärts. Und der auch der Erdapfelsterz nicht munden hatte wollen; so absolut nicht? Auch eher zaghaft zugelangt der Großknecht?
Und warum nur angeschaut – den Matthias, der und jener, jener und der; der eigentlich eher aufgeblickt bis dato zum Großknecht!? Und das – an sich? Und das obwohl nämlicher Großknecht alleweil gewesen grad der heuchlerische Christ an sich? Zumal der mit nämlicher Kuhmagd! Schon so lange wider das Ghörtsich von so einem Großknecht, ha?! Dem Knierutscher, dem Scheinheiligen mit der frömmelnden Manier von einem: Asketen, den Respekt – bis dato – nie vorenthalten? Die Frömmler, die!?
Ja. Ja. Schon eher es gewesen sein könnte – grad so – wie es der Hias ausgedeutet.
Und bei nämlicher Zwiesprache zur Theoriefindung an sich – wurde die Vermutung des Alt-Knechts nicht entkräftet, eher zur Gewißheit.

Der Matthias ist nicht nur: nicht ein Wirrkopf, und nicht nur theorienkundig. Dem Matthias könnte auch jene Fähigkeit gegeben sein, die nur mehr bei einem zu Gnom – bis dato – vermutet worden war: vom Alt-Knecht. Und über diese Fähigkeit hatte der Alt-Knecht nicht nur einmal nachgedacht. Sie aber – nichtsdestotrotz – nur in einem sich gleichbleibenden Satz zu erklären vermocht.
»Das ist denn der Theorienkundige an sich.«
Und das ist für den Alt-Knecht – bis dato – gewesen: nur jener Kaspar, der in der Familienchronik der Zweifel-Bauern eingeschrieben, als geboren in den Novembertagen des Jahres 1894.
Und der Alt-Knecht sich erinnert an nämlichen Knecht, der dies und jenes Verslein zusammengereimt wider den Hias; zumal der Nämliche gewesen der Faschingsprediger mit dem städtischen Gestäng aus Weidengerten auf der Nase; im Jahre 1921. Und grad der nun den Hias anschauen hatte wollen; irgendwie anders herum – der Schurk von einem Hiasdenunzianten! Und was denn der eigentlich vorzutragen gehabt: wider den Hias? Der Matthias den doch geplaget: nie?
Ja! Ja! So es der Alt-Knecht bedachte – lang genug – hatte allessamt schon seine Richtigkeit; im wesentlichen allemal, was da gedenkt der Matthias. Erstmalig so bereit die Jugend, auch das Gespräch zu suchen: das aufrichtige, mit so einem grauen Schopf. Der es sich eh schon gedenkt – genaugenommen schon immer – irgendwie halt. Und das so absolut wie unbedingt! Es könnte ein offenes Wort zur richtigen Zeit grad klären einiges. Und sich die beiden Knecht' erkennen als eh verwandte Seelen? Irgendwie doch, ha? Denn Schwamm über all die Nichtigkeiten, über das und jenes doch eher winzig geratene: Mißverständnis? Und der Theorienkundigere – das ward denn geoffenbart: ein für allemal – nicht der graue Schopf von einem altgedienten Ackersmann gewesen; vielmehr der Matthias.
Und gegen Mitternacht zu hatte der Kassier ›Der Vereinigung der Aufgeklärten‹ ein neues Mitglied geworben: für nämliche Vereinigung. Nach einigem Hin und Her, Her und Hin – halt das übliche Gezier der Tradition – das respektiert der Matthias einfühlsamst wider das Neue.

13
NÄMLICHE ENTWICKELUNG IRGENDWIE VERHATSCHT PASSIERT

Und nach Mitternacht gestrebet die beiden Theorienfinder Richtung Schulhaus zu Gnom, den nämlichen »I!A!O!U!E!-Schreier« zurückzuholen, nachdem sie auf die Frage:
»Wie ist denn der jetzo wirklich gelandet – da unten? Kruzifixitürken! Verflixt!«, die befriedigendsten Antworten gefunden.
»Ja! Ja! Es ist mir denn das Hirn nicht verschandelt worden, so ich mir es einmal angehört etwas genauer, das kraus Gedenkte von so einem jugendlichen Heißsporn. Wie es halt ist; alleweil gewesen! Ja! Ja! Grad schon anno dazumal! Als ich denn noch der Hitzkopf! Ja! Ja! Das Althergebrachte rümpft so leichtfertig die Nase, wenn es die Jugend einmal wagt, ein bisserl anders zu denken, das und jenes! Ja! Ja!«
Und die Jugend Hias geantwortet dem grauen Schopf. Und der Alt-Knecht sich nicht mehr schrecken lassen vom stimmbrüchigen Piepston, von einem Hinauf und Hinunter die Tonleiter. Es eher erkannt als das Problem an sich des Matthias, bei dem nämliche Entwickelung irgendwie verhatscht passiert sein durfte; und sodenn eh nur dauern ein bisserl länger als üblich? Sich derlei doch noch auswachsen konnte, ha?
»Der neue Wind, der da weht, den vermag mir der, grad mein Vater könnt er sein, noch ausdeuten als eher erfrischend und ungemein belebend! In der Tat: ein ungemein gescheiter Diskurs das denn gewesen – den ich da hab führen dürfen – mit dem kundigen Ackersmann!«
»Ganz meinerseits ich mir das gerade gedenkt vom Matthias. Grad, daß ich mich nicht schäm, ich alter Grauschopf. Wie leichtfertig sich das unsereins ausschnapst da drinnen: wider die Jugend! Und allemal – so absolut gescheit sein wollen – wider die Jugend! Ja! Ja!«
Und sie hatten sich dem Schulhaus zu Gnom genähert; eher unbekümmert.
»Wirst jetzo sehen! Der Michl ist mein Kamerad! Da passiert nix.«, sagte der Matthias und der Alt-Knecht nickte.
»Und wenn's der Gockel kräht, ist eh alles schon wie nie passiert.«, sagte der Alt-Knecht und blickte den Matthias an; eher – grüblerisch.

»Daß uns das Gnomgewächs halt nicht durcheinanderwirbelt das höhere Ganze, deuten wir uns zwei grad aus dem obrigkeitlichen Michl-Kameraden als geschickt vom Zweifel-Bauern höchstpersönlich. Zumal der Zweifel-Bauer nicht länger gestraft wissen möcht – eher den Schwamm drüber haben: über nämliche Angelegenheit – nämlichen Zwurgl!«, sagte der Matthias und der Alt-Knecht nickte.
»Ist halt der Michl doch der obrigkeitliche Kamerad: Weißt das nie so genau, wie es dem da oben passiert; gelt? Es ihn halt druckt merkwürdigst und manchmal schon allzu arg, das selbstische Ich, und allemal dastehen möcht: grad als der vor dem Geschlingelten vom nämlichen Buch.«
Und der Alt-Knecht nickte, sich schon eingeweiht empfindend; irgendwie doch: in die innere Struktur nämlicher Vereinigung.

14
NÄMLICHE ERWÄGUNG, DIE NUN DRÄNGT
NACH VOLLENDUNG

Und nun hatten sich da unten die Zeugen vermehrt grausamst. Und der schnapslumpige Totengräber Herr Faust nicht so sehr – aber absolut: der Gastwirt ›Zum armen Spielmann‹ – hatte danach geschrien, sich zuzuwenden von neuem der Theoriefindung an sich; unbedingt, und der Matthias zugenickt dem Alt-Knecht, der geschaut so grüblerisch hin zum Matthias.
Und eh nur gedenkt der Alt-Knecht, es habe sich doch nicht der Kiekerikiegockel von einem Hias geschreckt und doch nicht angeschaut den Alt-Knecht – sich eher verfolgt empfindend – und das grausamst vom Schicksal, wider die Logik des höheren Ganzen. Und sich befürchtet der Hias doch nicht gar als degradiert zum Irgend-Knecht? Das konnte auch passieren noch: nämlichem Kameraden von einem Kassier? Und der Alt-Knecht geflucht, dann und wann.
›Der mit seinen krausen Theorien. Und das auf meine alten Täg!‹
Und es gepumpert – tief inwärts – im Alt-Knecht und der sich schon gesehen, das Binkerl schnüren, und auf der Walz; o nein!?
Und sich zugenickt – die beiden Knechte – eher häufiger als allzu selten. Und sich bestätigt, immer wieder, als allemal noch lustig

gestimmt und nicht ein bisserl geschreckt; absolut nicht! Und einander auch vertraut, und das unbedingt; und es nicht gepumpert dem künftigen Großknecht Matthias – tief inwärts – grad so wie dem graugschopferten Dodl von einem Knieschnackler, den aufd'erklärt der Matthias: Wie denn?
Nichtsdestotrotz es der Hias gehört – im Inwärtigen quietschen – und das grausamst.
»Und das mir!«
Gewesen sein könnte – ha denn – auch der Kassier nämlicher Vereinigung denn: der merkwürdige Kamerad von einem Hias? Ja! Ja! Schau nur so geschreckt! Bleiben nichtsdestotrotz denn zwei Zeugen mehr! Und den Kameraden von einen lieben Michael dazugeschlagen, ha denn?! Sodenn noch – die nämlichen zwei Zöpf; gibt es der Zeugen zu viele; grad zu viele, ha denn?
Und sich das der Herr Gendarm Michael nicht gedenkt so verkehrt an sich. Eher sich das d'erdenkt korrekt; sehr korrekt. Zu viel der Zeugen es gewesen für die dritte, grad wie für die fünfte, sechste und siebente Theorie, die sie erfunden: die beiden Knechte.
Und dabei nur die winzige Wenigkeit von so einem kugeligen Herrn Zeugen, der gewesen allemal ein listiger Fuchs und geraten sein durfte plaudersüchtig an sich. Und den Matthias nur tituliert als den Herrn Feschak. Und ihm manchmal zum Krügerl hinzugelegt den Spiegel, auf daß er sich anschauen dürfe: der Herr Feschak; auch im Extrastüberl seine Schönheit bewundern denn.
Und grad das angetan dem Kameraden die Obrigkeit Michl? Der auf ewig sich nicht getrauet, den Glatzkopf von einem Fuchs zu beleidigen; so an sich! Auf daß der drängen müsse auf die Wiedergutmachung seines zutiefst gekränkten Ehrgefühls? O heiliger Christokameradjünger Michl! Das du ersonnen – eh nur ausgeschnapst mit dem da – wider den Kassier nämlicher Vereinigung?
Das sich so gedenkt der Matthias absolut. Grad auch so der Alt-Knecht unbedingt nicht! Es nur empfunden allessamt gerichtet wider die Theorien von so einem Neunmalgescheiten, so einem aufgeklärten Wirrkopf, der da gemeint, wer klopfen kann und sich d'ermerken: 32 Spielkarten – sich auch grad die vielen himmlischen Möglichkeiten klopfen könnt, und dem Gottvater grad abluchsen die As, die der wohl ausgeplaudert dem irdischen Menschen allemal anders, als es sich der d'ermerkt? Ja! Ja! Immer

hintennach dem Möglichen, das gestern noch gewesen das Denkunmögliche? So, der Mensch halt; gelt?
Und allemal nicht bedenkend, den Hahn? Gelt? Und der denn willens, das Morgengrauen einzukrähen, grad so wie es ihn gelehret der Gottvater? Und nicht gedenkt mir, o Hias, den Hahn? Und dich nicht befraget, ob sich auch der zuständig empfindet für das höhere Ganze? Das dumme Federvieh von einem Kiekerikiegokkel; gelt? O Hias?!
Und der Alt-Knecht eh nur zugenickt dem Matthias. Und dem Befehl nicht die Folgschaft verweigert, der da gepeitscht ward wider die beiden Knechte. Und gerad so unerbittlich wiederholt ward – wie es geschnurrt so sanft – der Gastwirt ›Zum armen Spielmann‹?! Ja! Ja! Hias!
»Taub mir doch nicht: auserwähltes Volk? Nicht vernommen das Erwogene? Es nicht nur in Erwägung gezogen von den drei Propheten. Vielmehr auch als Beschluß anerkannt worden, nämliche Erwägung, die nun drängt nach Vollendung. Und sodenn auch nach Offenbarung? Die zu verwirklichen beauftraget seien die beiden Knechte vom Zweifel-Hof. Und die nämlich soeben Genannten aus dem Volke der Auserwählten mögen näherrutschen bittschön: auf den Knien?«
So es geschnurrt – der kugelige Prophet.
Und es doch gequietscht; gar gequält heraus, aus dem Wirrkopf von einem Hias!
»Ich rutsch . . . . !??!?!«
»S'ist jetzo Zeit für die Reu, Matthias. Ungestraft bleibt nix; und schon gar nicht für unsereins. Hab ich mir gleich gedenkt: so. Irgendwie anders halt.«, sagte der Alt-Knecht und nickte dem Matthias zu. Aufmunternd. Und der Depp die Augen fest zusammengepreßt – sich aber nicht gezeigt willens zu rutschen auf den Knien – und der Alt-Knecht gerutscht, sich umgedreht, und genickt. Zumal der Hias eh schon gerutscht, hintennach dem Grauschopf von einem altgedienten Ackersmann, der noch allemal besser gewußt, an wen das Bummerl gerade weitergereicht worden war. Und der Hias derlei halt d'erdenkt etwas langsam. So einem Mitglied ›Der Vereinigung der Aufgeklärten‹ genau so gut wie ihm gekommen: der Knieschnackler, und jetzo rutschen mußte der, grad so wie er? Ja! Ja! Und was nun – nur getauget – dieses: vom Kameraden zum Kameraden! Dem Kassier nämlicher Vereinigung? Ha? Grad das Bummerl ihm zugeschmissen

– der Nicht-Kamerad von einem Gastwirt – der halt doch: der Schwager! Ja! Ja! Du auserwählter Hias, grad so auserwählt wie denn der meinige Schopf, ha: zu schnackeln und das allemal und das an sich? Ja! Ja!

»Michael, o Kamerad! Das kannst nicht dulden! Auf ewig tragst das nicht, daß ich rutsch': der Kamerad?! O Kamerad! Auf den Knien – vor so einem – der getreten die Obrigkeit wider das Schienbein? O Kamerad?!«

Und dem Matthias war sie aus den Augen geronnen salzig: die Schand!

»Mußt das ausschnapsen. Mit mir nicht, ha denn? So der sich weigert, mußt den begütigen! Irgendwie halt, gelt? Ist denn eh grad nur: eine Kleinigkeit bei deinem politischen Riesenverstand an sich, ha denn? O Kamerad! Hat das Recht auf nämliche Nacht erworben mit dem Protokoll! Und der Herr Zeuge der Kamerad doch gewesen ist, ha denn? Der doch den Namen unter seine Aussagen gesetzt; o Kamerad! Geradlinig und offenherzig es ausgeplaudert dem Protokoll. Wie der gestört – nicht nur die Ruh der Toten geraubt – halt gestört; absolut und unbedingt. Grad sabotiert: ja – wen denn nur? – Herr Kamerad Zeuge! Er mag sich denn grad erinnern an nämliches Protokoll, ha denn? Und ich es mir nicht gestatte, das selbstische Ich vom Gemüt hinzustellen, grad vor das höhere Ganze!«

Und der Hias das Knierutschen geübet; halt nachgerutscht – allemal hintennach gerutscht – dem Grauschopf, ha denn?

15
DAS SELBSTISCHE ICH UND DAS HÖHERE GANZE

Und der dahergelaufene Taugenichts von erbschleichigem Charakter gefletscht die Zähne. Unerbittlich.

»Wir sind denn da herüben; Herrschaften! Da!«, brüllte der Freidenker der!

Und das sich der Matthias eh gedenkt von dem Schwager, der sich dahingestellt – als wär er eh nur der alleweil nette Mensch und wollt' halt eh nur dürfen: nett plaudern – und neugierig halt; so viel neugierig. Der Haderwachl der! Von einem Freidenker wider das höhere Ganze; dem werd ich schon noch die Maske herunterreißen; wart nur, du! Wart nur! Den Matthias kannst nicht täuschen; gelt? Der Matthias nämlich – ist mit dir nicht verwandt;

und das nicht das Schwarze unter deinem Fingernagel – du garstiger Wirt du; gelt! Und es nun bestätiget – und das grausamst, dem Matthias; da unten – ein Schwager; grad so einer! Wie der Erdapfelkäfer der Schwager vom nämlichen Erdapfel, ha denn, du Kamerad Michl?! Wart nur! Sich verbünden mit so einem; das tut dir noch leid! Und so! Grad für die Ewigkeit reut dich das; gelt, du Ha-Denn-Verstand! Das ist denn das klassische Beispiel grad von einem, der die Sprossen nur d'erkraxelt mit dem und jenem Komplott wider das bessere Blut des künftigen Menschen! Und du Ha-Denn-Mensch mir ein Kamerad; ein gar merkwürdiger! Wie das?! O Kamerad?!
Das selbstische Ich dich plaget – und das aus Prinzip – wider das höhere Ganze? Und so dein selbstisches Ich zu tätschen gestrebt – gleich einem ehernen Gesetz – wider den Matthias? Und nur: wider den Matthias?! Und alleweil so ein Sprossenkraxler, der es nicht d'erkraxelt mit seinem Ha-Denn-Hirn: geneidet dem aufrichtigen und wahrhaftigen Kameraden die größere politische Begabung und den wuchtiger geratenen politischen Sachverstand. O Kamerad! So ein schlichtes Gemüt – grad wie ich – hat es sein müssen, auf daß werde das höhere Ganze wieder einmal das Opferlamm, das schlachten möcht das selbstische Ich von so einem Sprossenkraxler! Grad das Eins und Eins ist das von jedem politisch aufgeklärten Menschen an sich. Nix schadet den Idealen und den Statuten so sehr, wie so ein Sprossenkraxler von einem Ha-Denn-Gemüt. Der das selbstische Ich allemal maskieret; gleichsam es ausgedeutet – grad der ganzen Welt – du Ha-Denn-Ratz, du geschlingelter Buchstabierer und Knierutscher vor so einem Büchel; alleweil gewesen, der dastehen will und das an sich grad als: das Opferlamm für das höhere Ganze. So einer du mir bist, Michl! Und es geübet – und das eh: schon immer – wider den Matthias, gelt?! Und es nun klargestellt; ein für allemal! Michl!
Z'gut gedenkt über den Ha-Denn-Kameraden Michl der Matthias; allemal z'gut gedenkt: vom Michl! Den eingeschätzt irgendwie verkehrt herum – nichtsdestotrotz aber – es vermutet irgendwie eh schon immer: anders herum; bei dem Ha-Denn-Menschen da!
Der Matthias es gedenkt – im übrigen aber gerutscht auf Knien; und das korrekt. Von einem hintersten Eck in das andere hinterste Eck; und wieder zurück. Grad so wie dem Grauschopf von einem altgedienten Knecht geschnackelt dem hakligen Eiferer von einem Kiekerikie-Aufklärer: das Inwärtige doch?

Es gehofft, absolut, der Herr Gendarm zu Gnom. Es irgendwie befürchtet – anders herum – der Kamerad vom Kassier nämlicher Vereinigung.

16
DER GIFTMISCHER AN SICH: WIDER DAS
BESSERE BLUT

Und schon wieder gebrüllt – der Knechtschinder – dieser alleweil nur nett plaudernde Schwager. Sich das getraut: wider den Matthias! Der doch gesessen – allemal im Extrastüberl – und nicht draußen: bei den Irgend-Knechten, ha? Eher gesessen neben dem Zweifel-Bauern, dem lieben Schwagerschwalberl, das grad zu riesig geraten und zu sehnig und zu gescheit: für nämlichen Flug fort – aus diesem höllischen Nirgendwo von einem Überall? Und eh nur: das verfluchte Gnom?! Grad so: zu sehnig, wie der liebe Schwager halt zu kugelig. Grad so: zu mannsbildhaft, wie der liebe Schwager halt: zu eunuchig?
So der geplaudert nicht mit irgend jemandem. O nein! Und der Nicht-Irgend-Jemand grad noch getätscht die Schulter, dem Nix von einem kugeligen selbstischen Ich an sich; und sich gelacht wackelig als Ganzer, und sodenn – geschluchzt; auch noch und grad nur mehr: so? So bitterlich. Und das nicht irgend jemandem passiert – o nein – sich grad der die Ohren aufschlitzen läßt; und das aus Prinzip nie merkt. Was der in seiner aber-witzigen Plaudermanie geplaudert, grad – wider den geradlinigen und aufrichtigen Charakter an sich? Der eunuchige Glatzkopf mit seinem kugeligen Verstand eigentlich eh sein dürfte der Giftmischer an sich: wider das bessere Blut vom künftigen Menschen? Und der Nicht-Irgendjemand grad taubstummblindgeschlagen für nämliche harte und karge Tatsache? Nur weil der sein Schwager?
»Wir sind denn da herüben, Herrschaften! Da!«
Und die beiden Knechte rutschen durften auf den Knien. Von dem hintersten Kellerloch-Winkel wieder hinüber zum anderen hintersten Kellerloch-Winkel; immer den drei Schalk-Propheten um grad das Entscheidende hintennach, ha denn?!
Und das liederliche Kleeblatt sich geküßt – grad gleichzeitig – ha denn?! Und den Hintern schon wieder gestreckt nach hinten. So verharren wollend; grad für die Ewigkeit nicht; so lang halt, bis es d'errutscht wieder die beiden.

»I! O! A! U! E!«, brüllte der Schweinehirt vom Zweifel-Hof; und ausgedeutet ward der nämliche eher etwas beschränkt geratene Prophet von einem Gnom – allemal – vom nämlichen kugeligen Propheten; ha denn?! Und das unverzüglich; einmal so und wie: das nächste Mal; ha denn?!
»Und die Propheten; drei an der Zahl, weinten. Gar bitterlich! Dazumal sie sich erkannt, in einer etwas schalkigen Nacht grad, als Drillinge, die zusammengewachsen irgendwie, siamesisch?! Das ist denn der triamesische Fall zu Gnom; und eine schwierige Operation zu dividieren eine Seele grad durch die Zahl drei; gewagt. Sehr gewagt! Und geübet – erstmalig die Operation – könnt die mißraten, allzu leicht! Es fehlt dem nicht nur: der Operationstisch, das Skalpell. Auch die Erfahrung. Grad sein muß der Pionier.«
Und der kugelige Schalk dem Schweinehirten die Hände gedrückt – irgendwie eher lustig gestimmt: nicht – auch nicht den Fuchs gezwackt die eine Schalklaus? Eher angeschaut den »I!« und »O!« und »A!« und »U!« und »E!«-Menschen einfühlsamst. Nicht aber mitleidig. Eher sich empfindend dem nähergerückt; und das an sich, ha denn? Doch nicht?
Irgendwie das passiert sein mußte – da unten, ha denn – wie das? Und der Herr Gendarm sich die Augen gerieben, und sich auch den Hinterkopf gekratzt; dann und wann. Absolut aber – als der es schon wieder gebrüllt.
»I! O! A! U! E!«, und gedeutet mit dem Zeigefinger auf den Kameraden Hias und sich die Haare gerauft; sodann. Und es dem aus den Augen geronnen; doch nicht; ha denn? Ja doch! Und der kugelige Schalk-Prophet von einem Herrn Zeugen sich auch gewischt: die Augen? Grad so: wie der? Und dann wohl foppen wollen – eh nur – den Pfarrer zu St. Neiz am Grünbach; ha denn?
Und wirklich – der Gastwirt ›Zum armen Spielmann‹ hatte sich gestattet, die Inkarnation einer Begabung wider das Predigen von der Kanzel herab, nachzuäffen. Und auch die Sprache des Körpers und der Gliedmaßen von Hochwürden zu St. Neiz am Grünbach berücksichtigt; einfühlsamst und wirklich demütigst. Dem Hochwürden nichts angedichtet, aber leider Gottes denn, auch nichts weggedichtet. Und das: Kruzifixitürken, ha denn!? Alsbald gereicht!

17
DIE NACHT DER GESTALTSUMWANDELUNGEN

Dann aber genaugenommen eh nur rezitieret – den Faschingsprediger vom Jahre 21 halt des 20. Jahrhunderts. Der es halt auch veröffentlicht dem Dorfe Gnom im Gasthof ›Zum armen Spielmann‹; das Sündenregister von so einem merkwürdigen Kameraden, der nicht gewesen dazumal: der Hias? Eh nur, so ein Irgend-Knecht halt, vom Zweifel-Hof; ha denn?
Und einst der Alt-Knecht auch noch gelacht – zu den Hias-Verslein – die da vorgetragen: der Faschingsprediger mit dem städtischen Gestäng aus Weidengerten auf der Nase, ha denn? Und der es halt dem Irgend-Knecht verkündiget, was ihm ausgeplaudert haben wollte: das Evangelium. Nicht mehr gelacht – da unten – ha denn, eher geschluckt, der altgediente Grauschopf, und nicht nur nicht gewagt den einen Kicherer. Eher hineingesteckt die Zeigefinger in die Ohren; auf daß er nicht hören müsse – noch einmal – die Verslein wider den Hias, ha denn?
Und es doch eher gescheit der Faschingsprediger vorgetragen; und der kugelige Herr Schalk-Zeuge sich erinnert; grad so Wort für Wort, ha denn? Und es rezitieret als hätt' der den Beruf verfehlt, zumal der Michael noch nie d'erschauen hatte dürfen so einen Faschingsprediger, ha denn?
Und dem Michael das Pumpernde tief inwärts stillgestanden und gerannt in einem; es aber nicht wackeln lassen nach auswärts; so als Ganzer. Und das war denn ein Kampf – da unten – den da ertragen hatte kaum der Kamerad Michael; es denn aber doch ausgefochten bis zum letzten Sekundenschnackler nämlicher Predigt: wider den Kameraden Hias. Und es auch vollbracht; und nicht gelacht die eine Träne. Und doch hat es gewackelt als Ganzer – dem Michael – inwärts. Und das grausamst! Es ihm aber doch gelungen, dazustehen breitbeinig, und die Ruhe des eher ausgewogenen politischen Verstands zu bewahren, absolut! Und dem hakligen Eiferer zu antworten – dann und wann – prinzipiell aber ruhig und bestimmt. Nicht so sich verknäuelnd in dem Hinauf und Hinunter einer eher befangenen, absolut aber unbegabten Kehlenmaschine, die da geplaget, und das grausamst, den Kameraden Hias. Der es halt noch nicht d'erdenkt: Zuerst redet der, dann du; ha denn?! Halt immer einer nach dem anderen; ha denn.
»Hat grad nachgeäfft den Herrn Pfarrer zu St. Neiz am Grünbach,

Kamerad. Da einer kömmt und unerbittlich sammelt dem die unglücklichen Gewohnheiten, die Hochwürden vereiniget; und dargestellt auf der Kanzel; Sonntag für Sonntag, Meß für Meß; Predigt für Predigt. Und der höhnt den, der halt ist: auch nur ein irdischer Nachfolger vom Jesu Christ? O Kamerad! Es nimmer verteidigest mir – so absolut – das christliche Element, das Er doch allemal gestrebt zu predigen, als das Lichtlein an sich, das noch fehlt dem und jenem Kameraden, o Kamerad! Und es einbringen wollen – in die Statuten gleich – als das Statut nummero eins! Der Kamerad! Den hakligen Frömmlereifer gerade noch gedämpft – nämlicher politischer Sachverstand an sich – der Zweifel-Bauer? O Kamerad, Er es vergessen; allesamt: da unten im Kellerloch. Ich es mir aber notieret – im Hirn – grad für den Kameraden!
Es sei nicht zu verletzen: das christliche Ansinnen und Empfinden des christlichen Kameraden, o Kamerad! Zumal sich das aufgeklärte Herz des künftigen Menschen verbünden könne, durchaus und das absolut, o Kamerad, mit dem Jesu Christ und dem Gottvater undsoweiterundsofort, o Kamerad! Und das Blut – das bessere: vom künftigen Menschen – bedürfe nun auch des Gottvaters grad so wie all der anderen Propheten, Himmlischen, o Kamerad.
Ist das nämliche Loch nun geworden: Zum Hochaltar zu St. Neiz am Grünbach und der Gastwirt sich denn wundersamst gewandelt – da unten – und eh schon verflixt geähnelt und das an sich dem Hochwürden zu St. Neiz am Grünbach. Grad so wie: der Strich allemal geähnelt: der Kugel? O Kamerad! Übet die etwas schlank geratene Fasson von einem Hochwürden zu St. Neiz am Grünbach die Faschingspredigt zu Gnom einmal: kugelig; und das – im September? Im hintersten Kellerloch von so einem Schulhaus zu Gnom doch nicht? O nein, Kamerad! Ist's doch – der Hochaltar zu Gnom! Das denn die Nacht der Gestaltsumwandelungen an sich, o Kamerad?«
Im übrigen aber der Hias folgsam geblieben – und dem Alt-Knecht hintennach gerutscht – und halt auch alleweil hintennach geblieben: dem »I!« und »O!« und »A!« und »U!« und »E!«-Gewächs von einem Dodl, für das es wohl keinen Zweifel gegeben: Da verkündet dir endlich einer – das Evangelium, das weise ist an sich – auch noch: gar weise, ha denn?! Und das Gnomgewächs auch noch jener Nicht-Kamerad, der eher noch erkannt die Be-

deutsamkeit von so einem Volksbrauch, ha denn, als so ein Hiasl von einem Kameraden, ha denn!

»Auf ewig nie wendet sich mir der Kamerad wider den Volksbrauch! O Kamerad? Dem Kameraden ist die Lieb zu tief gewurzelt; grad nicht auszurupfen: zum Volksganzen. Und der Kamerad Matthias es allemal; auch jetzo erkennt: das Wesentliche von so einem Volksbrauch. Zumal er es liebt; leidenschaftlichst: das Volk zu Gnom. Stolpert nie über das winzige Detail, so es nicht gewachsen dünkt tadellos, dem Volksfeind nur, dem allemal das Zipperlein kömmt, so der es d'erschauen sollt: das tatsächliche Volk, das sich halt gar nicht so kümmert: um nämliche unnachsichtige Strenge, die den frömmelnden buchstabierenden Asketen drangsaliert; und das an sich. O Kamerad! Und derlei allemal geschadet, o Kamerad, bei der Verteidigung wesentlicherer geistiger Substanzen, ha denn? Weder der haklige Eifer eines Neubekehrten noch der haklige Eifer eines Altbekehrten das Ghörtsich ist: für den reiferen Kameraden, o Kamerad! Die Frömmelmanier weder so noch anders plaget das aufgeklärte Herz von einem Kameraden, ha denn? O Kamerad! Es ist das grausamste Geschütz, der absolut tödliche Feind, die Kanonenkugel an sich: wider den reiferen politischen Sachverstand, o Kamerad, ha denn? Und wie es mir ausgedeutet, nämliches Gründungsmitglied nämlicher Vereinigung, hab ich es mir auch gemerkt: sogleich, o Kamerad! Und mich auch geschämt für den hakligen Eifer von so einem Christen-Kameraden, der da geplaget ward vom Statutenkoller. Michael – ich mir gesagt – das merkst dir. Der Statutenkoller passiert dir einmal; sodenn: nimmermehr. Denn Jesu Christ braucht nicht den Statutenkollerer von so einem buchstabierenden Christenmenschen; will den lebendigen Glauben; und der sitzt denn inwärts allemal am: inningsten, ha denn? Zumal es pumpert dem Menschen: das Herz; ha denn? Und das Statut nur ausformuliert: das inwärts Pumpernde, ha denn, eher zurückhaltend und es nur andeuten wollend, wie das sein könnte: mit dem besseren Menschen; ha denn?! Nicht den Glauben brüllen muß – so statutendürr – der wirklich gläubige Christ; gelt, o Kamerad! Ich mir nämlichen politischen Nachhilfeunterricht d'ermerkt; und das auf der Stell?! So auch: der Kamerad, o Kamerad, ha denn!?«

18

DER NIMMERMÜDE SCHALK

Und es schon wieder getönt, nun vom anderen hintersten Winkel herüber:
»Wir sind denn da, die sucht das auserwählte Volk! Da!«
Und sich der Kamerad Gendarm doch irgendwie erachtet als nicht so unzuständig, für den Beistand, den sich da ausgebeten haben wollte der Hias:
»Das Morgengrauen bald gekräht der Hahn? Es mir bedenken möge doch der triamesische Fall zu Gnom, ha denn? Und marschieren jetzo die Wendeltreppe hinauf, ha denn? Das Morgengrauen kömmt so unerbittlich wie die Frage vom Schwager, wo denn geblieben sei: die Ordnung. Zumal abhanden gekommen sein dürfte: grad drei Knechten das Gefühl für den Zeitenwechsel Nacht auf Tag; grad so wie: Tag auf Nacht. Ha denn? Und wie es – die Spätlinge – dann ausdeuten dem Bauern, ha denn!«
Es nun auch noch ausgeplaudert – der Kamerad Michl – so hinterhältig dem Glatzkopf, den eh geplaget alleweil die Plauderwut an sich! Grad so wie das und jenes »Warum!?«, »Wieso?!«, »Weshalb?!«, »Wie das?!« und sodenn:
»Na sowas?! Ich mir das gedenkt anders irgendwie, o Riesenverstand von einem gar gescheiten Schwager!«
Und das Malheur dann passiert, unweigerlich. Gleich einem ehernen Gesetz? O nein! Diesen Zwirn doch nicht eingefädelt haben wollte, in einer Nadel: wider den Matthias – der liebe Michael – der doch eher gescheite Kamerad?
»O Michael!«, es gequietscht dem Matthias heraus. Absolut wider seinen Willen. Absolut!
»Denn wirklich es bedenken mag der triamesische Fall zu Gnom. Ist jetzo wirklich im September nicht die Zeit für den Februar. Irgendwie er doch die Schwalberln heimwärts wird ziehen lassen müssen – der Herr Zeuge? Zumal es eher dem Ende sich zuneigt das Jahr, ha denn? Und der Winter näher mir dünkt dem Herbst; grad so wie der Frühling mir näher dünkt: dem Sommer, ha denn? Und irgendwie den Punkt wohl finden wird können, wo nämliche Operation des triamesischen Falls zu Gnom unterbrochen wird; und sich auch heimführen laßt der Ertrag der Ernte, ha denn? Und eh schon kränzt – den kühnen Pionier – der Lorbeer, ha denn? Dazumal er beendet haben dürfte – die Operation – den Siegeszug

an sich, ha denn? Des kühnen Forschergeistes, der experimentiert erfolgreichst; ha denn? Doch jede Operation findet das ihr bestimmte Ende; ha denn?«
Und der Herr Gendarm zu Gnom sich bemüht – den obrigkeitlichen Worten – das schalkige Lob beizumengen; grad so wie ein Gewürz, das dem Gewürzkundigen an sich zu Gnom, dem Vlastymil-Koch doch schmecken mußte; absolut und unbedingt, so mild es sich dargeboten dem Gaumen.
Und auch genannt ward: Du lieber Schalk von einem fuchsigen Glatzkopf, gemütlich ist es gewesen bei dir; alleweil! Und plaudern kannst: aber-witzig! Nur einmal bittschön; muß ich halt doch marschieren heimwärts, ins Bett, ha denn?
Und auch den gemütlichen Zwinkerer geübet der Herr Gendarm zu Gnom, auf daß sich der liebe Herr Zeuge Franz nicht gemaßregelt empfinde und sich auch nicht verbeten haben wollte; bittschön: die Bevormundung, ha denn? Und das grad so absolut wie unbedingt, ha denn?
»Die Mütz! Mir fehlt die Mütz!«
Und angeschaut, der liebe etwas vergeßliche Onkel Vlastymil, den lieben Michael; und die Händchen, die gut gepolsterten, gefaltet.
»Wo sind mir hingeraten nämliche zwei Zöpf? O Michael! Einer seitwärts so und einer seitwärts so?«
»Heimwärts ins Bett! Wohin denn sonst, ha denn?«, antwortete nun der Herr Gendarm zu Gnom und kratzte sich den Hinterkopf. Und schon wieder ›niesen‹ müssen; das obrigkeitliche Auge von einem Michl?
»Michl! Mir das auch ist wahr? Absolut? Unbedingt?«
»I! O! A! U! E!«
Es kundgetan der Dodl schon wieder. Und sich die Augen gewischt der – und sodenn den Kopf geschüttelt heftig. Es doch nicht verneinend, ha denn?
Und der merkwürdigst flackernde ›Augennieser‹ vom Michael – dem die Augäpfel ins Rutschen geraten und die Augenlider geflattert – eh schon beendet ward; dazumal er geniest, und das mehrmals.
»Hatschi! Hatschi! Hatschi!«
»Mir das?«, sagte der Michael; nun empört an sich.
»Genau so wie das eine etwas schalkig geratene Kugel ist, genau so ist nämliches Bauxerl gerutscht ins Bett, ha denn! Mein obrigkeitliches Aug in nämlicher Angelegenheit nicht geplaget die Schlaf-

wut, ha denn! Es gewußt haben hat wollen – der Michael und das an sich – marschiert mir jetzo der Schalk auch heimwärts: brav? Oder hat er sich das gedenkt anders? Mir ins Gemüt hineingehüpft – irgendwie? Irgendwann? Es jetzo aber da drinnen sitzt; weiß ich wie? Ist mir halt passiert; grad so wie dem!«
Und der Herr Gendarm zu Gnom angeschaut den Gastwirt ›Zum armen Spielmann‹ – und der gekichert, hinter vorgehaltener Hand – wieder ganz: wer, ha denn; der nimmermüde Schalk!

19

DER FASCHINGSPREDIGER ›ZUM ARMEN SPIELMANN‹

»I! O! A! U! E!«, brüllte der Dodl wieder; und gedeutet abermals: doch nicht, ja doch, auf den Hias. Und der Hias sich die Augen gewischt – grad ungeniert – ha denn.
»Taub mir doch nicht jener Erwählte aus dem auserwählten Volk – der dazwischengeplappert: dem Erwogenen – ›O Kamerad hin, o Kamerad her‹? Und nicht hat hören wollen das Evangelium, so denn auch nicht der Grauschopf von einem Erwählten? Dem gestrebet die Zeigefinger wider die Möglichkeit des Hörens an sich!
›Hört! Hört!‹, sagten die Propheten.
›O nein!‹, tönte es zurück.
So haben die Propheten nun erwogen von neuem und auch das Erwogene anerkannt als Beschluß. Zu wiederholen nämlich – das Evangelium – dem, der erwählt ward aus dem auserwählten Volk. Und es der nun tragen möge, daß ihn das Schicksal auserwählt. Und das, noch ehe der Hahn es gekräht! Sodenn mir die Auserwählten auch bemerken mögen; wir sind denn da herüben und nicht da drüben. Und auch lauschen andächtigst – und das Evangelium bedenken – ihm nicht dazwischenzuplappern! Das zum ersten! Ihm nicht die Ohrwascheln zu verweigern! Das zum zweiten! Hört! Hört!«
Und der Hias eh schon geschnackelt als Ganzer; grad so wie der Alt-Knecht. Und beide Knechte sich die Augen gewischt. Und sich gezeigt – nun willig – das Schicksal der Auserwähltheit zu tragen, ha denn? Und das absolut und unbedingt, ha denn!
Und grad wiederholen müssen – Satz für Satz – das Evangelium: der Hias, der Auserwählte, ha denn? Und nicht einen Quietscher gewaget wider die Erwägung, die nach Vollendung gedrängt,

durch Offenbarung? So es nämlich erläutert der kugelige Prophet von einem Herrn Zeugen dem Hias? Eh so sanft, ha denn. Und der eher – etwas kurzgeratene – andere Prophet es bestätiget; mit Kopfnicken; immer wieder.
»I! O! A! U! E!«
»O Hias! Hast dich bekleidet nach Stand und Ordnung, grad wie die heilige Notburg! Aber unsere Dirnen, die g'wanden sich her, als wenn so eine niedere ein Stadtfräulein wär!
O Hias, dein wunderschön Blondhaar hast sittsam gekampelt; das ist schon g'wiß wahr! Aber unsere Dirnen, die kampeln sich auf, man könnt grad d'erschrecken, als wie beim Klaubauf!
O Hias, du hast die Gelegenheit gemieden, und hast dich ganz von den Mannsbildern geschieden. Aber unsere Dirnen, die geh'n denen zur Hand. Und sind gleich mit einem jeden bekannt.
O Hias, steht unsereins an: die Schand?
O Hias, steh uns bei in dieser Not! Grad wie du uns verhilfst – zum täglichen Brot! Hias, o Hias, bist es jetzo denn bald, der Großknecht, ein mannsbildiges Weib? Und grad auch wie so ein städtisches Fräulein: so gescheit?
Und die Mägd und die Mägd! Wie es denen jetzo aus den Augen rinnt! Der Hias, o der Hias nimmermehr find't – den niederen Hintern auf'd Nacht! Der Hias, o der Hias, alleweil nur mehr sinnt, wie er dem Bauern den Nachttopf nachtragt!
Und mich, o der Hias! Und mich, o der Hias! Er laßt liegen grad so unbemannt. Nimmermehr er zu mir ins Heu her strawanzt! Laßt mich nimmermehr beichten gehn die Sünd! Daß es mir grad – zum D'erbarmen – aus den Augen rinnt!
O der Hias! O der Hias! Der fehlt mir grad sehr! Und der Tupfer vorn dran an der Brust – wird nimmermehr, der mich grad juckt so höllisch und – umsonst: die Lust!
Denn der Hias, o der Hias, der ist jetzo der Großknecht! Und hat fortan den niederen Hintern gemieden! Nimmermehr der Tupfer vorn dran, den Hias zu mir ins Heu hat getrieben! O der Hias! O der Hias! Der ist mir denn so einer! Grad so wie der, könnt das keiner!«
Und auch der Herr Gendarm zu Gnom geschluckt – immer häufiger – und es ihn gefröstelt da unten. Irgendwie doch sehr; eher, ha denn?! Und derlei Grausamkeiten zugemutet der triamesische Fall zu Gnom; grad wie lange noch? Ha denn! Einerseits.
Andererseits es gedünkt irgendwie – den etwas älteren Kameraden

Michael – es könnte die Operation gar dem Matthias helfen, und es könnten die Erfahrungen da unten dem beschleunigen: das Tempo der Ausreifung zu einem wirklichen Mannsbild, ha denn. Und es doch nie schadet dem jugendlichen Hitzkopf von einem Kameraden, so der es sich d'ermerket eher zu früh als zu spät, ha denn?
»O Kamerad, grad hineinwachsen wollen – auf der Erden – in den Himmel! Der Kraxler geht sich nicht aus; auf ewig nie! Ha denn? Die Leiter ist denn nix: für den irdischen Menschen! Auch nix tauget für den künftigen Menschen, ha denn?!«
Und es doch – nicht nur einmal – immer wieder zu bedenken gegeben der liebe Kamerad Michael dem Matthias. Und der ihn nicht einmal angeschaut – nur die Stirn getippt seitwärts mit dem Zeigefinger – und sich zugewandt einem anderen Kameraden, ha denn! Und der andere Kamerad grad ausgelacht den Michael und ihn genannt, wie es ihm vorgeplappert; eh nur der Hias, ha denn!
»Der Knieschnackler da, der Knierutscher! Heiliges Geschlingeltes, erbarme dich meiner! Ho! Ho! Ho! Das ist mir denn ein gar lustiger Kamerad, der Michl!«
Und der Kamerad Gendarm zu Gnom – oft – heimwärts geschlichen; von dieser und jener Zusammenkunft und gemeint; es bricht ihm entzwei das inwärts Pumpernde, grad in der Mitten, ha denn? Und es nun wohl – irgendwie doch auch – d'erglaubt der Spätling da, der Hias, ha denn?
Nichtsdestotrotz das Evangelium wider den und jenen Sündenfall vom Hias nicht mehr entbehret so absolut (!), das Körnderl der Wahrhaftigkeit, ha denn – nur anders herum – als sich das einst gedenkt der graue Schopf von einem altgedienten Knecht. Grad wider den Uhrzeigersinn – sich geändert da einiges auf dem Zweifel-Hof, ha denn – der nicht mehr der Irgend-Knecht so unbedingt, ha denn?

20

ALS WÄR SO EIN REDEFLUSS: DAS ROTE MEER

Und der Vlastymil hat so absolut nachäffen müssen den Pfarrer zu St. Neiz am Grünbach, ha denn, gesammelt dem die Laster ja wirklich. Und sie offenbaren wollen, grad so, auf einen Tatsch; und da unten?!
Geleiert, sich verschluckt und gerülpst und geredet mit den Hän-

den wie mit den Füßen, daß einem ein Lacher passiert ist, wo sich empfohlen eher die Trauer. Geschnackelt – grad so wie eben Hochwürden – und das als Ganzer; und hinauf die Tonleiter und hinunter die Tonleiter; und sodann halt geschnarchet. Eh nur ein bisserl. Und aufgeschreckt und eh geprediget wieder ganz munter. Und nur irgendwie d'erwischt das Feinempfinden vom menschlichen Gehör und das an sich; eher verkehrt herum. Und den affektierten Blick gewaget; sodenn den Nasenrümpfer verbunden mit nämlichem weisen Blick – des eher altgeschnackelten Verstands – von so einem zu St. Neiz am Grünbach. Ha denn?! Dem aus dem Geschlitzten geschauet grad die Müdigkeit vom altgedienten Herrn Pfarrer heraus. Nur halt verkehrt herum, und nicht ausgereift, zur Weisheit des Alters so absolut, ha denn?!
Und – genaugenommen – gesammelt sämtliche liebgewordenen Gewohnheiten, die da geplaget, den und jenen, landauf landab. Weniger den Dorfpfarran sich geäfft, ha denn? Auch ein bisserl geäfft: ja halt die irdischen Vertreter vom Jesu Christ? Die eh nur geplaget: das Allzumenschliche?
Dem einen Hochwürden hat sich nicht so ganz anzupassen vermocht, der Bedeutsamkeit dieser oder jener biblischen Substanz: die Muskulatur vom Gesicht. Und aus dem anderen Hochwürden das Allzumenschliche geoffenbart ward; so nebenbei von der Kanzel herab: Es sei ihm zugewiesen, dieses und jenes Gestlein eher ungeschickt zu wagen; und das alleweil grad dann, wenn er willens zu predigen – den Schäfchen der Gemeinde – eher vornehmst gesinnt, so auch besserungswillig und himmelwärts gestimmt eh donnere: wider das Grab vom Seelenheil. Dann ihn grad plage der Schluckauf an sich. Und das grausamst, ha denn?! Und es ihm wird grad zum Bedürfnis an sich – die etwas bläulichrot ausgewucherte Nas' – zu bedecken mit seinem Handteller; und braucht doch grad die Hand für die eine bestimmte Geste, die allemal so schön gepaßt – zu diesem und jenem Donnerer – ha denn?
Eindringen, so unbedingt, ha denn, in die innersten Seelen-Gemächer von so einem wackeren Hochwürden, der halt da und dort, grad wie dort und da gewachsen – wie die Natur an sich – eher: vielfältigst, ha denn? Und manchmal halt auch geähnelt einem Kauz, ha denn, grad so wie dieses und jenes Schäfchen, das ihm gelauschet, aufmerksamst, ha denn.
Und die Schäfchen allesamt nur eines geeinigt: die Schlafwut

niederzuringen, so der es nicht gedonnert – vielfältig genug herab von der Kanzel, ha denn – und halt auch ermüdet; dann und wann; eingenickt. Und ihm das Nickerchen passiert – grad auf der Kanzel – und sodenn gleich aufgewacht die Schäfchen allesamt, sobald Hochwürden geschnarchet, ein bisserl, ha denn? Und keiner – da unten – mehr geschnarchet; nur gelauscht dem – da oben – grad andächtigst gestimmt und feierlich, ha denn?
Und wenn der einmal finsterer als finster anschauen hatte wollen – dieses und jenes Schäfchen – und mahnender als üblich, ist es ihm halt schon passiert; und er hat genieset und sich verschluckt. Zumal er sich geschreckt haben dürfte. Dann und wann es ihm halt gedünkt – das Schäfchen habe den Blick nicht gesenkt; nur gestaunt etwas erbost, ha denn – zumal sich grad dieses Schäfchen nicht für diesen Sündenfall zuständig empfand; sondern für einen ganz, ganz anderen, den aber geprediget eh nicht Hochwürden, ha denn?
Und Hochwürden zu St. Neiz am Grünbach geplaget die Atemnot an sich, ha denn? Und der Bedeutsamkeit der geistigen Substanzen, die er da verkündiget – gar nicht so wie er dreingeschaut – eher gescheit; hat er halt das Allzumenschliche beigemengt auch. Und es eh nur gewesen allweil – die Mühsal nämlicher Atemnot, die ihm zerhackt, und das grausamst: den Redefluß – als wär so ein Redefluß das Rote Meer und müßt da durch der Moses, ha denn?

21
ES ERWISCHT – IRGENDWIE – NICHT: HARMONISCH

Und denn die Flut der Worte – nämlicher Schnapper nach Luft – grad d'ersäuft; und halt auch den Sinn nämlicher Rede? Ha denn? Und sodenn ihm gerannt – die Worte davon – grad dort, wo ein Punkt angenehm aufgelockert hätt die Sätze. Und sodenn ihm – die Worte gestockt – grad dort, wo jedes trennende Satzzeichen besser gefehlt hätte. Und halt es erwischt; gleich einem ehernen Gesetz – irgendwie – nicht harmonisch, ha denn? Was aber macht der Mensch, so ihn einmal dirigieret die Atemnot?
Da wird die Schönheit von einer Predigt gleichsam: zerklüftet und wirkt eher grausig, ha denn? Auf das Gemüt grad wie auf das Hirn, ha denn vom Schäfchen, das doch gehört hätt gern etwas Schönes, vom Hochwürden, ha denn? Etwas, was aufbaut und aufmuntert, ha denn? Der sodenn auch wettert und donnert; aber

halt alles: zu seiner Zeit, ha denn? Derlei eh nur gedenkt; das oberflächlichste christliche Schäfchen. Nicht aber der Christen-Mensch, ha denn.
Sodaß sich halt ergänzen muß das Volk selbst den und jenen Sinn, den vergessen zu erwähnen – eher vorausgesetzt – der Herr Pfarrer zu St. Neiz am Grünbach, ha denn?
Und es hat gehört der Hochwürden immer: Er sei der Inbegriff aller denkmöglichen Vollkommenheit – und das jahraus und jahrein – hatte der sich wohl gestatten dürfen, es auch einmal zur Kenntnis zu nehmen – auf seine alten Täg hin, ha denn. Und es ist halt so die Einsicht seiner lieben Brüder und Schwestern in Christo zur seinigen Erkenntnis ausgereift, ha denn? Wenigstens auf seine alten Täg hin, wird der Tätscher wider die harten und kargen Tatsachen seiner eher Nicht-Begabung sich – von ihm – anschauen lassen dürfen grad als ihr Gegenteil, ha denn.

22
AUTORITÄTSFEIND NUMMERO EINS ZU GNOM

Und grad den Hochwürden so zu verspotten, der sich doch eh schon fast Tag für Tag den Hatscher angetan nach Gnom, auf daß es ihm gestattet sei mit dem – der ihn jetzo so grausamst gefoppt, ha denn – grad mit dem, das nette Plauscherl zu wagen, und den und jenen gescheiten Diskurs mit dem Glatzkopf, von dem er gehört, der ringe unmittelbar mit dem Antichristen, ha denn, der sich in dem Fopperer von einem Glatzkopf niedergelassen; und das absolut und wider seinen Willen? Und ihm aus diesem und jenem Gedenkten herausgeschaut – der Klaubaufzündler an sich von so einem Antichristen, ha denn – und grad das verkehrt Gedenkte allemal erwischt, gerade noch. Aber wirklich nur mehr so im letzten Momenterl? Ha denn!
Nichtsdestotrotz, es getan der Schalk von einem Herrn Zeugen; und sodenn nachgewiesen Hochwürden höchstpersönlich – und das in der Regel eher; nicht dann und wann; ha denn – es habe Hochwürden jenen Propheten verwechselt mit diesem Propheten.

So hat es – nicht nur einmal – gehört der Michael im Extrastüberl, ha denn. Und oft und oft er nachgeschlagen – der Michael – und den Naseweis, den Hochwürden-Fopperer demaskieren wollen,

der da gedenkt, er könnte naseweisen Hochwürden zu St. Neiz am Grünbach höchstpersönlich, ha denn? So ein aber-witziger Pfiffikus von einem dahergelaufenen Neunmalgescheiten, ha denn! Der es eh allemal besser gewußt als so ein hiesiger Hochwürden höchstpersönlich, ha denn! Und oft und oft er nachgeschlagen; und – am nächsten Tag – ihn befraget der Glatzkopf:
»Michl mir auch nachgeschlagen – und es mir jetzo ausdeutest korrekt?«
Und so auch der Herr Gendarm zu Gnom geworden grad der Bibelkundige an sich wie der, ha denn! Und so wie der Pfarrer Herodes gesagt und wohl gedenkt Jeremias, dem das nicht passiert; nicht einmal? Und so wie der Pfarrer Jeremias gesagt und wohl gedenkt Herodes, dem das D'ermerkte nie durcheinandergerutscht?! Und dem Herrn Pfarrer grad das eher Überreife nachrechnen wollen – bis auf das Tüpferl auf dem I, ha denn – und nicht es vergessen wollen; das und jenes D'ermerkte, das sich gemerkt haben könnte Hochwürden, grad verkehrt, ha denn; im richtigen Momenterl? Sich daran alleweil erinnert, so es sich Hochwürden gestattet, sich ein bisserl zu täuschen, ha denn! Nicht ein Ohrwaschel dem verstopft; wenn es eigentlich schon gewesen wäre das Ghörtsich – ha denn.
Und was hat Hochwürden getan? Gewackelt grad als Ganzer; und die und jene Korrektur vom kugeligen Glatzkopf sich angehört; aufmerksamst, ha denn? Der da doch beschädigt und auf das Grausamste die Autorität von nämlichem himmlischen Vertreter, ha denn! Und dem Autoritätsfeind nummero eins zu Gnom getätschelt die Wange, und die Augen gekugelt, und mit dem gelacht: Tränen! Nicht nur die: eine Träne, ha denn? Und geflüstert: grad glückselig gestimmt; absolut, ha denn?
»Noch ein Vierterl, o du schwarzes Schaf von einem geliebtesten Sohn!«
Und gekichert; hinter vorgehaltener Hand, und dem Naseweis von einem Wirt – der ihn doch gefoppt, ha denn – die Wangen grad so getätschelt, wie die Glatze gekrault, ha denn? Und so der Wirt eher den Tonfall nachgeäfft – vom nämlichen Dauergast – Hochwürden sich gekratzt das Kinn und gedreht die Äuglein seitwärts und himmelwärts und sodann die Hände gefaltet; und es gehaucht, eher schon alles sich ausdeutend eher verkehrt herum, ha denn? Der etwas überreife Pfarrer zu St. Neiz am Grünbach, halt?

»Nicht doch, o Vlastymil! Meiner Wenigkeit zugewachsen, die Inkarnation zu werden der Rednerbegabung an sich? Ich weiß! Ich weiß!«
Und gekichert, gar fuchsig, Hochwürden, ha denn? Und gezwinkert mit dem einen und sodann mit dem anderen Auge; eher listig; Hochwürden, ha denn?
»So gibt es aber meine Wenigkeit von einem Christenmenschen zu bedenken – dem Bibelkundigen an sich – zu Gnom. Wie gerät meine Wenigkeit grad zu den Fabrikschlotmenschen zu St. Neiz am Grünbach? Es nur gereicht für nämlichen Ort? Nicht mehr gelangt für die Kirch' da drüben? O Vlastymil, du schwarzes Schaf, das mein geliebtester Sohn mir allemal gewesen ist! Rätst du mir – jetzo noch – dem meinigen beschränkten Schädel von einem Überreifen rätst du jetzo noch an, es zu wagen, und nicht demutvollst zu neigen das Haupt vor dem nämlichen städtischen Auftrag, der da gelautet einst: Es sei die Inkarnation einer Rednerbegabung nicht vorzuenthalten dem gefährdeten Seelchen, dem irrenden Schäfchen, das da strebe – grad wie einst der Nämliche mit dem Hörnderl und dem Schweif und dem Bockfußerl – durch nämlichen Ziegelschlund, der ziert seine Keuschen. Und sich doch eher der und jener gedenkt:
›War der zum Schornstein Hinausgefahrene jetzo ein Mensch oder der Leibhaftige?‹
Und nämlicher Ziegelschlund gar modern geworden – so lang – der Schlankel; wie das?«
»Hochwürden tippt an: den gefährdeten Fabrikschlotmenschen?«
Und Hochwürden genickt; und sodann die beiden getuschelt; ha denn? Und es – einmal – gehört, der Herr Gendarm zu Gnom. Es eh nur geträumt genaugenommen; in einer etwas schalkig geratenen Stund, ha denn?!
»Es langt und langt mir nicht: für nämliche Strafversetzung! Ein guter Rat mir; o geliebtester Sohn! Heim möcht ich dürfen; heim in dies idyllische Örtchen, mit dem gar lieblichen Kirchlein! Es doch nie zu spät? Geliebtester Sohn! Mich doch plag; eh so! Mich geladen zur klärenden Aussprach nur – Seine Exzellenz, hochwürdigster Bischof zu Donaublau – mir aber nicht antun wollen: nämliche Strafversetzung an sich! Noch immer nicht! O Rat mir, der weise Rat an sich; o geliebtester Sohn!«
»Es langt und langt nicht!«, hatte der Glatzkopf ausgerufen – dann

und wann – eher empört an sich und angeschaut Hochwürden weniger nachdenklich, eher ratlos. Und dann doch wieder gezwinkert und geblinzelt; und sich den Glatzkopf gekratzt und das Kinn. Und sodenn ward den beiden das Flüstern zum Bedürfnis an sich – und die geflüstert und geflüstert – und Hochwürden zu St. Neiz am Grünbach gekichert und gekichert und erst so nach und nach gewackelt als Ganzer. Und dem Wirt die eine und sodenn die andere Backe gewalkt und ihm das Ohr gezupft; den Nasenstupser auch gewaget und es gestöhnt grad so wie geseufzt. Glückselig gestimmt; irgendwie? Ha denn?!
»Nicht doch! Doch nicht! Nicht doch!«
Es ausgerufen – dann und wann – auf daß er sie d'ertrage die und jene aber-witzige Rede vom schwarzen Schaf von einem geliebtesten Sohn, ha denn? Die bestimmt – nur für das Ohr von Hochwürden, ha denn – so absolut; grad grausamst, ha denn!? Verweigert ward dem Ohr der übrigen, die es doch auch gern einmal trapsen gehört hätten; einmal seitwärts so und dann wieder seitwärts so, ha denn. Und nicht alleweil plaudern: buchstabierende und so langweilige Gescheitheiten; grad entsprungen eh nur dem und jenem, als wär dem und jenem das Hirn ausgewuchert zu einem wiederkäuenden Magen, ha denn! Und die es eh schon empfunden; allesamt höchstpersönlich. Müd gekäut, das und jenes grad so wie jenes und das; so müd. Und der noch immer das Flüstern: nur mit Hochwürden, aber-witzig, ha denn?
Und einander die Wiederkäuer angestiert: die alten Ochsen, und sich gedenkt behalten: in den innersten Gemächern. Kitzelt mich heut nix mehr, aber auch gar nix mehr munter, ha denn? Und erst aufgeschreckt – als der Pfarrer gegangen: dahin. Und der und jener zum Abort gestrebet, auf daß er es sehe. Ist jetzo Hochwürden wirklich hinausgewackelt; hat es sich Hochwürden nicht überlegen wollen noch einmal anders, ha denn?

23

NUR BLEIBT DER MAULBEERBAUM:
DER SCHWARZE, NICHT DER WEISSE?

Und Hochwürden erinnert ward – von dem und jenem Wiederkäuer – an den denkwürdig weiten Hatscher und die sich so merkwürdigst abkühlende Luft draußen; grad von Sekund' zu Sekund' sich anfühlend frostiger, ha denn. So es bald sein könnte fast zu spät, ha denn. Für den weiten Hatscher nach St. Neiz am Grünbach?

»Meine Schäfchen wiederkäuen mir auf vielfältigste Weise die Sorge um das Wohlergehen meiner Wenigkeit? Das sind mir denn aber gar einfühlsamst geratene Schäfchen? So einfühlsamst! Aufpassen auf den alten Herrn Pfarrer, den sie plaget, so plaget, die Überreife?!

Und kennt mir das Schäfchen das Pflänzchen, das sich nennt: Ochsenzunge?«

Und der Herr Gendarm zu Gnom nachgeschlagen – im Hand- und Hilfsbuch für Menschen jeden Standes – und auf der Seite 457 denn die Antwort gelesen. Das Pflänzlein grad auch anders genannt sein konnte, und Hochwürden es doch nicht so buchstabiert haben wollte: Hochwürden doch nicht, ha denn: »Lüge – Erzwungene Heiterkeit.«

»Sag mir, mein einfühlsamstes Schäfchen; kehrt es uns wieder, das Maiblümchen? Mir nur bleibt: der Maulbeerbaum? Der schwarze, nicht der weiße?! O Meerzwiebel du von einer Manzanillo!«

Und gekichert Hochwürden; und dem Herrn Gendarmen zu Gnom die Nase gestupst.

»Du arme mir aber liebe Kürbisblüte. Meine Wenigkeit wagt nicht Anspruch zu erheben auf nämliches Blümlein, das sich nennt: Kuhblume.«

Und es hatte ein wenig säuerlich gelächelt der Herr Gendarm – dann und wann – so er nachgeschlagen, und sich das und jenes Kauzige, von Hochwürden geäußert, einmal angeschaut etwas genauer.

Und nicht nur einmal hatte ihn dann der Schluckauf an sich geplaget, grad wie Hochwürden. Und er sich den etwas ausgiebigeren Schluck genehmigen müssen, ha denn! Der Michael, der doch alleweil gewesen ein aufrichtiger Christenmensch! Nichtsdestotrotz berücksichtiget einmal – die Art und Weise der Mitteilsamkeit von Hochwürden – das und jenes Pflänzlein eher ein Geiferer und Donnerer gewesen sein dürfte, ha denn?

»Sag mir, mein einfühlsamstes Schäfchen; kehrt es uns wieder: ›das Glück zurück, die Unschuld und die Hoffnung grad wie die bescheidene Sittsamkeit‹? Mir nur bleibt: ›Ich werde dich nicht überleben‹? Das mir bleibt und nicht ›die Weisheit‹?! O Schmerzenstränen ihr von einer Falschheit!«

Das ihm doch nicht gekichert haben wollte: Hochwürden, ha

denn; und so Hochwürden ihm die Nase gestupst, was das bedeutet?
»Du arme mir aber liebe getäuschte Hoffnung. Meine Wenigkeit wagt nicht Anspruch zu erheben auf nämliches Blümlein, das sich auch nennt, ha denn: Ich bin nicht fühllos.«
Das gewesen nicht die Überreife so unbedingt von einem etwas schlank geratenen Pfarrer zu St. Neiz am Grünbach, ha denn? Und es hatte der Herr Gendarm zu Gnom nachgedacht – über nämlichen Hochwürden – und das oft und oft.
Und nie so genau sich auszudeuten vermocht; ob Hochwürden eher so einer Nachtkerze geähnelt, die nur der Naturfeind nennt: Blödigkeit, Verschämtheit und Schüchternheit, ha denn? Doch eher: ein gar herzig gewachsenes Pflanzenkinderl, ha denn? Oder – ob Hochwürden grad: die Quitte höchstpersönlich, ha denn? Und das denn jenes Gewächs, das es flüstert dem, der es d'erhört:
»Ich bin besser als der Schein, ha denn?«

24
RUTSCHT MIR DIE JUGEND: VERKEHRT HERUM?!

Das schalkige Gnomgewächs von einem I-A-O-U-E-Propheten schon wieder angeregt, den glatzköpfigen Propheten, ha denn!
»I! A! O! U! E!«
Und gedeutet auf den Hias; und sich gelöst der, von den anderen zweien; und sodenn der gedeutet auf nämlichen Propheten, den allemal geplaget der höllische Durst, ha denn? Und schon wieder; nun es umgekehrt:
»E! U! O! A! I!«
Und der genickt; und es kundgetan, es sei dem Hias gestattet, dem kühnen Pionier hintennach zu rutschen; und das grad, ohne seine Auserwähltheit teilen zu müssen, mit einem anderen Auserwählten, ha denn?
»Erbarmen sich auch geziemet, o heilige Obrigkeit! Nicht fortmüssen! Heimdürfen ins Paradies! Erbarmen mit so einem höllischen Durst!«
Und gedeutet – der ewig durstige Prophet Faust – auf den Hias und auf den Alt-Knecht, ha denn?
»I!«, brüllte das gnomwüchsige Prophetlein. Und das »I« ausgedeutet, der Messmer, ha denn?

»O, es verkündete denn, der Prophet von einem Pioniertäter an sich! Er nicht mehr schweigen will, so unbedingt vor dem auserwählten Einen? Den erhören, da gekrähet bald der Hahn? Hört! Hört! O auserwähltes Volk! Wir sind denn da herüben! Das gilt – für den Grauschopf – nicht für die Jugend! Die möge nacheifern dem Pionier, und rutscht mir die Jugend: verkehrt herum?!«
Und es durfte der Spätling Hias die Richtung ändern, und wieder hintennach gerutscht folgsamst, dem Gnomgewächs vom Zweifel-Hof, ha denn! Und wär' doch so gerne geblieben; der hintennach Rutschende vom Alt-Knecht, ha denn. Der aber – rutschen müssen hatte wollen dürfen: hintennach dem kugeligen und dem durstigen Propheten.
Und so gewesen: der I-A-O-U-E-Prophet das Vorauseilende vom jugendlichen Heißsporn. Und sich getroffen; gleich einem ehernen Gesetz – die drei Propheten – in der Mitte vom hintersten Kellerloch. Nie erwägend aber – die Gabelung – als die Möglichkeit, die Richtung zu wechseln, ha denn? Nur gezogen vorbei, am Pionierpropheten; ihn grüßend, allemal ehrfürchtigst das Haupt neigend.
Und so geblieben die kugelige und durstige Gestalt der Vorauseilende vom Grauschopf.
»Hört! Hört! O auserwähltes Volk von einem Grauschopf! Wir sind denn da herüben!
Es hat einst verkündet ein Prophet – es gar weise mahnend – wie der nur heißt? O Schreck! Uns fehlt der dritte im Bunde! Und der gewandert schon so weit, weit fort von uns zweien! So denn weiß den Namen von jenem Propheten niemand?
Wie denn dann erlösen noch das auserwählte Volk vom Drangsal der Trennung vom übrigen Volke? Wie jetzo sollen nämliche zwei Propheten bändigen denen die Pein, die es doch nur gekonnt als der triamesische Fall zu Gnom? Und so gelungen die Operation, doch fehlt justament – der Seelenteil – der wüßte des Rätsels Lösung? Mit dem mitgewandert grad der Name von jenem Propheten, der es einst verkündet hat? Und den kränzt der Lorbeerkranz der kühnen Pioniertat, die ihm nicht mißlungen – ehe es gekräht der Hahn: dem Zweifel-Bauern – fragen kann? Grad: niemand mehr?! Weh dem auserwählten Volk!«
Und der Herr Faust-Prophet nicht mehr geschnurrt so sanft. Es gekreischt haben wollte, dem Ende seiner Rede sich zuneigend, ha

denn? Und sich das Antlitz bedecket mit den Händen; grad so wie der kugelige Prophet.
Und der Hias – der eh schon gewackelt – sich noch mehr geschreckt und dann geplärrt, doch nicht der Hias; so? Ja doch! Und die Hände vor das plärrende Gesicht; und es den Hias geschüttelt, das Plärrende, weniger es andeutend, ha denn? Mehr und mehr; eher so an sich, ha denn?

25

UM DEN HALS GERINGELT: DER ROSENKRANZ

»O!«, sagte der Schweinehirt vom Zweifel-Hof und hatte sich erinnert an jenes kreischende Bündel Mensch, das eingewickelt war in einer Kotzen, und das er gefunden. Und dem sich um den Hals geringelt der Rosenkranz. Und in dem Rosenkranz ein Brieflein gesteckt; und das Brieflein und das Bündel Mensch der Schweinehirt vom Zweifel-Hof der Bäurin gezeigt von anno dazumal; im Jahre 3 des 20. Jahrhunderts. Und die das Brieflein gelesen; sich die Augen gewischt und sodenn das Brieflein verwahrt, in einer Schatulle auf der Vergißmeinnicht-Blumen eingeschnitzt gewesen. Und der Bub und das Brieflein und der Rosenkranz denn alles gewesen, das zurückgelassen die eine Magd vom Zweifel-Hof, der es gewuchert war, aus dem Bauch heraus: Das sündige Kinderl.
»Das wird denn der Hiasl mir.«, so es kundgetan die Mutter von jenem Kaspar-Buben, dem sofort der Zeigefinger in das eine und sodann in das andere Nasenloch gestrebet; zumal ihn die Kreszentia angeschaut, eher ratlos und wissen wollend – wie das wohl auszudeuten sei, was da verkündiget die Frau Mutter.
Und der Dodl geschluckt; und sich schon anno dazumal gedenkt.
»Das wird denn der Hiasl mir nicht.«
Und gebrüllt:
»I! O! A! U! E!«, und der neunjährige Kaspar genickt, nicht ohne Genugtuung, und der Frau Mutter in den Hintern gebissen. Und die Bäurin sich so geschreckt und sich bekreuziget drei Mal. Dann aber dem Frechdachs von einem Gnom die Stubentür gewiesen. Empört an sich. Der aber mit dem Bündel durch das Dorf geeilt, und mit ihm der neunjährige Kaspar und die Kreszentia, auf daß gefunden werde für den Matthias – der entsprechende Busen. Und

die Dreie den auch gefunden drüben – bei einer Landarbeiterin
– auf dem Gutshof.
Und so war halt der Dodl hin und her, her und hin gerannt: mit
dem Bündel. Und wenn nicht der Dodl, dann die Zweifel-Kinder:
der kleine Kaspar und die Kreszentia. Und das gebilligt; absolut
jener Kaspar-Riese, der im Jahre 1830 geboren worden ist; es aber
nicht und nicht getauget jenem Bauern, der im Jahre 1861 eingeschrieben ward in die Familienchronik vom Zweifel-Hof als der
Nachfolger von nämlichem Kaspar-Riesen.

»Daß'd mir auch ja nicht wirst ein Hiasl, gelt?«, hat sich der
Schweinehirt vom Zweifel-Hof gedenkt; und sich die Schweiß-
perlen von der Stirn, so auch die Augen gewischt und ihm die
Hände gezittert. Und weitermarschiert; und es gefunkelt dem
Matthias:
»I! O! A! U! E!«
Und der kugelige Prophet nun gestoppt; und dem Alt-Knecht es
ausgedeutet: Das »I!« und »O!« und »A!« und »U!« und »E!«, ha
denn?
»Schaut er mir auch den kühnen Eifer der Jugend, die da nicht so
haklig gerutscht hinein in die alten Täg es haben möcht wie die
Alt-Vorderen? Und er mir auch nachschaut: wirklich!«
Und der Alt-Knecht zusammengezuckt; und die Augen weit
geöffnet, die er zuvor grad noch fest zusammengepreßt haben
wollte; und das so absolut? Ha denn? Knieend hintennach schauen
müssen, dem einen Propheten, der da gestrebet schon wieder – eh
nur für den Sekundenschnackler gestockt – von einem hintersten
Eck zum anderen hintersten Eck. Ha denn?
»Hört! Hört«, sagte der kugelige Prophet.
»Seht! Seht!«, sagte der durstige Prophet.
»I! O! A! U! E!«, sagte der zwurgelige Prophet.
»So kläglich geraten der Eifer vom Matthias, der eilt hintennach
dem Vorbild? Es nie erreicht; es nicht hört; es nicht d'erschaut?
Und nichtsdestotrotz er die Neigung vom Nachdenkenden?«, so
noch geschnurrt, der kugelige Prophet.
»Nasezuweisen den Vorausdenkenden als Hintennachhinkenden?!
Matthias!«, so es gebrüllt der durstige Prophet.
»I! O! A! U! E!«, es ergänzt der zürnende Prophet.

26
ERBARMEN ES FÜR UNSEREINS: EH NIE GEGEBEN

Und der Hias eh so geplärrt.
»Geschluckt mir da einer? Und sich die Augen gerieben? Fürsprechen möcht da einer; es soll der Nachdenkende nicht mehr hintennach wackeln dem Vorauseilenden? Wohlan! So sei es!
Der Kamerad dann nennt mir den Propheten, beim Namen. So steht der still; und wartet auf den Spätling. Und geht mit dem dahin; ehe es der Hahn gekräht dem Zweifel-Bauern; so sei es!«
Und der Herr Zeuge Franz gekichert; hinter vorgehaltener Hand. Und dem Michael zugezwinkert, ha denn?
»I! O! A! U! E!«, gebrüllt – neun Mal – jener? Ha denn? Und immer einen Finger erdwärts gedrückt; sodenn nur mehr übriggeblieben: der Daumen. Und der gedeutet: eher himmelwärts? Neun Mal es gestattet – dem Fürsprecher – sich zu irren? Neun Mal! Ha denn?
So es geschnurrt – eher mahnend – der durstige Prophet. Und der kugelige Prophet schon wieder zugeblinzelt: dem Michael, ha denn? Etwas fuchsig: sehr? Ha denn?
Und schon sich geirrt das fünfte, sechste, siebente und achte Mal, grad auch noch das neunte Mal, der Kamerad von einem doch eher bibelkundigen Michael.
»O! Der Nachsichtige und Milde an sich; von einem vorzüglichen Koch, der allemal so aber-witzig plaudert und allemal so nett! Bitte, bitte es wiederholen möcht: dem lieben Kameraden doch bitte! Bitte!«, flehte der Matthias.
Und der kugelige Prophet das Antlitz bedeckt mit den Händen; getuschelt sodenn mit dem durstigen Propheten und angeschaut – eher ratlos – den Schweinehirten vom Zweifel-Hof.
»I! O! A! U! E!«, der gesagt. Ruhig aber bestimmt. Und der Hias dem Gnomgewächs grad geküßt die Handerln, ha denn. Und sich der Herr Gendarm zu Gnom die Augen gerieben und geschluckt. Und sich den Hinterkopf gekratzt. Und es geschnurrt, der kugelige Prophet von einem gar schalkigen Verstand.

> »In Rama wird Klage laut,
> Viel Weinen und Wehgeschrei:
> Rachel weint um ihre Kinder
> Und will sich nicht trösten lassen,
> Weil, sie nicht mehr sind.«

»O Kamerad!«, quietschte der Matthias. Und wischte sich die Schweißperlen von der Stirn. Und es ihn doch gefröstelt schon so, daß er gezittert als Ganzer, ha denn?
»Goschen zu und herüber da! Beide Herrschaften denn! Immer anstrebend das verkehrte Eck! Foppen wollen drei Propheten, die grad wandern, wieder sich erwogen habend vereint zu bleiben, und sich nicht zu trennen, allzu früh!«
»Nein! O Mami! Nein! Doch nicht!«, wimmerte der Matthias und der Dodl vom Zweifel-Hof genickt; nicht ohne Genugtuung. Aber auch geschluckt und geschluckt und es gedruckt abwärts den Schlund. So wie der Alt-Knecht und grad so wie der Kamerad Michael.
»Bald, bald es gekrähet der Hahn dem Zweifel-Bauern.«, und etwas anderes der Grauschopf, der altgediente Knecht gedenkt schon lange nicht mehr. Und es nun ihm herausgerutscht; absolut wider seinen Willen. Es aber gedünkt dem kleinstgewachsenen der drei Propheten nicht so unbedingt naseweisen wollend. Und der Alt-Knecht angeschaut – den Dodl vom Zweifel-Hof – erschrokken; grad hoffnungsträchtig an sich geschreckt? Und der ihn keines Blickes gewürdigt; sich aber gedenkt.
›Dein Wille geschehe. Und Erbarmen es für unsereins: eh nie gegeben. Das denn mehr gewesen – der Beigeschmack von Nämlichem – das dem altgedienten Knecht entschlüpft? Gut denn! Weiß es grad so gut wie du, wann er kräht, gelt!‹
Und das Gedenkte ihm das Wasser aus den Augen getrieben; und er sich die gerieben.
Und doch angeschaut den schon so lange, der doch bibelkundige Kamerad Michael.
Er sich nun geirrt, ha denn? Wie oft schon? Jetzo acht Mal oder doch schon geirrt: neun Mal, ha denn? Irren noch einmal oder nicht irren, ha denn? Und angeschaut, ratlos, den Schweinehirten.
»I! O! A! U! E!«, der gebrüllt. Nun eher zornig, wie das, ha denn? Und was das jetzo geheißen? Genug geirrt oder bittschön, einmal noch irren, ha denn?
»I! O! O! A! U! E!«
Und schon wieder mit dem Daumen gedeutet erdwärts? Eher himmelwärts, ha denn?
»Wenn das die Mami wüßt! Wenn das die Mami wüßt! O Michael, o Mami! Mami! Ein gar grausam Schicksal! O Mami!«, hat schon

wieder geplärrt der Matthias. Und das verwirrt den Michael, grad noch mehr.
»Könnt's gewesen sein, ha denn?«
»O Kamerad! O Michael! Sag's nicht allzu voreilig! Lieber, lieber Michael! Bittschön! Nimmermehr dich plag mit dem hakligen Eifer von so einem Neubekehrten! Weiß eh! Bist grad so ein Gründungsmitglied, wie der Bauer! Bitte, bitte, bittschön! O Mami, nicht! Ist's der Grashalm nur mehr, der geknickte! Von einem Hoffnungsfunkerl! Muß mich doch noch, bitte, bitte, bitte auswachsen dürfen! O Kamerad! O Mami! Mami! Mami! Vergibt mir denn nix und niemand mehr? O Mami! O Mami!«
Und geplärrt – so – und es eh gewußt, der Kamerad Michael, wie das passiert sein konnte, mit dem Matthias – anno dazumal. Da es ausgeplaudert, im Extrastüberl, der Zweifel-Bauer.

Und der Kamerad Michael hatte sich die Augen wischen müssen; grad so wie der Kamerad Kaspar-Riese; und immer wieder. So traurig an sich – ihn das gestimmt – mit dem Irgend-Bankert, den da gefoppt hatte der Faschingsprediger. Und den Irgend-Knecht Hias – dem Kameraden – einmal ausgedeutet anders. Etwas genauer, ha denn.
Und der Michael sodenn auch einer Meinung gewesen, und das auf der Stell, mit dem Zweifel-Bauern.
So ein Schicksals-Hiasl ist grad dazu bestimmt, auserwählt zu werden und sodenn auch aufgenommen zu werden, in nämlicher Vereinigung. Und der Zweifel-Bauer wohl den Irgend-Knecht von seinem Hof ihm, ganz besonders und nicht zufällig, so genau erklärt, ha denn. Es wohl gewünscht – und das aufrichtigst und innigst – es möge doch der einfühlsame Michael sich ein bisserl mehr kümmern um den Irgend-Knecht; den so geplaget die Knechte vom Hof. Und grad die christlichsten aller frömmelnden Knechte auf das Grausamste. Damit denn der Matthias nicht meine, alle Christenmenschen seien so, ha denn.
Und der Kamerad Kaspar-Riese dem Michael den Brief gezeigt, jener Magd, die denn gewesen eine gar merkwürdige Mutter, ha denn?
»Und liest es grad vor; sind eh unter uns? Gelt, Michael! Können's grad die anderen auch hören! Mich der Brief alleweil gedünkt grad als das Musterbeispiel vom steinernsten Weibsdrum – einerseits.«
Und sich der Kamerad Kaspar-Riese die Augen gewischt.

»Andererseits mich dann doch wieder gedünkt das Gewissen nämlicher Magd beeinflußt – von einer merkwürdigen granitenen Dummheit. Zumal die Magd mein Großvater eh nie verjaget hätte. Vom Hof? Der nie! Sowas nur einfallen hätte können der asketischen Frömmelmanier von meinem Herrn Vater! Ja, Michael! So der alles nachplappert, was vorgebetet ihm die frömmelnde Frau Mutter. Ja, Michael! So rückt einem halt das Himmlische – durch die Irdischen – grad über das Große Wasser hinüber. Kannst das Wasser mit dem Horizont zusammennähen? Willst das erzählen, gelt Michael, nicht mir! Der ich mit einem ganz anderen Gott-sei-bei-uns fertig geworden bin! Derlei aber geht sich nie aus!«

Und der Herr Gendarm zu Gnom den Brief einer Magd vorgelesen dem Herrn Lehrer, dessen mißratenem Bruder: dem ewig durstigen Messmer, dem Herrn Pfarrer zu St. Neiz am Grünbach, dem Gastwirt ›Zum armen Spielmann‹ und: sich selbst.

Und die sich die Augen gerieben, allesamt. Der arme Irgend-Knecht, der arme Bub, ha denn?! Eh eine Mutter, die das Gewissen so geplaget; grad unmenschlich, ha denn?!

»Und den Brief mir die Frau Mutter vorenthalten hat wollen – dem Matthias-Bankert – Michael! So der gemeint, er habe denn überhaupt keine: Mami! Ich aber ihm den Brief aus nämlicher Schatulle gegeben; auf daß er sich merkt: der Matthias-Bankert. Sehr wohl; er hat eine Mami.«, sagte der Kamerad Kaspar-Riese und schaute den Michael an.

»War das jetzo korrekt; oder war das jetzo die Tat von einem Lausbuben, Michael?«

Und der Michael geantwortet dem Kameraden, der sich so erinnert hatte – am Extratisch an seine Jugend gewissermaßen – so an sich.

»Korrekt das denn gewesen, Kamerad! Sehr korrekt!«

»Warum mich aber denn die Frau Mutter gewalkt und sodann noch der Herr Vater? Ich nicht mehr gewußt; bin ich jetzo ein Lausbub oder hab' ich dem Matthias zurückgegeben die Mami, ha?«

Das denn schon ein gar arges Mißverständnis gewesen, ha denn!

»Und sind doch allemal so fromm gewesen; der Herr Vater grad so wie die Frau Mutter, Michael?«

Und sich der Kaspar-Riese die Augen gewischt; und sodann geweint; gar bitterlich, ha denn.

»Grad, daß ich nicht auch plärren muß!«, hat sich entschuldiget der Michael; und sich geräuspert dann und wann. Und den Brief jener Magd vorgelesen; denen, die da gesessen rund um den Extratisch im Extrastüberl vom Gasthof ›Zum armen Spielmann‹, ha denn?

27

BIN ICH GRAD VERLOREN: FÜR DIE EWIGKEIT

»O Kamerad!«
Und der Herr Gendarm zu Gnom sich die Augen gewischt; da unten im hintersten Kellerloch zu Gnom. Das ist denn ein Brief gewesen; so ein Brief, ha denn? Der einem abdrückt schier das Herz; so graniten die Dummheit von einem unmenschlich gedrückten Gewissen, ha denn?
»I! O! A! U! E!«, brüllte der Schweinehirt vom Zweifel-Hof. Und dem Herrn Gendarmen zu Gnom auf die Zehen gestiegen; und noch einmal den Daumen gestreckt himmelwärts, ha denn.
»O Michael?!«, gequietscht schon wieder der arme Bub von einem Matthias.
»Schon gut; plärr denn nicht so! Weiß es ja eh! Der Jeremias, wer sonst, ha denn?«
Und war er jetzo gerettet, der Matthias und bestimmt aufzustehen; gerade noch als so ein Irgend-Knecht. Doch nicht? So verloren?
Sich erhoben der Alt-Knecht; und sich der gewischt die Augen eher trocken?
So er jetzo doch nicht verloren? Nicht degradiert zu so einem Irgend-Knecht?
Und so ist es gewesen. Der Kamerad Michael hatte sich das zehnte Mal geirrt nicht, ha denn!
Der Dodel vom Zweifel-Hof schon marschiert an den beiden Knechten vorbei, die nämlichen Herrschaften keines Blickes würdigend, und gestrebet empor die Wendeltreppe. Und dreie gerannt im Wettlauf mit so einem Hahn, der es gekrähet gerade, als die Dreie den Fuß gesetzt – auf den ersten steinernen Treppenabsatz – und der Hias dem Dodl ins Ohr geflüstert:
»Lügst noch einmal; für mich? Mich erzogen mit deiner dornigen Strenge; ein für allemal! Es mir gedenkt eh schon irgendwie immer so ähnlich! Es könnt in deinem ›I!‹ und ›O!‹ und ›A!‹ und ›U!‹ und ›E!‹ sich manchmal die Mami versteckt haben; und mich Lausbuben beim Ohrwaschel packen wollen! Gelt? Und ich mich

heut Nacht gewandelt – in der inneren Struktur – verstehst?! Da unten mich geschämt! Du es getan! Mich reifer geschämt; gelt! So ich das jetzt gelogen; ich schwörs, bin ich grad verloren für die Ewigkeit. Nur einmal mehr; gelt? Bist bei der heiligen St. Notburg auf dem Scheidewandbergl gewesen; da oben halt; da wir dich gefunden – bitte, bitte, bitte! Ist's gewesen, das letzte Mal, daß mir passiert etwas: so verkehrt?«

Und der nicht den Hias gewürdigt; nicht mit einem Blick? Und den der Matthias doch allemal gewickelt – grad nur so: um den Finger sich – wie er es gebraucht halt?

Und nicht dem Matthias, aber dem Alt-Knecht gedroht mit der Faust? Und es gebrüllt dem Alt-Knecht ins Ohr; und nicht dem: Matthias? So denn der Grauschopf – der Böse dieses Mal – gewesen; und der Matthias: eh nicht?

»I! O! A! U! E! A! E! I! O!«

Und der Alt-Knecht geschluckt, und sich die Augen gewischt, und genickt folgsamst. Und empfunden die Reue; tief inwärts; und das wirklich.

»Ja! Ja! Ich hätt es dem grad anders auch lehren können; das Vorbild hätt ich sein können, mit meinem grauen Schopf. Ja! Ja! Weiß ich eh schon lang!«

Und der Alt-Knecht gegangen – hinein in die Stube – grad gealtert um ein Jahrzehnt; und das in einer Nacht? Ja doch! Nun gewesen der Haarschopf vom altgedienten Knecht weiß. Nicht mehr der graue Haarbuschen; da und dort. Wirklich weiß es den gefärbelt; grad in einer Nacht! Wie das?

Ehe es gesehen das Gesinde und die Bauernsleute, es gesehen: der Dodl vom Zweifel-Hof. Nichtsdestotrotz sein »I!« und »O!« und »A!« und »U!« und »E!« es dem ausgedeutet; gleichsam mit der erhobenen Faust und mit dem Kopf, der genickt; und das eifrigst.

»Mir ausgedeutet den Sinn meiner kriegerischen Selbstlaute durchaus korrekt! Sehr korrekt!«

Und sich die Augen gewischt der Dodl vom Zweifel-Hof. Und den Kopf geschüttelt; und nicht mehr anschauen wollen den weißen Haarschopf vom Alt-Knecht.

28
DAS IST DENN SCHON: EIN KREUZ

»Und mir der Ausdeuter auch ausgedeutet, und das korrekt? Die harten und kargen Tatsachen, die uns zurückgelassen die Schwarzzotteligen? Er mir auch wirklich den Trost gefunden; bei der heiligen St. Notburg auf dem Scheidewandbergl? Sich Wort für Wort geirrt: nicht!? Der Ausdeuter mir?«
Und der Dodl vom Zweifel-Hof hatte sich erhoben – und den Kaspar-Riesen von einem Zweifel-Bauern ins Auge geblickt – gleichsam hellwach und geflackert es ihm nicht einmal!? Und aller Augen Blicke hatten sich fast erstaunt – und auch neugierig – der neuen Richtung angepaßt; und angeschaut den Dodl. Und grad geübet allesamt in der Stube die Stille der Toten und gewartet auf das »I!« und »O!« und »A!« und »U!« und »E!« vom Dodl.
Und dem Hias – der es ausgedeutet dem Bauern – doch so geflackert und gebrannt auf den Wangen, die Lüge! Und der Bauer gezwinkert mit dem einen, sodenn mit dem anderen Auge; wie das? Und sich den Kopf gebeutelt; mehrmals. Es sich das doch nicht ausdeuten ließ; an sich auch anders herum, o Hias?
Der Dodl aber bestätiget dem Hias die Lüge gleichsam als die Wahrheit? Doch nicht! Ja doch! Und das Gesinde sich geräuspert; so es aber nicht geduldet der Bauer; und die Faust gedonnert, nieder auf den Tisch.
»Will mir da einer meinen; mir liegt etwas dran, daß denunziert wird, mir, das einzig Wohlgeratene auf diesem Hof? Kruzifixitürken! Ja, wo sind mir denn? Da bezweifelt mir einer die Wahrheitsliebe an sich zu Gnom!?«
»Schwamm drüber.«, sagte der Alt-Bauer und ward gemustert gar streng und empört an sich vom Sohn.
»Ich mein denn grad, du lieber Bub, du!«
»Nix! Kruzifixitürken! Nix! Meinst du mir mehr?! Was denn: Herr Vater! Hat er was gesagt?«
»Ich mein denn; in dem langen Regen schießen die Schwammerl grad nur mehr so heraus: aus dem Boden?!«
Und der Dodl vom Zweifel-Hof sich die Augen gerieben; und geschaut und geschaut und geschaut.
Nichtsdestotrotz der Stuhl leer geblieben. Nicht dort gesessen das Kinderl, dem die zwei Zöpfe gewachsen waren, einer seitwärts so und der andere seitwärts so. Und der Dodl vom Zweifel-Hof sich

niedergesetzt; gar nicht mehr abgewartet den einen bestimmten Wink vom Bauern; der Pumperer denn nicht gewesen das Ghörtsich von einem ordentlichen Knecht.

Der Dodl aber sich nicht gekümmert um jene; die ihn angeschaut: neugierig, ein wenig erstaunt, aber auch ratlos. Wie das dem passiert? Und der geschaut, geschaut; und sich die Augen gerieben; und schon wieder so geschaut; wohin; und sich angepaßt der Blickrichtung vom Dodl grad das Gesinde wie die Bauernsleute.

»Schlaft denn drüben; bei der lieben Tante Kreszentia?«, sagte Klein-Kaspar; und dem die Backen geglüht; und hat eh schon geplärrt: so. Und es kundgetan, in aller Herrgottsfrüh.

»Mich so verwursteln; hätt ich nie gedenkt! Halt ein Weibsdrum, kannst nix machen! Sowas zum Zwilling; das ist denn schon ein Kreuz!«

Und der liebe Tata geschluckt. Und den Buben angeschaut; und dem nicht getätscht die Backe. Nicht eine!

»I! O! A! U! E!«, es gebrüllt, und es dem Dodl vom Zweifel-Hof geronnen aus den Augen: so! Und sich der die Augen gerieben; und schon wieder geschaut und geschaut! Und sich die Haare gerauft; und aufgesprungen und hin zum leeren Stuhl; grad das eine und das andere Heferl vom Tisch gepoltert hinunter: und eh schon zerbrochen auf dem Stubenboden gelegen. Und eingesammelt die Scherben keiner; nur der liebe Tata angeschaut: und das aufmerksam an sich – den Dodl! Jedes Gestlein von dem begutachtet; und den nicht ein Brüller gelehrt die Ordnung vom Zweifel-Hof?

Und der Dodl unter dem Stubentisch herumgekniet; grad auch unter die Bänke hineingekrochen; und wieder heraus und den leeren Stuhl angeschaut und geschaut und geschaut; ihn gedreht und gewendet; und auch dort, wo einst ein Tischler im Stuhl ein Holz-Herz herausgeschnitzt, durchgeschaut. Und sich schon wieder die Haare gerauft; und sodann zur Kredenz; und sämtliche Schubladen geleert; und alle Heferln und Schüsseln und das Geschirr an sich; hinausgestellt: grad auf den Stubenboden?

Und hinaufgestürmt in den ersten Stock; doch nicht der Schweinehirt? Der denn – da oben – nichts zu suchen hatte? Und aufgerissen die eine Kammer; die Tuchent zurück und den Kasten aufgerissen: von Klein-Magdalena; unter das Bett geschaut, und gebrüllt, grad grausamst. Und immer wieder.

»I! O! A! U! E!«

Und in die Stube zurückgekehrt; und Klein-Kaspar so geplärrt; und gewackelt als Ganzer; und der liebe Tata da gesessen; gleichsam versteinert; so denn auch die liebe Omama und der liebe Opapa; und auch: Notburga.
»I! O! A! U! E!«
Und der Dodl vor dem lieben Tata niedergekniet; und die Hände erhoben gar flehentlich; und die Gliedmaßen geredet und geredet; grad um die Wette mit seinem I-A-O-U-E-Gebrüll.

29
UND WILL SICH NICHT TRÖSTEN LASSEN

Und der Hias geglüht; als Ganzer. Und der Alt-Knecht die Hände zwischen die Schenkel gepreßt und zum Hias hingeschaut; und geschluckt und geschluckt und geschluckt; und sich die Augen gewischt; und dem Alt-Knecht die Hände gezittert.
»Hias, es ist denn Zeit!«, sagte der Alt-Knecht. Ruhig aber bestimmt. Und der Hias gelacht; eher gekreischt? Vielleicht es auch nur gegackert?
»Hähähäh!«
Und sodenn auf den gedeutet, der sich schon wieder betätigte als Suchender, und sich mit den Handbewegungen förmlich wachsen hatte lassen, einen Zopf seitwärts so und den anderen seitwärts so; und sodenn mit Hilfe von Daumen und Zeigefinger das Loch geformt und durch die Löcher hindurch angeschaut: den lieben Tata. Und gebrüllt.
»I! O! A! U! E!«
Und gedeutet auf die Tür; und sodenn gerannt; gleichsam festgewurzelt stehend auf dem Stubenboden? Und sich die Haare gerauft; und schon wieder gekniet, nieder vor dem lieben Tata.
»Und will und will sich nicht trösten lassen; gelt Bauer? Ist's denn ein grausam Schicksal, das angetan dem die Schwarzzotteligen!«
»Kruzifixitürken! Mir denn einmal der Punkt gefunden! Und du mir haltest denn das Maul; du quecksilbriger Schnabel! Notburga! Du mir gehst der Sach jetzo nach; unsereins denn hat andere Sorgen; und der Bub und der Dodl dir denn helfen, nämliche Angelegenheit: zu klären! Und wenn ich heimkomm: dann sitzt mir das Dirndl am Tisch; ist das jetzo klar!« Und sodann schon eingeteilt ward: der Tag.
»Kruzifixitürken! Jetzo denn genug vom Weinen und derlei; gelt;

du braver Mensch! Einmal der Trauer genug! Es gibt denn mehrere brave Muttertierlein noch; und eine irdische Gerechtigkeit von den Himmlischen kannst dir nicht d'erwarten; so denn halt auch so eine brave Sau erwischen kann: der Seuchenfleck. Daß du dir das nicht merken kannst? Es ist passiert; und jetzo denn laß mich los! Kruzifixitürken!«
Und der Dodl vom Zweifel-Hof die Schenkel des Bauern umklammert gehalten; und der das Gnomgewächs gebeutelt und geschüttelt; es aber nicht treten wollen; nur lösen die Klette, und sie sodenn der Notburga auf den Schoß gesetzt.
»Da hast; und halt das zapplige Bündel Mensch ein bisserl; und kannst nicht aufpassen? Kruzifixitürken! Dageblieben!«
Und der liebe Tata den erwischt grad noch am Genick; und den gebeutelt und geschüttelt und sein Ohr gedreht wider den Uhrzeigersinn.
»Jetzo denn Schluß; gelt? Und eine Ruh gibst!«
Und die Notburga das zapplige Bündel Mensch festgehalten; und der Dodl vom Zweifel-Hof gekreischt und um sich geschlagen; und grad auch verwüstet der Scheidewandbergl-Bäurin: das Haar!
Und die es geflüstert; dem Dodl ins Ohr:
»Vergißt mir denn die Heldin der Geduld so ganz? Schämst dich nicht ein bisserl? Die uns beisteht; doch! Weißt das nimmermehr?«
Und da er still gesessen, der Dodl vom Zweifel-Hof. Die Hände gefaltet; es ihm aber aus den Augen geronnen; und er geschluckt und geschluckt und geschluckt. Und schon wieder wetzen hatte müssen. Und sodenn gebrüllt; eher gefleht:
»I! O! A! U! E!«
»Willst dich denn gar nicht trösten lassen; du dummer Mensch? Ohne den Herrgott geht nix und ohne den Herrgott wird alles zur Sünd! Und der denn bei uns daheim ist; was denn jetzo schon wieder? Plärrst grad wie der Bub mir!«
Und so es denn gewesen: Klein-Kaspar und der Dodl geplärrt grad um die Wette. Aber still gesessen, eh schon wieder, der Dodl. Und nur die Füße geschlenkert, vor und rückwärts; und dann und wann halt ein bisserl gewetzt, hin und her, her und hin: auf dem Schoß der heiligen Notburga; er noch nie sitzen hatte dürfen!
Das denn schon grad die schönste Belohnung für die Überwindung seines Selbst, das es gleichsam gequietschet dem Dodl; er solle denn jetzo endlich nämliche zwei Zöpf suchen, die doch

gefehlt, eindeutigst, ha?! Und ihm – das Vorbild der Selbstüberwindung höchstpersönlich – gestattet; sich zu empfinden als eher tapfer: sehr. Und der Dodl vom Zweifel-Hof geschluckt und geschluckt und geschluckt; und geschaut und geschaut hin. Und es doch gefehlt; wirklich; das dalkerte Dirndl? Wohin es gewandert; so spät in der Nacht? Doch nie zur lieben Tante Kreszentia. Und der Dodl sich die Augen gewischt; und schon wieder gewetzt. Und endlich allesamt verschwunden; den üblichen Weg findend; zu diesem und jenem Acker; und an die Fensterscheiben der Stube geklatscht: der lange Regen.
»I! A! O! U! E!«

Zwölftes Kapitel
DEN MILITÄRISCHEN STECHSCHRITT ÜBEND; SCHON WIEDER

1
GEBT'S MIR MEINEN ZWILLING Z'RÜCK!

Und die Notburga das zapplige Bündel Mensch von einem allzu geschreckten Schweinehirten bei der Hand gehalten; und sodann dreie marschiert, entlang den Stoffelweg, und gepocht an das Haustor vom Gasthof ›Zum armen Spielmann‹. Und niemand geöffnet; und die Scheidewandbergl-Bäurin geschrien:
»Schwägerin! Ich bin's denn! Die Notburga!«
Und es schreien müssen; im Regen; grad eine halbe Stunde schon?
Und sodann erst geöffnet ward das eine Fenster im ersten Stock.
»Ach, du bist es denn? Ich denn noch geschlafen!«
Und die Kreszentia hinübergeschaut zu den obrigkeitlichen Fensterscheiben; und da denn das Licht gebrannt; und dreie sich zugeprostet; und sodann gehüpft im Kreise, und das denn . . .?!
»Ist mir das Dirndl bei dir?«
»Es? Was sagst, Schwägerin? Wer?«
»Halt unser Dirndl!«
»Die?«
Und die liebe Tante Kreszentia sich bekreuziget; gleich drei Mal.
Und schon wieder verschwunden; und endlich geöffnet das Haustor; und das denn grad gedauert auch wieder!
»Das denn dir ausdeuten muß schon der da drüben! Ha?«
Und die liebe Tante Kreszentia marschiert eh schon, den Dreien voraus. Und gepumpert an das Haustor zum Schulhaus; und die nichts gehört.
»Vlastymil! Michl! Ich bin's denn: die Kreszentia!«
Das Lachen dreier eher sehr lustig gestimmter Herren ward gehört; sich aber nicht genähert ein Schritt?
»I! O! A! U! E!«, gebrüllt der Dodl nur einmal.
»Das ist denn mein bester Freund!«, gebrüllt der Vlastymil. Und die nicht mehr gelacht, eh schon aufgesperrt das Haustor. Und geplärrt der Klein-Kaspar:
»Wenn du mir verwurstelt hast den Zwilling! Dann d'erschlag ich dich grad?«
Und gedroht mit den Fäusten, dem lieben Onkel Vlastymil.

»I! O! A! U! E!«, es gebrüllt der Dodl von einem, der sich das eh anders gedenkt; und sich das anders Gedenkte allzu leichtfertig ausdeuten hatte lassen, anders herum, vom Michl?! Und es dem Dodl aus den Augen geronnen; und der schon angehüpft den Gendarm Michl, und dem zugedrückt die Gurgel, ha denn? Und die Zweie denn voneinander zu verabschieden nicht leicht gewesen.
»Dividierts euch wieder; andere Sorgen denn! Gib eine Ruh!«
Der aber dem obrigkeitlichen Michl unbedingt noch treten hatte müssen wider das Schienbein. Und der Michael eigentlich sich nicht gewehrt so unbedingt. Sich halt nur nicht erschlagen lassen wollen. Und dämpfen den ein bisserl, der noch Beistand erhalten, vom Klein-Kaspar. Und die denn gemeinsam drangsaliert den Herrn Gendarm von einem Michl.
»Genug!«, das denn geschrien die Notburga.
Und der Dodl vom Zweifel-Hof stillgestanden auf der Stell. So auch Klein-Kaspar. Halt nur einmal der Bub dem noch spucken hatte müssen; grad mitten ins Gesicht? Nein: eher ins obrigkeitliche Auge hinein; das linke grad erwischt; sodenn auch das rechte, ha denn?
Und der Michael geschluckt; und der Vlastymil sich den Kopf gehalten. Und die liebe Tante Kreszentia die Hände in die Hüften gestemmt:
»Das denn mir ein lieber Onkel, gelt? Du Vlastymil! Du!«
Und sich dann den Mund höchstpersönlich zugeschlagen die Kreszentia; und gedenkt.
Nicht nur ein meuchlerischer Blick sie grad meucheln hatte wollen; eher der ja gesessen sein durfte in nämlichem Kellerloch? Und in nämlicher Zeit konnte verwurstelt werden ihr Herzbauxerl? Doch nicht!? Ja doch! Und der lieben Tante Kreszentia die Backen geglüht; grad so wie dem lieben Onkel Vlastymil.
»Und jetzo will ich es wieder – das Verwurstelte, gelt? Und das auf der Stell!«
Und Klein-Kaspar geplärrt, und mit dem Fuß aufgestampft, und gedroht allen, mit der Faust.
»Auf der Stell gebt's mir wieder meinen Zwilling z'rück, gelt? Auf der Stell! Einmal schau ich weg, und ihr verwurstelt's mir den Zwilling! Aber unsereins immer walken wollen dürfen, gelt?«
Und der lieben Tante Kreszentia wider das Schienbein getreten; und dem lieben Onkel Vlastymil die Ohrwascheln gezogen wider

den Uhrzeigersinn. Und der eh nur dagestanden, gleichsam versteinert; und das Kinn ihm erdwärts gestrebt; aber wirklich nur das Kinn. Und weder neugierig, noch erstaunt um sich geschaut; auch nicht nachdenklich und schon gar nicht fuchsig; und eigentlich eher einem Narrenhäusler ähnelnd, denn einem intelligenten Onkel. Und sodenn gewackelt als Ganzer; und gelacht: so?! Und der liebe Onkel Vlastymil sich grad anspucken hatte lassen vom Klein-Kaspar. Da und dort; dort und da!
Und das denn nicht das Richtige gewesen. So es gedünkt Klein-Kaspar. Und stillgestanden; grad so wie die anderen. Und erstarrt schon wieder, der liebe Onkel, und angeschaut die Notburga. Der es geronnen aus den Augen; und die es gewischt seitwärts! Und der die Hände gezittert.
»Verwursteln könnt's mir den Zwilling; aber d'erfinden werd ich mir ihn wohl selber müssen, ha?«
Und Klein-Kaspar getrippelt, die Steintreppe abwärts.

2

MIR FEHLT: EH NUR DER KOPF

»Wart! Wart mir Bub! Nicht nach St. Neiz am Grünbach! Die Mütz! O, mir fehlt die Mütz! Nicht? Eh nur der Kopf?«
Und der Dodl und der liebe Onkel Vlastymil und die Notburga eh schon marschiert entlang dem Feldweg ohne Namen. Voran Klein-Kaspar und der Herr Gendarm zu Gnom hintennach. Nur die liebe Tante Kreszentia gezögert, sich dann aber den inneren Ruck gegeben; und hintennach dem Herrn Gendarm.
»Michl! Warte denn! Wart mir ein bisserl!«
Doch der nicht gehört auf das eher ausgeprägte Weibsbild.
»Michael!«
Und sodenn noch immer nicht stehen geblieben? So hatte sie halt doch das Tempo beschleunigt und den Renner gewaget, die liebe Tante Kreszentia, und den Michael auch eingeholt; und die Dreie vorne schon erreicht die Höhe von der Kapelle.
»Wohin die jetzo marschieren?«
»Dem Kopf nach; wohin sonst?«
»Was?«
»Halt den Zöpfen nach; du terrisches Weibsdrum!«
»Meinem Herzbauxerl, aha!«
»Ja denn! Es endlich d'erdenkst!«

»Aber das Dirndl fürchtet sich doch vor der Nacht! Und wird doch nicht da hinauf?«
»Wohin sonst?«
»Halt ins Betterl! Halt unter die Tuchent!«
»So?«
»Es du nicht heimbracht hast, das Bauxerl?«
»Das denn deine Angelegenheit gewesen, gelt? Du bist ja die liebe Tante Kreszentia!«
»Ich? So!«
Und die beiden nebeneinander hintennach marschiert den Dreien. Und die Dreie hintennach marschiert dem Klein-Kaspar.
»Die doch nicht?«
»Wenn du mir jetzo noch einmal mit deinen Hexen und deinem Klaubaufzündler traust neben mir herrennen, dann kriegst grad: eine Watschen, gelt? Auch einmal vom Michl, ha denn!«
»Michael?!«
»Ja? Merk dir das! Die Hexen laßt daheim im Mittelalter; und die Klaubaufzündler sind denn eher eine politische Sachfrage, ha denn? Gelt! Und hättest mir das Dirndl nicht geschreckt mit deine Hexen; und Gespenster; und dem Bockfuß; und dem Schweif und den Hörnderln; es sich auch nicht gefürchtet hätt so vor der Nacht! Und nicht gerannt wär, grad in die verkehrte Richtung, vor lauter Schreck! Ha denn?«
»Ich?! Michael?!«
»Ja! Du!« »So?!«
Und die liebe Tante Kreszentia wacker die Todesangst emporgeläutert grad zur Todesverachtung, und neben dem Herrn Gendarm zu Gnom marschiert; und ihr die Knie geschnackelt, nichtsdestotrotz! Ha denn? Es aber tapfer getragen, das eher ausgeprägte Weibsbild Kreszentia, und ihr Herzbauxerl erkannt doch als nichts Hexiges, ha denn? Und es sich gar suchen getrauet bei denen ›Im trüben Wasser‹, ha denn? Das denn schon ein Zeichen dem Michael: echter tiefempfundener Reue. Und der sich die Augen gewischt, grad so wie die liebe Tante Kreszentia. Und die Dreie eh schon drinnen gewesen; bei denen im Weiler. Und der Herr Gendarm zu Gnom sich einen Ruck gegeben und geklopft; und geöffnet – Klein-Kaspar; und geplärrt – so!
»Da ist sie nicht, gelt?«
Und schon wieder gedroht mit der Faust.
»Wo ist denn der Vlastymil?«, fragte die liebe Tante Kreszentia.

3
DANN BIST EH SCHON: VERLOREN

»Der ist mit der Wally-Hex in die Nebenkammer gegangen, und wir sitzen denn da, grad am Tisch, bei den Klaubauf-Zündlern!«
»Bub! Wie redest denn du?«
Und die liebe Tante Kreszentia dem Klein-Kaspar auf den Mund geklopft; erstmalig, zweitmalig, drittmalig.
»Nix da! Mich walkst du nimmermehr; gelt? Und klopfst mir auch nimmermehr den Mund zu; gelt!«
»Bub! Das ist das Ghörtsich-Nicht über so liebe Leut' daherzureden: so!«
»Ha?«, sagte Klein-Kaspar. Und schaute die liebe Tante Kreszentia an; mit weit geöffnetem Mund. Weniger ratlos, mehr erstaunt.
»Du hast doch selber gesagt: das sind die Klaubauf-Zündler! Und die Wally ist eine Hex'!«, ergänzte Klein-Kaspar und deutete mit dem Zeigefinger auf die Klaubauf-Zündler, die da gesessen, rund um den Tisch, und sich geräuspert, es aber im übrigen eh nicht gehört hatten. Und die liebe Tante Kreszentia dem Klein-Kaspar den Finger geklopft.
»Was deutest denn da mit dem Zeigefinger so umeinander? Ghört sich das?«
»Ist dem Buben der Schnabel halt etwas phantasievoll geraten, ha denn?«, sagte der Herr Gendarm zu Gnom und zwinkerte mit dem einen und sodenn mit dem anderen obrigkeitlichen Auge den Klaubaufzündlern zu. Die aber denn gezwinkert, nicht einmal, ha denn, zurück. Nur angeschaut den Klein-Kaspar. Und der sich grad zu denen hingesetzt; nicht neben dem I-A-O-U-E-Menschen hin vom Zweifel-Hof; grad zu dem einen, der ihn irgendwie neugierig gestimmt, ha denn?
»Geh, rutsch da!«, sagte Klein-Kaspar. Und der eh schon gerutscht. Dazumal der eine genickt, der sein konnte der Vater von dem Klaubauf-Buben da, ha denn? Grad so eine Hakennase der Bub schon, wie sein Vater! Und diese Kohlenaugerl; ganz wie der Vater, ha denn?
Und Klein-Kaspar einen nach dem anderen angeschaut; genau.
»Gelt? Ich hab mir dann gedenkt, ihr schauts ganz anders aus.«
»Wie denn?«, fragte der Klaubauf-Bub, weniger erstaunt, mehr ratlos.
»Anders halt! Irgendwie!«, antwortete Klein-Kaspar, weniger rat-

los; mehr erstaunt. Und geschaut; so mit geöffnetem Mund; eher etwas genau sehr; ha denn?
»Grad gewöhnlich.«, sagte er, und wirkte irgendwie enttäuscht.
»Die haben mir den Zwilling verwurstelt; und ich bin jetzo da, weil ich meinem Zwilling fehl; so ist das. Und wenn ich nicht da bin, dann passiert sowas alleweil, ha?«, sagte Klein-Kaspar, und der eine Klaubauf-Zündler ihm geantwortet, sich räuspernd.
»So?«
»Siehst es denn nicht selber? Frag doch die? Schauen eh drein wie zwei solche.«
Und Klein-Kaspar tippte sich die Stirn; seitwärts.
»Jetzo denn! Hexig schaut sie nicht aus: die Wally. Ein bisserl verlaust eher, ha?«, sagte Klein-Kaspar und blickte den jüngsten von den Klaubauf-Zündlern an; ein bisserl neugierig sehr, ha denn; und daß dem die Zöpfe fehlten; irgendwie gedünkt den Michael eher wahrscheinlich: sehr, ha denn?
»Was machst denn du, wenn du deinen Zwilling verwurstelst?«
»Ich?«
»Ja! Du! Sonst ist ja niemand da!«
»Ich hab keinen Zwilling.«
»So? Der fehlt dir aber; das kann ich dir sagen! Der fehlt dir!«, antwortete Klein-Kaspar sachkundigst und ergänzte:
»Da ist dir denn ein Fehler passiert; auf so einen Zwilling mußt bestehen; vom Anfang an; gelt! Merkst dir das?«
»Die Wally-Hex ist darum keine Hex, weil, das ist denn meine Mutter; gelt?«
»Ja so?!«
»Und jetzo möchte ich einmal etwas auskundschaften! Wie ist das mit so einem Zwilling? Lügt der?«
»Lügen?« sagte Klein-Kaspar; empört an sich.
»Mein Zwilling? Wie kömmts denn dir, meinen Zwilling beleidigen, ha!«, und Klein-Kaspar mit der Faust gedonnert: nieder auf den Tisch.
»Ja denn, halt so, wie es grad der harte und karge Boden von den jeweiligen Tatsachen erfordert.«, und Klein-Kaspar zuckte die Achseln. Und der Bub von denen da genickt, sachkundigst.
»So ein Zwilling fehlt; ja. Ja! Ja!«, sagte der und schaute Klein-Kaspar an; einfühlsamst. Und klopfte dem auf die Schulter.
»Mußt es halt tragen, gelt?«
»Ha? Ich? Der ist denn da, der Zwilling! So er mir fehlt! Und derlei

Weiberwirtschaft ich nicht duld! Wenn du da einmal nachgibst, dann bist eh schon verloren, gelt? Und deroselbst ich derlei gar nicht erst duld! Und deshalb meldet sich der auf der Stell! So ist das; verstehst jetzo, ha?«, und Klein-Kaspar die Faust gedonnert nieder auf den Tisch. Erstmalig, zweitmalig, drittmalig.

4
DERLEI PASSIERT NUR EINMAL

»Schwamm drüber.«, sagte Klein-Kaspar und wischte sich die Augen; mit zitternden Händen.
»Wenn er nur wieder kömmt, dann geb ich grad nach. Und sag nix!
Aber derlei passiert nur einmal, gelt? Öfters duld ich denn sowas nicht.«, und Klein-Kaspar den Buben angeschaut; empört an sich und mit glühenden Backen und roten Ohrwascheln, ha denn?
»Bin grad froh, daß ich keinen Zwilling hab. Passiert mir sowas erst gar nicht! Hast nix, kannst nix verwursteln! So ist das; verstehst jetzo, ha?«, sagte der, und Klein-Kaspar den angeschaut. Lange und nachdenklich eher nicht; vielleicht enttäuscht, ha denn?
»Nix hast verstanden, aber auch gar nix!«, sagte Klein-Kaspar.
»Derlei kann auch nur verstehen so einer, ha?«, der Bub gebrüllt; und sich die Stirn getippt, seitwärts.
»Daß ich dich nicht d'erschlag!«, brüllte Klein-Kaspar.
»Das macht's euch denn draußen aus!«, sagte der eine von den Klaubauf-Zündlern.
Und die Buben schon aufgestanden, und ohne die Erwachsenen noch eines Blickes zu würdigen, hinausmarschiert, sich die Ärmel hochkrempelnd. Für nämliche Entscheidungsschlacht.
»Bub, mir dableibst!«, kreischte die liebe Tante Kreszentia.
»Misch dich denn nicht in die Angelegenheiten von Mannsbildern ein; ha?!«, sagte Klein-Kaspar nicht. Ist gewesen doch nicht der Michael? Ja doch!
»Michael?!«
»Still bist auf der Stell!«, der geantwortet.
Und die Klaubauf-Zündler sich geräuspert; und jener, der wohl der Vater von dem Buben gewesen sein dürfte, sich geräuspert und angeschaut, erstmalig, die Gastwirtin ›Zum armen Spielmann‹.

»Die merken eh gleich, daß sich das nicht ausgeht! Wird eh enden unentschieden.«
»Wie? Was? Sich verkühlen tut der Bub; da draußen!«
»Ist halt der Herbstschnupfen.«, sagte der schon wieder und zuckte die Achseln.
»Das ist der lange Regen.«, ergänzte der Herr Gendarm und nickte sachkundigst. Und sich nun auch die Einladung angedeutet; sich doch ein bisserl niederzusetzen; und so es auch getan der Michael; doch nicht: die Kreszentia?!
Und die sich auch schon gesetzt nieder. Und gewartet grad schon so lange! Was die nur zu plaudern hatten in der Nebenkammer? Und sich die Kreszentia erinnert an die eine bestimmte Neigung von Vlastymil: Hexen zu mögen. Und geglüht so; ha denn? Und sich gedenkt: Na wart nur; wart nur, bis wir wieder daheim sind, ha denn? Und sich die Augen gewischt, das eher ausgeprägte Weibsbild Kreszentia.
»Ist denn die Scheidewandbergl-Bäurin auch noch da, ha denn?«, sagte der Herr Gendarm und kratzte sich den Hinterkopf. Die Kreszentia aber die Augen fest zusammengepreßt; und dann angeschaut den Michael; empört an sich, aber auch ratlos.
Nichtsdestotrotz es schon entschieden. Zum Kirtag gibt's Belzebub-Lebkucherl; nur solche! Und jetzo erst grad recht: nicht ein einziges Lebkucherl, das nur im Entferntesten ähnelt der heiligen Notburga! Na sowas! Wart nur, du! Wart nur!
Und irgendwie gefehlt den Anwesenden die beiden Buben. Und sich einer geräuspert; dann und wann; auch gehüstelt. Im übrigen aber geschwiegen. Allesamt.

5

DIE ZÄHLWUT

Und der Dodl vom Zweifel-Hof nachgedacht schon so lange. Und seine zehn Finger angeschaut; und den wohl geplaget die Zählwut, ha denn? Immer einen gegen den Handteller gedrückt; nachgedacht: mit geöffnetem Mund. Weniger staunend, eher ratlos. Und schon wieder gezählt; ha denn? Und geschaut, hin zur Kredenz. Und wieder gezählt; und gemurmelt, mehr im Zwiegespräch mit sich selbst:
»I! O! U! A! E! E! E! A! U! O! I! I! O!??!«
Und angeschaut: den Vater vom Fredi. Und sich erinnert. Dem

sich Erinnernden auf der Spur bleiben wollend sich auch erhoben und, ohne die Anwesenden noch eines Blickes zu würdigen, hinausmarschiert.
»I! O! A! U! E!«, brüllte er. Und die beiden Buben waren auch gerannt gekommen; Klein-Kaspar voraus, der Bruder vom Fredi hintennach.
»I! A! O! U! E!«, sagte er und erzählte dem Buben genau, wie das gewesen mit den Eicheln? Und der – so Befragte – sich auch sogleich erinnert? Nicht doch? Ja doch! Und schon geplärrt! Und da wußte der Dodl vom Zweifel-Hof: der Fredi fehlt.
Und genickt, nicht ohne Genugtuung. Und wieder hineinmarschiert, ohne die Anwesenden eines Blickes zu würdigen, sich hingesetzt, die Hände sittsamst gezwängt zwischen die Schenkel und geschlenkert mit den Füßen; vorwärts und rückwärts, rückwärts und vorwärts. Und wieder hingeschaut zur Kredenz; und auf das Heferl gedeutet, das so merkwürdigst verwaist, grad als einziges noch Überzähliges in der Kredenz; ha denn?
»Da habt's denn eines noch überzählig.«, sagte der Herr Gendarm. Und der Vater vom Fredi aufgestanden – hin zur Kredenz – und das Heferl auf den Tisch gestellt.
»Hast einen Durst auf einen Most?«, fragte er den Dodl; und der Dodl ihn angeschaut; genau. Etwas genau eigentlich sehr; ha denn?
»I! O! A! U! E!«, sagte der Dodl. Und den Most gar nicht probiert, ha denn? Und der Vater vom Fredi den Most eingeschenkt; mit zitternden Händen; ha denn? Und sich am Ohr gezupft; sich geräuspert, geschluckt und wieder gesetzt nieder; ha denn?
»S'ist das Heferl vom Fredi; und der marschiert; halt auf der Walz einmal probiert sein Glück.«, sagte der Vater vom Fredi. Und die Klaubaufzündler an sich; wirklich allesamt: angestiert das Heferl vom Fredi; gleichsam mit ausdruckslosem Gesicht.
Und der Dodl geschwiegen. Irgendwie gewirkt besänftigt, ha denn? »Seit wann denn?«, fragte der Herr Gendarm zu Gnom.
»Ja, seit wann?«, fragte der Vater vom Fredi und zuckte mit den Achseln; und grad so geschaut wie die anderen; eher gewirkt gelangweilt.
»I! O! A! U! E!«, sagte der Dodl vom Zweifel-Hof, und der Vater vom Fredi ihn auch so verstanden; und genickt. Aber ihn nicht angeschaut; und so auch den Vater vom Fredi nicht eines Blickes gewürdigt der Dodl.

»Das ist gelogen.«, hatte der Dodl kundgetan; ruhig aber bestimmt und mit den Füßen geschlenkert; vorwärts und rückwärts, rückwärts und vorwärts. Im übrigen aber vorgezogen zu schweigen, und sich nicht mehr zu kümmern um die Anwesenden. Und der Fredi hätte es dem Dodl auch gesagt, und das unbedingt.
»Jetzo denn, marschier ich; gelt?«
Und der Fredi hatte dies dem Dodl nicht gesagt; folglich ist es nicht gewesen wahr.
Und die Wally-Mutter, aus der Nebenkammer gekommen, noch einmal angeschaut, etwas genauer; und die dann geplärrt haben mußte, grad so wie es schon passiert einigen, im Dorf. Und der Dodl abermals genickt; nicht ohne Genugtuung.

6

DIE LETZTE ETWAS GENAUERE AUSKUNFT

Aber die Wally-Mutter schon gar arg geplaget die Läus, ha denn? Und sich gekratzt unaufhörlich, ha denn? Und sich auch die Augen gewischt; und sich schneuzen müssen; immer wieder, ha denn?!
»So ein verwursteltes Kind; daß ich nicht grad auch plärren muß!«, sagte die Wally-Hex. Dies aber nicht zu täuschen vermocht die liebe Tante Kreszentia.
»Vlastymil! S'ist jetzo Zeit; haben denn hier nix gefunden; und auch nix zu suchen. Grad deiner Nasen nach; und das denn allemal die verkehrte Spur? Das Dirndl rennt jetzo auf dem Hof herum und sucht die Frau Stiefmutter«, sagte die liebe Tante Kreszentia.
Und schon marschiert; ohne die Klaubauf-Zündler noch eines Blickes zu würdigen, mit hoch erhobenem Haupt trippeln wollen, und sodenn gestolpert; und gerade noch festgehalten, die Gastwirtin ›Zum armen Spielmann‹ so ein Klaubaufzündler.
»Hilfe!«, kreischte die Kreszentia.
»Hilfe! Der will mir was tun!«, und schon gerannt; und ward nicht mehr gesehen; und der Gastwirt ›Zum armen Spielmann‹ sich die Glatze gekratzt und gekichert hinter vorgehaltener Hand; und sich die Augen gewischt; und geglüht als Ganzer. Und den Kopf geschüttelt, sich den festgehalten und gemurmelt immer wieder:
»Die Mütz? Vlastymil, es ist jetzo Zeit?! Die Mütz!«
Und der Vater vom Fredi – der Albrecht – den Gastwirt ›Zum

armen Spielmann‹ angeschaut, dem es geronnen aus den Augen eher zurückhaltend: nicht. Und es so auch passiert, gar nicht anders, dem Vater vom Fredi, ha denn?!
Und der Herr Gendarm zu Gnom geschluckt, und sich den Hinterkopf gekratzt. Das denn der Grund gewesen, weshalb der Gastwirt es immer anders nett geplaudert haben wollte als das Dorf; ha denn?
Die Zweie denn grad gewesen ein Herz und eine Seele. Und der schalkige Fuchs von einem Herrn Zeugen bei denen im Weiler hineingegangen und hinausgegangen; grad wie ein Familienmitglied, ha denn? Und deroselbst auch die politische Sachfrage anders beurteilt als sein Schwager, ha denn?
»I! O! A! U! E!«, sagte der Dodl, deutete eine Verbeugung an; und schon hinausmarschiert, ruhig aber bestimmt und gar nicht mehr gestimmt so absolut kriegerisch und nicht ein bisserl den mehr geplaget im Blut das Quecksilber, ha denn?
»Vlastymil! Du das Dirndl so mögen hast; ich es jetzo gar nie gewußt.«, sagte der Albrecht und schaute sodenn beim Fenster hinaus.
»Wärst denn früher marschiert zu uns herauf; wir denn allesamt dir geholfen hätten: beim Suchen.«, sagte die Wally-Hex; und doch grad auch empfunden wie ein Weibsbild, dem nicht gepumpert inwärts so ein Steinklumpen, ha denn?
»Jetzo denn das Suchen so ein Kreuz-und-Quer-Gwirkst von so vielen Möglichkeiten. Kann's so gewandert sein; grad aber auch anders.«, sagte der Vater von nämlichen zwei Buben, und die Wally schon in seine Nähe geflüchtet; und der Albrecht sie umarmt; und der Wally die Schulter getätschelt.
Und der Gastwirt ›Zum armen Spielmann‹ schon gegangen hinaus und ihm nach die Scheidewandbergl-Bäurin; und nur mehr etwas überzählig herumgestanden: der Michael selbst, ha denn?
Und der Herr Gendarm zu Gnom Haltung angenommen; und es ihm nichtsdestotrotz geronnen, auch, aus den Augen. Und der und jener von den Klaubaufzündlern angeschaut den obrigkeitlichen Michl zu Gnom, und sich geräuspert und weggeschaut; weniger ratlos, eher erstaunt.
»Bub! Daß'd nicht du auch verwurstelt wirst, kommst grad mit; mit dem Michael, ha denn?«, sagte der Herr Gendarm, und Klein-Kaspar hat dem Michael gezeigt den Hintern und sich die Hörnderln wachsen lassen seitwärts und ihm die Zunge gezeigt;

und die mit Hilfe von Daumen und Zeigefinger gezogen etwas länger.
»Bäh! Bäh! Bäh!«, es kundgetan.
Und sodenn die beiden Buben marschiert; grad in die verkehrte Richtung; und der Herr Gendarm zu Gnom gerannt, hintennach.
»Stehengeblieben; und das auf der Stell! Oder ich schieß! Ha denn?«
Und die beiden Buben gerannt; und verschwunden: Im Wirrwarr von so vielen Bäumen nicht mehr zu schauen für das obrigkeitliche Auge.
»Huhuhu!«, es getönt von daher, ha denn?
»Kräh! Kräh! Kräh!«, es getönt grad von ganz wo anders her, ha denn! Und sie gesehen huschen. Eher gebaut flink an sich?
»Sagst mir's halt der Scheidewandbergl-Bäurin. Geh suchen meinen Zwilling selber; mit dem da.«
Und das denn gewesen die letzte etwas genauere Auskunft für den Herrn Gendarm zu Gnom. Und der sich gebeugt der Einsicht. Es konnte nicht so unbedingt wider die obrigkeitliche Hirnzentrale entschieden sein, so er strebte zurück wieder ins Dorf, ha denn?
Und der Michael gesehen die zwei Zöpfe, einen seitwärts so und einen seitwärts so. Und die gehört:
»Nix wird vergessen. Nix wird verwurstelt. Nix ist passiert: so mir nix dir nix. Und deroselbst ich möcht heimdürfen ins Bett.«
Und hatte sich das Herzbauxerl nicht die Augen gewischt? Und sodenn es ausgeplaudert: eh wahrhaftig? Ha denn?!
»Und ich tu grad, was ich will!«
Ja! Ja! Das war denn grad auch nicht gelogen, so unbedingt, ha denn? Und der Herr Gendarm zu Gnom den Hinterkopf gekratzt und gestanden auf der Wiesen. Im Regen; gleichsam festgewurzelt.

7

DAS LAMPERL ZU GNOM

Und diesem obrigkeitlichen Schulmeister von einem Herrn Gendarm zu Gnom doch nicht geoffenbart, das Ergebnis der Aussprache, die Bäurin vom Zweifel-Hof oder gar der Vlastymil höchstpersönlich?
Dieser hiesige Michl von einem Herrn Gendarm, der das Tüpferl auf dem i vom Gesetz zu suchen beliebte, allemal ›Im trüben

Wasser‹. Und ach, wie gerne der den einen oder den anderen von denen – die nicht die Himmlischen, sehr wohl aber die Irdischen gekannt, und grad die zu Gnom – vorgeführt hätte, dem Herrn Richter zu Donaublau. Und für derlei Suchwut bei denen ›Im trüben Wasser‹ ihm auch gut genug gewesen – zur tatkräftigen Unterstützung – die Mannen vom Pferdl.
Und den Eifer ein bisserl zu dämpfen, es allemal gebraucht: den Pietruccio Guggliemucci. Der einzige von ihnen mit so einem direkten Kabel zum Ohr vom Herrn Bürgermeister Dr. Schwefel.
Und – ohne die Mannen vom Pferdl – der Herr Gendarm Michl alleweil gewesen, grad das Lamperl zu Gnom! Und jetzo da draußen gestanden; gleich einem Liebhaber der Mutter Natur höchstpersönlich; und eh nur gesucht: das Tüpferl von seinem i. Ihm aber wohl gefehlt das Pferdl vom Gutshof zu Gnom, ha?
Und elf Augenpaare hatten sich der einen Blickrichtung angepaßt. Sich also elf Augenpaare erfolgreich bemüht, den Beobachtungsposten an sich anzustreben, der garantierte, die Sachlage, wenn nicht zu überblicken, so doch einmal zu begutachten, etwas genauer. So übereinander und nebeneinander die Köpfe; und die Nasen plattgedrückt an den Fensterscheiben.
»Der Zwurgl von einem Knecht hat es gemerkt.«, sagte der Ernstl und schubste den neben ihm.
»Das ist denn mein Platz, ha? Absolut mein Platz! Ghört mir!«, ergänzte er und schaute den lieben Augustin von einem Gustl an; so schräg von der Seiten her. Und der Gustl kundgetan: stumm, der Sophie; und die Sophie angeschaut ihren lieben dickschädeligen Ernstl-Buben, weniger erstaunt, eher ratlos. Und sodenn die Sophie angeschaut ihre Liebe, den doch etwas hakligen Augustin, ha? Weniger ratlos, eher erstaunt.
»Und wenn der Michl nicht wäre, der Michl, täte ich es ihm grad ausplaudern! Denn das Dirndl mit-verwurstelt habt's ihr alle miteinander, gelt?«, und der Ernstl dem hakligen Menschen Augustin eh schon wieder gestiegen auf die Zehen. Und das hatte auch die Sophie bemerkt, und dem Ernstl eine zum Bedenken geschnalzt; und der geplärrt.
»Denken können; nicht ein Gramm politisch!«, kreischte die Sophie.
»Wenn die mit den Zöpfen bei uns gewesen ist, marschiert das Dorf; so oder so. Und brennt uns allesamt nieder!«, ergänzte der Gustl; gestimmt nun etwas friedlicher. Grad es wieder gespürt,

wie es gepumpert, tief inwärts und eh allemal nur für die Sophie.
»Das mußt auch bedenken; gelt, Ernstl?«, sagte diese scheinheilige Witzfigur von einem Ersatzvater, ha? Und der Ernstl die Hände geballt zu Fäusten. Und sich gedenkt: Na wart! Na wart! Das wird denn korrigiert wieder. Alles zu seiner Zeit, gelt! Alles zu seiner Zeit! Und den Plärrer für beendet erachtet; und geschluckt und es dem Gustl ins Ohr getuschelt:
»Und grad dir zum Trutz, merkst es dir! Ist absolut mein Platz! Ghört mir!«, und eh nur angeschaut den Herrn Gendarm zu Gnom, grad wie die anderen und sich eh schon wieder plattgedrückt die Nase, und geseufzt:
»Wenn er mir nur wieder kömmt, der Fredi! Wären wir grad wieder zwei!«
»Und wenn das Dirndl kein politisches Sachproblem gewesen; eher so ein Gwirkst?«, sagte die Wally.
»Wally! So redest du? Doch nicht!«
Und die Wally mit den Achseln gezuckt; und geblinzelt und geschluckt; und der Albrecht angeschaut seine Liebe, und die erwischt endlich: die Laus. Und sie zerdrückt.
»So denn! Und du mich auch nimmer plagst.«, sagte die Wally und nickte; nicht ohne Genugtuung.
Und die Sophie angeschaut die Liebe von ihrem Bruder, weniger erstaunt, eher ratlos. Und sodann angeschaut den Albrecht, weniger ratlos, eher erstaunt.
»Irgendwie ich mir auch gedenkt so etwas.«, sagte die Sophie und zuckte mit den Achseln und wieder korrigiert die Blickrichtung auf der Stell, und gemieden an sich, sich auszudeuten den Blick vom lieben Bruder; und der sich eh schon gefärbelt und eh schon die Hände geballt; grad kriegerisch gestimmt an sich, ha?
»Und daß ihr es euch merkt! Wenn der Fredi wieder kommt, ich erschlag ihn!«, knurrte der Albrecht. Und das denn gewesen: wohl die Scherzidee des Jahrhunderts? Und die Wally angeschaut den Albrecht; grad keckdreist an sich.
»Den hast gezeugt nicht nur du. Das denn eine Gemeinschaftsangelegenheit. Und du pickst dir den Schnabel zu, so er wieder kömmt. Gelt, und ihn mir anrührst: nicht einmal!«, konterte die Wally.
Und die Sophie grad sich erwiesen, erstmalig, als die bessere Hälfte von ihrem Bruder.

»Wenn der Fredi kömmt, ich sag grad nix!«, sagte die Sophie und nickte der Wally zu.
Und es hatten sich die Wally und die Sophie am 23. September des Jahres 21 im 20. Jahrhundert verstanden; zum ersten Mal, irgendwie besser; fast so an sich.
»Fünfzehn Jahr! Und so ein Dickschädel!«, der Albrecht erwidert; und angeschaut die Lieb' eher empört. Und angeschaut die Schwester, eher erheischen wollend den Beistand.
»Grad der deinige denn, gelt?«, sagte die Wally.
»Absolut der Albrecht, der Fredi! Absolut!«, sagte die Sophie.
»Von wem sollte er sonst haben die Schneid?«, schnurrte der Albrecht, nicht so ganz ohne Genugtuung, auch ein bisserl stolz; vielleicht etwas: sehr?
Und ihn der und jener angeschaut von den Mannsbildern, eher ratlos nicht, mehr erstaunt, wenn nicht gar erbost.
Und das auch gewesen mehr eine kindische Angelegenheit vom Albrecht. Und absolut wider den politischen tatsächlichen Seelenhaushalt vom Albrecht: und der konnte derlei Gemütsverwirrungen nicht gebrauchen; und die Einteilung war auch stets die eine gewesen.
»Dein Gemütsstrickzeug geht mich nix an!«, so der Albrecht.
»Dein Pullover geht mich nix an!«, so die Wally.
Das denn allemal gewesen der Höhepunkt der eigentlichen Auseinandersetzungen, die sodenn allemal geheißen: Klärung des lange genug hin und her, her und hin Gewälzten.
Und auf seinen Pullover nicht verzichten mochte der Albrecht.
Und auf ihren Schnabel nicht verzichten mochte die Wally.
So es nur einen gegeben, der geschlichtet die mangelnde Bereitschaft der beiden einander in tiefer Liebe Verbundenen, den Zankapfel zuzubilligen dem anderen: als Siegesbeute. Und der eine nun gefehlt an sich: Pietruccio Guggliemucci.
Ein wahrer Meister in der Theoriefindung an sich, die gestattete der Wally und so auch dem Albrecht, sich auszudeuten als jener, der es wieder einmal gewußt besser.
Und die Wally sich sodenn im Bett zusammengerollt zu so einem Knäuel; und den ›Wally-Knäuel‹ der Albrecht umarmt, und den abgebusselt. Und die geschnurrt.
»Ohne meinen Pullover schepperst als Ganzer! Daß du dir das auch merkst!«

»Und ohne meinen Standpunkt fehlt deinem Schnabel die entsprechende Ergänzung; daß du dir das auch merkst!«
»Was soll das wieder heißen?« So die Wally.
»Daß dein Schnabel ist ein Messer.« So der Albrecht.
Und derlei Vergleiche für ihren Schnabel besänftigten die Wally allemal. Und das der Albrecht gewußt, grad so wie die anderen Mannsbilder. Laß schnabeln die Wally, so ist sie selig. Binde der Wally den Schnabel zu, so siecht sie dahin. Das denn halt geheißen: das Einmaleins vom Wally-Charakter.
Und aus diesem Grunde hatte der Albrecht gerne gemieden diese und jene Auseinandersetzung, so gefehlt der Sachkundige an sich. Und das denn nun einmal nur gewesen: der Pietruccio Guggliemucci.
Und aus diesem Grunde war ihm auch das passiert, und er genannt den Fredi gar schneidig. Zumal dem Albrecht nicht zu passieren beliebte – so wie der Wally und der Sophie – diese und jene Gemütsverwirrung. Und ist absolut nicht das väterliche Herz gewesen, das da gepumpert hätte, nur einmal, wider den politischen Sachverstand an sich, und den allemal ausformuliert: Pietruccio Guggliemucci. Himmelherrgottsakra! Grad, daß er von den übrigen Mannsbildern vermutet ward; als so ein eher gefühlig veranlagter politischer Sachverstand, ha?
»Ich erschlag ihn. Das steht fest.«, sagte der Albrecht; ruhig, aber bestimmt.
»Das politische Einmaleins vergewaltigt mir der Bub nur einmal. Und das hat er denn von mir nicht! Das ist denn schon die Handschrift von dir!«, und der Albrecht die Wally geboxt mit dem Ellbogen; grad in die Hüfte. Und die Wally nach Luft geschnappt und angeschaut die Sophie; weniger erstaunt, eher ratlos.
»Provozier das Dorf nicht, Ernstl! Das zum ersten! Kümmere dich nicht um die dörflichen Nebengeschichten, Ernstl! Das zum zweiten! Undsoweiterundsofort! Ich doch aufgeklärt den Ernstl! Und danebengestanden mein Bub! Oder etwa nicht? Sophie! Sag's der Wally! So ist es doch gewesen?«
Und die Sophie genickt.
»Du politischer Tatsachenmensch von einem Herrn Bruder! Das denn nur die eine Hälfte von der Wahrheit. Und verwickelt gewesen – der Fredi grad so gut wie mein Ernstl – in nämliche dörfliche Nebengeschichte, gelt? Und das sind denn grad gewesen: dein Spitzbub und mein Lausbub, gelt?«

»Und unsere Verwickelung – in nämliche dörfliche Nebengeschichte – bedarf grad der dritten Wahrheit, ha! So der Fredi und der Lausbub von meiner Wenigkeit, dem Ernstl, sich nicht verwickelet hätten, in nämliche dörfliche Nebengeschichte, ihr es erlebt hättet nicht einmal: Eicheln gegen Schmalz! Schmalz gegen Eicheln?! Das denn gewesen der Dank vom Zwurgl, oder etwa nicht?«, verteidigte der Ernstl seine Wenigkeit und den abwesenden Fredi.
»Rotzbub! Hat er das jetzo auch vergessen; dein lieber Fredi! Vorkämpfer allemal schon gewesen fürs Pumpernde; als wär unsereins der Nachwuchslieferant für die Heilsarmee!«
So gesprochen – der liebe Augustin Ersatzvater – doch nicht, nicht: mit dem Ernstl, ha? Und der geknurrt:
»Na wart! Na wart! Das klärt sich alles noch zu seiner Zeit. Er kömmt denn schon wieder, der Fredi! Wart nur!«
Und unerwartet Beistand erhalten, der gar nicht und absolut nicht werden hatte wollen: das Erbstück von einem Sohn für den, der sich gestattet hat, grad hineinzurutschen ins Bett von seiner Mutter! Und das denn allemal gewesen das Bett vom Sohn, oder etwa nicht? Und drinnen geblieben – in dem Bett – und nicht herausrutschen mehr wollen; so absolut nicht. Wart nur! Wart nur! Du lieber Augustin, wenn wir wieder sind zwei! Dann ist alles hin! Und meine Mutter hat mir angetan nur einmal so einen Ersatzvater; gelt!
So es sich gedenkt der Ernstl. Und der Albrecht nun endlich auch einmal angebrüllt diesen Hochstapler von einem Augustin-Vater!
»Das geht dich nix an! S' ist der Fredi absolut mein Bub! Merk dir das! Und so mir rebelliert mein Bub, korrigier ich das wieder. Merk dir das!«
»Dann ist jetzo mein Lohnsäckerl grad auch absolut mein Schmalz?«, gekontert: der Gustl.
»Und wenn dein Fredi wieder kommt, dann tätsch ich ihm einiges korrekt; du Tatl von einem Herrn Vater! Dich noch hinstellen traust, vor so einen Sohn? Ist mir denn die Mistl von einem solchen ererbten Sohn grad noch lieber. Der alleweil hintennach humpelt; und eh nur der Erfüllungsdodl für die Scherzideen vom Fredi, oder etwa nicht? Der denn der Erfinder an sich – für die Scherzideen vom Jahrhundert – gewesen; allemal schon. Und der Fredi uns jetzo auch noch einiges erfunden wird haben, auf daß

unsereins endlich einmal landet vor dem Herrn Richter zu Donaublau.«
»Du mir anrührst, den Bub! Du lieber Augustin von einem Gustl! Kannst dich einmal studieren von unten! Ist denn ein ganz anderer Standort; gelt. Und wirst dortselbst finden den neuen Standpunkt? Ich dir nämlich klopf grad steif deine vierundzwanzig Jahr! Und der Ernstl ist ein Erbstück, gelt? So ein Prachtexemplar von einem Hintennachhumpelnden mußt uns erst einmal vorführen! Du Ochs von einem 24-jährigen Mannsbild! Drei Jahr schon experimentieren und nix, aber nix erschaffen? Gelt! Nicht den Schimmer von einem Nachwuchs? Und erkennen sollt ihr sie: an ihren Früchten!«
»Das mußt grad auch nicht sagen!«, kreischte die Wally. Auch wenn es wahr gewesen; irgendwie doch, oder etwa nicht. So es sich gedenkt: die Wally. Die bis dato nicht so verstanden; nämliche Entscheidungsfindung von der Sophie, die sich da erwählt, doch wirklich einen etwas merkwürdigen Herrn Vater für den fünfzehnjährigen Ernstl? Grad nur älter neun Jahre? Das denn nicht gerade begünstigt die erzieherischen Möglichkeiten für den Ernstl, ha? Und der Gustl sich allemal gebalgt mit dem Ernstl, als wären das Brüder? Nie aber der Gustl herangereift zu einem Vater, der sein konnte für den eh schon etwas übermütig ausgestalteten Charakter von einem Ernstl: ein etwas begütigendes und mäßigendes Vorbild.
»Mir der noch einen Bruder antun!«, knurrte der Ernstl.
»Das denn grad zu viel!«, ergänzte der Ernstl und schaute die Mutter an, die sich die Augen gewischt. Wegen so einem!

8

DRAUSSEN AUF DER WIESEN

Nichtsdestotrotz die Wally entschieden hatte – der Schwägerin zu verweigern den Beistand nicht – und die beiden Mannsbilder zu dividieren wieder korrekt, und das denn nötig gewesen absolut. Und sich bemühet nicht nur die Wally. Und dies vermehrt das Durcheinander in der Stube etwas bedenklich – sehr.
»Bub! Ernstl! Dich heben traust die Hand gegen den Vater? Und außerdem mir's eh schon wachst im Bauch, gelt?!«
Und nun geplärrt die Sophie. Und geglüht als Ganzer.
»Sophie?«, kreischte die Wally.

»Mutter!«, kreischte der Ernstl.
»Weiberl?!«, kreischte der künftige Herr Vater Gustl.
»Denn grad einen Esser mehr.«, murmelte der Albrecht. Und sich das manch einer von ihnen gedenkt; grad so wie der Albrecht.
»Es ist halt passiert.«, flüsterte die Sophie.
Und denn das gewesen: die Sensation des Jahrhunderts, die es galt: irgendwie zu würdigen.
»Bub! Ernstl! Dich boxen traust: wider den Vater?«, kreischte die Wally.
»Schau, daß du da rausfind'st, und das auf der Stell!«, kreischte die Sophie.
»Da ist das Loch!«, ergänzte der künftige Vater, und der geglüht, grad geplaget vom Vaterstolz.
»Das muß ich mir denn erst anschauen etwas genauer.«, sagte der Albrecht.
»So etwas passiert einem 24-jährigen Ochsen!«, sagte ein anderer und so hin und her, her und hin.
Und das Durcheinander denn geworden zum Knäuel. Und die Wally den einen Schüppel Mannsbilder aus der Stube hinausgetrieben mit dem Besen. Und auf diese Weise endlich den einzig angepaßten Beistand gefunden für die Sophie, die da eingewirket auf den anderen Schüppel Mannsbilder mit dem Nudelwalker. Dazumal die allesamt geplaget die Neugierde an sich. Und den Nachwuchs sich ausgedeutet haben wollten, grad wider das Schamgefühl vom Weib an sich! So und so und auch: ganz, ganz anders, ha? Und denn noch blinzeln wollen, kichern, sich räuspern und anschauen wollen die Sophie. Grad: indiskret!
Und draußen auf der Wiesen hatten sie sich verstanden; allesamt: vorzüglich.
Und es ward ausgefochten, wieder einmal, der Boxkampf des Jahrhunderts. Und sie allesamt übereinander gekugelt und so auch durcheinander. Und seitwärts so und seitwärts so erspähet den Feind. Und keiner mehr gewußt, so genau, gegen wen er eigentlich noch die Offenbarung anstreben sollte; und das denn schon ein Anblick gewesen: für den Fredi, der am Waldesrand stehengeblieben war und wohl wiedergekehrt: grad ein bisserl zu spät?
»Fredi!«, kreischte die Wally und rannte schon zu auf den Fredi, als wäre wiedergekehrt der verlorene Sohn, ha denn?
Und sich der Herr Gendarm zu Gnom in sicherer Entfernung gestattet, den Hinterkopf zu kratzen.

»Mir du werden willst ein Herr Vater, ha? Das mir antun! Und dich denn aufpflustern grad wie ein Pfau, ha! Mir denn bleibst ein ordentlicher Mensch, gelt?«
Und der Ernstl – der Liebe von der Frau Mutter – gesessen auf dem Buckel. Und der so Geplagte nicht abzuschütteln vermocht hatte den Reiter Ernstl, den geplaget die Vermehrung. Und der schon geahnt: Jetzo denn bist grad nur mehr – die zweite Geige?
»Schachspielen lernst denn du, meinem Buben!«
»Wird eine mit Zöpf; einen seitwärts so und einen seitwärts so; daß du dir das: merkst.«, konterte der Ernstl.
»Von mir aus.«, sagte der künftige Herr Vater, eher gelangweilt. Und sich gedenkt: So arg eifersüchtig ist er eh nicht.
»Nichtsdestotrotz; das denn gewesen der Versuch, meine einmalige Stellung bei der Sophie zu dividieren; gelt?! Du Hochstapler von einem künftigen Herrn Vater! Den zwick ich und zwack ich, daß er nur mehr plärrt: der Zwurgl von einem Nachwuchs! Grad dreizehn Finger wachsen sowas, wo du umeinandergemurkst hast! Und drei Köpf; gelt? Und denn grad so Hörnderl und ein Schweif! Wirst sehen: wird denn so eine Mißgeburt!«
Und der Ernstl den Fredi gesehen und sich empört:
»Der Fredi! Grad jetzo!«
Und schon heruntergehüpft vom Buckel der Liebe seiner Mutter; und der da gerutscht auf allen vieren, nun aufgeblickt zum Erbstück von einem Sohn, etwas lädiert sehr, ha? Und dem vierundzwanzigjährigen Grünschnabel Ersatzvater geoffenbart:
»Das ist der Ernstl; gelt? Und nur einmal passiert mir so ein Schwesterl; gelt? Nur einmal!«
Und gedroht dem 24-jährigen Ochsen, der sich erwiesen eher als Stier. Und der Ernstl noch allemal den Stier an sich nicht gefürchtet.
»Jetzo so es geworden wieder zwei; der Ernstl und der Fredi; gelt? Und so du mir tätschen möchtest den Fredi, tätschen dich grad zwei; und das merk dir! Daß dir denn das Töchterl nicht wird so ein halbes Waisenkinderl!«
Und sich der Ernstl gewischt die Augen und geschluckt.
»Und mich nur einmal getäuscht hast; vor drei Jahr; gelt? Heut glaub ich dir nix mehr! Aber auch gar nix mehr! Nur hineinwollen ins Bett von der Sophie; und ist halt meine Mutter, die Sophie! Gelt? Und dann dich schleichen wollen; hinein – in mein Inwärtiges – auf daß ich mich gewöhne, an dich, oder etwa nicht? Du

scheinheiliger Freund mir; den Bruder markieren, und ich dich dann erwisch, grad in dem Bett! S'ist mein Bett; gelt? Hättest mich ja auch fragen können, ob du das darfst! Du Erbschleicher; mir jetzo noch schmackhaft machen wollen: so ein Kuckuckskinderl, gelt. Und weh (!), es hat nicht die Zöpf! Weh dir! Dann bist gewesen der liebe Augustin! Dann wander ich aus; und das sag ich dir! Wenn ich auswander, so sucht mich die Mutter. Und dann gibt's nur mehr eine Ausprach. Entweder der Gustl oder der Ernstl, gelt. Du Gfrast von einem Groschen-Freund! Verraten den Freund, wegen so einem weiberten Hintern; gelt!«
Und der Ernstl keines Blickes mehr gewürdigt den 24-jährigen Ersatzvater, der ihn vor drei Jahren grad schmählich verraten und – von ihm ¬ wieder gefunden ward, im nämlichen Bett. Grad so nackert, wie die Frau Mutter! Oder etwa nicht? Und da hat sich der Ernstl erkannt als verwaist an sich. Grad so ein Waisenkinderl; auch keine Mutter, keinen Vater mehr und keinen Freund mehr. Nur auf einen noch Verlaß gewesen; und auch auf den nicht mehr so unbedingt. Das denn gewesen der Fredi, der so mir nix dir nix verschwunden, heimlich und das nachts; ohne sich mitzuteilen, dem Ernstl! Ja! Ja! Oder etwa nicht?
Und der Herr Gendarm zu Gnom geschaut und geschaut und den Hinterkopf gekratzt und gekratzt. Das denn gewesen, in der Tat, der Fredi. Und die Wally so geplärrt, noch immer, ha denn?
Und die da geboxt – jeder grad gegen jeden – den Fredi angeschaut, als wäre der ein Gespenst, ha denn?
Und die nun herübergeäugt, zum Herrn Gendarm zu Gnom, dem Fredi die Schulter getätscht, und es gebrüllt; merkwürdigst laut, ha denn?
»Bist schon z'rück von der Walz? Wer hätte sich das gedenkt! Der Fredi ist wieder z'rück von der Walz!«
Und den Fredi schon geschoben – über die Wiesen hinüber – und hinein bei der Tür. Und der Fredi um sich geschaut, wie nur? Ihm der Mund auf- und zugeklappt. Weniger ratlos, eher erstaunt an sich, ha denn? Und die Tür zugeschlagen; die.
Und das denn gewesen der Vorhang zu, ha denn? Für die obrigkeitlichen Augen zu Gnom, grad wie für die obrigkeitlichen Ohren zu Gnom, ha denn?

9

DER KNIFFLIGE FALL ZU GNOM

Und der Herr Gendarm zu Gnom den Kopf geschüttelt und die Achseln gezuckt.
Und nun gefunden, endlich wieder, den Weg zurück; ins Dorf, wo sich der Mensch noch zurechtzufinden vermochte; irgendwie immer. Halt die Ordnung dort noch geherrscht; eine ganz andere, als bei denen ›Im trüben Wasser‹, wo geliebt ward: nur mehr sündig an sich, und ohne den Gottvater zu befragen, ob ihm das und jenes auch wohlgefallen möge, ha denn? Die weder gedruckt – das Gewissen nieder auf den Beichtstuhl – und so auch gemieden; gleich dem ehernen Gesetz die Hostie.
Und sich die absolut nicht erinnern hatten wollen, wer da geordnet: einst – in vordenklichen Zeiten, ha denn – das Nichts und das Dasein von so gar Niemandem. Irgendwie es doch gelangweilt haben dürfte – schon anno dazumal: den Gottvater, ha denn – und hat allessamt umgeschichtet und neu geordnet; grad denen zum Trutz: der Gottvater, ha denn; und den Gottvater die gestrichen – aus dem Parteiprogramm – und den Himmlischen nicht gewidmet: ein Statut, ha denn?!
Und so mußte das jetzo passieren; bei denen. Absolut folgerichtig. Grad alles gestrebt: kreuz und quer, quer und kreuz. Bei der Liebe nicht gefunden: die Ordnung, und auch nicht bei nämlicher Entscheidungsschlacht auf der Wiesen, ha denn?! Wer da eigentlich geboxt: gegen wen?
Und so rauflustig und streitsüchtig – die – wie das Dorf friedliebend und grad eine Idylle, verglichen mit nämlichem Saustall. Die gehaust wie die Schweinderln; und Läus und Flöh und Wanzen; und so viele Leut' auf einen Fleck! Ha denn? Sich zuschauen bei der Lieb', und das denn gewesen allemal bei denen – gleich einem Prinzip wider die Ordnung an sich – das Festgelage der nämlichen Lust von Kreuz und Quer, Quer und Kreuz, ha denn? Das denn der Weiler wirklich: Das Grab vom Seelenheil, ha denn?
Und auch nicht bei nämlicher Entscheidungsschlacht auf der Wiesen gefunden irgendeine Ordnung, ha denn? Kruzifixitürken! Himmelherrgottsakra! Wer da eigentlich geboxt gegen wen?
Und das die Essenz vom politischen Programm bei denen gewesen. Absolut. Der Mensch an sich – zurück bittschön: in die Zeit vor der Erd-Erschaffung, ha denn? Der Mensch an sich – zurück

bittschön, und wieder angefangen mit dem Nichts, und mit dem Dasein von so gar Niemandem, und zumal dem Gottvater einiges passiert sein könnte, absolut verkehrt herum, ha denn. Weg mit dem alten Opa; und der mit seiner himmlischen Ordnung eh schon hintennach humpelt der irdischen Ordnung, ha denn. Ja! Ja! So die gedenkt, und das Vormenschliche erkannt als das menschliche Parteiprogramm an sich, ha denn. Und halt grad fordern wollen, den Menschen, den es nicht gibt, noch gar nicht, ha denn? Das schon gewesen die Scherzidee des Jahrhunderts.

Es gibt den Menschen nicht? Also her mit dem Menschen! Jetzo basteln wir ihn einmal, daß er grad solche Kulleraugen kriegt, der alte Opa von einem Gottvater, ha denn!

Und derlei Scherzideen wohl die Angelegenheit sein dürfte, die zu korrigieren pflegte die nämliche bestimmte Einrichtung zu Donaublau. Nur wie gebaut: das Narrenhaus zu Donaublau? Halt doch die Festung geplant so ein Bauherr aus dem 18. Jahrhundert. Und es dem – anno dazumaligen Bauherrn – grad den Hirnkasten gesprengt, so es ihm einer ausgedeutet hätte, schon anno dazumal.

»Jessas Maria! Das Häuserl soll einsammeln die Hirn-Schwindsucht und die Hirn-Seuch von der ganzen Umgebung! Ist denn grad eine kühne Narretei; das? Ha denn!? Wenn nicht eh: der Witz des Jahrhunderts?! Die Narrenhäusler lassen sich nicht einfangen; das zum ersten. Die Narrenhäusler bleiben dir nicht von selber in der Festung; das zum zweiten. Die Narrenhäusler kannst ja nicht stapeln grad übereinander, ha denn? Das zum dritten, ha denn!«

Und so gehadert – der Herr Gendarm zu Gnom – mit dem anno dazumaligen Bauherrn nämlicher Festung zu Donaublau. Einerseits. Andererseits es doch zugebilligt dem, er könnte anno dazumal noch nicht bedacht haben das 20. Jahrhundert. Zumal sich die erst – so nach und nach – demaskiert; und zu erkennen gegeben als gefährliche Narren.

Hast dir gedenkt – so ein Fabrikschlotmensch – ist auch ein Mensch, ha denn? Ist es schon passiert; und der sich zusammengeknäult mit anderen; und die denn grad gewesen so viele Narren? Und sich gedünkt die, so zusammengeknäult – grad befähiget – allem und jedem vorzuschreiben, wann und wie sie gefunden wird, die Ordnung an sich! Und das Kreuz und Quer, Quer und Kreuz von denen – da draußen auf der Wiesen – bis auf das Tüpferl auf dem i entsprochen dem politischen Parteiprogramm von

denen. Ha denn!? Und seit wann – dem Narrenhäusler – zugebilligt ward: ein politisches Parteiprogramm, ha denn?! Und das dürfte – der Herr Baumeister von anno dazumal – einwenden; nicht so unberechtigt ganz. Einerseits. Andererseits die nicht gefragt lang.
»Darf ich das jetzo oder darf ich das jetzo nicht? Ha denn!«
So es gemurmelt; erbost an sich: der Herr Gendarm zu Gnom; im Zwiegespräch mit sich selbst.
»Derlei schon die Scherzidee vom Jahrhundert, ha denn. Und sich auswuchern zur politischen Sachfrage nummero eins; für den Menschen an sich, ha denn? Ja! Ja!«
Und die Obrigkeit zu Gnom den Kopf geschüttelt. Und die steilen Unmutsfalten ihm förmlich die Stirn zerschnitten; waagrecht, aber auch senkrecht.
Früher die Narren noch geoffenbart, irgendwie doch eher, ha denn, Krankheitseinsicht! Die aber grad erlösen wollen, mit ihrer kühnen Narretei: wider alles höhere Ganze grad die Erdkugel an sich, ha denn? Und das nur mehr vergleichbar: mit dem Aufstand der Ratzen, die da gekrochen allesamt aus den Kanallöchern und weiß der Teufel woher noch, überall. Und es sodenn verkündiget: das politische Parteiprogramm vom Ratz.
»Statut nummero eins: Es lebe der Ratz. Statut nummero zwei: Der Mensch ist der Erzfeind nummero eins vom Ratzengeschlecht an sich. Folglich Statut nummero drei: Es sterbe der Mensch! Ha denn!?«
So es gemurmelt der Herr Gendarm zu Gnom. Und erbost um sich geschaut.
»Statut nummero eins: Es lebe der Mensch. Statut nummero zwei:
Der Ratz ist der Erzfeind nummero eins vom Menschengeschlecht an sich. Folglich Statut nummero drei: Es sterbe der Ratz! Ha denn?«
Das denn gewesen die korrekte Antwort wider die Rattenplage, allemal. Ha denn?
Und an diesem politischen Musterbeispiel an sich ward erst ungeschminkt angeschaut der harmlose Narr, ha denn, gestern noch gewesen; heute schon so ein Monster grad mit solchen Fäusten und Zähnen, ha denn? Dagegen: Meister Luzifer grad noch anzuschauen und zu betrachten: als Lamperl, ha denn?
Und sich die harmlosen Narren von anno dazumal nicht nur

vermehret merkwürdigst, ha denn. Sich auch gestattet, den gesunden Menschenverstand an sich zu verhöhnen, ha denn. Und dem noch nicht versuchten Hirn es auszuplaudern, grad verkehrt herum, ha denn. Und – spinnt der, oder spinn ich – das denn: die Frage! Hast ja du die Hirn-Seuch! Hast ja du die Hirn-Schwindsucht! Ha denn. Das denn gewesen; allemal mit denen so ein politisches Plauderstündchen, ha denn?! Und nur nicht mit denen reden, das denn allemal alles wirbelt einem durcheinander, ha denn.
Und muß der Mensch schon herangereift sein – zu so einem aufgeklärten Verstand an sich – daß er vermochte; grad noch sich auszudeuten: die, ha denn, korrekt! Und sich allemal gemerket das Wesentliche – der Michael mit seinem an sich aufgeklärten Sachverstand – so er geplaudert mit dem Pietruccio Guggliemucci, ha denn.
»Gibt's jetzo die Erdkugel bald nimmermehr; oder gibt es jetzo die Erdkugel noch etwas länger, ha denn! Das ist hier wohl die entscheidende Frage, ha denn?!«
So es – auch nun – gemurmelt der Herr Gendarm zu Gnom, und das Mitglied ›Der Vereinigung der Aufgeklärten‹ verschränkt die Hände im Rücken. Und ein bisserl vornübergebeugt zurück marschiert ins Dorf.
»So reden können, als wär der grad auch: ein Mensch! Das schon! Das schon!«
Und genickt; nicht ohne Genugtuung. Zumal er sich erkannt, als das Monument an sich von einem aufgeklärten Menschen; dem halt nur nicht gegeben war, so die Plauderwut im Zick Zack vom Guggliemucci, der auch zum Opfer gefallen; dann und wann; der Bürgermeister Dr. Schwefel höchstpersönlich; ja, auch der?! Ha denn!
Und hinter sich gewußt; Gott sei es gedankt, die Wälder um Gnom. Und sich erinnert an die zwei Zöpfe. Einer seitwärts so und einer seitwärts so. Und eh schon wieder gewesen ganz der künftige Herr Kriminalkommissar zu Donaublau, der zu lösen hatte, erstmalig, so einen kniffligen Fall.
Und dieses merkwürdige Betragen von den Klaubaufzündlern, die eh allesamt nur gewesen harmlose Narren – verbunden – mit nämlichem merkwürdigen Verschwinden der zwei Zöpfe, ergab denn schon die Sicht vom Aufgeklärten, ha denn?
So harmlos, diese Narren? Grad entführen wollen dem Herrn

Gemeindemandatar das Töchterl, ha denn? Nur, weil der sich gestattet – in nämlicher Gemeinderatssitzung – den Herrn Gemeindemandatar Pietruccio Guggliemucci zu demaskieren, ha denn? Eher zurückhaltend, und grad einfühlsamst den geschont, ha denn? Und ihn gemaßregelt; eh nur als harmlosen Narren, ha denn? Und das denn – wie es nun geoffenbart die Obrigkeit zu Gnom – eher ein gefährlicher Narr, ha denn! Einerseits. Andererseits dem Herrn Gendarm zu Gnom gefehlt die beiden Zöpfe, grad auf das Merkwürdigste. Und doch gehofft, es sei das Bauxerl nicht das Opfer von so einem politischen Attentat geworden, ha denn? Irgendwie es doch verständig zuhören hatte können, das Bauxerl, und genickt, dann und wann; eher sachkundig an sich, ha denn? Irgendwie der Schalk doch absolut verstanden haben könnte, den lieben Michael, ha denn? Und ihn vielleicht auch sich ausgedeutet, korrekt und eher gescheit: sehr, ha denn? Und ihn erwogen als den möglichen Freund, für das und jenes Plauderstündchen, ha denn; das gewesen doch irgendwie möglich absolut? Und sich die gedenkt: Noch besser als mit dem lieben Onkel Vlastymil plauderst nur mehr – mit dem lieben Michael. Das gewesen; irgendwie möglich; durchaus möglich, ha denn. Und der Herr Gendarm zu Gnom es schnurren gehört: das Herzbauxerl mit dem doch etwas sehr schalkig geratenen Charakter.

»Es deroselbst festhalten; zu jeder Tages- und Nachtzeit; so auch nach jedem schweren Schicksalsschlag. O Hias? Gelt! Ist mir gewachsen der Hügel. Und auf dem wachst der Löwenzahn, gelt? Und so bin ich das Orakel, o Hias. Und das Orakel es zu bedenken gibt, auf daß euch allen Dreien das Sinnen nicht kommt, erst hintennach. Und es weh tut, ha, so weh?«

Und das Dirndl hatte einen nach den anderen angeschaut; grad einfühlsam an sich. Und sich die Augen gewischt. Und es durfte doch eher nur geplaudert haben wollen müssen dürfen; unbedingt – mit dem lieben Michael, ha denn. Gleichsam eingesperrt: im Nicht-Anders-Können, ha denn. Und dem Herrn Gendarm zu Gnom wiedergekehrt: kreuz und quer, quer und kreuz die Worte der Klein-Magdalena. Sie allesamt aus dem Gedächtniskasten herausgestrebt von nämlicher obrigkeitlicher Hirnzentrale. Und nirgends da die Spur gewesen, der zu folgen empfohlen, irgendwie versteckt halt doch: die Nämliche höchstpersönlich, ha denn? Und der Schalk es eh nur einmal wissen hatte wollen – etwas genauer – wie das nun so ist, mit dem Michael, ha denn.

»Findet er mich jetzo, der Michael? Oder findet er mich jetzo nicht, der Michael?«
So es gemurmelt der Herr Gendarm zu Gnom und sich ergänzt.
»Der Hügel.«
Und hinzugefügt der nämlichen Ergänzung.
»Der Löwenzahn.«
Das denn gewesen die Lösung des Rätsels. Einerseits. Andererseits er absolut geblüht nirgends mehr, der Löwenzahn. Und so nirgendwo sein, das war denn auch nicht grad der Hinweis an sich? Zumal der Schalk irgendwer und umeinander strawanzen mußte; absolut irgendwo, ha denn. Nur: wo?
»So mich plaget die Plauderwut im Zick Zack.«
Und der künftige Herr Kriminalkommissar zu Donaublau blieb stehen; auf dem Feldweg ohne Namen.
»Das ist es! Damit wäre er denn wohl gelöst: der knifflige Fall zu Gnom, ha denn?«, und weitermarschiert; nicht ohne Genugtuung, einerseits. Andererseits irgendwie auch der Hinweis eher geraten dürr an sich, ha denn. Und sich die Augen gewischt die Obrigkeit zu Gnom.
»Weh tut, ha, so weh!«
Und aufgeschaut, und um sich geschaut, der Michael. Die da gesprochen, grad jetzo, mit dem lieben Michael, doch auch sichtbar sein mußte; irgendwo stehen: auch gestaltlich sich verkörpernd, ha denn?! Am Wegesrand? Vielleicht sich versteckt; grad hinter dem obrigkeitlichen Buckel? Der Schalk, ha denn!
Und herumgeschnellt – sich gedreht um die eigene Achse – wirklich flinker als üblich, ha denn? Grad: unglaublich flink! Und das denn auch nur gewesen so eine von den Schimären, die gewachsen allesamt auf jenem Mist, der alleweil kostbarster Dünger gewesen für den Menschen, der sich geschreckt: hoffnungsträchtig an sich, ha denn?
Das – jenes Stimmenhören gewesen sein dürfte, das geplaget allemal den, der hören wollte; absolut und unbedingt und auf der Stell; nämliche Verlorene, ha denn?
Und so gar nicht getröstet zurückgekehrt ins Dorf Gnom. Und eingetreten – in die obrigkeitliche Wachstube zu Gnom – es eh schon wieder wissend eher. Das nämliche Fräulein vom Zweifel-Hof kömmt hereinspaziert; eh bald, höchstpersönlich, und der Michael sich eh schon das und jenes Geschichtlein ausgedenkt, auf dem Feldweg ohne Namen, und sich gleich mehrere Geschichten

vorgemerkt, für das Fräulein vom Zweifel-Hof, auf daß es auch weiterhin schätze: das Plauderstündchen mit der Obrigkeit zu Gnom, ha denn.
Das Fräulein vom Zweifel-Hof war nicht hineinspaziert: in die obrigkeitliche Wachstube zu Gnom.

10

EIN BILDERBUCH, DAS ENTWORFEN: DER GAST

Und das Schwalberl mit den zwei Zöpfen hatte das und jenes nette Plauscherl mit dem lieben, lieben, ja, so lieben, lieben Onkel Vlastymil nicht mehr zu schätzen vermocht. Und auch nicht angeklopft eines Tages und es kundgetan: Es sei Zeit für die Mütz; zumal kämen die Eismanderln.
Und die liebe Tante Kreszentia ward getröstet von den Himmlischen höchstpersönlich. Und sie hatte bei der Ausschau nach einem neuen, ergiebigeren Erziehungssprößling erspähet, endlich, den wirklich möglichen Heiligen von morgen: Klein-Kaspar.
»Der Bub wird mir denn kein Bauer! Der Bub wird mir denn ein Heiliger!«, sagte die Kreszentia.
»Hast ein direktes Kabel zu den Himmlischen?«, erkundigte sich der liebe Onkel Vlastymil.
»Wer hören will, hört. Das zum ersten. Wer es sehen will, sieht. Das zum zweiten. Wer es fühlen will, fühlt. Das zum dritten.«, erwiderte die liebe Tante Kreszentia und tätschelte dem Klein-Kaspar die eine Backe und sodann die andere Backe.
Und Klein-Kaspar hatte geschwiegen.
»Jetzo kenn ich mich auch aus.«, sagte der liebe Onkel Vlastymil.
»Die Himmlischen haben es ausgeschnapst; mit der meinigen hantigen Kreszentia höchstpersönlich! Was nun passiert mit dem Buben; und der schweigt zu solchen Offenbarungen?«
Und zu jener Zeit, als entschieden ward: Klein-Kaspar wird ein Heiliger, war das Fehlen von Klein-Magdalena eh schon gewesen das Übliche, das nimmermehr erreget das kinderliebende Herz von so einem Menschen zu Gnom. Und die sind allemal gewesen kinder- wie tierliebhabend. Grad so wie befähiget, die Tränen zu trocknen; so es Zeit geworden, die Tränen zu trocknen.
Und so hatte den Klein-Kaspar eigentlich nur mehr geplaget der Keuchhusten und dann der Schnupfen. Sodenn der Durchfall

abgelöst die Verstopfung; und die Spulwürmer ergänzt der Herr Bandwurm an sich; undsoweiterundsofort. Und die liebe Omama und der liebe Opapa geseufzt; dann und wann; nicht ohne Genugtuung.

»Der Bub wird ein Heiliger.«

Und es hatte sich erwiesen; der Schoß von der Scheidewandbergl-Bäurin als fruchtbar. Und das hatten der liebe Opapa und die liebe Omama eh schon immer gewußt. Die gebiert noch einen richtigen Kaspar. Und so war der überzählige Klein-Kaspar durchaus vernünftig, so er sich entschieden hatte, nachzueifern den Heiligen. Und das hat er denn auch getan; absolut! Und nur mehr geschwiegen; und niemandem dawider geredet; und geworden, zum Bibelkundigen an sich, zu Gnom. Und es auch bestätigt dem lieben Opapa und der lieben Omama.

»Macht's euch denn grad keine Sorgen; wird schon werden: ein Bub; gelt? Ich bet' eh allemal, daß es wieder wird ein Kaspar, gelt?«

Und auch der liebe, liebe Onkel Vlastymil nicht mehr gesucht, die Klein-Magdalena in den großen Wäldern um Gnom. Sich aber entwickelet – in den Monaten Oktober und November des Jahres 21 im 20. Jahrhundert – grad zum Segen vom Dorfe Gnom an sich; weiter. Und so war geworden aus dem Schwalberlsucher der Kräuterlsucher, und aus dem kugeligen Kräuterlsucher ward denn grad: der Kräuterlkundige an sich zu Gnom.

Und das Dorf Gnom hatte es dem Gastwirt ›Zum armen Spielmann‹ allemal gerne bestätigt, er habe denn schon nicht so geirrt, wenn er den Weg zurückgefunden: zur Mutter Natur höchstpersönlich! Und alleweil so rosig angehaucht, der Glatzkopf? Gestrotzt grad nur von einer schon beneidenswerten Gesundheit.

Und der Kräuterlspezialist an sich zu Gnom auch kuriert den Klein-Kaspar. Und allemal gefunden das Rezept an sich für das Nervöse, das Rezept an sich für die Verstopfung, das Rezept an sich für den Durchfall. Und bekriegt, erfolgreichst, die Atemnot des Klein-Kaspar grad so, wie den Hautausschlag, der sodenn besiegt, wiedergekehrt, als Krätze undsoweiterundsofort.

Nicht aber besiegt die Bleichsucht.

»Wird dir auch nicht gelingen; es ist das Geistige, ja! Und du mir das Vergeistigte am Buben heißt: Bleichsucht! Und die kurieren wollen: mit deinen Kräuterln?! Du Verführer der Jugend; allemal das schon gewesen bist. Gelt! Und der wird grad dir zum Trutz ein

Heiliger! Und das denn die Himmlischen allemal entscheiden; und da ist kein Kraut dagegen gewachsen, du Kräuterlhex von einem merkwürdigen Mannsbild. Und du ein und alles; von der Klein-Magdalena! Die hat das Fieber im Blut gehabt; sich gar nicht von dir erziehen lassen. Ja! Ja! Grad so geworden eine Nachtigall, wie es schon gewesen; die Mutter von der. Und du mir noch einmal kömmst; mit der anno dazumaligen vergeblichen Liebesmüh! So auch dein nettes Plaudern nix geholfen; gelt? Und auch dir wachsen lassen die Hörnderln seitwärts, und auch dir die Zunge einmal gezeigt etwas länger, und das wohl an sich? Ha?! Und grad so du geworden, der liebe, liebe, ja, so liebe, liebe Onkel Vlastymil, wie ich einst gewesen die liebe, liebe, ja, so liebe, liebe Tante Kreszentia! Das denn gewesen schon von innen heraus; verfault. Da kannst nix machen; und dich plagen wie du willst! Wird nix draus! Absolut nicht! Und der Klein-Kaspar hat nicht das Fieber im Blut; und der wird: ein Heiliger. Und nicht so einer, wie sein verderbter Zwilling! Du mich hänselst noch einmal, mit der, fopp ich dich einmal umgekehrt: mit der!«
Und so ausführlich wollte der Vlastymil doch nicht plaudern mit der Kreszentia über nämliche Angelegenheit von anno dazumal. Weder im Oktober, noch im November, noch im Dezember; und auch noch nicht im Jahre 22 des 20. Jahrhunderts.
Derlei Aussprachen, bezüglich Klein-Magdalena, er angestrebet absolut mit niemandem.
Und den Gram, der inwärts gedrückt, allabendlich zugedeckt, mit der doch wärmenden Tuchent. Und den Gram, der inwärts gedrückt, allmorgendlich und mittäglich und so auch abendlich begütiget, mit Speis und Trank. Und auch geleert, dann und wann, ein Stamperl zu viel, zu Ehren von nämlichem Schwalberl mit zwei Zöpfen, das vergessen hatte, die Mütze anzufordern. Und den Gram, der inwärts gedrückt, begütiget, mit diesem und jenem Strcifzug durch die großen Wälder um Gnom.
Und auch das hatte seinen inneren Gram zu dämpfen vermocht, um das Entscheidende. Er sich gewußt unersetzlich.
Und der Gastwirt ›Zum armen Spielmann‹ geplaudert mit dem Proletarier wie mit dem Herrn Bürgermeister. Mit dem Herrn Lehrer wie mit dem Herrn Gutsverwalter. Mit dem lieben Schwager wie mit dem Herrn Wolf. Mit dem Magen-Patienten wie mit dem, den geplaget die Nieren. Und allesamt es gewußt: der kuriert uns den Magen an sich und kuriert uns die Gallenprobleme weg,

so mir nix dir nix. Grad so wie die entzündeten Mandeln das Rezept an sich brauchen, braucht auch die und jene Sorge das und jenes Wort zum richtigen Momenterl.
Kurzum: der Vlastymil Franz zu Gnom, die Kugel mit dem Glatzkopf drauf, die da einhergestolpert auf zwei kurzen Stumpen, das war denn grad der Koch an sich. Das zum ersten. Der Kräuterlkundige an sich. Das zum zweiten. Der Gnomkundige an sich. Das zum dritten. Der Menschentröster an sich. Das zum vierten. Und der Gastwirt, den erfunden haben könnte ein Bilderbuch, das entworfen der Gast.
Aber ist gewesen, wirklich – für jedermann, der da diesen oder jenen Trost gebraucht und auch gefunden, im Gasthof ›Zum armen Spielmann‹, befindlich in einem verfluchten Nirgendwo, das genannt die Einheimischen grad so wie die zu Donaublau und die zu St. Neiz am Grünbach: Gnom.

11
BESTIMMT IST BESTIMMT.
PASSIERT IST PASSIERT.
VORBEI IST VORBEI.
ES KOMMT SO, WIE ES KOMMT.
GRAD, DASS ICH WEINEN MÖCHT.

Und auch das hatte seinen inneren Gram zu dämpfen vermocht. Gehalten für absolut unersetzlich und gebraucht unbedingt zu Gnom – den lieben Vlastymil – auch der liebe Tata vom Klein-Kaspar. Und der es gesagt, dann und wann, dem lieben Onkel Vlastymil:
»Ja! Ja! Ist schon so; er dich denn braucht, absolut, der liebe Tata! Gelt? Und das Dorf Gnom soll dich auch noch recht lang behalten dürfen! Gelt? Dafür bet' ich auch; allabendlich und allmorgendlich. Lieber, lieber Gott. Sei auch gut zum Dorfe Gnom und verschone mir den lieben Onkel Vlastymil, auf daß er auch weiterhin so nett plaudern kann, und mir auskuriert das und jenes Wehwehchen; gelt?«
Und sich die Augen gewischt Klein-Kaspar, und geküßt den lieben Onkel Vlastymil, und ihm die Hände gedrückt, dann und wann. Und ihm so oft es bestätigt:
»Bist denn ein guter Mensch, gelt? Ja! Ja! So viel ein guter Mensch; grad, daß ich weinen möcht. So gut bist! Gelt? Viel z'gut für die

Welt! Ja! Ja! Weiß es dir nicht zu danken. Aber ich denn, ich denn sag es jeden Tag, dem lieben Gott. Und der schreibt es ein; im großen Buch. Gelt? Bist denn grad schon so eine biblische Gestalt? Mußt es tragen, lieber Onkel Vlastymil! Mußt es tragen! Ist halt deine Bestimmung; gelt. Da kannst nix machen! Bestimmt ist bestimmt. Passiert ist passiert. Vorbei ist vorbei. Es kommt so, wie es kommt.«
Und der Fredi hat den Klein-Kaspar gestupst.
»Himmelherrgottsakra! Grad, daß ich weinen möcht!«
Und der Fredi hat den Klein-Kaspar gezwickt.
»Kruzifixitürken! Ich hab dich jetzo etwas gefragt! He du!«
»Ich bin gefragt?«, so der Klein-Kaspar; weniger ratlos, eher erstaunt.
»Ja du! Hat er jetzo geflunkert, der liebe Onkel Vlastymil? Oder stimmt das jetzo, was er gesagt hat über deinen Zwilling?«
»Aha.«, so der Klein-Kaspar, und er hat geradeaus gestarrt mit ausdruckslosem Gesicht.
»Du redest vom lieben guten Onkel, der ein zu guter Mensch ist, und weiß der Teufel was – noch alles! Wir aber haben geredet – von deinem (!) Zwilling. Den Zwilling mit den zwei Zöpfen meinen wir. Der dich wohl absolut nix angeht?«
»Ja so!«, sagte der Klein-Kaspar.
»Willst mich foppen? Ich frag dich etwas, und du markierst den Dodl. Alleweil dann, wenn von deinem Zwilling die Red' ist!«
»Mich? Etwas gefragt?«, so der Klein-Kaspar und angeschaut den Fredi mit weit geöffneten Augen, wohl ihn weniger foppen wollend, auch nicht erstaunt, eher wirklich ratlos.
»Das denn eine Ehr! Von mir etwas wissen will: wer?«
Und der Fredi gestöhnt und die Augen fest zusammengepreßt, und er hat sich geschneuzt, und mit dem Schneuztücherl sodann die Augen zugedeckt, die Ellbogen auf dem Tisch, und geschwiegen. Das denn gewesen alleweil ein Kreuz mit dem Schweiger Klein-Kaspar, der absolut mit niemandem reden hat wollen über seinen Zwilling. Auch nicht mit dem Fredi. Grad so ein Gfrast der, ein Buch mit sieben Siegeln, wie die Nämliche mit zwei Zöpfen. Halt Zwillinge.
Und der Fredi hat nur an den Klein-Kaspar denken müssen, und schon ist es ihm geronnen aus den Augen.
Einen Dauergast vom Weiler droben erhalten; der liebe Onkel Vlastymil. Das ist gewesen: der Fredi, der kennen lernen wollte,

etwas genauer, und das an sich; Nämliche mit zwei Zöpfen. Und dabei kennengelernt; etwas genauer, und das an sich; den Klein-Kaspar.
Und es ausgeplaudert dem Fredi, das und jenes, jenes und das – der liebe Onkel Vlastymil. Und die liebe Tante Kreszentia es durchaus gebilligt und dieses und jenes Geschichtlein beigesteuert über ihr Herzbauxerl, die Klein-Magdalena – und sodann kassiert beim Fredi. Nur einer nicht dieses und nicht jenes Geschichtlein beigesteuert; das ist gewesen der Klein-Kaspar. Obwohl der eigentlich den Fredi gemocht; irgendwie eher sehr. Eigentlich absolut gemocht den Fredi, der Klein-Kaspar. Jenen Fredi, den das Glück gleich dem vierblättrigen Klee verfolgt; und so er gewesen – wie der Gustl – ein Noch-Nicht-Ohne-Arbeits-Mensch. Und das denn gewesen grad drei Lohnsäckel für 13 hungrige Menscherln vom Weiler. Und die da eh schon gefeuert; dem und jenem zu Gnom ins Gemüt hinein den Neid. Wozu drei Lohnsäckel für eh nur dreizehn Menschen, hat sich gedenkt der und jener zu Gnom, der ernähren hatte müssen grad so einen Schüppel Kinder, und nur heimzutragen bekommen einen Lohnsäckel. Vom ältesten Buben der eine. Und der andere ernähret seinen Schüppel Kinder höchstpersönlich.
Und der von St. Neiz am Grünbach am Tisch gesessen; eh schon lange nicht mehr gesehen so einen Lohnsäckel, und daheim vier Kinder und das hantige Weib? Und ihm spendiert grad der Fredi, das eine Vierterl nur? Das denn schon eine kleinliche Angelegenheit! Und den großen Maxl schauspielern wollen, der Fredi, das Würstl auch von morgen. Grad so ein Noch-Nicht-Ohne-Arbeits-Mensch; und Morgen schon der Ohne-Arbeits-Mensch. Die Null grad von einer Eins?!
Und Klein-Kaspar hat für alle gebetet; und über den Neider gedacht: Der ist halt gar arg geplaget von seinem Neid. Und über den Beneideten gedacht: Der wird halt gar arg geplaget von seinen Neidern. Und den Kopf geschüttelt und geseufzt, dann und wann; und gemurmelt:
»Bestimmt ist bestimmt. Passiert ist passiert. Vorbei ist vorbei. Es kommt so, wie es kommt.«
Und so es halt der Fredi gehört, der brüllen hat müssen:
»Grad, daß ich weinen möcht!«
Und das denn der Klein-Kaspar auch verstanden; irgendwie doch.

12
DU SONNE DER LIEBE

Und auch der Dodl vom Zweifel-Hof ward getröstet – von der Flunkeler Notburga, die eh gewesen die heilige Notburga höchstpersönlich. Und die es ihm ausgeplaudert direkt, und so er sich das ausgedeutet korrekt.

Und nicht – hoffnungsträchtig geschreckt an sich – umnachtet ward von dieser und jener Gaukelei, die ihm dann und wann, in seine Träume hineinspazieren ließ Klein-Magdalena höchstpersönlich; und die hat es ihm kundgetan, immer wieder.
»Mir geht es gut; gelt? Ich bin denn da, die fehlt!«
Und über das Gesicht von Klein-Magdalena eh nur geronnen die Tränen der Freude. Ja! Ja! Irgendwo sie schon gewesen, die Klein-Magdalena. Und das absolut und unbedingt! Ja! Ja! Derlei nicht geduldet die Himmlischen; anders. Auf ewig nicht.
»I! O! A! U! E!«

»Nix wird verwurstelt; nix passiert so mir nix dir nix, du dummer Mensch. Brauchst dir nicht mit den Händen wachsen lassen die Zöpfe, seitwärts einen so und seitwärts den anderen so.
Ist denn kein schlechter Mensch gewesen, passiert ihm auch nix. Gelt? Sich allemal die Himmlischen etwas gedenkt, ein bisserl mehr als du und ich; ja! Aber verwurstelt ist das Dirndl trotzdem! Mir das denkst; noch einmal! Verwurstelt wird nix; so es die Himmlischen nicht verwurstelt haben wollen! Ist das die Prüfung nur, die auferlegen die Himmlischen allemal jenem Menschen, von dem sie wissen wollen einiges doch etwas genauer? Und ist's die eine Frage nur; die nämliche Frage an sich:
›Sag mir, die Gläubige, die Notburga, ob sie mir auch ehret den Namen, den sie trägt? Faßt sie das Unfaßbare? Wankt sie, so sie geprüft wird, etwas sehr? Wie ist das mit dir, o Notburga vom Zweifel-Hof? Du die Treue bewahrst dem Jesu Christ, auch so dich plaget das und jenes etwas sehr?‹
Und das denn, du dummer Mensch, dich selber fragest! Gelt! Du mir der auch nacheifer, die du verehrest doch an sich? Und nicht nur rutscht auf den Knien! Übest die Selbstüberwindung mir auch, so Tag für Tag und Nacht für Nacht? Übest mir die Geduld und die Sanftmut und denk nur nach, du Schlankel von einem Christenmenschen, wie das so ist mit dir!«

Und das denn gewesen schon ein Wort.
Und dann und wann; Klein-Magdalena auch der Scheidewandbergl-Bäurin hineinspaziert in diesen und in jenen Traum. Und es auch der bestätiget:
»Mir geht es gut; gelt? Ich bin denn da, die fehlt!«
Und das denn schon gewesen der Traum? Und sogleich auch gedankt den Himmlischen, die da vorgeführt die höhere Wahrheit der Flunkeler Notburga, geehelichte Zweifel. Und das nicht nur einmal; vielmehr immer wieder.
Und so es geträumt ward, doch einmal eher etwas anders herum und so grausig, wider das Gemüt, es eh gewesen nur die Prüfung von den Himmlischen. Und die Träume dann für sich behalten die Notburga, und nicht weitergemeldet an den Schweinehirten vom Zweifel-Hof.
Und am 23. September des Jahres 21 im 20. Jahrhundert hatte der Dodl vom Zweifel-Hof den Entschluß gefaßt; an sich anzumarschieren, wider das selbstisch begrenzte Ich. Und dies Ich zu bekriegen, mit allen Mitteln. Und sich geschworen, hinkünftig noch aufrichtiger nachzueifern, der Sonne der Liebe; und auch ihre Tugenden mehr zu respektieren; nicht nur im Gebet, sie vielmehr auch zu verwirklichen zu trachten. Ihnen halt hintennach zu humpeln, auf daß die Sonne der Liebe sehe: Bemühen tut er sich aufrichtig, der dumme Mensch von einem Zwurgl. Aber das ist halt denn grad schon alles.
Und der Dodl vom Zweifel-Hof hinkünftig die christlichen Tugenden an sich zu üben gestrebet. Und es genauer zu nehmen und es zu erwägen an sich, wie das denn sei mit der seinigen Verehrung. Ob sie auch ertrage das Unfaßbare? Und es erdulde, das Rätsel, das ungelöste Rätsel, der Glaube? Oder kömmt der ins Wanken; wegen so einem Scherzlein, das auferlegt die Himmlischen, eh nicht wirklich, der Klein-Magdalena? Die doch eh nicht geplaget die Himmlischen! Vielmehr erlöst? Ha?! Wenn nicht so, dann so. Irgendwie immer, ha? Du dummer Mensch von einem Dodl!
»I! A! O! U! E!«, brüllte der Dodl vom Zweifel-Hof. Und grad nur mehr so geschliffen, über den Hof, und das unerbittlich, das schäbig begrenzte Ich von seinem selbstisch hoffnungsträchtig geschreckten Gemüt. Und es angebrüllt, gleichsam sich dreiteilend, der Dodl vom Zweifel-Hof.
Einerseits marschiert als Herr General, der einmal vorgeführt

haben wollte, von so einem Irgend-Hauptmann, die und nicht irgendeine Kompanie. Jawohl! Und das auf der Stell!
Andererseits marschiert als Irgend-Hauptmann, der geschwitzt und sich gedenkt: Blamier ich mich jetzo vor dem Herrn General oder blamier ich mich jetzo doch nicht; allzu arg? Ha?
»I! O! A! U! E!«, gebrüllt, der Dodl vom Zweifel-Hof, als Irgend-Hauptmann.
Und sodenn marschiert; gleich dem Zwurgl von einem Irgend-Soldaten; umeinander, daß es schon gewesen: der Anblick!
Und das Gesinde sah den Dodl vom Zweifel-Hof anstreben Kniebeugungsübungen, die sich vermehret grad von Tag zu Tag. Doch nicht? Ja doch! Und der marschiert; gleich einem etwas merkwürdig klein gewachsenen Soldaten, im übrigen aber wacker und stramm rund um den Schweinekoben; und sodann Haltung angenommen und die Haken geschlagen; und gebrüllt, der Dodl!
»I! A! O! U! E!«
Grad sich gewähnt, befördert zu so einem Herrn Hauptmann?
»I! O! U! E! U!«
Und jetzo denn schon: der Herr General höchstpersönlich? Und der Dodl vom Zweifel-Hof den Ferkerln voranmarschiert und hintennach marschiert; übend den Stechschritt an sich, ha denn?
So es ausgeplaudert der liebe Matthias dem lieben Michael; und die sich zugezwinkert. Und der Alt-Knecht von einem altgedienten weißen Haarschopf sich gewundert weniger. Eher den sich ausgedeutet, korrekter als die anderen. Es aber behalten, tief inwärts bei sich. Und dem wackeren Soldaten auch getätschelt, dann und wann, die Schulter.
»Ja! Ja! Marschier nur, so lang du marschieren kannst: noch! Ja! Ja!«
Und sich bekreuziget; und sich die Augen gewischt: der Alt-Knecht. Und es auch eher beunruhigt den Großknecht, und die Kuhmagd eh nur mehr den Weg gefunden zur Arbeit mit rot geätzten Augen.
Und wenn der Klein-Kaspar, dann und wann, doch geschlichen zu einem Menschen, dann nur zum Dodl vom Zweifel-Hof. Und der geübet den militärischen Stechschritt, wirklich von Woche zu Woche, von Monat zu Monat, korrekter. Und denn gewesen das Vorbild von einem strammen Soldaten. Nur halt etwas geraten doch zu kurz für derlei?

»I! O! A! U! E!«, brüllte der Dodl vom Zweifel-Hof den Klein-Kaspar an; und das denn gewesen der Befehl, es doch nachzuahmen; und die militärische Abhärtung zu erwägen als die einzig angepaßte Peitsche für das allemal so wehleidige und selbstisch ungemein begrenzte Ich?! Und sich endlich drein zu finden; und sich emporzuläutern: zum höheren Ich, das allemal nur gefunden ward nach entsprechender Selbsterziehung?! Und es dem Klein-Kaspar oft und oft gebrüllt; empört an sich und mit geballter Faust gedroht.

»I! O! A! U! E!«

Und der Dodl erspähet den Klein-Kaspar, immer wieder, im hintersten Schweinekoben; dort sich der nicht Besserungswillige den Kopf gehalten; und sich gedrückt in den hintersten Winkel. Das denn gewesen: der Anblick! Und es dem Dodl über das Gesicht geronnen, das selbstische Ich von einem allzu wehleidigen Gemüt! Und es gebrüllt; gar empört an sich:

»I! O! A! U! E!«

Und das grad gebrüllt; eine Stunde, die zweite und sodenn die dritte Stunde!

Und so gelernt Klein-Kaspar auch den Schweinestall zu meiden; im Laufe der Monate. Und im Laufe der Monate begonnen zu meiden allesamt; auch die Scheidewandbergl-Bäurin, und sich zugewandt dem Bibelstudium an sich; und entschieden, nur mehr zu plaudern ein bisserl mit den Himmlischen. Und im übrigen zu meiden den allzu engen Berührungspunkt mit dem irdischen Menschen an sich; und gekniet, oft stundenlang, in der Pfarrkirche zu St. Neiz am Grünbach. Und gekniet, oft stundenlang, oben bei der heiligen Notburga auf dem Scheidewandbergl. Und sich zunehmend vergeistiget der Gesichtsausdruck des Buben. Das denn schon gewesen der Anblick für die liebe Tante Kreszentia.

Und der Dodl vom Zweifel-Hof dem Klein-Kaspar hintennach; nicht nur einmal. Im Stechschritt. Und hinauf das Scheidewandbergl; und hinein in die Kapelle und gekniet hin: nicht neben dem Klein-Kaspar. Vielmehr sich erwählet das hinterste Eckerl der Kapelle und dort geschepert als Ganzer, der Dodl vom Zweifel-Hof, und es kundgetan der heiligen Notburga.

»O, ist's ein Nixwürdiger, der da kniet; ganz hinten? Du Sonne der Liebe, schau mich nicht an: so streng! Es ist halt nur: der Dodl und faßt und faßt es nicht; eh nur der Dodl nicht? Und der mir kniet; da vorn in der Bank! Schau ihn dir an; o heilige Notburga!

Schau ihn dir an; etwas genauer! Du Sonne der Liebe; versuche mich nicht! Bin nur das begrenzte Gemüt von einem Zwurgl! Gewachsen nur dreizehn Jahr lang! Versuch mich nicht! Sagt die Sonne der Liebe allemal: Es ist nie genug? So es doch nicht tragt: ein Zwurgl? Und marschier als General und marschier als Hauptmann und marschier als Soldat; und es ist immer noch: so verweichlicht; so wehleidig da mir im Inwärtigen! Ich denn grad taug: nix? Du Heldin der Geduld, lehre mich mich ertragen: in meiner Zwurglhaftigkeit! Lehre mich die Selbstüberwindung! Und hilf mir jetzo denn; einmal doch: wirklich!«
Und dann und wann; grad auf dem Hochaltar der kleinen Kapelle gestanden; in einem weißen Kleiderl und mit Flügerln seitwärts: Klein-Magdalena, einen Zopf seitwärts so und einen Zopf seitwärts so. Und sich der Dodl vom Zweifel-Hof die Augen gerieben; und das denn gewesen nicht der nämliche Schleier? Vielmehr erhört die Himmlischen den zaghaften und kleingläubigen Zwurgl vom Zweifel-Hof?
Und der geschluckt; und sich gestattet, die Augen trocken zu reiben, mit dem Rockzipfel. Und halt wieder geweint, genaugenommen bitterlich, auf daß er wieder kömmt, der Engel, und ihm zuwinke und kichere; ein bisserl schalkig eher, hinter vorgehaltener Hand; und sich dann schäme: so. Dazumal das sein dürfte eher das Betragen von einem Bengel; nie aber von einem Engerl.
Und dann und wann; er halt doch allzu herzhaft gelacht, der Dodl vom Zweifel-Hof, und auf diese Weise doch gestört empfindlich die Andacht vom Klein-Kaspar. Und sich geschämt so, der Dodl, und hinausgerannt aus der Kapelle mit glühenden Backen, und eh nur geplärrt so. Und begütiget ward von Klein-Kaspar, der den Zwurgl sogleich erwischt; alleweil noch schneller gerannt wie der. Und ihn festgehalten auf dem Feldweg ohne Namen. Und es auch dem bestätiget:
»Ja! Was rennst davon? Bist ja eh der gute Mensch an sich zu Gnom! Und ich bet ja eh für dich: zur heiligen Notburga! Ich vergeß doch: niemanden! Und schon gar nicht dich! Du lieber, ja, du lieber, so lieber Mensch!«
Und anderes er nicht mehr mitzuteilen beliebte, der Klein-Kaspar. Auch nicht dem Dodl?! Und der geschluckt und geschluckt; und es gebrüllt, gar laut, auf dem Feldweg ohne Namen:
»I! O! A! U! E!«
Und immer wieder.

»Du Sonne der Liebe!«
Und mehr hat er eh nicht gebrüllt, der Dodl vom Zweifel-Hof; das aber dafür gründlichst. Einmal so und einmal so und dann auch wieder, ganz anders. Und nur das.
»Du Sonne der Liebe!«
Und Klein-Kaspar dem Dodl die eine Wange geküßt, sodann die andere Wange geküßt, und genickt.
»Ja! Ja!«, sagte Klein-Kaspar.
Und wieder.
»Ja! Ja!«
Und dem Dodl es schon wieder stillgestanden und gerannt in einem. Das denn grad gewesen: ein Wort. Und hintennach dem Klein-Kaspar. Den militärischen Stechschritt übend; schon wieder.

Fünfter Teil
DAS KIND DER GEWALT

Erstes Kapitel
ZURÜCK ZUR NATUR

1
JENER LARIFARI, DEN DER HIESIGE AUCH NENNT: HEILUNG

Am 23. Juni des Jahres 22 im 20. Jahrhundert war der Gastwirt ›Zum armen Spielmann‹ erst nach dem Mittagessen willens gewesen, in die großen Wälder um Gnom zu streben.
»So viel ich weiß, sammelt der Kräutersucher sein Kraut vormittags, sobald der Tau getrocknet ist.«, sagte die Kreszentia.
»Die Blüten, die Blüten, o Lehrmeisterin.«, sagte der Vlastymil.
»So?! Die Blüten!«
Und die Kreszentia geglüht eh schon so.
»Ja! Du Alpen-Bartsie.«, schnurrte der Vlastymil.
»O?!«, empörte sich die Kreszentia.
»Haben es die Himmlischen der lieben Kreszentia noch nicht geflüstert? Meine Wenigkeit bedauert eh nur.«
»Was? Vlastymil!«, und die Kreszentia sich die Augen gerieben.
»Bedauern über verkanntes Verdienst ich gewagt auszuplaudern, mit Hilfe der Alpen-Bartsie.«, sagte der Vlastymil und deutete mit Kopfnicken eine zurückhaltende Verbeugung an.
»So?! Aha.«, sagte die Kreszentia.
»Ich sag ja nix; ich denk ja nur! Am vorteilhaftesten sammelst die Sachen, sobald der Tau getrocknet ist; um die ganze Frische vom Tag, vom jungen Tag mit heimzubringen.«
»Die Blüten; du Bachweide!«, schnurrte der Vlastymil und ergänzte:
»Und verdächtige mir nicht schon wieder: verkehrt herum, die Bachweide! Flüstert nur dem ins Ohr, der es hören will; Tröstliches.«, und der Vlastymil erhob den Zeigefinger.
»So du hören willst, hörst!«, schnurrte der Vlastymil.
»Dann sag's!«, knurrte die Kreszentia.
»Ich? Ich höre dies und jenes Pflanzenkinderl, auch ohne daß es mir sagt die Kreszentia. Grad so, wie die liebe Kreszentia hört die Himmlischen, ohne daß es ihr dazwischenfunken muß: das irdische Ohrwaschel von so einem Glatzkopf.«
»Mich foppen willst!«, und die Kreszentia eh schon willens gewesen, zu weinen gar bitterlich.

»Nur mehr redest so kauzig; und brauchst für jedes dritte Wort schon einen eigenen Schlüssel. Das denn grad schon grausam!«
»Die Bachweide nur geflüstert: Verzage nicht!«, schnurrte der Vlastymil.
»Das denn alles gewesen?«, sagte die Kreszentia; eher ratlos.
»Es ist das Entscheidende, nur mehr vergleichbar mit dem Balsam von Judäa.«
»Was ist das wieder für ein Larifari?«, kreischte die Kreszentia, die schon zusammengezuckt jedes Mal, so nur der und jener Name eingeflochten ward, in diesen und in jenen Satz, von diesem Kraut oder jenem Blümlein.
»Der Balsam von Judäa ist jener Larifari, den der Hiesige auch nennt: Heilung.«, schnurrte der Vlastymil. Und nun geglüht der Kreszentia auch die Ohren. Und genickt der liebe Vlastymil, nicht ohne Genugtuung anschauend diese und jene Hautveränderung am Hals der lieben Kreszentia; da ein rotes Fleckchen, dort ein rotes Fleckchen.
»Was die Blüte freut, freut nicht das ganze Kraut, so auch nicht die Blätter. Die wollen geholt sein nachmittags, weil sie sich bis dahin gefüllt haben mit Nährstoffen!«, und der Zeigefinger des Kräutersuchers ward erhoben, und er auch willens, den als nötig erachteten Nachhilfeunterricht ein bisserl ausführlicher zu gestalten; und nun drangsaliert, gleichsam als Naturkundelehrer sich aufpflusternd, das arme Weib mit seiner Schwätzmanie.
»Und die Blätter und Blüten einigt doch das eine bestimmte Bedürfnis. Sie lieben es nicht, so sie der Mensch preßt in den Korb hinein. Wollen locker hineingelegt sein, damit ihr gutes Aussehen auch weiterhin erfreut den Schauenden! Und so bedenke mir auch die bessere Hälfte: Blatt, Blüte und auch Kraut wollen nach dem Sammeln gewaschen sein: nicht! Grad entstaubt; einfühlsamst. Hast jetzo verstanden?«
»Das mir eh nur passiert ist; einmal!«
»So? Hat genügt: das einmal Passieren, für den Schimmel und das Grausamste: die Gärung! Und mir das einmal Passieren auch, aber nicht nur: erschwert das Trocknen meiner Kräuterln! Ha?! Sie allesamt auf den Misthaufen schmeißen können! Allesamt!«, klagte der Vlastymil die Kreszentia an.
»Und ich hab dir gebracht den Ersatz. Und dafür nicht verschwinden müssen in den großen Wäldern um Gnom. Ist zu finden das Gesuchte oft auch auf den Feldern, Äckern und Wiesen, ha? Vom

Zweifel-Hof! Dort aber nicht zu finden die Sophie-Hex und auch nicht die Wally-Hex! Ja! Ja!«, konterte die Kreszentia. Und gekichert der Vlastymil, hinter vorgehaltener Hand.
»O, du Lehrmeisterin mir allemal gewesen bist von einer Akazie. Und kennt die Akazie nicht die Andore? Ist's auch ein Kinderl der Mutter Natur, ha? Du hiesiger Baldrian!«
Und die Akazie doch eh nur gewesen in der Blumensprache, was genannt: der Hiesige zu Gnom, keine Zuneigung? Und die Andore eh nur ausplaudern hatte wollen, die Binsenweisheit: Eifersucht erwecket Zorn. Und der hiesige Baldrian die Leichtigkeit und Beredsamkeit und Flatterhaftigkeit angeklaget haben wollte, mit der die hiesige bessere Hälfte gekränkt: den dahergelaufenen Vlastymil, der doch nichtsdestotrotz gewesen: der Kräuterkundige an sich zu Gnom; wo sich doch auch der Bauern-Riese Schwager das und jenes ausdeuten hatte lassen anders und es auch bedacht; das und jenes Einwändlein, das da gewaget der Naturkundige an sich zu Gnom wider den Bauern an sich zu Gnom. Und der dankbar gewesen für jeden Hinweis; und sein Schwesterherz geplärrt, nach jedem Hinweis, den er gestaltet etwas ausführlicher. Ha?!
»Du hast nur etwas vergessen, liebe Kreszentia. Es empfiehlt sich nicht, zu sammeln die Schätze von Mutter Natur grad dort, wo die Felder verschmutzt sind und die Äcker. Und keinesfalls auf frisch gedüngten Wiesen umeinanderzupflücken. Lohnt sich nicht! Gelt?«
Und der Vlastymil der plärrenden Kreszentia eh schon getätschelt die Hände, ha? Und die geplärrt noch immer!
»Und die Wurzeln sind zu graben im zeitigen Frühjahr oder im Herbst; da sind sie insbesonders angereichert mit Heilstoffen. Und am leichtesten erhältst die allemal nach dem langen Regen, so der Boden noch weich ist und eher nachgiebig. Die wiederum darfst reinigen und waschen sorgfältigst. Gelt? Hast halt das eine mit dem anderen ein bisserl durcheinandergebracht? Und es dir gedenkt: halt das eher ungünstige Gleichnis in Erwägung ziehend:
›Was gut ist für die Wurzeln, ist grad noch besser für die Blätter, Blüten und so auch für das Kraut an sich?‹
Und dann das halt gewesen wirklich eher die etwas ausgeprägt umgekehrte Bedeutsamkeit, und das so makellos gereinigte Kräuterl halt verreckt, gelt? Ja! Ja! Und wann schält der Vlastymil nun die Rinden?«
»Im Frühling denn, wenn der Saft steigt!«, sagte die Kreszentia;

und nickte dazu; nicht ohne Genugtuung. Das denn gestimmt; absolut, oder etwa nicht?

»Und so das Kräuterl einfühlsamst abgeschnitten ward, auf daß bestehen bleiben könne ein beblätterter Stumpf, und der sich erhole und erneuere? Und so das Kräuterl nicht ausgerupft ward; grad mit der Wurzel; so grausam, ha? Und so auch nicht geplündert ward, das und jenes stille Örtchen, auf dem es gewachsen, unbeachtet, ehe es erspähet der Vlastymil zu Gnom, ha? So der Vlastymil es bedacht: möchtest nicht ausgerottet sein, gelt, du liebes Kräuterlkind! Werd dir auch nur wegnehmen: das Blatterl und jenes Blütenkopferl; nicht allessamt, nicht allessamt! Sollst doch wachsen dürfen nächstes Jahr wieder, wenn ich dich suche, mir doch nicht fehlen sollst müssen wollen dürfen? Dazumal ich dich ausgerottet im Vorjahr, irrtümlicherweise! Und so das alles korrekt bedacht ward und berücksichtiget einfühlsamst, was passiert: denn?«, und die liebe Tante Kreszentia geplärrt nicht mehr?

Und Klein-Kaspar gesessen bei denen; das Schweigen an sich übend wie üblich. Und hinuntergedrückt den letzten Rest vom Erdapfel-Knödel; und das letzte Stückerl Fleisch nicht anrühren wollen, dazumal es ihm gedünkt, der Form nach, eher dreieckig. Und das grad so gut sein konnte, das göttliche Auge.

Und der liebe Onkel Vlastymil hineingegriffen in das Teller vom Klein-Kaspar und sich genehmigt, das Fleischstückerl zwischen Daumen und Zeigefinger einzuklemmen und es zu mustern; es anzustaunen nicht, zumal es gewesen weder flachsig noch fett. Nur es anzuschauen: eher ratlos. Und es schon hineingeschoben in den Mund. Und zusammengepreßt Klein-Kaspar die Augen. Im übrigen aber geschwiegen.

Und weitergeplaudert der liebe Onkel Vlastymil mit der lieben Tante Kreszentia.

»Das Trocknen ist denn nicht das Problem mehr?«, erkundigte sich der liebe Onkel Vlastymil, und schielte seitwärts hin, zum Klein-Kaspar, der sich die Augen gerieben, im übrigen aber geschwiegen. Und schaute dann an, der Vlastymil, die Nachhilfeschülerin, fragend, oder eher ratlos?

»Das machst denn eh schon richtig; ganz so wie ein Hiesiger kannst das schon; genaugenommen grad besser wie allesamt«, schnurrte die Kreszentia und nickte; nicht ohne Genugtuung.

Und plauderte dem Vlastymil vor, das und jenes schmerzvollst

erworbene Sachproblem-Bewußtsein, das ihr genaugenommen eh nie gefehlt. Es nur irgendwie, dann und wann, und wirklich immer nur einmal zu passieren beliebte, sich zu erinnern an das Ausgeplauderte vom Vlastymil, manchmal, irgendwie nicht so ganz im richtigen Momenterl. Und so sie tatkräftigst unterstützen wollend – den Kräuterlsucher – erwählet grad den sonnigsten Platz für das Trocknen von dem und jenem Kräuterbuschen. Und das denn gewesen halt grad das Verkehrte. Der wieder bevorzugt das schattige, luftige und eher etwas zugige Platzerl zum Trocknen? Und der Vlastymil sein Blättergut und Blütengut gar aufgeregt schnatternd wieder eingesammelt; und mit seinen kostbaren Schätzen verschwunden: doch nicht im Dachboden? Ja doch!
»Verdorren an der Sonne, die Blätter, auch die Blüten und halt das Außenherum, das streckt ein Blumenkinderl nur auf der Wiesen entgegen: der Sonne. So es gepflückt ward, mag es nimmermehr die Sonne. Ohne die Wurzel schreckt sich so ein Kräuterl grad dürr; irgendwie sehr. Es verdorrt.«, schnurrte die liebe Tante Kreszentia und der liebe Onkel Vlastymil nickte; und ergänzte dann und wann die liebe Tante Kreszentia.
»Respekt! Respekt!«
Und das die gefreut; wirklich aufrichtigst. Und geplaudert gerne mit so einem sachkundigen Vlastymil, sachkundigst allemal, die liebe Tante Kreszentia. Und das auch getrocknet; unglaublich schnell: allemal, gleich einem ehernen Gesetz, die Tränen der lieben Tante Kreszentia. Die Beiden schon gewesen grad das Vorbild von einem mustergültigen Ehepaar! Ja! Ja!
So hat's sich gedenkt der Klein-Kaspar, weniger staunend, eher ratlos.
»So aber die Witterung ein bisserl gar arg feucht ist, und eher als naß erkannt werden darf, und die etwas nasse Witterung gar arg lang andauern will, empfiehlt sich doch irgendwie die Anwendung künstlicher Wärme. Aber eher mäßig, mäßig!«
Und die liebe Tante Kreszentia den Zeigefinger erhoben; eher mahnend und besorgt.
»Und häufiges Wenden haben sie beim Trocknen auch gern. Das mögen sie absolut, absolut! Und übereinander wollen's nicht daliegen müssen dürfen; eher locker, locker! Und halt sich ein bisserl ausbreiten dürfen. Daliegen: eher flach! Eher flach! Und die Blütenköpf sind ganz haklig; da mußt sein: einfühlsamst, einfühlsamst; grad: an sich! Wie sollen die auch ihre natürlichen Farben

ansonsten behalten können? Und grad so, wie die allzu argen Sonnenstrahlen plagen das gepflückte Blumenkinderl, wie das gepflückte Kräuterl, es schrumpelt und schrumpelt und ist so garstig anzuschauen! Und doch gewesen einst ein so herziges Blumenkinderl! Und gewachsen eher bemerkenswert zierlich, und es doch gereckt so keck das Blumenköpferl; oder das und jenes Blatterl? Ha?! O, das denn allessamt das eher haklige Problem an sich; mit diesen Kinderln von der Mutter Natur. Ja! Ja! Haklig! Und da brauchst schon Gefühl, gelt? Gefühl dafür!«
Und die Kreszentia angeschaut den lieben Vlastymil, der gelauscht aufmerksamst und genickt; dann und wann; wirklich eher ehrerbietig, ha? Und die Kreszentia geschwiegen und den neuen Ansatzpunkt endlich gefunden, zumal sie sich gedünkt irgendwie doch verpflichtet, ihre allgemeinen Erkenntnisse über die Mutter Natur zu veranschaulichen, und zu versinnbildlichen für den lieben Vlastymil. Noch mehr aber, zu offenbaren dem Klein-Kaspar: So eine Tante hast; ja! Merk auf, Bub! So eine Tante ist die liebe, liebe, ja, so liebe, liebe Tante Kreszentia! Ja! Ja!
»Und gibt's dann auch eher von der Natur her ziemlich trocken belassene Kräuter; sind halt die sparsamst Haushaltenden, gelt? Und die empfiehlt es sich: aufzuhängen.«
Und Klein-Kaspar die Augen fest zusammengepreßt; im übrigen aber geschwiegen.
»Nach unten: in Bündeln. Und die Blütenkopferl halt erdwärts hängen lassen. Und daß sie nicht plaget: der Ruß und der Staub und dergleichen Gemeinheiten, in luftdurchlässigen Sackerln. Und das ist denn der Witz. Anders wollen's die Wurzeln. Ganz, ganz anders. Die stört es nicht, ob sie getrocknet werden an der Sonn oder auf dem Dachboden. Im Gegenteil, die wollen nicht nur gewaschen sein, sorgfältigst, nicht nur gereinigt werden, und das an sich; einfühlsamst, grad so wie makellos! Ja! Ja! Makellos! Auch weggeschnitten haben wollen die, alle schlechten Stellen und Teile, die ihnen halt passiert sind; und sodenn wollen die zerschnitten sein, und die dickeren Wurzeln heißt's zerschneiden; absolut, absolut! Der Länge nach und die außerdem noch geschnitten: in kleine Stückerln; das denn grad die Hilfe für das Trocknen. Und sich ein bisserl ausbreiten dürfen, und die Sonnenstrahlen drauf tanzen lassen; und schon passiert es, so nach und nach. Und es trocknet und trocknet; und macht dabei nicht einen Nackler! Kannst die Wurzelstückerl auch aufreihen wie Pilze, auf so einen

Faden; und sie so aufhängen, aber bittschön: berühren wollen sie einander nicht so absolut! Eher trocknen dürfen; jedes mehr für sich. Und ist's das Einmaleins nicht; eher das Eins und Eins, so darüber wacht das menschliche naturkundige Augenpaar, auf daß die Kräuterln und Wurzeln und Blumenköpferl trocknen; nicht nur! Nicht nur! Aber auch! Aber auch! Wollen aber sodenn noch mehr; geschützt sein an sich, vor der Feuchtigkeit, die sie eh nur plaget schimmelig und sie sodenn nur mehr riechen dürfen eher muffig. Nicht aufbewahrt die sein wollen in einem Papiersackel. Das denn grad gewesen wäre; absolut, absolut (!), die Sparsamkeit zu üben verkehrt herum. Ja! Ja!«
Und das mußte die liebe Tante Kreszentia ja wissen; so es ihr einmal zu bedenken gegeben eh der liebe Onkel Vlastymil, und der nun genickt und geschnurrt, nicht ohne Genugtuung:
»Respekt! Respekt!«
»Schachteln vielleicht? Aber in so einem Glaserl fühlen sie sich auch aufbewahrt eher korrekt. Und gegen eine Blechbüchsen haben's auch nix einzuwenden. Und drauf dann den Inhalt, und das Jahr. Zumal es eher ungünstig ist, die Kräuterln zu verwechseln! Und verlieren nichtsdestotrotz mit der Zeit die vom Menschen erhoffte Wirkung, und sind nimmermehr der Balsam von Judäa.
Und das denn angemerkt gewesen ist korrekt. Oder eher verkehrt? Und angeschaut die liebe Tante Kreszentia den lieben Onkel Vlastymil; und der genickt; und die liebe Tante Kreszentia gekichert hinter vorgehaltener Hand, und endlich hinuntergeschluckt die letzte Träne. Genaugenommen eh nur die Erinnerung an die letzte Träne, die ihr abgerungen hatte der manchmal etwas eher nachbedachte liebe Onkel Vlastymil. Und es hatte Klein-Kaspar nicht die eine Regenbogenfarbe geschaut; vielmehr allesamt. Und genickt, nicht ohne Genugtuung. Das denn wirklich ein guter Mensch gewesen, der liebe Onkel Vlastymil. Und allemal besänftiget, einfühlsamst, das Gemüt von der lieben Tante Kreszentia. Und ihr getrocknet die Tränen; und das geübet, gleich einem ehernen Prinzip und nicht nur dann und wann.
Und Klein-Kaspar nicht empfunden die neidige Regung – zumindest als dumpfe Ahnung – sie könnte sich regen in ihm? Nein; absolut nicht. Er war nicht mehr: der plärrende Bub.

2
ZEIT IST'S JETZO, BUB!

Und wenn Klein-Kaspar geplärrt, dann eh nur heimlich und das nachts; unter der Tuchent. Und die gehalten; und es auch gelernt mit der Zeit, das Scheppern als Ganzer zu vermeiden; und da zu liegen, die Tuchent mit den Händen festhaltend, den Kopf darunter, und es rinnen zu lassen aus den Augen.

Und so die Scheidewandbergl-Bäurin gekommen, dann und wann, in der Nacht, und eher heimlich geschlichen in die Kammer vom Klein-Kaspar; nur gesehen die Tuchent, und es sich unter der Tuchent gereget nicht, das und jenes Glied? Dagelegen, eh friedlich schlummernd, der Bub. Und wieder zugezogen, fast lautlos, die Tür zur Kammer vom Buben – und sich gedreht im Bett auf die andere Seite; in der Hoffnung, so nicht zu träumen; so grausig. Und das und jenes Traumbild die Scheidewandbergl-Bäurin geplaget; wirklich grausamst.
Einmal die Klein-Magdalena und dann wieder der Klein-Kaspar einherstrawanzt; grad übermütig an sich, und keck das Naserl gehalten empor, und angeblinzelt die Sonne, und der Boden, der Boden ward nicht bemerket; weder von Klein-Kaspar noch von Klein-Magdalena.
Und die Notburga geschrien, eh nur alptraumgeplaget:
»Der Boden! Der Boden! Kinder! Ihr spaziert's auf dem Moor herum!«
Und so es denn auch gewesen; einmal der Klein-Kaspar, dann wieder die Klein-Magdalena, und grad alle beide, Schritt für Schritt, tiefer gesunken: bis hinauf zum Bauch gesteckt im Moor. Und geschlagen um sich; das auch noch! Und geschrien Klein-Magdalena.
»Mami! Mami! Bitte, bitte Mami! Ja, du liebe, liebe, ja, so liebe Mami hilf!«
Und dann und wann Klein-Magdalena zu Hilfe geeilt Klein-Kaspar, und der auch noch gesunken. Und sodenn eh gestrampelt beide. Und Klein-Magdalena die Ärmchen entgegengestreckt dem Klein-Kaspar, und der geschrien:
»Wart, du mißratener Zwilling! Alleweil, wenn ich wegschau, hüpfst mir grad hinein: in den Sumpf! Wart! Bin eh schon da, du verwurstelter Verstand!«

Und die Zwillinge sich nicht gekümmert um die warnende Notburga; und die sich geschwitzt klitschnaß und dann und wann endlich emporgeschreckt, und auch aufgeschreckt den lieben Tata, das eher ausgeprägte Mannsbild; und der den ersten Tiefschlaf hinter sich gebracht, allemal beglücket, einfühlsamst, den Hintern von nämlichem doch eher ausgeprägten Weibsbild, das ihn angeschaut: grad hilfeheischend an sich? Und das denn allemal gewesen eine Ehrensache, derlei Hilferufe vom Weib nicht auszudeuten schläfrig.

Und die grad gespenstert, dann und wann, durch die Nacht, und endlich zurückgefunden in ihre Kammer, die Schlaflose – und das eher ausgeprägte Mannsbild zu bedenken gegeben:

»Schiebst halt deinen Hintern ein bisserl her? Mußt doch nicht sein: so gschamig, bist halt grad den Heiligen zum Trutz: auch ein Weib? Und was für eins!«

Und derlei sich mitgeteilt – dem Klein-Kaspar – als dieser und jener Rumpler, dieses und jenes merkwürdige Knacken: von nebenan. Hat aber nicht geschnackelt; sich eh nur geschreckt: so hoffnungsträchtig an sich, und für derlei sich allemal das Rezept an sich finden hatte lassen für den Klein-Kaspar: die Himmlischen. Und die angefleht; es mögen die Gespenster und Hexen doch nicht grad geistern durch die Kammer vom lieben Tata und die Kammer der lieben Scheidewandbergl-Bäurin. Vielmehr ihn beehren; auf daß die nebenan schlafen könnten; und fänden die verdiente Ruh, nach dem harten und kargen Alltagseinerlei, das bestimmt die Himmlischen für die Bauernsleute; und das eher an sich. Oder etwa nicht?! Und sich nichtsdestotrotz doch gefürchtet, eher sehr. Und gehört, dann und wann, niederdrücken die Türschnalle. Und die Gespenster und Hexen eh nur erhört den Hilferuf vom Klein-Kaspar? Und es ihm; dann und wann; die Angst ins Ohr geflüstert, ergänzt mit diesem und jenem Bild, das ihm erfunden eine doch eher etwas ausgeprägte Phantasie.

»Jetzo sind mir denn da? Hast es doch so wollen, oder etwa nicht?«

Und die ihm getanzt etwas vor; die Hexen und die Gespenster. Und dann und wann sich doch auf das Bett gesetzt vom Klein-Kaspar der verwurstelte Zwilling; und dem gewachsen: die Flügerl? Ja! Ja! Und dem Klein-Kaspar getätschelt die Schulter, ihm die Nase gestupst und ihn am Ohr gezupft. Und gekichert, hinter vorgehaltener Hand; noch immer so schalkig.

»Ich bin denn da, die fehlt. Was schreckst dich? Tun dir eh nix! Ich bin doch da; grad neben dir!«
Und gekichert so und geblinzelt dem Klein-Kaspar zu.
»Ja! Ja! Hab es mir vom Gottvater erbettelt; Schutzengerl möcht ich sein dürfen vom nämlichen Zwilling da unten. Und der nicht gleich gewußt: wer ist das? Klein-Kaspar? Nie gehört! So? Das denn dein Zwilling? Und fürchtest dich nicht? O nein, lieber Gottvater! Ich bin ja ein Engerl! Und dem passiert doch nix mehr! Gelt?
Und weißt, was der mir ins Ohr geflüstert hat, der liebe Gottvater?
›Ein Bengel bist! Mit Hörnderln; und Bockfüßerl und Schweif; und jetzo schau, daß'd mir besser aufpaßt auf deinen Zwilling! Ich ihn grad erspähet hab: liegt im Betterl und möcht scheppern als ein Ganzer! Und traut sich nur nicht!‹
Ist's jetzo wahr? Hast scheppern wollen?«
Und die Klein-Magdalena gestupst den Zwilling. Und gekichert hinter vorgehaltener Hand.
Und Klein-Kaspar gewesen ist selig. Und eh nur geträumt wundersamst! Wirklich das denn gewesen so eine Nacht!

Und derlei Klein-Kaspar mitgeteilt niemandem. Aber gesessen, irgendwie nicht ohne dem so lang vermißten Rosa auf den Backen – ihm zur Linken der liebe Onkel Vlastymil, ihm zur Rechten die liebe Tante Kreszentia. Und der Vlastymil allemal das Richtige gefunden; auf den Klein-Kaspar gedeutet:
»Siehst? Die Bleichsucht nix Himmlisches ist; eher eine sehr irdische Angelegenheit! Für die ich mir doch ausgebeten haben möchte dürfen: irdische Antworten!«
Und angeschaut, schon wieder eher kriegerisch gestimmt, der liebe Onkel Vlastymil die liebe Tante Kreszentia. Und die gemustert den lieben Heiligen von morgen: besorgt eher, und den Rezeptfinder an sich zu Gnom angeschielt; so schräg von unten herauf? Weniger staunend, eher ratlos und vielleicht auch empört an sich?
»Du mir dem nicht degradierst das Geistige zu so einer nichtigen Bleichsucht, gelt?«
Und genau so, wie sich die Scheidewandbergl-Bäurin in die inneren Angelegenheiten – der beiden vom Gasthof ›Zum armen Spielmann‹ – einmischte; gleichsam als Terrische; und deroselbst

nicht dem oder jenem leisten konnte den erheischten Beistand, es geübet Klein-Kaspar und hingestarrt vor sich, geradeaus, eher mit ausdruckslosem Gesicht. Und nix ausgeplaudert – von nämlicher heimlichen Zusammenkunft in der Nacht – die ihm passiert war, dem Glückspilz, der grad geschluckt den vierblättrigen Klee, vom 22. Juni auf den 23. Juni des Jahres 22 im Zwanzigsten Jahrhundert. Endlich wieder einmal der verwurstelte Zwilling sich erinnert an den Klein-Kaspar.
Und die Plaudermanie bezüglich seiner Träume gemieden; an sich und nicht geduldet die Ausnahme.
Und so denn nicht gewesen die Scheidewandbergl-Bäurin, die ausgeplaudert allweil die eher tröstlichen Träume; aber die Plaudermanie bezüglich der grausigen Träume gemieden an sich und nicht geduldet die Ausnahme. Noch nicht am 23. Juni des Jahres 22; erst: als gestorben war – Klein-Kaspar; und das Gewissen die Scheidewandbergl-Bäurin gedruckt, nieder auf den Beichtstuhl; erstmalig auf den Beichtstuhl zu Gnom und nicht auf den Beichtstuhl zu St. Neiz am Grünbach.
Und so hatte der neue Pfarrer zu Gnom auch gleich gewußt, wen er da begraben wird, in zwei Tagen.
Das denn aber nicht mehr gewesen das Problem von Klein-Kaspar; der Hand in Hand mit seinem verwurstelten Zwilling hatte fliegen dürfen, hinauf zum Gottvater. Zumal die ihn geholt; höchstpersönlich. Na sowas?!
Und derlei der Klein-Kaspar gewußt; besser noch nicht, am 23. Juni des Jahres 22 im 20. Jahrhundert. Zumal er dann geglüht hätte; wer weiß das schon so genau: grad an sich? Und das denn grad bestätigt; dem lieben Vlastymil wider die liebe Tante Kreszentia; gekränkt hätte, absolut das Einfühlungsvermögen vom Klein-Kaspar. Der es allemal gewußt: die liebe Tante Kreszentia bekommt grad den Plärrer an sich, so sie naseweist, wieder einmal, der liebe Onkel Vlastymil.
»Siehst; ist nur die Bleichsucht gewesen.«
Derlei Theoriefindungen hin und her, her und hin, Klein-Kaspar willens gewesen, nach keiner Richtung hin zu ermuntern. Auf daß sich zurückgesetzt empfinde keiner von beiden.
»Und wird doch ein Heiliger! Grad dir zum Trutz!«
Und das denn der Abschied gewesen; und der Vlastymil gebrüllt:
»Die Mütz! Wo ist die Mütz? Zeit ist's jetzo, Bub! Komm denn;

wir marschieren zurück: in die Natur! Ist denn grad der Trost nur mehr; der einzige, der geblieben dem Glatzkopf!«
Und schon marschiert – den Korb und das Messer in der einen Hand; Klein-Kaspar an der anderen Hand festhaltend – hinauf den Feldweg ohne Namen; und nicht mehr gewürdigt, die liebe Tante Kreszentia, eines Blickes?!
Und die sicherlich gestanden, hinter den Fenstern, und zurückgeschoben, den Vorhang ein bisserl; und sich damit gewischt die Augen?
»Gelt, drehst dich um und tust winken; freut sie! Ist auch die Freud, die dir grad noch fehlt?«
Und der Vlastymil sich umgedreht; eh schon wieder gekichert und dem Klein-Kaspar zugeblinzelt. Das denn ein Wort gewesen. Und gewinkt der lieben Kreszentia; und geworfen das Busserl, mit Hilfe der entsprechenden Handbewegung.

3
SO NETT UND UNGEMEIN GESCHEIT UND VIELFÄLTIGST STUDIERT

Und die nicht nachgewunken; nur hochgezogen die eine Augenbraue, etwas mehr.
Im übrigen aber zurückgekehrt in die inneren Gemächer vom Gasthof ›Zum armen Spielmann‹; und nicht ohne Genugtuung es geschnurrt; tief inwärts ihr: grad wider den Sinn der Worte, die sie zugerufen, aus der Ferne, dem Vlastymil.
»Wart nur! Wart nur! Bist mir denn so ein Schurk! Nur einmal du mir noch die Suppen versalzst! Gelt? Ist's denn: mein Bub! Und wird nicht so einer; wie die andere Hälfte von dem es gewesen ist; allemal schon!«
Und genaugenommen der Vlastymil eh gewesen das Prachtexemplar von einem Mannsbild; und ihm gewachsen grad zehn goldene Fingerln. Und das sich gedenkt, anno dazumal, nur die Kreszentia.
›Aus dem Hungerleider von einem Dahergelaufenen schaut heraus grad mehr; als von so manchem Hiesigen es vermutet wird; und die schauen denn noch, was das ist für einer! Grad den vierblättrigen Klee geschluckt mit so einem, der nichts nach Gnom mitgebracht zum Kirtag als seine Wenigkeit und den knurrenden Magen. Aber geplaudert schon dazumal so nett und ungemein ge-

scheit und vielfältigst studiert.‹
Und derlei war ohne Zweifel absolut wahr! Ja! Ja! Nur zog es die liebe Kreszentia vor, das mehr zu empfinden so allgemein im Gemüt, und derlei auch nicht auszuplaudern; weder dem Vlastymil noch sich selbst, so schamlos direkt.
Und die Gegenwart des Klein-Kaspar zwang den allemal; den Weiler zu meiden. Und hiemit den Weg wirklich zu finden – zurück zur Natur – und nicht einzukehren; eh nur bei denen ›Im trüben Wasser‹? Ja! Ja! Das denn gewesen die Neigung vom Halt-Auch-Ein-Mannsbild?! Derlei Seitwärts-Gehüpfe ich denn nicht fördere; gelt? Ja! Ja! Ich denn auch nicht aufgewacht; erst hintennach, wenn mir dann so eine kömmt und offenbart: Ist die Frucht, die ich nicht allein vollbracht; hat mitgeholfen dabei: dein Mann, ha?!
Und derlei nicht passiert einer Kreszentia, o nein! Die denn allemal gewesen die Vorausdenkende, und auf ewig nie willens, danach zu streben, den harten und kargen Tatsachen von so einer sündigen Nacht: gegenübergestellt zu werden, ha?
Und wer da auf der Landstraße zu Gnom marschiert; mit dem Kinderwagen? Es nicht gewesen: die Schwägerin?
»Schwägerin! Wohin?«
»Hinauf zur Kapelle; ist jetzo wieder Zeit für den Wechsel; das ist alles.«, sagte die Notburga.
»Hast doch erst vor zwei Tagen hinaufgetragen das Gnadenkraut, oder täusch ich mich da?«
»Schon. Schon.«
»Und auch einen ganzen Buschen Brombeerblüten?«
»Schon. Schon.«
»Und auch Farnkraut? Und was ist's denn heut?«
»Adonisröschen halt. Und die Taube Nessel.«
»Und was da herausschaut; ist das nicht das Stiefmütterchen?«
Und die halt gar arg neugierige Schwägerin Kreszentia vom Fenster verschwunden, und grad gekommen wieder heraus bei dem Haustor. Und zu auf die Schwägerin, die geglüht als Ganzer. Wie das?
»Ja! Ist das Stiefmütterchen; ich mich eh getäuscht nicht. Und das ist die Totenblume?«
Und die Kreszentia angeschaut die Notburga, weniger erstaunt, eher ratlos. Aber neugierig so!
»Auch genannt: das gewöhnliche Ringelblümlein.«, antworte

die Notburga, ruhig aber bestimmt, und schaute hinauf den Feldweg ohne Namen.

»Da oben marschiert doch einer!«

»Ist der Vlastymil und der Bub halt.«

»Jetzt erst?«

»Ja! Ja! Hat sich ein bisserl verzögert: und so du dich ein bisserl beeilst, könntest die beiden noch einholen.«

»Schon. Schon.«

Und nun gewesen eher aufgelegt für ein Plauderstündchen mit der lieben Schwägerin, die Notburga? Meiden wollen wohl den, der ihr alleweil ausgedeutet dies und jenes Blümlein, und das doch eher korrekt? Und die beiden zusammentreffen mußten; und das unbedingt; auf daß es ihr dann ausplaudere der liebe Vlastymil, so er heimwärts eilt; und ihr erzählt, auf seine aufmerksame Weise, diese und jene merkwürdige Begebenheit, die geradezu gestrebet nach dem Ausrufungszeichen oder dem: Fragezeichen, ha?

Und die Achseln gezuckt die Kreszentia.

»Ich muß denn zurück zu meinem Geschirr; wird jetzo wirklich Zeit. Grad froh bin ich, daß heut der Gasthof zu ist für den Gast.«

Und schon gegangen die Kreszentia – zuvor aber – nachgeschrien dem Vlastymil, und der sich eh schon umgedreht.

»Vlastymil! Vlastymil! Uhuhuhuhu! Vlastymil! Wart denn ein bisserl; ist die Notburga, die hinauf will das Scheidewandbergl! Hilft dir schieben, den Kinderwagen, gelt? Ist doch steil; ein bisserl doch; da hinauf?«

Und die Schwägerin grad den Gang eingeschaltet einer Schnecke und der Vlastymil aber gewartet: der brave und gescheite Vlastymil, geduldigst. Ja! Ja! Der schon sich gleich gedenkt: gibt's denn wieder eine Neuigkeit vom Zweifel-Hof, für den lieben Schwager Gastwirt?

4

VERGÄNGLICHER ZORN

Und auch der liebe Onkel Vlastymil hatte geträumt; in der Nacht vom 20. Juni auf den 21. Juni des Jahres 1922; eher teils teils; eher einerseits andererseits.

In einem Sarg mit geöffnetem Sargdeckel war sie gelegen, die Romani-Mutter. Und der Sarg hatte vier Räder; und vor dem

Sarg, als Zugtiere eingespannt, waren zwei Kinder. Die Nina ist das gewesen und die Klein-Magdalena. Und die hatten den Sarg gezogen, hintennach marschierend dem Pfarrer zu Gnom. Und Hochwürden ist gewesen: Klein-Kaspar.
Und linker Seite vom Sarg ist marschiert im Stechschritt der Schweinehirt vom Zweifel-Hof.
Und rechter Seite vom Sarg ist gegangen die Schwägerin vom Zweifel-Hof. Und die Notburga hatte sich bemüht, unaufhörlich, der Toten im Sarg den Buschen Brombeerblüten hinein zu stekken, unter die gefalteten Hände. Das gelang aber der Notburga nicht. Jeder Versuch ließ Notburga verlieren einen Zweig mehr. Und der war gelegen, auf dem Feldweg ohne Namen, nicht lange.
Und der Sarg ward aufwärts gezogen: und die Nina und die Klein-Magdalena hatten sich angeschaut; dann und wann; und gekichert. Aber nicht geweint die eine Träne? Geschwitzt dafür etwas sehr.
Und hintennach das Dorf auf Rädern mit seinen vier schmucken Häuschen auf Rädern. Vor dem schmucken Dorf auf Rädern nur mehr zu sehen gewesen die Romani-Kinder; angeführt vom Wuzerl und vor dem Wuzerl die beiden Musikanten; der ältere Schnauzbart mit Geige; der mit den noch tadellos schwarzen Locken mit Mundharmonika; und denen voran: die schwarze Rose, vom Dorf auf Rädern nur genannt: die Esmeralda. Und die Esmeralda hatte gesungen: das Lied der schwarzen Chrysantheme. Und einmal ergänzte die Geige diese eine bestimmte Geschichte mit ihren Klängen, und dann wieder die Mundharmonika.
Und der Weg zur Kapelle auf dem Scheidewandbergl war so weit; und die Kapelle eigentlich gerückt näher: Nie. Nur scheinbar. Und es gemerkt so gar niemand? Und darüber nachgedacht, eher ratlos, so gar niemand?
Und das nasenbohrende Wuzerl aufgeklaubt Zweig für Zweig, die allesamt verloren so nach und nach die Notburga vom Zweifel-Hof. Und angeschaut Zweig für Zweig. Nicht ratlos, nicht staunend; eher erbost an sich. Und dem Wuzerl die steilen Unmutsfalten zwischen den Augenbrauen gezuckt, und das Wuzerl die Lippen gespitzt, und das Näschen gerümpft, und Zweig für Zweig verteilt unter den Romani-Kindern, und wieder gehuscht, eher erleichtert, nach vorne, und gemurmelt:
»Das Unkraut bin ich jetzo los.«

Und schon wieder Nasen gebohrt und jetzo kein Zweig mehr? Auf dem Feldweg ohne Namen? Und das Wuzerl gemurmelt:
»Dein gerupftes Huhn und deinen Sack Eier kannst haben grad wieder!«
Und wirklich; am Wegesrand es dahergetrippelt, das gerupfte Huhn, und es schon erwischt das Wuzerl, und es geschmissen der Notburga grad auf den Kopf? Und die es gespürt nicht einmal? Nur sich geplaget, der Toten im Sarg zu flechten den Kranz. Nun das Farnkraut sich erwählend; als letzten Gruß von Notburga für die Tote im Sarg?
Und die Romani-Kinder geknickt, jedes für sich, den erhaltenen Zweig. Und mit glühenden Backen und kugelrund modellierten Augen angeschaut: Brombeerblüte für Brombeerblüte, und die Blüten-Kopferln gedreht, wider den Uhrzeigersinn, und das Unkraut einmal gekostet; es gekaut und sodenn verzogen das Gesicht; und die sich gebeutelt: allesamt? Und ausgespuckt das Zerkaute.
Und der Träumende gemurmelt; und es gehört die Kreszentia:
»Ist doch kein Unkraut; und das Unkraut allzuoft das Heilkraut, das verkannte? Das nicht erkannte Heilkraut?«
Und sich aufgesetzt im Bett, und um sich geschaut mit weit geöffneten Augen, und dagesessen: weniger staunend, eher ratlos.
Und die Kreszentia den wieder zurückgelegt auf das Bett, und geknurrt:
»Hast deine Plauderwut nicht schon ausgetobt: in der Gaststuben?«
Und sich gedreht, die Kreszentia, auf die andere Seite.
»Muß sich das Blütenkopferl nicht erst auswachsen: zu so einem Beerenkinderl?«, murmelte der schon wieder.
Und die Kreszentia dem Vlastymil die Nase gezogen; etwas nur, und sie sodann hin und her gebeutelt; ein bisserl eh nur sehr. Der aber nur geschnurrt:
»Allemal gewesen das Blütenkopferl von der künftigen Brombeere? Und das denn grad geflüstert dem Hiesigen, der es hören mag. Vergänglicher Zorn. Vergänglicher Zorn.«
Das denn schon gewesen arg mit dem Vlastymil. Und hätte doch mit seiner neu entdeckten Leidenschaft für die Mutter Natur höchstpersönlich haushalten dürfen etwas sparsamer? Ha?! Und sich gedreht die Kreszentia wieder auf die andere Seite. Und es einmal so probiert und sich gedenkt: Hat da wieder sich jemand getraut, dem hakligen Vlastymil die Natur zu verschandeln? Und

es ihm gegönnt, irgendwie, die doch etwas zu gutmütige Kreszentia.
»Wenn du jetzo . . .«, knurrte sie.
Der aber sich nicht beeindrucken hatte lassen von seiner besseren Hälfte und ihrer versuchten Drohung. Der vielmehr zuvor gekommen und schon wieder geplappert.
»Das denn gescheit; sehr gescheit.«, und gekichert auch noch, ha?
Doch nicht im Schlafe noch foppen wollen, die Kreszentia? Ja doch! Und die Kreszentia es wieder probiert, anders herum. Und sich gedreht auf die andere Seite. Und sich gewälzt, so hin und her, her und hin im Bett.
Und es der träumende Vlastymil gesehen; und das denn gewesen die Jahrhundert-Idee von der Notburga. Die in das Haar der Toten gedrückt den Farnkrautkranz, und das Farnkraut es wohl ausgeplaudert dem Dorf auf Rädern, das wohl die Sprache der Blumen gekannt haben durfte, zumal es ja auch zu plaudern beliebte mit den Sternen?
»Das Liebesbündnis edler Seelen knüpft der erste Augenblick.«
Das ist denn gewesen das ganze Geheimnis vom Farnkraut; allemal doch?
Und den Schlüssel zu diesem Geheimnis doch gekannt das Dorf auf Rädern? Esmeralda aber – fortgenommen das Farnkraut der Toten und hinüber über die Wiese und hinunter den Kranz? Doch nicht die Neizklamm hinunter? Ja doch! Wiedergekehrt vom Waldesrand, winkend herüber, und gehuscht sodenn über die Wiese, und eh schon wieder gesungen, das Lied von der schwarzen Chrysantheme. Und immer wieder nur das eine Lied? Das denn gewesen ein mageres Repertoire, ha? Für Musikanten!
Und die Notburga sich die Augen gewischt; und geschluckt und geschluckt und es sodenn versucht mit dem Gnadenkraut. Und das denn gewesen grad das Letzte, das sie abgetrotzt der Mutter Natur höchstpersönlich. Und das Gnadenkraut gepflückt; grad den Handgriff wagend, kopfwärts, und der Notburga gewachsen nicht das menschliche Haar auf dem Kopf? Doch nicht, ja doch! Der Notburga auf dem Kopf gewachsen das Gnadenkraut. Und es gepflückt so selbstverständlich, da obenwärts, und sodenn gewesen kahl. Ratzekahl der Schädel; grad so wie sein Glatzkopf?
Und der träumende Vlastymil sich gewälzt und gewälzt und sich befühlt den Glatzkopf.

Und die Kreszentia geschaut und geschaut; und sich gedreht auf die andere Seite. Der eh nur markiert den Schlafenden; und wachgelegen; grad so wie die Kreszentia. Na wart! Na wart! Mir nicht gönnen die Nachtruh, nur weil ich dir wieder einiges ausgedeutet habe; etwas korrekter, ha? Und es mir auch einmal gestattet habe, einzuschlafen, so mir nix dir nix? Und dich schmoren lassen; im Saft der Kränkung; ganz allein, gelt! Ich bin denn auch lernfähig und kann das grad so gut, was du mir angetan; nicht nur einmal, grad ein Nimmersatt mir bist; und das an sich! Nur in einem, nur in einem mich vernachlässigst; so absolut?! Na wart! Na wart! Ich denn weiß, wen du beglückst; daß es reicht, so gar nimmermehr: für mich!

Und das denn gewesen der Irrtum wirklich der Kreszentia. Es hatte sich nur geschworen der liebe, liebe Onkel Vlastymil, nie mehr zu beglücken die Kreszentia, so lange nicht – bis wiedergekehrt die zwei Zöpfe. Und den Schwur zu brechen, er nicht gewaget; und so ward ihm das eine Bedürfnis so nach und nach umgestaltet, und es war wiedergekehrt als jenes Bedürfnis, das genannt die Kreszentia:

»Das ist denn nicht mehr die Freßsucht! Ist's schon der Appetit von einer ausgehungerten Kompanie? Vlastymil! Bist jetzo eh schon kugelig genug!«

Und dem zwar geglüht die Backen und auch der Glatzkopf. Aber gleichsam eingesperrt im Nicht-Anders-Können noch einmal aufstehen müssen; dann und wann; und hinunter in die Küche und vertilgen den Knödel; und das Kuchenstückerl. Den Teller Suppen und manchmal halt grad auch der Schweinsbratenhunger ihn geplaget, mitten in der Nacht. Aber nicht einmal mehr umarmt das Weib. Es auch nicht geküßt. Und das denn gewesen schon das Alarmzeichen an sich; und derlei Bedürfnisse wohl gestillt; bei denen ›Im trüben Wasser‹? Wo sonst zu Gnom? Na wart! Na wart!

»Laß mich deine Gnade hoffen.«, murmelte der träumende Eunuch von einem Ehegatten.

»Nix da!«, knurrte die Kreszentia.

»Auf ewig vergeb ich das nicht!«

Und es hatte der träumende Vlastymil eh nur ausgeflüstert das ganze Geheimnis vom Gnadenkraut, das doch gekannt das Dorf auf Rädern.

Und die Tote im Sarg nun höchstpersönlich sich gereget, und sich

aufgesetzt, und sich gebeutelt, und das Gnadenkraut nicht geduldet in ihrem Sarg.
»Menschlichkeit; Menschenfreundlichkeit, o Notburga!«
Die Tote geschrien. Und gelacht: so! Und gedroht mit der Hand, die Romani-Mutter!
Und entgegengestreckt der Notburga das Büschel Haar.
Und sodenn gesungen; im leiernden Singsang, weniger schnurrend, mehr klagend.
Und der träumende Vlastymil den Schauer gespürt von der Eiseskälte und der Hitze; einerseits und andererseits; genaugenommen beide gleichzeitig.
»Notburga!«, die erwachte Tote es ausgeplaudert, der Notburga. Und die eh schon zusammengezuckt, und die Augen fest zusammengepreßt, und die Zeigefinger gleichsam verwendend als Stöpsel für die Ohren. Und die Augen geöffnet, weit, die Schwägerin vom Zweifel-Hof. Und einhergeschritten neben dem Sarg; gleichsam taub und gleichsam blind für die erwachte Tote. Sie nicht gewürdigt nur mit einem Blick. Und ausdruckslos das Gesicht; gleichsam versteinert die Augen. Und nun eigentlich wer gewesen die Tote? Die Romani-Mutter oder die Schwägerin vom Zweifel-Hof. Dazumal so nach und nach die Totenflecken gewachsen der Haut von der Notburga; und die so nach und nach verfault? Doch nicht! Ja doch!
Und schon das zweite Mal angerufen die faulende Notburga, jene, die eh gelegen, schon wieder gleichsam in Totenstarre befindlich, doch eher gewirkt lebendig? So rosa die Wangen; so rot der Mund; und der nicht auf und zu und doch es geklagt so mahnend und auch schaurig für das Ohr vom träumenden Vlastymil. Dem halt doch gewachsen war das seitwärtig Auswuchernde eher zu empfindsam?
»Notburga!«
Und der träumende Vlastymil die Schweißperlen auf der Stirn. Und die Kreszentia die Hand auf den Glatzkopf gelegt; und gesessen mit einem Ruck aufwärts im Bett; und hineingeschaut in die Nacht; weniger staunend, eher ratlos, und auch ein bisserl geschreckt.
»Notburga!«
Es zum dritten Mal gesungen; die Tonleiter hinauf und die Tonleiter hinunter. So klagend, so mahnend, und dreimal angerufen die Notburga. Und jeder Ruf das Echo vervielfältigt; und der träu-

mende Vlastymil gemeint: jetzo platzt mir dann endgültig das Trommelfell.

Und die Notburga gelacht und gewackelt als Ganzer und gelacht eher wild, und sich die Wange abgekratzt; und das Verfaulte angeschaut; und gelacht und gelacht: so? Und sich auch die andere Wange abgekratzt; und das Verfaulte geworfen, die Nase rümpfend, auf den Feldweg ohne Namen, und sodann auch die Nase befühlt. Und nun marschiert, neben dem Sarg; grad auch ohne Nase; die gelegen, gleichsam ein verfaultes Nix, auf dem Feldweg ohne Namen.

Und sich der träumende Vlastymil gedreht und gewälzt so hin und her und gestöhnt grad schon zum D'erbarmen. Und nun die Kreszentia gerüttelt den Vlastymil. Der denn wirklich geträumt eher grausig? Und nun geschrien der träumende Vlastymil. Es hatte nun auch gewackelt als Ganzer die Kreszentia.

»Vlastymil! Vlastymil! Mir jetzo erwachst! Munter! Munter werden! Vlastymil! Auf! Auf! Jetzo denn, was phantasierst?«

Und befühlt die Stirn vom Vlastymil. Und schon auf.

»Jessas Maria! Das Fieber! Der hat ja: Fieber!«

Und schon in die Küche und das entsprechende Kräuterl zubereitet; eh schon rezeptkundig an sich, fast so wie der liebe, liebe, ja, so liebe Vlastymil. Und den Tee ziehen lassen korrekt, und geschepppert in der Küche; und hin und her, her und hin; die Kräuterlkundige an sich zu Gnom; grad schon fast so wie der gar arg fiebernde Patient Vlastymil, der arme Tropf.

Und der eh schon erwacht, zumal ihn das letzte Traumbild grad geschreckt; wieder zurück in das höllische Nirgendwo von einem gar lieblich-idyllischen Dörfchen. Und erleichtert gekichert der Glatzkopf, und sich die Schweißperlen gewischt von der Stirn, und sich das Kinn gekratzt; und gemurmelt:

»Endlich wieder daheim: im wirklichen Gnom.«

Und getastet nach der besseren Hälfte. Und die gefehlt? Eh schon geöffnet die Tür, und herein mit dem Tablett. Das denn gewesen lieb und gescheit, sehr gescheit!

Und das Licht angedreht; und so auch endlich weg: dieses grausige letzte Traumbild.

Es hatte die Notburga sich die Augen ausgekratzt, höchstpersönlich. Und sodann die Augäpfel in der Hand angeschaut; die Notburga. Doch nicht! Ja doch! Und aus den Augenhöhlen heraus waren gewachsen Adonisröschen. Grad Adonisröschen?

Und das genaugenommen – eh nur das harmlose Blümlein – das es ausplaudert dem, der es hören mag. Es gibt so etwas wie schmerzliche Erinnerungen. Und genaugenommen, was war es schon: das Adonisröschen; auch genannt: Teufelsauge, einerseits, auch genannt: Blutströpfchen, andererseits. Und genaugenommen; eh nur ein Hahnenfußgewächs. Und halt giftig. Und bevorzugt sonnige Lagen auf eher kalkhaltigen Böden. Mag auch lichte und trockene Wälder. Und ist verwandt mit dem Buschwindröschen, und ist verwandt mit dem Leberblümchen, und auch mit der Anemone. Und nicht zu vergessen die Verwandtschaft mit dem Feldrittersporn.
»Nein! Nein! Das denn eher die Kuhschellen-Verwandtschaft!«
Und der fiebrige Vlastymil so korrigiert ward von der Kreszentia, der er unbedingt, und das auf der Stell, ausdeuten hatte wollen das Adonisröschen. Und irgendwie so teils teils erwischt; das und jenes durchaus richtig Ausgeplauderte. Aber eben nur: teils teils.
»Meinst das Osterglöckerlkinderl? Ja! Ja! Ist jetzo schon richtig; die Kuhschelle ist auch durchaus, durchaus, verwandt mit dem Blutströpfchen! Ja! Ja! Aber bevorzugt doch eher felsige Hänge und den trockenen Kiefernwälderboden, gelt? Häufiger ist's aber noch das Unkrautige auf den Getreidefeldern, und ist's gelb und nicht blauviolett. Blauviolett ist die Osterglocken! Gelt?!«
Und der liebe Vlastymil den ersten Tee, sodenn die zweite Teemischung und sodenn den dritten Tee getrunken; gleich drei Mischungen zubereitet die liebe Kreszentia, auf daß das Fieber geklopft werde; und das auf der Stelle, hinunter; und angeschaut die Kreszentia der Patient dankbarst; und gekichert hinter vorgehaltener Hand.
»Hab geträumt so einerseits andererseits: Vom Osterglockenkinderl und vom Blutströpfchen; und die zwei eh verwandt sind? Marschiert aber mit so einer Heugabel die Kuhschelle wider das Adonisröschen. Und das Adonisröschen marschiert wider die Kuhschelle: mit so einer Mistgabel! Das denn gewesen so teils teils lustig. Mich nur geschreckt. Wachsen den Pflanzenkinderln jetzo auch schon die Glieder vom doch eher zweifüßigen Rindviech von einem Menschen?«
Und so wirr durcheinandergeplappert der wohl arg fiebernde Patient. Und hinunter zuerst den Hundsrosentee.
»Der muß denn kochen, eine Viertel Stunde und sodenn ziehen einige Stunden; gelt? Macht aber nix; erstmalig eh besser probiert;

etwas milder.«, plauderte er schon wieder; halbwegs fieberfrei? Wirklich abgekühlt; dem die Stirn. Bemerkenswert flink! Ja! Ja!
»Nichtsdestotrotz trinkst mir jetzo noch die Sommerlinden- und Winterlindenmischung, gelt? Erkältet hast dich; das ist alles!«
Und der gescheppert; nun wirklich, als Ganzer und angeschaut die Teemischung; eher geschreckt.
»Mußt schon herausschwitzen; allessamt; gelt?«, sagte die Kreszentia und kraulte dem Vlastymil den Glatzkopf.
Und der genickt; und den Einwand hinuntergeschluckt; ist halt die Sommerlinde gewachsen auf der einen Seite der Kapelle auf dem Scheidewandbergl und die Winterlinde gewachsen auf der anderen Seite derselben Kapelle.
Was denn da jetzo wirklich das Problem? Und sich gescholten, der doch eher aufgeklärte Geist von einem Vlastymil, abergläubisch. Sich schrecken lassen vom Kreuz und Quer von so einem Traum. Und sich die Backe gewalkt, eh schon wieder ganz daheim im wirklichen Gnom.
»Und jetzo noch den Bitter-Klee; bittschön.«
Und der Vlastymil protestiert; eh schon wieder ganz der wirkliche Vlastymil.
»Den schluck ich nur, so ich etwas erschöpft bin: sehr! Und mich denn auch kein Wurm plaget; inwärtig, gelt?«
Er eingewandt; mit erhobenem Zeigefinger. Und die beiden eh schon wieder geplaudert und zurückgefunden an sich, in die heilende Welt der Pflanzenkinderl. Und so hin und her, her und hin, kreuz und quer, quer und kreuz gewandert; durch die Umgebung von Gnom; und die großen Wälder um Gnom halt einmal durchwandert: plaudernd im Bett. Und derlei ja passiert; nicht nur, aber auch in der Nacht vom 20. Juni auf den 21. Juni des Jahres 1922.

5

DIE HAUT AUCH NOCH VOM LEIBE ZIEHEN

Und so hatte der wartende etwas allzu neugierige Schwager Vlastymil gesehen die Schwägerin, nicht entsprechend ihres wirklichen Aussehens, vielmehr geschaut die geträumte Gestalt.
Und die Notburga gesehen den Blick vom Vlastymil und errötet; grad über und über; nicht doch? Ja doch! Geglüht sogleich als Ganzer. Und sich eh nur gedenkt:

›Schaut mich grad an, als wollt er mir die Haut auch noch vom Leibe ziehen; der unmögliche Mensch von einem allzu blumenkundigen Gastwirt.‹
Und der eh schon hineingeschaut; in den Kinderwagen und das Bauxerl bewundert, aber geäugt, seitwärts so und seitwärts so und sodenn geplaudert; ganz der Vlastymil.
»Ja Schwägerin! Mir marschiert die Schwägerin wieder zur Kapelle hinauf? Denn schon verblüht: das Adonisröschen? Auch schon verblüht: dieser Buschen doch nicht; der es doch aushält; etwas länger?«
Und angeschaut, die Notburga der; schon wieder so, grad aufdringlich an sich: so eindringlich.
Und nein! Keine einzige Hautveränderung bemerkt, der genau schauende Rezeptkundige an sich zu Gnom. Die denn gebraucht keinen Tee. Nur den Klein-Kaspar noch ein bisserl geplaget die Krätze.
»Und auch das Farnkraut erachtet die Schwägerin nach so kurzer Zeit: verblüht?«
Und angeschaut das Stiefmütterchen, und es geplaudert, gar nett, dem Klein-Kaspar.
»Siehst, Bub! Das ist das Blümlein, das sich auch heißt: Erinnerung; und das allemal meint, nur das eine: Genügsamkeit ist Reichtum.«
»Das mein ich denn auch.«, sagte Klein-Kaspar. Ruhig aber bestimmt. Und die Notburga geschluckt; und sich die Augen gerieben.
»Und die Taube Nessel? Ja, kriegt die heilige Notburga auch: die Taube Nessel?«
Und weniger ratlos, eher erstaunt angeschaut, der neunmalgescheite Pflanzerlkundige Vlastymil die Notburga.
»Ja denn! Na und?«, die zurückgegeben dem staunenden Glatzkopf; und ihr gezuckt die Augenbrauen, und auch die Mundwinkeln sich das Zittern gestattet; und der Mund gewesen nur mehr ein Strich.
»Willst du bei meinen Bitten ewig taub bleiben?«, schnurrte der Vlastymil, so sanft.
»Verbitt ich mir denn; absolut! Herr Schwager!«, sagte die Notburga. Ruhiger aber bestimmt.
»So es flüstert: die Taube Nessel. Ja! Ja! Allemal nur das eine: Willst du bei meinen Bitten ewig taub bleiben?«

Und nun die Schwägerin errötet; doch etwas: sehr.
»Und das gewöhnliche Ringelblumenkinderl auch noch für die heilige Notburga? Da wird sie aber Augen machen; solche, und sich fast kränken.«
Und genickt der Fuchs von einem Schwager und sich die Backe gewalkt; und geschaut himmelwärts. Und sich das Kinn gekratzt, und den Glatzkopf hinten, und sich gezupft das Ohr. Und gezuckt mit den Achseln.
»Kummer. Schmerz. Einerseits. Könnt sich aber auch denken, die Heilige vom Scheidewandbergl. Ist's nicht die Totenblume, die mir bringt die Zweifel-Bäurin? Ja, schau dir das an! Will die mir sagen; ich soll auswandern? Das denn ein Scherz; grad die Scherzidee vom Jahrhundert!«
Und die Zweifel-Bäurin angeschaut nun den Schwager eher etwas geschreckt sehr? Nicht doch? Ja doch! Dann aber doch geantwortet dem Herrn Schwager; ruhiger wieder.
»Ich bin eine Christin; und ich pflege nicht zu sprechen mit den Pflanzen. Sie darzubringen der heiligen Notburga; gleichsam als die stumme Natur. Nicht aber denen andichten die Seele, die nur gegeben dem Menschen von Gott. Und andere Ausdeutungen doch eher daheim sein dürften bei den nicht zivilisierten Völkern? Und andere Ausdeutungen daheim bei den eher heidnischen Menschenseelen, die ihn noch nicht kennen: den wahren Gottvater? Und die belehrt sein wollen; von unsereins?«
Das denn gewesen eine gar harte und karge Antwort für den Schwager. Und die Notburga genickt; nicht ohne Genugtuung.
»Auch wenn es die Schwägerin weniger mag; und so absolut nicht hören will; so meint halt allemal das Totenblümlein ein und dasselbe: ›Deine Gegenwart stört uns.‹«
Und das denn gewesen die Antwort von einem Christen-Menschen? Nicht einmal gehört den doch furchtbaren Verdacht, den da erwogen die Schwägerin wider den Schwager?
Und die Notburga geschluckt; und angeschaut den Vlastymil; weniger staunend, eher ratlos. Der sich derlei Verdächtigungen so gar nicht verbeten haben wollte müssen dürfen?
»Will er sagen; das (!) sich die Zweifel-Bäurin denkt von der Schutzpatronin an sich? Mich verdächtigen, ich möchte höhnen die heilige Notburga? Sie gar verjagen. Fort vom Scheidewandbergl?«
Und sich der Scheidewandbergl-Bäurin die Augen gefüllt mit

Wasser. Und er getapst; eh nur nett plaudern wollend: grad hinein in die innersten Gemächer der Schwägerin. Derlei Direktheit ihm jetzo passiert; absolut wider seinen Willen. Und er errötet, der liebe Onkel Vlastymil, eh schon. So es bemerket Klein-Kaspar, nicht ohne Genugtuung.
»Kannst ja auch das Totenblümlein der heiligen Notburga verkehrt herum überreichen! Mit dem Stiel nach oben; und bedeutet schon das Gegenteil, gelt? Und heißt auf der Stell: Bittschön, bleibst auch bei uns? Absolut bei uns mußt bleiben!«, sagte Klein-Kaspar und schaute die Scheidewandbergl-Bäurin an; einfühlsamst.
»Will der Bub mich jetzo auch schon foppen!«
»O; das ist gedenkt korrekt vom Buben? Er erkannt das Problem; und das Totenblümlein auf den Kopf gestellt; schon heißt grad das Gegenteil. Er absolut nicht foppen will: eine so liebe Stiefmutter?«
»Könnt sich aber gefoppt gefühlt haben; es ist nämlich wirklich nicht so eindeutig.«, und Klein-Kaspar eh schon gedruckt das Gewissen so. Einerseits er es gemeint absolut nicht foppig; andererseits: wie einfrischen den Buschen Ringelblumen? Mit dem Stengel nach oben! Und die Blumenköpfe im inwärtigen Bauch der Vase doch eher sein durften; etwas verkehrt eingefrischt?
»Ich geh ja auch mit den Füßen; und nicht mit dem Kopf! Und den Kopfstand so Tag für Tag, Nacht für Nacht. Kann so einen Blumenkopf auch eher dünken: unangenehm!«
So gesprächig war Klein-Kaspar schon lange nicht mehr gewesen; und Notburga und Vlastymil nun beratschlaget mit dem Klein-Kaspar, hin und her, her und hin. Und sodenn entschieden, der heiligen Notburga nur einzufrischen das Stiefmütterchen, und genaugenommen er ja wirklich geblüht wundersamst, der Brombeerbuschen-Zweig; und dem Zweig gefehlt nicht ein Blütenkopferl; und der Vlastymil hatte Zweig für Zweig begutachtet; eher so an sich und Blüte für Blüte angeschaut; wirklich fast zu staunend; und sodenn die eine Blüte hineingesteckt: in den Mund! Und sie zerkaut; und geblinzelt und gedruckt und gedruckt. Zumal es sich nicht geschickt; in der Kapelle grad auszuspucken das Zerkaute. Und verzogen das Gesicht und sich geschüttelt.
Es bemerkt Notburga. Es bemerkt nicht: Klein-Kaspar. Gleichsam einfühlsamst zur Seite schauend. Das denn schon gewesen gar wider das christliche Feinempfinden der lieben, lieben, ja, so lieben

Notburga. Na sowas? Es aber eher so passiert dem lieben, lieben, ja, so lieben Onkel Vlastymil.
Und sich niedergekniet; das Kreuz geschlagen und hinaus aus der Kapelle endlich der Schwager, und ihm hintennach Klein-Kaspar.

6
DIE INNERSTEN GEMÄCHER VON KLEIN-KASPAR

Und draußen er gehustet und gehustet; der liebe Onkel Vlastymil.
»Kruzifixitürken! Himmelherrgottsakra! Geht mir das Unkraut jetzo nimmer heraus? Und auch nicht hinunter?«
Und so es gewesen: es ihm gesteckt grad im Hals. Und es ausd'erspuckt nicht, und es auch nicht d'erschluckt. Das denn grad gewesen der Kampf wider die Brombeerblüten, die er nun gescholten; doch allzu arg.
Irgendwie aber es doch verständlich gedünkt dem Klein-Kaspar. Dazumal ihm schon die Tränen geronnen über die Wangen. So ihm zugesetzt, das Zerkaute? Und Klein-Kaspar dem lieben, lieben Onkel Vlastymil den Buckel geklopft; und der gestöhnt.
»Fester! Fester denn! O Bub! Fester!«
Und gehustet; grad gemeint, er müßte eh ersticken. Und ist erstickt; gedankt sei den Himmlischen; eh nicht. Und Klein-Kaspar ihn angeschaut, den lieben Onkel Vlastymil.
»Siehst; jetzo hast es doch noch d'erschluckt.«
»Druckt mich aber da!«, sagte der Onkel Vlastymil.
»O Blütenkinderl! Druckst mich inwärts.«
Und der Onkel Vlastymil angeschaut das Kugelige vorn; weniger ratlos, eher staunend an sich. Und den Gedanken sofort erschlagen Klein-Kaspar.
›So ein Hypochonder!‹
Das denn schon gewesen wäre der Beistand für die liebe Tante Kreszentia wider den lieben Onkel Vlastymil. Die den alleweil verteufelt als Hypochonder.
Und einerseits der Verdacht verständlich; andererseits die Dawiderrede vom lieben Onkel Vlastymil auch verständlich gedünkt den Klein-Kaspar. Und deroselbst derlei Hin und Her, Her und Hin eh nie gehört; und deroselbst weder beipflichten können, dem lieben Onkel Vlastymil, der sich derlei Verdächtigungen verbeten haben wollte; und das an sich. Und auch nicht beipflichten kön-

nen, der lieben Tante Kreszentia, die derlei Tatsachenfindung nicht degradiert haben wollte, zu einer nichtigen und verleumderischen Verdächtigung.
Und die beiden Kräutersucher eh schon verschwunden; in den großen Wäldern um Gnom.
Und jeder für sich behalten; das Geschaute: die Romani-Mutter.
Und dem Klein-Kaspar das Herz stillgestanden und gerannt in einem; und er sich die Augen gewischt; und es ihm absolut wider seinen Willen gestrebet doch nach auswärts. Und er geweint; genaugenommen eher bitterlich.
›Nina!‹, es in ihm gekreischt. Und immer wieder: ›Nina!‹
Und so ist es gewesen; von Baum zu Baum gehuscht die Romani-Mutter und hintennach: die Nina. Und das hatte wohl bedeutet: Ihr beide – habt uns nicht gesehen – in diesen Wäldern um Gnom?
Und der Vlastymil hatte nichts gesehen; und Klein-Kaspar hatte nichts gesehen. Es war nur gleich dem Buben, auch dem Gastwirt ›Zum armen Spielmann‹ das Herz stillgestanden und gerannt in einem. Dies lautlose bitterliche Weinen vom Klein-Kaspar nicht bemerkt: der liebe, liebe Onkel Vlastymil. Ja, der so liebe Onkel Vlastymil. Und deroselbst auch nicht gefragt.
»Was weinst denn: so?«
Vielmehr die beiden gemieden – und das ausnahmslos – zu bemerken, daß gesehen wohl auch der andere Kräutersucher die Romani-Mutter, und so auch die Nina.
Und der Vlastymil tapfer die Neugierde geschluckt, und ihr widerstanden; absolut.
Und der Klein-Kaspar tapfer die Nina nicht gesehen und seiner Liebe widerstanden; absolut.
Und nichtsdestotrotz die beiden Kräutersucher irgendwie gewechselt die Richtung. Und schon so von Baum zu Baum; und sich angestaunt, eher ratlos.
»Sind wir wieder gelandet; grad auf dem Feldweg ohne Namen.«, sagte Klein-Kaspar.
»Vielleicht hat sie vergessen, die Kapelle wieder zuzusperren? Ist doch möglich?«, sagte der Vlastymil.
»Ja! Das muß unsereins irgendwie vermutet haben; und jetzo stehn wir da!«, sagte Klein-Kaspar.
»Und so sie in der Kapelle noch ist, wollen wir ihr die Andacht nicht grad rauben!«, sagte der Vlastymil.

»Schleichen uns besser ein bisserl hin; etwas leiser als üblich?«, sagte Klein-Kaspar.
»Halt schauen. Halt schauen.«, sagte der Vlastymil.
»Halt hören. Halt hören.«, sagte Klein-Kaspar.
Und die beiden mit ausdruckslosem Gesicht, geradeaus blickend, marschiert noch ein bisserl entlang dem Feldweg ohne Namen; und sodenn gehuscht hinüber, und entlang der Neizklamm, von Baum zu Baum, und geäugt nun, vorsichtigst, hin zur Kapelle, und sodann es doch gewagt; und über die Wiesen, und schon die Nasenspitze hervorgelugt; vorsichtigst und eher bereit, sogleich zurückzuziehen die kecke Spitze – so gesichtet ward die Notburga – zumal sie keiner kränken wollte so unbedingt. Und eher die Pflichten der Notburga überprüfen, unbemerkt, und eh jeder genaugenommen geahnt: Es durfte der Notburga derlei Vergeßlichkeit passieren eher nicht. Und so hin und her, her und hin sich bestätigt die beiden Kräutersucher, es treibe sie zurück zur Kapelle alles Mögliche, nur nicht die Romani-Mutter und auch nicht die Nina. Zumal die nicht gesehen; weder der Vlastymil noch der Klein-Kaspar.
Und schon bezogen den günstigsten Lauscherposten die beiden Kräutersucher; und grad gehört Wort für Wort.
Und die Nina sich umgedreht; und gesehen, doch nicht; ja doch: Klein-Kaspar. Aber es nicht ausgeplaudert die Nina ihrer Mutter?
Und sich Klein-Kaspar die Augen gewischt; und gemurmelt: fast selig.
»Nina.«
Und immer wieder.
»Nina.«
Aber wirklich eher lautlos. Und so es auch nicht gehört der Vlastymil. Der sich nur gedenkt.
»Aha.«
Und so ist es auch gewesen. Ist's doch die große Liebe geworden vom Klein-Kaspar. Die Nina. Der geseufzt; dann und wann.
›Das vom Franz war eh nur die Mücke, die geplaget den allzu kleinlich Liebenden. Bist mir ja eh ein und alles; und die erste und die letzte, die ich liebhab: so? Grad schon fast so viel, wie meinen verwurstelten Zwilling. Halt ein Weibsdrum, halt ein Weibsdrum; und was für eins? Und die sind halt so; grad so.‹
So es sich gedenkt Klein-Kaspar und angeschaut seine Nina nicht. Eher sie förmlich verschluckt haben wollen; wohl mit den Augen,

ha? Und derlei hatte der Vlastymil nicht gesehen, zumal es nicht dem Charakter des Mannsbilds entsprochen, in die innersten Gemächer vom Klein-Kaspar einzudringen. Sich nur gedenkt:
›Hast schon ein Gwirkst mit deinen Weibern, ha?‹
Und es wirklich nur gekichert, im Inwärtigen vom lieben Onkel Vlastymil.
›Wirst mir grad der lieben Kreszentia zum Trutz, kein Heiliger. Und ist's doch nur die Bleichsucht.‹
Und Klein-Kaspar geglüht die Backen. Und der sich die Augen gewischt; und ihm die Hände gezittert. Das denn grad gewesen das Rezept an sich für den Buben; und es geheißen eh nur: Die Nina!
Und sich umgedreht der Vlastymil; sich empfindend gestupst irgendwie von Nämlicher mit zwei Zöpfen? Das denn grad gewesen – eh nur die Erinnerung – die ihm dann und wann, auch noch im Jahre 1922, vorgegaukelt das Schwalberl mit zwei Zöpfen. Und es ihm auch in den und jenen Traum hineinspaziert; manchmal eher schalkig gestimmt, dann eher wieder willens gewesen, den lieben Onkel Vlastymil zu schrecken, gar sehr? Und es wohl passiert sein durfte, auch Klein-Kaspar, dann und wann? So es irgendwie vermutet nun: der Vlastymil.
Und das denn wieder gekränkt gar sehr den Rezeptkundigen an sich zu Gnom und den Kräuterkundigen an sich zu Gnom. Und der sich derlei verbeten haben wollte; und die Krätze nicht degradiert wissen, zum Seelenschmerz einer nicht überwundenen Erinnerung; und auch den Keuchhusten und die Atemnot und die Bleichsucht nicht degradiert wissen wollte; zu irgendwelchen eingebildeten Krankheiten, zumal sie geplaget, wirklich, absolut wirklich den Buben! Ja! Ja! Und der eh nicht geredet vom verwurstelten Zwilling, ihn eh schon vergessen, der ihm einst gefehlt haben mochte; sicher, sicher: sehr. Und der liebe Onkel Vlastymil wirklich kuriert dem Buben allesamt fort; so mir nix dir nix. Und auch schon die Bleichsucht eher sich zuneigte: der Schwindsucht? Und eines Tages ganz verschwunden sein durfte? Ja! Ja! Das denn gewesen das Problem; und absolut das, und für derlei gebraucht Klein-Kaspar den lieben Onkel Vlastymil an sich und absolut, jawohl! Absolut!
Und sich nicht niederdrucken hatte lassen der Vlastymil von so einem närrischen Herzschlag, der es ihm irgendwie genau verkehrt herum hineingefeuert haben wollte: in den Hirnofen.

Und der Vlastymil sich die Augen gerieben. Das denn wahr gewesen nicht wirklich. Absolut nicht wirklich? In einer Decke eingewickelt etwas geschrien, und eh schon mit dem schreienden Bündel wettgeeifert das Bauxerl von der Schwägerin im Kinderwagen? Nicht doch! Ja doch! Könnte gewesen sein; irgendwie: grad wahr?!
Und er sich gerieben die Ohrwascheln etwas. Und das seitwärtig Ausgewucherte noch immer gehört: zwei so winzige Bauxerln? Das denn absolut nichts gewesen – für den Klein-Kaspar – und den Buben bei der Hand genommen; und mit dem marschiert: fort, nur fort und fort von diesem Ort; und entlang den Feldweg ohne Namen; und schon hinein in die großen Wälder um Gnom. Und nachgerechnet der Vlastymil. Könnte gewesen sein irgendwie grad wahr? Und gemurmelt es im Inwärtigen vom kugeligen Glatzkopf grausamst:
»Dem Tata rinnt's Lulu und ich mach ihm das Hosentürl zu.«
Und immer wieder ein und dasselbe; und ihn angeschaut Klein-Magdalena; mit großen, so riesengroß geschreckten Augen. Und im übrigen, geschwiegen; grausamst geschwiegen. Und angeklagt den lieben, lieben Onkel Vlastymil, so stumm. Und eh nur gekichert. »Wo ist die Mütz?«
Das denn gewesen grad ein Erwachen: am 23. Juni es ihm passiert; erst? Und grad gepumpert wider so einen Baumstamm; der liebe Onkel Vlastymil. Und schon wieder gegen den nächsten Baumstamm gerannt; irgendwie blind, nicht mehr d'erschauend den Wald vor lauter Baumstämmen.
»Ja, lieber, lieber Onkel Vlastymil. Du lieber Onkel Vlastymil!«
Und Klein-Kaspar sich den Mund zugeschlagen. Grad zusammengezuckt, der. Und hatte ihn eh nur anrufen wollen; rechtzeitig. Der Klein-Kaspar! Und der schon wieder gerannt, wider so einen Baumstamm?
Und es hatte die Kugel auf zwei Stumpen mit Glatzkopf gemeint, zu hören Klein-Magdalena. Ist aber gewesen nur der Bub. Und sich wundgekratzt eh schon die Stirn, der liebe Onkel Vlastymil.
Und sich sodann gekauert hin unter einen Baum und nicht mehr aufstehen wollen; vielmehr die gut gepolsterten Händchen vor das Gesicht – förmlich das schützen wollend an sich – gehalten und gewackelt, als Ganzer. Und das denn grad gewesen irgendwie merkwürdig?

Und sich Klein-Kaspar hingesetzt neben den Gastwirt ›Zum armen Spielmann‹; und geradeaus geschaut mit ausdruckslosem Gesicht: Weder neugierig gestimmt, noch ratlos, noch staunend. Eher müde, halt so müde. Und das denn gewesen: grad alles. Und eingenickt neben dem Onkel. Und geträumt wundersamst. Erstmalig sich ihm genähert; so unmittelbar im Fluge, Klein-Magdalena, und ihm zugewunken. Und er geschrien im Traume: »Nimm mich mit! Möcht auch solche Flügerl wie du!«
»Wart denn; ich muß erst betteln gehen, zum Gottvater, gelt?«
Und die Kursrichtung geändert die fliegende Klein-Magdalena, und es aber doch versprochen, wiederzukehren mit den erbettelten Flügerln für den verwurstelten Zwilling auf der Erden. Und nicht und nicht erspähet der suchende Klein-Kaspar, die gelogen doch nicht, das Versprochene schon wieder vergessen, im Fluge?

Zweites Kapitel
TEILS TEILS. EINERSEITS ANDERERSEITS

1
DER ÜBLICHE WUZERL-SÜNDENFALL

Das Dorf auf Rädern war nicht mehr zurückgekehrt in das verfluchte Dorf, das genannt ward seit vordenklichen Zeiten: Gnom.
Es hatte sich die großen Wälder um Gnom als Standort erwählt für die Geburt von diesem Kinde, das gewachsen war im Bauche der Romani-Mutter; gleichsam als die Gestalt annehmende Erinnerung.
Und gestorben uns nicht das Weib, nicht die Mutter, nicht die Schwester, an den Folgen der einen bestimmten Nacht, im Frühherbst des Jahres 21 im 20. Jahrhundert. So hatte das Dorf auf Rädern erwogen, auch die Frucht zu dulden neun Monate lang.
»Wer will nicht verleugnen diese Frucht?«
So hatte die Romani-Mutter gesprochen; und das Dorf auf Rädern geschwiegen. Denn es war willens gewesen wiederzukehren: heimlich und das nachts; mit Axt und Beil, Hacke und Pfeil.
»Und doch wächst sie in meinem Bauch? Und will aus diesem Schoß einst herausgekrochen sein? Sollte ich erschlagen; der ohne Schuld verflucht ist, zu sein die Frucht der Schuld? Mann! Schwester! Schwager! Die Scham vor dem Schuldlosen, die euch fehlt, brennt mir auf den Wangen!«
Und das Dorf auf Rädern hatte gemurmelt; sich geräuspert und hin und her erwogen. Und nichtsdestotrotz ist es willens gewesen, wiederzukehren: heimlich und das nachts. Mit Hacke und Pfeil, Axt und Beil.
Und es hatte das Wuzerl in der Nase gebohrt, und angeschaut die Nina; gleichsam die anklagend. Und du: schweigst?
»Die Nina teilt den Nina-Stern nicht nur mit dem Wuzerl. Und das bin ich, und deshalb weiß ich es.«, sagte das Wuzerl. Und das Dorf auf Rädern wollte auch überprüfen, das, was erwogen, in der Angelegenheit das Wuzerl. Und es hörte dem Wuzerl zu; aufmerksam.
»Wuzerl!«, schrien die Romani-Kinder.
»Wuzerl!«, schrie die Nina und wischte sich die Augen, geplagt von einer merkwürdigen Mückenplage. Und allesamt wieder

einmal empört gewesen. Und das: sehr. Einerseits. Andererseits hatte der übliche Wuzerl-Sündenfall nicht nur Nina, auch die übrigen Romani-Kinder klagen lassen, über diese entsetzliche Mückenplage. Und sich die reiben müssen die Augen, und teils teils auch erwogen, es könnte die allzu heftige Mahnung behindern das Wuzerl, und dieses sich bessern wollen, und unverzüglich den Wuzerl-Sündenfall zu stoppen. Und derlei Besserungsschwüre sich eigentlich erhofft die Romani-Kinder; erst nach dem Wuzerl-Sündenfall. Und die Nina mit kugelrund modellierten Augen angeschaut das Wuzerl. War es nun willens, den Wuzerl-Sündenfall zu vollenden? Noch immer nicht?
»Ist halt so. Ist halt so.«, seufzte das Wuzerl. Und schaute gelangweilt hinauf, und deutete sodenn auf den Nina-Stern.
»Ist doch etwas klein, der Nina-Stern? Grad groß genug auch noch für mich! Und ich muß ihn teilen, mit der Magdalena da, der gewachsen sind die Haare eh nur lang. Und so mein Haar geflochten ist, hab ich die Zöpfe vom Wuzerl! Einen so und einen so! Und dick und nicht so dünn! Schöne Zöpf! Jawohl! Wofür frag ich mich: braucht der Nina-Stern vier Zöpf, wo ich doch eh habe: zwei Zöpf?«
Und dem Wuzerl es gedünkt kalt. Eigentlich sehr kalt.
»Und die Magdalena mit den zwei Zöpfen sitzt jetzt auf meinem Stern! Dem Nina-Stern! Und ruft den grad, wie ich! Und so wir beide gleichzeitig rufen, hört mir die Nina nicht das Wuzerl? Wohl aber die?«
Und endlich der Kummer nicht mehr gewesen; dieses dumpfe Gefühl, es sei der Nina-Stern zu klein; für drei Bewohner. Grad groß genug für zwei. Und so es gelang der Magdalena mit den zwei Zöpfen, ein bisserl zu rutschen, mehr und mehr seitwärts, mußte es der gelingen, früher oder später; und das Wuzerl mußte purzeln seitwärts irgendwie hinunter: vom Nina-Stern. Und derlei vorzubeugen nicht sein konnte der Wuzerl-Sündenfall!
»Und das ist schon die Plage! Hat einen solchen Vater! Grad einen Riesen! Und auch eine Mutter! Und ich? Hat das Wuzerl einen Vater? Hat das Wuzerl eine Mutter? O nein! Und gibt keine Ruh; die!«
Und das Wuzerl die Hände zu Fäusten geballt; und gedroht dem Nina-Stern.
»Da oben sitzt die! Und geht und geht nimmermehr hinunter vom Stern! Sitzt auf meinem Platz! Und will mir grad wegnehmen auch

noch die Nina?«
Und eine entsetzliche Mückenplage das Wuzerl angeregt, die Augen zu reiben, noch etwas mehr. Und das Wuzerl war geschwankt; nach vorne und nach rückwärts, so auch seitwärts; einmal nach links und einmal nach rechts.
»Dann hab ich nix; und die alles. Ist halt so! Ist halt so!«
Und das Wuzerl geschluckt; und nun da gestanden, vor dem Dorf auf Rädern, das sich geräuspert, das Ohr gezupft, und allesamt hinaufgeschaut zum Nina-Stern.

2

ZU DICK FÜR DEN NINA-STERN

»Einerseits.«, sagte das Wuzerl.
»Andererseits.«, ergänzte das Wuzerl.
»Bin ich nicht so wie die! Und sag: behalt du deinen Vater und deine Mutter. Dafür gehst mir aber wieder herunter vom Nina-Stern!«
Und angeschaut; die erwachsenen Romani, den Beistand erheischend, aufrichtigst.
»Wuzerl!«, schrie die Nina, und hatte ihr Wuzerl eh schon gesetzt auf den Arm. Und es geherzt und geküßt; und das Wuzerl sich derlei nicht verbeten haben wollen, sich aber doch entschieden: derlei sich gefallen zu lassen, eher zurückhaltend und halt: beleidigt und gekränkt an sich, den Eifer der Nina anzuregen; etwas mehr. Und so ward das Wuzerl geherzt und geküßt und gedrückt und gewalkt von der Nina. Und so hatte das Wuzerl die eigentliche Mauer des Schweigens verteidigt. Einerseits gegen das Dorf auf Rädern an sich. Andererseits aber auch gegen die Wuzerl-Liebe. Und das gewesen: die Nina. Und nur: die Nina.
›Und ist ausgewandert, die, der du gezeigt hast den Nina-Stern? Irgendwohin ausgewandert. Und hat eine Mutter und hat einen Vater-Riesen und einen solchen! Und dich auch vergessen. Und das tut nie: das Wuzerl! Das Wuzerl vergißt die Nina; nie!‹
Aber das Wuzerl sich das Gedachte nicht gestattet mitzuteilen; gleichsam eingesperrt sich empfindend, in einer merkwürdigen Schweigsamkeit. Einerseits. Andererseits es halt das Gemüt, halt das Gemüt (!) erwartet vom Wuzerl.
›Still bist. Daß dir auswandert die Nina und nachwandert der? Und eigentlich. Hast jetzt doch gerettet, der Wanderlaus mit den

zwei Zöpfen, den Vater? Und so die genug gewandert ist, freut sie sich auch, wenn er noch da ist, der Vater?‹
Und sich die Augen gerieben das Wuzerl, und sodann die Hände um den Nacken der Nina.
»Hast einen Wunsch frei.«, flüsterte die Nina.
»Drei Wünsche.«, korrigierte das Wuzerl in das Ohr der Nina hinein.
»Gut: drei Wünsche.«, flüsterte die Nina.
»Aufpassen, daß ich nicht hinunterfall vom Nina-Stern.«
»Gut.«, und die Nina geschluckt, die Kränkung hinunter. Derlei Ängste gewütet im Wuzerl, und die Nina es bemerkt, nicht einmal.
»Und wenn du der dicken Magdalena mit den zwei Zöpfen.«
»Ist nicht dick; ist dürr.«, korrigierte die Nina.
»Zu dick für den Nina-Stern.«, korrigierte das Wuzerl. Und die Nina geschluckt den Einwand hinunter. Einerseits. Andererseits es entschieden haben wollte, einmal eindeutig.
»So der Nina-Stern zu klein für drei Bewohner, so wirst du bleiben der zweite Bewohner, und wir werden gemeinsam suchen einen eigenen Stern für die Magdalena mit den zwei Zöpfen.«, flüsterte die Nina.
»Gut ist das nicht.«, schnurrte das Wuzerl.
»Ich schwör' es: beim Nina-Stern.«
»Das ist schon besser.«, schnurrte das Wuzerl nun noch mehr.
»Darfst der auch mit den Buchstaben aufzeichnen, das Dorf auf Rädern. Und ich möchte es dürfen, mit dem Zeichenstift. Leihst mir deine Farben dafür?«
»Gut.«, sagte die Nina.
»Und du nimmst mein Bilderbuch dann mit. Für die Magdalena mit den zwei Zöpfen, und sagst ihr es auch: Das kommt vom Wuzerl? Und vergißt das nicht?«
»Das Wuzerl schreibt mit dem Zeichenstift das und jenes Lied auf. Und das Wuzerl verwendet nicht die Buchstaben sondern Bilder. Und die Nina wird das Bilderbuch vom Dorf auf Rädern als Gruß übermitteln, vom Wuzerl. Und das Wuzerl wird auch nicht hinunterfallen vom Nina-Stern.«
Und die Nina hatte es geflüstert, ins Ohr vom Wuzerl; gleichsam feierlich gestimmt. Und sodann wieder geherzt und geküßt, gedrückt und gewalkt das Wuzerl, und verlassen den Rat des Dorfes auf Rädern, und sich im Nina-Bett das Wuzerl legen dürfen auf die

Nina; und so war es eingeschlummert und endlich wieder einmal gesessen, allein mit der Nina auf dem Nina-Stern.

3

NICHT NUR DIE ÜBLICHEN LIEDER DER ROMANI

Und es ward entschieden vom Rat des Dorfes auf Rädern, nicht heimlich und nicht nachts zu schleichen auf den Zweifel-Hof, und zurückgekehrt zu sein, so in der Nacht auf den 21. Juni zu; mit Axt und Beil, Hacke und Pfeil. Und es dem kundzutun.
»Es empfiehlt sich nicht, zu schänden ein Weib. Das duldet auf ewig nicht: das Dorf auf Rädern.«
Und dies kundzutun schweigend; nur mit Hilfe der Tat, die sodenn zurückgelassen dem Zweifel-Hof den erschlagenen Gewalttäter, aber auch geraubt hätte dem Stern mit den zwei Zöpfen, den Vater.
Und so hatte das Dorf auf Rädern nur ausgesandt das Wuzerl, und dies ausgekundschaftet die Eigenheiten der Zweifel-Bäurin. Denn für das Sehen und Nicht-Gesehen-Werden, für das Hören und Nicht-Gehört-Werden sich das Wuzerl geeignet wundersamst.
Und das Wuzerl hatte dem Dorf auf Rädern berichtet, wann die Notburga gefunden den Weg fort vom Zweifel-Hof, und auch wohin. Und nach einigem Hin und Her, Her und Hin von der Nina, das unterstützt ward vom wehklagenden Wuzerl, hatte die Nina mitgehen dürfen; mit ihrer Mutter, auf daß erfüllt sei der Rat, den erwogen und sodann auch beschlossen einstimmig, das Dorf auf Rädern.
Und bis es so weit gewesen ist – die Nina geschrieben und geschrieben auf: die Lieder der Romani für die Magdalena mit den zwei Zöpfen; und sodenn die beschriebenen Blätter gebündelt zu einem Buch.
Und bis es so weit gewesen ist – das Wuzerl gezeichnet und gezeichnet auf: die Lieder der Romani für die Nämliche mit den zwei Zöpfen; und sodenn die bemalten Blätter gebündelt zu einem Buch.
Und das Bilderbuch ward gelobt vielfältigst. Und es hatten dem Wuzerl geglüht die Backen. Und auch der nasenbohrende Zeigefinger und die Falten zwischen den Augenbrauen sich bemühet, das Lob zu ertragen, eher zurückhaltend.
Und das Liederbuch ward gelobt vielfältigst. Und es hatten der

Nina geglüht: die Backen. Und auch die kugelrund modellierten Augen der Nina hatten es kundgetan: Ich bin willens, so wie es das Wuzerl übet: zu ertragen das Lob, eher zurückhaltend. Und es anzuhören eher vorsichtigst, und nicht sogleich den Tanz zu wagen der Freude und des Stolzes auf die wirklich, hart abgerungene Chronik des Dorfes auf Rädern. Zumal die Nina wie das Wuzerl rennen hatten müssen; und bohren und bohren und den erwachsenen Liederkundigen diese und jene Erinnerung aus dem kostbaren Schatz der Romani helfen mußten ausgraben. Auf daß die Magdalena mit den zwei Zöpfen erhalte; nicht nur die üblichen Lieder der Romani, sondern gerade auch die, die kaum gesungen und schon gar nicht; landauf landab; das Musikantentrio des Dorfes auf Rädern.
Zumal das eine und das andere Lied wehgeklagt; vielleicht doch allzu sehr, und es erreget hätte; dann und wann; die Gemüter von so einem lustigen Dorf. Hieß es Gnom, hieß es anders. Gewisse Lieder der Romani wollte hören; landauf landab: niemand.

Drittes Kapitel
DEREN HEIMAT DIE LANDSTRASSE IST

1
RUNDUM: DIE FREMDE

Und mit einer Stunde Verspätung war die Zweifel-Hof-Beobachtung vom Scheidewandbergl her als beendet erachtet worden. Auf dem Stoffelweg ward gesichtet eine Gestalt, die geschoben einen Kinderwagen.
Und die Romani-Mutter und die Nina geändert den Standort; und durch die großen Wälder um Gnom gehuscht: und schon eingetreten in die Kapelle auf dem Scheidewandbergl.
Und die Notburga gekniet, in der dritten Bank der Kapelle, und herumgeschnellt; sich empfindend, durch merkwürdige Geräusche, gestört in der Andacht.
Und aufgestanden, gleichsam es mit schlafwandlerischer Sicherheit wissend:
»Heute ist der 23. Juni. Und das ist das Weib, das ich kenne. Und das ist das Kind, das ich kenne.«
So hatte die Notburga gesprochen, ruhig aber bestimmt. Und sich die Augen nicht gerieben; ihr aber gezittert die Hände.
»Und allessamt: ich träume.«
Dies auch gewußt; gleichsam mit schlafwandlerischer Sicherheit. Und das dürfte gewesen sein nicht wahr. Vielmehr der Irrtum an sich der Flunkeler Notburga, geehelichte Zweifel.
»Kennst du es nicht?«
Das Weib so gesprochen, der Notburga entgegengestreckt die Hand, die geballt war zur Faust, gerade noch und schon nicht mehr. Und auf dem Handteller gelegen ein Haarbüschel. Und in den Händen von dem Kinde etwas Eingewickeltes geschrien, und die Notburga zusammengezuckt, gleichsam mit schlafwandlerischer Sicherheit es wissend:
»Und allessamt: ich träume.«
»Kennst du es nicht? Nicht gefehlt dem einen Mann das Haarbüschel, am 21. September des Jahres 21 in unserem Jahrhundert?«
Und ein drittes Mal, genaugenommen schon das vierte Mal, es sich bestätigt: die Jung-Bäurin vom Zweifel-Hof.
»Und allessamt: ich träume.«
»Was träumst du, Notburga?! Noch?!«

Und die Jung-Bäurin vom Zweifel-Hof zusammengezuckt; gleichsam spürend die Peitsche auf ihrem Buckel. Und war sie der Riese von einem Hund? Das nichtige Nichts von einem allemal zitternden Lackel von einem Hund? Der gefürchtet die Menschen an sich, mehr, und die doch lehren hätte sollen das Fürchten?
Und wieder gewesen: ganz die Notburga. Die feste, sichere und stolze Jung-Bäurin vom Zweifel-Hof.
»Wie sprichst du? Mit der Notburga? Wie?! Du niederträchtiges Weib? Gewesen du: eh nur die schwarzzottelige Hure auf dem Stoffelweg! Was soll das Büschel Haar: Schrecken! Mich?«
Und vergessen den Ort die Notburga, und geschrien: in der Kapelle auf dem Scheidewandbergl, am 23. Juni des Jahres 1922.
In jener Kapelle, die errichtet ein Kaspar, aus der Familienchronik der Zweifel-Bauern, im Jahre 1866, erfüllend das Gelübde: So er mir wiederkehrt aus dem Kriege, der Sohn, so sei errichtet auf dem Scheidewandbergl die Kapelle, die gemahnt das Dorf an sich; so er gekommen ist, zu richten die Lebendigen und die Toten; in das Dorf zu Gnom. Und den und jenen angerufen:
»Ist Zeit jetzt; auch für dich!«
Und nur dies soll verkündigen dem Dorfe Gnom das Glöckchen der St. Notburg-Kapelle. Und linker Seite der Kapelle und rechter Seite der Kapelle gewurzelt die Linde. Wer kam aus den großen Wäldern um Gnom, sichtete zuerst die Winterlinde. Wer kam aus dem Dorfe Gnom, entlang wandernd dem Feldweg ohne Namen, sichtete zuerst die Sommerlinde. Und wer kannte die Umgebung zu Gnom, wußte: Die Wiese hinter der Kapelle führte nicht nur zum Waldesrand. Dahinter verborgen die Neizklamm. Und manch einer gefunden den Weg über die Neizklamm, und sodann gelandet: im Neizbach unten.
Kurzum: das Dorf Gnom war die Heimat geworden der Flunkeler Notburga, die einst gewesen: die Großmagd vom Flunkeler-Hof zu Transion. Und die Flunkeler Notburga, geehelichte Zweifel, brauchte in keiner Weise zu zittern vor diesem Nicht-Hiesigen.
Und das nicht hiesige Weib auch gesprochen irgendwie wider das Gemüt an sich von der Jung-Bäurin. Geschnurrt die; merkwürdigst der Ton. Und das Dahergelogene eher berichtet, kühl, und so anhüpfend wider derlei, das kundgetan hätte ein Weib, dem es passiert, doch eher erregt. Und die das Klagende nicht geklagt, das Fragende nicht gefragt. Und so hart und karg, fast schroff und spröd; merkwürdigst kantig gedünkt das allessamt: dem Gehör

nachlauschend und der Sprechmelodie nach. Einerseits. Andererseits die Worte eher wuchtig und absolut nicht die Art und Weise vom hiesigen Weibe; zu sprechen: so?
Rundum die Fremde, rundum: die Nicht-Hiesige. Rundum: das Nicht-Hiesige. Kurzum. Rundum: das Eh-Nicht-Wirkliche.

2

EH NUR DIE MÖGLICHKEIT GEWESEN: DER STRICK

Und die Jung-Bäurin vom Zweifel-Hof angeschaut das fremde Weib, gleichsam mit versteinerten Augen.
»Der Mund, Notburga, das ist der Strich gleich dem gespannten Bogen einer Armbrust, wider jene, die geduldet neun Monate lang, die Frucht der Gewalt in ihrem Bauch? Neun Monate lang; geliehen dieser Frucht: meinen Schoß?
Und nur; nicht nur! Aber auch wegen dieser Frucht geschont jener Riese vom Stoffelweg 8 ward; vom Dorf auf Rädern. Rechtlos, Notburga, schreiben wir unsere eigenen Gesetze, doch den Mann vom Stoffelweg 8, kennst du ihn nicht, Notburga, entließen wir aus ihnen. Auch deinetwegen, Notburga. Auch bedenkend den Stern mit zwei Zöpfen, Notburga. Und ich habe dir nicht verschwiegen die Saat der Gewalt deines Mannes Kaspar, Notburga. Jeder verleugnen will: diese Frucht!«
Und die Romani-Mutter hatte gedeutet auf den Kinderwagen. Und erstmalig angeschaut das kreischende Bündel, das da geschrien: mit ihrem eigenen Bauxerl um die Wette. Die Notburga.
Und wer es ihr hineingelegt? Grad es hingequetscht haben wollte, neben ihrem Bauxerl? Das kreischende Bündel; wann und wer es hineingewurstelt; in ihren Kinderwagen?
»Und allessamt: ich träume.«, murmelte die Notburga und schaute das fremde Weib an; und es gewußt, sogleich wieder; mit schlafwandlerischer Sicherheit: Es ist keine Hiesige, und wird werden nie eine Hiesige.
Und die Jung-Bäurin vom Zweifel-Hof nicht mehr geschwankt nach vorne, dem Kinderwagen zu, und nicht mehr geschwankt nach rückwärts, dem Altar der heiligen Notburga zu. Gestanden; gleichsam festgewurzelt, fest, und sicher gewurzelt. Ist doch gewesen: die Kapelle vom Zweifel-Hof.

»Und allessamt: ich träume.«, sagte die Notburga; ruhiger aber bestimmt, und genaugenommen eh gewesen: hellwach.
»Was träumst du, Notburga: noch?«
Und hineingelegt – das fremde Weib – das Haarbüschel in ihren Kinderwagen; grad drauf auf die Tuchent von ihrem Herzbauxerl.
»Und es doch gekrochen mir heraus aus dem Bauch, Notburga? Soll ich erschlagen den, der ohne Schuld verflucht ist, zu sein die Frucht der Schuld? Notburga! Fehlt dir die Scham vor dem Schuldlosen? Mir brennt sie auf den Wangen! Wer, Notburga, wenn nicht du, ist die Amme für die Frucht der Gewalt deines Mannes, Notburga! Wer, wenn nicht das Weib des Kaspar?«
Und zum kreischenden Bündel gesprochen; das fremde Weib.
»Deine Mutter, mein Sohn, kehrt zurück in das Dorf auf Rädern. Und zieht mit den Wohnwagen jener weiter, deren Heimat die Landstraße ist.«
Und angeschaut die Flunkeler Notburga, geehelichte Zweifel, und die den Blick empfunden, gleich einem Prankenhieb, der ihr ziehen hatte wollen, wohl auch noch: die Haut vom Leib?
Und die Notburga lachte. Weniger wild gestimmt, eher grausam an sich: wider dieses fremde Weib.
»Niederträchtige Hure! Mit welchem Zaubertrank hast du meinen Kaspar gelockt ins Heu? Kennst du den Riesen von einem Hund?«
Mit dem Zeigefinger gedeutet auf den Ausgang, die Notburga.
»Drohe mir nicht mit dem Hund.«
»Näher noch, ist die Neizklamm!«, schrie die Jung-Bäurin vom Zweifel-Hof, und gelacht, und eh schon gesehen dies fremde Weib fallen; und das eh schon gelegen im Bett vom Neizbach; zerschellt; und eine Nicht-Hiesige; und geschwommen die Wasserleiche eh schon Richtung St. Neiz am Grünbach.
Und derlei angehüpft die Romani-Mutter, gleichsam aus den Augen der Notburga heraus. Und die Romani-Mutter angeschaut die Notburga, mit weit geöffneten Augen. Und an ihr vorbeigeschaut, und sodann hingegangen zum Strang.
»Nicht läuten; es ist nur die Totenglocken!«, kreischte die Notburga; fast flehentlich. Und die Romani-Mutter angeschaut den Glockenstrang, der da gehangen; seitwärts des Altars, gleich einer stummen Allgegenwart ergeben: der Zeuge von einem Strick. Eh nur. Und den Blick gewagt und in der Tat: der Strick eh nur die

Möglichkeit gewesen, das bronzene Glöcklein zum Läuten zu bringen.
»Seltsam ehrt dieses Dorf seine Heiligen.«, sagte die Romani-Mutter und ergänzte.
»Läute, Notburga, die Glocke, ehe es zu spät ist für Gnom.«
Und die Jung-Bäurin das Bündel aus dem Kinderwagen heraus, und hingehalten der Fremden.
»Und dein Bündel nimmst mit! Ich es zerschmettere, so du es wagst, mir in den Kinderwagen hineinzulegen? Mir; der Notburga, ein Kuckucksei!«
Und gelacht, schon wieder so, die Notburga.
Und das Bündel in die Hand gedrückt dem fremden Weibe. Und die Berührung mit diesem schwarzzotteligen Hurenwesen gemieden; die Notburga.

3

UND SICH GEHOCKERLT NIEDER

Und die Nina das Haarbüschel wieder genommen, fort von der Tuchent, und angeschaut das fremde Weib. Weniger ratlos, eher es fragend; und die genickt stumm.
Und die Nina das Haarbüschel angeschaut, das nun gelegen auf ihrem Handteller, und sodann geschlossen die Hand. Und in der Faust gehalten das Haarbüschel, und angeschaut die Bäurin vom Zweifel-Hof, mit kugelrund modellierten Augen; gleichsam es fragend, eh nur mit dem Blick:
»Was träumst du, Weib, noch?«
»Es ist die ausgereifte Frucht, die kennen will niemand. Und nähren und kleiden niemand? Nicht das Weib von jenem Mann, und auch nicht das Weib, das es getragen neun Monate lang?«, und die Romani-Mutter schaute das kreischende Bündel, gleich einem Fragezeichen, an.
»Und ist doch nur der halbe Zorn mehr gewesen, der sich da geschleppt fort; vom Dorf auf Rädern? Nur das Haarbüschel von diesem Zweifel-Riesen, und nur die Gestalt annehmende Gewalt? Ist es eh nur die halbe Wahrheit, die hintritt, vor Notburga? Und die schon zu viel? O Notburga!«
Und der Jung-Bäurin vom Zweifel-Hof nun gezuckt der und jener Gesichtsmuskel; und auch der Mund nicht mehr gewesen der Strich. Eher geöffnet für den Schrei, den hört niemand. Und die

Romani-Mutter gesehen, die toten Augen vom gerupften Huhn, und aus denen es geronnen, unaufhörlich. Und das Weib aus dem Dorfe Gnom geflüstert.
»Und allessamt: ich träume.«
»Was träumst du, Notburga? Noch?! So geschlafen, schon in der einen Nacht, und nicht gehört die Wehklagende es schreien, im Schweinestall vom Stoffelweg 8? Und der nicht verwüstet, und es nicht gepoltert bis hinauf zu dir, o Notburga, in die Kammer hinein? Und du nicht hören wolltest das Lied von der schwarzen Chrysantheme? Nicht erforschen wolltest das Gehörte?
Und bleiben sollte dir die Nacht; üblich tragend die Farbe Schwarz und die nicht allzu schwarz! Eher nur als Andeutung? Könnte sein, ist es aber nicht: die Farbe Schwarz? Notburga! Wehe (?) – dir Notburga, die du die Glocken läutest, wenn es zu spät ist: für Gnom? Wehe – dir Notburga?!«
Und die Notburga, gleich einem bockenden Kinde, geantwortet, ruhig aber bestimmt.
»Und allessamt: ich träume.«
Und die Hände gefaltet vorn, und gestanden der Fremden gegenüber, eher feierlich gestimmt. Auch friedlich und sanft und so auch zufrieden. Und mit dem Kopf genickt; und es sich abermals berichtet, die Notburga im Zwiegespräch mit sich selbst.
»Und allessamt: ich träume.«
Und da wußte die Romani-Mutter: Die Notburga ist es nicht, die nährt und kleidet die Frucht der Gewalt ihres Mannes. Und gleich einem Kinde hatte die Jung-Bäurin vom Zweifel-Hof angeschaut das fremde Weib, und den Zeigefinger gerichtet auf die Nase von der.
»Du lügst.«, schnurrte sie, zufrieden und nickte; nicht ohne Genugtuung. Und sich die Zeigefinger in die Ohren gesteckt; und sich gehockerlt nieder, auf daß sie es schreien könne, noch lauter.
»Du lügst! Nie!«
Und schon wieder aufrecht gestanden; und nun gewesen, eh nur das rasende Weib, eine, die geträumt es haben wollte, eher umgekehrt herum. Und dürfte eh nur nicht willens gewesen sein, sich gleich aufzuklappen, hellwach geschreckt, den eigenen Sargdeckel:
»Auf ewig nie! Nie ist das gewesen! Wahr! Nie!«
Und die Romani-Mutter eh schon gegangen, und gestanden beim

Ausgang, und hinausgeschaut, und gesehen, wie verschwunden der kugelige Schutzpatron des Dorfes auf Rädern in den großen Wäldern um Gnom; mit sich zerrend einen Knaben, der sich gewehrt absolut, und gestrampelt mit den Händen wie mit den Füßen.
Und sich noch einmal umgedreht die Fremde, und gleichsam hellwach geträumt die Zweifel-Bäurin zu Ende, als jene, die erwachen könnte, doch noch.
»Was träumst du, Notburga, noch? Wehe – dir Notburga, die du läuten wirst die Glocken, wenn es zu spät ist: für Gnom.«

4
EIN TAG HALT. EIN TAG HALT.

Und das geplaudert eher nett, die Fremde. Gleichsam als eine der üblichen Feststellungen, grad die Mahnung eingekleidet als Tatsache, wie:
»Heute ist der 23. Juni. Ein Tag halt. Ein Tag halt.«
Und so es auch empfunden – die Jung-Bäurin nun vom Zweifel-Hof – und ihr Herzbauxerl angeschaut, sich die Augen gerieben. Und das Herzbauxerl spüren müssen; unbedingt und auf der Stell.
Und sich mit dem Herzbauxerl gesetzt – in die hinterste Bank von der Kapelle – und geschluckt und geschluckt und auch gewackelt, eher als ganzer Mensch endlich emporgeschreckt, aus einem Alptraum, den sie geträumt, irgendwie eingenickt grad vor der heiligen Notburga! Und sitzen geblieben; und erst wieder emporgeschreckt, als der Schwager vor dem Ausgang gehört ward, und der gebrüllt; und geglüht als Ganzer, und dem über die Wangen geronnen die Tränen. Und sie eh nur verkehrt herum; irgendwie geträumt, daß dieser Tag noch bringt: Kummer?
»Schwägerin! Schwägerin! Das braucht den Herrn Doktor! Auf der Stell! Da hilft kein Kräuterl mehr!«
»Und allessamt: ich geträumt habe.«, sagte die Schwägerin und rieb sich die Augen; empfindend tiefste Dankbarkeit für den Buben, der eingeschlafen, doch nicht, ja doch: so einfach mir nix dir nix; und den nicht mehr wachzurütteln vermocht hatte: der Schwager? Na sowas! Derlei denn gebraucht, wirklich den Doktor.
Und der Schwager, Klein-Kaspar in den Händen, und die Schwä-

gerin, das Herzbauxerl im Kinderwagen schiebend, gerannt abwärts das Scheidewandbergl, auf daß der Bub erhalte, so schnell als möglich, die richtige Medizin vom Herrn Doktor, und der auch sogleich geeilt in das Dorf Gnom, zum Buben vom Herrn Gemeindemandatar vom Stoffelweg 8.
»Ich weiß denn nicht.«, sagte der Herr Doktor und zupfte sich am Ohr, kratzte sich den Hinterkopf und schüttelte den Schädel, weniger erstaunt, eher: ratlos? Weniger ratlos, eher gezuckt die Achseln?
Und dafür die Jung-Bäurin vom Zweifel-Hof doch nicht bezahlt, den Herrn Doktor! Und gerufen ward – wieder einmal – der Kräuterlkundige an sich zu Gnom.
Und am 26. Juni er endlich aufgewacht.
»Wird jetzo denn Zeit, Bub.«, sagte die Notburga und wischte sich die Augen. Und der Rezeptkundige an sich zu Gnom sich gewalkt die Backe. Und angeschaut den Klein-Kaspar; nicht ohne Stolz.
»Und jetzo ist es Zeit, lieber Onkel Vlastymil.«, sagte Klein-Kaspar.
»Gehn wir heim.«
»Sind schon daheim; drei Tage lang, Bub?«, und der Glatzkopf gekichert, hinter vorgehaltener Hand. Und sich umgedreht, auf daß der Bub nicht sehe; gleich alles.
»Was plärrst denn?«, Klein-Kaspar gesagt und ergänzt.
»Ich plärr ja auch nicht.«, und geseufzt und sich gedenkt.
›Der verwurstelte Verstand von einem Zwilling; grad warten die Ewigkeit: auf meine Flügerln?‹
Und eh schon wieder geschlafen, doch nicht?! Ja doch!
»Aber immerhin, er plaudert wieder, nimmer so vergeistigt.«
So es gesagt – der Fuchs von einem Schwager – und zugeblinzelt der Schwägerin und die sich eh schon getrocknet die Augen.
»Und die Bleichsucht kriegt mir noch die Schwindsucht. Aber nicht, die interessiert den Herrn Doktor.«
Und der Schalk von einem Schwager gekichert; und ist doch eine ganz andere Auskunft gewesen, als die sich allemal gleich bleibende Auskunft vom Herrn Doktor. Und dieses Achselzucken:
»Ich weiß denn nicht.«

5
IRGENDWIE SICH FESTZUHALTEN: AN DER BRUST

Und das Dorf auf Rädern war aufgebrochen; und es hatte die Wälder um Gnom verlassen – noch am 23. Juni des Jahres 1922 – das Erwogene war erfüllt.
Und die Romani-Mutter, mit ihrem Bündel und der Nina, verlassen hatte die Kapelle; über die Wiese und von Baum zu Baum gehuscht entlang der Neizklamm; und das Dorf Gnom betreten: über den Schindanger. Dort, wo die Mauer gebröckelt; und nur mehr gewesen gleichsam das Fragment einer Mauer. Und genau dort auch wieder verlassen das Dorf Gnom, und es gemieden, in das Blickfeld zu geraten des Herrn Gendarm zu Gnom.
Und am 23. Juni war ein fremdes Weib gestanden auf dem Schindanger zu Gnom, und hintennach gehüpft über den Mauerrest war ein fremdes schwarzzotteliges Kind. Und die nicht vorbei am Häuschen des ewig durstigen Messmer zu Gnom. Vielmehr hinten herum gehuscht; von der anderen Seite her, und geöffnet das Tor, und eingetreten in die Pfarrkirche zu Gnom.
Und ein letztes Mal hatte die Romani-Mutter dem kreischenden Bündel ihre Brust geliehen; in der letzten Bank, im hintersten Winkel der Pfarrkirche zu Gnom. Und das Bündel nicht mehr gekreischt; gesaugt nur, ein letztes Mal, an dem Busen, und das Weib es geschnurrt, dem eher sich behaglich empfindenden Bauxerl:
»Zu dem fremden Gott ist deine Mutter gegangen. Und dem fremden Gott lege ich dich, der du bist doch die Frucht der Gewalt eines Kaspar-Riesen vom Zweifel-Hof, auf den Altar.
Möge denn euer Gott nähren und kleiden das Kind der Gewalt. Denn euer Gott ist reich. Möge der Altar eures Gottes deine Unschuld bewahren. Möge der Altar eures Gottes zu Gnom dein Richter sein. Nur geklagt; das Weib von deinem Vater über die Frucht; die ich geduldet: neun Monate lang! Und so ich geweint, habe ich gesprochen mit den Sternen, mein Sohn. Nicht geklagt, Notburga, über die Gewalt, wehe! Dir Notburga! Die du geklagt, nicht einmal erwägend die Gewalt, nur über ihre Frucht!«
Und die Romani-Mutter geweint, eher lautlos. Es aber gesehen die Nina, wie es getropft dem Kind der Gewalt, grad auf den Kopf. Das aber nur ein bisserl gerunzelt, die Augenbrauen, und sodann gesaugt, wieder eifrigst; vorn am Busen der Romani-Mutter. Und

die Fingerchen sich bemüht; irgendwie sich festzuhalten an der Brust.
Und das Bauxerl grad gewesen ein Nimmersatt? Und die Nina gestupst die Mutter.
»Das dann auch wartet; schon so lange.«, flüsterte die Nina. Und die Nina getippt mit dem Zeigefinger: wider die beiden Bücher. Und erinnert die Mutter an ihre Verpflichtungen.
»Begrabe diese Mühe. Ist gewesen vergeblich. Dieses Dorf sieht nicht mehr den Stern mit zwei Zöpfen. Und vergiß es. Es weiß nur die Mutter vom Kind der Gewalt. Und die Mutter von diesem Kinde, das verleugnet jedermann; dieses Dorf und auch das Dorf auf Rädern; verschwieg es, auf daß es nicht doch herbeieile, mit der anderen Hälfte des Zorns, und erschlage den Vater vom: Kind der Gewalt.«
Und Nina aufgesprungen – und heraus aus der Bank – und geschrien:
»Ist nicht wahr! Du lügst! Du lügst!«
»Ehre mir auch den Gott, den du kennst: nicht! Nährt er vielleicht doch: die unschuldig schuldige Frucht!«, gekontert die Romani-Mutter. Nun erzürnt: sehr.
»Du lügst! Du lügst! Du lügst!«
Und Nina davongerannt – der Mutter – und die mit dem Überzähligen geeilt nach vorne, zum Hochaltar; ihn gelegt zuerst dort nieder, sodann aber entschieden es anders.
Und ihn gelegt: dorthin vor dem Hochaltar, wo er nicht mehr purzeln konnte, irgendwie im Seitwärts dann fallen tiefer, und landen auf den doch etwas harten Boden der Pfarrkirche zu Gnom.
Und ihn – noch lieber – gelegt; gleich hin vor die Stufen zum Hochaltar, auf daß er kollern könne, seitwärts so und seitwärts so, ohne zu fallen noch tiefer.
Und hintennach dem Nina-Kind, und die eh schon wieder verlassen hatte: das Haus vom ewig durstigen Messmer, und dem eh schon in die Hände gedrückt hatte: das Bilderbuch und das Liederbuch, und es dem ins Ohr geraunt, der da geträumt: wohl; es sei wiedergekehrt so eine Schwarzzottelige, und habe ihn befragt nach dem fehlenden Seuchenfleck!
»Für die Magdalena mit den zwei Zöpfen vom Stoffelweg 8. Von der Nina und vom Wuzerl.«
Und schon fortgehuscht – das Traumgebilde – und in seinen

Händen zwei Bücher gehalten; und aufgesprungen der ewig durstige Messmer; und hinaus, und gesehen: niemanden.
Und die Nina eh schon gehuscht: über den Schindanger zu Gnom – dorthin – wo auch sogleich die Mutter geeilt, als sie erspäht die Gesuchte, endlich wieder!
»Bitte schön. Jetzt darfst mich erziehen.«
Und hingehalten: die eine Backe und sodann die andere Backe.
Die aber nicht geglüht. Vielmehr die Romani-Mutter geschluckt, und ihr Nina-Kind bei der Hand genommen, wortlos.
Und schon drüber über der Mauer und schon verlassen das Dorf, von Baum zu Baum huschend, hinauf strebend das Scheidewandbergl: entlang der Neizklamm.
Und das Dorf auf Rädern eh schon gewartet – etwas ungeduldig – auf die Fehlenden, und das Wuzerl es eh schon berichtet:
Die Fehlenden könnten gezwungen gewesen sein, es sich auszusinnen etwas anders. Zumal sie gestrebt sein dürften; entlang der Neizklamm in das Dorf zurück.
Und verlassen – so bestätigt gesehen, das wirklich zuverlässige Wuzerl – die Wälder um Gnom. Ein Dorf auf Rädern.

Glossar

Alpen-Bartsie	Alpenpflanze; auch Alpenhelm genannt
Alumnat	Anstalt zur Heranbildung von Geistlichen
Assentierungstag	Tag der Stellung vor der Militärbehörde, Musterung
aufkampeln	toupieren
ausschnapsen	(vom Kartenspiel Schnapsen); vereinbaren, sich abstimmen / arrangieren / einigen; zusammenraufen, handelseinig werden, aushandeln; eine Vereinbarung / Übereinkunf treffen
Bauxerl	kleines herziges Kind; kleines Kind
bauxig	herzig
das Binkerl	kleines Bündel; (nicht sehr grobes) Schimpfwort; auch: Kleinkind
Bißgurn	Schimpfwort für keifende, zänkische, streitsüchtige Frau
Bücherlratz	Leseratte
Büchl	Buch, zu dem jmd. eine (gefühlsmäßige) Bindung hat: (Notiz, Nachschlag)büchl, die Bibel
Bummerl	Verlustpunkt(partie) beim Kartenspiel bes. beim Schnapsen; das Bummerl haben (sein); der Verlierer (der Gefoppte, Benachteiligte) sein
Butte	(hölzernes, geflochtenes) Traggefäß; Bütte
Butzerl	Baby
dalkert	blöd, dumm; kindisch; ungeschickt; nichtssagend
damisch	dumm, läppisch, albern; sehr, ungeheuer (ein damisch großer Tisch); nur prädikativ: schwindlig, sehr verwirrt
d'er ...	österr. Präfix, das den Erfolg in bezug auf das nachgestellte Verb anzeigt:
Das d'erdenkst auch noch?	Das bist auch noch fähig (in der Lage) zu denken?
Dirndl	Mädchen; (Dirndl)kleid, Trachtenkleid; Früchte des Dirndlstrauchs: Gewächs mit eßbaren Wildfrüchten (Kornelkirsche)
Dirnen	weibliche Arbeitskräfte auf einem Bauernhof
die Dirn	Bauernmagd; (nicht abwertend) junges Mädchen;
die Dirne	Prostituierte
Dodl, Dodel (weiblich: Dodelin)	geistesschwacher Mensch; blöder Mensch; dummer Kerl, Trottel
dodlert	dumm/unverständig/nicht klug/begriffsstutzig/saublöd/Dorftrottel/Dodel sein; töricht sein;
Eierschwammerl(n)	Pfifferling(e)
einfatschen	mit einer Binde umwickeln
Erdapfel(sterz)	Kartoffel(gericht)
Fabrikler	Fabrikarbeiter, Proletarier
Falott	Gauner; Lump
Feschak	fescher, sehr männlich aussehender Kerl; Kamerad, der zu allem aufgelegt ist, überall mittut, nicht fad ist; (auch: abwertend)

flachsig	(Flachse, Flaxe: Sehne) flaxig, flachsiges Fleisch
Fuß(erln)	auch: das Bein
Gachzorn	Jähzorn
gedruckt (drucken)	gedrückt (drücken); geschluckt (schlucken)
Gemeindemandatar	Abgeordneter zum Gemeinderat
Gfrast	(von Staub auf Kleidern) Nichtsnutz; Flegel; etwas/jmd. der/die/das einem unangenehm (lästig) ist
Ghörtsich	Benehmen, Anstand
Gwirkst	mühsame, schwierige; lästige; verwickelte, verzwickte, vertrackte Angelegenheit oder Arbeit
Haderlump	Taugenichts; liederlicher Mensch
Haderwachl	jmd. der nur Dummheiten im Kopf hat und nicht recht ernst zu nehmen ist
Häferlflicker	Pfannenflicker
haklig	heikel, schwierig; wählerisch; empfindlich
hantig	bitter, herb; sauertöpfisch, muffig, mürrisch, verdrossen, grantig, unfreundlich, barsch; zänkisch; ein eher in der Regel mit dem linken Fuß aufstehender Mensch
Hascher	bedauernswerter Mensch
hatschen	schleifend, schleppend gehen
Hatscher	langer, anstrengender Marsch
hatschert	hinkend; schwerfällig
Hefen	Topf
Heferl	Häferl; Kaffeehäferl; Tasse
Henderl	Henne, nicht: junges Huhn
Herzbauxerl	allerherzigster kleiner Liebling; Liebling
Herzbinkerl	Liebling; Lieblingskind; liebes Kind
Heumanderln	auf dem Feld zum Trocknen aufgestelltes Heu (etwa in der Form eines Männleins) mit Hilfe eines Holzgestells (Heinze)
Hias, Hiasl	Kurzform für: Matthias; auch: du Hias!, du Hiasl!, Dodl!, Trottel!, Dummkopf!, Tölpel!
kampeln	Haare kämmen; frisieren
Kasten	Schrank
keppeln	fortwährend schimpfen; keifen
Keusche	ein verfallendes Haus; ein kleines ärmliches Bauernhaus
Kirtag	Kirchweih(fest); dörfliches Fest mit Vergnügungspark
Klaubauf	klaubender, pflückender, sammelnder Mensch (aufklaubender Mensch); Dieb; Teufel
Klaubauf-Zündler	diebische (teuflische) Brandstifter
Kleinhäusler	Kleinbauer
Knieschnackler	Mensch, dem eher häufig die Knie zittern; Mensch, der sich viel fürchtet; das Kniezittern, das Knieeinknicken
Kollerer	Pferdekrankheit; Wutausbruch; Hitzekoller; Statutenkoller(er)
kollern	purzeln, rollen, einen Koller haben, knurrig sein; (holpernd) kugeln
Kopfgrippe	Gehirnhautentzündung
Köpfler	Kopfsprung (Kopfüber ins Wasser springen/köpfeln)

Kotzen	grobe, dicke Wolldecke
kotzengrob	sehr grob
Kraftlackel	(derb anerkennend für) kräftigen Menschen; Muskelprotz; protziger, aber dummer Kraftmensch
Kramp'n	(von: Spitzhacke); Schimpfwort
Kramuri	Gerümpel, Kram
Krautkopf	Weißkohlkopf (Weißkraut)
Kredenz	(Küchen)kredenz; Geschirrkasten/Schrank; keine Anrichte!
Krepierl	sehr schwaches, kränkliches unscheinbares Lebewesen
Kukuruz(kolben, felder, sterz)	Mais(kolben, felder, gericht)
Lackerl	kleine Lacke; eine kleine Menge Flüssigkeit; Lache, Pfütze
Lamperl	kleines Lamm; vollkommen harmloser, unschuldiger Mensch
Leinerne	das Leinerne für die Nacht (Nachthemd aus Leinen); das lange, makellose weiße Leinerne (das lange, makellose weiße Hemd aus Leinen)
letschert	schlapp, kraftlos, weich
Lulu	Urin
Mahd	(Heu)ernte; Bergwiese
Manderl	Männchen: unterscheidet sich von Mandl in der Nuancierung; es ist mehr verniedlichend, nicht aber zu Gnom!
Mandl	Männlein; kleiner (alter) Mann; etwas in der Form eines Männleins (Vogelscheuche; auf dem Feld zum Trocknen aufgestellte Getreidegarben)
Messmer	Kirchendiener, Mesner
Meterzentner	Doppelzentner
mostlumpig	von: ›Mostlump‹ (Schimpfwort für Alkoholiker, der Obstwein bevorzugt)
Ohrwaschel(n)	Ohr(en); Ohrmuschel(n)
Palmbuschen	Strauß aus blühenden Weidenzweigen
Palmkatzerl(n)	Weidenkätzchen; Palmkätzchen: Blütenstand der Salweide
Paradeiser	auch: Tomaten
patschert	ungeholfen, ungeschickt
pecken (Pecker)	(wie Vögel) mit dem Schnabel hacken; (in übertragener Bedeutung: einander mit Worten angreifen; z. B. Pecker wider den ebenbürtigen Feind)
picken (bleiben)	kleben, haften (bleiben)
Plutzer	(abwertend für) großen Kopf; Kürbis; grober Fehler; (Steingut)flasche
pritscheln	urinieren, planschen, plätschern
Pudel	Buddel, Flasche; Flasche für Kleinkind
Pumperer	dumpfes Geräusch (durch Schlag oder Fall)
pumpern	stark klopfen; anklopfen; tönen, schallen
Rauschkugerl, Rauschkugel	ein betrunkener Mensch; Trinker

Reinderl	kleiner Kochtopf, eine kleine Rein
Rinds-Knödel-Suppe	Fleischbrühe (mit Semmelknödel oder Leberknödel)
Rotznigel	(nicht so derb und abschätzig wie das binnendt.) Rotzbube
Rumpler	polterndes Geräusch
Sautanz	Festessen nach dem Schwein(e)schlachten
Schamott	ugs. für feuerfester Ton (ital. Schamotte) ugs. für Kram, Zeug, wertlose Sachen (jidd. Schamott)
schiach	eine Beleidigung fürs Auge sein; von der Natur stiefmütterlich bedacht (behandelt) sein; entstellt, abstoßend;
Schlankel	Schelm, Schlingel
schnackeln	schütteln, erschüttern/etwas ergreift (bewegt, erregt, ängstigt, stachelt auf) jmd., etwas macht einen Zittern
das Schnackerl	Schnaggler/Schluckauf/Häcker/Schluckser/Gluckser/ Schlucken
der Schnackler	knackendes (schnalzendes) Gräusch; Einschnappen
schnapsen	ein Kartenspiel
Schneid	(Wage)mut; Tatkraft; Gebirgskamm
Schüppel	Haufen (Kinder, Mannsbilder)
Schwamm(erl)	Pilz; Badeschwamm; Baumschwamm
Schwarzbeere	Heidelbeere
Sonnenbrenner	Petroleumlampe (runden Docht)
Sorgenpinkerl	Sorgenkind
Stamperl	Schnapsgläschen
Stör	Arbeit, die ein Gewerbetreibender (z. B. Schneiderin) im Hause des Kunden verrichtet; in die Stör gehen; auf der Stör arbeiten
strawanzen	sich (müßig) herumtreiben, umherstreifen
Süffel	Trinker
tachinieren	sich von der Arbeit drücken
Tachinierer	Faulenzer; Drückeberger
Taferlklaßler	(verächtlich/spöttisch für) Schulanfänger
Tata	Vati, Papa; Vater
Tatl	(abwertend für) Greis; schon unbeholfener alter Mann
terrisch	schwerhörig
Tippler	gewohnheitsmäßiger Trinker
tipplig	Adjektiv zu Tippler
Trud	Gestalt des Volksglaubens; Alpdruck; Tretgeist; Traumgespenst; Hexe
tschappelig	unbeholfen, schutzbedürftig
Tschapperl	unbeholfener, tapsiger, schutzbedürftiger Mensch; Kind
Tuchent	eine mit Federn gefüllte Bettdecke
Türschnalle	Türklinke
verwortakelt	(verwordakelt, verwordagelt); verunstaltet, aus der Form gebracht; entstellt
verwuzelt	verwutzelt; verdreht, verwickelt

Verwuzelte	Verwutzelte; das Verdrehte, das Verwickelte
walken	(Teig walken: Teig mit Walker flachdrücken und ausweiten) walken, kneten; prügeln
wutzeln	drehen, wickeln; sich drängen
der Zitterer	das Zittern; Schwäche
zwurgelig	klein gewachsen; zwergen(gnomen)haft
Zyklamen(buschen)	(ein Strauß) Alpenveilchen

Inhalt

I. TEIL: DIE STERNE DER ROMANI — 5

Erstes Kapitel: EIN DORF AUF RÄDERN — 7
1. Eigentlich war es auch kalt; sehr kalt — 7
2. »Wir wollen deine Liebe dulden. Sie ist klug; sie kann lesen und schreiben.« — 10
3. »Das ist der Mutterwahn« — 12
4. Die Bitte erfüllt: dem Schutzpatron — 16
5. »Auch ich bin besserungsfähig; auch ich! Jawohl!« — 17
6. Doch geweint hat es nicht! — 20
7. Opfer einer entsetzlichen Mückenplage — 23
8. Das hieße: die Kerschbaumer-Mutter beleidigen wollen — 24
9. Sehen und Hören, das ist gut. — 25
10. Das Wehklagen der Ruhelosen — 29
11. Die toten Augen des gerupften Huhns — 33

Zweites Kapitel: ›ZUM ARMEN SPIELMANN‹ — 39
1. Zeit-Totschlag-Versuche — 39
2. Die lustige Gesellschaft — 40
3. »Bin ich ein Unmensch?!« — 43

Drittes Kapitel: DRUM SIND WIR SCHWALBEN JETZT BEREIT — 47
1. »Mein Körper verlangt's« — 47
2. Daß ich so traurig bin — 54
3. Nina-Liebe — 59
4. Jo, Tata! — 61
5. Der lange Zitterer — 62
6. Wenn wir weinen, sprechen wir mit den Sternen — 64

II. TEIL: »...UND DASS DU DICH NICHT IRRST.« — 67

Erstes Kapitel: VATERMORD — 69
1. In unserer Familienchronik stimmt alles — 69
2. Abschied vom Diesseits — 70
3. Nur das Fleisch! — 72
4. Überstürzte Flucht — 74

Zweites Kapitel: DAS GRAUEN DER KRESZENTIA — 76
1. Das dann noch verstehen — 76
2. Die merkwürdige Tatsache — 78
3. Geheimnisvolle Zeitverdrehung — 79
4. »Weil, merk dir eins.« — 80
5. Wenn ich den Kirschbaum anschau' — 81
6. Erstmaliges Geständnis — 82
7. »Dann findest nimmermehr den Frieden« — 84

Drittes Kapitel: EIN GESPENST, NIE UND NIMMER DER
BRUDER 88
  1. Der Fluch mit ihrem Blut abgewaschen 88
  2. Die Rückkehr der Kreszentia vom Ölberg 90
  3. Die Truhe Hirn umzugestalten 92
  4. Dann mußt reden! 93
  5. Eh nur vom Regen vollgesoffene Erde 94
  6. Die Niederlagen vorläufiger Art 96

Viertes Kapitel: DIR LÄUFT ALLES KREUZ UND QUER 98
  1. Überall ist etwas 98
  2. An den Gottvater gedacht, ein Sprung gemacht, und 99
  3. Stramm gefochten, nie gezittert, trotzdem zurückgekehrt 100
  4. Hast ihn mir narrisch geschlagen 101
  5. Eine Tür, die ihn gar nix angeht! 102
  6. Eingeschrieben ist es nirgends 103
  7. Es war doch nicht üblich, daß du stirbst! 105
  8. Wenn der ewige Bauer vom Zweifel-Hof sich niederlegt: zum
    Sterben 105
  9. Nie und nimmer umgeschrieben: so grundlegend! 107
10. Ich hab' auch nur ein Gebiß 108
11. Sich angemessen, den Umständen vorzubereiten 110

Fünftes Kapitel: AN EWIGEN WAHRHEITEN WILLST
RÜTTELN?! 112
  1. Fäustlinge 112
  2. Rückwärts und vorwärts tanzten 113
  3. Solid gemauert 115
  4. Fast ein wenig erstaunt 116
  5. Der Schutzpatron vom Dodl 118
  6. Jene verflixte Sitte 121
  7. Jeder von uns hat einmal anfangen müssen 124

Sechstes Kapitel: DIE DODELIN VOM ZWEIFEL-HOF UND DIE
HELDIN DER GEDULD 126
  1. Rauschig bist nicht 126
  2. Das ist immer so: nicht gewesen 127
  3. Der ich eh schon stummgeschlagen bin 128
  4. Wer suchet, der findet (!): nicht unbedingt 129

III. TEIL: NUR AM BACH DIE NACHTIGALL 131

Erstes Kapitel: DAS IST DAS EH-NIX-WIRKLICHE 133
  1. Abendstille überall 133
  2. Das Hartholz-Sägen und das Weichholz-Sägen 136
  3. Cerberus, der Höllenhund 138
  4. Es ist nur der Wind 140
  5. Kling Glöcklein, klingelingeling 141
  6. Und geheißen hat sie: Magdalen'! 145
  7. Wir wollen eh nur singen 148
  8. Tu es: zurzeit 149

9. Ich muß meinen Hirnkasten einfatschen	150
10. Die soeben stattgehabte Erschlagung	152

Zweites Kapitel: DIE AXT DER WAHRHAFTIGKEIT 156
1. Das Kinderl mit dem blutigen Maul 156
2. Wer tilgt die Schulden? 158
3. Auf ewig nie (!): ins Alumnat 159
4. Zu prüfen die Worte und die Fragen eines Schnapslumpen 160
5. Wenn sie so weinen muß: die christliche Barmherzigkeit 161
6. Gönn' dem Kinderl: den vierblättrigen Klee! 163
7. Der Tretgeist von drei mal zwei Augen 164

Drittes Kapitel: EH NUR DIE JUNG-BÄURIN VOM
ZWEIFEL-HOF 167
1. Festgewurzelt 167
2. Weil, wir sind wir 168
3. Eh in bester Ordnung 169

Viertes Kapitel: DIE TOTENTAFEL 172
1. Tuchent aus Eiskristall 172
2. Nicht einmal ein Jahrhundert alt 173
3. Das ist das Moderne, sonst eh nix 176
4. Die Gewissenserforschungsmaschine 179
5. Opfer einer nicht bekannten Krankheit 183
6. Nicht so eine Nachtigall 187
7. Die bronzene Riesin 192

IV. TEIL: SCHALMEIENKLÄNGE AUS VORDENKLICHEN
ZEITEN 195

Erstes Kapitel: MENSCH SO WIE DU UND ICH 197
1. Ich bin die Nina! 197
2. Stein und Pfeil! Hacke und Beil! 200
3. Das Problem an sich: von so einem Dodl 202
4. Der Schnaps hat das getan; nicht der liebe Tata! 204
5. Der nur gewachsen: 13 mal vier Jahreszeiten 205
6. Eingereiht haben wollen: auch den Kaspar-Riesen 206
7. Und der liebe Tata hineinköpfle: in die steinerne Wand 207
8. Kruzifixitürken! Warum?! 208

Zweites Kapitel: VERGIB, SO DU KANNST! 210
1. Die nicht mehr schreien hatte wollen 210
2. Ein gar wildes Hexlein! Ho! Ho! 211
3. Ich schwätz nicht! Und ich schwätz nicht! Und ich schwätz nicht! . 212
4. Wo du halt nicht sein darfst, dort ist sie! 213
5. »Was tut diese Sau in Amerika?!« 214
6. Er sprach die Sprache, die jeder verstand 216
7. Das schon wieder schwätzende Sternlein 217

Drittes Kapitel: SINNE, SINNE MEIN NINA-KIND! 220
1. Nicht trösten, die da wehklagt 220
2. Zum Schluß da steht dann: eine Null 221
3. . . . und ich hab nix zu sinnen! Weil, das ist so! 223

4. Dir ward geflochten: der Kranz 224
5. Nie gelebt, nur geträumt 226
6. Mit den Augen der Nacht 227
7. Das Entweder-Oder-Problem an sich 229
Viertes Kapitel: WENN ICH SCHON SO NETT AM PLAUDERN BIN 233
1. Und sie rennt halt so gern im Krieg herum 233
2. Hintergrundpanorama für den einen bestimmten Blick 236
3. Wie es ihm passiert sein könnte: anno dazumal 238
4. Ich trau dir lieber nicht! 239
5. Zu dividieren: mit der Zahl zwei 243
6. Mich ins Grab grämen wollen 248
Fünftes Kapitel: KOCHENDE LAVA 250
1. Wo er wachst, der ewige Erdapfel 250
2. Die Trauer der »So-ist-es-halt-Klugheit« 253
3. Kerzen-Säulen 255
4. Im Nirgendwo festgewurzelt 256
5. Zu rein: für die Scham 257
6. Zu ernten die Saat 259
7. Wer ist denn da frech geworden?! 261
8. Ich mein, ich träum mich selig 262
9. Ich kann's dir doch nicht tot-reden 264
10. Nicht aufhalten können, was da gerollt 266
Sechstes Kapitel: WINSELN UM NACHSICHT: HINTENNACH . . 267
1. Bin ich denn der Vlastymil? 267
2. So sich die Obrigkeit ein Schlaferl gönnt 269
3. Bin ich denn der meuchelnde Vater? 271
4. Die Eiche gießen 276
5. Jessas Matthias, heut bin ich's 278
6. Heumanderln warten nicht 280
Siebentes Kapitel: FRÜHHERBSTLICHE IDYLLE 282
1. Die silberne Notburgasichel 282
2. Ein höllisches Sündenregister 284
3. Rundum im Zustande der Seligkeit 287
4. ›Im trüben Wasser‹ 291
5. Auf das Merkwürdigste vergessen 293
6. Flick mich wieder ganz! 297
7. Kein Schluckerl Trost 299
8. Die Insel der Unglückseligen 300
Achtes Kapitel: WO UNSEREINS NICHT DAHEIM IST 307
1. Eigentlich auch: der Herr Zeuge 307
2. Fluchthelfer 309
3. Das ist erst der Anfang 314
4. Foppen: das Protokoll 316
5. Gestraft gehört er, der Regentropfen! 320
6. Ein Gespenst kümmert sich gar nicht ums 20. Jahrhundert 321
7. Eine etwas schalkige Nacht 325
8. Der Fuchs im Zick Zack 333

Neuntes Kapitel: HEIM WILL ICH DÜRFEN: INS BETT 337
1. Das allzu vertrauensselige Handerl 337
2. Aufgewacht 338
3. »Ich kann nicht anders!« 340
4. Kannst zählen die Sterne am Himmelszelt? 345
5. Die Schlafwut 349
6. Das schwerblütige Viech 352
7. Im wundersamen Nirgendwo von einem Überallhin 354
8. Die Natternzunge 359
9. Das Nirgendwohin-Wollen vom Überall-Sein 362
10. Eine merkwürdige Müdigkeit 363

Zehntes Kapitel: EIN ZITTERN, EIN BEBEN, EIN MURMELN,
EIN HUNDELEBEN 366
1. Der Buchstaben-Fettsack im Extrastüberl 366
2. Mit sich selbst im Zwiegespräch 368
3. Die Augen schielen lassen: gastwirtsmäßig 369
4. Ein moralischer Faktor 371
5. Aneinandergekettet bis der Tod sie scheide 374
6. Da oben irgendwo unten im seitwärts anders 376
7. Ein etwas schalkig geratener Charakter 378
8. Geordnet: korrekt die Trauer 380
9. Wofür brauchst da noch: die Hosen? 382
10. Jehovablümchen 385
11. Die eine schwarze Blüte getätscht: die andere schwarze Blüte . . . 386
12. Nicht der Hintennach-Rennende 388
13. Gestatten die Frage 389

Elftes Kapitel: FRAGT SICH NUR: WO?! 392
1. Das Flügerlbauxerl mit den Äpfelbacken 392
2. Kennst du den Löwenzahn? 396
3. Wo unsereins das Herz pumpert 396
4. Ich bin denn da, die fehlt 399
5. Den Beistand nicht zu verweigern 401
6. Irgendwie bis dato gedenkt: zu engherzig 403
7. Eher zurückhaltend und einfühlsamst 407
8. Wirst mir auf ewig kein Mannsbild?! 411
9. Ein Bäuerlein gefreit ein gar wildes Hexlein 413
10. Das Gefühl ist es, o Notburga! 415
11. Der Repräsentant 418
12. Zwiesprache: zur Theoriefindung an sich 420
13. Nämliche Entwickelung irgendwie verhatscht passiert 422
14. Nämliche Erwägung, die nun drängt nach Vollendung 423
15. Das selbstische Ich und das höhere Ganze 426
16. Der Giftmischer an sich: wider das bessere Blut 428
17. Die Nacht der Gestaltumwandelungen 430
18. Der nimmermüde Schalk 433
19. Der Faschingsprediger ›Zum armen Spielmann‹ 435
20. Als wär so ein Redefluß: das Rote Meer 437
21. Es erwischt – irgendwie – nicht: harmonisch 439

22. Autoritätsfeind nummero eins zu Gnom 440
23. Nur bleibt der Maulbeerbaum: Der schwarze, nicht der weiße? . . . 443
24. Rutscht mir die Jugend: verkehrt herum?! 445
25. Um den Hals geringelt: der Rosenkranz 447
26. Erbarmen es für unsereins: eh nie gegeben 449
27. Bin ich grad verloren: für die Ewigkeit 453
28. Das ist denn schon: ein Kreuz 455
29. Und will sich nicht trösten lassen 457

*Zwölftes Kapitel: DEN MILITÄRISCHEN STECHSCHRITT
ÜBEND; SCHON WIEDER* 460
  1. Gebt's mir meinen Zwilling z'rück! 460
  2. Mir fehlt: eh nur der Kopf 464
  3. Dann bist eh schon: verloren 464
  4. Derlei passiert nur einmal 466
  5. Die Zählwut 467
  6. Die letzte etwas genauere Auskunft 469
  7. Das Lamperl zu Gnom 471
  8. Draußen auf der Wiesen 477
  9. Der knifflige Fall zu Gnom 481
 10. Ein Bilderbuch, das entworfen: der Gast 487
 11. Bestimmt ist bestimmt.
     Passiert ist passiert.
     Vorbei ist vorbei.
     Es kommt so, wie es kommt.
     Grad, daß ich weinen möcht. 490
 12. Du Sonne der Liebe 493

V. TEIL: DAS KIND DER GEWALT 499

Erstes Kapitel: ZURÜCK ZUR NATUR 501
  1. Jener Larifari, den der Hiesige auch nennt: Heilung 501
  2. Zeit ist's jetzo, Bub! 508
  3. So nett und ungemein gescheit und vielfältigst studiert 512
  4. Vergänglicher Zorn 514
  5. Die Haut auch noch vom Leibe ziehen 522
  6. Die innersten Gemächer vom Klein-Kaspar 526

Zweites Kapitel: TEILS TEILS. EINERSEITS ANDERERSEITS. . . 532
  1. Der übliche Wuzerl-Sündenfall 532
  2. Zu dick für den Nina-Stern 534
  3. Nicht nur die üblichen Lieder der Romani 536

Drittes Kapitel: DEREN HEIMAT DIE LANDSTRASSE IST . . . 538
  1. Rundum: die Fremde 538
  2. Eh nur die Möglichkeit gewesen: der Strick 540
  3. Und sich gehockerlt nieder 542
  4. Ein Tag halt. Ein Tag halt. 544
  5. Irgendwie sich festzuhalten: an der Brust 546

Glossar 549